Gespräche mit Goethe

歌德谈话录

全译本

Johann Peter Eckermann
[德国] 艾克曼　著

洪天富　译

译林出版社

图书在版编目（CIP）数据

歌德谈话录：全译本／（德）艾克曼著；洪天富译.— 南京：译林出版社，2022.1（2023.2 重印）

ISBN 978-7-5447-8738-3

Ⅰ. ①歌… Ⅱ. ①艾… ②洪… Ⅲ. ①歌德（Goethe, Johann Wolfgang Von 1749-1832）- 语录 Ⅳ. ① I516.64

中国版本图书馆 CIP 数据核字（2021）第 103801 号

歌德谈话录：全译本　［德国］艾克曼／著　洪天富／译

责任编辑　韩继坤
装帧设计　侯海屏
校　　对　王　敏　戴小娥
责任印制　董　虎

原文出版　Aufbau Verlag, 1955; Deutscher Taschenbuch Verlag, 1999
出版发行　译林出版社
地　　址　南京市湖南路 1 号 A 楼
邮　　箱　yilin@yilin.com
网　　址　www.yilin.com
市场热线　025-86633278
排　　版　南京展望文化发展有限公司
印　　刷　南京爱德印刷有限公司
开　　本　880 毫米 × 1260 毫米　1/32
印　　张　22.5
插　　页　14
版　　次　2022年1月第1版
印　　次　2023年2月第3次印刷
书　　号　ISBN 978-7-5447-8738-3
定　　价　118.00元

目 录

第一卷

1823—1827

1823年

第二卷

1828—1832

1830年

1831 年

第三卷

1822—1832

1828年

1830年

第一卷与第二卷前言

这一辑与歌德的谈话录绝大部分起源于我内心的一种自然冲动，即我要把我觉得有价值和值得注意的生活经历，通过文字的表述占为己有。

自从我初次和这位非凡人物会见，并和他在一起生活过几年，我一直都想从他那里得到教益，所以我乐于领会他的谈话内容，并把它记下来，以备将来终身受用。

可是，当我想到他在九年的时间里使我高兴的大量丰富多彩的谈话时，我深感自己所记录下来的只是一鳞半爪，就觉得自己仿佛一个小孩，努力用手去接令人振奋的春雨，可是大部分的春雨却从指缝中漏掉了。

但是，常言道，书本有自己的命运；正如这句话不仅适用于书的产生，而且适用于书在以后遍及全球一样，它也适用于我目前这本书的诞生。往往数月的时间流逝了，其间福星并没有高照，身体不适，事务繁忙，还要为日常生活而多方操劳，以致连一行字也没有写下来。可是不久，福星又高照起来，健康、悠闲、写作的兴趣融为一体，又向前迈出了可喜的一步。然后，在较长时间的共同生活中，常常出现一些冷漠，这是对只知道重视当前的人的一种应有的惩罚！

特别值得一提的是，我之所以说起这一切，原因在于请求原谅：如果读者倾向于密切关注谈话的日期，那么将会发现某些显著的遗漏。实际上，属于这类遗漏的，可能是某些被忽略的好事，以及歌德就他的广泛的朋友和某个在世的德国作家的作品所说过的其些特别有利的话，而读者发现的可能是其他类似的东西的记录。然而，正如已讲过的那样：书从它诞生的那一天起就有自己的命运。

此外，我认识到这本书中那种成功地变成我的财产的东西，认识到我得把它看作我生命的某种装饰，我对一种高级的命运表示衷心的感谢；是的，我甚至有某种信心，全人类都会感谢我的这个消息。

我认为这些谈话不仅就生活、艺术和科学做了某些解释和非常珍贵的说明，而且这种对生活的直接素描，特别有助于使人们从阅读歌德的许多作品中所形成的歌德其人的形象更为完整。

不过我也远不认为这些谈话已描绘出歌德的全部内心生活。我们有理由把这位非凡人物及其精神比作一颗多棱的金刚石，每转一个方向就现出一种不同的色彩。歌德在不同的情境对不同的人所显现的形象也是不同的，所以就我这方面而言，我只能谦逊地说，这里所显现的是我的歌德。

这句话不仅适用于歌德把自己呈现给我的方式，而且也适用于我了解他和再现他的方式。在这种情况下发生了一种反映，而当一个人的形象通过另一个人反映出来的时候，总不免要丢掉某些特征，掺进某些外来因素。劳赫[①]、道[②]、施蒂勒[③]和达维德[④]都曾为歌德塑过雕像或者画过肖像，他们的作品都高度真实，但也多少显出作者本人的个性。体形既然如此变化多端，易逝的和不易捉摸的精神形象就更是如此了！不过，不管我个人在这一点上表现如何，我希望凡是凭精神力量或凭与歌德的私人接触了解歌德的人，都有能力在这方面做出判断，都不会看不出我在力求做到忠实。

在简明扼要地说明我写此书的目的之后，有必要就它的内容发

---

① 劳赫(Christian Daniel Rauch，1777—1857)，德国雕塑家。
② 道(George Dawe，1781—1829)，英国画家。
③ 施蒂勒(Joseph Karl Stieler，1781—1858)，德国画家。
④ 达维德(Pierre-Jean David d'Angers，1789—1856)，法国雕塑家。

表以下的看法。

被我们称为真的东西者，甚至就独一无二的题目而言，绝不是某种无关紧要的、狭隘的和有局限性的东西；相反，即便是某种简单的东西，它同时也是某种内容丰富的东西，这就像某种范围广而深的自然法则的形形色色的表现一样，说起来并不那么容易。真的东西就像自然法则一样，并不等于一句格言，或者一句又一句的格言，也不等于格言和异议；只有通过将这一切总合起来，我们才能达到近似，更不用说达到目的本身了。

举个例子来说吧，歌德对诗歌的某些看法往往似乎具有片面性，甚至似乎有明显的矛盾。他一会儿强调世界所提供的题材，一会儿又强调诗人的内心思想；一会儿重视题材，一会儿又重视处理；一会儿认为一切取决于一种完美的形式，一会儿又认为一切取决于精神，而忽视任何的形式。

但是，所有这些格言和异议全都是真的东西的个别方面，它们的总合标志着本质，接近真理本身。所以，在这个版本里，我在这种情况和类似的情况下，保留了由于各种各样的理由，在不同的年代和时刻产生的这类表面上的矛盾。在这个问题上，我信赖有文化的读者的判断能力和视野，他们不会被个别的现象引入歧路，换句话说，他们会看到全局，恰如其分地解释与联合一切。

同样，我们也许会碰到某些初看时显得无关紧要的东西。但是，只要我们更加深入地进行观察，就会发现这些无关紧要的东西往往是某种重要的东西的代表，往往为某种后来发生的事情奠定基础，甚至有助于添加少量的性格特征的描绘，所以，这些无关紧要的东西可以被看作某种必要性，虽说不能把它们奉若神明，但毕竟可以原谅它们。

因此，当这本盼望已久的书问世的时候，我向它做最好的告别，并祝它令人幸福愉快，希望它倡导和传播各种各样美好的东西。

魏玛，1835 年 10 月 31 日

第三卷前言

我终于看到我的《歌德谈话录》早就许诺的第三卷编完了，心里感到战胜巨大困难后的喜悦。

我的任务是很艰巨的。它就像船长的任务一样，船长不能靠当天吹的风驾驶帆船，而往往必须以很大的耐心等待好几个星期甚至好几个月，直到盼来几年前那样的顺风。当初我写头两卷时，我在某种程度上可以靠好风行驶，感到非常幸运，因为当时刚谈过的话还在耳里响着，和那位神奇人物的活跃的交往使我受到鼓舞，所以我感到仿佛振翼飞到目的地似的。

而现在呢，那个声音已沉寂多年，与他个人的接触的乐趣也如过眼云烟了。我只能在这样的时刻里获得必要的鼓舞，即当我有机会反省自己的内心思想和不受干扰地深思的时候，往事又会带着新鲜色彩活跃在眼前。这时歌德的伟大思想和伟大性格特征才复现在面前，好像巍峨的群山，虽然在远处，但是在名副其实的阳光照耀下，轮廓仍是鲜明的。

这时，我高兴地想起那位伟人，感到欢欣鼓舞；思想过程和口头表达的细节历历再现，就像我昨天才经历过似的。活的歌德又显现在眼前，我又听到他那无与伦比的可爱声音。我又看到他晚间穿着佩有星形勋章的黑色燕尾服，在他房间里的明亮灯光照耀下，在好交游的圈子里谈笑风生。第二天，遇上好天气，我陪他乘马车出游，他穿着棕色上衣，戴着蓝布帽，把浅灰色大衣铺在膝盖上。他的面孔晒成棕色，显得健康，蔼如清风。他的谈话妙趣横生，响彻空旷的原野，比车轮滚滚声更洪亮。有时我又回想起他晚间坐在书斋里，穿着白色的法兰绒睡衣，在静谧的烛光下，与我面对面坐在书桌旁，过了一天好日子，心情安宁。我们谈论大事和好事，他向我展示出他性格中最高贵的品质，他的精神点燃了我的精神。两人心心相印，他把手伸过桌子和我相握，然后我举起放在身旁的满满一杯酒向他祝福，默然无语，只是我的目光透过酒杯盯住他的眼睛。

这样我又生气勃勃地回到了他身边，他的话音也和过去一样在我耳里震响起来了。

但是，正如生活中经常发生的那样，我们清楚地回想起某位可爱的逝者，而在挑战性的工作日的噪声中，我们往往几个星期或几个月只能马虎地工作，以致那些用于深思的宁静时刻——在那些时刻里，我们相信能够再现于我们之前去世的可爱的人那整个生气勃勃的一生——实属少有的美好时刻。我和歌德的情况也是这样。

往往几个月的时间过去了，在这期间，我的心灵由于和日常生活接触并被它吸引，所以对歌德不起作用，他也没有用好言劝慰我。而在另外几个星期或几个月的时间里，我的情绪毫无结果，看不到其中有任何发芽和开花的痕象。我不得不以很大的耐心让这样一些无价值的时间白白地过去，因为在这种情况下书写的东西会毫无价值。我必须等待好运，期待那样一些时刻的再现，在那时，往事会以完全逼真的形象浮现在我眼前，我的内心思想在精神力量和舒适感方面达到顶点，以至于我在回想歌德的思想和感受的时候，能够为它们找到相称的表现形式。因为我在和一位英雄打交道，所以我不会让他陨落。为了真实起见，我必须充分地再现他的温和的道德观念、清楚而有力的思想以及一位高贵人物惯常的威严，这一切绝不是某种微不足道的事情！

我和他的关系既特别又非常亲切自然。这是学生同老师的关系、儿子同父亲的关系、知识贫乏的人同知识渊博的人的关系。他把我吸引进他的圈子里，让我在精神和物质上分享一种崇高的生活。有时，我每隔一个星期在晚上去看望他；有时，我每天都看到他，在中午的时候，有幸和他一会儿出席较为重要的社交聚会，一会儿面对面地用餐和促膝谈心。

他的谈话和他的作品一样丰富多彩。他始终是同一个人，又始终是另一个人。每当一种伟大的思想占领他的时候，他总是口若悬河。他的谈话往往就像春天里的一座花园，在那里，百花齐放，人们被这普遍的光彩迷住，不会想到要为自己摘一束鲜花。可是，在另一些时候，我发现他默不作声或者说话不多，仿佛他的内心里笼罩着雾。更有甚者，有几天他仿佛一片冰冷，如同一阵凛冽的风掠过被霜雪覆盖的田野。当我们又看到他时，他又像是一个阳光灿烂的夏日，这时，森林里的所有鸣禽从灌木丛和矮树篱里向我们欢呼，布谷鸟的叫声响彻云霄，溪水潺潺地流过开满花朵的河谷草地。这时，听他讲话是一种乐趣；在他身边我感到非常愉快，在他讲话的时候，我感到心情舒展。

在他身上，冬天和夏天，老年和青年，永远处在斗争和更迭之中；可是，让人钦佩的是，在这位七八十岁的老人身上，青春总是占上风，那些刚才提到过的秋日和冬日只是少有的例外。

他善于自我控制，的确，自我控制是他的本性的一个突出特点。它是那高度的深思熟虑的一个姐妹，正是由于这种高度的深思熟虑，他总是能够驾驭题材，赋予他的每一部作品以让我们惊叹不已的高度艺术性。正是由于这种深思熟虑的特性，他不仅在他的某些著作里，而且在他的某些口头表述里措辞简要，考虑周到。但是，一旦在有利的时刻里，一个更强大的精灵在他心中活跃起来，他就会失去自我控制，这时他的谈话汹涌澎湃，势不可挡，像从山顶上落下来的急流。在这样的时刻里，他说出他丰富的天性中所含有的最重要的和最好的东西。我们不难理解这样的时刻的重要意义。他早年的朋友们在谈到他时发表了这样的看法：他口头表达的话要比写下来的和印刷出来的话好。马尔蒙特尔①在谈到狄德罗时指出，谁要是只从他的著作中认识他，那么只能认识他的一半，而他一旦开始口头谈话，就会变得活跃起来，无与伦比而且动人心弦。

但愿我在这些谈话中把某些有利的时刻记录了下来，但愿在这一卷里，读者能发现歌德人格的双重反映，即歌德如何对待我，又如何对待一位年轻的朋友。

来自日内瓦的索勒先生是一位思想自由的共和主义者，1822 年被聘请到魏玛，负责教育大公爵的继承人太子殿下。从 1822 年至歌德逝世（1832 年），他和歌德有一种非常亲密的关系。他是歌德家里的常客，而且在歌德举办的晚会上常常是一位受欢迎的客人。此外，他的自然科学知识为他和歌德的持久交往提供了多种多样的结合点。作为功底扎实的矿物学家，他帮助歌德整理各种各样的晶体。他的植物学知识使他能够把歌德的《植物变形学》译成法语，让这部重要的著作进一步传播开来。此外，他在宫廷里的地位也常常把他带到歌德的身边，因为他有时陪太子去看望歌德，有时受大公爵和大公爵夫人的委托去拜访歌德。

索勒先生经常在其日记里记下这样一些个人的接触，几年前他善意地把他从日记中经挑选编制成的篇幅不长的手稿交给我，希望我能将手稿中最精彩、最吸引人的部分按时间先后穿插进我的第三卷里。

这些用法语记下的笔记有时详细，有时则粗略和不完备，这是由于作者那些日子忙于事务，老是急急忙忙的。但是，尽管如此，在整部手稿中，每个主题都经过歌德和我反复详细讨论，所以我自己的日记完全适合于补充索勒所写的日记，弥补了索勒日记中留下的缺陷，而且充分地发展了索勒日记中往往只是一笔带过的东西。然而，在第三卷中，所有以索勒的手稿为基础或大量地使用索勒的手稿的谈

---

① 马尔蒙特尔（Jean-François Marmontel，1723—1799），法国作家，百科全书派成员。

话，在其日期的右上方标有星号，以此将索勒和歌德的谈话跟我和歌德的谈话区别开来。

我只想再补充一点：我希望我心仪已久的这第三卷能像前两卷那样受到广大读者的欢迎。

魏玛，1847年12月21日

艾克曼自序

作者告诉我们他的为人和出身以及他同歌德的关系的来龙去脉

18世纪90年代初，我出生在卢厄河畔的温森，这是位于吕内堡和汉堡之间的一个小镇，与低洼湿地和荒原毗邻。更确切地说，我出生在一间可以被称为小屋的茅舍里。这间小屋只有取暖设备，没有楼梯，依靠紧挨屋门的一架梯子就可以直接爬上贮藏草料的顶棚。

作为我父亲第二次婚姻中的最后一个孩子，我只知道我的父母已经上了年纪，我在一定程度上是在父母中间孤独地长大的。我父亲和他的前妻育有两个儿子，其中一个是水手，经历了若干次远洋航行，最后在遥远的大陆被俘获，从此下落不明；另一个曾多次参与在格陵兰岛捕鲸和捕海狗的活动，最后回到了汉堡，在那里过着平平常常的生活。我父亲再婚后在我之前育有两个女儿，当我十二岁的时候，我的这两个姐姐已离开了父亲的家，一个在本地工作，另一个在汉堡工作。

我们这个小家庭的生计的主要源泉是一头奶牛，它不仅供给我们每日需要的牛奶，而且我们每年靠它提供的牛奶可以把一头小牛喂肥，还能在某些时候用牛奶换一点钱。除此之外，我们还有一座小菜园，它每年为我们提供各种必需的蔬菜。但是，做面包需要的谷物，烹饪需要的面粉，我们得自己去买。

我的母亲特别善于毛纺；此外，她也会裁剪和缝制妇女的普通便帽，买主对她的产品特别满意。靠这两门手艺，她获得了一些收入。

与此不同，我的父亲做点小买卖，他根据不同的季节变换商品，为此，他常常外出，奔走于城乡之间。夏天，我们看到他背着一个不重的小木箱，在这荒野地区走村串巷，挨户兜售带子、线和丝织品。与此同时，他收购当地的毛袜和亚麻呢（一种用棕色的羊毛——欧洲盘羊的羊毛——和亚麻混纺的织物），然后在易北河对岸各地挨家挨户地兜售。冬天，他把从低洼湿地和荒原地区的村庄里收购来的未加工的羽毛笔和未漂白的平纹亚麻布用船运到汉堡。但是，无论他怎样努力，他的盈利是很少的，因为我们的生活总有些贫困。

至于我的童年生活，它同样按季节的不同而不同。随着春天的来临，易北河习惯性泛滥的积水退去，这时我每天都到河堤里与高坡上采集芦苇，为我们的奶牛储备常使用的草垫子。然后，当辽阔的草地上长出嫩草的时候，我和其他的男孩们协作，一天又一天地放牧奶牛。夏天的时候，我每天都到我们的菜园里劳动；此外，为了烧火做饭，我整年都要从离家不到一个小时的林区拖来干枯的木柴。收割谷物的时候，我好几个星期都在田里忙着拾穗。之后，当秋风吹动树木的时候，我采集橡子，并按麦测①把它们卖给较富裕的居民，供他们喂养自己的鹅群。但是，当我充分地成长起来的时候，我便陪我的父亲走村串巷，当起了小货郎，帮他背起行李小包。这段时间是我少年时代最值得回忆的。

尽管由于家境贫寒，我不得不做各种各样的工作，但是我也定期地上学，在十四岁的时候，勉强学会了看书写字。人们会承认，从勉强学会看书写字到与歌德建立一种亲密的关系，的确是前进了一大步。当时我也不知道，世界上有诗歌和美术这样的东西，所以在我心中幸好没有对此类东西的模糊的要求和追求。

---

① 麦测(metzen weise)，旧时德国和奥匈帝国的谷物计量单位，合 3.4—80 升不等。

有人说过，动物通过自己的器官得到启迪。至于人呢，他往往通过他完全偶然地做的事情获得对蕴藏在自己心中的某种崇高目的的启迪。这种情况也发生在我身上，它本身虽然无关紧要，却改变了我整个的一生，所以我把它看作某种难忘的经历而牢记在心。

一天晚上，当灯点燃的时候，我和父母坐在桌旁。父亲刚从汉堡回来，向我们讲述他的交易的过程和进展。因为他喜欢抽烟，所以他随身带回来一包烟，这包烟就放在桌子上，我看到商标上画着一匹马。我觉得这匹马画得很好，刚好我手头有笔、墨水和纸，于是我按捺不住一种不可遏制的欲望，试着临摹这匹马。父亲继续讲述他的汉堡之行，而我却专心致志地临摹这匹马，我的父母并没有觉察到。当我把马画好的时候，我觉得我的临摹似乎和模特儿完全相像，我感到一种前所未有的幸福。我把我所画的东西拿给父母看，他们不得不称赞我，对我的临摹感到惊异。这天夜里，我由于兴奋不已，处于半失眠状态，一直在想我所画的马，焦急地等待早晨的来临，以便再次看一看它，再次愉快地欣赏它。

从这时起，我最初对感性的临摹产生的欲望再也没有离开过我。可是，由于在我所居住的地方，没有人在绘画方面能继续帮助我，所以，当我们的邻居——他是一位陶器工人——给我几本草图的时候——他把这些草图作为给盘子和碟子涂色的蓝本——我感到无比幸福。

我用笔和墨水极其细心地临摹这些草图，这样就产生了两本画册，很快它们就传来传去，传到当地一位要人、地方长官迈耶的手里。这位要人让人叫我到他那儿去，他送我礼物，还非常亲切地表扬我。他问我，我是否想成为一位画家；假若我已经参加了坚信礼①，他打算把我派往汉堡，到一位技巧熟练的工匠那里深造。我回答说，我乐于遵命照办，不过我想和父母再考虑考虑。

---

① 坚信礼，又称坚振礼，基督教徒进入成年期的一种宗教仪式。

可是，我的父母都出身于农民阶层，而且在他们居住的地方，绝大多数的居民从事农业和畜牧业，所以他们想象中的画家不过是把门和房子刷上颜色的油漆工。他们非常关心我，劝我不要去当画家，因为在他们看来，画画这门手艺不仅非常肮脏，而且非常危险，画画的人动不动就会摔死，尤其是在汉堡，那儿有七层高的大楼，油漆工摔死的事经常发生。由于我和父母一样并不看重画家，所以我对这门手艺并不感兴趣，也就婉言谢绝了那位好心的地方长官的建议。

在这期间，我的才能也引起了一些大人物的注意，人们留心观察我，试图以各种各样的方式抬举我。人们让我参加少数出身高贵的孩子的私人授课，我学了一点拉丁文和音乐，还学习了法语。与此同时，人们供给我更好的衣服，令人尊敬的教区牧师帕里希乌斯特意让我坐在他的桌旁。

从那时起，我对学校产生了好感；我尽可能地继续延长如此有利的情况，因此我的父母也乐于承认，我在十六岁的时候才能接受坚信礼。

但是出现了这样一个问题：我将成为什么样的人？假若事情按照我的愿望进行的话，人们会把我送到一所高级中学里，以便将来从事科学研究。但是，这是不可想象的，因为不仅缺乏经济条件，而且我的情况紧急，迫切要求我很快注意到这样一种处境，即我不仅要照料自己，而且也要给我的贫困而年老的父母提供一些帮助。

就在我接受坚信礼之后，这样的处境展现在我的面前。当地的一位司法官员建议我在当地法院里做些抄写工作和其他的小差事，我欣然接受了他的建议。我在上中学的最后一年半的时间里，由于学习刻苦，不仅写得一手好字，而且对草拟书面文章做了各种各样的练习，所以完全能够胜任这样一种职务。在当地法院工作期间，我不仅从事普通的律师事务，还按照传统的格式草拟诉状和判决书。这种情况持续了两年，即持续到1810年，同年，汉诺威的行政区域卢厄河畔的温森被废除，并入易北河下游的法兰西帝国管辖的行政区。

随后，我在吕内堡直接税管理局供职。次年，在这个管理局同样被撤销之后，我进入了于尔岑法国长官办事处。我在这里工作到1812年底，同年，法国长官杜林先生提升我为柏文森地区的市长秘书。这个职务我担任到1813年春季，这时，进军的哥萨克骑兵带来了把我们从法国的统治下解放出来的希望。

我向市长辞行，回到了故乡，打算尽快加入热爱祖国的战士的队伍，这些队伍悄悄地在各地开始形成。这个愿望终于实现了，1813年夏末，我作为志愿兵，带着猎枪和附于骑兵马鞍上的手枪皮袋，参加了基尔曼塞格领导的猎人军团，并随这个军团，在连长克诺卜上尉的率领下，于1813年末至1814年初的冬季，参加了讨伐法国元帅达武的远征，途经梅克伦堡、荷尔斯泰因和汉堡的前面。接着，我们跨过莱茵河，向麦松将军发起反攻。在夏天，我们转战千里，战斗在肥沃的佛兰德和布拉班特①。

在这里，我看到了荷兰人的伟大绘画作品，一个新世界在我眼前展开了。有好多天，我全天都是在教堂和博物馆里度过的。这是我生平第一次看到的画作。我现在认识到，当一个画家意味着什么；我看到了绘画大师的门徒的登峰造极的伟大进步。我差点儿哭了起来，因为我没有走上类似的道路。可是，我当场决定，要走上类似的道路。为此，我在吐尔奈②结识了一位年轻的艺术家，设法弄到黑色的粉笔和一张尺寸最大的绘图纸，立即坐到一幅画前，开始模仿它。在这时，对事业的强烈欲望弥补了我在练习和指导方面所缺少的东西，就这样，我成功地完成了人物的轮廓。然后，我开始从左侧入手，在整幅画上画阴影，可惜一道行军的命令打断了我非常顺利的活动。我赶紧用单个的字母标示尚未画阴影的部分中的阴影和光的深浅程度，希望在闲暇的时间里以这种方式成功地完成这件作品。我把我的画卷起来，放进箭筒里，然后背着箭筒和猎枪开始从吐尔奈到哈默

---

① 佛兰德和布拉班特均为中世纪封建公国，基本位于今低地国家。
② 吐尔奈，比利时西南部埃诺省城市。

尔恩的长征。

1814年秋，猎人军团在这里解散，我回到了故乡。我的父亲已经去世，我的母亲还活着，她与我的大姐一起住，后者在这期间已经结婚，收下了父母亲的住房。我立即开始继续画画；我首先完成了那幅从布拉班特带回来的画，此后，由于缺少合适的样本，我只好临摹那些出自兰贝格[①]之手的小幅铜版画，用黑色的粉笔把它们放大。但是，在这种情况下，我很快就发现我在绘画方面的练习和知识的不足，我对人以及动物的解剖学知其一不知其二；此外，对如何处理不同的树木种类和土壤，我也知之甚少；所以，在我以自己的方式画出看上去大致可以的图画之前，我必须付出非常大的辛劳。

因此，我很快就懂得，如果想成为一位艺术家，我得另起炉灶，而继续在自己的道路上探求与摸索，只会是一种毫无希望的努力。重新开始，成为一个有本事的大师，这便是我的计划。

至于大师，他在我的心目中就是生活在汉诺威的兰贝格；我也考虑到，在这座城市里我可以站住脚，因为那里有我的一位青年时代的朋友，他讨人喜欢，日子过得挺富裕，对人忠诚，我可以指望得到他的任何支持，况且他曾多次邀请我到他那里。

所以，我不再犹豫不决，立刻将衣物等扎成一捆，于1815年仲冬步行将近四十小时的路，穿过被深雪覆盖的荒原，终于平安地到达汉诺威。

我马不停蹄地去找兰贝格，向他陈述自己的愿望。在我提交几份试样之后，他似乎不再怀疑我的才能。但是他提醒我说，艺术不是为了面包，掌握技巧需要许多时间，指望艺术同时能解决外在的生活，这种希望是非常渺茫的。在这期间，他表现出很乐意为我提供一切帮助；他立即从他众多的素描中找出几幅带人体部分的合适的素描，交给我去临摹。

---

① 兰贝格（Johann Heinrich Ramberg，1763—1840），德国书籍插画家。

就这样，我住在我的朋友那里，临摹兰贝格的原作。我取得了进步，因为兰贝格提供给我的素描变得日益重要。我精心描绘人体的整个构造，不厌其烦地一再重复画难画的手和脚。就这样，几个月幸福的时光过去了。这时我们进入了5月，我开始常闹小病；6月临近了，我已经不再能够握笔，因为我的双手不停地发抖。

我们只好求助于一位医术熟练的医生。他发现我的病情严重。他解释说，由于参加过远征，我所有的皮肤散发受到抑制，一种消耗体力的灼热扑向人体的内部，假如像这样再拖两个星期，我肯定会危在旦夕。他立即吩咐我洗热水浴和采取类似的有效疗法，以便恢复皮肤的活动。很快就出现了令人高兴的好转迹象；可是我还没有考虑到要继续进行我的艺术研究。

直到这时，我都受到了朋友最亲切的对待和照料；我对他是否是一种累赘，或以后是否还会是他的一种累赘，对此他想都没有想，也没有最轻微的暗示。可是我却想到了这一点，我早就有这种暗藏的忧虑，或许正是这种忧虑加快了潜伏在我身上的疾病的发作，而现在，当我看到他为了我的康复开支巨大的时候，这种忧虑不可抗拒地表现出来。

在这样一种贫病交加的情况下，我想到去一个与战时办公厅有联系的委员会里谋取一个职位，这个委员会负责汉诺威军队的装备事务。所以，毫不足怪，我为形势所迫，放弃了自己的艺术生涯，谋得了这个小差事，心里有说不出的高兴。

我的病很快就痊愈了，健康恢复了，心情又舒畅了，我很久没有享受到这样的快乐了。在这种情况下，我感到有必要对我的朋友给予我的慷慨援助做些补偿。我得熟悉我的新工作，这使我精神焕发。我觉得我的顶头上司们是一些具有最高尚思想的人，我和同事们——其中有几个和我在同一个军团参加了远征——很快就建立了密切和相互信任的关系。

由于这种安定的生活环境，我才得以在这座保持着某些优良传统的都城里相当自由地四处看看。此外，在空闲时间里，我不厌其烦地重新漫游那些景色优美的郊区。我和兰贝格的一个学生、一位很有前途的年轻艺术家结下了亲密的友谊，他经常陪伴我四处漫游。此外，由于我的健康和其他情况，我不得不放弃了自己的艺术实践，所以至少每天能和这位年轻的艺术家谈论我们共同的朋友，这对我来说是一种很大的安慰。我参与他的创作——他经常把还是草图的作品拿给我看——并和他一起详细讨论它们。由于他的指引，我接触到一些富有教育意义的著作，读了温克尔曼[①]和门斯[②]的著作。但是，由于我没有体验到这两位艺术理论家所论及的事，所以我从这样的读物中只能获得最一般的知识——其实，这些读物对我并没有多大好处。

我的朋友在都城里出生和长大，在文化教养上，从各方面看都走在我的前面；此外，他对文学拥有相当丰富的知识，而我对文学却一窍不通。在这段时间里，克尔纳[③]成了被人们颂扬的时代英雄，他所创作的诗集《琴与剑》给我留下深刻的印象，使我赞叹不已。

对于一首诗的艺术效果，人们谈了许多，而且把它放到很高的地位；但是我却认为，题材的效果才是真正有影响的，换言之，一切取决于题材。我在并不知道这点的情况下，靠《琴与剑》这本小书体会到这一点。因为我和克尔纳一样怀着对我们多年的压迫者的仇恨，我和他一样参加了解放战争，我和他一样经历了所有艰苦的长途跋涉、夜间露营、前哨值勤和各种战斗，此外，我和他有相似的思想和感情，这一切通过这些诗在我的内心里引起了深刻而强烈的共鸣。

但是，正如某种重要的事件，如果不能深深地激励我和使我富有创造性，就很难对我产生影响一样，对我来说，这种情况同样适用于

---

① 温克尔曼（Johann Winckelmann，1717—1768），德国考古学家和艺术史家。

② 门斯（Anton Raphael Mengs，1728—1779），德国画家和艺术理论家。

③ 克尔纳（Theodor Körner，1791—1813），德国爱国诗人，曾参加1813年反抗拿破仑的解放战争，战死后成为家喻户晓的英雄。克尔纳死后，他父亲整理出其爱国诗集《琴与剑》（*Leier und Schwert*）。

克尔纳的这些诗。我回想起我在童年时代和后来的年月里曾偶尔写过一些小诗,但是我没有继续重视这件事,因为我当时并不大看重这一类容易产生的东西——一般来说,为了对诗的才能进行估价,总需要某些思想上的成熟。而现在,我觉得克尔纳身上的这种才能是完全值得称赞和羡慕的东西,于是在我心中油然产生一种强烈的欲望,想去试一试我是否在某种程度上能赶上他。

我们的爱国战士从法国归来给我提供了一个理想的机会。我至今仍记忆犹新,士兵在战场上不得不经受不可名状的辛苦,而悠闲的小市民却在家里享受各种舒适的生活。于是我想,这会是一件好事,即把这一类情况用一首诗表现出来,以此影响人们的心情,为更加热情地迎接归来的部队做准备。

我自费让人把这首诗印了几百份,并让人在城里分发它们。这首诗产生的良好效果出乎我的意料。一大群熟人向我蜂拥而来,这令我非常高兴。人们赞同我所表达出的感受和看法,勉励我继续做类似的尝试,并且普遍认为,我已经初露头角,值得进一步培养这种才能。人们在各种杂志上传播这首诗,在各个地方翻印它,单份地出售它。此外,令我高兴的是,一位深受听众喜爱的作曲家打算为我的这首诗谱曲,尽管它由于冗长和非常讲究修辞而不太适合歌唱。

从这时起,我几乎每周都要写一首诗,我为此感到高兴。现在,我已经是二十四岁的人,在我心中存在一个充满感情、渴望和良好愿望的世界;可是我完全缺乏精神文化和知识。人们劝告我仔细阅读我们的伟大诗人们的作品,特别介绍我读席勒和克洛普施托克①的作品。我找到了他们的作品,阅读它们,赞赏它们,可是我觉得它们对我帮助不大;这几位天才的道路偏离我自己的本性的方向太远了。

在这个时候,我头一次听到歌德这个名字,而且获得了他的一部诗集。我读他的叙事诗,一遍又一遍地读,而且在读的时候享受到无

---

① 克洛普施托克(Friedrich Gottlieb Klopstock, 1724—1803),德国诗人,启蒙运动重要代表之一。

法形容的幸福。我好像才觉醒过来,好像才开始获得真正的意识,好像我自己的此前没有被我认识到的精神世界在这些叙事诗里反映出来了。在这些叙事诗里,我在哪个地方都没有发现我的纯粹的人的思想和感情不足以理解的某种外国式的和高深莫测的东西,在哪个地方都没有发现我压根儿没有料想到的外国的和过时的神祇的名字;相反,我发现了人的内心及其所有的渴望、幸福和痛苦,我发现了德国人的气质,它就像当前的大白天,一种在温暖而美轮美奂的阳光照耀下的纯粹的现实。

整整几个星期、几个月的时间,我生活在这些叙事诗里。然后,我成功地获得了《威廉·迈斯特》,接着又获得了他的生平[1]和戏剧作品。至于《浮士德》,我最初被它的人性的沉沦和堕落吓得朝后退,但是,它那非常神秘的本质却一再地吸引着我,所以每逢节日我都要阅读它,钦佩和热爱与日俱增。我日复一日、年复一年地生活和工作在这些著作里,所想和所说的全都是歌德。

通过学习一位伟大作家的作品,我们得到的好处是各式各样的;但是,主要的好处可能在于,我们不仅更加清楚地意识到自己的内心世界,而且更加清楚地意识到我们之外的千姿百态的世界。歌德的作品给我留下的正是这样一种印象。是它们促使我更好地观察和理解感性的事物和性格;我逐渐理解一个个体同自身的统一或最内在的和谐,从而越来越明白自然和艺术现象的千姿百态的奥秘。

我在对歌德的作品相当熟谙,并顺便以某些方式尝试诗歌创作之后,转向外国和从前的几位最伟大的诗人,不仅借助最好的翻译阅读莎士比亚的最出色的剧作,还阅读索福克勒斯和荷马的作品。

可是,我很快就觉察到,我从这些高级的作品中只获得了普遍人性的东西,而要理解特殊的东西,必须在语言和历史方面具有科学的知识,也就是说,必须具有通常从中学和大学里获得的文化知识。

---

① 指《诗与真》。

此外，有人从某些方面向我提意见，说我按照自己的方法只会做徒劳无益的努力，没有所谓的古典文化知识，是绝不会成为诗人的；要想成为诗人，不仅要学会熟练而有力地使用自己的语言，而且要学会按照内容和思想作出某种出色的东西。

在这个时候我也阅读了许多知名人物的传记，目的是看清他们为了成为有本事的人而选取了怎样的教育途径。由于我从他们的传记中注意到，他们通常都上过中学和大学，所以我下定决心，尽管上了年纪并遇到各种各样的阻力，但我也要像他们那样去上中学和大学。

不久，我求教于汉诺威高级中学的一位老师，这是一位杰出的语文学家，我在他那里接受私人授课，不仅学拉丁语，而且学希腊语。我把每天至少六小时的工作时间之外的所有空闲时间都用到这些学习上。

我这样学了一年。我取得了很大的进步；可是，由于我急于求成，我感到进展的速度太慢，必须考虑其他的办法。我觉得，如果我每天能在高级中学里学习四至五小时，以这种方式完全沉浸在学术氛围里，那么我就会取得完全不同的进步，更加迅速得多地达到目的。

我的这种看法得到了专家委员会的认可，所以我决心这样去做，也很容易地获得了上司们的批准，因为我把高级中学的课时安排在白天不上班的时间里。

因此，我报名参加录取考试，由我的老师陪同，在一个星期天的上午去见那位令人尊敬的校长，以便通过必要的考试。校长以最大可能的宽容考我；可是，由于我对那些传统的课堂问题毫无准备，所以尽管做了一切努力，但还是表现得不尽如人意。不过，由于我的老师担保，我所知道的要比考试中体现出来的多，并且考虑到我不同寻常的努力争取，校长最终把我安置在中学六、七两年级里。

毋庸赘述，我作为一个将近二十五岁的人，作为一个业已为国王效劳的人，在这些绝大多数还是非常孩子气的少年中间充当一个了不起的人物,可想而知,我最初对这种新的处境感到有些难堪和奇怪;可是,对各种科学的巨大渴望使我不理睬和忍受这一切。而且总的说来,我用不着为这些小事发牢骚。老师们尊重我,班上年纪较大和成绩较好的学生对我非常友好,就连少数极端傲慢的学生也不敢向我发泄他们的罪恶情绪。

总的说来,我的某些愿望已经实现,所以我感到非常幸福,以极大的热情在这条新的道路上前进。早晨五点我醒来,紧接着开始准备功课。将近八点我开始上学读书,直到十点。从那儿我赶忙回到办公室工作,直至将近下午一点。然后我急速地回家,狼吞虎咽地吃一点午饭,刚过一点又回到了学校。课程持续到四点,然后我又回到办公室,一直工作到七点,晚上余下的时间我用以准备功课和私人补习。

这种忙碌的生活我持续了几个月;但是,我的体力胜任不了这种劳顿,这应验了众所周知的事实:任何人都不能一身事二主。由于缺少室外空气和运动,加之没有时间休息,没有时间吃饭、喝酒和睡眠,所以我渐渐地患了病;我感到身心麻木不仁,最终迫切需要做出选择:要么放弃学业,要么放弃我的职位。但是,由于后者关系到我的生存,所以唯一的出路就是放弃学业。于是,我在1817年考季来临的时候踏出了校门。这似乎是我注定的特殊命运:尝试各种各样的事情。所以,我决不后悔自己也在一所研究性质的学校里学习了一阵子。

在这期间,我已经取得了很大的进步,因为我一如既往地想上大学,所以我除了继续私人补习之外,没有别的什么办法,我也乐于接受符合我的兴趣和目的的私人授课。

在令人心情压抑的冬天过去之后,我度过了因而更加令人心旷神怡的春天和夏天;我经常到野外徒步漫游,这一年,大自然以异常的热诚对我的心说话,于是我写了许多首诗;当然,在写诗的时候,歌德年轻时写的那些叙事诗作为特别崇高的榜样浮现在我的眼前。

随着冬天的来临，我开始认真地思考，我怎样才能在至少一年的期限内上大学。在拉丁语方面，我已经大有进展，能够按韵律从贺拉斯的颂歌中，从维吉尔的牧歌中，以及从奥维德的长诗《变形记》中翻译特别让我感到满意的几节。此外，我还能阅读西塞罗的演说和恺撒的战记，而且不怎么费劲。就这样，虽然我并不认为我已经为上大学做好了应有的准备，但是我想在一年之内我还会取得很大的进步，通过自学把上大学所缺的东西补上。

我在都城的达官贵人中间争取到几个资助人；他们答应协助我，但条件是，我应该决定选择一种所谓的“饭碗专业”。但是，这是违反我的本性的，因为我深信，人只需培养他的内心深处不停地向往的东西，所以我坚持自己的意见，而那几个资助人拒绝给我以帮助，除了可以免费提供午饭。

我除了用自己的力量贯彻自己的计划之外，没有别的什么办法。我决心集中思想和力量，写出一些有点意义的文学作品。

米尔纳①的《罪过》和格里尔帕策②的《太祖母》在这期间经常上演，并引起了很大的轰动。这两部做作的悲剧与我对大自然的感受力背道而驰，我同样不赞成它们的命运观念，因为它们只会对老百姓产生不道德的影响。因此，我决定反对它们，并且阐明自己的理由，即命运在于性格。但是，我不想用语言与之抗争，而是用行动。我要写一部说真话的剧本，即人在现在撒种，种子在未来露苗，并根据人所播下的种子带来好的或坏的果实。我不熟悉世界史，所以只好虚构人物和情节的发展过程。我大概花了一年的时间进行酝酿，详细地拟定了个别的场面和幕。在一切大致就绪之后，我在 1820 年冬天，花了几个星期的早晨时间，终于写出了这部剧本。我为此感到十二分的幸福，因为我看到一切非常容易而自然地表现出来。但是，和那些所谓的诗人不同，我太贴近现实生活，所以从来也不会做戏。因

---

① 米尔纳（Adolf Müllner，1774—1829），德国剧作家、小说家，1813 年创作了悲剧《罪过》。
② 格里尔帕策（Franz Grillparzer，1791—1872），奥地利剧作家，1817 年创作了悲剧《太祖母》。

此，与其说我刻画了一种紧张的、进展迅速的情节，倒不如说我冷静地描绘了各种各样的情景，我只是按照性格和场景的要求富有诗意地和节奏分明地描写。次要人物获得了太多的空间，整个剧本写得过于冗长。

我把这个剧本展示给我最亲近的朋友和熟人们，但没有获得我所希望的理解；他们责备我，说有几场属于喜剧；他们还批评我，说我书读得太少。我期待他们更好的评价，所以最初我暗自感到受了侮辱；但是我逐渐认识到，朋友们所说的并非完全不对，我的剧本，虽然人物性格的描绘是正确的，整个剧本是经过深思熟虑的，而且像我所希望的那样，以某种审慎和敏捷表现出来，但是剧本中所展示出的生活处在一种非常低的阶段，所以不宜于在公开场合露面。

考虑到我的出身和不多的习作，这是不足为奇的。我决心彻底修改剧本，把它改编成可以上演的剧本。但是，为此目的，我得事先提高自己的文化水平，以便能够把一切提升到更高的水平。我渴望能够上大学，希望在大学里能够获得我所缺少的一切，并且认为，上大学能改善我的生活环境。现在，这种渴望变成了一种激情。我决定出版我的诗集，这也许能圆我上大学的梦。但是，由于我没有名气，不可能指望出版商给我一笔可观的稿酬，所以我根据自己的处境选择了更为有利的途经——订购。

这件事由我的朋友们牵头，而且取得了最符合期望的进展。现在我又到上司们那里，表示我要到哥廷根上大学，请求他们解除我的职务。由于上司们深信我的态度是非常严肃的，而且我不会让步，所以他们恩准了我的请求。看在我的上司、当时的上校贝尔格的面子上，战时办公厅满足了我离职的愿望，并答应每年给我一百五十塔勒[①]，作为对我上大学的资助，为期两年。

我终于如愿以偿，实现了多年来抱有的各种计划。我让人以最

---

① 15世纪晚期至19世纪初在神圣罗马帝国和哈布斯堡王朝使用的银币。

快的速度印刷和发送我的诗集，从诗集的所得中扣除一切费用，我获得一百五十塔勒的纯利。于是，1821 年 5 月，我留下一位珍爱的情人，只身到了哥廷根。

我第一次尝试上大学之所以失败，是因为我顽固地拒绝了那个所谓的“饭碗专业”。可是现在，我有了经验，变得聪明起来；我至今还非常清楚地记得，当时我不得不同我周围最亲近的人以及很有影响力的大人物进行非语言所能表达的一次又一次的斗争。常言说，吃一堑，长一智，我现在可以说是事后聪明，我要迁就一个极强大的世界的看法，并立即声明，我愿意选择一个“饭碗专业”，献身于法学。

我的这一决定不仅受到强大的资助人欢迎，而且受到所有其他关心我的尘世进步的人欢迎，尽管他们想象不出我的精神需要有多么大。所有的矛盾一下子解决了，我到处受欢迎，到处有人乐意促成我的目的。与此同时，人们怀着良好的意图支持我所做出的决定，因为学法律能够使我的思想更加受益。人们说，通过学习法律，我会洞察市民的和现世的情况，而用其他的方法是无法达到这个目的的。人们还说，法律的范围很广，学了法律就无须附带学习许许多多所谓的高等事物。人们向我说出许多知名人士的名字，这些名人全都学过法律，但同时在其他方向获得了渊博的知识。

但是，在这个问题上，我和我的朋友们忽略了一点，即那些名人不仅上大学前就有优异的学习成绩，而且花在学习上的时间要长得多，而我的情况特殊，为谋生计，我不可能像他们那样把时间都花在学习上。

但是，上述一切已经够了，正像我曾经欺骗别人一样，我逐渐欺骗我自己，最后的确自以为能够非常认真地学习法律，而且同时能达到自己的目的。

带着去寻求我压根儿不想占有和使用的某种东西的这种荒唐想法，我在到达哥廷根大学之后，立即开始学习法律。我也觉得法律这门学科根本不会引起我的反感，相反，假如我的头脑里没有充满太多的其他打算和志向，我会非常乐意献身于法律。我现在的情况就像一位姑娘一样，她为反对包办婚姻而提出各种各样的理由，因为偏偏在她的心里有一个秘密的情人。

在上有关公共机构和《法学汇编》①的课程时，我常常忘我地练习写作戏剧情景。我煞费苦心地把我的思想用于听课，可是我的思想总是开小差。我不停地想到诗歌、艺术和我的更高级的人的发展，正是为了后者，我多年来热情地努力争取上大学。

在上大学的头一年里，是黑伦②大力帮助我实现我最远的目的。他的人种志课和历史课为我今后研究这类学问打下了最好的基础；另一方面，他的演讲清楚而切实，这使我受益良多。我喜欢他上的每一堂课，内心充满着对这位杰出学者的崇高敬意和爱慕。

我开始理智地考虑第二个学年，决定完全放弃法律学习，因为它确实太重要了，以至我不可能把它视为无关紧要的事，这对于我的主要的事无疑是一个太大的障碍。我决定学习语文学。如果说在头一年里我向黑伦学习到了许许多多的知识的话，那么在第二年里我得感谢迪森③教给我这么多的知识。这不仅因为他的讲课为我的学习提供了本来渴望得到的营养，我每天都看到自己有进步和更加开窍，在他的指点下，我为未来的文学创作选择了可靠的方向，而且因为我有幸和他认识，由他指导、支持和鼓励我的学习。

此外，每天和学生中间非常杰出的人物交往，不停地讨论非常重要的问题，每天散步，往往到深夜，这一切对我来说是弥足珍贵的，对我越来越自由的发展产生了极为有利的影响。

在这期间，我手头的钱即将告罄。与此相反，一年半以来，我每天都吸收了新的知识。但是我觉得，继续积累知识，而不去实际应用

---

① 6世纪东罗马皇帝查士丁尼命令汇编的法学家学说摘录，共五十卷，作为法学的基础。
② 黑伦（Arnold Hermann Ludwig Heeren，1760—1842），德国历史学家，哥廷根大学历史教授。
③ 迪森（Ludolf Dissen，1784—1837），德国语文学家。

它，这是不符合我的本性和生命历程的。所以我的内心里产生了一种强烈的欲望，想通过创作几部文学作品来重新使自己获得自由，重新使自己渴望进一步的学习。

我打算连续地完成我的戏剧作品，表达我有关诗歌原理的观念。对于前者，我在题材上并没有失去兴趣，但我希望我的戏剧作品在形式和内容上显得更加重要；而后者是我特别在和当时盛行的观点进行斗争中发展起来的。

因此，我于 1822 年秋离开了大学，搬进汉诺威附近一所乡村风格的住房。我首先撰写那些理论文章，特别希望自己的文章不仅有助于年轻的人才创作出诗歌作品，而且有助于他们评价诗歌作品，所以我把文章取名为《关于诗歌的论文集》。

1823 年 5 月，我完成了这项工作。现在，由于处境困难，我不仅希望能找到一个好的出版商，而且希望获得丰厚的稿酬，所以我断然决定，把手稿寄给歌德，并请求他向柯塔①先生说几句称赞的话。

歌德始终是诗人当中那颗我每天仰望的可靠的指路星②，他的格言和我的思想方法和谐一致，使我的观点不断地提高。我一再地试图探索和竭力仿效他在处理各种不同题材时的高超艺术，我对歌德的真挚的热爱和崇敬几乎是抑制不住的。

到达哥廷根后不久，我给他寄去了我的一本诗集，并附上我简短的生平和教育过程。使我非常高兴的是，随后不久，我不仅收到了他简短的回信，还从旅行者们那里听到，他对我评价不错，并打算在几期《艺术与古代》上介绍我。

对于我来说，由于我当时的处境，知道这个消息具有重大的意义，现在我也有了勇气，把刚刚完成的手稿十分信任地寄给他。

现在，在我心中只有一个强烈的愿望，那就是亲自在他身边待上一段时间。于是，为了实现这个愿望，我在 5 月底徒步漫游，经过哥

---

① 柯塔（Johann Friedrich von Cotta，1764—1832），歌德和席勒的作品的出版商。
② 即北极星。

廷根和维拉塔尔,最后到了魏玛。

在到魏玛的旅途中,由于天气十分炎热,往往步履维艰,但是在我的内心深处,一直有一种让我深感慰藉的印象,仿佛我将受到好心人的特殊指导,仿佛这次魏玛之行会给我今后的生活带来重要的影响。

第一卷

1823—1827

1823年

▼ 1823年6月10日　星期二　魏玛

几天前我来到了这里；今天我第一次拜访歌德，他很热情地接待了我。他给我的印象非常深刻，以至我把这一天看作我一生中最幸福的一天。

昨天我让人去探问，他约我今天十二点到他那儿。我按时去访问，发现他的仆人已经在等着引我上楼去见他。

房子的内部给我一种非常愉快的印象，一切均很高雅和简朴，不怎么豪华；陈列在台阶上的那些形形色色的古希腊、古罗马雕像的复制品，也说明歌德对造型艺术和古希腊、古罗马时代的爱好。我看见楼下的房间里有好些妇女来来往往地忙着，还看到一个漂亮的小男孩，他是歌德的儿媳妇奥蒂丽的孩子，他不认生，朝我跑了过来，瞪着大眼看着我。

我向四周看了一下，然后随同这位非常健谈的仆人拾级而上到了二楼。仆人打开一个房间的门，我就跨过上面嵌着 SALVE 字样的门槛，这个意为敬礼的拉丁文单词预示着我会受到热情的欢迎。仆人引我穿过这间房，又打开另一个较宽敞的房间，叫我在这里等一会儿，因为他要进去禀告主人我已到了。这里空气非常凉爽，让人觉得很舒适；地板上铺着地毯，摆着一张红色的长沙发和几张同样颜色的椅子，显得很清爽。房间里一边摆着一架三角大钢琴，壁上挂着各种各样的素描和油画。

透过对面敞开着的门，可以看见里面还有一个房间，壁上同样装饰着各种各样的油画，仆人就是穿过这个房间进去向主人禀告我已来到的。

过了不久歌德就出来了，他穿着蓝上衣，还穿着鞋子，多么崇高的形象啊！我不禁为之一惊。可是他说话很和蔼，马上消除了我的局促不安。我们坐到了那张长沙发上。在远处看到他的神情和仪表，我既感到幸福，也感到不知所措，以至言语很少，甚至说不出话来。

他一开头就谈起我的手稿。他说："我是刚放下你的手稿出来的。整个上午我都在阅读你的这部著作；它用不着推荐，它本身就是一种推荐。"接着，他称赞我的文笔流畅，思路清晰，一切都有根有据，而且是经过周密考虑的。他补充说："我很快就要把它寄出去，今天我还要给柯塔写封信，用邮车寄给他，明天就把稿子另包寄给他。"为此，我用语言和目光表达了我对他的感谢。

接着我们谈到我的下一步的旅行。我告诉他我旅行的目的地是莱茵区，我要在那里找一个适当的住处，以便写一点新作品，不过我想先从魏玛到耶拿，在那里等候柯塔先生的回信。

歌德问我在耶拿有没有熟人，我回答说，我希望能和克涅伯尔[①]先生建立联系。歌德立即答应写一封介绍信给我随身带去，以便我受到较好的接待。

接着歌德对我说："好了，好了，要是你到了耶拿，我们就变成了近邻，可以随时互访或通信。"

我们怀着平静的心情亲切地久久地坐在一起。我按着他的膝盖，默默地看着他，我要把他看个够。他的褐色面孔非常结实，而且布满皱纹，每一条皱纹都有丰富的表情。总而言之，他的面孔显得诚

---

① 克涅伯尔（Karl Ludwig von Knebel，1744—1834），和歌德有长久交谊的一位作家。

实而坚定，宁静而伟大！他说话慢而随便，令人想起一位上了年纪的君主。可以看出他有自信心，超然于世间的褒贬之上。在他身旁，我感到难以形容的幸福；我感到莫大的安慰，就像一个备尝艰苦、许多长久的希望都落了空的人，终于看到自己最美好的愿望得到满足一样。

接着他提到了我的那封信，并对我在信中说过的一句话赞不绝口：一个人只要能把一件事说得清清楚楚，他也就能把许多其他的事说得一清二楚。“人们不可能知道，事情会怎样变化。”他说。接着他告诉我：“我在柏林有很多好朋友，这几天我想起了他们，希望他们在那里替你想点办法。”

这时，他深情地微笑了。然后他提醒我这些日子在魏玛应该看些什么，并答应请他的秘书克罗伊特先生为我当向导。他特别指出，我应当去看看魏玛剧院。他问了我现在的住址，说他希望和我再晤谈一次，一旦找到适当的时间，他就派人来请。

我们友好地分别了。我感到万分幸福，因为他的每句话都表现出亲善，而且我感到，他对我怀有好感。

▼ 1823 年 6 月 11 日　星期三

今天上午我又收到歌德用明信片写的邀请信。我应邀到他那儿待了一个多小时。今天他的表现和昨天完全不同，他对所有的事情反应迅速和果断，活像一个小青年。

他朝我走来的时候，拿来两本厚厚的书。他说：“你这样急促地离开我，这不好，其实，我更希望我们彼此更加亲近一些。我希望更多地看到你，更多地和你谈话。可是，由于一般性的东西太多，所以我马上想到某种特殊的东西，这特殊的东西作为一个第三者，可以充当我们之间的联络点和讨论对象。你在这两本书里可以找到 1772

年和1773年的《法兰克福科学报告》，这些科学报告几乎包含了我当时所写的所有短小的评论文章。这些评论文章没有署名；不过，因为你是知道我的态度和思想方法的，所以你一定能把它们与其他的评论文章区分开来。我希望你较为仔细地观察一下我在青年时代所写的这些文章，并且告诉我你对它们的看法。我想知道，它们是否有价值，是否值得在将来纳入我的作品集中出版。我自己觉得这些文章离我太远了，我无法对它们的价值做出判断。可是你们年轻人一定知道，它们对你们是否有价值，从今天的文学观点来看，它们还有多大的使用价值。我已经让人拿来了这些文章的抄件，往后你可以把这些抄件拿去，以便和原件进行比较。不久，在你认真仔细地进行编辑的时候，你就会发现，在不损害整体的性质的情况下，可以删除某些无关紧要的东西，或者补充某些有益的东西。”

我回答他说，我很愿意试着看一看这些评论文章，而且看的时候别无他求，只希望自己能完全按他的心意办事。

他回答说：“一旦投入这项工作，你就会发现，你完全能够胜任这一任务；这事对你来说易如反掌。”

接着他向我透露，他打算在大约八天以后动身去马里恩浴场①，要是我在他起程之前还待在魏玛的话，他很希望能和我再次见面并晤谈，以便加深我们之间的友谊。

他补充说：“我也希望你在耶拿不是待几天或几个星期，而是整个夏天都把那里当作自己的家一直住下去，直到我初秋从马里恩浴场回来为止。昨天，为了住房以及诸如此类的事，我已写信给我在耶拿的朋友，以便你在那里万事如意，住得舒适，心情愉快。

“你在那儿可以为你今后的研究找到各种各样的原始资料和参考书，还能结交许多有学问和好交游的朋友；此外，这地区有许多名胜古迹，你可以有五十条不同的散步路线，这不仅给你带来愉

① 魏玛近郊的温泉区，歌德有时去暂住几天。

快，而且几乎所有的散步都有助于你安静地思考。你在这期间将有空闲，也有机会为你自己写点新东西，同时顺便办理我委托你做的事。”

我对歌德这些友好的建议并无什么反对意见，就欣然全都接受了。当我和他告别的时候，他特别亲切地对我说，后天他将和我继续交谈，希望我不要错过这个机会。

▼ 1823年6月16日　星期一

在这几天里，我多次拜访歌德。今天我们主要谈论工作上的事。我也对他在法兰克福时期写的那些评论文章发表了意见，称之为他大学时期的余音。歌德似乎对我的这种说法感到满意，因为这种说法表明一种观点，人们应该用这种观点去观察歌德在青年时期写的那些文章。

接着他交给我《艺术与古代》的头十一期，希望我把它们作为第二个任务——第一个任务是阅读他在法兰克福时期写的那些评论文章——带到耶拿去。

他说：“我就是希望你好好地研读一下《艺术与古代》的这几期，你不仅要整理出一份总的内容目录，而且要加以说明，哪些题目还没有说清楚，以便我认识到，哪些线索需要重新接起来和继续编织下去。你所做的这项工作能大大减轻我的劳动强度，你自己从中也能获益，因为通过这种实践，你对所有这些文章的内容不仅有所了解，而且对它们的看法，要比普通的读者出于个人爱好对它们的看法尖锐得多。”

我觉得歌德的这番话完全正确，并且告诉他，我很乐意接受这项任务。

▼ 1823年6月19日　星期四

我本来打算今天去耶拿。但是昨天歌德恳求我在魏玛待到星期天，然后乘邮车去耶拿。他昨天交给我几封介绍信，其中有一封是给弗洛曼[①]一家人的。他告诉我："在这个圈子里，你会感到称心如意的。我在他们那里度过了许多美好的夜晚。让·保尔[②]、蒂克[③]、施莱格尔兄弟[④]以及其他德国名人也都到过那里，而且喜欢跟弗洛曼一家交往。就是到现在，那里还是许多学者、艺术家和其他知名人士经常聚会的场所。过几个星期之后，请你给我写封信，寄到马里恩浴场，告知我你的情况以及你对耶拿的观感。我已吩咐我的儿子，当我不在家时，要常去看望你。"

歌德对我这样细心照顾，使我非常感激。我从各方面都感到歌德待我如家人，将来也还会如此。这使我感到幸福。

星期六，6月21日，我告别了歌德，于次日乘车前往耶拿。到达耶拿后，我在一个非常善良和正直的人家的花园住宅里住了下来。由于歌德的推荐，我在克涅伯尔先生和弗洛曼先生的家里受到友好的接待，在同他们的交往中获益匪浅。歌德委托我做的那两件事进展顺利；此外，我不久就高兴地收到了柯塔先生的一封信，信中他不仅表示非常愿意出版寄给他的手稿，而且答应付给我一笔可观的稿费，还答应当着我的面在耶拿印刷我的这本书。

这样一来，我的生活至少可以维持一年，我踌躇满志，希望在这段时间里创作出一些新的作品，以便为我日后作为作家的幸福奠定基础。我希望通过我的那些论述诗歌的文章——《关于诗歌的论文

---

① 弗洛曼（K. Frommann，1765—1837），耶拿的出版商，他家是文人聚会的场所。

② 让·保尔（Jean Paul，1763—1825），德国小说家。

③ 蒂克（Johann Ludwig Tieck，1773—1853），德国浪漫派作家。

④ 施莱格尔兄弟（August Wilhelm Schlegel，1767—1815；Friedrich Schlegel，1772—1829），德国浪漫派作家。

集》,一劳永逸地放弃理论研究和文学评论。我在这些论述诗歌的文章里,曾试图弄清诗歌创作的最佳规则,可是我的整个内在的本性敦促我从事实际的工作。我曾计划写许许多多的诗,较长的和较短的诗,也计划写各种各样的剧本,现在的问题是,我应该知道我的主攻方向,以便愉快地和从容不迫地一件件地完成我想做的工作。

从长远观点看,我并不喜欢耶拿,因为我觉得这里太安静,也太单调。我希望到大城市去,这不仅因为那里有第一流的剧院,还因为那里有自由和热闹的民众生活,在这种条件下,我能够吸取艺术上有价值的生活因素,极为迅速地提高我的内心修养。在这样的大城市里,我也希望离群索居,完全不被人注意,以便我随时能够安安静静地从事创作。

在这期间,我已经草拟出歌德所希望的《艺术与古代》的头四期的内容目录,并把这份内容目录连同一封信寄给在马里恩浴场的歌德。在这封信里,我非常坦率地说出了我的愿望和计划。不久,我收到了歌德写给我的一封简短的信:

> 我及时地收到你寄来的内容目录,它完全符合我的愿望和目的。我希望我从浴场回来的时候,能够看到经你编审过的我在法兰克福时期写的那些评论文章。对你的大力帮助,暂且暗自表示非常感谢。我时刻关心着你的思想、情况、愿望、目的和计划,在我回来的时候,我将同你详谈你的健康情况。今天我就说这么多。向马里恩浴场告别,不仅引起我许多深思,而且使我有许多事要做;我在这里逗留的时间虽然太短,但我结识了不少杰出的人物,所以分别的时候不免感到非常难受。
>
> 但愿我见到你的时候,你正默默无闻地工作,因为归根结底,获取世界观和经验的最可靠的、最纯洁的途径就是默默无闻地工作。祝你平安;我高兴地盼望着和你进行一次较长的

和更为亲密的谈话。

歌德

1823年8月14日,马里恩浴场

我读了歌德给我的这封短信,不仅感到非常幸福,而且暂时又感到了莫大的安慰。由于这封短信,我决定不擅自行动,而完全按他的建议和意愿行事。在这期间,我写了几首小诗,完成了歌德在法兰克福时期所写的那些评论文章的编审工作,并把我对这些评论文章的看法,根据歌德的要求写成了一篇简短的论文。我盼望着他从马里恩浴场回来。此外,我的《关于诗歌的论文集》的印刷工作即将结束,无论如何,今年秋天我得休息一下,我希望到莱茵地区做一次为期几周的短期旅行。

▼ 1823年9月15日　星期一　耶拿

歌德已经从马里恩浴场平安归来,可是他觉得他在这里的花园住宅缺乏必要的生活设施,所以只在这里待了几天。他看上去很健康,而且精力充沛,能一连走好几个小时的路。看到他这样健康,我心里非常高兴。

在愉快地相互问候之后,歌德开始谈起我的事情。

"我得坦率地告诉你,"他开始说,"我希望你今年冬天待在魏玛,就住在我这里。"这是他开头说的话,接着他详细地说明要我在魏玛住的理由:"你在诗歌和评论方面很在行。你在这两方面有一种天生的基础;这是你的本行,你应该坚持它,相信它很快就会给你带来可观的生活收入。可是,除了这本行以外,某些与专业无关的东西你也得知道。现在的问题是,在这件事上(指去魏玛之事)你不该犹犹豫豫,而应该迅速做出决定。我希望你今年冬天和我们一起在魏玛生活。你要是住在魏玛,你就会对你的思想如此迅速地得到发展感到惊异,你在那里会有最好的学习条件,因为我手里有最好的参考资料。然后你会终生站稳脚跟,感到愉快,并能满怀信心地在各种场合中出现。”

我对歌德的这些建议感到高兴,并对他说,我很愿意听从他的意见和劝告。

歌德继续说:“我将为你在我的附近安排一个住所;整个冬天你都有时间从事重要的工作。在魏玛还聚着许多好东西,你渐渐地会在上流社会中找到一些人,他们比得上任何大城市里的佼佼者。我个人也和许多非常出色的人结为朋友,你渐渐地就会结识他们的,和他们的交往将会对你非常有益。”

歌德向我说出许多名人的名字,并且三言两语地说明每一个名人的特长。

他继续说:“在这么一个小地方有这么多好东西,你在什么地方能找到呢?我们也有一个精良的图书馆,还有一座剧院,它们绝不比其他德国城市的最好的图书馆和剧院逊色。所以我再一次说:请你待在我们那里,不仅在这个冬天,希望你把魏玛选作你的居住地。那里的大门和街道通向世界的各个尽头。你在夏天可以出外旅行,渐渐可以看见你所希望看的东西。我五十岁时到了魏玛,并从那里出发周游世界!但我总喜欢回到魏玛去。”

我感到幸福,因为我又能待在他的身边,又能听他发表高见,我感到我的整个内心世界都委身于他。我想,我只要有你和能够有你,其余的事一概都可随便!因此我再次对他说,凡他考虑到我的特殊处境而认为是好的事情,我都乐意做。

▼ 1823年9月18日　星期四　耶拿

昨天上午,在歌德动身回魏玛之前,我很幸运又和他晤谈了一个多小时。这次他说了非常重要的话，对我来说这简直是无价之宝，使我终身受益不尽。德国的青年诗人都必须知道，这次谈话对他们也是有益的。

歌德讲了几句开场白，他问我今年夏天有没有写诗。我回答说，我虽然写了几首，但是总的说来，我对作诗还缺乏乐趣。接着歌德对我说："你要注意，不要写大部头作品。许多最优秀的人，那些最有才华和最勤奋的作家，正是由于贪图写大部头作品而受苦。我在这一点上也吃过苦头，而且认识到这样做只会对自己有害。我在这方面不知有多少心血付诸东流！如果我把可写的都写了，那么写上一百卷也嫌不够。"

歌德继续说："现实生活有权利要求作家加以表现；诗人在日常生活中产生的思想和感受，不仅要求表现，而且也应该得到表现。可是，如果你脑子里老在想着写一部较大的作品，那么旁的什么也不会产生，一切思想都会被拒绝，这样你自己就会长时间地丧失生活本身的乐趣。为了使一个巨大的整体融贯完美，就得消耗巨大的精力；要把大部头作品用流畅的语言表达出来，那是需要费大力气的，而且还要有安静的生活环境！如果在整体上安排不妥当，那么一切精力就白费了。此外，如果你在处理那样庞大的题材时没有完全掌握住细节，那么整体的某些地方就会有缺陷，这样你就会受到指责。正是由于这一切，诗人尽管付出了这么多的辛劳和牺牲，但结果所获得的并不是酬谢和欢乐，而是不快和精力的衰竭。反之，如果诗人每天都抓住现实生活，并经常以清新的心境来处理呈现在他眼前的事物，那么他总可以写出一部好作品，即使偶尔不成功，也没有什么可以失去的。"

歌德继续说："姑且举柯尼斯堡的奥古斯特·哈根[①]为例。他是一位很有才能的诗人！你读过他的《奥尔弗里特和李辛娜》那首诗没有？诗中有些片段是写得很出色的，例如波罗的海沿岸的风光以

---

① 哈根（August Hagen，1797—1880），德国浪漫派诗人。

及当地的一些具体细节。但是,这只是一些漂亮的片段,作为整体来看,谁也不会对这首诗感到满意。可是,为了创作这首诗,他付出了多大的辛劳和气力,是的,他简直弄得精疲力竭了!现在他还写了一部悲剧呢!”

说到这里,歌德微微一笑,并且沉默了一会儿。我趁机插话说,要是我没有弄错的话,他在《艺术与古代》上就劝告过哈根只选些小题目来写。歌德回答说:“我当然劝过他这样做,但他会按我们老年人说的去做吗?每个人都认为自己知道的东西最正确,因此,有许多人彻底失败了,还有许多人在这个问题上长期执迷不悟。可是现在再没有时间去胡思乱想了。在这一点上我们老年人是过来人,如果你们青年人愿意重蹈我们老年人的覆辙,那么我们所有的探求和错误还有什么用处呢?如果这样,我们就永远无法前进了。我们老年人犯了错误是情有可原的,因为我们面前并没有已被铺平的道路。但是对入世较晚的一辈人要求就要更严格些,他们不应该再一次地犯错误和探求,而应该听老年人的忠告,马上踏上正道,向前迈进。光采取以往通向目标的步骤是不够的,应该把每一个步骤都看作目标,使它作为步骤而起作用。

“请你牢牢记住我的这番话,看它对你是否也适用。我并不担心你也会走错路,不过我的话也许可以帮助你迅速地跨过与你现在的处境不相适应的这段时期。就像刚才讲过的那样,如果你目前只写一些小题目,抓住日常生活提供给你的一切材料,那你总会写出一点好作品来,这样每天都会给你带来欢乐。你可以把你的作品先交给报刊或印成小册子发表,但切莫迁就旁人的要求,要始终按照自己的心意写下去。

“世界是如此巨大和广阔,生活是如此丰富多彩,所以永远不会缺乏作诗的动因。但是所有写出来的诗必须是即兴诗[1],也就是说,

---

① 原文 Gelegenheitsgedicht,意为应机缘而写的诗,从客观情境出发写的诗。

现实生活必须为作诗提供机缘和材料。一个特殊的事件通过诗人对它的处理而变成带有普遍性和诗意的东西。我的诗都是即兴诗,来自现实生活,从现实生活中获得坚实的基础。我认为空中楼阁的诗一钱不值。

“不要说现实生活缺乏诗意;诗人之所以经受得住考验,正是由于他有足够的智慧,能从一件平凡的事物中找出引人入胜的一个侧面。现实生活应该为作诗提供动机,这就是要表现的要点,也就是诗的真正核心;但是,把这些有待表现的要点组成一个优美的、生气勃勃的整体,这却是诗人的事了。你熟悉傅恩斯坦①,那个所谓的‘自然诗人’。他写了一首关于忽布②种植的诗,这首诗写得太好了。我现在要他写一些有关手工业的歌,特别要他写一首纺织工人之歌,我确信,他会很好地完成我交给他的任务的,因为他从青年时代起就和这些手工艺匠人一起生活,他完全熟悉手工艺这一行,他会驾驭他的创作题材的。写小题材的优点正在于你只需选择你所熟悉的事物。至于写大部头的诗,情况就不同了。写大部头的诗,免不了要把各个部分按计划连接起来,编织成一个整体,而且还要描绘得惟妙惟肖。可是青年人对事物的认识不免片面,而大部头作品却要求作者有多方面的广博知识,人们往往由于缺乏多方面的知识而失败。”

我告诉歌德,我想写一首以四季为题材的大部头的诗,把各个阶层的活动和娱乐都编织进去。歌德回答说:“这正是我刚才说的那种情况。你可以在许多方面获得成功,但是在某些你也许还没有认真研究过、还不大熟悉的方面,你就不会成功。你也许善于描写渔夫,但不善于描写猎户。如果整体上出了毛病,整体就会显得有缺陷,不管个别的部分写得多么好,这样你就写不出什么完美的作品。但是,你要是把那些你能胜任的个别的部分挑出来单独加以描写,你肯定会写出一点好作品来。”

---

① 傅恩斯坦(Fürnstein,1783—1841),一位写农艺和手工艺的诗人。

② 即啤酒花。

歌德继续说:“我特别告诫你不要相信自己的那些伟大的发明创造[①],因为要发明创造就要提出自己对事物的观点,而青年人的观点很少是成熟的。此外,人物和观点作为诗人的两个重要特征会离开诗人,从而使他在下一步创作中丧失丰满性。最后还有一点:单凭想象去虚构题材以及在安排和组织方面进行构思需要花费很多时间,这样对我们并没有什么好处,纵使我们最后完成了自己的作品。

“反之,如果题材是现成的,情况就大不相同了,工作就会轻松些。因为事迹和人物已在口头上流传下来,所以诗人要做的工作只是使整体有生气。在这种情况下,诗人也可以保持自己的完满性,因为他只需添加他自己的少许东西;此外,时间和精力的消耗也可以大大地减少,因为他只需在表达方面费力。我甚至劝人采用前人已加工过的题材。例如伊菲格涅亚[②]这个题材就常常被人们采用,可是产生的作品各不相同,因为每个人都按自己的方式去看待和处理流传下来的传说。

“我劝你暂时把一切大题目搁在一边。你努力探索这么久了,现在是你开开心心生活的时候了。写小题材是最好的途径。”

我们一面谈着,一面在他的房间里踱来踱去。我只能始终表示赞同,因为我内心里感到他的每一句话都是真理。每走一步,我都感到比前一步轻松愉快,因为我愿意承认,我一直都没有很好弄清楚的一些大计划,曾是我的不小的精神负担。现在我把这些大计划抛开了,等我通过研究世界,掌握了有关题材的每个部分之后再说,目前我先以愉快的心情就某一题材或某一部分陆续地进行处理。

听了歌德的话,我感到长了几年的智慧。结识了这位真正的大师,我在灵魂深处感到幸福。我从他那儿得到的好处,简直是无法计算的。

---

① 原文 Erfindung,意为单凭想象去虚构题材。

② 荷马史诗中希腊东征主将阿伽门农的女儿。

今冬我还会从他那里学到很多东西，单是和他的交往也会使我受到教益，尽管他有时并未说出什么重要的话。即使他不说话，他的风度和品格对我也是一种教育。

▼ 1823年10月2日　星期四　魏玛

昨天，天气宜人，我从耶拿乘车前往魏玛。刚到不久，歌德为了欢迎我来魏玛，派人给我送来了一张预订的戏票。

今天上午我去拜访歌德。他对我的到来感到高兴，对我非常友好和亲切。当我想走的时候，他对我说，他想先介绍我跟枢密院成员舒尔茨认识。他领我走进隔壁的房间，在这个房间里，我发现舒尔茨先生正在观赏艺术品。歌德把我介绍给了舒尔茨，并让我们单独进行谈话。

舒尔茨对我说："你待在魏玛，而且愿意帮助歌德编辑他的那些至今尚未出版的著作，为此我们感到非常高兴。他（指歌德）已经告诉我，他从与你的合作中可望获得很大的好处，他还希望你完成某些新的东西。"

我回答他说，我唯一的生活目的就是使自己对德国文学有用处，我希望在这里贡献自己的力量，因此很愿意暂时放弃自己在文学上的一些打算。我补充说，和歌德的实际交往也将对我今后的发展产生非常良好的影响，我希望通过和歌德的实际交往，在几年之后使自己成熟起来，以便更好地完成我现在很少能够完成的事情。

"当然，"舒尔茨说，"像歌德这样杰出的人物和大师的个人影响是不可估量的。我到这里来，也是为了向这位伟大的英才学习，以便使自己神清气爽。"

接着他问了我的书的印刷情况，早在去年夏天，歌德就写信和他讲过这件事。我告诉他，再过几天，我有望收到从耶拿寄来的头一批样书。一旦收到这些样书，我将送他一本；如果他彼时已不在魏玛的话，就把书寄往柏林。然后我们热情地握手告别。

▼ 1823 年 10 月 14 日　星期二

今天晚上，我头一次在歌德家里参加大型茶会。我第一个到场，看到那些照得通亮、敞开着门互相连通的房间，心里非常高兴。在最里面的房间里我找到了歌德，他高兴地向我走来。他穿着黑色的西服，上衣上佩戴着一枚星形勋章，这样的穿着使他显得很健康。我们单独在一起待了一会儿，然后走进所谓的屋顶室里，在一张红色长沙发上方挂着一幅题为《阿尔多布兰迪尼的婚礼》①的油画，这幅画特别引起我的注意。因为绿色窗帘被推在旁边，这幅画被灯火照得通亮，我很高兴能静静地观察它。

“是呀，”歌德说，“古人不仅有伟大的志向，而且善于表现它们。与之相反，我们现代人也许有伟大的志向，但很少能够像我们所想象的那样，非常有力而生动地表现它们。”

这时，里默尔②、迈耶、米勒首相以及宫廷的许多其他有名望的先生和女士也来了。歌德的儿子和儿媳走了进来，我和他们在这里初次认识。渐渐地，所有的房间里都挤满了客人，大家都兴致勃勃，有说有笑。也有几个漂亮的年轻外国人到场，歌德和他们用法语交谈。

我喜欢这些客人，他们不拘礼节，无拘无束，有的人站着，有的人坐着，有的人在开玩笑，还有的人一边笑，一边和这个或那个人谈话，大家都按自己的兴趣自由结合。我和歌德的儿子热烈地讨论几天前

---

① 古代的壁画，1797 年由歌德的朋友迈耶制作了复制品。
② 里默尔（Riemer，1774—1845），1803—1812 年在歌德家里担任家庭教师。

刚刚上演的侯瓦尔德[①]的剧本《肖像》。我们对它的看法完全一致，使我高兴的是，歌德的儿子在分析情况的时候，不仅有见解，而且激情迸发。

歌德对参加茶会的客人非常和蔼可亲，他一会儿朝这个客人走去，一会儿朝那个客人走去，看来他更喜欢听别人说话，也就是说，他让他的客人多说话，而自己却很少说话。歌德的儿媳多次走来，跟随着歌德，依偎着他，并且亲吻他。我不久前曾对歌德说，戏剧给我带来很大的乐趣，当我忘情于一出戏的时候，我就会感到很开心，而很少去思考戏的印象。这种情况似乎适合歌德，也适合我目前的处境。

歌德带着他的儿媳朝我走来。"这是我的儿媳，"他说，"你们两个已经认识了吗？"我们告诉他，我们刚刚才认识。接着他说："她叫奥蒂丽，和你一样，也是一个戏迷。"我和奥蒂丽为我们有共同的爱好而感到高兴。"我的儿媳，"歌德补充说，"不会错过任何晚会。"我回答说："只要上演好的、轻松愉快的戏剧，我还可以满意，可是，要是上演坏的戏剧，你也得耐心地看下去。"歌德回答说："你说得很对。你不能离开，要迫使自己也听一听和看一看坏的东西。当你听到和看到坏的东西的时候，你就会对坏的东西充满仇恨，这样就可以帮助你更好地认识好的东西。阅读的时候，情况就不同了，要是你不喜欢一本书，你可以把它扔掉，可是在剧院里你得坚持下去。"我同意他的看法，并且在想，这老者偶尔说的话都总是很有教益。

我们分开了，随即加入其他客人之中去了。这些客人在我们周围或在这个和那个房间里大声地、兴高采烈地聊天。歌德朝那些女士走去；我加入了里默尔和迈耶这一伙，他们给我讲述了许多意大利的情况。

---

① 侯瓦尔德（Ernst von Houwald，1773—1845），德国剧作家，其五幕悲剧《肖像》属于命运悲剧。

过了不久,政府顾问施米特坐到了钢琴旁边,为客人们演奏了贝多芬的几首钢琴曲。他的演奏似乎受到了客人们的热忱欢迎。然后,一位有才智的女士①为在座的人讲述了许多有关贝多芬的趣事。就这样,不知不觉到了十点钟,今晚的茶会我过得非常愉快。

▼ 1823 年 10 月 19 日　星期日

今天中午,我第一次在歌德家里用膳。一同用膳的除歌德以外,还有他的儿媳奥蒂丽、乌尔里克小姐(奥蒂丽的妹妹)和幼小的瓦尔特(歌德的孙子)。我们都很随便。歌德的表现完全像个家庭中的父亲,他给我们盛一道菜,为我们切开烤鸡,而且切得特别熟练,还不时地给我们斟酒。我们其他的人则滔滔不绝、兴致勃勃地谈论戏剧、年轻的英国人及其他日常发生的事情;在我们当中,乌尔里克小姐显得非常快活和健谈。歌德总的说来显得沉默寡言,只是偶尔插话,说点重要的事情。此外,他偶尔看看报纸,告诉我们一些报纸上的消息,特别是一些关于希腊人的进步的消息。

席间,我对歌德说,我还得学习英语。歌德听了很高兴,并且对我说,他迫切希望我学习英语,特别是为了拜伦男爵的缘故。歌德说,像拜伦这样品格非常卓越的人,历史上不曾有过,今后也很难出现像他这样的人。我们审查了本地的老师,但没有发现一个发音非常好的,所以我们宁愿请年轻的英国人当我们的英语老师。

饭后,歌德让我看他做色彩学方面的一些试验。可是我对色彩学一无所知,所以对他所说的现象很少能够理解。不过,将来要是有空闲和机会,我希望学习一下这门科学。

---

① 指冯·萨维尼夫人,她是德国浪漫派女作家贝蒂娜·冯·阿尔尼姆的妹妹。

▼ 1823年10月21日　星期二

我今晚在歌德家里。我们谈论他的作品《潘多拉》。我问歌德，我是否可以把这首诗看作一个整体，或者这首诗是否还有续篇。歌德回答说，没有续篇，他没有写续篇，因为第一部分的布局太大，以至他后来无法完成第二部分。他认为，我可以把他写好的东西看作一个整体，他为此也感到安慰。

我告诉他，我是在把这部难懂的作品读了好几遍之后，才逐渐理解它的含义的。我还告诉歌德，我几乎能把这首诗背出来。歌德听了微微一笑。"我相信这是可能的，"他说，"所有的诗句就像是嵌在一起的。"

我告诉他，我不完全同意舒巴特[①]对《潘多拉》这首诗的看法，因为舒巴特认为，歌德在《维特》、《威廉・迈斯特》、《浮士德》和《亲和力》这几部作品中单独表现的东西，在《潘多拉》这首诗里得到了综合的表现，这样反而使这首诗变得难以理解。

歌德说："舒巴特看问题往往比我们深刻一些，不过，他非常有才能，而且对一切问题的看法都很精辟。"

我们也谈到了乌兰德[②]。歌德说："我认为，什么地方产生大的影响，那里通常也有大的原因。乌兰德之所以在国内外享有盛名，必定是因为他创作出了一些优秀的作品。顺便提一下，对他的那些'诗'，我几乎不能做出自己的判断。我出于非常良好的愿望拿起了他的一卷诗，可是我从一开始就偶然发现这么多差的和令人沮丧的诗，以至我不愿意继续读下去。我喜欢读他的那些叙事谣曲。我发现，他在这方面的确很有才能，而且他所写的故事诗非常优美，这正是他获得荣誉的原因之一。"

接着我问歌德他对德国悲剧的诗行有什么看法。他回答说："在

① 舒巴特(Karl Ernst Schubarth，1796—1861)，德国文学评论家。
② 乌兰德(Ludwig Uhland，1787—1862)，德国诗人。

德国人们很难对此取得一致的看法。每个人都为所欲为，或多少按题材的要求去写悲剧。我个人觉得，六音步的抑扬格诗行最相称，但是对于我们德国人来说，这种六音步的抑扬格诗行太长；我们德国人由于缺乏形容词，只要有五音步就够了。英国人由于他们的单音节的词很多，需要的音步还要少。”

随后歌德让我看了几幅铜版画，然后谈到了早期德国的建筑艺术，并说他今后愿意带我看看一些这类的建筑物。

他说：“在早期德国的建筑艺术作品里，你可以看到一种特殊情况的全盛时期。谁要是直接看到这样的全盛时期，就只会赞叹不已；可是，谁要是向内看植物的秘密的内在生活、力量的运动，以及怎样逐渐地开花，谁就会用完全不同的眼光看待这件事，因为他知道他在看什么。

“我愿设法让你在今年冬天了解一些有关早期德国建筑艺术的情况，以便你明年夏天到莱茵地区做一次旅行，相信你看了斯特拉斯堡的大教堂和科隆大教堂之后，会从中得益不浅。”

听了歌德的这番话，我心里非常高兴，并对他表示感谢。

▼ 1823 年 10 月 25 日　星期六

暮色降临的时候，我在歌德家里待了半个多小时。他坐在书桌前的一把木制的扶手椅上；他看上去心情特别安定，像一个内心完全充满宁静的人，或像一个正在想到一桩甜蜜幸福的事情的人，这甜蜜幸福的事情他已经享受过，现在它再次大量地浮现在他的脑海里。歌德的仆人斯塔德尔曼在歌德的附近为我放了一把椅子。

我们开始谈论戏剧，因为它是我今冬的主要兴趣之一。劳帕赫[1]的

① 劳帕赫（Ernst Raupach，1784—1852），德国剧作家。

《尘世的黑暗》是我到目前为止所看到的最后一出戏。我对这出戏的评价并不高，因为它缺乏艺术表现力，观念占了上风，而不是生活占了上风，抒情性多于戏剧性。剧情显得冗长，用五幕表达的东西，用两幕或三幕就足以表达清楚了。歌德补充说，整个剧本的思想围绕着贵族统治和民主政治转，缺乏对普通老百姓的关注。

与此相反，我称赞我所看过的科策布[1]的剧本，即他的《亲属关系》与《和解》。我认为这两部剧本不仅及时地反映了现实生活，而且成功地抓住了现实生活的那些引人入胜的方面，有时还表达得非常精辟和真实。歌德赞成我的观点。他说："保持了二十年并受到人民喜爱的东西，想必有点儿名堂。科策布要是待在他的圈子里，并且不超越他的能力，他通常都能写出一些好作品。他的情况和柯多维茨基[2]的情况一样，后者也擅长画市民的场面，但是要他去画罗马或希腊的英雄，他就会一事无成。"

歌德向我列举了科策布的一些好剧本，特别是他的四幕喜剧《那两个克林柏格》。歌德补充说："不要否认，科策布熟悉生活，注意着周围的一切。"

歌德继续说："不能否认，现代的悲剧诗人也有思想和某种诗意，但是他们中的大多数缺乏简单、生动的表达能力；他们追求某种超出他们的能力的东西，在这方面我想把他们称为勉强的有才能的人。"

我说："我怀疑这样的诗人能用散文写一部剧本，我认为，能否用散文写剧本，这是他们是否有才能的真正的试金石。"歌德同意我的看法，并补充说，诗行可以提高诗意，或者简直可以诱出诗意。

接着我们谈到了他目前正在做的工作。他告诉我他已写好了他的《经过法兰克福和斯图加特前往瑞士的旅行》，他已把这部作品分三册出版，并打算把它们寄给我，以便我读一读细节，并提出一些建议，怎样把它们组织成一个整体。他说："你会看到，我只是把瞬间看

---

① 科策布（August Kotzebue，1761—1819），德国剧作家。
② 柯多维茨基（Daniel Chodowiecki，1726—1801），波兰出生的德国铜版画家。

到的东西记下,根本没有想到计划和艺术上的完美。这就好比把一桶水倒空一样。”

我很喜欢歌德的这一比喻,我觉得,它很适合用来表示某种无计划的东西。

▼ 1823 年 10 月 27 日　星期一

今天早上,歌德派他的仆人来邀请我今晚到他家里喝茶和听音乐会。仆人给我看了被邀请的客人的名单,我从名单上看出今晚到歌德家里做客的人很多,知道茶会和音乐会肯定非同一般。仆人说,有位年轻的波兰女人①已经来了,她准备在晚会上演奏几首钢琴曲。我愉快地接受了邀请。

此后,歌德的仆人给我送来了剧场的入场券,今晚上演海因里希·贝克②于 1798 年根据英文本改编的喜剧《象棋机》。我不知道这部喜剧,可是我的女房东滔滔不绝地称赞它,以至我渴望去看一看。此外,我整天感到身体不大舒服,对我来说,看一出喜剧要比参加一场好的社交晚会更合适。

傍晚,戏开演前一个小时,我去看望歌德。这时,他的家里已经非常热闹。我走过时听到在一间较大的房间里有人在给钢琴校音,作为音乐演奏的准备。

我发现歌德独自一人在他的房间里;他已经穿着节日的盛装,看到我来,他似乎很高兴。他说:“那就待在我这儿吧,我们要一直聊天,直到其他的人来到为止。”我心里想,这下你走不开了,你得待在他这里;现在你和歌德单独待在一起,这当然很愉快,但是,当许多你不认识的先生和女士出现的时候,你就不会感到如鱼得水了。

---

① 这位年轻的波兰女人是钢琴演奏名家斯琴玛诺夫斯卡。
② 海因里希·贝克(Heinrich Beck,1760—1803),曼海姆著名的演员。

我和歌德在房间里踱来踱去。过了不久，我们开始谈论戏剧。我趁此机会重复我说过的话，即我认为戏剧始终是我获得新的愉快的源泉，尤其是因为我以往几乎什么戏也没有看过，而现在几乎所有的剧本都给我留下一种非常新的印象。“是呀，”我补充说，“我的情绪很坏，以至我今天甚至感到不安和陷入内心冲突，尽管我即将参加今晚在你家里举行的重要的晚会。”

歌德接着说：“你知道为什么吗?”他停止了讲话，睁大眼睛，友好地望着我。片刻之后，他继续说：“你去看戏吧！请不要客气！如果今晚上演的这出喜剧更能给你带来愉快，更适合你的心情，那你就去吧。我家里举行的是音乐会，这样的音乐会常举行，你还有机会参加的。”“是的，”我回答说，“我想去看戏；此外，要是我笑，这也许对我会好一些。”“那好吧，”歌德说，“那你在我这里就待到大约六点钟为止，我们还可以聊一会儿。”

斯塔德尔曼带来了两支蜡烛，他把它们放到歌德的书桌上。歌德请我坐到蜡烛前面，因为他要让我读点东西。他要让我读什么呢?那就是他的最新的和最心爱的诗，他的关于马里恩浴场的《哀歌》。

这里，我得就这首诗的内容补充几句话。就在歌德这次从所谓的温泉浴场回来不久，这里传播着一则谣言，说歌德在温泉浴场认识了一位在肉体和精神上都同样讨人喜欢的年轻女士，并对她产生了强烈的好感。每当他在浴场的林荫道上听到她的声音时，他总是脱下帽子，朝她跑过去。他一刻也不离开她，就这样，他幸福地生活了几天；然后，分离使他非常难过，在这种痛苦的情况下，他写了一首非常优美的诗，但是，他把这首诗视为一种圣物，并把它秘藏起来。

我相信这种谣传，因为它不仅完全符合歌德硬朗的身体状况，而且完全符合他的创造性的智力和健康活泼的心。我早就强烈地希望读到这首诗，但出于礼貌不好向他提出请求。所以当歌德主动提出要我看这首诗的时候，我的确感到受宠若惊。

他亲手用拉丁字母把诗句写在坚固的仿羊皮纸上，并用一张红色的摩洛哥羊皮把它包起来，然后用一根丝带系好。这样，仅仅根据外表，我便能做出判断，歌德特别重视这首诗，认为它的价值高过他其他的诗。

我非常高兴地看了诗的内容，发现每一行诗都在证实着大家的传闻。可是头几行诗马上表明，歌德并不是这一次才认识那位年轻的女士的，而是再次认识她了。这首诗总是围绕着它自己的轴在转，似乎总转回到它出发的地方。诗的结尾不可思议地突然中断了，显得异常奇妙和动人。

当我读完诗的时候，歌德又朝我走来。“是吧，”他说，“我已经让你看了点好东西？几天以后，你应该告诉我你对这首诗的看法。”听了歌德的这句话，我感到很高兴，因为他并没有要求我立即做出判断，而是让我有几天思考的时间，因为这首诗给我的印象实在是太新、太快，所以我不可能说出某些恰如其分的意见。

歌德答应另找空闲的时间让我再读一读这首诗，因为戏开演的时间快到了，我和他热烈握手告别。

《象棋机》可能是一出很好的戏，演出可能也很好，可是我看戏的时候心不在焉，我的心思全在歌德那儿。

看完戏后，我从他家旁边走过；我看到他家里灯火辉煌，听到钢琴演奏的声音，我后悔自己没有待在那里。

第二天有人告诉我，那位年轻的波兰女士，即斯琴玛诺夫斯卡女士，在为她举行的盛大的晚会上非常出色地演奏了钢琴曲，令所有在座的客人为之陶醉。我还得知歌德于今年夏天在马里恩浴场认识了她，她这次来魏玛，是为了看望歌德。

中午，歌德让我看了一本小册子——曹佩尔[①]写的《歌德研究》。我在其中发现了一些非常中肯的评语。我则给歌德寄去了我今年夏天在耶拿写的几首诗，我曾写信对他讲过这些诗。

---

① 曹佩尔（Johann Stanislaus Zauper，1784—1850），德国评论家，著有《歌德研究》。

▼ 1823年10月29日　星期三

今晚掌灯的时候，我去看歌德。我发现他心情很振奋，他的眼睛在烛光的映照下闪闪发光，整个表情显得轻松愉快，样子似乎很年轻。

他和我在房间里踱来踱去，接着他开始提起我昨天送给他看的一些诗。

他说："我现在明白了，你在耶拿时为什么告诉我，你想写一首以四季为题材的诗。我现在劝你写下去，马上就从写冬季开始，我觉得你对自然事物有一种特别的感觉和看法。

"对你的那些诗，我只想说两句话。你现在已经到了必须闯过艺术的真正高大的难关的时候了，这就是对特殊事物的理解。你必须竭尽一切力量，使自己从观念中解脱出来；你有才能，而且有了很大的进步，现在你必须做到这一点[①]。你这几天去过梯夫尔特[②]，我想先出这个题目给你做。你也许还会去三四次，把梯夫尔特仔细地观察一下，然后才能发现它的特征，拥有所有的题材（Motive）。你必须不辞辛苦，仔细地研究那里的一切，并把它们形象地表现出来。这个题目是值得费力研究的。我自己本来早就应该这么做了，但是我无法办到，我亲身经历过那些重大的事件，而且陷在里面太深，因而情不自禁地想起太多的细节。但是你作为一个陌生人来到这里，关于过去，你可以请教当地的城堡主，自己要探索的只是现在的、突出的、具有意义的东西。"

我答应要试着照办，虽然我不能否认，这个课题对于我像是离得很远而且非常难。

"我知道，"他说，"这个课题很难，但是艺术的真正生命正在于掌握和描述特殊的事物。此外，如果作家满足于一般，那任何人都可

---

① 指对个别事物的掌握。
② 魏玛附近的一个乡村。

以模仿;但是特殊的东西我们就无法模仿了。为什么呢?因为别人没有亲身体验过。”

他继续说:“你也不用担心特殊的东西引不起共鸣。任何性格,不管多么奇特,任何有待描述的东西,从石头到人,都有普遍性,因为各种现象都经常复现,世间没有任何东西只出现一次。”

歌德接着又说:“到了描述个别特殊这个阶段,人们称为‘布局’的工作也就开始了。”

这话我并没有马上听明白,但是我没有提问题。我想,他指的也许是现实与理想的结合,也就是我们身外的东西和我们天赋的内心世界的结合。不过他指的也许是另一回事。歌德于是接着说:

“还有一点,你在每首诗后注明写作日期。”我疑惑地注视着他,想知道这一点为何如此重要。他就说:“这样就等于是你在为你的进展情况记日记。这并不是小事。我自己多年来一直这样做,并且认识到这样做很有意义。”

不知不觉,看戏的时间快到了,于是我离开了歌德。“你现在去芬兰!”他从后面风趣地对我叫喊。果然,晚上演出的正是魏森图恩夫人[①]创作的五幕剧《芬兰的约翰》。

这出戏虽然有许多动人的场景,但是由于激动人心的场面过多,而且作者故意这样安排,所以从整体来看,这出戏并没有给我留下良好的印象。不过,我觉得最后一幕写得很好,这使我多少感到满足。

我看了这出戏,写下了以下的意见:被一位诗人写得一般的人物在舞台上会变得有血有肉,因为演员们是生气勃勃的人,他们把剧中人物演活了,并帮助他们(剧中人物)获得了某种个性。相反,被一位大诗人写得很出色的人物,由于他们每个人都具有非常鲜明的个性,所以演出必然会失败,因为演员们通常并不很适合表演

① 魏森图恩夫人(Frau von Weißenthurn,1773—1847),德国剧作家。

剧中的人物，也就是说，演员们很少有人会违反自己的个性。如果演员和剧中人物并不完全相同，或者如果演员没有能力完全克服自己的个性，那么就会产生一种混合，也就是说，人物会丧失他的纯洁性。所以通常会出现这样的情况：一位真正伟大的诗人写的剧本，其中总是只有几个人物宜于表现，这也符合作者本来的意图。

▼ 1823年11月3日　星期一

将近下午五点钟，我去看歌德。当我走上楼的时候，听到在那间较大的房间里有人在非常大声和兴致勃勃地说话、开玩笑。歌德的仆人告诉我，那位年轻的波兰女士刚在那儿吃好饭，客人们还在一起。我想走，可是他说，他奉命为我向主人通报一下；我想，这也许是他的主人的习惯，因为天色已晚了。我请他自便，自己在门口等了一会儿。过了不久，歌德高高兴兴地出来了，引着我走进对面他的房间里。看上去他对我的来访感到高兴。他马上取来一瓶葡萄酒，并不时地为我斟酒，他自己偶尔喝上一杯。

"我差一点儿忘了，"歌德一边说，一边在桌子上找什么东西，"这里是一张为你准备的音乐会入场券，明天晚上，斯琴玛诺夫斯卡夫人将在市政厅的大厅里公开举办音乐会，你千万不要错过这个机会。"我告诉歌德，我不会重复我不久前做过的傻事①。我补充说："听说她上一次在你家里演奏得很好。""好极了！"歌德说。"演奏得和胡梅尔②一样好吗？"我问。歌德回答说："你得想一想，她不仅是一位伟大的演奏能手，而且是一个漂亮的女人；正因为这样，我们觉

---

① 指到剧院看《象棋机》的演出，而没有参加在歌德家里举行的音乐会。

② 胡梅尔（Johann Nepomuk Hummel，1778—1837），德国著名作曲家和钢琴家，莫扎特的徒弟，魏玛宫廷乐队指挥。

得她的演奏似乎比胡梅尔的演奏要好；她的演奏技巧的确非常娴熟，使我感到惊异！”“可是她的演奏也很有力度吗？”我问。“是的，也很有力度，”歌德回答说，“这正是她身上最引人注目的东西，因为在其他女人身上通常找不到这一特点。”我告诉歌德，听了他的这番评论，我一定要去听她演奏。

歌德的秘书克罗伊特走了进来，向歌德报告了一些有关图书馆的事情。他走后，歌德对我说，他（指克罗伊特）在工作上不仅非常勤奋，而且非常可靠。

我于是把话题转到1797年歌德经过法兰克福和斯图加特去瑞士的游记。他最近把这部游记的三本手稿交给我，我已经把它们仔细研究过了。我提到他当时和迈耶一同对造型艺术的题材问题进行了很多思考。

“对，”歌德说，“还有什么比题材更重要呢？没有题材还有什么艺术学呢？如果题材毫无用处，一切才能都会浪费掉。正是因为现代的艺术家们缺乏有价值的题材，所以现代的所有艺术都停滞不前。我们大家都在这方面吃过亏，我自己也无法否定我的现代性。”

他继续说：“只有极少数的艺术家看清楚这一点，并且知道什么东西有助于他们获得安宁。举例来说，人们用我的叙事谣曲《渔夫》为题来作画，没有想到这首诗是压根儿不可以画的。我在这首叙事谣曲里只表现了人们对水的感觉，即夏天水是一种赏心悦目的东西，它引诱我们下去游泳，此外便一无所有，这怎么能画呢？”

我还提到，我很高兴他在那次旅行途中对一切事物都有兴趣，并且把一切事物都掌握住了：丛山的形状、地位以及上面各种各样的石头；土壤、河流、云、空气、风和气候；城市及其起源和发展；建筑艺术、绘画、戏院；城市的设施和管理；手工业、经济、道路工程；人种、生活方式、各种性格特点，乃至政治、军事以及其他成百上千的事情。

歌德回答说：“不过你找不到一句有关音乐的话，因为我对音乐是外行。每个人都必须知道,他在旅途中应该看些什么,他的要旨是什么。”

这时,首相先生走了进来。他同歌德说了几句话,然后非常友好地和颇有见识地谈论他在这几天里读到的我的那篇小文章。之后,他又朝那些女士走去,因为那里有人在演奏钢琴。

当首相走了之后,歌德非常友好地谈论他,然后对我说:“你现在和所有这些杰出的人物建立了一种令人愉快的关系,我把这种关系称为家乡,对于家乡人们总是深切地留恋,也就是说,人们总喜欢再次回到家乡。”

我回答他说,我已经开始感觉到我在这里的逗留对我产生了令人欣慰的影响,我正逐渐地摆脱我以往的思想和理论,而且越来越重视现实情况的价值。

歌德说:“若不是那样,那就坏了。我希望你坚持自己的观点,牢牢地抓住现实生活。每一种情况,乃至每一瞬间,都有无限的价值,因为它们是整个永恒世界的代表。”

过了一会儿,我把话题转到梯夫尔特以及描绘它时应采取的方式。“这是一个复杂的题目,”我说,“而且难给它一个恰当的形式。我想最方便的方式是用散文来写这个题目。”

歌德说:“要用散文来写的话,这个题目还不够有意义。这种所谓的说教和描写的形式,总的说来可以采用,但还不够理想。你最好用十至十二首押韵的小诗来处理这种题材,但是你必须根据不同方面和不同景致的要求,采用各种各样的诗体和形式,用这种办法可以把整体描绘得晶莹透彻。”我马上表示接受这个很适当的建议。歌德接着又说:“对了,你为什么不加一点戏剧性的东西,比方写一点和园丁的谈话呢?通过这种把整体肢解成若干部分的办法,可以使工作轻松一些,而且可以更好地把题材的各个方面的特征表现出来。与此相反,塑造一个包罗万象的较大的整体总是困难的,而且人们很少会写出什么完满的作品。”

▼ 1823 年 11 月 10 日　星期一

几天以来，歌德感到身体很不舒服，看上去他得了重感冒。他大声和用力地咳嗽。而且咳嗽似乎还引起疼痛，因为他咳的时候用手按住胸口的一侧。

今晚看戏之前，我在歌德那儿待了半个多小时。他坐在扶手椅里，背后垫着一个枕头；他说话似乎感到困难。

我们交谈了几句话之后，他希望我能读一首诗。接着他翻开了最新出版的《艺术与古代》。他仍然坐在他的扶手椅里，只是用手指了指这首诗所在的地方。我拿了一支蜡烛，然后坐到离他不远的书桌旁开始读这首诗。

这首诗很特别，所以我读了一遍之后，尽管并不完全理解，但已被它那特殊的内容深深地吸引住了。这首诗热情地赞扬印度的贱民，并且被作为三部曲处理。诗里的整个气氛好像来自一个陌生的世界，加之表达方式非常奇特，所以我很难理解它的真正含意。此外，由于歌德本人在场，我也不便深入地研究这首诗。我一会儿听到他咳嗽，一会儿听到他叹息，这样我好像分成了两半，我的一半在读诗，另一半在听他咳嗽和叹息。因此，我得一遍又一遍地读诗，以便稍许熟悉它的内容。可是，我越是深入地钻研，这首诗的意义对我就显得更加重要，我仿佛觉得这首诗达到了艺术的更高阶段。

接着我和歌德谈论了题材和题材的处理。歌德通过他的某些暗示使我更加清楚地明白了某些事情。

"当然，"歌德接着说，"处理要非常简洁，而要做到这点，必须很好地深入研究题材。我自己觉得，这就好比用钢丝锻造一把大马士革剑一样。我自己就花了四十年的时间深入研究这个题材，所以我当然有时间把它去粗取精，使之最后变得精练。"

我说："要是这首诗出现在读者那里，肯定会产生影响。"

"啊呀，读者！"歌德叹息道。

我说："要是像解释一幅油画那样解释一首诗，也就是说，用展示先前的因素使真正眼前的东西变得生动，这会不会有助于读者理解这首诗呢？"

歌德回答说："我不同意你的看法。油画的解释是另外一回事，因为一首诗是用许多词组成的，所以一个词会抵消另一个词。"

歌德的这句话一针见血地指出了诗的诠释者们的通病。现在的问题是，人们能否避免这种通病，能否用语言帮助读者理解一首诗，而又丝毫无损于这首诗所表达的温柔的内心感情。

当我离开他的时候，他希望我把那一期《艺术与古代》带回家去，以便继续读一读他的这首诗；此外，在这一期上还刊登了吕克特①的《东方的玫瑰》，歌德对这位诗人评价很高，似乎对他寄予很大的期望。

▼ 1823年11月12日　星期三

今天傍晚，我去看歌德。可是在楼下我听到了普鲁士的国务部长威廉·洪堡在他那儿。我对洪堡的到来感到高兴，并且深信一位老朋友的来访会给歌德带来极大的愉快。

然后我去剧院观看《布拉格的姐妹们》②的演出。这出由全体演员上场参加演出的戏可谓十全十美，以至观众在整个演出过程中笑声不断。

▼ 1823年11月13日　星期四

几天前的一个下午，天气晴朗，当我踏上通向爱尔福特的道路

---

① 吕克特（Friedrich Rückert，1788—1866），德国诗人、剧作家。
② 德国作曲家文策尔·米勒（Wenzel Müller，1767—1835）创作的一部歌剧。

时，碰到一个上了年纪的男子，这人从外表上看像是一个富有的中产者。我和他结伴而行，交谈不久之后，我们便谈论起歌德来。我问他是否认识歌德本人。“我是否认识他？”我的同伴颇为愉快地回答说，“我曾是他的男仆，服侍过他将近二十年。”接着他滔滔不绝地极口赞扬他以往的主人。我请他给我讲述歌德青年时代的一些情况，他欣然同意了。

“当我到他那里的时候，”他说，“他大约二十七岁；他很瘦，动作灵巧，身材细长，我不用费力就能把他背起来。”

我问他歌德在他初来的时候是否也很快乐。他回答说，当然咯，歌德和快乐的人在一起总是很快乐，不过从来也不会超出限度；在这种情况下，他通常会变得严肃起来。他总是埋头工作和研究，对艺术和科学充满兴趣，这大体上是他主人持续不断努力的方向。晚上，那位公爵常来看他，他们常常就学术上的问题交谈到深夜，以至他常常感到交谈的时间太长，因此他常想，什么时候公爵才想离开。“另外，自然科学研究，”他补充说，“也是当时他们喜欢探讨的课题。

“只是到了午夜时分，他才按铃叫我。当我走进他房间的时候，他已将他那带滚轮的铁床从房间最底下的一端向上推到了窗子的旁边，然后躺在床上观察天空。‘你在天空里什么也没有看到吗？’他问我。我回答说：‘什么也没有看见。’‘那么你到值勤室去，问一问站岗者，他是否和你一样什么也没有看见。’我于是跑到站岗者那儿，问他有没有看到什么。站岗者回答说，他什么也没有看见。我把这消息告诉了我的主人，他依然躺着，目不转睛地观察着天空。‘听着，’然后他对我说，‘我们处在一个重要的时刻；要么此时我们有次地震，要么此时我们得了一分。’这时，他让我坐到他的床上，并且向我说明，他是根据哪些迹象得出这一结论的。”

我问那位善良的老者，那时的天气如何。

“多云，”他回答说，“一丝风也没有，四周静悄悄的，而且天气很闷热。”

我问他，他是否马上相信歌德所说的那句话。

“是的，”他说，“我相信他的话，因为他的预言总是正确的。第二天，”他继续说，“我的主人向我讲述了他在宫廷里所做的观察。他说，有位女士悄悄地跟她的女邻座说：‘听着！歌德在胡言乱语！’可是公爵和其他的先生相信歌德所说的话，而且他的预言不久就得到了证实，几星期之后，传来了一个消息：就在同一个晚上，墨西拿①的一部分被地震破坏了。”

▼ 1823 年 11 月 14 日　星期五

傍晚，歌德派人给我送来了请帖，邀我去看望他。由于洪堡在宫廷里，所以他更欢迎我到他那里去。我发现他还像几天前一样坐在他的扶手椅里；他热情地和我握手，一边非常温和地说了几句话。他的身旁是一块大的炉前护热板，它的影子由于桌子上放着蜡烛而投在他的身上。首相先生也走了进来，加入了我们这一伙。我们坐到了歌德的附近，轻松愉快地进行交谈，以便他只消专心地听我们谈话。不久，枢密官、医生威廉·列拜茵也来了。他给歌德诊脉，然后对在座的人说，歌德的脉搏跳得很活泼、很轻荡。我们为此感到高兴。歌德则说了几句玩笑话。“要是胸口的一侧不再疼痛就好了！”他接着抱怨说。列拜茵建议给歌德的胸口贴上一块膏药；我们对歌德说，这种药有很好的疗效，歌德表示乐意接受大家的建议。列拜茵把话题转到马里恩浴场，这似乎唤起了歌德对马里恩浴场的愉快回忆。大家制订计划，明年夏天再到那里去，并且补充说，希望大公爵也能一道去。听了大家的远景规划，歌德感到格外高兴。大家还谈到了斯琴玛诺夫斯卡夫人，回忆起她在这里的那些日子，在那些日

① 意大利西西里岛重要城市，1783 年曾发生地震，损毁严重。

子里，男人们个个力争得到她的宠爱。

列拜茵走后，首相读了几首印度诗。这时，我和歌德就他的关于马里恩浴场的《哀歌》进行了交谈。

晚上八点，首相走了；我也想走，可是歌德请我再待一会儿。我又坐了下来。话题转到戏剧方面，明天席勒的《华伦斯坦》要上演，因此我们就谈起席勒来。

“我对席勒有一种特别的感觉，”我说，“我真正喜欢读他的长篇剧作中的某些场面，并且感到佩服，可是接着我就发现许多违反自然真实的毛病，读不下去。就连对《华伦斯坦》也是如此。我不得不指出，席勒的哲学倾向已经损害了他的诗，因为这种倾向使他把理念看得高于一切自然，甚至消灭了自然。凡是他能想到的东西，他认为都得实现，不管它是符合自然，还是违反自然。”

歌德说：“看到那样一个有卓越才华的人为那些对他无益的哲学思想方法煞费苦心，真使人感到悲痛。威廉·洪堡把席勒在痛苦地进行思索的日子里给他的一些信带给我看了。从这些信里可以看出席勒当时怎样殚精竭虑，想把感伤诗和素朴诗完全区分开来。可是他无法为感伤诗找到基础，这使他感到不可名状的困惑。”这时歌德微笑着补充说：“好像没有素朴诗做基础，感伤诗就能存在一样，感伤诗仿佛是从素朴诗生长出来的。”

歌德继续说：“以某种无意识状态，几乎本能地进行创作，这不是席勒的风格，相反，他必须对他所做的任何事情反省一番。因此他对自己作诗的计划总是琢磨来，琢磨去，逢人就谈来谈去，没有个完。他近来的一些剧本都一幕接一幕地跟我讨论过。

“我的情况正好相反，我从来不和任何人，甚至不和席勒谈我作诗的计划。我把一切默默地记在心上，往往一部作品已完成了，旁人才知道。当我把已完成的《赫尔曼与窦绿苔》给席勒看时，他大为惊讶，因为我事先对他只字未提我写这首诗的计划。

“但是，我急于想知道你对明天即将上演的《华伦斯坦》的看法！

你会看到一些伟大的人物形象，这出戏将给你留下意想不到的深刻印象。”

▼ 1823 年 11 月 15 日　星期六

晚上我在剧院里，第一次观看《华伦斯坦》的演出。歌德昨天讲的话，一点也不过分。这出戏给我的印象很深刻，打动了我的内心深处。演员们大多数受到过席勒和歌德本人的影响，他们把剧中全体重要人物展现在我的眼前，同时使我想象到每一个人物的个性，这是单靠阅读不能办到的。因此这部剧对我产生了不同寻常的效果，以至我整夜都忘不了它。

▼ 1823 年 11 月 16 日　星期日

晚上我在歌德那儿。他和往常一样坐在他的扶手椅里，看上去身体有些虚弱。他首先问我对《华伦斯坦》有何看法。我向他谈了这出舞台戏给我留下的印象；他显然乐于听我说。

索勒先生来了，由歌德的儿媳领了进来。他是受大公爵的委托来给歌德授金质奖章的，歌德对奖章的出示以及紧接着的讨论和晤谈似乎感到很愉快。

歌德的儿媳和索勒先生到宫廷里去了，眼下又只剩下我和歌德两人。

歌德想起他的诺言，他曾答应找一个合适的时间再次让我看一看他的关于马里恩浴场的《哀歌》，于是他站了起来，把一支蜡烛放到书桌上，然后把诗拿给我看。我很幸运再次看到了这首诗。歌德又从容不迫地坐了下来，让我安安静静地进行思考。

我读了一会儿以后，就想把我对这首诗的一些看法告诉歌德，可是我觉得他似乎在睡觉。于是我利用这有利的时机把诗读了一遍又一遍，这对我来说简直是一种难得的享受。我觉得这首诗里贯串着这样一个主题：青年人狂热的爱情，由于高尚的道德而和缓下来。此外，我觉得这首诗里所表达的感情，要比歌德其他的诗里所表达的感情强烈。我由此得出结论：这是受拜伦的影响，歌德也不加否认。

“你看到一种非常狂热的心境的产物，”他补充说，“当我囿于这种非常狂热的心境的时候，我似乎觉得为了它世上的一切我都需要，可是现在我无论如何也不想再陷入这种状态了。

“我从马里恩浴场出发，对所经历的事情还记忆犹新，在这时我就写了这首诗。上午八时，我在第一站写下了诗的第一段，然后在马车里继续写，就这样从一站到另一站我把记忆中储存的东西写下来，到了晚上，一首完整的诗就写成了。因此，它有某种程度的直接性，它是一气呵成的，所以浑然一体，完美无缺。”

我接着说：“这首诗在其整体风格上有许多特点，和你其他的诗不一样。”

歌德回答说：“原因可能是我用现实打赌，如同人们用一笔巨款作赌注一样，我毫不夸张地希望这笔赌注尽可能地升值。”

我觉得歌德的这个比喻非常重要，因为它揭示了歌德的工作方法，而且它有助于我们解释他的普遍受人赞扬的多样性。

这时将近九点钟，歌德请我叫他的仆人斯塔德尔曼过来，我照办了。

接着歌德让他的仆人把医生开的膏药贴到他胸口的一侧。当时，我站在窗口，听到身后歌德在向斯塔德尔曼诉苦，说他的病情一点也没有好转，似乎变成了慢性病。仆人给歌德贴完膏药后，我在歌德身旁还坐了一会儿。他也向我诉苦，说他有好几个晚上根本无法睡觉，吃饭也压根儿没有胃口。“冬天就这样过去了，”他说，“我什么事情也不能做，什么材料也不能收集，精神很不好。”我求他不要过多地去想他的那些作品，我说，这种状态不久就会过去，我试图用这种方法安慰他。可是，他说：“啊呀，我并不性急，这样的状态我已经经历得太多了，我已经学会了忍受痛苦。”他穿着白色法兰绒做的晨服，膝盖和脚上盖着一条毛毯。“我根本不想上床睡觉，”他说，“我宁愿整夜坐在椅子上，因为我反正睡不着。”

时间已经很晚了，他热情地和我握手，然后我离他而去。

当我走进楼下的仆人室去取我的大衣的时候，我发现斯塔德尔曼非常愁闷。他告诉我，他为主人的状况感到忧虑；如果主人抱怨，这就是不好的兆头。另外，他的双脚似乎突然变得很细，而在此之前，他的脚还有些肿胀。明天一早，他想去见医生，为的是向医生说明这些不好的症状。我试图安慰他，可是他仍担心不已。

▼ 1823年11月17日　星期一

今天晚上，当我走进剧院的时候，许多人向我迎面挤来，非常担心地向我打听歌德的健康状况。我心里想，他的情况想必在城里迅速传播开来，而且也许要比实际的情况更加严重。有几个人告诉我，歌德患的是胸膜积水。听了这些流言蜚语，我整个晚上都郁郁不乐。

▼ 1823年11月19日　星期三

昨天，我忧心忡忡地四处闲逛，因为除了他的家庭成员以外，谁也不允许去看他。

今天傍晚，我去看歌德，也受到了接待。我发现他依旧坐在他的扶手椅里，从外表上看，他似乎和我星期天离开他时完全一样，可是精神却愉快得多了。

我们特别谈到了曹佩尔和古人[1]的文学研究产生的那些非常不同的影响。

▼ 1823 年 11 月 21 日　星期五

歌德让人叫我到他那儿去。我很高兴再次发现他在自己的房间里走来走去。他给我一本小书：普拉滕[2]伯爵的《加泽拉诗》。歌德说："我打算在《艺术与古代》上评论一下普拉滕的这些诗，因为它们值得重视。可是，我的健康情况不允许我做什么事。你看能否把这些诗钻研一下，从中找到某些乐趣。"

我答应试着读一读这些加泽拉诗。

歌德接着说："加泽拉诗有一个特点，即它要求有大量的内容，而且全诗用同一韵脚；换言之，加泽拉诗不仅要求有大量相似的思想，而且要求相同的韵脚有规律地反复出现。所以，不是任何人都能写这种诗的；但是普拉滕的这些诗你会喜欢的。"这时，医生走了进来，我只好走了。

▼ 1823 年 11 月 24 日　星期一

星期六和星期天，我研读了这些诗。今天上午，我写了我对这些诗的看法，然后把它寄给了歌德，因为我早已得知，好几天以来他不让任何人去看他，因为医生禁止他说话。

---

① 指希腊人和罗马人。

② 普拉滕（August Graf von Platen，1796—1835），德国诗人、剧作家，著有《加泽拉诗》。

可是，今天傍晚他让人来喊我。当我走进他的房间的时候，发现他的身旁已安放了一把椅子；他和我握手，态度非常亲切。他马上开始谈论我那篇普通的评论文章。"我很高兴读到你的这篇评论文章，"他说，"你很有才能。"他接着说："我要告诉你一件事。要是旁人要求你提出一些文学上的建议，你千万要加以拒绝，或至少事先告诉我；因为共同的兴趣已经把我们联系在一起，所以我不希望你也和别人有一种关系。"

我回答说，我只愿站在他一边，并且希望他暂时不要把我介绍给其他的人。

这使他很高兴。他接着说，今年冬天我们还想共同做些令人愉快的工作。

然后我们开始谈论《加泽拉诗》本身。歌德对这些诗的完美无缺赞不绝口，并且希望我们的现代文学也能产生出一些有本事的作家。

他接着说："我想向你推荐我们现代的一些有才能的作家，你要特别注意研究他们。我希望你随时了解我国文学中出现的一切重要现象，并向我指出其中最可嘉的，以便我们在《艺术与古代》的各期上讨论它们，对好的、高尚的和卓越的东西及时加以肯定。因为尽管我有最良好的愿望，但我年事已高，而且有各种各样的职责，所以没有别人的帮助，是无法实现这一计划的。"

我答应他去做这件事，同时高兴地看到，歌德对我国现代作家和诗人的关心比我所想象的还要多。

过了几天，歌德为了上述目的给我寄来了最新的文学日报。我好几天都没有去看他，他也没有派人来叫我。我听说他的朋友泽尔特[①]来看望他。

---

① 泽尔特(Karl Friedrich Zelter，1758—1832)，柏林的瓦匠师傅，同时是音乐家和作曲家。

▼ 1823 年 12 月 1 日　星期一

今天我应邀到歌德家里用餐。当我进屋的时候,发现泽尔特坐在他的身边。他们朝我走了几步,和我热情地握手。歌德说:“这是我们的朋友泽尔特,你跟他很好地认识一下,我不久就将把你派往柏林,你在那儿会得到他很好的照顾。”“我在柏林会好好工作的。”我说。“说得对,”泽尔特笑着说,“在柏林你能学会许多东西,但也会把许多学会的东西忘了。”

我们坐了下来,开始进行各种各样的交谈。我打听舒巴特的情况。“他至少每八天来看望我一次,”泽尔特说,“他已经结婚,可是还没有找到工作,因为他和柏林的语文学家们搞坏了关系。”

接着泽尔特问我认不认识伊默尔曼①。我回答说:“我常听人提起他的大名,可是至今我对他的作品一无所知。”泽尔特说:“我是在明斯特和他认识的,这是一个很有希望的年轻人,我真心希望他的职务能让他有更多的时间从事他的艺术。”歌德也同样称赞伊默尔曼的才能。“我们要看一看,”歌德说,“他怎样发展;他是否终于同意净化他的审美观,在艺术形式上把公认的最好的样式作为准绳。他独辟蹊径,这是好的,但是这样做也很容易误入歧途。”

歌德的小孙子瓦尔特跳跳蹦蹦地来了,开始向泽尔特和他的爷爷提了许多问题。歌德说:“你真是个好动的人哪! 每逢你来,你就把我们的谈话给破坏掉了。”顺便提一下,歌德喜欢这男孩,总是不知疲倦地顺从这男孩的一切意愿。

歌德的儿媳奥蒂丽和乌尔里克小姐走了进来。歌德的儿子也走了进来,他身穿制服,还佩着一把军刀,显然是要去宫廷。我们入席用餐。乌尔里克小姐和泽尔特先生特别活跃,他们在整个用餐的时间里非常优雅地开着玩笑。泽尔特本人在场,使我非常高兴。作为

---

① 伊默尔曼(Karl Leberecht Immermann,1796—1840),德国小说家、剧作家。

一个幸福而健康的人，他总是善于利用时机，而且从来也不说错话。在这种情况下，他总是充满同情心，很愉快，而且非常自由随便，他不仅想说什么就说什么，而且时而说出一些非常粗鲁的话。我们分享他这种精神上的自由，在他身旁，我们很快就会打消一切使人憋闷的顾忌。我暗自希望能同他生活一阵子。我深信，这对我很有好处。

饭后不久，泽尔特就走了。今天晚上，他还要到大公爵夫人那儿去。

▼ 1823年12月4日　星期四

今天上午，歌德的秘书克罗伊特给我送来了歌德的请帖，请我到他家里吃饭。与此同时，克罗伊特向我转达了歌德的暗示，要我给泽尔特赠送一本我的《关于诗歌的论文集》。我照歌德的意思做了，把一本我的《关于诗歌的论文集》带到了泽尔特住的酒店里。作为报答，泽尔特送给我伊默尔曼的《诗集》。"我很乐意送给你伊默尔曼的这本《诗集》，"他说，"但是你瞧，这本《诗集》是作者署名送给我的，它对我来说是一件珍贵的纪念品，所以我得把它留下。"

吃饭之前，我和泽尔特去散步，我们穿过公园朝魏玛的北部走去。在有些地方他想起了以往，并且向我讲述了许多关于席勒、维兰德①和赫尔德尔②的故事，他和他们曾是很要好的朋友，并把他和他们之间的友谊看作无价之宝。

泽尔特接着谈了许多有关作曲的学问，并且吟咏了许多歌德创作的诗歌。他说："每当我想为一首诗谱曲，我总是事先深入理解它的每一个词，使情景清晰地出现在我的脑海里。然后我大声地朗读这首诗，直至把它记熟为止。就这样，当我把这首诗再一次吟咏的时

---

① 维兰德(Christoph Martin Wieland，1733—1813)，德国小说家，也在魏玛宫廷中做过官。
② 赫尔德尔(Johann Gottfried von Herder，1744—1803)，德国启蒙运动的先驱。

候，曲调就自动地出来了。”

刮风下雨迫使我们早些回来，尽管我们并不愿意这样做。我陪伴他一直走到歌德的屋前，然后他上楼朝歌德的儿媳走去，以便在用餐前和她共唱几首歌曲。

两点钟的时候，我去用餐。我发现泽尔特已经坐在歌德的身旁，正在观赏意大利的铜版画。歌德的儿媳走了进来，于是我们开始入席。乌尔里克小姐今天没有来吃饭，歌德的儿子也没有参加聚餐，他只是进来向大家问好，然后又到宫廷里去了。

席间，大家进行了各种各样的交谈。泽尔特和歌德讲述了许多滑稽的名人逸事，它们只是为了揭示他们共同的朋友——生活在柏林的弗里德里希·奥古斯特·沃尔夫[①]的性格特征。然后大家纵谈《尼伯龙人之歌》。接着谈到拜伦勋爵和他可望对魏玛的访问。对拜伦有可能访问魏玛，歌德的儿媳特别感兴趣。此外，宾根地区的罗胡斯[②]节也是一个非常热门的话题，谈到罗胡斯节的时候，泽尔特特别想起了两位漂亮的姑娘，她们的盛情深深地铭刻在他的心里，直到今天，每想到她们，泽尔特似乎总感到幸福。然后，大家热烈地讨论了歌德的那首快乐的叙事诗《士兵的幸福》。泽尔特滔滔不绝地讲述了有关伤兵和漂亮的妇女的逸事，目的是证明歌德这首诗的真实性。歌德自己说，他用不着到很远的地方去寻找这样的一些事实，他本人在魏玛已经看到了这一切。可是，歌德的儿媳在交谈的过程中始终唱反调，她认为那些妇女并不像这首“恶劣”的诗所描述的那样。

就这样，今天用餐的几个小时非常愉快地过去了。

饭后我和歌德单独在一起，他问我对泽尔特有何印象。“那么，”他说，“你觉得他怎么样？”我回答说，泽尔特的人格很高尚，他乐善好施。歌德补充说：“初认识他的时候，你会觉得他有些粗鲁，甚至有

---

① 弗里德里希·奥古斯特·沃尔夫（Friedrich August Wolf，1759—1824），德国古典语文学家。

② 罗胡斯（Rochus，约1296—1327），相传是个圣徒，他保护老百姓不遭受瘟疫。

时显得有些放肆，但是，这只是表面现象。我到现在几乎还没有看到过像泽尔特那样温柔的人。此外，你得记住，他在柏林度过了将近半个世纪。但是，正如我所仔细观察的，那儿生活着非常鲁莽的一类人，对这一类人，光有精美食品是远远不够的，还得学会强词夺理，有时为了免遭灭顶之灾，还得粗鲁一些。”

1824年

▼ 1824年1月27日　星期二

歌德对我谈起他的自传续篇[1],他现在正忙着做这项工作。他提到,他对自己晚年时期的陈述不可能像对《诗与真》里的青年时期的陈述那样详细。

他说:“我更希望把我的晚年时期作为年表处理;其中出现的与其说是我的生活,不如说是我的活动。一般说来,一个人最重要的时期是他的发展时期,就我的情况而言,这个时期已随着那几卷详细记述的《诗与真》的完成而结束了。此后我和世界的冲突就开始了,这种冲突之所以能引起兴趣,只是由于它产生了某种结果。

“另外,一个德国学者的生平算得了什么呢?就我的情况来说,生平里有些或许算是好的东西是不可言传的,而可以言传的东西又不值得花气力去传。此外,哪里有听众可以让我怀着乐趣向他们讲述自己的生平呢?

“当我现在回顾我的早年和中年时,我已到了老年,想起当年和我一样年轻的人已所剩无几,我总是联想到夏天我们在浴场逗留的情况。一到达这里,你就结识一些人,和他们成了朋友,这些人已早来了一些时候,再过几个星期就要回去了。失去他们是令人痛苦的。

---

① 即《诗与真》。

接着你又与第二代人交往，你和他们继续生活一些时候，彼此很亲密。可是这批人也离开了，留下你孤单单一个人和第三代人同住。他们刚来，你却正要离开，和他们毫无关系。

“人们总是把我看成一个特别幸运的人，我自己对此也没有什么可抱怨的，也不愿责骂我这一生所经历的途程。我这一生基本上只是辛劳和工作。我可以说，我在七十五年里，没有过上四个星期真正舒服的生活。就好像推一块石头上山，石头滚了下来，你又得重新把它推上去。我的年表将把我刚才所说的这番话清楚地再现出来。对我的工作提出的要求，既有来自外部的，也有来自内部的，真是太多了。

“我的真正的幸福在于我把心思集中在诗歌和创作上。可是，我的这种幸运，常常受到我的外界地位的干扰、限制和妨碍！假如我能多避开一些社会活动和公共事务，多过一点幽静生活，我会更幸福些，作为诗人，我的成就也会大得多。但是，在我的《葛兹》和《维特》问世后不久，一位哲人的话在我身上应验了，这位哲人说过：‘如果你做了点事以取悦世人，世人就会设法不让你做第二次。’

“名扬四海，高官厚禄，这些都是好事情。但是，尽管我有了名誉和地位，但为了不伤害别人的感情，我对别人的议论不得不保持缄默。这样一来，我倒有利可图，因为我知道别人怎样想，而别人却不知道我怎样想；否则，那确实是一种非常不好的恶作剧了。”

▼ 1824 年 2 月 15 日　星期日

今天早饭前，歌德派人来邀请我乘车出游。当我走进他的房间的时候，我发现他在吃早饭；他看上去心情很好。

他高兴地对我说：“我刚才接待了一位可爱的客人，一个很有希望的青年，来自威斯特法伦的迈耶。他写了一些充满期望的诗。他才十八岁，可是已经取得令人难以置信的成绩。”

歌德接着笑着说：“我很高兴我现在不是十八岁。当我十八岁的时候，德国也才十八岁，那时你还能做点事情，可是现在你得面对各种各样的挑战，而且所有的道路都已经被跑坏了。

“德国自身在所有的学科里都已达到很高的水平，以至我们几乎不会放过一切。据说我们还不得不变成希腊人和会拉丁文的人，或变成英国人和法国人！还有，人们甚至像疯了似的趋向东方。在这种情况下，一个年轻人想必会感到茫然不知所措。作为安慰，我给他看了我那尊巨大的朱诺[1]雕像。它是一种象征。我希望迈耶看了它之后，能够坚持走希腊人的道路，并在希腊人那里找到安慰。迈耶是一个了不起的年轻人！如果他能注意，不使自己的精力分散，那么他会成为一个能干的人。

“可是，正如已讲过的那样，我感谢老天爷，因为我现在，在这完全虚假的时代里，已不再年轻。我不知道我应该待在什么地方。是呀，即使我想逃到美国去，也晚了，因为那儿的人也已经太机灵了。”

▼ 1824 年 2 月 22 日　星期日

今天我和歌德及其儿子一起吃饭，席间，他的儿子向我们讲述了他在海德堡上大学时期的许多有趣的故事。他和他的朋友们在假期里去莱茵河沿岸游玩。他特别提起一位房东，那时，他和其他十位大学生在这位房东家过夜，这位房东免费为他们提供葡萄酒，目的只是让他们和他一道分享一种所谓的酒宴的快乐。

饭后，歌德拿出一些着了色的素描画给我们看，其中特别引人注目的是一张意大利北部与瑞士和莱芒湖接壤的群山的素描画。莱芒

① 古罗马神话中主神朱庇特的妻子，天后，对应希腊神话中的赫拉。

湖中的波洛梅伊群岛在水中留下倒影,在湖岸上有车辆和渔具。歌德趁机指出,莱芒湖就是他在《漫游年代》里所描写的那个湖。在西北方向,也就是朝玫瑰山的方向,耸立着与莱芒湖接壤的高山余脉,每当夕阳落山后不久,这高山余脉竟变成深蓝色的一片。

我补充说,我是出生在平原上的人,见到这样阴森森的巍峨的群山,不免产生一种毛骨悚然的感觉,所以我绝不会有兴趣去漫游这样的峡谷。

歌德说:"这种感觉是正常的,因为从根本上说,人只能适应他出生的环境。一个人如果不是因为自己的伟大抱负而漂泊异乡,那么待在自己的家里他会感到幸福得多。开始的时候,瑞士给我的印象太深,以至我感到不安和不知所措;但是多次在那里逗留后,在我的晚年,我只是从矿物学的角度观察瑞士的群山,所以我能够冷静地研究它们。"

在此之后,我们一同观看了近代艺术家们根据法国某画廊的油画复制的许多铜版画。这些铜版画所表现的创造才能几乎一律平庸。在四十幅中只看到四五幅好的。这几幅好的铜版画是:一幅画一个姑娘在写情书;一幅画一个妇人待在一间标明出售而从来也没有人想买的房子里;一幅画捕鱼;一幅画圣母像前的音乐家们;另外一幅风景画是模仿普桑[①]的,还不算坏。看到这幅画时,歌德说:"这样的艺术家们从普桑的风景画里获得了一般的概念,就着手画起来。我们既不说他们的画好,也不说他们的画坏。说他们不坏,是因为其中贯串着一个很高明的蓝本。但是也不能说它们好,因为艺术家们通常缺乏普桑的伟大人格。诗人中间也有类似的情况,例如他们模仿莎士比亚的出色的风格,但是画虎不成反类犬,显得非常欠缺。"

最后,我们久久地观察和讨论了德国雕刻家劳赫所创作的法兰克福歌德雕像的模型。

---

① 普桑(Nicolas Poussin,1594—1665),法国古典主义绘画的奠基人,以风景画著称。

▼ 1824 年 2 月 24 日　星期二

今天午后一点钟去看歌德。他把按他的口授为《艺术与古代》第五卷第一期准备的文稿拿给我看。我发现他为我所写的《印度的贱民》的评论文章做了一个附录，这个附录不仅涉及那部法国的悲剧，而且涉及他自己的抒情三部曲，这样，这个题目就在某种程度上给人以完整的印象。

他对我说："你趁着写那篇评论的机会掌握一些印度的情况，这很好，因为我们对自己学习过的东西，归根结底，只有能在实践中运用得上的那一部分才记得住。"

我同意他的看法，并对他说，我过去在大学里也有这样的经验，我从老师的那些学术性报告中只记住了按我的实践方向可以用得上的那一部分；与此相反，凡是无助于我今后实践的知识，我通通将其忘记了。我说："我曾听过黑伦的古今历史课，但现在对此已一无所知了。但是，如果现在我为了写剧本而去研究某一时期的历史，那么我学过的东西就记得很牢固了。"

歌德说："现在，德国各地的大学里教的东西太多了，太多了，而且是些无用的东西。有些个别的教师把他们所教的课程的内容无限地扩大，远远超出听课者的实际需要。在过去，化学和植物学的课都属于药物学，由一位医生去教就行了。现在化学和植物学已变成独立的范围非常广泛的学问，每一门都要用毕生精力来学，可是人们还指望一个医生对这两门都熟悉！可是，这是绝对行不通的；这样就会学了一门，丢了一门，忘了一门。所以，聪明人总是拒绝一切使人分散精力的要求，只专心致志去学一门，并且精通这一门。"

歌德接着把他写的关于拜伦的《该隐》的短评拿给我看。我以很大的兴趣读了这篇短评。

他说："由此可见，教会的那些不可侵犯的教条不足以影响像拜伦那样的人的自由心灵，他通过这部作品，力图摆脱过去强加于他的一种教义。英国僧侣们当然不会为此感谢他。我不会感到惊讶，要是他将来继续写与此类似的《圣经》题材，比如不放过像所多玛和蛾摩拉的毁灭[①]之类的题目。”

在这番文学方面的议论之后，歌德把我的注意力引到造型艺术上，让我看他在前一天已经赞赏过的那块古希腊罗马的雕石。看到它的质朴的构图，我感到欣喜。这块雕石表现一个成年男子从肩上卸下一只沉重的壶来倒水给一个男孩喝。那男孩喝得不痛快，还不够过瘾，水也流不出，他把一双小手捧住壶，抬头望着那个人，仿佛求他把壶放斜一点。

歌德说：“喂，这块雕石你觉得怎么样？我们近代人也会感到这样一种非常纯朴自然的主题极美；对它是怎样形成的我们也有些认识和概念，可是自己却造不出来；因为我们靠的主要是理智，总是缺乏这样迷人的魅力。”

接着我们观赏了柏林的勃兰特[②]所制作的一枚纪念章。这枚纪念章表现忒修斯[③]在从一块大石头下取出他父亲的武器。人物的姿势值得称赞，但是四肢显得使力不够，不能掀开那样重的石头。这位年轻人一手拿着武器，一手去掀石头，这似乎也是一个缺点，因为按理应该先掀去石头，然后才取兵器。歌德接着说：“作为对照，我想让你看一块古希腊罗马的宝石雕刻，用的是同样的题材。”

他叫他的仆人拿来一只盒子，里面装着几百个古代宝石雕刻复制品，这些都是他游览意大利时从罗马带回来的。在这些宝石雕刻复制品当中，我看到一位古希腊人用同样的题材所雕刻的一块宝石，但是和上面说的那块真有天壤之别！这位青年人使尽全身力量抵住那块石头，他也能胜任这样的重量，因为石头已掀起，很快就要倒到一边去了。这位年轻的英雄用全身力量抵住那块沉重的大石头，只

① 见《圣经·旧约·创世记》第十八和第十九章。

② 勃兰特(Heinrich Franz Brandt,1789—1845)，柏林制徽章的著名工匠。

③ 传说中的雅典王子，类似赫拉克勒斯的大力士。

把目光向下盯住躺在石头下面的兵器。

我们对这种非常自然和真实的处理方式感到高兴。

“迈耶经常说：‘但愿思维不那么艰难！’”歌德笑着说。接着他又说：“不幸的是，并不是一切思维都有助于思想；一个人必须生性耿直，好的念头才会不招自来，就像上帝的自由儿童站到我们面前，向我们喊：‘我们在这里呀。’”

▼ 1824年2月25日　星期三

今天歌德让我看了他的两首非常引人注目的诗。它们在其倾向上都是高度伦理性的，但是在一些个别的主题上却毫无保留地自然而真实，以至世人习惯于把这种诗称为不正派的。因此他把这两首诗保密，不想发表。

他说：“如果才智和高度教养能变成一种公有财产，诗人就会有用武之地，他就可以始终彻底真实，用不着害怕说出最好的心里话。但是事实上他经常不得不把自己保持在某种水平上，他要想到他的作品会落到各种各样的人手里，所以他有理由当心过分的坦率会使多数好人生气。此外，时间是一个怪物，像一个任性胡闹的暴君，对人们的言行，在每个世纪里都摆出一副不同的面孔。对古希腊人是允许说的话，对我们近代人就不再合适。莎士比亚的健壮的邻人们所能忍受的东西，1820年的英国人就忍受不了，所以在今天有必要发行一种家庭莎士比亚集①。”

我补充说：“形式也有很大关系。那两首诗中，有一首是用古人的口吻和音律写的，比起另一首就不那么引起反感。其中一些个别的主题当然本身就易引起反感，但是全篇的处理方式却显得宏伟庄严，我们

① 改编过的通俗本，删去不合近代人胃口的部分。

仿佛在听一个雄壮的古人说话，仿佛回到了古希腊英雄时代。与此相反，另一首诗却是以文学大师阿里奥斯托[①]的口吻和音律写的，这就更加棘手了。它叙述的是今天的一次冒险，用的是今天的语言，赤裸裸地呈现在我们面前，一些个别的冒险场面显得更加惊人。”

歌德说：“你说得对。不同的诗的形式会产生奥妙的巨大效果。如果有人把我的《罗马的哀歌》的内容用拜伦在《唐璜》里所用的语调和音律翻译出来，那么这些话必然会显得非常庸俗。”

法国报纸送进来了。法国人在昂顾勒姆公爵率领之下对西班牙进行的战役已告结束，歌德对此很感兴趣。他说：“我应该赞赏波旁王室采取了这个步骤，因为通过这个步骤，他们赢得了军队，从而保住了国王的宝座。这个目的已经达到。法国的士兵们怀着对国王的忠贞回国了。从自己的胜利以及从人数众多的西班牙大军的失败中，他们认识到服从一人和服从众人之间的差别。这支法军捍卫了自己昔日的荣誉，并且向世人表明，它向来表现得很勇敢，没有拿破仑也能取得胜利。”

接着歌德回顾了历史，对七年战争中的普鲁士军队谈得很多。在腓特烈大帝率领之下，这支普鲁士军队接连不断地打胜仗，因而娇生惯养起来，终于由于过度自信，在后来一连打了许多败仗。歌德对所有个别的细节至今仍记忆犹新，我对他那样好的记忆力不得不表示钦佩。

歌德继续说：“我出生的时代对我有很大好处。当时发生了一系列最伟大的国际事件，它们伴随着我漫长的一生，以至我不仅是七年战争、美国脱离英国独立、法国革命、整个拿破仑时代，而且是拿破仑的覆灭以及后来的一些事件的活着的见证人。因此，我得出的结论和看法，有可能完全不同于现在才出生的人。他们只能从书本上学习上述那些世界大事，而那些书又是他们无法懂得的。

---

① 阿里奥斯托（Lodovico Ariosto，1474—1553），意大利诗人，叙事诗《疯狂的罗兰》的作者。

“今后的岁月将会带来什么，我完全不能预言；但是我担心我们不久就将得不到安宁。这个世界上的人生来就是不知足的：大人物们不知足，因为他们喜欢滥用权力；群众不知足，因为他们不能满足于一种平平常常的生活状况，期待着逐渐改善自己的生活水平。如果能把人性变得十全十美，那么生活状况也就会十全十美了。但是人性总是摇摆不定，摇过来摆过去，永无休止；一部分人吃苦而另一部分人享乐；自私自利和妒忌他人这两个恶魔总会作怪，党派斗争也没完没了。

“最合理的办法是每个人干他的那一行，那一行是他生下来就要干而且是他已经学会的，不要妨碍旁人干他自己的事。让鞋匠守着他的楦头，农人守着他的犁头。国王要懂得怎样治理国家，因为这也是一种行当，也需要学习，不懂这一行的人就不应该插手。”

歌德接着又谈到了那些法国报纸。他说：“自由派可以发表言论，如果他们言之有理，我们愿意听他们讲话，但是掌握实权的保皇派不宜发表言论，他们必须行动。他们可以命令部队开拔，下令执行斩首刑和绞刑，这都是他们的分内事。但是在官方的报纸上攻击舆论而为自己所采取的措施进行辩护，这就跟他们的身份不相称。如果听众都是国王，这时他们（指保皇派）才可以参加议论。”

歌德继续说：“就我以往的所作所为而言，我总是坚持像保皇派那样行事。我让旁人去讲废话，自己却去做我认为有益的事。我综观我的事业，认清了我的目标。如果我一个人犯了错误，我还可以把它改正过来；如果我和三个或更多的人一起犯了错误，那就不可能纠正，因为人多意见也就多了。”

接着在吃饭的时候，歌德的心情非常愉快。他让我看了斯皮格尔夫人的宾客题词留念册，其中有他所写的优美的诗句。斯皮格尔夫人在宾客题词留念册里空出一个地方，请歌德题诗留念，两年之后，歌德终于写了一首诗，履行了他以往的诺言，并为此感到高兴。读了歌德致斯皮格尔夫人的那首诗之后，我继续翻阅宾客题词留念册，在上面发现了不少知名人士的名字。就在下一页上，我发现了蒂德格[①]写的一首诗，它是完全按照他的《乌拉尼娅[②]》的观点和语调写成的。歌德说："我一时心血来潮，想在蒂德格的这首诗下面补写几句诗，但我庆幸自己并没有写，因为我经常由于自己肆无忌惮的言论使好人反感，结果好心反而做了坏事。"

歌德接着说："在这期间，我对蒂德格的长诗《乌拉尼娅》感到不能容忍；因为有一段时期，《乌拉尼娅》成了唯一被人们歌唱和朗诵的对象。所到之处，你发现所有的桌子上都放着《乌拉尼娅》。《乌拉尼娅》和永生成了人们交谈的话题。我也很希望人能够永生；是呀，我甚至同意文艺复兴时期热爱艺术的佛罗伦萨统治者洛伦佐·德·美弟奇的看法，即所有不希望有来世的人，对于今世来说也已经死了。但是，这样一些神乎其神的事情离我们太远，不应该成为日常观察和绞尽脑汁、苦思冥想的对象。此外，谁相信永生，谁就应该暗自感到庆幸，但是他没有理由因此而自负起来。我有机会时将对蒂德格的《乌拉尼娅》加以评论，我认为，正是贵族和虔诚的基督教徒构成了某种贵族统治。我发现一些愚蠢的女人，她们很自豪，因为她们和蒂德格一样相信永生。当某些蠢妇以一种非常狂妄的方式考我对这问题的看法的时候，我只得忍受。可是我的回答却使她们大为生气，我说，如果此生到期后我有幸获得第二次生命，我会感到非常高兴；但是我坚决要求我在来世不要碰见任何一个在今世曾经相信永生的人。因为否则的话，我的痛苦又会重新开始！那些虔诚的人就会从四面八方朝我走来，并且对我说：我们从前讲的话对不对？我们不是预言过人是不死的吗？永生不是已经发生了吗？这样，我在来世也将永远感到无聊。"

歌德继续说："只有那些出身高贵的人，特别是那些无事可做、游手好闲的妇女，才会去研究永生的问题。而一个有本事的人，早就想

---

① 蒂德格(Christoph August Tiedge，1752—1841)，德国作家。
② 希腊神话中女神阿佛洛狄忒的别名。

在此生做个正派的人，所以他每日都必须努力、奋斗和工作，对未来的世界置之不理，而只在自己生活的世界里积极地从事有益的工作。此外，永生的思想只适用于那些生活并不很幸福的人。我敢打赌：如果善良的蒂德格有更好的命运，他也会有更好的思想。”

▼ 1824 年 2 月 26 日　星期四

和歌德一起吃饭。饭后，当餐桌收拾完之后，歌德让仆人抱来了一本大的铜版画画册。在画册的纸夹上积了少许灰尘，附近又没有合适的抹布，歌德为此感到不满，厉声斥责了仆人。他说：“我上次还提醒你去买一些常用的布，可是直到今天你还没有去买，那我只好自己去买了。你应该知道，我说话是算数的！”斯塔德尔曼只好走了。

接着歌德用和蔼的口吻对我说：“有一次我向演员伯克也发过这样的脾气，因为他拒绝扮演《华伦斯坦》中的一个骑士。我让人转告他：‘如果你不肯演这个角色，我就自己去演。’这话生了效，因为在剧院里他们对我都很熟识，知道我在这类问题上不会开玩笑，知道我很厉害，说了话就算数，会干出最疯狂的事来。”

我就问：“当时你当真要去扮演那个角色吗？”

他说：“对，我当真要去演，而且会比伯克先生演得高明些，因为我对那个角色比他知道得多。”

接着我们打开了纸夹，开始观看那些铜版画和素描。歌德在这时对我显得非常关心，我感觉到他的用意是要提高我的艺术鉴赏力。只有在他看来是很完美的作品，他才指给我看，并且向我解释画家的意图和功绩，目的是要我学会按照那些最优秀者的思想去想，像他们那样去感受。他说：“这样才能培养出我们所说的鉴赏力。因为靠观赏中等的作品是培养不出鉴赏力的，只有靠观赏最优秀的作品才能培养出鉴赏力，所以我只让你看最好的作品。如果你在最好的作品中打下了牢固的基础，那么你就有了用来衡量其他作品的标准；对于其他的作品，你不应该过高评价，而应该恰如其分地加以评价。我指给你看的是某一类画中的最好作品，目的是使你认识到每一类画都不应轻视，只要有一个才能很高的人在某类画中登峰造极，这类画就值得欢迎。例如这幅法国画家的作品是属于艳情类的，在这一类画中是一幅杰作。”

歌德把这幅画递给我，我愉快地观赏它。画面上是消夏别墅中一间诱人的房子，透过开着的门窗可以眺望花园。在这间房子里，有一群非常妩媚的人。有一位三十岁左右的漂亮女人手里捧着乐谱坐着，像是刚刚唱完歌。稍后一点，坐在她旁边的是一个十五岁左右的年轻姑娘。后窗台边站着另一位少妇，手里拿着一只琉特[1]，好像正在弹奏。这时一个少年男子正走进来，那几位女子的眼光便一齐射到他身上。他好像打断了奏乐，于是微微鞠躬表示道歉；那些少妇和颜悦色地听着。

歌德说：“这幅画在‘艳情’意味上比得上卡尔德隆[2]的任何作品。这类作品中最优秀的代表作你已看到了。你对此有何看法？”

说这话时，他把著名的动物画家鲁斯[3]的一些铜版画递给我看。画的全是绵羊，在各种情况中现出各种姿态。单调的面孔和丑陋蓬乱的毛，都画得惟妙惟肖，和真的一样。

歌德说：“我每逢看到这类动物，总感到有些害怕。看到它们那种局促、呆笨、若有所思和张口打呵欠的样子，我不免对它们产生同情，生怕自己也变成一只羊，并且深信画家自己也变成过羊。鲁斯仿佛渗透到这些动物的灵魂里去，和它们一同思考和感受，所以能使它们的内在性格透过外表皮毛而逼真地显露出来，这无论如何都是值得人们高度惊叹的。由此可见，如果一个才能高的艺术家坚持不懈

---

① 一种形似琵琶的乐器。

② 卡尔德隆（Calderon，1600—1681），西班牙剧作家。

③ 鲁斯（I.H.Roos，1631—1685），德国画家。

地抓住和他本性相近的题材不放,他就能够创造出多么好的作品。”

我问他:“这位画家是否也画过猫、狗和其他的猛兽,也一样惟妙惟肖呢? 他既然有本事渗透到动物灵魂里去,和动物一同思考和感受,为何不以同样的真实去处理人的性格呢?”

歌德说:“不行,你说的那些题材不属于鲁斯的领域,他只对那些驯良的食草动物,诸如山羊、绵羊和奶牛之类感兴趣,而且始终孜孜不倦地、反复地画它们。这些动物才是他的才能的真正领域,他毕生都只在这方面下功夫,所以他在这方面才画得好! 他天生就同情这类动物的情况,生来就对这类动物的心理有所认识,所以他对它们的身体情况也别具慧眼。相反,对于其他的动物,他也许就不那么通晓了,所以他就既没有使命感也没有强烈的欲望去画它们。”

由于歌德的这番话,我回想起许多类似的情况,它们再度生动地浮现在我的脑海里。例如不久前他这样对我说,真正的诗人生来就对世界有认识,无须有很多经验和大量由经验得来的认识就可以进行描绘。他说:“我写《葛兹·冯·贝利欣根》时才是个二十二岁的青年,十年之后,我对我的描绘的真实还感到惊讶。众所周知,我并没有见过或经历过这样的情况,所以我想必是通过一种预感才认识到各种各样的人物情境的。

“一般说来,在我认识外在世界之前,我只喜欢描绘我的内心世界。但是当我后来在现实中发现世界就像我曾经想象的那样,我就对它产生愠怒,再没有兴致去描绘它了。是的,我可以说,如果我要等到我认识了世界才去描绘它,我的描绘就会变成一种用夸张性的模仿进行的嘲讽了。”

另一次他还说:“在每个人物性格中都存在着某种必然性,某种一贯性,由于这种一贯性,在这个或那个性格的基本特征上就会出现某种次要特征。这一点是凭经验就足以认识到的,但是对于某些个别的人来说,这种认识可能是天生的。我不想查究,在我自己身上经验和天生的东西是否结合在一起。但是我知道这一点:如果我和一个人谈过一刻钟的话，我就能在作品中让他说上两个钟头。”

歌德也曾这样谈到过拜伦勋爵：世界对他来说是显而易见的，他可以凭预感去描绘。我有些怀疑，拜伦是否能够描绘，比如说，一种次要的动物的本性，因为我觉得他的个性太强烈了，不会乐意去热衷于这样的对象。歌德承认这一点，并且说，只有作者所描绘的对象和作者的才能有某些类似，预感才可以起作用。我们一致认为预感的狭窄或宽广是与描绘者的才能的大小成正比的。

我接着说：“如果您老人家说，对于诗人来说世界是固有的，您指的当然只是内心世界，而不是经验的现象世界；如果诗人也想真实地描绘经验的现象世界，他就必须研究现实生活吧？”

歌德回答说：“那当然，是这样。爱与憎，希望与绝望，不管你把这些内心的情况和激情叫作什么，这整个领域是诗人生来就有的，他可以成功地把它描绘出来。但是诗人不是生下来就知道法庭如何进行审判，议会怎样工作，国王怎样加冕。为了不违背这一类事情的真相，诗人必须从经验和口头或文字上流传下来的东西中学会它们。例如在写《浮士德》的时候，我可以凭预感知道怎样去描绘主人公的悲观厌世的阴暗心情和甘泪卿的爱情感受，但是，例如下面两句诗，就需要对自然界进行一番观察了：

缺月姗姗来，
凄然凝泪光。”

我说：“不过《浮士德》里没有哪一行诗不带着显而易见的仔细深入研究世界与生活的痕迹，读者也丝毫不怀疑《浮士德》是作者最丰富的经验的结晶。”

歌德回答说：“这有可能。但是，如果我不先凭预感把世界放在内心里，我就会对事物视而不见，而一切的研究和经验只不过是完全不起作用和徒劳的努力了。我们周围有光也有颜色，但是在我们的眼里,如果没有光和颜色,也就看不见外面的光和颜色了。”

▼ 1824年2月28日　星期六

歌德说:“有一些杰出的人物,他们不会即席和草率地写出任何东西,他们的本性要求他们对每次要写的题目安安静静地进行深入的研究。这种人往往使我们感到不耐烦,因为我们很少从他们那里获得我们马上就要用的东西。但是只有这条路才能达到最高成就。”

我把话题转到兰贝格。歌德说:“他当然完全是另一种艺术家,具有非常令人高兴的才能,也就是即席创作的才能,他的这种本领没有别人能比得上。有一次在德累斯顿,他叫我出个题目给他画。我出的题目是阿伽门农从特洛伊回家,刚下车要跨进家门,心里就感到一种不可名状的恐惧。你会承认,这是一个极难画的题目。要是让另一位艺术家画这个题目,他就会要求有深思熟虑的机会。但是我的话刚出口,兰贝格就开始画起来了,而且马上正确地理解了题目的要旨,这使我不得不十分钦佩。我不否认,我很想得到兰贝格的几幅素描。”

我们又谈到一些其他的画家。他们以一种轻率的方式进行创作,以致最终毁于浮浅的模仿。

歌德说:“浮浅的模仿总是希望尽快地做完工作,对工作本身并没有乐趣。可是,一个有真才实学的人却在工作过程中感到最大的快乐。鲁斯孜孜不倦地画山羊和绵羊的毛发,从他画的无数细节中可以看出,他在工作过程中享受着最纯真的幸福,并没有想到尽快把工作做完了事。

“才能较低的人对艺术本身并不感到乐趣;他们在工作的时候只是想到一件完成了的作品能给他们带来多少报酬。有了这种世俗的目标和倾向,就绝不能产生什么伟大的作品。”

▼ 1824 年 2 月 29 日　星期日

星期天十二点，我去看歌德。吃饭前他曾派人邀请我乘车兜风。当我走进他房间的时候，我发现他正在吃早饭。我坐到他的对面，把话题引到我们共同做的那些涉及他作品重新出版的工作上。我对他说，我希望把他的《众神、众英雄和维兰德》以及《牧师的书信》一起收入这个新的版本。

歌德说："在我现在的立场上，我对那些青年时期的作品根本不想加以评价。我希望你们年轻人去评价它们。我不愿责骂那些初步尝试①；我那时当然还没有明确的目标，我出于一种无意识的冲动努力进行创作，但是我感到我的道路是正确的，我有一根寻矿杖，它会向我指出金子在什么地方。"

他补充说："任何伟大的天才人物，他的情况想必是这样的，否则的话，当他在这混杂的世界上觉醒的时候，就无法理解正确的东西，同时无法避免错误的东西。"

此时，马车已驾好马。我们朝耶拿方向驶去。我们谈到各种各样的事情。歌德提到法国那些新近出版的报纸。

他说："法国的君主立宪制，由于法国人民中间有许许多多腐化堕落的分子，建立在完全不同于英国的君主立宪制的基础之上。在法国，通过贿赂可以达到一切，甚至整个的法国大革命都是由各种各样的贿赂指导的。"

接着歌德告诉我欧仁·拿破仑②逝世的消息。这消息是今天上午到达的，它似乎使歌德非常悲伤。歌德说："欧仁·拿破仑是一位伟人，像他这样的人越来越少了，世界由于失去这样一位重要的人物而变得更加可怜了。我本人认识他，去年夏天我还和他在马里恩浴

---

① 指青年时期的作品。

② 欧仁·拿破仑(Eugéne Napoleon，1781—1824)，洛伊希滕堡公爵，1807 年被拿破仑一世收为养子。

场相聚。他是一位年龄大约四十二岁的美男子，可是他看上去似乎要老不少，这不足为怪，如果我们考虑到他经历了些什么，他如何在自己的一生中一次又一次地出征，一次又一次地完成丰功伟绩。在马里恩浴场度假的时候，他曾告诉我他的一个计划，并且和我多次讨论这个计划的实施。他打算修筑一条运河，以此把莱茵河和多瑙河连接起来。如果我们考虑到地方当局的反对，就会明白这是一项多么巨大的工程。但是对于一个在拿破仑手下服役，并和拿破仑一起震撼世界的人来说，一切都是有可能办到的。查理大帝也曾有过同样的计划，而且让人开始了这项工作，但是工程不久就被迫停止了，因为沙子不坚固耐久，土块从两边不断地倒塌下来。”

▼ 1824 年 3 月 22 日　星期一

饭前和歌德乘马车前往他的花园。

这个花园坐落在伊尔姆河对岸，附近是一座公园，西面是丘陵起伏的山坡，这样的地理位置给人一种舒适的感觉。花园不受北风和东风的影响，但一直受到来自南方和西方的暖气流的影响，所以在秋天和春天的时候，歌德特别喜欢到这气候和风景非常宜人的地方逗留。

这里离坐落在西北方向的城市很近，只需几分钟的时间就可以到达那里，可是你如果举目环顾，却看不到城市附近通常可以看到的高耸入云的建筑物或塔尖。公园的那些又高又密的树遮住了所有朝那边的视线。它们向左延伸，也就是向北延伸，在星星的名义之下，一直延伸到直接从花园前经过的马路旁边。

朝西面和西南面看去，可以看到一片开阔的草地，伊尔姆河在一箭之遥的距离静静地蜿蜒地流过草地。在伊尔姆河的对岸，同样是高低起伏的丘陵，在它们的斜坡上和高处，生长着高大的赤杨、白蜡树、黑杨和白桦，它们的叶子呈现出各种细微的差别。广阔的公园一片绿色，将近中午和傍晚的时候，它将地平线限制在使人喜悦的距离之内。

从公园往草地看，特别是在夏天的时候，你会产生这样一种感觉，仿佛你置身于一座森林附近，这森林正向离此数小时路程远的地方延伸。你会想，每时每刻想必会有一只牡鹿或一只小鹿出现在草地上。你会感到你置身于非常寂静和安宁的大自然之中，因为这伟大的寂静往往由于山鸟的孤单叫声，或由于森林里乌鸫的断断续续的歌声而被打破。

但是，塔楼上的钟偶尔发出的敲击声，公园高处孔雀发出的叫声，或军营的士兵的击鼓声和吹号声，会把我们从这种完全寂静的梦想中唤醒，而且是使我们愉快地醒来，因为随着这样的声音，你仿佛感到你以为离你遥远的家乡城市就在你的附近。

在某些日子、某些季节里，这里的草地上并不孤寂。你很快就会看到一些乡下人，他们前往魏玛赶集或干活，或从那里返回来。很快你会看到各种各样的散步者，他们沿着弯弯曲曲的伊尔姆河散步，尤其喜欢朝着上魏玛的方向漫步；在某些日子，上魏玛是游客很喜欢去的地方。收获枯草的时候，这些地区人山人海，十分热闹。随后，你会看到成群的羊在吃草，也能看到附近庄户人家的膘肥体壮的瑞士产牡牛。

可是今天，所有那些使人赏心悦目的夏日景象还没有出现。草地上几乎看不到几处绿色的地方，公园里的树木还长着褐色的树枝和苞蕾。可是花鸡的叫声，以及偶尔听到的山鸟和乌鸫的叫声，预示着春天即将来临了。

这里的空气宜人，像是夏天的空气。一阵非常温和的西南风吹来。一些小的雷雨云从晴朗的天空中飘过；在很高的地方，卷云带正在消散。我们仔细地观察云彩，发现下部区域的已结成团的云同样开始消散，歌德由此得出结论，气压计想必开始上升。

接着歌德大谈气压计的上升和下降。他把气压计的上升和下降称作肯定水和否定水。他谈到地球按照永恒的法则所进行的呼吸，谈到持续不断的肯定水（即下雨）可能会引起大洪水。他还谈到每个地区都有它自己的大气层，但是欧洲的气压高度大致相同。大自然是不可比拟的，在大量不合常规的情况下，要找到规律性的东西是困难的。

当歌德传授给我这些高深的知识的时候，我们在花园里宽阔的沙路上走来走去。我们走近那幢房子，他命令仆人打开房门，以便让我看它的内部。我看到房子被涂成白色的外墙全都被蔷薇包围着，它们由栅栏支撑着，一直蔓延到屋顶上。我绕着房子走，特别引起我兴趣的是，我发现沿墙的那些蔷薇枝上有大量形形色色的鸟窝，它们从去年夏天一直保持到现在，由于树叶很少，所以可以清楚地看到，特别是金翅雀和各种各样的篱雀的窝，有的建得高一些，有的建得低一些。

接着歌德把我引进屋内，去年夏天我错过了机会，没有看到房子的内部。在地下室里我只发现了一间可以居住的房间，它的四壁上挂着几张地图和铜版画，还有一幅与真人一样大小的歌德的彩色肖像，这幅肖像是迈耶在他和歌德从意大利返回不久画的。在画面上，歌德是一位身强力壮的中年男子，皮肤黑黝黝的，有点儿肥胖。缺乏生气的脸很严肃；人们好似看到了一个为未来的事业操心的男子。

我们上楼进入上面的那些房间。我发现了三个房间和一个小陈列室，它们的面积很小，而且缺乏舒适的设备。歌德说，他在青年时代曾愉快地在这里居住，非常安静地工作了一段时间。

这些房间的气温有点儿低，我们又渴望户外的温暖。在中午的阳光下，我们在干道上走来走去，一边谈论着当今的文学、谢林[①]以及普拉滕新近创作的几部剧本。

---

① 谢林（Friedrich Wilhelm Joseph von Schelling，1775—1854），德国唯心主义哲学家。

可是不久,我们的注意力又转回到周围最亲近的大自然上。壮丽贝母和百合花又长出新枝,路两边的锦葵也已经发绿。

花园的上半部分坐落在丘陵的斜坡上,这是一块草地,上面稀稀落落地长着一些果树。几条小路沿着山坡盘旋而上,偶尔又盘旋而下,我禁不住想到上面看看。歌德登上这些小路,快步走在我的前面,我为他的精力充沛感到高兴。

在上面的荆棘旁边,我们发现了一只雌孔雀,它似乎是从皇家公园弄到这里来的。此时歌德告诉我,他在夏天常用一种孔雀喜欢吃的饲料把皇家公园里的孔雀吸引到这里,并使它们习惯在这里生活。

当我们沿着另一边的弯弯曲曲的小道往下走时,我发现灌木丛中有一块石碑,上面刻有一首名诗的诗句:

> 这里情人默默地思念他的情人——
> 我感到我仿佛置身在一个古典的地方。

在离石碑不远的地方,我们看到几棵尚未长得粗壮的橡树、冷杉、白桦和山毛榉。在那几棵冷杉的下面,我发现肉食鸟吐出来的未消化的残食。我把它拿给歌德看。歌德回答我说,他在此地经常发现肉食鸟吐出来的残食。我由此断定,这几棵冷杉想必是那几只人们在这个地区经常发现的猫头鹰喜欢栖息的地方。

我们绕着这几棵树走,又回到了房子附近的干道上。我们刚才看到的橡树、冷杉、白桦和山毛榉,它们混合生长,形成一个半圆。半圆内的空间像一个洞穴,以拱形树冠盖之。半圆内有一张圆桌,周围有几张小凳。我们坐在小凳上。阳光灼热,在这种情况下,这些无叶的树投下的少量阴影无疑是一种善行。歌德说:"夏日炎炎,这里是最好的避暑之地。四十年前我亲手栽种了这些树,我很高兴它们已长成大树了,好久以来我已经享受它们的阴影给我带来的快乐了。

这几棵橡树和山毛榉的叶子就连最强烈的阳光也穿不过。在温暖的夏日，饭后我喜欢坐在这里，周围的草地上和整个公园里往往万籁俱寂，用古希腊人的话说，这里潘神正在睡觉。”

此时我们听到城里的钟已敲两点，于是乘马车返回。

▼ 1824年3月30日 星期二

今晚在歌德家里，只有我和他在一起。我们谈了各种各样的问题，还喝了一瓶葡萄酒。我们谈到法国戏剧和德国戏剧的对比。

歌德说：“在德国观众中很难见到在意大利和法国常见的那种纯正的判断。在德国，特别对我们不利的是在舞台上演出各种各样性质完全不同的戏剧。例如在同一个舞台上，我们昨天看的是《哈姆莱特》，今天看的是《斯塔波尔》[①]，明天我们欣赏的是莫扎特的《魔笛》，后天又是《新的幸运儿》[②]。这样就在观众中造成判断的混乱。由于把不伦不类的东西混在一起，这样就使观众不知怎样去理解和欣赏。此外，由于每个观众都有自己个人的要求和愿望，他总是爱到他的要求和愿望能够得到满足的地方去看戏。今天在这棵树上摘得无花果，明天还想去摘，但摘到的却是黑刺莓，这就不免扫兴了。可是，谁爱吃黑刺莓，谁就应该到荆棘丛中去找。

“席勒有过一个好念头，他要建造一座专演悲剧的剧院，每周只为男人们演一部剧本。但是建造这样一座剧院要在大都会里才能办到，而在我们这样的小城市里是无法实现的。”

接着我们谈到伊夫兰德[③]和科策布。歌德给予这两位剧作家的创作风格以很高的评价。他说：“正由于一般人不肯严格区分体裁种类

---

① 全名是《斯塔波尔执掌帝国的政事》，是1819年在维也纳上演的二幕闹剧。

② 文策尔·米勒创作的带有说白的歌剧。

③ 伊夫兰德（August Wilhelm Iffland，1759—1814），德国剧作家。

的毛病，这两位剧作家的剧本往往受到不公正的谴责。我们还要等待很长的时间，才会再见到像他俩那样有才能的、为群众所喜爱的作家。”

歌德接着说：“我称赞伊夫兰德的《老光棍》，我曾看过它的演出，它曾给我带来很大的乐趣。这毫无疑问是伊夫兰德最优秀的剧本，也是唯一一部证明他从平淡无奇走向思想性的剧本。”

接着他谈到了他和席勒共同创作的、作为《老光棍》续篇的剧本，但是这剧本并没有写成，只是以谈话的方式创作的。歌德一场一场地向我讲述了剧本的情节，非常有趣，娓娓动听，我听了非常高兴。

接着歌德谈到了普拉滕的某几部新剧本。他说：“从这几部剧本中可以看出卡尔德隆的影响。它们写得很俏皮，从某种意义来说，也很完整，但是它们缺乏一种特殊的重心，缺乏某种重大的思想内容。它们不能在读者的内心里激起一种强烈而持续的兴趣，只是轻微地、暂时地触动一下心弦。它们像浮在水面上的软木塞，不产生任何印象，只轻飘飘地浮在水面。

“德国人所要求的是一定程度的严肃认真，是思想的伟大和感情的丰富。正是由于这个缘故，席勒受到普遍的高度评价。我绝对不怀疑普拉滕的才能，但是也许由于艺术观点错误，他的才能在这些剧本里并没有显示出来，而显示出来的是丰富的学识、才智、适当的幽默以及许多完善的艺术手腕；但这一切，特别是对我们德国人来说，都还不够。

“一般说来，作家本人的人格较之他的艺术才能对读者要起更大的影响。拿破仑谈到高乃依时说过：‘假如他还活着，我要封他为王！’——拿破仑并没有读过高乃依的作品，他倒是读过拉辛的作品，却没有说要封拉辛为王[①]。拉封丹[②]也受到法国人的高度崇敬，但这不是因为他在诗歌方面的功绩，而是因为他在作品中所表现的他的

---

① 高乃依（Pierre Corneille，1606—1684）和拉辛（Jean Racine，1639—1699）都是 17 世纪法国著名剧作家。

② 拉封丹（Jean de La Fontaine，1621—1695），法国诗人，以寓言诗著名。

伟大人格。”

我们接着谈到了《亲和力》。歌德乘机向我讲述了一个旅行经过此地的英国人的事，此人对歌德说，他回到英国以后，就要和他的妻子离婚。歌德嘲笑了这桩蠢事，并且提到了好些离婚者的例子，这些离婚者在事后都后悔离了婚。

歌德说：“已故的法国外交家莱茵哈德在德累斯顿的时候，常常对我的婚姻观感到惊异，因为我在婚姻问题上主张制定一些非常严格的准则，但在其他所有的问题上我却非常马虎。”

我觉得歌德的这番话很值得注意，因为这番话是针对他那部常被曲解的小说[①]而言的。

接着我们谈到了蒂克和他个人对歌德的态度。

歌德说：“我对蒂克很好，总的说来，他对我也很好；但是在他和我的关系上总有些不近人情的地方。这不是我的过错，也不是蒂克的过错，而是由于其他的原因。

“你知道，当施莱格尔兄弟开始崭露头角的时候，我在他们眼里显得太强大，为了和我保持平衡，他们必须四处寻找一个用以和我抗衡的人才。他们发现蒂克是这样的人才。为了使蒂克在读者的心目中变得和我一样重要，他们不得不夸大蒂克的优点。这当然有损于我们的关系，因为这样一来，蒂克就有些瞧不起我，尽管他并没有意识到这一点。

“蒂克是一个很重要的人才，我比任何人都清楚地看到他的不寻常的功绩，但是，如果有人想通过自己抬高他，并给予他和我一样的地位，那就大错特错了。我能直言不讳地说出这一点，因为这跟我有关系，我并没有使自己成名。同样，如果我想和也没有使自己成名的莎士比亚相比，那么对这位比我高明的作家，我只有景仰和崇敬。”

今天晚上歌德显得精力充沛、快活和兴致勃勃。他取来了一些

---

① 即《亲和力》。

未出版的诗稿,并且向我朗读了其中的几首。倾听他朗读,于我是一种特殊的享受,因为不仅那些诗的奇特的力量和朝气使我兴奋不已,而且歌德在朗读的时候也显露出我至今所不知道的、非常重要的方面。他的声音是多么雄浑有力!他那张满是皱纹的大脸是多么富于表情和生气!多么动人的眼睛!

▼ 1824 年 4 月 14 日 星期三

一点钟左右,我陪歌德乘车去玩。我们谈论了各种作家的风格。

歌德说:"总的说来,哲学思辨对德国人是有害的,因为它常把一种非感官所能感觉的、不可理解的、广泛而使人稀里糊涂的东西带进他们的风格里。他们愈醉心于某一哲学派别,他们写得愈坏。但是,那些从事某种职业、善于安排生活、只顾实践活动的德国人却写得很好。席勒每逢抛开哲学思辨时,他的风格就是最出色、最有效的。我正忙着看席勒的一些非常重要的书信,看出了这一点。

"德国也有一些天才的妇女,她们能写出一种真正杰出的风格,比某些受人称赞的德国男作家还强。

"英国人通常写得很好,他们是天生的演说家和讲究实用的人,目光总是朝着现实的。

"法国人在其风格上显出他们的一般性格。他们生性好社交,所以从来不会忘记读者和听众。他们力求明白清楚,以便说服读者;力求雅趣盎然,以便取悦读者。

"总的来说,一个作家的风格是他内心思想的忠实写照。所以一个人如果想写出简洁明白的风格,他首先就要心里明白;如果想写出雄伟的风格,他首先就要有雄伟的人格。"

歌德接着谈到他的反对者,说这种人永远不会绝种。他说:"他们人数众多,可以分成几类。第一类人是由于愚昧,他们不理解我,根本不了解我就进行指责。这批为数可观的人在我生平里给我带来许多烦闷，但是我应该原谅他们，因为他们不知道自己在做什么。

"第二类人也很多，他们是由于妒忌。我通过自己的才能所获得的幸运和尊荣地位引起他们妒忌。他们在背后毁坏我的声誉，很想把我搞垮。假如我穷困，他们就会停止攻击了。

"第三类人由于自己缺乏成就而变成了我的对头。这批人当中不乏有才能的人，但是他们不肯原谅我，因为我使他们相形见绌。

"第四类反对我的人是有理由的。因为我既然是个人，也就有人的毛病和弱点，这在我的作品中不免要流露出来。但是，由于我严肃地对待自己的修养，孜孜不倦地努力提高自己的品格，所以不断地取得进步，可是这类人却常常为了一个我已经改正了的错误而指责我。这些好人压根儿伤害不到我，因为我离他们已经很远了，他们还在那里向我射击。一般说来，我并不很关心已经脱稿的作品；我不再去研究它，而是马上就去考虑新的写作计划。

"此外还有一大批人反对我，是由于在思想方式和观点上与我有分歧。人们常说，一棵树上很难找到形状完全一样的两片叶子，一千个人之中也很难找到两个人在思想作风和思想方法上完全协调。我接受了这个前提，所以我感到惊讶的，与其说是我有那么多的敌人，还不如说是我有那么多的朋友和追随者。我的整个时代是和我背道而驰的，因为它完全处在主观倾向笼罩之下，而我却努力接近客观世界，这使我陷入不利和孤立的境地。

"在这一点上，席勒比我占了更大的便宜。所以有位好心好意的将军曾明确地向我指出，我应该学习席勒的写作方式。和这位将军相比，我对席勒的功绩毕竟比他知道得多，所以我就向他分析了一番。我继续从容不迫地走我的路，不再为成就操心，尽量不理会我的敌手们。"

我们乘车返回，然后非常快活地在一起吃饭。歌德的儿媳不久前从柏林回来，她向我们讲述了她在柏林的许多见闻；她特别热情地提到了公爵夫人库伯兰特[1]，因为她在那儿受到了公爵夫人的热情接待。歌德也想起了这位女公爵，那时她还是一位非常年轻的公主，曾在歌德的母亲那儿住了一段时间，她特别喜爱歌德的母亲。

晚上，在歌德家里举行了一场音乐会。几位卓越的歌唱家在埃贝魏因[2]的指挥下，演唱了亨德尔的《弥赛亚》中的几首曲子。参加演唱的，除了上述几位男歌手以外，还有几位著名的女歌唱家。伯爵夫人卡罗琳·冯·格罗佛斯坦因、佛罗里卜小姐、波格维什夫人以及歌德的儿媳，也加入了女歌手的行列。她们的加入，使歌德长期怀有的愿望以最友好的方式得到了实现。这场音乐会对我来说是一次特别重要的艺术享受。

歌德坐在稍远的地方，专心致志地听演唱，度过了一个幸福的夜晚，对这部了不起的作品赞不绝口。

▼ 1824 年 4 月 19 日　星期一

我们时代最伟大的语文学家弗里德里希·奥古斯特·沃尔夫从柏林来到这里，他是去法国南部旅行经过这里的。歌德为了向沃尔夫表示敬意，在今天举行了盛大宴会。应邀参加宴会的有歌德在魏玛的朋友，如新教教区总牧师律尔、首相米勒、建筑工程总监柯德莱、里默尔教授和内廷参事列拜茵，我当然也在应邀之列。席间，大家都有说有笑，气氛非常活跃。沃尔夫说了一些很风趣的话来助兴；而心情极为愉快的歌德总是和沃尔夫唱反调。歌德后来对我说：“我和沃尔夫只有在这样的情况下才能和睦相处，即我总是扮演魔鬼靡非斯特的角色，和他唱反调。否则的话，他就不会献出他内心里

---

① 库伯兰特（Friederike von Cumberland，1778—1848），普鲁士王后路易丝（Louise，1776—1810）的妹妹。

② 埃贝魏因（Franz Karl Eberwein，1786—1868），魏玛音乐家。

的宝藏[1]。”

席间这样妙趣横生的玩笑很多，只可惜稍纵即逝，所以我无法把它们记住。沃尔夫非常善于辞令和做出机智而令人信服的回答，但是我觉得歌德毕竟比他略高一筹。

光阴似箭，吃饭的几小时很快就过去了，转眼已经是下午六点钟了。我和歌德的儿子到剧院看戏，那里演出莫扎特的《魔笛》。在剧院里，我也看到了沃尔夫，他和大公爵卡尔·奥古斯特坐在包厢里。

沃尔夫在魏玛待到4月25日，然后动身前往法国南部。他的健康情况不怎么好，歌德为他感到非常担心。

▼ 1824年5月2日　星期日

歌德责怪我没有去访问这里一户有声望的人家。他说："在这个冬天，你本可以在那家度过许多愉快的夜晚，结识一些知名的陌生人，可是天知道你由于什么怪脾气，竟然放弃了这一切。"

我回答说："我生来容易激动，而且天生兴趣广泛，喜欢打听别人的情况，所以对我来说，最讨厌、最有害的，莫过于太多的新印象了。我没有养成社交的习惯，所以在社交方面并不在行。我是这样看待我以往的生活情况的，我觉得我的生活仿佛是在不久前，也就是在你身边的这段时间里才开始的。现在，一切对我来说都是新的。和你在一起的每一次戏剧晚会、每一次交谈，都在我的内心里引起震动。在具有另外的教养和习惯的人看来是无关紧要的东西，在我看来却非常重要。因为我渴望得到你的教诲，所以我聚精会神地聆听你所说的一切，从中汲取尽可能多的营养。由于我的这种思想状况，我去

---

① 意为丰富的经验和知识。

年冬天完全满足于戏剧研究和与你的交往。为了不破坏我内心的安宁,我既不想结交新的朋友,也不想和其他人交往。”

歌德笑着说:“你是一个脾气古怪的基督教徒,做你愿意做的事情吧,我对你的行动不加干涉。”

我接着说:“此外,我进入社会的时候,总是带着我个人的爱好和反感以及一种爱和被爱的需要。我寻找生性和我融洽的人;这样的人我乐意和他结交,其余的人和我无关。”

歌德回答说:“你这种自然倾向当然是不好交游的。如果我们不愿用文化教养来克服我们的自然倾向,文化教养有什么用?要求旁人和我们协调一致,那是很愚蠢的。我从来不干这种蠢事。我一贯把每个人看作一个独立的个人,力求研究他和了解他的特点,可是我并不向他要求同情共鸣。这样我才可以和任何人打交道,也只有这样我才可以认识各种不同的性格,学会必要的处世之道。因为一个人恰恰要注意跟那些和自己生性相反的人打交道,这样才能和他们相处,从而激发自己性格中一切不同的方面,并使之发展和提高,其结果是,不论遇到什么人,均能很好地对付了。你也应该这样办。你在这方面的能力比你自己所想象的要大;但是光有社交的天资是无济于事的,你必须投入广大的世界里,不管你是喜欢还是不喜欢它。”

我记住了这番忠告,决定尽可能地照着办。

傍晚时歌德邀我陪他乘马车兜风。我们走的路穿过魏玛北部的山丘,从山丘上可以眺望西边的公园。树已开花,白桦已长出叶子,芳草如茵,夕阳的光辉照在上面。我们寻找美丽如画的树丛,久久地注目观看。我们发觉开满白花的树不宜入画,因为这样的树构不成一幅画,同样,抽芽的白桦不宜摆在一幅画的前景里,因为嫩叶和白树干不够协调,画面上缺少一些风景,这些部分通过强大的光和影可以突出来。歌德说:“勒伊斯达尔①从来不把长满叶子的白桦摆在前

① 勒伊斯达尔(Jacob van Ruysdael,1628—1682),17 世纪荷兰最伟大的风景画家。

景，他只画没有叶子的、光秃秃的而且是被折断的白桦树干。这样的树干非常适合于摆在前景，因为它光亮的外形非常有力地凸现出来。”

接着我们随便谈了一些其他问题，然后又谈到这样一些艺术家的错误倾向，他们想把宗教变成艺术。对他们来说，艺术就应该是宗教。歌德说：“宗教与艺术的关系，和其他重大人生旨趣与艺术的关系一样。宗教只应看作一种题材，它和其他所有的生活题材享有同等的权利。信仰和无信仰完全不是用以理解一部艺术作品的器官。相反，理解一部艺术作品需要完全另样的力量和才能。艺术应该诉诸理解艺术的那些器官，否则就达不到自己的目的，得不到它所特有的效果。一种宗教题材也可以成为一种好的艺术题材，但是它必须具有普遍的人性；正是由于这个缘故，圣母与圣婴是个很好的题材，可以百用不陈，百看不厌。”

这时我们已绕了小丛林一圈，在从梯夫尔特转回到魏玛的路上，我们看到了落日。歌德沉思了一阵子，然后向我朗诵了一位古人[①]的诗句：

> 西沉的永远是这同一个太阳。

接着他很高兴地说：“一个人要是到了七十五岁，总不免偶尔想到死。不过我对此完全处之泰然，因为我深信我们的精神是完全不可摧毁的，它从永恒到永恒，继续发生作用。它就像太阳，用肉眼来看，似乎是落下去了，而实际上它永远不落，不停地照耀着。”

这时太阳在埃特斯堡后面落下去了，我们感到树林中的晚凉，便更加迅速地驰向魏玛，停在歌德家门前。歌德邀我上楼再坐一会儿，我就跟随他上楼了。歌德特别和蔼，兴致特别高。他谈得特别多的

---

① 这位古人是5世纪住在埃及巴诺波里斯的希腊诗人侬努斯(Nonnus)。

是他关于颜色的学说和他的那些顽固不化的对手。他意识到他在这门学科里已经做出了某些贡献。

他说："要在世界上划出一个时代，要有两个众所周知的条件：首先要有一副好头脑，其次要继承一大笔遗产。拿破仑承袭了法国革命，腓特烈大帝承袭了西里西亚战争[①]，路德承袭了教士们的黑暗，而我所分享到的遗产则是牛顿学说的谬误。现在这一代人虽然对我在这方面的贡献毫无所知，但是未来的时代将会承认，落到我手里的并不是一份可怜的遗产。"

今天早上，歌德给我寄来了一捆有关戏剧的材料；在这些材料中我特别发现了一些零散的意见。这些意见是歌德向魏玛女演员沃尔夫和男演员格律纳尔提出的，目的是为了把他们培养成杰出的演员。在这些意见里，歌德不仅提出了表演规则，而且谈到了戏剧研究。我觉得这些意见很有意义，对年轻的演员很有教益，所以决定把它们分类汇编起来，使之形成一种戏剧问答手册。歌德赞同我的这一计划，于是我们继续详细讨论这件事。它促使我们回想起某些从他的学校脱颖而出的著名演员。我趁此机会向歌德问起海根多夫夫人[②]。歌德回答说："我可能对她产生过影响，但是她并不是我真正的女学生。她天生就有表演才能，而且对一切事物马上就能理解和掌握，像水上的鸭子那样，优美而熟练。她不需要我的教导，她本能地做得对，也许她自己并不知道这一点。"

接着我们谈到了他担任剧院领导的那几年时间，他因此而失去了文学创作的大量时间。歌德说："那是当然的，我要是不担任剧院领导，也许已经创作了几部好的作品，但是好好地想一想，我并不感到后悔。我向来只是象征性地看待我的一切工作和成就，不管我制造的是饭锅还是饭碗，这对我来说其实都无所谓。"

---

① 18世纪时，奥地利与普鲁士为争夺西里西亚地区三次开战，普鲁士在腓特烈大帝带领下获胜。

② 海根多夫夫人（Frau von Heigendorf，原名 Karoline Jagemann，1778—1848），魏玛的女演员。

▼ 1824年5月6日　星期四

当去年夏天我到魏玛的时候，我并不想长期待在这里，相反，我只想结识歌德，然后到莱茵河沿岸寻找一个合适的地方，并在那儿待上较长的时间。

可是到了魏玛的时候，我还是被歌德特别友好的接待吸引住了，我和他的关系也日益成为一种实际的关系，因为他不仅使我逐渐了解他的兴趣，而且为了准备他作品的全集，把某些重要的工作交给我去做。

根据他的要求，我在去年冬天已完成了以下的任务：从一捆捆杂乱无章的材料中编制成好几章《温和的赠辞》（富于哲理的格言诗）；编审了一卷新诗；完成了上述的戏剧问答手册；写好了一篇概略地叙述各种艺术中的半瓶醋的知识的论文。

在此期间，我始终念念不忘到莱茵河沿岸旅行的打算。为了满足我的这一迫切愿望，歌德主动劝我今年夏天花几个月的时间到那地区去看看。

但是他也向我坚决表示，希望我看完后能返回魏玛。他提出的理由是：我们不该中断刚刚建立起来的关系；生活中的一切如果希望获得兴旺发达，就必须有一个良好的结果。他还明确地告诉我，他已选中里默尔和我联系，目的不仅在于要我积极地支持他的作品重新出版的准备工作，而且在于，万一他因年老而归天的时候，我和他的这位朋友（指里默尔）能独立承担起这项任务。

今天上午，他让我看了他的几大捆书信材料，他曾把这些材料摊放在所谓的半身塑像陈列室里。他说："这些都是书信，是德国最知名的人士从1780年起写给我的，在这些书信里有丰富的思想，你有资格在将来把它们公之于众。我现在让人做个柜子，你可以把这些书信连同我其他的文学遗著放在里面。在你动身旅行之前，你应该把所有的资料有条不紊地放在柜子里，这样我就可以放心，也少操一些心了。”

然后他向我透露，今年夏天他还想去游览马里恩浴场，不过他要到7月底才能动身，因为他还有许多事情要做。他希望我在他动身之前能从莱茵地区回来，以便和我再次晤谈。

▼ 1824年8月10日　星期二

我从莱茵地区旅行回来已将近八天了。我到达魏玛的时候，歌德非常高兴。又能在他身边，我同样感到非常幸福。他有很多事情要告诉我，所以最初几天我很少离开他。他放弃了早先的打算，不去马里恩浴场了，今年夏天他压根儿不打算旅行。他昨天对我说：“那么，由于你又回到了我身边，我又可以很好地度过8月了。”

几天前他告诉我他在写《诗与真》的续篇的开头部分，这是一本用四开的纸写的小册子，还不到一根手指的厚度。有些部分已经写好，但大部分只是略提一下。可是他已经把《诗与真》的续篇分为五卷[①]。歌德为每一卷写好了提纲，并把它们收集在一起，所以我们只需把这些提纲稍许看一看，就能对续篇的整个内容了解到一个概貌。

我觉得已经写好的部分写得很好，提纲的内容很重要，所以我感到很可惜，歌德把这件预示着这么多教训和享受的工作停顿下来。我将用各种方式促使歌德尽快完成有待写的部分。

续篇的整个布局很像一部长篇小说的布局，里面有柔情似水的、妩媚的、狂热的爱情关系，这种爱情关系开始时轻松愉快，继续进行中充满田园般的和谐宁静，最后由于双方的悄悄的放弃而导致悲剧性的结局。这样的爱情关系像一条红线贯串在四卷里，并把它们联结成一个井井有条的整体。歌德在这几卷里详细地描述了丽莉天生

---

① 即第四部的第十六卷至第二十卷，详见刘思慕译：《歌德自传——诗与真》(下)，北京：人民文学出版社，1983年，第716—847页。

的魅力，这种魅力足以吸引每一个读者，同样深深地吸引着她的情人歌德，以至他只有通过多次逃走才能拯救自己。

书中所描写的作者的生活时期同样很富于浪漫色彩。或者说，在这段生活时期里，作者形成了自己主要的性格。不仅如此，这段生活时期还具有非常特别的意义和重要性，因为作为歌德去魏玛生活的前期，这段时期对歌德整个一生起到决定性的作用，是他一生中令人感兴趣的和描写得详细的生活时期。

为了激发歌德新的兴趣和爱好，以便他完成这件被中断的、停止多年的工作，我不仅马上和他口头讨论这件事，而且也在今天把我以下的笔记交给他，以便他注意到哪些部分已经完成，哪些部分还没有完成，需要另做处理。

第一卷

这一卷按照最初的意图可以看作完成了，它包含某种事态的说明，也就是说，在这卷里，作者首先表达了参与世界事务的愿望，歌德在这整个时期里为实现这一愿望而努力，直至他被聘请到魏玛为止。为了使这一卷和其他的四卷结合得更紧密些，我建议在这一卷里就提到贯串在以后四卷里的和丽莉的男女关系，并把这种关系保持到歌德逃往奥芬巴赫为止。这样，这一卷在篇幅和意义上就会增加和提高，从而防止第二卷的篇幅过于增多。

第二卷

第二卷的开头描写了奥芬巴赫田园般的生活。在这一卷里，作者讲述了他和丽莉的幸福的爱情关系，直至这种爱情关系最后开始具有不稳定的、严重的甚至是悲剧般的性质。在这一卷里，正如有关眼科医生斯蒂灵格的提纲所预示的，观察重大的事情是适当的，从作者言简意赅的意图中可以推断出许多意义重大的教训。

第三卷

第三卷包含了作者写《浮士德》续篇的计划。这一卷可以看作一种插曲，它预示着作者试图和丽莉分手，同时和其他几卷连接起来。

是否要把创作《浮士德》续篇的计划告诉读者，这个问题取决于人们对作者已经完成的几场戏是否有好感。只有弄清楚人们的态度，才能决定是否应该放弃创作《浮士德》续篇的希望。①

第四卷

第三卷以作者试图和丽莉分手结束。所以第四卷的开头非常恰当地描写了斯托尔堡兄弟②和普鲁士部长豪格维茨一家的到来，从而为歌德的瑞士之行和第一次逃离丽莉找到理由。歌德为这一卷写的详细的提纲向我们预示着许多非常有趣的事情，激起了我们的愿望，希望作者尽可能细致地描写这些极其有趣的事情。反复从心底里爆发出的、难以抑制的对丽莉的怀念，以青年人炽热的爱使这一卷完全暖和起来，并给这位旅行者（指歌德）的情况投下了非常独特的、令人愉快的和令人着迷的亮光。

---

① 歌德曾把他在《浮士德》中构思的几场戏告诉克洛普施托克，后者像是对这几场戏很有好感，并希望歌德完成全剧。详见刘思慕译：《歌德自传——诗与真》（下），第782页。

② 斯托尔堡兄弟（Christian Graf von Stolberg, 1748—1821; Friedrich Leopold Graf von Stolberg, 1750—1819），这两兄弟均为诗人，参与了歌德的第一次瑞士之行。

第五卷

这一卷很好，而且同样快要完成了。情节的发展和结构正接近，甚至说出那玄妙莫测的最高的命运。总之，情节的发展和结局至少可以看作完全结束了。只还需要一篇简短的序言，关于这篇序言也已经有一个非常清楚的提纲。可是，详细地陈述这个提纲显得很有必要和值得企望，因为在这个提纲里首次提到魏玛的社会情况，并且首先激起读者对魏玛社会情况的关注。

▼ 1824年8月16日　星期一

在这几天里，我和歌德进行了内容非常丰富的交谈，可是由于我忙于其他的事情，所以无法把他众多的谈话中的某些重要内容记下来。

我在我的日记里只记下以下的细节，可是它们的来龙去脉我已经忘记了：

"人们是一些漂浮的、相互碰撞的罐子。"

"在早上我们最聪明，也最担忧；因为担忧也是一种聪明，尽管是一种消极的聪明。愚蠢的人不知道担忧。"

"无须把青年时代的缺点带入老年，老年人也有自己的缺点。"

"宫廷生活像一种音乐，每人都得保持自己的节奏和休止。"

"廷臣们如果不懂得用仪式度过自己的时间，想必会无聊得要死。"

"因最细小的事情而建议一位君主退位是不明智的。"

"谁想当演员，就得有无限的耐心。"

▼ 1824年11月9日　星期二

今晚在歌德家。我们谈论到克洛普施托克和赫尔德尔。我很高兴听他分析这两位的伟大功绩。

歌德说:“如果没有这些强大的先驱者,我国文学就不会像现在的样子。他们出现时是走在时代前面的,仿佛拖着时代跟他们走,可是现在时代已赶在他们的前头。从前他们是非常必要和重要的人物,而如今已不再是有用的工具了。一个青年人如果在今天还想从克洛普施托克和赫尔德尔身上吸取自己所需的文化修养,就太落后了。”

我们谈到克洛普施托克的史诗《救世主》和他的《颂歌》及其优点和缺点。我们一致认为,克洛普施托克在观察和掌握感性世界以及描绘人物性格方面都没有什么倾向和才能,所以他缺乏史诗体诗人和戏剧体诗人,甚至可以说一般诗人所必有的最本质性的东西。

歌德说:“我突然想起他的那首《颂歌》,它描写德国的缪斯和英国的缪斯之间的赛跑。两位姑娘赛跑时,甩开双腿,踢得尘土飞扬,试想这是怎样一幅情景;所以我们不得不认为,这位好心的克洛普施托克并没有看到过现实生活中的赛跑,感官缺乏训练,否则就不会出这种差错。”

我问歌德他在青年时代怎样对待和评价克洛普施托克。

歌德说:“我怀着我所特有的虔诚尊敬他;我把他看作我的伯父。我对他的作品怀有敬畏的心情,不去进行思考或挑剔。我让他的优良品质对我产生影响,此外我就走我自己的路。”

我们回过来谈起赫尔德尔,我问歌德,他认为赫尔德尔的著作哪一部最好。歌德回答说:“毫无疑问,他的《对人类史的一些看法》最好。他晚期向消极方面转化,就不能令人愉快了。”

我回答说:“我不赞成你对赫尔德尔的高度评价,因为他在某些问题上似乎缺乏判断能力。例如有一件事我不能原谅他:当时在德国文学变成那样的情况下,他不该把你的《葛兹·冯·贝利欣根》的手稿退还给你,他对这部作品好的方面没有加以肯定,而对它的不足之处却加以取笑。显然,他对某些题材并不理解。”

“在这点上赫尔德尔做得有些过分。”歌德回答说。接着他机灵地补充说:“不错,要是此时此刻他作为幽灵出现在这里,他也不会理解我们。”

我说:“相反,我得称赞麦尔克,就是他激励你去出版《葛兹》的。”

歌德回答说:“的确,他也是一个脾气古怪的知名人物。他说:‘把它拿去印吧!它虽然毫无用处,但是只管把它印出来!’他不主张彻底修改《葛兹》,他是对的,否则的话,《葛兹》就会是另外一种样子,但是不会更好。”

▼ 1824年11月24日　星期三

今晚我在看戏前去见了歌德,发现他很健康,兴致很好。他问到在此地的那些年轻的英国人。我告诉他,我有意陪杜兰先生读普鲁塔克[①]的德文译本。这就把话题引到罗马和希腊的历史上。歌德对希腊和罗马史发表了如下的看法:

“罗马史对我们来说已不合适了。我们已经变得太人道了,所以对恺撒的战功不能不起反感。希腊史同样也并不怎么令人高兴。希腊人在抵御外敌时固然伟大和光荣,但是在诸城邦的分裂和永无休止的内战中,这一帮希腊人掉转枪口反对那一帮希腊人,这却是令人不能容忍的。此外,我们这个时代的历史完全是伟大的和重要的。莱比锡战役和滑铁卢战役的丰功伟绩使马拉松之类战役黯然失色。我们这个时代的一些英雄人物也不比古代的逊色,例如法国的一些

---

① 普鲁塔克(Plutarch),1世纪希腊史学家,著有《希腊罗马名人传》等。

元帅、德国的布吕歇尔[1]和英国的威灵顿[2]都完全可以和古代那些英雄人物媲美。”

话题转到现代法国文学以及法国人对德国作品的日益增长的兴趣。

歌德说：“法国人开始研究和翻译我们德国作家的作品，这样做很好，因为他们在形式和主题方面都很狭隘，没有其他办法，只得向外国借鉴。尽管有人指责我们德国人不怎么讲究形式，但是在题材方面我们毕竟胜过他们。科策布和伊夫兰德的剧本就有很丰富的主题，够他们长期采用，用之不竭的。但是法国人特别欢迎我们的哲学理想性，因为每种理想都可以服务于革命的目的。”

歌德继续说：“法国人有的是理解力和机智，但缺乏的是基础和虔敬。在法国人看来，眼下用得上的、对党派有利的东西都仿佛是对的。因此，他们称赞我们，并不是因为承认我们的功绩，而只是因为用我们的观点可以加强他们的党派。”

接着我们谈到了我们自己的文学以及对某些现代青年作家有害的东西。

歌德说：“我国多数青年作家唯一的缺点，就在于他们的主观世界里既没有什么重要的东西，又不善于到客观世界里去寻找创作题材。他们充其量只能找到与他们相像的、迎合他们心意的材料；至于本身具有自我价值，也就是本身具有诗意的材料，也须与他们的主观世界相契合才被采用；如果它不契合主观世界，那就用不着对它进行思考了。

“不过像以前说过的，只要我们有一些由深刻研究和生活境遇培育起来的重要人物，至少就我们的青年抒情诗人来说，前途还是很光明的。”

---

① 布吕歇尔（Gebhard Leberecht von Blücher，1742—1819），普鲁士陆军元帅。

② 威灵顿（Arthur Wellesley，Duke of Wellington，1769—1852），英军统帅，和布吕歇尔一样是打败拿破仑的名将。

▼ 1824年12月3日　星期五

在这几天里我接到邀约，要我为一家英国杂志按月就德国文坛上最近的作品写些短评，条件很优厚，我有意接受这个建议，但是我想，事先把这件事告诉歌德，也许要好一些。

所以在今晚上灯的时候，我去见了歌德。可卷起的帘子已经放下来了，歌德坐在窗帘旁边那张刚开过晚饭的大桌子前面。桌上点着两支蜡烛，烛光照到他自己的脸上，也照到摆在桌上的那一座巨大的半身像上，他正在观赏这座雕像。向我致以友好的问候之后，他指着雕像问我："这是谁？"我说："是一位诗人，而且看上去是一位意大利人。"歌德说："这就是但丁。雕得好，头部很美，可是不完全令人喜欢。他已经老了，腰弯了，闷闷不乐的，面容憔悴，仿佛是刚从地狱里出来似的。[①] 我还有一枚但丁像章，是他还在世时刻的，在一切方面远比这座雕像美。"歌德站起来去取这枚像章。"你看，鼻子多么有魄力，上唇也很有魄力似的鼓起，下颚向上耸起，和下颚骨配合得多么好！这座巨大的半身雕像，其眼睛和额头部分与像章上的几乎一样，但在其余的部分就显得较软弱、较苍老了。但是我这样说并不是要责备这件新作品，它总的说来还是很值得赞扬的。"

接着歌德又问我近几天来过得怎样，想些什么，做些什么。我就告诉他我接到一份邀请书，要我为英国的一家杂志就最近的德国散文作品按月写些短评，条件很优厚，我很有意接受这项任务。

歌德的面孔一直到现在都是和蔼可亲的，可是听到我这番话的时候，他马上沉下脸来。我从他的表情上看出，他不赞成我的这个意图。

他说："我倒希望你的朋友们不要侵扰你的安宁。他们为什么要你离开正道，去干那些违反你的自然倾向的事呢？我们有金币、银币和纸币，每一种都有它的价值和行情。但是要对每一种做出正确的

---

① 但丁在《神曲》第一部里游了地狱。

估价，就须知道它的行情。在文学方面也是如此。你也许会估价硬币，但对纸币你就不会估价，还不在行，你的评论就会不正确，就会把事情弄糟。如果你想正确，想让每一种作品都能得到承认，你就必须事先把自己和我们的一般文学保持平衡，这就要费不少功夫去研究。你必须回顾一下施莱格尔兄弟有什么意图和成就，然后还要遍读德国新近的所有作家，例如弗朗茨·霍恩①、霍夫曼②和克劳伦③等等。这还不够，还要每天看报纸，从《晨报》到《晚报》，以便马上知道一切新出现的作品，这样你就要糟蹋你的最美好的时光。此外，所有的新书，如果你想稍许认真仔细地掌握它们，那么光靠匆匆地翻阅是不够的，还必须加以研究。这会合你的口味吗？最后，如果你发现坏的东西是坏的，你甚至也不能照实说出，否则就要冒和整个文坛交战的风险。”

歌德继续说：“正如我曾经讲过的那样，不能这样办，你应该去信拒绝这项任务，这不是你的正业。总而言之，你要避免分散精力，要设法集中精力。三十年前我如果懂得这个道理，我的创作成就会完全不同。我和席勒在他主编的《季节女神》④和《文艺年鉴》两份刊物上破费了多少时间呀！最近几天里我审阅了席勒和我的通信，一切往事都栩栩如生在眼前，回想起我和席勒所从事的那些工作，我不免感到懊恼，因为它们非但没有给我们带来什么好处，反而被世人滥用。有才能的人看到旁人做的事总是自信也能做，这其实不然，他总有一天会悔恨浪费精力的。你卷起头发，只为了一个夜晚，这对你有什么好处？你不过是把一些卷发纸放在头发里，等到第二个夜晚，头发又变成顺滑的了。”

他接着说：“你现在应该做的事是积累取之不尽的资本。你已经开始研究英文和英国文学，你从这里就可以获得取之不尽的资本。

---

① 弗朗茨·霍恩(Franz Horn, 1781—1837)，德国作家和文学史家。

② 霍夫曼(E.T.A.Hoffmann, 1776—1822)，德国浪漫派作家。

③ 克劳伦(Heinrich Clauren,1771—1854)，德国小说家。

④ 季节女神为希腊神话中的时序三女神，《季节女神》为席勒于 1795—1797 年主编的文艺杂志。

你要坚持研究下去，时刻利用你和那些英国青年相熟识的大好机会。你在青少年时代很少学习那些古代的语言，所以你现在应该在像英国文学那样卓越的文学中寻找一个立足点！再者，我们自己的文学大部分是来源于英国文学的。我们的小说和悲剧不就是来源于哥尔德斯密斯[①]、菲尔丁和莎士比亚这些英国作家吗？就目前来说，在德国能找出三个文坛泰斗可以和拜伦、穆尔[②]与沃尔特·司各特并驾齐驱吗？所以我再说一遍，你要在英语研究中打下坚实的基础，把精力集中在有价值的东西上面，把一切对你没有用和对你不相宜的东西都抛开。"

我很高兴，我引起歌德说出了这番话。听了以后，我的内心里安定下来了，决心完全照他的话做下去。

这时歌德的仆人报告说米勒首相来了。他和我们一起坐下。话题又回到摆在我们面前的那座但丁半身像以及他的生平和作品，特别是他那些晦涩的文学作品。我们谈到，连他自己的同胞也从来没有读懂他，所以外国人更不容易窥测到他的隐秘。歌德转过来友好地对我说："据说你的忏悔牧师乘此机会完全禁止你研究这位诗人。"

歌德接着又说："他的诗不易理解，主要应归咎于韵的笨重。"[③]顺便提一下，歌德怀着非常敬畏的心情谈到但丁，使我感到奇怪的是，歌德不用"才能"这个词评论但丁，而用"天性"这个词，意思是一种更周全、更富于预见性、目光更深更广的品质。

▼ 1824年12月9日　星期四

今天傍晚我去看歌德。他热情地和我握手以示欢迎，同时称赞

---

① 哥尔德斯密斯（Oliver Goldsmith，1730—1774），英国作家。

② 穆尔（Thomas Moore，1779—1852），爱尔兰诗人。

③ 《神曲》用的是"三韵格"，每三行为一组，每组第一行与第三行押韵，第二行则与后一组第一、第三行押韵，即aba，bcb，cdc。大部分的诗用这种韵律，确实显得笨重。

我为谢尔霍恩[①]周年纪念日写的那首诗。而我给他带来的消息是，我已去信给那家英国杂志，拒绝了他们的邀约。

他说："谢天谢地，你又自由了，又可安心地工作了。不过，我还想提醒你注意一件事。一些作曲家就要来魏玛，打算写一部歌剧；我希望你同样坚持自己的立场，坚决地拒绝他们的邀约，因为这也是一件吃力不讨好的事情，你会因此糟蹋自己宝贵的时间。"

接着歌德对我说，他已通过内斯·冯·爱森贝克[②]给在波恩的伯尔[③]寄去了一张喜剧说明书，从这张说明书里这位诗人（指伯尔）可以得知，他的剧本也在这里（魏玛）上演。歌德补充说："生命是短促的，人们必须相互寻开心。"

歌德面前放着柏林的各种报纸，他告诉我彼得堡曾发大水。他要我读一读那张报纸。接着他谈到了彼得堡的不幸处境，并且笑着点头赞许卢梭的意见，因为卢梭曾经说过，要想防止地震，单靠在活火山附近建造一座城市是办不到的。歌德说："大自然有自己的发展规律。在我们看来是例外的东西，其实是合乎规律的。"

接着我们回想起报纸上所报道的那些沿海发生的大暴风雨以及其他的自然灾害。我问歌德，人们是否知道这一类的自然灾害是怎样发生的。歌德回答说："谁也不知道，人们对这些秘密的事物几乎一无所知，更不用说能把它们表达出来了。"

公路局局长柯德莱和里默尔教授此时来了，他们两个加入了我们这一伙，于是我们再次详细讨论彼得堡的水灾，柯德莱画了一张彼得堡的市区图，从这张城市地图上可以清楚地看出涅瓦河对这座城市和其他地区的影响。

---

① 谢尔霍恩（Franz Wilhelm Schellhorn），魏玛枢密顾问。

② 内斯·冯·爱森贝克（Nees von Esenbeck，1776—1858），德国植物学家和自然哲学家，1819年至1831年，任波恩大学教授。

③ 伯尔（Michael Beer，1800—1833），悲剧《印度贱民》的作者，该剧也在魏玛上演。

1825年

▼ 1825年1月10日　星期一

由于对英国民族极感兴趣，歌德请求我把在魏玛的那几个英国青年一一介绍给他。今天下午五点左右，他等候我陪同英国工程官员H先生来见他。在此之前，我曾在歌德面前说了这位先生的很多好话。我们准时到了，仆人把我们引进一间舒适温暖的房子，歌德在午后和晚间照例住在这里。桌子上燃着三支蜡烛，可是歌德不在那里，我们听见他在隔壁的大厅里说话的声音。

这时H先生环视了一下房间里的摆设，发现墙上不仅挂着几幅油画，还挂着一张山区大地图，除此之外还看到一个装满纸夹的文件柜。我告诉H先生，文件夹里装的是许多出自名画家之手的素描以及各种画派的杰出油画的雕版仿制品，这些绘画作品是歌德在一生中逐渐收藏起来的，他反复地观赏它们，作为一种有益的消遣。

等了几分钟，歌德就来到我们身边，热情地欢迎我们。他对H先生说："请允许我直接用德语和你谈话，因为我听说你的德语已说得很好了。"H先生说了几句客气话，歌德就请我们坐下。

H先生的人品想必给歌德留下很好的印象，因为歌德今天在这位外宾面前所表现的慈祥和蔼真是很美。他说："你到我们这里来学德语，这很好。你在这里不仅会很容易地、很快地学会德语，而且还会认识到德语赖以产生的一些要素，这就是我们的土地、气候、生活方式、习俗、社交、身心状况以及诸如此类的东西，你将来可以把你在这里学到的东西带回英国去。”

H先生回答说：“现在英国人对德语的兴趣很大，而且日渐普遍起来了，家庭出身好的英国青年几乎没有一个不学德语。”

歌德很友好地插话说：“我们德国人在这方面比贵国要先进半个世纪。五十年来我一直在学习英语和研究英国文学，所以我对你们的作家以及贵国的生活和典章制度很熟悉。如果我到英国去，我不会感到陌生。

“但是，正如我刚才所说的，你的那些年轻的同乡到我们这里来学习我们的语言是做得对的。因为不仅我们德国文学本身值得学习，而且不可否认，如果把德语学好，许多其他的语言就用不着学了。我说的不是法语，法语是一种社交语言，特别在旅游中少不了它，因为每个人都懂法语，在所有的国家里，只要懂得法语，就可以代替一个很好的译员。至于希腊文、拉丁文、意大利文和西班牙文，这些国家的优秀作品你都可以读到很好的德文译本。如果没有完全特别的目的，你用不着花大量的时间吃力地学会这几种语言。德国人生来就懂得以自己的方式评价一切外来的东西，并且能适应外国的特点。这一点连同德文所具有的很大的适应性，使得德文的译本完全忠实于原文，而且完美无疵。不可否认，靠一种好的译文一般可以学到很多的东西。腓特烈大帝不懂拉丁文，可是他根据法文译本读西塞罗[①]，并不比我们根据原文阅读来得差。”

接着话题转到戏剧，歌德问H先生是否常去看戏。H先生回答说：“我每晚都去看，发现看戏对理解语言大有帮助。”歌德说：“我觉得很奇怪，听的能力和理解能力比说的能力要先走一步，所以你们很快就能很好地理解一切，可是压根儿不能把一切表达出来。”H先生回答说：“我每天都感到你的这一看法是千真万确的。凡是我听到和

---

① 西塞罗（Cicero），公元前1世纪罗马的政治家和演说家。

读到的，我都能很好地理解，我甚至能感觉到在德文中某句话的表达方式不正确，但是要我说的话，就结结巴巴的，不能正确地把想说的说出来。在宫廷里随便交谈，和女士们开个玩笑，在舞会上闲聊以及诸如此类的事情，我已经没有问题了。但是要我用德语就某个较大的题目发表一点意见，说出一点独特的显出才智的话来，我就显得口吃了，说不下去了。”歌德说：“你已经有很大的进步，应该得到安慰了，因为要表达那类不寻常的意思，就连我们用自己的母语也很难。”

歌德接着问H先生读过哪些德国文学作品，他回答说：“我读过《哀格蒙特》，很喜爱这部书，已反复读过三遍了。《托夸多·塔索》也很使我感到快乐。现在我在读《浮士德》，但是觉得有点难。”听到这句话，歌德笑起来了。他说：“当然，幸亏我不曾劝你去读它。那是一部非同寻常的书，超越了一切寻常的情感。不过你既然没有问过我就自动去读它，你也许会看出你怎样才能渡过这一难关。浮士德是个怪人，只有少数人能对他的内心生活感到同情共鸣。魔鬼靡非斯特的性格也很难理解，这不仅由于他的冷嘲热讽，而且由于他是广阔人生经验的生动的结果。不过你得努力从中获得启示。至于《塔索》，却远为接近一般人情，它在形式上具体而生动，也较易于了解。”H先生说：“尽管如此，在德国人们认为《塔索》很难，所以当我告诉人家我在读《塔索》的时候，他们总表示惊讶。”歌德说：“要读《塔索》，主要的一条就是读者已不再是一个孩子，而是一个与上流人物有交往的人。一个家庭出身好、具有足够的才智和温情、在和上层社会中的卓越人物交往中获得充分的外部教养的青年人，就不会感到《塔索》难。”

话题转到《哀格蒙特》上。歌德说：“我在1775年创作了这部作品，这已是五十年前的事了。当时我力求忠于史实，尽可能地追求真实。十年之后，我到了罗马。从那里的报纸上看到，这部作品中所写的关于尼德兰革命的一些情景的的确确再度出现了。我由此看出世界并没有变，这说明我的描绘是颇具生命力的。”

在进行这些谈话的时候，看戏的时间已经到了。我们站了起来，歌德很和善地让我们走了。

在回家的路上，我问H先生，他对歌德的印象如何。H先生回答说："我从未见到过像歌德这样的人，他不仅待人亲切、宽厚，而且天生富有威严。不管他怎么有意假装和降低身份，他始终是伟大的。"

▼ 1825年1月18日　星期二

今天下午五点钟左右我去看歌德，我好几天没有见到过他了。我和他度过了一个美好的夜晚。暮色中我发现他坐在工作室里，正在和他的儿子以及私人医生——内廷参事列拜茵谈话。我向桌子走了过去，坐到他们身边。我们在暮色中还谈了一会儿，然后仆人拿来了一支蜡烛。我很高兴看到歌德身体健康，精神焕发。

他像平常那样关心地问我最近遇到过什么新的事情。我告诉他，我最近结识了一位女诗人。我对她的才能十分欣赏。歌德也曾读过她的几首诗，所以赞同我对她的高度评价。他说："她有一首诗是描写她家乡的某一地区的，具有非常独特的风格。她不仅善于描写外界的事物，而且善于描写内心的感受。当然，她的创作在某些方面是有缺点的，应该加以批评，不过我们应该让她走自己的路，她的才能将给她指明道路，我们希望她在这条道路上不要迷失方向。"

话题转到一般女诗人。内廷参事列拜茵提到，在他看来，妇女们的诗才往往作为一种精神方面的性欲而出现。歌德一边注视着我，一边笑着说："听他说的，'精神方面的性欲！'大夫怎样解释这个道理？"列拜茵大夫继续说："我不知道我是否正确地表达了我的意思，但是大致是这样。一般说来，这些人没有享受到爱情的幸福，于是想在精神方面找到弥补。如果她们及时地结了婚，生了儿女，她们就不会想到要作诗。"

歌德说："我不想探讨你在这个问题上有多少正确性，但是就妇女在其他方面的才能来说，我倒是经常发现妇女一结婚，才能就完蛋了。我认识一些姑娘，她们画得很好，但是一旦成了贤妻良母，她们的绘画才能就完蛋了；她们要照管孩子，就不再拿起石笔画画了。"

他兴致勃勃地继续说："不过我们的女诗人们尽可以一直写下去，她们爱写多少就写多少，只希望我们男人不要像女人们那样写！这却是我不喜欢的。人们只消看一看我们的一些杂志和袖珍本，就可以看出一切都很软弱而且日益软弱。要是现在把切里尼[①]《自传》的一章刊登在《晨报》上，这看上去会是什么一种样子！"

他轻松愉快地接着说："我很高兴向你们介绍哈勒的那位强壮的姑娘[②]，她以男人所特有的见解把我们引入了塞尔维亚的世界。这些诗太好了！其中的几首完全可以和《颂歌》相媲美。这意义重大。我已经写好一篇论述这些诗的文章，而且把它刊登出来了。"说这番话的时候，他把《艺术与古代》新的一期的头四张清样递给我，我在上面发现了这篇文章。歌德说："我简单扼要地说明了这些诗的主要内容，你会为那些逗人乐的主题高兴。列拜茵大夫也精通诗歌，至少在内容和题材方面，所以你要是把这篇文章念一念，他也许会乐意倾听的。"

我慢慢地读这些诗的内容。歌德所勾画出的情景是那样生动和直观，以至他的每一句话都使整个一首诗活现在我眼前。特别优美的是以下这些诗句：

1

一位有德行的塞尔维亚姑娘，她从未睁开她那双美丽的眼睛。

---

① 切里尼（Benvenuto Cellini，1500—1571），意大利金匠和雕刻家，他的《自传》描述了16世纪罗马和巴黎的生活。

② 指特蕾泽·冯·雅各布（Therese von Jakob），1824年4月12日，她把自己所译的几首塞尔维亚民歌寄给歌德。

2

情人的内心斗争，他作为男傧相把他的情妇领给一位第三者。

3

为情人担心，姑娘不想唱歌，不想让人觉得自己是高兴的。

4

对风俗的颠倒表示不满，因为小青年与寡妇结婚，老翁与少女结婚。

5

一个小青年的抱怨，因为母亲给女儿以太多的自由。

6

姑娘和马之间的一次知心而愉快的谈话，马向她泄露了他主人的爱好和多种意图。

7

姑娘不要不懂得爱她的人。

8

美丽的女招待员；她的情人不在来客之中。

9

找到情侣，轻轻地把他们唤醒。

10

丈夫将会从事哪种职业？

11

喋喋不休地谈论爱情的欢乐。

12

情人来自异国他乡，他白天观察她，夜晚则突然袭击她。

我向歌德指出，光是这些主题就和读诗本身一样使我感受到了许多生活，所以我压根儿不再要求细节描绘了。

歌德说："你这话完全正确，情况正是这样。不过你从中可以看出主题有多么重要，这一点是人们所不理解的。我们的妇女对此也完全一无所知。她们说'这首诗很美'时，指的只是情感、文辞和诗的格律。没有人会想到，一首诗的真正的力量和作用全在情境，全在主题。正是由于这个缘故，人们创作了成千上万缺乏主题的诗篇，只靠情感和铿锵的诗句反映出一种存在。总之，艺术方面的半瓶醋们，特别是妇女们，对诗的认识是非常浅薄的。他们通常以为只要学会了作诗的技巧，就抓住了诗的本质，而自己也就功成业就了，但是他们错了。"

这时，里默尔教授来了。内廷参事列拜茵告退了，里默尔教授就和我们坐在一起。话题又回到塞尔维亚爱情诗的那些主题。里默尔已经知道了我们在谈什么，就说按照上文歌德所列的内容提要不仅可以作出诗来，而且那些主题已经被德国诗人用过，尽管他们并不知道在塞尔维亚已经有人用过。他还举了他自己写的几首诗为例，我也想起在阅读歌德作品的过程中曾遇见过一些用这类主题的诗。

歌德说："世界始终是同一个世界，一些情况反复出现，这个民族和那个民族一样过生活，谈恋爱，动情感，那么，某个诗人作诗为什么不能和另一个诗人一样呢？生活的情景可以相同，为什么诗的情景就不可以相同呢？"

里默尔说："正是这种生活和情感的一致才使我们能懂得其他民族的诗歌。如果不是这样，我们在读外国诗的时候，就会不知所云了。"

我接着说："所以我总觉得有些学者非常奇怪，他们似乎认为，作诗不是从生活到诗，而是从书本到诗。他们老是说：这首诗来源于这里，那首诗来源于那里。举例来说，如果他们发现莎士比亚的某些诗句在古人的作品中也曾见过，就说莎士比亚抄袭古人！莎士比亚作品里有过这样一个情景：人们看到一位美丽的姑娘非常幸福，便夸奖称她为女儿的双亲和将要把她迎回家去当新娘的年轻男子。这种情景曾在荷马史诗里出现过，于是莎士比亚肯定是抄袭荷马了！多么奇怪的事！好像人们必须走那么远的路去找这样的事情，而不是每天都看到、感受到和说出这类事似的！”

歌德说：“啊，是这样的！这非常可笑。”

我接着说：“拜伦勋爵的表现也不比上面说的高明，因为他肢解了你的《浮士德》，认为你的这部作品是东拼西凑来的。”

歌德说：“拜伦所引的那些妙文绝大部分我都没有读过，更不用说我在写《浮士德》时不曾想到它们。拜伦只有在写作的时候才是伟大的，一旦他进行思考时，却是一个孩子。所以当他的同胞对他进行类似的无理攻击时，他就显得束手无策。他本来应该对他的论敌们表现得更强硬些，应该说：‘我的作品中的东西都是我自己的，至于我的作品是来自生活还是来自书本，这是无关紧要的，关键在于我是否运用得恰当！’沃尔特·司各特援用过我的《哀格蒙特》中的一个场面，他有权利这样做，而且他运用得很好，值得称赞。他在一部长篇小说里还模仿过我所写的迷娘①的性格，至于是否运用得一样高明，那却是另一个问题了。拜伦笔下变了形的魔鬼②也是我写的靡非斯特的续编，运用得也很正确。如果他独出心裁想要偏离蓝本，就一定弄得很糟。所以，我的靡非斯特也唱了莎士比亚的一首歌。他为什么不应该唱？如果莎士比亚的歌很切题，说了应该说的话，我为什么要费力来另作一首呢？我的《浮士德》的引子也有些像《旧约》中的《约伯记》的引子，这也是很恰当的，因此我不该受到谴责，而应该受到赞扬。”

歌德的情绪很好。他叫人拿来一瓶葡萄酒，斟给里默尔和我喝。他自己却只喝马里恩浴场的矿泉水。看来今晚他有要事要做，即他要和里默尔校阅他的自传续篇的手稿，目的也许是在表达方式上做

---

① 歌德的小说《威廉·迈斯特》中一个命运不幸的女子。

② 拜伦未完成的剧本《畸形人变相记》的主人公，是个奇丑的驼背，被魔鬼变形为希腊英雄阿喀琉斯。

些修改。歌德说:“艾克曼最好留在我们身边听一听。”我很乐意听从这个吩咐。歌德于是把手稿摆在里默尔面前。里默尔就朗读起来,从1795年开始。

今年夏天,我怀着喜悦的心情反复阅读和思考过这部自传体中未出版的、一直到最近的部分。现在当着歌德的面听里默尔大声朗读这一未出版的部分,我感到这是一种全新的享受。里默尔专心于表达方式,我有机会惊羡他的高度灵巧和词句的丰富。但是在歌德方面,所描述的这一生活时期又历历在目,他沉浸在回忆之中,想到某人某事,就用详细的口述来补充成文的东西。这是一个美好的夜晚!歌德反复提到当时一些极为杰出的人物,不过谈得最多的是席勒,从1795年到1800年这段时期,他和席勒交往最密。戏剧是他们两人的共同事业,而歌德的最优秀的作品也是在这段时期写成的。《威廉·迈斯特》脱稿了,《赫尔曼与窦绿苔》也接着构思好和写完了。切里尼的《自传》被译出,在席勒主编的刊物《季节女神》上发表了,歌德和席勒合写的《温和的赠辞》也已由席勒主编的《文艺年鉴》发表。这两位诗人每天都少不了接触。这一切都在这一晚上谈到,歌德总是抓住机会说出最有趣的话来。

此外,歌德还说:“《赫尔曼与窦绿苔》是我的长诗之中唯一一部至今依然使我高兴的,每次读它都不能不引起亲切的共鸣。我特别喜爱这部诗的拉丁文译本,我觉得它比原诗更高尚,从形式上看仿佛回到了它的起源①。”

他也反复谈到《威廉·迈斯特》。他说:“席勒责备我在小说中插入一些与小说无关的悲剧因素。不过我们大家都知道,他说得不对。在他写给我的一些信里,他曾就《威廉·迈斯特》提出过一些极为重要的看法和意见。顺便提一下,这是一部最不易估量的作品,连我自己也很难说有一个揭开秘密的线索。人们在寻找一个中心点,

① 指原始牧歌和田园诗的形式。

这事很难,而且甚至不会有好结果。我倒是认为把一种丰富多彩的生活展现在眼前,这本身就有些价值,而无须说出什么倾向,倾向毕竟是诉诸概念的。不过人们如果坚持要有这种东西,他们可以求助于书的结尾处弗里德里希向书中主角说的那段话。他的话是这样的:'我看你很像基士的儿子扫罗。基士派他出去寻找他父亲的一些驴子,却找到了一个王国。'[①]人们只需求助于这段话,因为这段话其实只有一个意思:人尽管干了各种各样的蠢事,陷入各种各样的困惑,但是只要有一只高高在上的手给他指引道路,他就会达到幸福的目标。"

接着谈到近五十年来普及于德国中等阶层的高等文化,歌德把这方面的成就主要归功于赫尔德尔和维兰德,而不是莱辛。他说:"莱辛的理解力最高,只有和他一样伟大的人才可以真正学习他,对于智力低下的人,他是危险的人物。"他提到一个新闻记者[②],此人按照莱辛的方式增长知识,在上世纪末也扮演过一种角色,可是扮演的并不是一种高尚的角色,因为他比他的伟大前辈差得太多了。

歌德接着说:"整个上德国的文风都要归功于维兰德,上德国从维兰德学到很多东西,其中包括恰如其分的表达能力。"

在提到《温和的赠辞》时,歌德特别称赞席勒所写的那些赠辞,他把席勒的这些格言诗称为辛辣的和令人信服的,而把自己的格言诗称为无害的和微不足道的。他说:"我读席勒写的《黄道带》的时候,总是赞叹不已。这些以天文学为题材的诗对当时德国文学所产生的良好影响是根本无法估计的。席勒在写这些《赠辞》的时候,批评了许多人;可是他们的名字我已记不起来了。"

歌德用这些和许多其他有趣的谈话与插话打断了里默尔的朗读。当歌德自传的续篇的手稿被朗读到1800年末的时候,歌德建议

---

① 见《圣经·旧约·撒母耳记》第九至第十章,扫罗在寻驴途中遇见先知撒母耳,得到他的宠爱,在抽签中被立为以色列国王。

② 这个新闻记者可能是柏林的启蒙运动者尼古拉(Christian Friedrich Nicolai,1733—1811)。

停止朗读和讨论。他把手稿放到一边，让人在我们就座的大桌子的一端摆好餐具，并略备晚餐。我们尽量吃喝享受，而歌德自己却一点东西也没吃，这种情况我还从来没有见到过。他坐在我们身边，为我们斟酒，修剪烛心，妙语连珠，使我们感到神清气爽。他非常怀念席勒，这一晚的后一半时间他只谈及席勒。

里默尔想起了席勒其人。他说："他的身材，他走路的姿势，他的每一个动作，都显得很高傲，只是那双眼睛显得温柔。"歌德说："是的，他身上的所有其他部分都显得高傲和与众不同，可是他的那双眼睛却是温柔的。而他的才能就如同他的身体一样。他大胆地抓住一个大题目，把它翻来覆去地看，这样和那样地细看它，这样和那样地处理它。但是他仿佛只从外表来看对象，并不擅长平心静气地发展内在方面。他的才能更多是散漫随意的。所以他老是决定不下，没完没了。预演前不久，他还要把剧中某个角色更动一下。"

歌德接着说："因为他习惯于大胆地进行工作，所以就不大注意说明动机。我还记得为了《威廉·退尔》我曾和他发生激烈的争论。他要让盖斯勒[①]从树上摘下一个苹果，摆在退尔的孩子头上，叫退尔用箭把苹果从孩子头上射下来。这完全违反我的天性，我力劝他至少要为这种暴行寻找一点理由，先让退尔的孩子向盖斯勒夸他父亲射艺精巧，说他能从一百步以外把一个苹果从树上射下来。席勒最初不愿接受我的意见，但是最终还是对我的意见和请求做了让步，照我的意见改过来了。至于我自己却过分地注意行为的动机，以至我的剧本不合舞台的要求。例如我的幽简尼[②]只是一连串的动机，这在舞台上是不能成功的。

"席勒的才能很适合戏剧。他每写成一部剧本，就前进一步，就更加完美。但是令人感到惊异的是，自从写了《强盗》以后，他对暴力总有那么一点兴趣，就连到了他最美好的时期他还是如此。我还记得很

① 14 世纪奥匈帝国在瑞士的总督，《威廉·退尔》中的反面人物。
② 歌德的剧本《私生女》中的女主角。

清楚，他要我在《哀格蒙特》的监狱一场中，也就是向哀格蒙特宣读判决书的那一场中，让阿尔巴[①]戴着假面具，蒙上一件外衣，出现在背景中，以死刑判决对哀格蒙特可能产生的效果为乐。如果这样写，就会使阿尔巴的报仇雪恨显得冷酷无情了。不过我反对这样写，没有让阿尔巴这个人物出现。席勒真是一个伟大而脾气古怪的人物。

"每个星期他都变成了另外一个人，变得更加完善了；每次我再见到他，都觉得他在博览、学识和判断力方面有所长进。他写给我的那些书信是我所保存的最珍贵的纪念品，在他所写的东西中也是最优秀的。我把他写给我的最后一封信当作我的宝库中的一件圣物珍藏起来。"歌德站了起来把这封信取来，然后递给我，"你看一看，读一读吧。"

这封信很美，字体很雄壮。内容是他对歌德译的《拉摩的侄儿》[②]及其评注的看法，这些评注介绍了当时的法国文学。席勒曾看过这些评注的手稿。我把这封信朗读给里默尔听。歌德说："你看，他的判断多么妥帖融贯，字体也丝毫不露衰弱的痕迹。他是一个了不起的人，长辞人世时还是精力充沛。这封信写于 1805 年 4 月 24 日，席勒是当年 5 月 9 日去世的。"

我们轮流看了这封信，为它表达的明白和字体的优美高兴。歌德满怀深情地说了一些回忆席勒的话，时间已近十一点钟，我们就离开了。

▼ 1825 年 2 月 24 日　星期四

歌德今晚说："如果我现在还担任魏玛剧院的监督，我就要把拜伦的《威尼斯的行政长官》搬上舞台。当然，这部剧本太长，需要缩

---

① 西班牙国王菲利普二世的走卒，镇压尼德兰人民起义的刽子手。

② 法国启蒙运动者狄德罗的小说，歌德曾把它译成德文，并加了评注。

短，但是不能砍掉其中任何内容，而是要保留每一场的内容，只是把它表达得更简练些。这样就会使剧本的情节变得紧凑，不致因改动而受到损害。效果会因此更强烈，而原来写得好的地方也基本上没有丧失。”

歌德的这番话为我提供了一种新的看法，即人们在上演成百部其他类似的剧本时应该怎么办。我非常喜欢这番箴言，因为它来自有高明头脑而且懂得自己事业的诗人。

我们继续谈论拜伦勋爵。我提起拜伦在和麦德文①谈话中曾说过，为剧院写作是一件非常困难和吃力不讨好的事。歌德说：“这要看诗人是否懂得投合观众鉴赏力和兴趣。如果诗人才能的趋向和观众的趋向合拍，那就万事俱备了。侯瓦尔德用他的剧本《肖像》投合了这个趋向，所以博得普遍的赞扬。拜伦也许没有这样幸运，因为他的趋向和读者的趋向背道而驰。在这个问题上，人们根本不管诗人有多么伟大，倒是一个只比一般读者稍稍突出的诗人最能博得一般读者的宠爱。”

我们继续议论拜伦。歌德钦佩拜伦的非凡才能。他说：“我觉得，在我所说的创造才能方面，世间还没有人比拜伦更卓越。他解决戏剧冲突的方式总是出人意料，比人们所能想到的更高明。”我回答说：“我看莎士比亚也是如此，尤其是在写福尔斯塔夫②时。当福尔斯塔夫遭人诓骗陷入困境时，我不免自问怎样才能使他脱身，莎士比亚的解决办法当然远远超出我的意料。你说拜伦同样有这种解决戏剧冲突的能力，这对他就是最高的褒奖了。”我又补充了一句：“然而，诗人和囿于成见的读者相比总是处在远为有利的地位，因为诗人站得高，俯瞰情节发展的始终，一切都看得很清楚。”

歌德同意我的看法，然后取笑了拜伦，因为拜伦在生活中从不屈

---

① 麦德文（Thomas Medwin，1788—1869），英国作家，在1824年出版过《和拜伦的谈话》。
② 莎士比亚几部历史剧中的著名丑角。

服,从不问及法律,却终于屈服于最愚蠢的“三一律”[1]。他说:“拜伦和一般人一样不大懂三一律的根由。根由在便于理解,三一律只有在便于理解时才是好的,如果三一律妨碍理解,而人们却把它奉为法律来服从,那就不可理解了。甚至三一律的始作俑者希腊人也不总是服从它的。例如欧里庇得斯的《菲通》以及其他剧本里的地点都更换过。由此可见,希腊人主张很好地描绘对象,而反对盲从一种没有多大意义的法则。莎士比亚的剧本都尽可能地远离时间和地点的统一,但是它们却易于理解,没有什么剧本比它们更易于理解了,因此希腊人也不会指责它们。法国诗人极为严格地遵循三一律,但是违反了便于理解的原则,他们不是以戏剧的方式,而是以讲述[2]的方式解决一种戏剧的法则。”

这时我想起了侯瓦尔德的三幕悲剧《敌人》。作者在这部剧本里自己妨害了自己。他为了保持地点的统一,在第一幕里违反了便于理解的原则,为了一奇特的想法而牺牲了剧本本来可以取得的较大的效果,对此,观众是不会感谢他的。我也想起了《葛兹·冯·贝利欣根》,这部剧本尽可能地远离时间和地点的统一,但是发生在眼前的一切是那样生动逼真,那样富于戏剧性和易于理解,不愧是一部世界名著。我也在想,如果一件事只有很小的规模,而且在应有的时间里可以详细地展现在我们的眼前,那么时间和地点的统一就会是自然的和合乎希腊人的想法的。可是,如果剧作家所描写的是一个大的、发生在不同地点的情节,那么就没有理由把这样的情节局限在一个地点,何况在今天的舞台条件下,随意交换场面已完全不成问题。

歌德继续谈论拜伦说:“拜伦通过遵守三一律来约束自己,对于他那种放荡不羁的性格来说,倒是很适宜的。要是他曾经懂得在道德方面也这样约束自己,那多好!他不懂得这一层,所以他走向毁

---

① 戏剧结构理论之一,引申自亚里士多德的《诗学》。17 世纪法国新古典主义剧作家严守这个创作原则。

② 不是在同一时间和同一地点发生的情节不在舞台上表演,而由人物口述。

灭。可以很恰当地说,毁灭拜伦的是他的放纵。

“拜伦太无自知之明了。他逞一时的狂热,既认识不到,也不去想一想他在干什么。他自己任意妄为,毫不顾及他人,这就会激起世人的反对,自己毁了自己。一开始,他发表了《英格兰的诗人们和苏格兰的评论家们》,就得罪了当时文坛上一些最杰出的人物。此后为了活下去,他必须退让一步。可是在以后的一些作品里,他继续扮演反对派的角色。他没有放过教会和国家,对它们都进行反击。这种肆无忌惮的行为迫使他离开了英国,长此下去,还会迫使他离开欧洲呢。他到处感到太狭窄,由于他追求最极端的个人自由,所以他感到自己受压抑;在他看来,世界就是一座监狱。他去希腊并非出于自愿,是他和世界的不调和驱使他到希腊的。

“和传统的爱国的东西决裂,这不仅导致了他这样一个优秀人物的毁灭,而且他的革命意识以及与之相联系的他那经常激动的心情也不允许他的才能得到恰当的发展,他一贯的反抗和挑剔对他的优秀作品也是非常有害的。因为不仅诗人的不满情绪感染到读者,而且一切反抗的活动都导致否定,而否定意味着虚无。我如果把坏的东西称作坏的,那有什么好处?但是我如果把好的东西称作坏的,那就有很大的害处。谁要想做好事,就永远不该骂街,就根本不去为错误的东西操心,只去永远做好事。因为关键不在于破坏而在于建设,建设能使人类感受到纯真的快乐。”

这段精彩的话使我精神振奋起来,我很高兴听到这些珍贵的箴言。

歌德接着说:“要把拜伦作为一个人来看,作为一个英国人来看,作为一个有卓越才能的人来看。他的那些优秀品质主要是属于人的,而那些坏的品质则是属于英国人和英国上议院议员的;至于他的才能,则是无可比拟的。

“所有的英国人,单作为英国人来说,都不擅长真正的反省。娱乐消遣和党派精神使他们得不到安安静静的修养。但是作为实践的人，他们是伟大的。

“因此，拜伦从来不会反省自己，所以他的反省一般是不成功的。例如他所说的‘要大量金钱，不要当权者’这句象征性的话就是例证，因为大量金钱总是要使当权者瘫痪的。

“但是在创作方面他总是成功的。说实话，就他来说，灵感代替了沉思。他必须不停地创作；凡是来自他这个人，特别是来自他的心灵的那些诗都是卓越的。他的那些作品就像是女人生下来的一些漂亮的孩子，她们用不着思考，也不知怎样就生下来了。

“他是一个天生的大才子。我没有见过任何人比拜伦具有更大的真正的诗才。在理解外在事物和洞察历史情况方面，他可以比得上莎士比亚，但是单作为一个人来看，莎士比亚要占优势。拜伦显然感到了这一点，所以他不大谈论莎士比亚，尽管他能整段整段地背诵莎士比亚的作品。他似乎并不乐意承认莎士比亚，因为后者的开朗性情给他造成障碍，他感到自己敌不过莎士比亚。但是他并不否认蒲柏[①]，因为他觉得蒲柏没有什么可怕的。更确切地说，他一有机会，就说出蒲柏的名字，并向蒲柏表示敬意，因为他清楚地知道，蒲柏对他不过是一种配角。”

歌德对拜伦似乎有说不完的话，我也听不厌。在说了一些简短的插话之后，他继续说：“处在英国上议院议员这样高的地位，对拜伦是很不利的；因为任何有才能的人总会受到外界的打扰，更不要说像他那样出身高贵和拥有一大笔财产的人了。对于有才能的人，中等阶层的地位远为有利，所以我们发现，所有的大艺术家和大诗人都属于中产阶层。拜伦那种放荡不羁的倾向如果出现在一个出身较微、家产较薄的人身上，就远没有在他身上那样危险。他的境遇使他有权把一时的念头付诸实施，这就令他卷入许许多多的争吵。此外，像他那样地位高的人能对谁起敬畏之心呢？他想到什么就说什么，这

① 蒲柏（Alexander Pope，1688—1744），英国新古典主义派诗人。

就使他和世人发生了解决不完的冲突。”

歌德接着说：“我吃惊地发现，一个出身高贵、家产富有的英国人竟然把一生中大部分光阴用于拐骗和决斗。拜伦亲口说过，他的父亲拐骗过三个女人。他这个儿子只拐骗过一个女人，比起父亲来还算有理性了。

“拜伦其实一直生活在原始状态里，由于这种原始的生活方式，他每天都必须进行正当自卫，所以他经常进行手枪射击。他必须随时等待别人的挑战。

“拜伦不能单独地生活，所以他尽管脾气很怪，对和他交游的人却非常宽容。有天晚上，他朗诵了他吊唁穆尔将军[1]的那首好诗，而他的贵友们听了却不知所云。他并没有生气，只把诗稿放进口袋里。作为诗人，他显得和绵羊一样温顺，别的诗人会叫那班贵友见鬼去！”

▼ 1825年4月20日　星期三

歌德今晚让我看了一位青年学生的来信，他要求歌德把《浮士德》下卷的提纲给他，因为他有意替歌德写完这部作品。他干巴巴地、有同情心地、诚恳地陈述了自己的愿望和打算，最后毫不掩饰地说，目前所有其他人在文学上的努力都一钱不值，而在他自己身上，一种新文学却要开花吐艳了。

如果我在生活中偶然遇见一个准备继续完成拿破仑对世界的征服的年轻人，或偶然发现一个打算完成科隆大教堂的年轻的半瓶醋建筑师，我对他们不再会感到惊讶，因为这位年轻的诗歌爱好者比他们更疯狂、更可笑，他想入非非，单凭爱好就想创作《浮士德》的第二部分。

---

① 穆尔将军(Sir John Moore)，英国陆军中将，在1809年一场战役中大败法军，而他自己也中弹身亡。

我同意歌德的看法。我认为扩建科隆大教堂要比按歌德的意思继续创作《浮士德》更有可能！因为扩建科隆大教堂需要的是数学方面的知识，另外这座大教堂就矗立在我们眼前，用手就可以触摸到它。但是对一件看不见的精神作品，绳索和尺寸有什么用处呢？精神作品完全以主体为依据，主体不仅需要把一切变为警句，而且需要把自己亲身经历的一种有意义的生活变为创作的题材，不仅如此，为了描述生活，还需要经过多年训练的、被提高到熟巧程度的写作技巧。

谁要是认为创作是一件轻而易举的事，他肯定是一个庸才，因为正是他对高尚的和困难的东西一无所知。我们可以断言，假如歌德只缺某些诗句就能自己完成他的《浮士德》的话，那么这位自负的年轻人甚至连这些所缺的诗句也写不出来。

我不想研究，我们现在的年轻人何以如此自负，他们把迄今人们通过多年的研究和经验所获得的东西看作与生俱来的。但是我敢断言，现在盛行于德国的那种看法，即认为未来的杰作可以超越逐步发展的所有阶段，是很少行得通的。

歌德说："国家的不幸在于没有人安居乐业，每个人都想掌权；文艺界的不幸在于没有人肯欣赏已经创作出的作品，每个人都想由他自己来重新创作。此外，没有人想到用一部诗作促进自己的发展，每个人都想马上也创作出一部诗来。

"此外，人们不认真对待整体的事，不想做能取悦于整体的事，每个人只求自己出风头，尽量在世人面前露一手。到处都可以看到这种错误的努力。人们在仿效新近的演奏能手，这些演奏能手不选择为听众提供纯粹音乐享受的曲调来演奏，而宁愿选择那种能显示演奏技巧的曲调去博得听众喝彩。到处都是些想出风头的人，看不到为了集体的事业而宁愿把自己摆在后面的那种正派的作风。

"因此，人们不知不觉地养成了一种敷衍塞责的创作风气。人们从儿童时代起就已经开始写诗，然后继续写到少年时代，就自以为大有作为，最后到了壮年时期，才认识到世间已有许多优秀的作品，于是回顾自己在已往年代里走错了路，毫无成果，不免大吃一惊。不过也有许多人始终认识不到完美作品的完美所在，也认识不到自己的不足，还是照旧马马虎虎地写下去，写到老死为止。

“如果尽早使每个人都意识到世间有大量的优美作品，而且认识到如果想创作出能与之媲美的作品来，该有多少工作要做，那么，现在那些从事写作的青年，一百个人之中肯定难找到一个人有足够的勇气、恒心和才能，通过自己从容不迫的工作，争取达到类似已往作品的那种高度优美。有许多青年画家如果早就认识和理解到像拉斐尔那样的大师的作品究竟有什么特点，那么他们也早就不会拿起画笔来了。”

话题转到一般的错误倾向。歌德说：“我过去对造型艺术的实践志向实在是错误的，因为我在这方面缺乏气质，不可能发展成一个造型艺术家。我天生对周围的自然风景有某种温情，所以我最初的绘画尝试倒是有希望的。意大利之游毁坏了我作画的乐趣，因为一种广阔的前景取代了我对绘画的兴趣，接着可爱的作画能力也就消失了。我既然不能从技巧和美感方面发展艺术才能，我的努力就化为乌有了。”

歌德接着说：“有人说得很对，人的各种能力最好能得到全面发展，这也是我衷心希望的。不过这不是人生下来就可以办到的。其实，每个人都必须把自己培养成一种特殊的人，然后必须去设法理解人类各种才能的总和。”

这时我想起了《威廉·迈斯特》里的一段话：“世上所有的人合在一起才组成人类，我们只能关心我们懂得赏识的东西。”

我还想到《漫游年代》里的人物雅诺，他劝每个人只学一门专业，并说现在是片面性的时代，既懂得这个道理又按照这个道理为自己和旁人进行工作的人，是值得庆贺的。

可是人们不禁会问，一个人该选择什么专业才既不越出自己的能力范围，又不致做得太少呢？

如果一个人的任务是综观许多部门，进行判断和领导，他就应该对许多部门都力求获得尽可能深刻的见识。例如，一个领袖或未来的政治家就必须在许多方面有足够的知识，因为他的职业要求他掌握多方面的知识。

诗人同样应该致力于获得多方面的知识，因为整个世界都是他的题材，他必须懂得如何处理和表达他的这一题材。

但是诗人不应设法当一个画家，他只满足于用语言复述世界，正如他把登台表演留给演员去干一样。

见识和生活活动应该区分开来，应该想到，每种艺术，一旦进入实践，就变成了某种非常困难和重要的事情，要达到纯熟的掌握，则要费毕生的精力。

所以歌德虽力求多方面的见识，但在他的生活活动中却只局限于一种专业。他只练习一门艺术，而且是纯熟地练习，那就是用德文写作的艺术。至于他所表达的题材是多方面的自然，那又是另一回事了。

教养和生活活动同样应该区别开来。诗人的教养要求对眼睛进行多方面的训练，以便掌握外界的事物。歌德虽然把他对造型艺术的实践志向称为错误的，但是这对于训练他成为诗人还是有益的。

歌德说过："我的诗所显示的具体性要归功于我很重视对眼睛的训练；我也高度评价从眼睛训练方面获得的知识。"

不过我们要当心，不要把教养的范围弄得太广阔。

歌德说："自然科学家们最容易犯这种范围太广的毛病，因为观察大自然的确需要一种非常协调的广泛的教养。"

但是另一方面，每个人对他那一专业所必不可少的知识也应努力避免狭隘和片面。

写剧本的诗人应该有舞台方面的知识，以便衡量供他支配的手段，尤其是知道什么事该做，什么事不该做。歌剧作曲家也应该懂诗,才能分别好坏,不致用不合适的东西来糟蹋他那门艺术。

歌德说:“韦伯①不该作《优兰蒂》那部乐曲,他应该立即认识到,这是一个坏的题材,做不出好东西来。我们应该要求每位作曲家把懂诗当作他那门艺术所应有的前提。”

画家也应有区别题材的知识,因为他那门艺术也要求他懂得什么该画,什么不该画。

歌德说:“可是归根结底,最大的艺术是懂得限制自己的范围,不旁驰博骛。”

因此,自从我和歌德接近以来,他一直要我提防一切分心的事,始终把精力集中在一门专业上。每当我对自然科学表现出兴趣时,他就劝我莫管那些闲事,只专心致志地研究诗歌。如果我想读一部他认为对我的专业没有帮助的书,他也总是劝我不要读,因为它对我毫无实际用处。

他有一天对我说:“我在许多不属于我本行的事物上花费了太多的时间。我一想到维加②写了多少剧本,就觉得自己写的诗作实在太少了。我本来应该更多地关心自己的本行才对。”

另一回,他又说:“假如我不花那么多时间去研究石头,而把我的时间用于研究某种更好的东西,我很有可能已经把最珍贵的金刚钻拿到手了。”

由于这个原因,他钦佩和称赞他的朋友迈耶,说他毕生专心致志地研究艺术,所以他在艺术领域里具有公认为最高的见识。

歌德说:“我也很早就对艺术怀有兴趣,差不多花了半生光阴去观赏和研究艺术作品,但是在某些方面我不及迈耶。所以我每逢得到一幅新的油画时,并不马上拿给这位朋友看,而是先要自己细看一番,得出自己的看法。等到我自信已把画的优点和缺点都看到了,才把画拿给迈耶看。和我相比,迈耶对画的看法当然要尖锐得多,在许

---

① 韦伯(Carl Maria von Weber,1786—1826),德国著名歌剧作曲家,《自由射手》的作者。

② 维加(Lope de Vega,1562—1635),西班牙著名的多产的剧作家。

多地方他看出我没有看到的东西。这样我总是重新认识到,要在某一门专业内成为真正的行家里手会意味着什么,要费多大功夫才能达到。迈耶所具有的是对整整几千年艺术的深刻见解。”

可是人们也许会问,歌德一方面坚决主张人应该只从事一门专业,但另一方面恰恰是他自己一生都在追求各方面的知识,这是为什么呢?

我是这样回答这个问题的:假若歌德现在来到世上,并且发现德意志民族在诗歌和科学领域里已经达到了很高的水平,而这种高水平绝大部分要归功于他的努力,那么他就没有理由去追求各方面的知识,也就会把自己的精力集中在某一专业上了。

可是问题不仅在于歌德天生就喜欢研究各方面的知识,天生就喜欢弄清楚人世间的事情,问题还在于时代的需要,即把所感觉到的东西表达出来。

歌德崭露头角时继承了两大遗产:错误和欠缺。假如歌德不把牛顿的理论看作一种对人类精神非常有害的错误,那么我相信他就不会想到要去写一部《颜色学》,他为这一次要的学科花费了多年的时间。正是由于他对真理的热爱和错误发生了冲突,他才感到有必要用自己的纯光去照亮那些黑暗的地方。

同样,是错误和欠缺促使他去写《形态学》。我们现在可以把《形态学》看作科学研究的一种典范。但是我们也应该认识到,假若歌德已经发现他的同时代人正向这样一种目标迈进,他就肯定不会想到要去写这样的著作了。

是呀,这种情况甚至适用于他多方面的文学志向。不言而喻,如果德意志民族的文学宝库中业已存在像《威廉·迈斯特》那样的作品,歌德也许就不会创作出同样的长篇小说,在这种情况下,他也许会专心致志于戏剧创作。

至于歌德在这种情况下在单个的文学类型里创作出什么作品和起到什么样的作用,这是根本无法预料的。不过有一点是可以肯定的,即如果我们看重整体,我们就不会认为,歌德创作出多种多样的作品,仅仅出于乐趣。

▼ 1825年5月12日 星期四

歌德非常兴奋地谈到希腊喜剧诗人米南德。他说:"除索福克勒斯之外,米南德是我最喜爱的诗人了。他非常纯洁、高尚、伟大和乐观;他优美的创作风格是别人无法达到的。遗憾的是,我们只拥有他很少的作品,但是这些为数不多的作品也是异常珍贵的,有才能的人可以从中学到许多东西。"

歌德接着说:"关键在于我们要学习的作家须符合我们自己的性格。例如卡尔德隆尽管非常伟大,尽管我也很佩服他,可是他对我却没有产生什么影响,不管是好的还是坏的影响。但是对于席勒,卡尔德隆似乎是一种危险,因为会把他引入歧途。所幸的是,卡尔德隆在席勒逝世后才在德国为一般人所熟悉。卡尔德隆最大的长处在技巧和戏剧效果方面,而席勒则在意图上远为精明、严肃和雄伟,所以席勒如果在自己的长处方面有所损失,而另一方面又没有学到卡尔德隆的长处,那就很可惜了。"

我们谈到莫里哀。歌德说:"莫里哀是那么伟大,我们每次重温他的作品,都重新感到惊讶。他是个与众不同的人,他的作品和悲剧接近,都是可怕的,没有人敢于模仿他。他的《悭吝人》就是一个很好的例子,在这部剧本里,父子之间的不道德行为消灭了一切恩爱情谊,这是特别伟大的,带有高度悲剧性的。但在德文译本里,却把儿子改成亲戚,剧情就因此变得软弱无力,没有多大意味了。人们怕见罪恶真实地显现出来。但是,一般产生悲剧效果的东西,如果不是难以忍受的东西,那还会是什么东西呢?

"我每年都要读几部莫里哀的作品,正如我经常要观赏按照那些意大利大师的画复制的铜版画一样。因为我们这些小人物不能把这类作品的伟大之处铭刻在心里,所以必须常常回想它们,以便使原来的印象不断更新。

“人们老是在谈独创性,但是什么才是独创性！我们一生下来,世界就开始影响我们,一直继续到最后为止。除掉精力、气力和意志以外,还有什么可以叫作我们自己的呢？如果我可以说,我的一切应归功于伟大的前辈和同时代的人们,那么剩下来的东西也就不多了。

“但是在我们的一生中,受到重要的个人影响的那个时期绝不是无关要旨的。

“莱辛、温克尔曼和康德都比我年纪大,我早年受到前两人的影响,老年受到康德的影响,这对我是有很大的意义的。再说,席勒比我年轻得多,他正为自己远大的理想努力奋斗,而我已开始对世界感到厌倦了;与此同时,洪堡兄弟和施莱格尔兄弟都是我看着登上台的。这个情况极为重要,我从中获得了说不尽的益处。”

歌德谈了一些重要人物对他的影响之后,话题就转到他对别人产生的影响。我提起毕尔格①,说他是个有纯粹自然才能的人,可是在他身上根本看不到歌德的影响,这似乎是很成问题的。他说:“毕尔格的才能固然和我的相似,但是他的道德修养却植根于完全不同的土壤,而且具有完全不同的方向。一个人在修养进程中怎样开始,就会沿着那条线前进。一个在三十岁时写出《希尼普斯夫人》那样的诗的人,显然有些偏离我所选择的方向。他也凭借自己很大的才能博得了一批他很能予以满足的观众,所以他用不着了解和他无关的同时代诗人的特点。”

歌德接着说:“一般说来,我们只向我们喜爱的人学习。现今正在成长的年轻而有才能的人对我有这种好感,但是和我同辈的人之中则很少。是的,我几乎说不出一位对我完全满意的大人物。他们

① 毕尔格(Gottfried August Bürger,1747—1794),德国抒情诗人。

当时就狠狠批评我的《维特》，如果我把每一个被他们骂的地方都勾掉，全书就很难剩下一行了。但是这一切指责对我毫无害处，因为个别人，尽管是名人，他们这种主观的判断，又被人民大众纠正过来了。谁不指望有成百万的读者，他就一行也不必写。

“二十年来，世人争论席勒和我谁更伟大。我们应该感到高兴，因为社会上毕竟有这么两个家伙让他们可以争论。”

▼ 1825年6月11日　星期六

今天吃饭的时候，歌德对帕里少校写的那本有关拜伦勋爵的书[①]谈得很多。他非常称赞这本书，并且指出，这本书和迄今所有论述拜伦的书相比，在描述拜伦及其各种意图方面，更加完美，更加清楚。

歌德接着说：“帕里少校想必是一个非常重要和高贵的人，他不仅充分理解他的朋友拜伦，而且能够完整地表现他。我特别喜欢书里的一段话，这段话听起来就像是一位古希腊人，一位像普鲁塔克的人说出来似的。帕里说：‘这位出身高贵的勋爵缺少所有那些装饰中产阶级的美德，他的出身、教育和生活方式妨碍他获得那些中产阶级的美德。可是对他缺乏善意的批评者全都来自中产阶级，他们当然指责他，因为他身上缺少他们有理由值得骄傲的东西。这些诚实的人并没有考虑，身居高位的拜伦做出了他们无法想象的贡献。’那么，你觉得这段话怎么样？这样的话不是每天都能听到的，不是吗？”

我说：“我很高兴帕里公开说出了他的这一看法，它使所有胸襟狭窄的人对比他们高尚的拜伦的指责和贬损永远失去了作用。”

接着我们谈到世界历史情况和诗的关系，在多大程度上某一国

---

① 指《拜伦勋爵的最后日子》。

人民的历史比另一国人民的历史更有利于诗人。

歌德说:“诗人应该抓住特殊的东西,如果这特殊的东西包含某些健康的因素,他就会用它表现出一般。英国的历史很宜于用诗的形式加以表现,因为其中有些经常重现的善良的、健康的,因而是带有一般性的因素。法国历史却和诗不相宜,因为它只代表一个一去不复返的生活时代。法国人民的文学,由于它建立在那个时代的基础上,所以它作为一种特殊的现象随时代消逝而变为陈旧的东西。”

歌德后来又说:“现代法国文学还很难评判。德国的影响正侵入法国,在那里引起巨大的骚动,要在二十年之后,我们才能看到结果如何。”

接着我们谈到一些美学家,他们耗费心思用抽象的定义表达诗歌和诗人的本质,但达不到任何明显的结果。

歌德说:“有什么必要下那么多的定义!对情境的生动情感以及把它表现出来的能力,这就形成诗人了。”

▼ 1825年10月15日　星期三

我发现今晚歌德显得特别兴高采烈,我高兴地再次从他的口中听到许多重要的话。我们谈到文学界的近况,歌德发表了以下的意见:

“一些个别的研究者和作者人格上的欠缺,是我们当今文学界的一切弊病的根源。特别是在批评界,这种缺点对世界不利,因为它不是混淆是非,就是用一种可怜的真相去取消对我们更好的伟大事物。

“已往世人都相信路克里蒂娅[1]和穆修士·斯凯沃拉[2]的英勇,

---

① 路克里蒂娅(Lucretia),古罗马一位美丽的贵妇人,曾被罗马国王之子赛克斯特强奸,她为了让丈夫和族人替自己雪耻,当众自刎而死,引起罗马内战,国王被逐出罗马。

② 穆修士·斯凯沃拉(Mucius Scävola),古罗马一位英雄,他单身潜入敌营谋刺敌国王,被发现后受酷刑不屈,敌兵没有敢杀他,退兵讲和。

并且受到鼓舞。现在却出现一种历史的批判，说这样的人根本不曾存在，只应该看作罗马人的伟大鉴赏力所虚构出来的寓言。这样一种可怜的真相对我们有什么用处呢？如果罗马人足够伟大，有能力虚构出这样的寓言，那么我们至少也应该足够伟大，去相信这样的寓言。

“因此我至今一直高兴地想念13世纪的一件大事情。当时腓特烈二世皇帝和教皇闹矛盾，北德意志听凭一切敌人的侵入。亚细亚的游牧民族果然侵入境内，而且已经逼近西里西亚；但是李格尼兹公爵却加以痛击而使他们惊慌。他们于是转向摩拉维亚去了。但是在那里他们也被施特恩堡伯爵所打败。所以我至今一直想念这些勇敢的人，把他们视为德意志民族的伟大救星。可是现今的历史批评家却说，那些英雄白白把自己牺牲了，因为亚细亚的军队已被召回而自动地后退了。就这样，一个伟大的祖国的事件完全被抹杀了，这实在是灭绝天理的举动。”

对那些历史批评家说了这番话之后，歌德还谈到另一类研究者和文学家。他说：“我如果不曾通过我对自然科学的研究来考察这类人，就绝不会看出这些人是多么卑鄙，多么不关心真正伟大的目标。可是通过研究，我明白，对大多数人来说，科学只是一种谋生的手段，他们靠谬误生活，甚至把谬误奉为神圣。

“在文学领域里，情况也好不了多少。伟大的目标，对真理和德行的爱好与宣扬，在这个领域里也很少看到。甲爱护和吹捧乙，是希望得到乙的爱护和吹捧。真正伟大的东西，他们是不喜欢的。他们总想把它消灭掉，以便他们自己各霸一方。大众如此，显要人物们也好不了多少。

“某人[①]凭他的卓越才能和渊博学识本来可以为本民族做出许多贡献，但是由于他缺乏人格，他没有对本民族产生非凡的影响，也没

① 可能是指德国浪漫派文学史家和戏剧理论家威廉·冯·施莱格尔。

有博得国民的尊敬。

“我们很需要莱辛那样的人。莱辛之所以伟大，全凭他的人格和坚定性！像他那样聪明而有教养的人有许许多多，但是哪里找得出那样的人格呢！

“很多人足够聪明，有满肚子的学问，可是也有满脑子的虚荣心，为了让目光短浅的群众赞赏他们，他们简直不知羞耻，无所顾忌；在他们看来，没有什么神圣的东西。

“所以根里斯夫人①指责伏尔泰放纵自由，亵渎神圣，她是完全正确的。因为伏尔泰的一切话尽管都很俏皮，但是对世界毕竟没有一点好处；它不会变成什么基础，甚至贻害很大，因为它使人们不知所措、无所依据。

“再说，我们究竟知道些什么呢？凭我们的全部才智，我们能知道多少呢？

“人生下来，不是为了解决世界问题，而是找出问题所在，然后停止在可知解的范围之内。

“单靠人的能力不足以测量宇宙的一切活动。凭人的狭隘观点，要想使整个世界具有理性，那是徒劳的。人的理性和神的理性是大不相同的东西。

“我们一旦承认人的自由，神的无所不知就无用了，因为神一旦知道我将做什么，那么我就被迫像神所知道的那样去行动。

“我所说的这些话只是一种象征，说明我们知道的东西太少，神的各种秘密是不好触犯的。

“我们只能把对世界有益的那些高尚原则说出来，把其他的原则藏在心里，但它们会像潜藏的太阳，把它柔和的光辉照射到我们的一切行动上。”

---

① 根里斯夫人（Madame de Genlis, 1746—1830），法国女作家，天主教信徒，在她的十卷《回忆录》（*Mémoires*, 1825）里对伏尔泰和斯塔尔夫人（Madame de Staël, 1766—1817）极力攻击。

▼ 1825年12月25日　星期四

今晚六时我去看歌德，发现他独自一人在家里，我和他度过了几小时美好的时光。

他说："最近一段时间，由于许多事情，我的心情很烦闷。我碰到了来自四面八方的许多好事，单单为这些好事致谢，我就无法生活下去了。由于我的著作的出版，我逐渐收到好多宫廷要求给予它们特权的函件，而且由于每个宫廷的情况不一样，所以我得对每个宫廷做出特别的回答。此外，还来了不计其数的书商的大量订单，对这些订单我也得考虑、处理和回答。另外，我的周年纪念日给我带来成千上万的祝贺信，我直到现在还没有写完感谢信。人们不希望我做出空洞的一般化的回答，每一个人都希望我对他说些得体的、恰如其分的话。不过现在我逐渐自由了，我又感到有必要和你聊天了。

"最近我有一个看法，我想把它告诉你。

"我们所做的一切都有一个结果。明智的和正确的东西不一定总是带来好的结果；错误的东西不一定总是带来不好的结果，相反，它往往带来好的结果。

"不久前我在和那些书商谈话时犯了一个错误，我后悔犯这样的错误。可是现在情况发生了很大的变化，假若我不曾犯那个错误的话，我将会犯一个大的错误。类似的现象在生活中屡见不鲜。我们发现，那些懂得这点的善于处世的人往往厚颜无耻、毫无顾忌地进行工作。"

我觉得歌德的这一看法很新颖，并把它记住。接着我把话题转向他的某几部作品，我们也谈到他的哀歌《阿勒希斯和多拉》。

歌德说："人们指责这首诗，说它的结尾部分具有强烈的激情，他们要求哀歌的结尾部分应该是温柔的、平和的，没有那种满怀嫉妒的感情冲动。但是我不能同意他们的看法。在这首诗里，嫉妒是很容易理解的和不言而喻的，如果诗里缺少嫉妒，那么这首诗就会缺少点什么。我本人认识一个年轻人，他在热恋中对一个很快就得到的姑娘大声地叫道：‘别的人会像我一样很快地得到你吗？’”

我完全同意歌德的看法，接着提到这首哀歌的特点，歌德在很小的空间里，寥寥几笔就把一切描绘出来，读者不仅看到了家庭的环境，而且看到了人物的生活。我说：“所描绘的东西显得很真实，仿佛是您根据亲身的经历写成似的。”

歌德回答说：“你这样看问题使我很高兴。可是很少有人对现实的真实具有想象力，相反，人们喜欢对他们毫无概念的奇异的国度和情况大发议论，在这方面，他们倒是很能发挥他们的想象力的。

“可是也有一些人只注重现实，因为他们缺少任何的诗意，所以对现实提出过于狭隘的要求，例如有些人要求我在写这首哀歌的时候，给阿勒希斯派一个仆人，以便为他背行李小包。这些人并没有考虑到，要是我给阿勒希斯派一个仆人，这首哀歌的所有的诗情画意和田园之乐就都受到干扰了。”

话题从《阿勒希斯和多拉》转到《威廉·迈斯特》。

歌德接着说：“有一些奇怪的评论家，他们指责这部小说，说小说的主人公接触的坏人太多。可是我把他们所谓的坏人看作一种容器，以便把我要对好人说的话放到这个容器里。我用这种方法获得了一个富有诗意的和丰富多彩的载体。可是，假若我想通过所谓的好人来描写好人，那么没有一个人会去读这本书。

“《威廉·迈斯特》这些表面上的细小缺点，其基础始终是某种更为高尚的东西，问题只在于，人们必须具有足够的眼力、世界知识和综观事物的能力，才能从平凡的事物中看出伟大的意义。对其他的人来说，把被描绘的生活当作生活也就够了。”

接着歌德让我看一部非常有意思的英文作品。这部作品以铜版画的形式图解莎士比亚全集。每一页包含六张小图，小图下面写了一些诗句，使每部作品的主旨和主要情境呈现在眼前。莎氏的全部不朽的悲剧和喜剧以这种方式像化装游行的队伍一样在我们眼前走过。

歌德说："每当我浏览这些小图时，我都感到吃惊。这时我才知道，莎士比亚的知识是多么渊博，他是多么伟大！他把人类生活中的一切动机都画出来和说出来了，而且一切显得多么容易，多么自由！

"我们甚至不能谈论莎士比亚，一切对他的谈论都是有欠缺的。我在《威廉·迈斯特》里曾轻描淡写地谈论他，但是都算不了什么。莎士比亚并不是剧作家，他从未想到过舞台。对他的伟大心灵来说，舞台太狭窄了，就连整个可以眼见的世界也太狭窄了。

"他知识太渊博了，他太伟大了。一个创作者每年只应读莎士比亚的一部剧本，否则他的创作才能就会被莎士比亚压垮。我通过写《葛兹·冯·贝利欣根》和《哀格蒙特》来摆脱莎士比亚，我做得对；拜伦不过分地崇敬莎士比亚而走他自己的道路，他也做得很对。有多少卓越的德国作家没有让莎士比亚和卡尔德隆压垮呢！"

歌德接着说："莎士比亚给我们的是用银盘装的金苹果。我们通过学习他的作品得到了他的银盘，但是我们装入银盘的只是土豆，这太糟糕了！"

我笑了，很欣赏这个绝妙的比喻。

歌德接着把泽尔特的一封信读给我听，信里谈到在柏林上演的莎士比亚的剧作《麦克白》，在这次演出中，音乐跟不上剧本中雄伟精神性格的步伐，关于这一点，泽尔特在他的信中通过各种暗示详细地加以说明。通过歌德的朗读，这封信重新获得了它完整的生命。歌德读到特别有意思的段落时往往停顿一下，让我们玩味欣赏。

歌德趁此机会说："我认为《麦克白》是莎士比亚最好的剧作，它显出莎士比亚对舞台的深刻理解。不过，如果你想认识莎士比亚的自由的心灵，你最好去读《特洛伊罗斯与克瑞西达》，莎士比亚在这部剧作里以自己的方式处理了荷马史诗《伊利亚特》的题材。"

话题转到拜伦。我们谈到，拜伦和莎士比亚相比，在天真爽朗方面较为逊色，还谈到拜伦由于在作品中对多方面所持的否定态度，往往引起了大半无理的谴责。

歌德说:"假若拜伦有机会在议会里反复通过粗鲁的言论把胸中那股反抗精神发泄掉,他就会成为一个非常纯洁的诗人。但是,由于他在议会里很少发言,他把他对自己民族的所有不满都藏在心里,没有其他方式可发泄,于是就用诗的方式发泄出来了。所以我想把拜伦大部分具有消极影响的作品称为'被扣压的议会发言',这样的称呼不见得是不合适的。"

接着我们谈到普拉滕并且批评了他的不良倾向。歌德说:"不可否认,他具有某些引人注目的品质,但是他缺少爱,他很少爱自己,也很少爱他的读者和与他同时代的诗人。耶稣使徒的那句名言也适用于他:'如果我用人和天使的舌头说话而没有爱,那么我只是一块发出声音的矿石和一只丁零作响的门铃。'最近我还读了他的诗,他的确很有才能,但正如刚才所说,他缺少爱,所以他永远不会产生他应该产生的影响。人们会怕他,他会是那些和他一样喜欢消极东西的人的神,但不会是和他一样具有才能的人的神。"

1826 年

▼ 1826 年 1 月 29 日　星期日晚上

第一流的德国即兴诗人，汉堡的沃尔夫博士几天前来到魏玛，并且公开展示过他的稀有才能。星期五晚上，他向广大听众和魏玛宫廷做了一次精彩的即兴诗朗诵。当天晚上他就接到歌德的邀请，歌德约他次日中午在家里晤面。

昨晚，在沃尔夫博士中午在歌德面前即席表演之后，我跟他谈过话。他看上去很高兴，说这天晚上在他的生平中将是划时代的，因为歌德跟他说了几句话，向他指出一条崭新的道路，并且一针见血地指出了他的毛病。

今晚我在歌德家，话题立即针对着沃尔夫。我对歌德说："沃尔夫博士很高兴，因为您给了他忠告。"

歌德说："我对他很直率，如果我的话对他发生了影响，并使他兴奋，那倒是一个很好的预兆。他的确很有才能，对此我们用不着怀疑，但是他患着现时代的通病，即主观的毛病，我想把他的这种疾病治好。我出了一个题目来测试他，我对他说，请替我描绘一下你回汉堡的行程。他马上就准备好了，并当场说出一些音调优美的诗句。我不得不佩服他，但是我并不称赞他。他描绘的不是回汉堡的行程，而只是一个儿子回到父母、亲戚和朋友身边的情绪，他的诗既可用来描绘回到汉堡的感受，也可用来描绘回到梅泽堡或耶拿的情绪。可是汉堡是一座多么美好和独特的城市啊！如果他懂得并敢于恰如其分地抓住题目,汉堡这个丰富的领域会向他提供多么好的机会来做出最特殊的描绘啊!”

我插嘴说:“这种主观倾向要归咎于听众,因为他们对一切只能体会不可言喻的事物总是报以热烈的掌声。”

歌德说:“也许是那样,但是如果我们给予听众较好的东西,他们会更加满意。我确信,如果像沃尔夫那样的具有即席赋诗才能的人,能够忠实地描绘罗马、那不勒斯、维也纳、汉堡和伦敦之类大城市的生活,把它描绘得有声有色,使听众觉得身临其境,那他们都会欣喜若狂的。沃尔夫如果能对客观事物鞭辟入里,他就会得救。这是他能办到的,因为他并不缺乏想象力。只是他必须当机立断,敢于抓住客观真相。”

我说:“我担心这比我们所想象的要难,因为这需要整个的思想方式来一个大转变。如果他做到了这一点,他在创作方面无论如何需要有一个暂时的停顿,还要经过长期锻炼,才能熟悉客观事物,使之成为第二自然。”

歌德回答说:“当然,这种跨越是非同寻常的;不过他必须拿出勇气,当机立断。这正如在游泳时怕水,我们只要豁出去,迅速跳入水中,水就归我们驾驭了。”

歌德接着说:“一个人如果想学歌唱,在他喉咙里的一切音对他都是自然的和容易的;可是不在他喉咙里的那些音,起初对他却是非常困难的。但是他既然想成为一个歌手,就必须克服那些困难的音,因为他必须能够驾驭所有困难的音。就诗人来说,也是如此。要是他只能表达他自己的那一点主观感受,他还算不上什么;但是,一旦他懂得掌握世界而且把它表达出来,他就是一个诗人了。此后他就有写不尽的材料,而且能写出经常是新鲜的东西。与此相反,主观诗人却很快就把他的那一点点内心生活用完,而且终于由于矫揉造作而毁灭。

“人们老是谈要学习古人[1];但是这没有什么别的意思,只是说,要面向现实世界,设法把它表达出来,因为古人在世的时候也是这样做的。”

歌德站起来在室内走来走去,我遵照他的意思仍在桌旁凳子上坐着。他在炉旁站了一会儿,若有所思,又走到我身边来,用手指按着嘴唇向我说:

“我要向你透露一件事情,这件事你在你的生活中会反复加以证实的。一切处于倒退和瓦解之中的时代都是主观的,与此相反,一切前进上升的时代都有一种客观的倾向。我们现在这个时代是一个倒退的时代,因为它是一个主观的时代。这一点你不仅在诗歌方面可以看出,而且在绘画和其他许多方面也可以看出。与此相反,一切健康的努力都是由内心世界转向外在世界,像你所看到的,一切伟大的时代都是努力前进的,都是具有客观性质的。”

这些话引起了一次顶有趣的谈话,我们特别提到了 15 和 16 世纪那个伟大的时代。

接着话题又转到戏剧和近代作品中的软弱、感伤和忧郁的现象。我说:“我现在正从莫里哀那里得到力量和安慰。我已经把他的《悭吝人》译出来,现在正译《不由自主的医生》。莫里哀不愧是一位伟大、纯真的人物!”歌德说:“对,‘纯真的人物’对他是一个名副其实的称呼,他没有什么隐讳或歪曲的地方。还有他的伟大!他统治着他那个时代的风尚,可是与此相反,我们的伊夫兰和科策布却受他们那个时代的风尚的统治,就局限在这种风尚里,受它的束缚。莫里哀如实地描绘他作品里的人物,从而惩戒他们。”

我说:“我想发表一个意见,要是我能在舞台上看到莫里哀的那些完全纯真的剧本的演出,那该多好啊!可是,正如我所知,观众也必须像莫里哀的剧本那样,非常纯真和自然。不知这种过分的高雅

---

① 指古希腊人。

是否来源于某些作家的所谓的理想文学?”

歌德说:“不,它来自社会本身。试问,我们德国年轻的姑娘们在剧院里干什么呢?她们压根儿不该到剧院看戏,她们只配进修道院,剧院只是为熟悉人情世故的男男女女开放的。当莫里哀写作的时候,姑娘们在修道院里,他根本用不着顾及她们。

“可是我们很难把我们年轻的姑娘们从剧院里驱逐出去,而剧院又不能停止上演,于是只好上演软弱的剧本,以满足她们的精神需要。因此我奉劝你,放聪明一点,和我一样不要到剧院里去。

“当我担任剧院领导的时候,我的确很关心剧院的发展。我乐于使它达到更高的等级。我在观看演出的时候,与其说是关心剧本,倒不如说是关心演员,看他们是否演好自己的角色。我把我所要指责的东西写在一张纸条上,在第二天的上午把它交给导演,我可以相信,在下一次演出的时候不致再犯这些错误。可是如今,我已不再担任剧院的领导,因此我也不再有义务到剧院里去。我只好听其自然,让错误的东西发生,至于改正错误,则不是我的事了。

“阅读剧本的事也使我感到为难。有一些年轻的德国诗人经常给我寄来他们所创作的悲剧作品;可是对这些剧本我该做些什么呢?我读德国剧本的时候,总抱着一种意图,即我能否让它们上演,其他的事我感到无所谓。另外,在我目前的处境,我读这些年轻人的剧本又有什么用呢?我光读剧本(顺便说一下,这本来是不应该的),于我自己并无什么好处;至于那些年轻的诗人,因为他们的作品已经写好了,我对他们也毫无用处。如果他们寄给我的不是印好了的剧本,而是剧本的提纲,那么我至少可以说,要这样写,或不要这样写;要这样写,或要那样写。这样也许有些意义和好处。

“上述的不幸,究其原因在于诗文化在德国得到非常广泛的传播,没有人再会写出坏的诗句。这些把他们的作品寄给我的年轻诗人不比他们的前辈差,可是由于他们高度赞扬他们的前辈,所以他们无法理解,为什么人们不赞扬他们。然而,正因为像他们这样的年轻诗人现在成百上千，所以根本用不着鼓励他们。既然有这么多有用的人才，何必再去提拔多余的人才呢？如果有个别人超群出众，那倒是好的，因为世界需要杰出的人才为其服务。”

▼ 1826年2月16日　星期四

今晚七点钟的时候，我去看歌德，发现他独自一人待在他的房间里。我走近桌子，坐在他的身边。我给他带来一个消息，昨天我在一家乡村客栈里看到了威灵顿公爵，他是去彼得堡的旅行途中路过此地的。

歌德兴奋地说：“那么，他怎么样？给我讲讲他的情况。他看上去像他的肖像吗？”

我回答说：“像，可是更好，更特别。只要看他的面孔一眼，就无须再看他所有的画像。只需看他一次，就永远忘不了他，他给人的印象的确太深了。他的眼睛是褐色的，闪闪发光，生气勃勃，你能感觉到他目光的影响。他的嘴富于表情，虽然它是闭着的。他看上去像一个很有思想和经历丰富的人，只希望给世界带来欢乐和安宁，其他的事他不在意。我觉得他像一把大马士革剑，既坚硬又坚韧。

“从外表上看，他大约五十多岁，笔挺的姿势，略瘦的身材，个子不很高。我看到他上车，然后离开了魏玛。当他穿过为他送行的人群的时候，他略微鞠躬，把手指按在帽檐上，显得非常和蔼可亲。”

歌德聚精会神地听我对威灵顿公爵的描写。他说：“这么说，你更多地看到了一位英雄，这始终意义重大。”

接着我们谈到了拿破仑，很遗憾，我没有看到过他。歌德说：“当然，这也值得花气力，他可是世界的纲要啊！”我问道：“他看上去也许像某个人吧？”歌德回答说：“他就是他自己，他看上去就像他自己，这就是一切。”

我还给歌德带来了一首非常值得注意的诗,关于这首诗的内容我在几天前就已经告诉歌德了,这是一首他自己写的诗,由于相隔的时间太久,他根本想不起它来了。1766年初,当时的法兰克福杂志《能见的事物》刊登了歌德的这首诗。它由歌德的一位老仆人带到了魏玛,再由这位老仆人的后代传到我的手里。毫无疑问,这是歌德最早发表的一首诗。它以耶稣基督的地狱之行为创作题材,我感到奇怪的是,这位非常年轻的作者竟然这样熟悉宗教的各种思维方式。从思想上看,这首诗可能是克洛普施托克写的,但在表达方面却具有完全不同的风格:它更加有力,更加自由奔放,更加轻松活泼,因而更富于特色。非同寻常的热烈的感情令人想起作者是一位朝气蓬勃、热情奔放的青年。由于缺乏题材,作者总是围绕着自己兜圈子,所以整首诗显得有些冗长。

我把那张完全变黄、几乎连贯不起来的纸放到了歌德的面前,当他看到那首诗的时候,又把它想起来了。他说:"这是可能的,是克勒滕贝格小姐促使我写这首诗的,所以标题上写有'应要求而作'的字样。我不知道,在我的朋友当中还有谁会要求我写另外的题材。当时我缺乏题材,所以我只要有某种我可以歌颂的东西,我就感到幸运了。就在这几天,我把那时我用英文写的一首诗弄到了手,在这首诗里,我为德国诗人缺乏创作题材而悲痛。我们德国人的确缺乏创作题材:我们的史前历史模糊不清;往后的历史由于缺乏一个君主王朝而引不起全民族的兴趣。克洛普施托克曾试图以赫尔曼[①]为创作题材,但是由于这个题材离现实生活太远,谁也没有和它发生关系,谁也不知道他该用它做些什么,所以克洛普施托克的剧作[②]在群众中并没有产生影响,并没有为群众所喜爱。我以我的《葛兹·冯·贝利欣根》成功地运用了历史题材;它毕竟和我血肉相连,因此受到群众

---

① 赫尔曼,即古日耳曼人的首领阿尔米尼乌斯(Arminius),他曾率领自己的部落战胜了罗马人。

② 即《赫尔曼战役》(1769)、《赫尔曼和王侯们》(1784)、《赫尔曼之死》(1787)三部曲。

的欢迎。

“与此相反，我在创作《维特》和《浮士德》的时候，又不得不掏自己的心窝儿，因为流传下来的东西远远不够。关于魔鬼和巫婆的传说我只运用了一次；使我高兴的是，我已经花光了我那份北方的遗产[①]，现在正求助于希腊人的传说。如果当时我和现在一样清楚地知道，几百年几千年以来人类创造了许多杰出的作品，那么我也许一行也不写，而去干别的事情了。”

▼ 1826年3月26日　复活节

今天，在吃饭的时候，歌德的情绪非常好，因为他今天收到一份非常珍贵的礼物，即拜伦为自己的剧本《撒丹纳巴勒斯》写的题词的手稿。他在饭快吃完的时候把拜伦的这份手稿拿给我们看，同时苦苦哀求他的儿媳把拜伦从意大利热那亚给他写的信还给他。他说：“你瞧，亲爱的孩子，我现在已经拥有表明我和拜伦之间的关系的所有材料，就连这份稀奇的题词手稿也于今天奇迹般地到了我的手里，现在只缺那封信了。”

可是，拜伦的这位可爱的崇拜者（即歌德的儿媳）不愿割爱。她说：“亲爱的父亲，您已经把它送给我了，我不把它还给您；如果您愿意物以类聚的话，您最好把今天收到的这份珍贵的手稿也送给我，我会把它们保管好的。”歌德更加不乐意了，于是公媳之间友好的争吵持续了一会儿，直至两人通过愉快的交谈重新和好为止。

饭后，女人们上楼去了，我和歌德独自待在一起。他从工作室里取来了一个红色的公事包，拿着它和我走到窗前，然后把它打开。他说：“你瞧，这里是我收集的有关我和拜伦之间的关系的所有材料。

---

① 指北欧的或北日耳曼的传说。

这是他从意大利的里窝那给我写的信,这是他的题词的复印件,这是我为麦德文的《和拜伦的谈话》写的一首诗;现在就缺他从热那亚给我写的那封信,可是她不想把它还给我。”

接着歌德告诉我,他今天收到来自英国的友好的请求,要他为拜伦的创作写点评论文章,他非常愉快地接受了他们的请求。此时,他的思想完全被拜伦所占据,他滔滔不绝地谈论拜伦,对拜伦的作品和才能发表了许许多多新颖的看法。

他接着说:“不管英国人对拜伦有什么样的看法,有一点是可以肯定的,即英国人并不拥有能和拜伦相比的诗人。他不同于所有其他的英国诗人,在大多数情况下,他比他们高明。”

▼ 1826年5月15日　星期一

我和歌德一同谈论斯蒂芬·许策[①],歌德给他以很高的评价。

他说:“上个星期,我卧病在床,有暇阅读了许策的诗作《快乐的时刻》。这本书给我带来很大的乐趣。如果许策生活在英国,他会引起轰动,因为他不仅具有观察和表达的才能,而且善于发现重大的生活问题。”

▼ 1826年6月1日　星期四

歌德谈论巴黎的报纸《地球》[②]。他说:“《地球》的职员是一些社交界名人,他们不仅开朗、聪明,而且极富独创性。他们巧妙地、彬彬有礼地指责别人;与此相反,德国的学者们总以为,凡是和他们想法

---

① 斯蒂芬·许策(Stephan Schütze,1771—1834),魏玛的内廷参事、美学家、诗人和小说家。
② 1824年创办,支持莎士比亚和浪漫派。

不一样的人，就必须仇恨他。我把《地球》算作最令人感兴趣的杂志之一，而且不能缺少它。”

▼ 1826年7月26日　星期三

今晚我荣幸地听到歌德谈了很多关于戏剧的话。

我告诉歌德，我有个朋友想把拜伦的剧本《福斯卡里父子》[①]安排上演。歌德对它能否成功表示怀疑。

他说：“那当然是一件有诱惑力的事。如果一部剧本在阅读时对我们产生巨大的影响，我们就认为可以把它搬上舞台，不费什么力量就可以成功，但这是另一回事。一部剧本如果本来不是作者有意并且熟练地为上演而写出的，上演就不会成功，不管你怎么演，它还是有些别扭甚至引起反感。我费过多少力量写出我的剧本《葛兹·冯·贝利欣根》！可是作为上演的剧本，它就不合适了。它太长了，我不得不把它分成两部分，后一部分倒是可以产生戏剧效果的，可是前一部分只能看作引子。如果把前一部分只作为剧情的介绍先演出一次，以后连场复演时只演后一部分，那也许会行。席勒的《华伦斯坦》也有类似的情况，它的第二部‘皮柯洛米尼父子’经不住复演，可是它的第三部‘华伦斯坦之死’却是人们常看不厌的。”

我问，一部剧本具有什么样的性质才会产生戏剧效果。

歌德说：“它必须是象征性的。这就是说，每个情节必须本身就有意义，而且还必须针对某种意义更大的情节。在这方面莫里哀的《伪君子》是个很好的范例。想一想其中的第一场是个多么好的引子啊！一开始一切都有非常重要的意义，而且让观众推断出更为重要的东西。莱辛的《明娜·冯·巴尔赫姆》的引子也很高明，但是

---

① 写威尼斯政府首脑和他的犯法判死刑的儿子的历史悲剧。

《伪君子》的引子却是举世无双的，它是这类体裁中最好的作品。”

接着我们谈到卡尔德隆的剧本。

歌德说：“在卡尔德隆的作品里，你可以发现同样完美的戏剧效果。他的剧本完全适合在舞台上演出，其中没有哪一笔不是针对预期的效果而着意写出来的。卡尔德隆是一个同时具有最高理解力的天才。”

我说：“很奇怪，莎士比亚的所有剧本都是为他的剧院而写出的，可是按严格的意义来说，却不能算是便于上演的剧本。”

歌德回答说：“莎士比亚写这些剧本完全出自他的本意，而且他的时代以及当时的舞台装置对他也没有提出什么要求，人们满足于莎士比亚拿给他们的东西。假如莎士比亚是为马德里宫廷或是路易十四的剧院而写作的，他也许要适应一种较严格的戏剧形式。但是我们无须为之感到惋惜，因为莎士比亚作为剧作家，就我们看虽有所损失，可作为一般的诗人却得到了好处。莎士比亚是一个伟大的心理学家，从他的剧本中我们可以学会理解人类的思想感情。”

接着我们谈到剧院管理方面的困难。

歌德说：“困难在于懂得如何穿插偶然性的东西而不致背离我们的基本原则。这些基本原则是：一个由优秀的悲剧、歌剧和喜剧组成的好的保留剧目，也就是固定的、经常演出的备演剧目。至于我所说的偶然性的东西，是指群众想看的新剧本、客串角色之类。我们不能让这类东西把我们引入歧路，而要经常回到我们的保留剧目上。我们这个时代有很多真正好的剧本，对于一个行家来说，组成一个好的保留剧目是件极容易的事，而坚持按照备演剧目演出却是件极难的事。

“过去席勒和我掌管魏玛剧院时，我们有一个有利条件，即整个夏天都在劳赫斯塔特演出。那里有一批出类拔萃的观众，他们只想看好戏，所以回到魏玛时已把一批好戏排练得很熟，可以在冬季复演夏季演过的节目。此外，魏玛的观众信任我们的领导，即使上演了他们可能一无所获的东西,他们也相信我们是根据一种较高的宗旨表演的。”

歌德继续说:“在九十年代,我真正关心戏剧的时期已过去,我不再为舞台写剧本,我想完全转到叙事文学创作方面。席勒重新唤起了我对戏剧的兴趣,为了使观众喜欢他和他的剧本,我又参加了剧院工作。在我的剧本《克拉维哥》写成的时期,我要写一打剧本也不难,我有的是题材,写作对我也是驾轻就熟的;我可以在八天的时间里写出一个剧本来,可是我没有写,我至今还为此生气呢。”

▼ 1826年11月8日　星期三

今天,歌德再次以钦佩的口气谈到拜伦勋爵。他说:“我再次读了他的剧本《畸形人变相记》,我得说,我觉得他的才能越来越大。他笔下的魔鬼来自我的靡非斯特,但不是模仿,有关它的一切完全是独特的和新的,一切都很简洁、优异和风趣。其中没有一个地方是弱的,没有一个地方是可以挑剔的,到处都可以看出作者的想象力和精神。妨碍他创作的是病态性忧郁的东西和消极的东西,他像莎士比亚和古希腊人一样伟大。”我感到惊讶。歌德说:“是的,你可以相信我刚才所说的这些话,我重新研究了他,不得不一再承认他的才能。”

在以往的一次谈话中歌德发表了这样的看法:“拜伦勋爵有太多的经验。”我当时不明白他这话的意思,但是我不敢问他,只好暗自思考。但是我百思不得其解,只好耐心等待,直至我的有进展的文化修养或者某一幸运的情况能帮助我揭开这一秘密。幸运的情况终于来了。有一天晚上,我在剧院里观看了《麦克白》的演出,演员们的出色表演给我留下了深刻的印象,第二天上午,我找来了拜伦的作品,并且读了其中的《贝波》。可是,和《麦克白》相比,《贝波》这首长诗并不适合我的口味。我越往下读，就越发明白歌德那句话的含义。

在观看《麦克白》的时候，有一种精神强烈地吸引着我，它伟大、强大和崇高，只可能来自《麦克白》的作者莎士比亚。他生来就具有较高和较深的天赋，正是这种天赋使他超群出众，使他成为伟大的诗人。在这部剧本中，世界和经验是从属于这种富有诗意的精神的，换言之，世界和经验的作用只在于让这富有诗意的精神说话和居支配地位。在这部剧本中，莎士比亚这位伟大的诗人主宰着一切，用他那崇高的思想使我们变得高尚起来。

与此相反，我在读《贝波》的时候，感到占统治地位的是一种腐化堕落的经验的世界，这种经验的世界在一定程度上已和将它展现在读者眼前的精神合二为一。在这首长诗里，天资高的诗人生来就有的比旁人高和纯洁的意识不见了，诗人的思想境界似乎由于诗人和尘世生活的频繁接触而和与他同类的人的思想境界合二为一了。他和所有出身高贵的、有才智的社交界名人处于同样的水平，和他们不同的是，他具有很高的表现才能。所以，我们也可以把他看作他们的喉舌。

读完《贝波》的时候，我的确感到拜伦勋爵具有太多的经验，也就是说不是因为他向我们展现了太多的现实生活，而是因为他那崇高的、富有诗意的天性似乎被一种经验的思想境界赶走了。

▼ 1826 年 11 月 29 日　星期三

我也读完了拜伦勋爵的《畸形人变相记》，并在饭后与歌德就这部剧本进行了交谈。

他说："不是吗，开头几场写得很好，也就是说富有诗意，但是后面围绕包围罗马而展开的那几场却缺乏诗意。不过你得承认，后面这几场虽然缺乏诗意，但是很风趣。"

我说："很风趣，但是如果人们什么东西也不尊重，那么艺术就谈不上是风趣的。"

歌德笑了。他说："你的话颇有道理，我们当然应该承认，诗人总喜欢说多于别人喜欢听的东西；他说出真情，但是别人并不想听，别人更希望他闭嘴。世界上有些事情诗人最好避而不谈，不要去揭露它们。但是，这恰恰不是拜伦的性格，要是你想让他改弦易辙，你就会把他毁掉。"

我说："是的，他很风趣。例如他在《畸形人变相记》里说过以下这句非常幽默的话：

> 魔鬼常会说更多的真话，
> 他有一批无知的听众。"

歌德说："这句话当然重要和浪漫，我的靡非斯特也说过类似的话。"

他继续说："因为我们谈到靡非斯特，所以我想让你看一件柯德莱从巴黎给我带来的艺术品。你觉得怎样？"

他把一幅石版画放到我的面前，它表现了浮士德和靡非斯特试图把甘泪卿从监狱里解救出来的场面，他俩在深夜里骑着马从刑场疾驰而过。浮士德骑着一匹黑马，它快速地奔驰，似乎和它的骑者一样害怕绞刑架下的那些鬼怪。他们骑得很快，以至浮士德费了好大劲儿才使自己保持住平衡；迎面吹来的强风掀翻了他的帽子，它由帽盔革带系在脖子上，远远地在他身后飘扬。他把他那张胆怯的探询的脸转向靡非斯特，并细听他的讲话。靡非斯特安详地骑在他的马上，像一个不受妨碍的高贵的君主。他骑的不是活马，因为他不喜欢有生命的东西。他也不需要活马，因为他要多快，他的马就可以跑多快。他只有一匹马，因为在人们的想象中他曾经骑过马；对他来说，只要从第一个剥皮场急忙捡起一具还连着皮的骨骼就够了。这骨骼是浅色的，它在夜晚的黑暗中似乎发出磷光。它既不需要用缰绳勒住，也不需要上鞍子。这个超凡的骑者轻松而漫不经心地骑在他的马上，把脸转向和他谈话的浮士德。他像他的马一样什么也没有感觉到，迎面吹来的强风对他不起作用，他和他的马的毛发纹丝不动。

我们对这巧妙的构图赞不绝口。歌德说："在这方面我们得承认，我们自己并没有把浮士德和靡非斯特救甘泪卿的场面想象得如此完美。这是另一幅石版画，你对这幅画有什么看法？"

这幅画所表现的是奥尔巴赫酒家里的放肆的喝酒场面，作为整个场面的核心是那极为重要的时刻，即不慎泼出的葡萄酒突然熊熊燃烧起来，酒徒们以各种各样的方式显示自己的兽性。所有的人都如醉如痴，只有靡非斯特保持着惯常的冷静。酒徒们粗野的咒骂声和喊叫声，以及靠他最近的酒徒已经拔出的刀子，他都毫不在乎。他坐在桌子的一角上，摇晃着双腿；他伸出的手指足以抑制火焰和激情。

我们越看这幅杰出的石版画，就越发钦佩这位艺术家的不同凡响的理解力。他笔下的人物形象彼此各不相同，每一个人物形象都表现了情节的某一个发展阶段。

歌德说："德拉克洛瓦[①]是一位很有才能的画家，他恰恰在《浮士德》里找到了他所需要的创作题材。法国人指责他放荡不羁，不过法国人对他的指责在这点上（指为歌德的作品画插图）倒是恰当的。正如我所希望的那样，他将给整个的《浮士德》加插图，我特别感到高兴的是，他将给《巫婆的厨房》和《布罗肯峰奇景》加插图。可以看出，德拉克洛瓦经历了不少艰难困苦，而像巴黎这样的城市为此给他提供了最好的机会。"

我提请歌德注意，这样的插图有助于更好地理解《浮士德》的思想内容。歌德说："这毫无疑问，因为像德拉克洛瓦这样的艺术家的

① 德拉克洛瓦（Eugène Delacroix，1798—1863），法国画家，为歌德的《浮士德》画了不少石版画插图。

更为完美的想象力，迫使我们像他那样好好地思考《浮士德》里的那些场景。我得承认，德拉克洛瓦先生在对那些场景的理解方面超过了我，他的插图把《浮士德》里的那些场景更加生动地展现在读者的眼前，而且超过了他们的想象力！”

▼ 1826年12月11日　星期一

我发现歌德心情非常喜悦和激动。他非常兴奋地对我说：“亚历山大·冯·洪堡[①]今天上午在我这里待了几个小时。他是一个多么好的人啊！我早就认识他，可是我重新对他感到惊讶。我可以说，他在知识，尤其是在活的知识方面是独一无二的。我还没有看到过像他那样博学多才的人！你谈到什么问题，他都很内行，而且对你的问题提出一连串很有见解的解释，他就像一口装有许多管道的水井，你只需把容器放在管道的下面，清凉爽口的水就会源源不断地流入容器。他将在这里待上几天，我已经感到，和他在一起的时候，我仿佛度过了几年。”

▼ 1826年12月13日　星期三

妇女们在席间赞赏一位年轻画家的一幅肖像。她们补充说：“值得惊叹的是，他是全靠自学的。”这是从画的那双手上看出来的，它们画得不正确，也不艺术。

歌德说：“我们看得出这位年轻人有才能；只是他全靠自学成才，因此，你们对他不应赞赏而应责备。有才能的人生下来的目的，不是

---

① 亚历山大·冯·洪堡（Alexander von Humboldt，1769—1859），德国博物学家，《宇宙》一书的作者。

为了任其自便，而是要钻研艺术，请教良师，才会成才。这几天我读了莫扎特答复一位寄些乐谱给他看的男爵的信，信中这样写道：‘我得责备像你这样的半瓶醋，因为在你们身上通常有两个缺点：一是没有自己的思想而抄袭旁人的思想，一是有了自己的思想而不会处理。’这话简直妙极了！莫扎特关于音乐的这番重要的话不是也适用于其他的艺术吗？”

歌德继续说：“达·芬奇说：‘如果你的儿子不懂得用强烈的阴影把所作的素描烘托出来，使人想用双手去抓它，那么，他就没有才能。’达·芬奇还说：‘如果你的儿子已完全掌握透视画法和解剖，你就把他送交一个好画师去请教。’”

歌德说：“现在我们的青年艺术家们一旦离开了他们的师傅，就几乎不懂这两门学问。时代真是变了。”

歌德接着说：“我们年轻的画家们缺乏情感和精神。他们虚构出的东西没有说出什么，起不到什么作用。他们画的是不能切割的刀、射不中靶子的箭，我常常情不自禁地想到，在这个世界上精神仿佛已完全消失了。”

我说：“精神并没有消失，我们应该相信，近年来一些大的战事应该使精神振作起来了。”

歌德说：“振作起来的与其说是精神，毋宁说是意志；与其说是艺术精神，毋宁说是政治精神。相反，素朴天真和感性生活却全都消逝了。可是一个画家如果缺少这两种特点，怎么能画出使人喜闻乐见的东西呢？”

我告诉歌德，最近几天我在他的《意大利游记》里读到他对柯勒乔[①]的一幅画的描写。这幅画所表现的是给婴儿断奶的主题，婴儿耶稣基督躺在圣母玛利亚的怀里，用怀疑的目光看母亲的乳房和递过来的一只梨，不知道该选择两者中的哪一个。

---

① 柯勒乔（Correggio，约1489—1534），意大利文艺复兴时期重要画家。

歌德说:“是啊,这是一幅多么可爱的画!在这幅画里,精神、素朴天真和感性生活都在一起了。这神圣的题材获得了通俗的意义,成为我们大家所经历的某一生命阶段的象征。这样的一幅画是永恒的,因为它追溯到人类的最早的时期,同时面向人类今后的时期。相反,如果画家所画的是耶稣基督如何让孩子们到他那儿,那么这样的画似乎什么也没有说出,至少什么意义也没有。”

歌德继续说:“我已经观察德国绘画五十多年了,是啊,不仅是观察,而且试图施加一点影响。现在我只能说,照目前状况看,没有多大希望。必须有一个有卓越才能的人出来,立即吸取现时代的一切精华,从而超过一切。现在一切手段都已具备,路已经指出来而且铺平了。现在我们甚至看到了菲狄亚斯的作品,这在我们的青年时代是不可想象的。我刚才已说过,现在是万事俱备,只欠一个有卓越才能的人了。我希望这个才子将会到来,也许他已躺在摇篮里,你大概还能活到看见他大放光彩。”

▼ 1826 年 12 月 20 日　星期三

饭后我告诉歌德,我有一个发现,它使我非常高兴。我在一支燃烧着的蜡烛上发现,火焰的透明的下面部分呈现出蓝色,就像黑暗通过一种被照亮的阴暗产生出蓝天一样。

我问歌德,他是否知道蜡烛的这种现象,并把它写进他的《颜色学》里。他说:“毫无疑问。”他从书架上取下一本,并向我读了有关的章节。他说:“我很高兴,是你自己观察到这种现象的,而不是来自我的《颜色学》,因为是你自己理解了这种现象,所以你可以说你占有了它。此外,通过你自己的观察你也掌握了一种观点,从这种观点出发,你可以继续观察其他的现象。我现在就想马上让你看一种新的现象。”

大概是下午四点钟左右；天空布满了云，暮色开始降临。歌德点燃了一支蜡烛，拿着它走向窗子附近的一张桌子。他把蜡烛放到一张白纸的上面，再在白纸上面放上一根小棍子，烛光通过小棍子把一个影子投向自然光线。歌德说："你对这影子有什么看法？"我回答说："这影子是蓝色的。"歌德说："这么说你又看到了蓝色，可是在蜡烛旁边的这根小棍子的另一面你看到了什么？"我回答说："也看到了一个影子。"歌德问："可是影子是什么颜色？"我回答说："这影子是微红的黄色的；可是怎么会产生这种双重的现象呢？"歌德说："这就是你的事情了；你得自己把问题弄清楚。问题可以弄清楚，但是很难。我希望你在弄清楚之前不要去查阅我的《颜色学》。"我欣然答应了他的这一要求。

歌德继续说："你在蜡烛火焰的下部所看到的现象，即一种透明的光亮遇上了黑暗，从而引起了蓝色，我想通过放大的比例再让你看一下。"他拿了一把调羹，倒进了一点酒精，然后点燃了酒精。此时又出现了一种透明的光亮，由于这种光亮，黑暗显现为蓝色。假如我把燃烧着的酒精转向夜晚的黑暗，那么蓝色就会增强。相反，我要是把燃烧着的酒精对准光亮，蓝色就会减弱，或者完全消失。

我对这种现象很感兴趣。歌德说："是啊，大自然是非常简单的，它总是以小的方式重复它的最大的现象，这正是它的伟大之处。蓝天所体现的法则，我们不仅可以从一支燃烧着的蜡烛的下部和燃烧着的酒精上观察到，而且可以从一股被照亮的、从一个位于昏暗的山脉前面的村庄升起来的烟雾上观察到。"

我问："可是牛顿的学生们是怎样解释这种非常简单的现象的？"

歌德回答说："这一点你根本用不着知道，这太不值得了。人们不相信，如果一个好人从事某种傻事，这会给他带来什么样的坏处。你根本用不着为牛顿的学生们操心，对你来说，了解有关颜色的纯粹的学说就够了，这样你的境况会好些。"

我说："在这种情况下，从事某种错误的事情，也许同样是讨厌的和有害的，仿佛你接受了一部坏的悲剧，为的是全面地阐明它和表现它的缺点。”

歌德说：“我完全赞同你的看法。人们不应该从事错误的事情，否则就会陷于困境。我认为数学如果被人们用在恰当的地方，它就会是一门为我尊敬的最崇高和最有用的学问，但是如果人们把它滥用于与它的领域毫不相干的事情上，那么这门高尚的学问立即就会失去意义。仿佛世界上的万物只有在数学上得到证明才存在似的！如果某人不愿相信他的女朋友对他的爱情，是因为她不能用数学证明她对他的爱情，这似乎是荒谬绝伦的！她可以用数学向他证明她的嫁妆，但是不能向他证明她的爱情。数学家们毕竟没有发现植物的蜕变啊！我并没有靠数学发现植物的蜕变，数学家们必须承认这个事实。为了理解颜色学的各种现象，不仅需要有一种纯粹的观察，而且需要有一副健康的头脑；但是这两者当然比人们所想象的要少。”

我问：“如今的法国人和英国人对颜色学有何看法？”

歌德回答说：“这两个民族有其优点和缺点。英国人的优点是，他们干什么事都讲求实际；但他们是些迂夫子。法国人是好样儿的；但是在他们那儿一切都应该是积极的，如果情况不是这样，他们会使它变得这样。可是他们在颜色学里已走上正道，正涌现一些优秀的学者，其中的一位说道：颜色是事物本身所具有的，因为正如自然界中有形成酸类的物质一样，自然界中也有形成颜色的物质。当然这一点并不能解释所有的现象；但是这位法国人毕竟把颜色放到大自然里进行观察，从而使它摆脱了数学的限制。”

仆人送来了几份柏林的报纸，歌德坐下来读它们。他也递给我一份，我在戏剧消息栏目中发现，在柏林的歌剧院和皇家剧院里同样上演和这里一样坏的剧本。

歌德说：“这种情况怎么会改变呢？毫无疑问，人们不想用英国、法国和西班牙的好的剧本组成一个很好的戏剧目录，以便每天晚上为观众演出一部好的剧本。但是在德意志民族中,不断地看好剧的需要在哪里呢?埃斯库罗斯、索福克勒斯和欧里庇得斯创作的时代当然完全不同于我们的时代。那个时代的人们有足够的才智,只希望看到最伟大和最优秀的东西。可是在我们这个恶劣的时代里,对最优秀的东西的需要到底在哪里呢?接受最优秀的东西的器官在哪里呢?"

歌德接着说:"人们只希望看到某种新的东西!在柏林和巴黎,观众到处都一样!在巴黎每星期都有大量新的剧本问世并被搬上舞台,观众不得不容忍五至六部很坏的剧,然后才能看上一部好剧。

"现在,要使德国的剧院坚持住,唯一的办法是客串。如果我现在还担任剧院的领导,我打算整个冬天让杰出的客串演员上台演出。这样,不仅所有优秀的剧本可以不断地向观众露面,而且观众的兴趣也会逐渐从剧本本身转向演员的表演。观众可以进行比较和评价,获得新的认识。我们自己的演员也会由于一位杰出的客串演员的精彩表演而受到鼓励,因而奋力模仿之。正如我刚才所说:客串,永远客串。我相信,你们会对客串给剧院和观众带来的好处感到惊异。

"我意识到,在不久的将来会有一位有判断能力、能胜任这项任务的人同时接管四家剧院,不时地给这四家剧院配备客串演员。我深信,有了这四家剧院,他的境况会比他只有一家剧院时更好。"

▼ 1826 年 12 月 27 日　星期三

我在家里认真地思考了蓝色和黄色的阴影这种现象。很久以来,这种现象对我来说一直是个谜,但是当我继续对这种现象进行观察的时候,我恍然大悟了,我逐渐相信,自己已经理解了这种现象。

今天吃饭的时候我告诉歌德，我已经解开了这个谜。歌德说："这太好了，饭后你该向我解释一下。"我说："我更喜欢把它写下来，因为口头解释的时候，我不容易找到恰当的词句。"歌德说："你可以在以后把它写下来，但是今天你得当面做试验，并口头向我解释，以便我知道，你是否做得对。"

饭后，当房间里完全亮的时候，歌德问我："现在你可以做试验了吗？"我说："不。"歌德问："为什么不？"我回答说："现在还太亮，要等到天色稍暗的时候才能做试验，因为那时烛光会投下相当大的阴影，但是也必须有足够的亮度，以便日光能照亮这个阴影。"歌德说："嗯！这话有理。"

晚霞终于出现了，我告诉歌德，现在是时候了。他点燃了蜡烛，递给我一张白纸和一根小棍。他说："现在你开始做试验和讲授吧！"

我把点燃的蜡烛放到窗子附近的一张桌子上，然后把那张纸放到蜡烛附近。当我把那根小棍放到那张位于日光和烛光之间的纸的中间时，出现了非常美丽的现象。朝向烛光的阴影表现为深黄色，而朝向窗子的另外一个阴影表现为深蓝色。

歌德说："那么，蓝色的阴影最初是怎样产生的？"我说："在我解释这点之前，我想说一说这两种现象赖以产生的基本法则。"

我说："光和黑暗并不是颜色，而是两个极端，颜色位于它们的中间，并通过它们的一种变化而产生。

"与光和黑暗这两个极端相对应，首先产生黄和蓝这两种颜色。我用一种混浊的透明物，在光的边际上观察到黄色，用一种被照亮的透明物在黑暗的边际上观察到蓝色。"

我接着说："至于您所提出的问题，我是这样解释的：那根小棍由于烛光的力量投下相当大的阴影。如果我把百叶窗关上，挡住日光，那么这个阴影就会变为黑暗。可是现在，日光通过开着的窗子自由地渗透进来，形成一个被照亮的媒介，通过这个媒介我看到了黑暗的阴影，于是按照法则就产生了蓝色。”歌德笑了。他说：“这就是你所说的蓝色的阴影。可是你怎样解释黄色的阴影呢？”

我回答说：“我用混浊的光的法则解释这种现象。燃烧着的蜡烛在白纸上投下一道光，这道光本身已具有一丝儿淡黄色。可是那根小棍在日光的作用下朝烛光的方向投下微弱的阴影，这阴影所到之处，烛光就会变得混浊，于是按照法则就产生了黄色。如果我把这阴影尽可能地靠近烛光，从而削弱烛光的混浊，那么就会产生一种纯粹的淡黄色；可是，如果我把这阴影尽可能远离烛光，从而增强烛光的混浊，那么黄色就会变暗，变为淡红色，甚至变为红色。”

歌德又笑了，而且笑得非常神秘。我说：“那么，我是对的？”歌德回答说：“你很好地观察了这种现象，而且表达得很清楚，但是你并没有解释这种现象。你的解释是聪明的，甚至是巧妙的，但是并不是正确的。”

我说：“那么请您帮助我吧。请您帮助我解开这个谜。我已经心急如焚了。”歌德说：“你会知道答案的，但不是在今天，也不是以这种方式。下次我想让你看另外一种现象，通过这种现象你会明白一种新的法则。你已经接近它了，在这方面你无须进一步努力了。但是，你如果理解了这个新的法则，你就会进入另外一种全新的领域，而且超出很多的人。下次如果天晴，你提前一个小时到我这儿吃中饭，我想让你看一种清楚的现象，通过这种现象，你会马上明白作为这种现象的基础的同一个法则。”

他接着说：“我很高兴你对颜色有如此的兴趣，这会是你无法描述的欢乐的一种源泉。”

晚上我离开歌德之后，心里一直想着这种现象，甚至在梦中也想到它。但是，即使在这种情况下，我都没有看得更清楚，也没有解开这个谜。

不久前歌德对我说：“我也逐渐完成了我的那些自然科学的小册子，不是因为我相信它们现在还能大力促进科学，而是因为我想通过它们保持那些令人愉快的关系。研究大自然是最无辜的。在审美方面，现在根本谈不上联系和通信往来。在这种情况下，人们想知道，我在我的《赫尔曼与窦绿苔》里所指的是莱茵河畔的哪座城市！仿佛我不该虚构任何一座城市。人们要真实和现实，从而败坏了诗意。”

1827年

▼ 1827年1月3日　星期三

今天吃饭的时候，我们谈到了乔治·坎宁[1]偏袒葡萄牙的那篇杰出的演说。

歌德说："有些人把他的这篇演说称作是粗俗的；可是这些人不知道他们想干什么，他们有一种癖好，喜欢反对一切伟大的东西。他们不是反对派，而只是喜欢制造矛盾。他们必须有某种他们可以憎恨的伟大的东西。当拿破仑还在世的时候，他们憎恨他，把他看作一个好的出气筒。一旦拿破仑死了，他们就反对神圣同盟，可是他们从来也不会想到为人类做些有意义的好事。现在轮到坎宁了。他偏袒葡萄牙的那篇演说是一种伟大的意识的产物。他很好地意识到自己权力的范围和自己伟大的地位，他做得对，因为他怎样感觉，就怎样说。可是那些长裤汉[2]无法理解这一点。在我们看来是伟大的东西，在他们看来却是粗俗的。他们讨厌伟大的东西，他们没有崇敬伟大的东西的才能，他们不能容忍伟大的东西。"

---

① 乔治·坎宁(George Canning, 1770—1827)，英国政治家，托利党党员。

② 法国大革命时期贵族对出身于平民的革命党人的蔑称。

▼ 1827 年 1 月 4 日　星期四晚上

歌德很赞赏雨果的诗。他说:“雨果确实有才能,他受到了德国文学的影响。可惜他青年时代的诗由于受到古典派学究气的影响而失去活力。不过现在他得到《地球》[①]的支持,所以他在文坛上赢得了胜利。我想拿他与意大利诗人和小说家曼佐尼[②]进行比较。他很能掌握客观事物,我觉得他的重要性完全不亚于拉马丁[③]和德拉维尼[④]这些先生。如果对他进行正确的考察,他和类似他的一些血气方刚的有才能的诗人都来源于夏多布里昂[⑤],这是一位很重要的、兼有演说才能和诗才的诗人。要想了解雨果的写作风格,你最好读一读他写的有关拿破仑的那首诗:《两座岛》。”

歌德把这首诗放在我面前,然后走到火炉边,我就读起来。歌德说:“雨果没有顶好的形象吗? 他不是用很自由的精神处理他的题材吗?”然后又走到我身边,对我说:“你只消看这一段,它写得多么妙啊!”他读了暴风雨中的闪电从下面往上射到这位英雄身上那一段。“这段很美! 因为形象真实。在丛山里你会发现这一形象,在那里你经常可以看到山下风雨纵横,闪电从下面直朝山上射去。”

我就说:“我佩服法国人。他们的诗从来不离开现实世界这个牢固基础。我们可以把他们的诗译成散文,而诗的本质性的东西依然如故。”

歌德说:“那是因为法国诗人拥有知识,而我们德国的傻瓜们却认为,如果他们竭力获取知识,他们就会丧失自己的才能。其实一切才能都要靠知识来提供营养,只有掌握了知识,才可以发挥才能。不过我们暂且不去管这种人,我们没法帮助他们。真正有才能的人会

---

① 支持浪漫派的刊物。

② 曼佐尼(Alessandro Manzoni, 1785—1873),写过两部历史悲剧和一部著名小说《约婚夫妇》。

③ 拉马丁(Alphonse de Lamatine,1790—1869),法国浪漫派诗人。

④ 德拉维尼(Jean François Delavigne, 1793—1843),法国诗人。

⑤ 夏多布里昂(François-René de Chateaubriant,1768—1848),法国浪漫派诗人。

找到自己的道路。现在正在从事写作的许多青年诗人,根本没有真正的才能。他们只显示出一种无能,即受到德国文学高度繁荣的吸引才从事创作。”

歌德继续说:“法国人在诗的方面已由学究气转到较自由的作风了,这是不足为奇的。早在大革命之前,狄德罗和一些与他志同道合的人就试图开辟这条道路了。大革命本身以及后来拿破仑在位期间对这种变革都是有利的。因为尽管战争年代不容许人们产生真正的诗的兴趣,那就是说暂时对诗神不利,可是在这个时代有一大批具有自由精神的人培育起来了,到了和平时期,这批人觉醒过来,就作为重要的有才能的人崭露头角了。”

我问歌德,古典派是否也反对过贝朗瑞[①]这位卓越诗人。歌德说:“贝朗瑞用以创作的那种体裁是一种较为古老的、传统的和人们习以为常的体裁;不过他在很多方面都比前人写得自由,所以他受到学究派的攻击。”

话题转到绘画和仿古派的流毒。歌德说:“你宣称不是绘画方面的内行,可是我要让你看一幅画。这幅画虽然出自还活着的一位德国最好的画家之手,但你一眼就能看出其中一些违反艺术基本规律的明显错误。你会看出细节画得很好看,但是整体却不会使你满意,你会感到这幅画的意义不知究竟何在。这并不是因为画这幅画的大师没有足够的才能,而是因为他的应该指导才能的精神,像其他仿古派画家的头脑一样被冲昏了,所以他忽视完美的画师而退回到不完美的前人,把他们奉为圭臬。

“拉斐尔和他的同时代人敢于冲破习俗的束缚,回到自然和自由的创作风格。而现在的艺术家们不感谢上帝,也不利用拉斐尔等人所提供的便利,沿着顶好的道路前进,反而又回到拘束狭隘的老路。这太糟了,我们很难理解他们的头脑竟会冲昏到这种地步。他们一

① 贝朗瑞(Pierre-Jean de Béranger, 1780—1857),法国歌谣诗人。

旦回到了老路,就不能从艺术本身获得支撑,于是设法从宗教和党派方面去寻找这种支撑。没有这两种东西,他们就软弱到简直连站都站不住了。”

歌德继续说:“整个的艺术里贯串着一种血统关系。每逢看到一位大师,你总会发现他利用了他前人的精神财富,正是这种精神财富培育出他的伟大。像拉斐尔那样的人并不是从土里冒出来的,而是植根于古希腊罗马时期及其文化以及他们之前的优秀的东西。假如他们没有利用他们时代的那些优点,我们对于他们就没有多少可谈的了。”

话题转到早期德国的诗歌;我提到弗勒明①。歌德说:“弗勒明是一个颇有才能的诗人,不过有一点乏味和市民气。他现在毫无用处了。”他接着说:“说来有点奇怪,尽管我写了那么多的诗,却没有一首可以摆在路德派的《宗教诗歌集》里。”我笑了,承认他说得对,同时心里在想,这句妙语的含义比字面上的意思要深刻得多。

▼ 1827 年 1 月 14 日　星期日晚上

我发现歌德家里正在举行音乐晚会,是由弗兰茨·卡尔·埃贝魏因一家和乐队的几个成员为歌德演出的。在为数不多的听众中有新教教区总牧师律尔、内廷参事福格尔以及几位女士。歌德曾经希望听到一位著名的年轻作曲家的四重奏。今晚他的愿望实现了,他们首次为他演奏了这首四重奏。埃贝魏因十二岁的儿子卡尔·埃贝魏因演奏钢琴,歌德对他的演奏非常满意,的确,埃贝魏因的钢琴演奏极好,以至四重奏从各方面看都很好地通过了。

歌德说:“很难想象,高度发展的技术和力学会把当今的作曲家们引向何处。他们的作品已不再是音乐,它们超出了人的感受的水

---

① 弗勒明(Paul Fleming,1609—1640),德国诗人。

平。我们用自己的思想和感情是无法解释这样的作品的。你觉得这首四重奏怎么样？乐曲仍在我耳旁萦回。”我说：“在这种情况下我觉得并不好。”歌德接着说：“可是四重奏的快板部分很有特色。那连续不断的回旋和旋转使我联想起布罗肯山上的巫婆舞，所以我毕竟找到了一种我假定可以用来支持这奇妙的音乐的观点。”

休息的时候，大家一边聊天，一边吃些点心。休息之后，歌德请埃贝魏因的夫人演唱几首歌曲。她首先演唱了泽尔特谱曲的那首美丽的歌曲《在半夜时分》，她的演唱给大家留下了极为深刻的印象。歌德说：“我每次听到这首歌曲，都觉得它优美动听。它的旋律是永恒的和不可消灭的。”埃贝魏因的夫人接着演唱了选自马克斯·埃贝魏因谱曲的《女渔夫》的几首歌曲。《魔王》获得了热烈的掌声；然后是咏叹调《我已把它告诉了善良的母亲》引起了大家的议论：这首咏叹调的乐曲非常优美，称得上是举世无双。歌德本人也感到非常满意。美好的晚会快结束的时候，埃贝魏因的夫人应歌德的请求演唱了她丈夫谱曲的《西东合集》的几首歌曲。歌德特别喜欢歌中的那一段：“我想借用育素佛的魅力”。他对我说：“埃贝魏因时而超越自己。”接着他请埃贝魏因的夫人再唱一支歌《啊呀，为了你的潮湿的簸箕》。这首歌同样适合于激起大家内心深处的情感。

客人们走后，我和歌德还单独待了一会儿。他说：“我这样评论今晚的演出，《西东合集》的这几支歌不再和我有什么关系，无论是其中的东方的风土人情，也无论是其中所包含的激情，都在我身上不复存在了；它就像留在路边的一张蛇蜕下的皮。相反，《在半夜时分》这首歌曲并未失去和我的关系，它还是我的活着的部分，并和我继续生活下去。

“我有时觉得我的有些作品已与我完全陌生。最近几天我读了一点法语的东西，读时我在想，这位作者的话说得够明达的，你自己用不着说其他的话了。当我仔细察看的时候，我发现这篇文章竟是我自己的作品的一段译文。”

▼ 1827年1月15日　星期一晚上

完成《海伦》之后，歌德于去年夏天转向《漫游年代》续篇的创作。他常向我讲述这项工作的进展情况。有一天他对我说："为了更好地利用现有的材料，我把第一部分完全拆散了，通过掺进一些旧的和新的材料，这就形成了两部分。我让人把已出版的东西完全抄写下来；凡是我要加进新材料的地方，就打上一个记号，当抄写员发现这样一个记号的时候，我就继续口授，按这种方式迫使我将这项工作连续不断地进行下去。"

另一天他对我这样说："《漫游年代》的已出版部分已完全抄写好；那些我还要加进新材料的地方已填嵌上蓝色的纸，这样我一眼就能看清楚需要在哪里加进新材料。随着工作向前推进，那些填嵌上蓝纸的地方逐渐消失了，我从中获得了乐趣。"

几个星期以前，我从他的秘书那里听到，他正在写一部中篇小说，所以我决定晚上不去看他，而满足于每八天去看他一次。

这部中篇小说已于近日完成了，今晚他让我试看了开头的几页。

我很幸运，读到那引人入胜的段落：所有的人围绕那只死老虎站着，管理员告诉大家，上面的废墟旁边有一只狮子躺在阳光下。

在阅读过程中，我不得不佩服歌德娴熟的写作技巧，所有的事物，直到最小的地方，都描写得清清楚楚、栩栩如生。猎装、古老的城堡废墟、集市、通向废墟的田间小路，这一切都清楚而生动地呈现在读者的眼前，以至读者只得像作者所希望的那样想象他所表现的东西。同样，作者对各种事物的描写，不仅准确无误，而且经过深思熟虑，具有远见卓识，以至读者用不着预料未来的事情，用不着读自己所读以外的一行。

我说："阁下想必是按照某种非常确定的模式进行创作的。"

歌德回答说："我当然有一定的模式。早在三十年前，我就想描写这一题材，从那时以来，我一直在考虑这事，现在这项工作终于顺利地进行了。那时,也就是在完成《赫尔曼与窦绿苔》后不久,我想以史诗的形式和六音步诗行处理这一题材,并为此目的拟订了一个详细的提纲。当我现在重新开始撰写这一题材的时候,我无法找到那个老的提纲,迫不得已只好拟订了一个新的提纲,当然,这个新的提纲是完全按照我现在准备赋予这一题材的散文的形式而拟订的。可是在新的提纲拟好之后,我又找到了那个老的提纲。我庆幸自己没有在更早一些时候找到它,否则的话,只会使我不知所措。在那个老的提纲里,情节和发展过程虽然没有发生变化,但在细节方面却完全不同于新的提纲;它完全是为以史诗的形式和六音步诗行处理题材设想的,所以对以散文的形式表现题材完全不适用。”

话题转到这部中篇小说的内容。我说:“小说里有一个引人入胜的场面,即霍诺里欧和侯爵夫人面对面地站在那只四肢伸开躺在地上的死老虎旁边,一位哭着诉苦的妇女带着她的儿子也到这儿来,侯爵带着参加狩猎的扈从也朝这群古怪的人奔来。这个场面太生动了,像是画出来的一样。”

歌德说:“当然,这似乎是一幅美丽的图画。”思考片刻之后,他继续说:“不过,题材似乎太丰富,人物似乎太多,以至画家很难把人物编成几个小组,也很难分配光与阴影。不过,我最初曾把霍诺里欧跪在那只老虎上、侯爵夫人靠着一匹马站在他的对面这一瞬间设想为一幅画,这似乎可以入画。”我感到歌德的话是对的,于是补充说,这一瞬间其实也是整个情景的核心,一切都取决于这一瞬间。

我还对这部中篇小说发表了以下的看法:它与《漫游年代》的所有其他短篇故事不同,也就是说,它具有完全不同的性质,因为它所表现的一切都是外在的东西,一切都是现实的。歌德说:“你的看法是对的,在这部中篇小说里,你根本找不到内在的东西,而在我的其他作品里,内在的几乎太多。”

我说:“我很想知道人们是怎样制服那只狮子的,我几乎猜到是用了完全不同的方式,可是对如何制服它的,我就完全蒙在鼓里了。”歌德说:“如果你猜到用什么方式制服狮子,这似乎也不好。我今天不想向你泄露制服狮子的秘密,星期四晚上我将告诉你故事的结局;到那时为止,那只狮子仍旧躺在阳光下。”

我把话题转到《浮士德》第二部,特别是《古典的瓦普几斯之夜》这一幕。这一幕才打了一个草稿。歌德不久前曾告诉我,他打算把这一幕作为草稿付印,我曾不揣冒昧,劝阻了他,因为我担心草稿一旦付印,就会永远以未定稿的形式保存下去。歌德在这段时间里想必考虑了我的意见,所以今晚一见面他就告诉我,他已决定不拿草稿付印了。我说:“这使我很高兴,因为我现在还希望您把它写完。”歌德说:“写完要三个月,可是我从哪儿得到安宁呢!白天要求我做的杂事太多,我很难做到与世隔绝地生活。今早大公爵的大公子待在我这里,大公爵夫人又约好明天中午来看我。我得珍视这种访问,把它视为一种大恩惠,它美化了我的生活,但同时也扰乱了我内心的平静,我毕竟得考虑经常拿点什么新东西给这些高贵人物看,用什么方法使他们得到与他们相称的消遣。”

我说:“不过去年冬天您还是把《海伦》一幕写完了,当时外界对您的干扰并不比现在少。”歌德说:“当然,现在也能写,而且必须写下去,不过有些困难。”我说:“幸好您已有了一个很详细的提纲。”歌德说:“提纲是有的,不过最困难的事有待去做;在完成写作的过程中,一切都取决于运气。《古典的瓦普几斯之夜》必须写得押韵,可是全幕必须具有古希腊诗的性质。要找到这样的一种诗体,并非易事;而且还有对话!”我说:“提纲里不是包含对话吗?”歌德回答说:“提纲里已有的只是什么,而不是如何。你想想看,在那放纵的一夜里所发生的一切应如何用语言表达出来!例如为了打动冥后普洛塞耳皮那[1],使她交出海伦,浮士德该对冥后说些什么,他的话必须使阴

① 对应希腊神话中的珀耳塞福涅。

间皇后自己也感动得流泪！这一切是不容易做到的，多半要碰运气，几乎全靠下笔时一瞬间的心情和精力。”

▼ 1827年1月17日 星期三

近来歌德的身体不很好，所以我们在他的面向花园的工作室里吃饭。今天在这间所谓的乌尔宾诺①房间里又摆好了餐具，我觉得这是一个吉兆。当我走进这间工作室的时候，发现歌德和他的儿子已在里面，他俩以其质朴和亲切的方式热情地欢迎我；歌德自己看上去心情非常喜悦，这一点可以从他那非常有生气的脸上看出来。透过邻接的那间所谓的天花板房间的开着的门，我看到首相米勒正弯着身子观看一幅大的铜版画；他很快就朝我们走来，我很高兴把他作为令人愉快的同桌就餐的客人加以欢迎。我们还在等歌德的儿媳，不过我们暂且入席。大家赞赏地说起这幅铜版画。歌德告诉我，这幅画出自巴黎著名的作家奈瓦尔之手，他在最近几天将其作为礼物送给他。他补充说：“在汤端来之前，快去把它浏览一下。”

我按照他的意愿和自己的兴趣做了；看到这件值得赞赏的作品的时候，我感到高兴，特别是画家的签名表明他对歌德非常尊敬。可是我不能久看这幅画。歌德的儿媳走进来了，我赶快回到自己的位子上。歌德说：“不是吗，这是一件了不起的作品？需要花几天甚至几周的时间对这幅画进行研究，才能找出它所包含的丰富的思想和完美性。这事应该留给你在以后的几天时间里去做。”

席间我们非常快活。首相告诉大家，他收到巴黎一位要人给他寄来的一封信，此人在法军占领时期作为公使在魏玛担任了一个要职，从那时起和魏玛建立了友好的关系。他想念大公爵和歌德，称赞

---

① 意大利文艺复兴盛期画家拉斐尔的出生地。

魏玛有福气，因为在这里歌德那位天才和最高当局能够建立一种非常亲密的关系。

歌德的儿媳使席间的谈话变得丰富多彩，她谈到了某些有关采购的事情，并以此戏弄歌德的儿子，把他弄得莫名其妙。歌德说：“对那些漂亮的妇女，人们不应该过多地迁就，因为她们容易走极端。拿破仑在厄尔巴岛上的时候，还收到制女帽的女工们寄来的账单，要他付账。可是在这样一些事情上他主张少一点比多一点好。据说从前在法国历代国王居住的巴黎杜伊勒里宫殿里，在拿破仑在场的情况下，一位时装商向他的夫人推荐昂贵的衣物。当拿破仑表现出不想买的样子的时候，那个商人向拿破仑暗示，他在这方面毕竟很少能为他的夫人效劳。于是拿破仑一言不发，只是用一种锐利的目光注视着他，吓得他立即把他的东西包在一起，再也不敢在那里露面。”歌德的儿媳问：“他是作为执政官这样做的吗？”歌德回答说：“也许作为皇帝，否则他的目光就不会那么可怕了。不过我得取笑那个被拿破仑的目光吓得浑身发抖的商人，他也许认为自己马上会被杀头或枪毙呢。”

我们的心情特别愉快，并且继续谈论拿破仑。歌德的儿子说：“我想把那些表现他所有业绩的优秀的油画或铜版画收集起来，用它们装饰一个大房间。”歌德回答说：“这房间想必很大，可是毕竟容纳不下这些画，因为他的业绩如此巨大。”

首相把话题转到鲁登[①]的著作《德国人的历史》上。我不得不佩服歌德的儿子，他熟练而令人信服地把官方的报纸对此书的指责归因于此书产生的时代与作者所代表的民族感情和利益上。事实证明，拿破仑的这些战争才是罗马皇帝恺撒的那些战争的解释。歌德说：“从前，恺撒的著作当然只不过是那些高深莫测的学校的一种家庭作业。”

---

① 鲁登（Heinrich Luden，1780—1847），德国历史学家，耶拿大学教授。

我们谈到早期德国的哥特时期，谈到具有哥特式风格的书柜；然后谈到当今的审美观：人们按照早期德国的哥特时期的风格布置整个房间，希望住在过去时代的这样一种环境里。

歌德说："在一幢有许许多多房间的房子里，人们让其中的某些房间空着，整年也许只进去三四次，在这样的房子里当然可以从事这样的业余爱好，人们也可以有一间哥特式的房间，据我所知，巴黎的潘可克夫人就有一间中国式的房间，我觉得这样很好。但是我不赞成人们用外国的和过时的物品布置自己的客厅，因为这终归是一种化装，从长远观点看，不会使人感到舒适，相反，这样的布置还会对作此布置的人产生不利的影响，因为它和我们置身于其中的活生生的日常生活环境产生矛盾。正因为这样的布置产生于一种空虚的精神境界和思想方法，所以它只会加强这种空洞的思想境界。一个人在一个欢乐的冬天的夜晚可以化装成土耳其人参加化装晚会，可是要是这个人整年都戴着这样的假面具在我们面前出现，我们对他会有什么样的看法呢？我们也许会想，他要么是疯了，要么具有很大的才能，很快就会成为疯子。"

我们觉得歌德对与生活息息相关的环境布置所说的这番话很有说服力，因为在场的人没有一个会认为他的这番话是对自己的一种轻微的斥责，所以我们以极其愉快的心情接受他的这番实话。

话题转到戏剧上。歌德跟我开玩笑，说我在上星期一晚上为了他而牺牲了看戏。他转向在座的其他人说："他在这里已经三年了，这是头一个晚上，他为了讨我欢喜而不去看戏，我对此深为感谢。我曾邀请他到家里来，他也曾答应到我这儿来，可是我怀疑他会食言，特别是钟敲了六点半他还没有到。是的，我当时甚至感到高兴，希望他不要到我这儿来；我毕竟可以对旁人说，他是一个精神完全失常的人，对他来说，戏剧高于他最亲爱的朋友们，他不会让任何事情转移他那顽梗不化的兴趣。不过我也已经对你赔礼道歉了！对吗？我不是还向你推荐了我的一些文学作品吗？"歌德所指的是那部新的中篇小说。

接着我们谈到了上个星期天晚上刚刚上演的席勒的剧本《斐哀斯柯》。我说："我头一次看到这个剧本的演出，我一直在想，能否使那些非常凶残的场面和缓一些；不过我觉得这很难加以改变，否则就会损害整体的性质。"

歌德回答说："你说得很对，不能改变场面；席勒常和我谈及此事，因为他对自己早期的几部剧本并不喜欢。当我们在魏玛剧院共事的时候，他从不让他早期的几部剧本在剧院上演。可是由于当时我们缺乏剧本，我们很希望把他早期的那三部力作[①]列入保留剧目。可是做不到，这三部剧本在内容和风格上完全融为一体，以至席勒本人对这个企图不抱希望，不得不放弃他的意图，让这几部剧本保留原样。"

我说："这太遗憾啦，因为这几部剧本尽管有各种各样残忍的场面，但是我觉得它们比我们某些当代的悲剧作家所创作的那些柔弱的、温和的、勉强的和不自然的剧本要高出千百倍。席勒的剧本里总是蕴涵着一种伟大的精神和性格。"

歌德说："我想说的正是这话，不管席勒写些什么，他所创作出的东西总是比这些新近出现的作家所创作的最好的东西高明得多；是的，就连席勒修剪指甲也要比这些先生修剪得好。"

我们笑了，对歌德的这个强有力的比喻感到高兴。

歌德接着说："不过我毕竟认识这些人，他们对席勒的这几部早期的剧本当然不会感到满意。有一年夏天，在浴场里，我穿过一条被封锁的、通向一座磨坊的狭窄的小路，遇上了一位侯爵，就在这时，几匹驮着面粉口袋的骡子朝我们走来，我们不得不让道，走进一幢小房子里。这里，在一间狭窄的小房间里，我们按照这位侯爵的习惯立即就一些神界和人间的事情进行了深入的交谈。我们谈到了席勒的

---

① 指《强盗》、《斐哀斯柯》和《阴谋与爱情》。

《强盗》，这位侯爵发表了以下的看法：‘假若我是上帝，正准备创造世界，假若在这一时刻我已经预见到席勒的《强盗》将在这世界里问世，那么我就不会创造这世界了。’”我们不得不笑了。歌德说：“对这事，你的意见怎样？这毕竟是一种有点儿过分的、几乎无法解释的反感。”

我回答说：“与此相反，我们的年轻人，特别是我们的大学生们，压根儿没有这种反感。席勒的那些最优秀的和最成熟的剧本以及其他的剧本可以上演，可是人们在剧院里只看到少数几个年轻人和大学生，或者根本看不到他们；而当人们上演席勒的《强盗》或《斐哀斯柯》时，剧院里几乎全是大学生。”歌德说：“五十年前的情况和现在的情况完全一样，也许五十年后的情况也不会发生变化。一个年轻人所写的东西，也最适合年轻人享受。另外，人们并不去思考，世界在文化和审美能力方面大踏步地前进，就连青年人也已经摆脱了那较为粗野的时代！虽然世界总的说来在前进，但是年轻人不得不一再作为个体重新开始经历世界文化的发展时期。我清楚地知道这一点，而且早就写了一首诗表达自己的观点：

> 施洗约翰节前夕燃烧的大篝火不可禁止，
> 欢乐永不消失！
> 扫帚经常被扫钝
> 婴儿不断地出生。

“我只消朝窗外看，就能经常看到那些用扫帚打扫街道和到处乱跑的孩子，他们象征着那不断地在损耗而又不断地年轻化的世界。儿童游戏和青年人的娱乐活动因此保存下来，而且代代相传；因为尽管中年人会觉得它们荒唐透顶，但孩子们毕竟总是孩子们，在任何时代，孩子们总是相像的，所以人们不应该禁止施洗约翰节前夕燃烧的大篝火，也不应该破坏那些可爱的孩子对大篝火的兴致。”

吃饭的时间在这样愉快的交谈中很快地过去了。我们这些较年轻的人到了楼上的那些房间里，而首相则和歌德待在一起。

▼ 1827 年 1 月 18 日　星期四晚上

歌德曾经答应在今天晚上向我讲述那部中篇小说的结局。我于六点半到他那里，发现他独自一人待在他的舒适的工作室里。我朝桌子走去，坐到了他的身旁。我们交谈了最近的重要事件之后，歌德站了起来，把中篇小说的最后几页交给了我。他说："喏，你读一读结局吧！"我开始读。这时，歌德在房间里走来走去，间或站在炉子旁边。我像通常那样独自低声地读。

前一个晚上，我读了歌德给我的那几页，得知那头狮子在古老的废墟的环形围墙之外，躺在一棵百年欧洲山毛榉的树根旁边，沐浴着阳光，人们正准备去制服它。那位侯爵打算派猎人去制服它，可是那个陌生人请求侯爵爱护他的那头狮子，他向侯爵保证，他能用较为温和的手段把狮子送回铁笼里。他说，这个孩子会用一些悦耳动听的歌曲和他那支长笛吹奏出的甜美的音调完成这件事情。侯爵同意了。他命令下属采取必要的防备措施，然后带着他的随行人员骑马返回城里。霍诺里欧和一部分猎人占领了山隘，以便在那头狮子下来的情况下，用点火的方式把它吓回去。母亲和孩子在管理员带领下走上了废墟，在它的另一面，在环形围墙的旁边，躺着那头狮子。

城堡管理员的意图在于把那头巨大的狮子诱进城堡宽敞的院子。母亲和管理员躲在上面那间半倒塌的骑士大厅里，那孩子则独自穿过院子的那个昏暗的墙洞朝墙外的那头狮子走去。出现了紧张等待着的间歇，人们不知道那孩子将会怎么样，他的长笛声停止了。管理员责备自己不该让那孩子独自朝那头狮子走去；母亲则十分冷静。

终于又听到了那支长笛的声音;这声音越来越远,那孩子穿过墙洞又走进了城堡的院子,那头狮子步履艰难地乖乖地跟在他的后面。孩子和狮子在院子里绕了一圈,然后那孩子坐到了一个有阳光的地方,那头狮子则安静地躺在他的身边,把它的一只沉重的爪子放到他的膝上。狮子的爪子上扎了一根刺,那男孩把刺拔了出来,从脖子上拿下他那块小丝巾,用它包扎狮子的爪子。

母亲和管理员从上面的骑士大厅里目睹了整个的情景,对孩子的成功感到万分高兴。那头狮子已被驯服,已在安全之处。那孩子为了使那头猛兽安静下来,有时吹奏他的长笛,有时唱一些音调悦耳的虔诚的歌曲。他用下面的歌词结束了中篇小说:

极乐的天使
乐于给善良的孩子们出主意,
罪恶的愿望要防止,
友好的行为要促进。
我发誓用虔诚的思想和曲调
把狮子这森林的大暴君
牢牢地吸引到
亲爱的儿子的柔软的膝盖旁。

我不能不说小说的结局使我感动。可是我不知道该说些什么;我感到意外,但并没有感到满足。我觉得小说的结局似乎太孤寂、太理想、太抒情,至少应该让其余的人物中的几个再次出现,这样的结局似乎更完整、更具有广度。

歌德看出我心有疑虑,便试图使我恢复心理的平衡。他说:“假若我让其余的人物中的几个在小说的末尾再次出现,那么结局就会变得平淡无奇。因为一切问题都已经解决了,他们该说些什么和做些什么呢?侯爵和他的随行人员已骑马返回城里了,那儿需要他的帮助；霍诺里欧一旦听到上面的那头狮子已在安全之处，就会同他的猎人随后跟上；那个陌生人很快就会带着铁笼子从城里返回这里，把狮子引回到铁笼里。这一切事情早在人们的预料之中，所以用不着说出来，也用不着加以解释。如果把这一切说出来并加以解释，小说的结局就会变得单调乏味。”

歌德接着说：“不过，一种思想的甚至是抒情的结局是必要的，而且必须有这样的结局；因为在那个陌生人慷慨激昂地讲话之后——他的讲话本身已是一种富有诗意的散文——必须使情绪有所提高，我必须转入抒情诗，甚至转入歌曲本身。

“为了给中篇小说的进程打个比喻，你不妨设想从根里长出来的一种绿色的植物，它在一段时间里从一根粗壮的茎里抽出许多茁壮的绿叶，最后长出一朵花。这朵花是突如其来的和出人意料的，但是它必须出现；是呀，整个的绿叶只不过是这朵花的陪衬，没有这朵花，整个的绿叶似乎不值得存在。”

听了歌德的这番话，我轻松地舒了口气。我恍然大悟，预感到这部中篇小说不仅构思新颖，而且布局巧妙。

歌德接着说：“这部中篇小说的任务在于向读者说明，难控制的和不可制服的东西用爱和虔诚比用暴力更能够得到克服。孩子和狮子所体现出的这个美好的目的，促使我创作了这部中篇小说。这就是小说的主题，这就是比喻中的那朵花。而完全现实的展示部分的整个绿叶只是为了这朵花而存在，只是由于这朵花而具有某种价值。现实的东西就其本身而言有什么用？如果作品所表现的事物是真实的，我们会为之感到高兴。的确，有的作品也能使我们对某些事物有更清楚的认识；但是对于我们高等动物——人类来说，真正的得益毕竟只在于来自诗人的内心的理想。”

由于歌德的这部中篇小说的结局还对我继续发挥作用，并使我产生一种前所未有的虔诚的情绪，所以我更加感到他的话很有道理。我心里想，他虽然年事已高，但作为诗人，他的感情依然是那样纯洁和真挚,因此能够写出如此美好的作品！我禁不住要对歌德说出我对这部作品的看法,我感到高兴的是,就其风格而言这是一部独一无二的作品。

歌德说:“如果你感到满意,我会很高兴。我自己也很高兴,因为早在三十年前我就想写这个题材,如今我的愿望终于实现了。那时我曾把我的这个意图告诉席勒和洪堡,可是他们劝我不要做这件事,因为他们不可能知道这件事中究竟包含着什么思想内容。只有诗人自己知道,他能赋予他的题材哪一些魅力。所以,如果你想写某种东西,就不应该去问任何人。如果席勒在创作他的《华伦斯坦》之前问我,他该不该写它,我准会劝他不要去写,因为我从来也不会想到,用这样的题材会写出这样一部优秀的剧本。席勒也反对我用六音步诗行处理我的题材,而当时我刚刚写完《赫尔曼与窦绿苔》,正准备用六音步诗行处理我的题材;他劝我采用八行诗节。不过你也许知道,我现在的这部中篇小说完全是用散文写的,这是因为我必须仔细地描述故事发生的地点,而用六音步诗行是很不合适的。另外,这部中篇小说的开头和结尾分别具有完全现实的和完全理想的性质,像这样的开头和结尾,最宜于用散文加以表现。在这部中篇小说里,那些短小的叙事诗也显得非常优美,但是用六音步诗行或八行诗节是很少能够做到这一点的。”

我们谈起《漫游年代》里的一些故事和中篇小说,指出它们之间存在着差别,各有特殊的性格和语调。

歌德说:“我想向你说明一下理由。我进行创作时就像一个画家,他对某些对象避免采用某些颜色,而对另一些对象则主要采用某些另外的颜色。例如画早晨的风景,他就在调色板上多放一些蓝色颜料,少放一些黄色颜料;相反,他要是画晚景,就多用黄色,几乎不用蓝色。我用类似的方法进行文学创作,赋予不同的作品以不同的性格,这大概来源于画家对色彩的运用。”

我心里想,这是一种非常明智的座右铭,我很高兴歌德把它说了出来。联系到上次提到的那部中篇小说,我更要惊赞歌德描绘自然风景时所用的细节。

歌德说:“我从来不为作诗的目的观察自然。但是由于我早年画过风景素描,后来又从事过自然科学研究,我养成了经常地仔细观察自然现象的习惯,我逐渐学会熟悉自然,就连一些最微小的细节也熟记在心里。所以当我作为诗人需要某些自然景物时,它们就供我使用,我不易犯违反事实真相的错误。席勒并不重视观察自然。他在《威廉·退尔》里所描写的瑞士的风土人情都是我告诉他的。但是席勒的智力是惊人的,他能根据我的讲述创造出逼真的东西。”

话题完全转到席勒身上,歌德说了下面的话:“席勒特有的创作才能是在理想方面,可以说,在德国或外国文学界很少有与他同一类型的人。他具有拜伦的大部分优点,不过拜伦在人世生活方面胜过席勒。我倒想看见席勒在世时读到拜伦的作品,想知道席勒怎样评论拜伦这样一个在精神上和他相近的人。席勒在世时拜伦是否已有作品出版了?”

我犹豫起来,不能做出确有把握的回答。歌德因此取来了按字母顺序排列的百科全书,把有关拜伦的那一词条念给我听。他在念的时候少不了插进一些简短的评论,终于发现拜伦在 1807 年以前没有出版什么作品,所以席勒没有来得及读到拜伦的作品。[①]

歌德接着说:“贯串席勒全部作品的是关于自由的观念。随着席勒在文化教养上向前迈进,随着席勒自己换了一个人,这个观念也表现为另外一种形态。在他的青年时代,使他苦恼的而且流露在他作品里的是肉体的自由;到了晚年,这就变成精神的自由了。

“自由是一种奇怪的东西。任何人只要懂得知足和镇静下来,就容易获得足够的自由。过多的自由,要是我们不会用它,对我们有什么意义呢?你瞧这间书房以及通过敞开的门可以看见的隔壁那间卧

---

① 席勒去世于 1805 年,而拜伦于 1807 年还在剑桥求学,出了一部诗集《处女作》。

房，这两个房间都不大，还摆着各种各样的日用品、书籍、手稿和艺术品，就显得更窄，但是对我却够用了，整个冬天我都住在里面，前厢那些房间我几乎从来不进去。我这幢宽敞的住宅和我从这间房到其他许多房间的自由对我毫无意义，因为我不需要利用它们！

“一个人只要有足够的自由来过健康的生活和从事一种职业，这就够了。这是每个人都容易办得到的。另外，我们大家只有在某些我们必须履行的条件下才是自由的。市民和贵族同样自由，只要他保持在上帝给他的出身地位所规定的那个限度之内。贵族和侯爵同样自由，只要他在宫廷里遵守某些礼仪，就可以感到自己是和侯爵同样的人。使我们自由的不是我们不愿承认任何职位高于我们的人，而正是我们尊敬职位高于我们的人。因为我们尊敬他，就意味着我们把自己提高到他的地位；我们承认他，就意味着我们的心胸中有高贵品质，配得上是和他同样的人。我在旅游中往往碰到德国北部的商人，他们自以为是像我这样的人，就在餐桌上很鲁莽地挨着我身边坐下来。这种粗鲁的举动说明他们不是和我同样的人。但是如果他们懂得怎样尊敬我，怎样对待我，那么，他们就变成和我一样的人了。

“这种肉体上的自由使青年时代的席勒吃了不少苦头，其原因固然部分是因为他的精神性格，大部分却由于他在军事学校不得不忍受的压迫。可是当他进入壮年，并有了足够的肉体自由的时候，他就转向精神的自由。我几乎可以说，这种观念断送了他的生命，因为精神的自由迫使他对自己提出超过体力所能及的要求。

“自从席勒到这儿来后，大公爵就规定每年给他一千塔勒的薪金，并且主动提出万一席勒因病不能工作，还可以给他加倍的薪金。席勒拒绝了后面这个建议，没有使用过加倍的那部分薪金。他说：‘我有才能，我必须能够自助。’可是到了晚年，随着家庭人口的增多，他为了维持生活，不得不每年写出两部剧本。为了完成这项任务，他往往在身体不好时也被迫一周接着一周、一天接着一天地写下去。他的才能时时刻刻都须听他指使。席勒本来不大喝酒，是个很有节制的人;但是在身体虚弱的时候,他试图用少量的利口酒或类似的含酒精的饮料来提精神,可是这有损于他的健康,对他的作品本身也有害。

“某些有判断能力的评论家在席勒作品中所挑出的毛病,我认为都来源于此。所有那些被他们认为是不适当的段落,我可以称之为病态的段落,因为席勒是在体力不济的那些日子里写下的,所以没有能够找到那些恰当和正确的主题。我对康德的绝对命令敬佩之至,知道它可以产生很多的好处,但是我们在这件事情上不能做得太过分,否则精神的自由这种观念一定不能产生什么好处。”

在这样一些关于拜伦和某些德国著名文学家[1]的有趣的交谈中,晚上的时间很快就过去了。在这些德国著名的文学家当中,席勒较为喜欢科策布,因为他毕竟创作出一些值得人们重视的作品。临别时歌德把他的那部中篇小说给了我,希望我在家里安静地把它再读一读。

▼ 1827 年 1 月 21 日　星期日晚上

今晚七点半我去看歌德,在他那儿待了一个多小时。他让我看了盖伊小姐[2]的一卷新诗,并给予它以很高的评价。他说:“法国人在文学创作上有发展,值得向他们学习。我努力了解法国文学的最新情况,并有幸对此表达自己的意见。非常值得注意的是,在我们这里早已被采用的那些因素在他们那里才刚刚开始产生影响。当然,具有中等才能的人总是受时代的束缚,而且必须从时代所具有的那些因素中吸取营养。在法国人那里,一切情况,包括最新的虔敬在内,都和我们这里一样,只不过在他们那里,情况要稍微风流和风趣

---

① 指施莱格尔兄弟。
② 盖伊小姐(Delphine Gay, 1804—1855),法国女诗人。

一些。”

“可是阁下对贝朗瑞和《克拉拉·加苏尔戏剧集》的作者梅里美①有什么看法?”

歌德回答说:“我把这两位作家当作例外,他们是很有天赋的作家,不仅本身具有一种基础,而且还独立地从时代的思想方式中吸取营养。”我说:“我很高兴听到您这样说,因为我对这两位作家的看法和您差不多。”

话题从法国文学转到德国文学上。歌德说:“我想让你看点你会感兴趣的东西。请把你面前放着的那两本书中的一本递给我。你认识索尔格②吗?”我说:“当然,我甚至喜欢他。我有他从希腊文译成德文的索福克勒斯的悲剧作品,我高度评价他的译文以及为此写的序言。”歌德说:“你知道,他在好多年前就已经去世了,现在人们出版了他去世后遗留的作品和书信集。他以柏拉图的对话形式所作的那些哲学研究并不怎么出色;但是他的那些书信却是出色的。在一封写给蒂克的信中,他曾谈到《亲和力》。我得把这封信念给你听,因为它对那部小说有独到的见解。”

歌德把那篇优秀的论文读给我听,我们逐点地对它进行了讨论,对作者的那些真知灼见以及他从分析中得出的结论赞叹不已。虽然索尔格承认,《亲和力》中的事实起源于所有人物的性格,但他仍指责了爱德华的性格。

歌德说:“我不能责怪索尔格不喜欢爱德华,我自己也不喜欢这个人物,但是我必须这样描写他,以便说出事实。此外,他在许多方面是真实可信的,因为在上层社会里不乏像爱德华那样的人,他们有一个共同的特点:用执拗取代性格。”

在《亲和力》的所有人物当中,索尔格高度评价了那位建筑师,因为小说中的所有其他人物表现得可爱和懦弱,唯独他表现得坚强和

---

① 梅里美(Prosper Mérimée,1803—1870),法国小说家、戏剧家。
② 索尔格(Karl Wilhelm Ferdinand Solger, 1780—1819),柏林大学哲学教授。

不拘礼节。他的美德不仅表现为他没有像其他人物一样误入歧途，而且表现为诗人赋予他如此优秀的品质，以至他不可能误入歧途。

我们为这句话而高兴。歌德说：“这当然很好。”我说：“我也一直觉得那位建筑师的性格非常可爱，不过正是由于他具有如此优秀的品质，以至他不会卷入那些爱情的纠葛，这点我当然没有想到。”

歌德说：“你不必为此感到惊异，因为我自己在写那位建筑师的时候也没有想到这一点。可是索尔格是对的，他当然有权这样认为。”

歌德继续说：“索尔格的这篇文章写于1809年，当时我要是读到这样一篇论述《亲和力》的好文章，我会感到高兴，因为在那时和以后的时间里，很少有人对那部小说表示欢迎。从索尔格的那些书信中可以看出，他对我曾抱有好感。他在其中的一封信里抱怨我收到他寄来的《索福克勒斯》之后没有给他回信。天哪——可是我哪有心思给他回信啊！这是不足为奇的。我认识一些大人物，人们给他们寄来大量的书信。他们想出某些程式和客套话，用它们敷衍每一个写信人，所以他们所写的成百上千的信全都一模一样，统统不过是废话。可是我从来不想这样做。倘若我没有什么特殊的和应有的事情要告诉某人，我宁可什么也不写。我认为肤浅的客套话是有失体面的，所以我对某些诚实的人不会回信，尽管我乐意给他们回信。是呀，你自己也看到，我每天都收到来自四面八方的书信，你得承认，我要想对每一封来信只作简短的回答，那得需要超过一生的时间。不过我为索尔格感到惋惜；他这人太好了，值得我们加倍地尊重。”

我把话题转到他让我在家里安静地再读一读的那部中篇小说上。我说：“整个的开头不过是一种引子，不过在这引子里只展示了必不可少的事物，而且是令人赏心悦目的必不可少的事物，以至人们不相信它们是为其他目的而存在的，换言之，它们只为自己而存在，只为自己而起作用。”

歌德说：“如果你这样认为，我感到高兴。不过有一点我还得指出，即按照一种好的引子的准则，我得让那些动物的主子在一开头就出现，例如，当侯爵夫人和她的叔父骑马经过那间简陋的小木屋的时候，里面的那些穷人应该走出来，请求那位侯爵夫人也光临他们的房舍。”我说：“当然，您说得对；既然在引子里其他的一切都已勾画出来，那么这些穷人也应该略提一下，可想而知，由于这些穷人等着用钱，他们是不会轻易地放过侯爵夫人的。”歌德说：“你瞧，像这样的作品，尽管从整体来看已经完成，但在个别方面还一直存在着问题。”

接着歌德向我讲述了一个外国人的故事，这个外国人在这个时期偶尔去看他，并扬言要翻译他的这部或那部作品。歌德说：“他是一个好人，但在文学方面他是一个真正的半瓶醋，因为他还不会德语，就已经说起他打算从事的那些翻译以及他预先为他的翻译印的那些画像。可是这正是半瓶醋们的本质，他们不知道事情的困难，总想做一些他们力所不及的事情。”

▼ 1827 年 1 月 25 日　星期四晚上

今晚七点钟，我带着那部中篇小说的手稿和一部贝朗瑞的诗集去见歌德。我看见他正在和索勒先生谈论法国文学。我专心地听他们谈话。他们谈到当今的一些有才能的诗人，说他们之所以写出好诗，在很多方面要归功于法国诗人德里尔对他们的影响。由于索勒先生出生在日内瓦，不会说流利的德语，而歌德的法语说得相当流利，所以谈话是用法语进行的，只有在我插话时才说德语。我从口袋里掏出贝朗瑞诗集递给歌德，他希望重新读一读这些出色的叙事诗。索勒先生认为卷首的作者肖像不像作者本人。歌德却很高兴地把这个漂亮的版本接到手里。他说：“这些歌是完美的，在这种体裁中算得上是最好的，特别是人们把反复用常声和假声歌唱叠句考虑进去的话，因为要是没有叠句，歌就不免太严肃、太精巧、太简练了。贝朗瑞经常使我想到贺拉斯[①]和哈菲兹[②]，这两人也是超然站在各自时代之上，用讽刺和游戏的态度揭露风俗的腐朽。贝朗瑞对他的环境也抱着同样的态度。因为他来自下层社会，所以他对放荡的生活和下流的行为不但不那么痛恨，而且还带着一些偏向。”

我们还反复围绕贝朗瑞和其他近代的法国作家谈了许多类似的话，直到索勒去宫廷为止。我和歌德还单独待了一会儿。

桌上放着一个已经密封的包裹，歌德把手放到它的上面，对我说：“这是什么？这是寄给柯达出版社付印的《海伦》。”听到这句话，我的感受比我所能表达的还要多，我感到此刻的意义。因为这就好比一艘新建成的船，它首先得驶进大海，至于它将经历什么样的命运，谁也不知道。一位大师的思想作品也同新建成的船一样，它首先得进入世界，以便对许多时代产生影响，产生和经历各种各样的命运。

歌德说：“直到现在我一直对《海伦》进行小的修改和补正，可是现在我终于把它完成了，我很高兴把它送到邮局去，这样我就可以解脱出来，转向其他的工作。就让它去经历自己的命运吧！使我感到安慰的是，德国现在的文化水平毕竟很高，所以你用不着担心，这样的作品会长时间地不被人理解和不产生影响。”

我说：“《海伦》包含了整个的古代。”歌德说：“是的，语文学家们会对它感兴趣的。”我说：“对其中的古希腊罗马部分我并不担心，因为它是大的细节，个别的事物得到最彻底的阐明，每个人物直截了当地说了他应该说的东西。但是，现代的和浪漫的部分很难，因为这里面包含了半个世界史；对这样一个大的题材只能以暗示的方式加以处理，所以向读者提出了很高的要求。”歌德说：“可是《海伦》这部分是为演出考虑的，所以一切都是感性的，很容易引起读者或观众的注意。我所希望的只是这一点。倘若大批的观众喜欢这种表现，我就感到满意了。对于内行人来说，还需要有较高的理解力，这种情况也

---

① 贺拉斯（Horace，前65—前8），古罗马诗人。

② 哈菲兹（Hāfez，约1325—约1390），波斯最优秀的抒情诗人之一。

适用于《魔笛》和其他的作品。”

我说：“《海伦》的开头是悲剧，而结尾是歌剧，这会在舞台上产生一种不寻常的印象。不过，要表现出这些人物的伟大和说出那些庄严的话语和诗句，需要演员具有相应的表演才能。”歌德说：“第一部分要求一流的悲剧艺术家，在后来的歌剧部分，角色必须由一流的男女歌唱家担任。海伦的角色应该由两位卓越的女艺术家扮演，因为一个女歌唱家同时是一个够格的女悲剧艺术家，这实属一种罕见的现象。”

我说：“《海伦》的舞台布景和备用服装想必非常豪华和丰富多彩，我不可否认，我很高兴能看到它在舞台上演出。要是有一位相当杰出的作曲家开始为《海伦》作曲就好了！”歌德说：“会有这样一位作曲家，他像梅耶贝尔①一样长期生活在意大利，所以他能把他的德国人的气质和意大利人的方式方法结合起来。我相信，这样的作曲家迟早是会出现的。使我感到高兴的是，我终于完成了《海伦》的创作。想到那合唱队不愿再回阴曹，而愿投身于生气勃勃的人间生活，竭诚地依靠自然，我心里的确乐滋滋的。”我说：“这是一种新的永生。”

歌德接着说：“那么，那部中篇小说的情况怎样？”我回答说：“我已经把它带来了，我再一次读了这部中篇小说，认为阁下用不着更改故事情节。您在原稿中让那些身穿奇装异服和举止乖戾的人作为完全陌生的新人首先出现在那只被打死的老虎的身旁，让他们作为那些动物的主子亮相，这本身就很有吸引力。如果您在引子中就让他们出场，这种效果就会完全削弱，甚至完全消失。”

歌德说：“你说得对。我得让它保持原样，毫无疑问，你是对的。在拟初稿的时候，我有意不让那些人在引子中出现，正是由于这个缘故，我把他们遗漏了。我之所以打算更改故事情节，完全是由于理智的要求，它差一点诱使我犯了一个错误。不过这是一种值得注意的

---

① 梅耶贝尔（Giacomo Meyerbeer，1791—1864），德国作曲家。

审美原则，即人们必须偏离一种规则，为了不犯错误。”

接着我们谈到应该给这部中篇小说取什么样的标题；我们提出了一些建议，有些适合小说的开头，有些则适合小说的末尾，但是没有找到适合全书的标题，也就是恰当的标题。歌德说：“你可知道，我们打算把它取名为‘中篇小说’，因为中篇小说实际上是一件正在发生的、闻所未闻的事情。这是本来的概念，而德国许多以中篇小说这一标题创作的作品，根本不是中篇小说，而只是短篇小说，或随便你把它叫作什么的东西。《亲和力》是原来意义上的中篇小说，因为它描写了一件闻所未闻的事情。”

我说：“如果我们把这件事好好地想一想，那么我们会得出这样的结论：一首诗的产生总是没有标题的，如果事情果真是这样，那么我们就应该相信，标题根本与创作无关。”歌德说：“标题与创作无关，古诗根本没有标题，使用标题是现代人的一种习俗，在他们之前，古人的诗也是在较晚的时候才获得标题的。不过这种习俗是由一种必要性引起的，即随着文学的传播，人们需要用标题称呼和区别事物。”

歌德接着说：“我这里有首新诗，你把它读一读吧！”说着他把盖尔哈特的一首塞尔维亚诗的译文递给我。我非常高兴地把它读了，诗写得很美，译文简单明了，易于理解。诗的标题是《监狱的钥匙》。我在这里不想谈情节的发展过程，只想谈诗的结尾，我觉得诗的结尾不连贯，所以对它感到不够满意。

歌德说：“这正是诗人所希望的，因为他故意在读者心中留下刺激，目的在于激发读者的想象力，让读者自己想出各种可能的结局。这首诗的结尾和其他许多诗的结尾一样，给读者留下可以用来写一部悲剧的题材。与此相反，诗人在诗中所表现的东西是真正新的和美的东西，诗人对题材的处理非常明智，他只表现了一部分，而把另一部分留给读者。我很想把这首诗刊登在《艺术与古代》上，不过它太长了；与此相反，我已要求盖尔哈特允许我在下一期的《古代与艺术》上发表他的那三首韵诗。你对此有何见教？你听着。”

歌德首先朗读了《老人之歌》，它讲述了一位老人爱上一位年轻姑娘的故事；接着朗读了《妇女们的饮酒歌》；最后朗读了《特奥多尔，为我们跳个舞吧！》这首显示出活力的歌。歌德用不同的语调和感情朗读每一首诗，他的朗读完美无瑕，于我是一种享受。

我们不得不称赞盖尔哈特先生，这不仅因为他善于选择诗的种类、叠句、人物，而且因为他的表达轻松而完美，可以这样说，他的诗达到了尽善尽美的程度。歌德说："这里我们不难看出，像盖尔哈特这样一位有才能的诗人，技巧上的严格训练有多么重要。另外，他所从事的不是高深莫测的职业，而是对日常实际生活的接触和研究，这对他的创作也很有裨益。他还经常到英国和其他国家旅行，所以他对现实的理解要比我们那些学识丰富的年轻诗人深刻。如果他一味依赖优美的传说，而且只改写这些传说，那么他就不容易写出坏的作品。与此相反，如果所有的故事情节是他自己虚构出来的，那么他得为此付出很多的精力，这的确是件难事。"

接着我们谈到了我们当今的一些年轻诗人的创作。我们一致认为，他们当中几乎没有一个写出好的散文作品。

歌德说："这事很简单，要写散文，得有东西要说；可是如果一个人没有什么东西要说，那他还可以写诗，因为在诗里，一个词给出另外一个词，最后得出某种东西，这东西虽然什么也不是，但看上去它毕竟是某种东西。"

▼ 1827年1月31日　星期三

在歌德家吃晚饭。歌德说："在没有见到你的这几天里，我读了许多东西，特别是一部中国的长篇小说[①]，现在还在读它。我觉得这

---

① 朱光潜先生认为，这部小说可能指《风月好逑传》。

是一部很值得注意的小说。"我说:"中国小说?那一定显得很奇怪呀。"歌德说:"并不像人们所猜想的那样奇怪。中国人在思想、行为和情感方面几乎和我们一样,使我们很快感到他们是我们的同类人,只是在他们那里一切都比我们这里更明朗、更纯洁,也更合乎道德。在他们那里,一切都是明智的、中庸的,没有强烈的情欲和富有诗意的激奋,因此和我写的《赫尔曼与窦绿苔》以及理查生[①]写的小说有很多类似之处。他们还有一个特点,即外部的自然是始终与人物生活在一起的。人们经常听到金鱼在池塘里噼噼啪啪地戏水,鸟儿在枝头唱个不停,白天总是阳光灿烂,夜晚也总是月白风清。人们常谈到月亮,不过月亮不改变自然风景,在人们的想象中,月光像白天一样明亮。房屋内部和表现房屋的中国画一样整洁雅致。例如'我听到可爱的姑娘们在笑,等我见到她们时,她们正躺在精巧的藤椅上',这就是一个顶美妙的情景。因为藤椅令人想到极轻极雅。此外,故事里还经常穿插着大量的传奇,援用起来很像谚语,例如说有一个姑娘步履轻盈,能站在一朵花上保持身体的平衡,而不会折断花;又说有一个德才兼备的年轻人三十岁就荣幸地和皇帝谈话;又说有一对情侣在长期的交往中始终过着清心寡欲的生活,有一次他俩不得不同在一间房里过夜,他俩整夜不眠,用谈话消磨时间,谁也不惹谁。还有无数的传奇故事都涉及道德和礼仪。正是这种在一切方面推行的严格的节制,使得中国维持了几千年,而且还会长存下去。"

歌德接着说:"我认为贝朗瑞的诗歌和这部小说形成了极可注意的对比。贝朗瑞的诗歌几乎每一首都根据一种不道德的和放荡的题材,倘若这样的题材不是由贝朗瑞那样的大才子来处理的话,就会引起我的高度反感。这样的题材经过贝朗瑞的处理,不仅使人可以忍受,甚至引人入胜。可是你自己说一说,中国诗人的题材完全涉及道德和礼仪,而法国现在的一流诗人的题材却正相反,这不是极可注

---

① 理查生(Samuel Richardson, 1689—1761),英国小说家。

意吗？”

我说：“像贝朗瑞那样的人对道德题材是无法处理的。”歌德说：“你说得对，贝朗瑞正是通过他对时代的反常现象的抨击，揭示和发展出他较好的本性的。”我说：“这部小说算不算中国最优秀的小说中的一部呢？”歌德说：“绝对不是，中国人有成千上万这类作品，而且在我们的祖先还生活在森林里时，他们就有这类作品了。”

歌德接着说：“我愈来愈深信，诗是人类共有的精神财富。诗随时随地由成百上千的人创作出来。这个诗人比那个诗人写得好一点，在水面上浮游得久一点，不过如此罢了。马蒂松先生[①]不能自视为唯一的诗人，我也不能自视为唯一的诗人。每个人都应该对自己说，诗的才能并不那样稀罕，任何人都不应该因为自己写过一首好诗就狂妄自大起来。不过说句实在话，我们德国人如果不跳出我们周围环境的小圈子朝外面看一看，我们就会陷入这种书呆子气的自高自大。所以我喜欢周游世界，了解其他民族的情况，我也劝每个人都这么办。民族文学在现在算不了什么，世界文学的时代已快来临了。现在每个人都应该发挥自己的作用，促使它早日来临。不过我们在高度重视外国文学的同时，也不应拘守某一种特殊的文学，奉它为模范。我们不应该把中国的文学或塞尔维亚的文学，卡尔德隆或尼伯龙人奉为模范。如果需要模范，我们就该经常回到古希腊人那里去找，他们的作品常常描绘美好的人，对其他一切文学我们只须用历史的眼光加以观察。碰到好的作品，只要它还有可取之处，就把它吸收过来。”

我很高兴听到歌德对这样一个重要的题目讲了这番富有启发性的话。从附近驶过的马拉雪橇的不断的铃声引我们走到窗口，因为我们预料到今天早上从这里驶往伯尔维德尔[②]的那长串雪橇又将返回来了。歌德继续发表他的富有教育意义的看法。我们谈到了亚历

---

① 马蒂松（Friedrich Matthisson，1761—1831），德国诗人和散文作家。
② 位于魏玛以南的封建帝王的避暑行宫。

山大·曼佐尼。歌德告诉我，莱茵哈特伯爵不久前在巴黎看到曼佐尼先生，当时曼佐尼是一位著名的年轻作家，受到巴黎上流社会的热情接待，现在他又回到了米兰附近的庄园里，和他年轻的妻子以及他的母亲幸福地生活在一起。

歌德说："曼佐尼什么都不差，差的只是他不知道自己是个很优秀的诗人，也不知道作为诗人他应当享有哪些权利。他太重视历史，因此他爱在所写的剧本中加进一些解释，来证明他多么忠于历史的细节。可是尽管他的事实是历史的，但是他的人物毕竟不是历史的。正如我所写的伊菲格涅亚和陶阿斯不是什么历史人物一样。没有哪一个诗人真正认识他所描绘的那些历史人物，纵使认识，他也很难利用他们。诗人必须知道他想要引起哪些效果，并相应地调整人物的性格。据历史记载，哀格蒙特有十二个子女，如果我像历史记载那样来写哀格蒙特，他的轻浮行为就会显得很荒谬。所以我必须有另外一个哀格蒙特，以便他的行为和我的诗的观点更加和谐一致。哀格蒙特的情人克蕾尔欣说得好，这是我的哀格蒙特。

"如果诗人只想重复历史学家的记载，那还要诗人干什么呢？诗人必须比历史学家走得远些，并且尽可能地向我们提供一些更好的和更加高尚的东西。索福克勒斯笔下的人物全都具有这位伟大诗人的高尚心灵；莎士比亚笔下的人物同样具有莎士比亚自己的高尚心灵。这样才是对的，而且应该这样去写。是呀，莎士比亚走得更远些，把他所写的罗马人变成了英国人。他这样做是对的，否则他的民族就不会理解他。"

歌德继续说："在这方面，希腊人又为我们提供了榜样，与其说他们重视忠于历史事实，不如说他们重视如何处理历史事实。幸亏我们现在有一个极好的例子：希腊三大悲剧诗人都处理了'菲罗克忒忒斯'这一历史题材，索福克勒斯最后处理，而且处理得最好。这位诗人的这部优秀的剧本幸好完整地到了我们这里；与此相反，埃斯库罗斯和欧里庇得斯所写的《菲罗克忒忒斯》我们只找到一些片段,从这些断编残简中足以看出,他们是怎样处理自己的题材的。如果我有时间,我打算修复这两部剧本,就像我曾经修复欧里庇得斯的《法厄同》一样。我认为这是一件令人愉快的和有益的工作。

“在处理这一题材的时候任务很简单:把菲罗克忒忒斯连同他的武器弓从列姆诺斯岛接回来。可是用什么方式把他接回来,这完全是诗人的事了。在这方面,每个诗人都可以表现他的想象力,一个胜过另一个。据说尤利西斯去接他。可是菲罗克忒忒斯会不会认出尤利西斯呢?如果认不出,又是为什么呢?是尤利西斯一个人去,还是有人陪他去,谁陪他去呢?在埃斯库罗斯的《菲罗克忒忒斯》里,我们不知道尤利西斯的同伴是谁;在欧里庇得斯的同名悲剧作品里,尤利西斯的同伴是狄俄墨得斯;而在索福克勒斯的《菲罗克忒忒斯》里,尤利西斯的同伴是阿喀琉斯的儿子。此外,人们会在什么样的情况下找到菲罗克忒忒斯呢?岛上有人居住还是没有人居住?如果岛上有人居住,会不会有一个富有同情心的人照顾菲罗克忒忒斯?对于这些或许多其他的问题,每个诗人都可以任意做出回答,每个诗人在选择还是不选择这些问题上都可以表现出比其他诗人更高的智慧。这就是问题的所在,现在的诗人们也应该这样办,而不应该老是问某种题材是否已经被人处理过了。遗憾的是,现在的诗人们总是在南方和北方地区寻找闻所未闻的事件,它们往往是非常残暴的,但在诗人们的笔下只不过作为事件起作用。不过,要使一个简单的题材通过高超的处理变为一部有意义的作品,当然需要才智和高超的才能,而这些恰恰是现代的诗人们所缺少的。”

从附近驶过的马拉雪橇又把我们吸引到窗口;可是这又不是我们所期待的那一串从伯尔维德尔返回的马拉雪橇。我们开心地谈了一些无关紧要的事情。接着我问歌德那部中篇小说的情况怎样。

他说:“这几天我暂时把它搁在一边,不过在引子里我还得补充一点,即当侯爵夫人经过那间简陋的小木屋时,那头狮子必须吼叫,这样读者对那头巨兽的可怕多少有些印象。”

我说：“这个想法很好，因为在引子里加进了狮子吼叫这一情节，这不仅使引子本身显得完美和必要，而且对后来发生的一切产生更大的影响。直到现在，那头狮子几乎显得太温顺，没有一点儿野性。可是，要是它吼叫起来，这至少让我们猜到它的可怕；如果它在后来乖乖地听从那孩子的笛声，这就会产生更大的影响。”

歌德说：“对作品进行更改和改善，通过不断的发明创造使还不完善的作品发展成尽善尽美的作品，这是一种正确的创作方法。但是我也不赞成人们像沃尔特·司各特那样更改现成的作品——他试图更改我的迷娘，但是他除了让迷娘保持她的那些特性以外，还让她聋哑。”

▼ 1827 年 2 月 1 日　星期四晚上

歌德告诉我，普鲁士的太子[1]在魏玛大公爵的陪同下看望了他。他说：“普鲁士的两位王子卡尔和威廉今天上午在我这里。太子和大公爵在我这里待了将近三个小时，我们谈了各种各样的事情，交谈中这位年轻太子的才智、审美观、知识、思想方法给我留下了很好的印象。”

歌德面前放着一本《颜色学》。他说：“我一直还没有回答你所提出的有关彩色阴影这一现象的问题。不过由于这一现象有许多先决条件，而且和许多其他的现象有关联，所以我今天不想给你做一些与整体无关的解释，确切地说，我希望我们在一起的这些夜晚我们共同把整个《颜色学》通读一遍，这样我们的谈话就始终有一个实在的对象，你自己也将学会整个学说，而且是在不知不觉中学会的。流传

---

① 即后来的普鲁士国王腓特烈·威廉四世。

下来的东西开始活现在你的脑海里，重新变得积极起来，因此我可以预料，这门学问很快就会成为你的精神财富。好吧，你现在就开始读第一部分。”

歌德随即把他的《颜色学》打开放在我面前。我对歌德的这一良好愿望感到非常高兴。我阅读了关于生理颜色的第一段。

歌德说：“你看，凡是存在于我们身外的东西，没有不同时存在于我们身内的，眼睛也和外部世界一样有自己的颜色。因为颜色学首先要探讨的是严格区分客观的东西和主观的东西，所以我理所当然地从属于眼睛的那些颜色开始。这样我们在一切知觉中就经常可以分清哪种颜色是真正在外界存在的，哪种颜色只是由眼睛本身产生的虚假的颜色。所以我认为我在阐明这门科学时，先谈一切知觉和观察都必须依据的眼睛，这是完全正确的。”

我继续阅读下去，读到了谈所要求的颜色的那些有趣的段落，其中讲的是眼睛需要变化，即眼睛从来也不喜欢停留在同一种颜色上，而是立刻要求另一种颜色，甚至活跃到在看不到所要求的颜色时，自己就把它造出来。

由此就谈到一个适用于整个自然界并且作为整个人生和人生乐趣的依据的重大规律。歌德说：“要求变化是一种普遍的规律，不仅除眼睛以外的所有其他感官要求变化，就连我们的高级精神生活也是如此。由于眼睛是最重要的感官，所以要求变化这一规律在颜色中显得特别突出，换言之，凭借颜色的变化，我们首先清楚地意识到要求变化这一规律。例如有些舞蹈给我们带来很大的乐趣，因为在这些舞蹈中大调和小调交替出现，如果舞蹈只用大调或只用小调，就马上令人厌倦了。”

我说：“一种好的艺术风格看来也是根据这条规律的，在这方面我们也是讨厌听单一的调子。在戏剧里，要求变化这一规律也大可应用，只要用得恰当。剧本，特别是悲剧，如果始终用一个调子，没有变化，就会令人感到厌烦和困倦。演悲剧时，如果在幕间休息时乐队还是演奏悲伤和令人沮丧的音乐，就会令人感到简直无法忍受，千方百计想逃离剧院了。”

歌德说：“莎士比亚在他的悲剧里插入一些轻松愉快的场面，也许就是依据这条要求变化的规律。但是对希腊人的高级悲剧来说，这条规律似乎并不适用，确切地说，希腊悲剧里贯串着某种基调。”

我说：“希腊悲剧一般不太长，所以尽管贯串着某种基调，它并不会使人感到厌倦，而且希腊悲剧中合唱队的歌唱和演员的对话是交替进行的。此外，希腊悲剧有一种崇高感，其基础是某种令人心旷神怡的有价值的现实，所以它不易令人厌倦。”

歌德说：“你也许说得对，不过要求变化这一普遍的规律在多大程度上适用于希腊悲剧，这是值得研究的。不过你知道，一切事物都是相互联系的，就连《颜色学》的这条规律也可以用来研究希腊悲剧。只是我们必须避免把这条规律绝对化，把它看成许多其他事物的基础。比较稳妥的办法也许是只用它作为一种类比或例证。”

接着我们谈到歌德阐明他的颜色学的方式，他从一些大的原始规律中推导出一切，并且总是把个别现象归因于这些大的原始规律，从而使这种现象可以理解，成为精神的一项大收获。

歌德说：“也许是这样，因此你可以赞扬我。不过这种方法要求学生们专心致志，而且有能力重新深入地理解它。有一些相当可爱的学生钻研过我的颜色学，不过很不幸，他们不能坚持正路，趁我不注意就离开正路，不是始终把眼睛盯住客观对象，而是从观念出发。不过一个有头脑的聪明人如果同时热心于寻求真理，总是会大有作为的。”

我们谈到某些教授，他们在发现较好的学说之后还老是在讲解牛顿的学说。歌德说：“这并不足为奇，这样一些教授坚持错误，因为他们依靠错误来维持生活，否则他们必须改变观念，而改变观念对他们来说是件非常痛苦的事情。”我说：“但是，既然他们的学说的基础是错误的，他们的实验怎么能证明真理呢？”歌德说：“他们并不想证明真理，他们根本没有这种意图，他们唯一的意图是要证明自己的意见。因此，他们把所有可证明真理、证明他们的学说站不住脚的实验结果都藏起来了。”

歌德继续说：“至于谈到那些学者，他们怎么会对真理感兴趣呢？他们像其他人一样，只要能凭自己的经验就一门学问胡诌一通，就已心满意足了。全部真相就是如此。人完全离不开自己的本性。湖面一旦结冰，成百上千的人就会跑到平滑的冰面上去玩耍，从来不想到要研究一下湖水有多深，冰底下有哪几种鱼在游来游去。尼布尔[①]最近发现一份很古老的、罗马和迦太基订立的商业条约，从这份条约中可以看出，罗马在远古时代就已有很高的文化。这份条约因此证明，罗马史学家李维著作中关于古罗马民族生活情况的全部记载都只是些无稽之谈。不过，如果你认为这份新发现的条约会在罗马史学领域里引起一场轰轰烈烈的改革，你就大错特错了。请经常想到那结了冰的湖面，我已学会认识人们了，他们只能是这样，没有别的样子。”

我说：“不过您不会后悔写成了这部《颜色学》；因为您不仅替这门卓越的科学打下了坚实基础，而且也替科学的研究方法树立了榜样，人们可以用这种方法来处理类似的科目。”

歌德说：“我毫不后悔，尽管我为这件工作花了半生的精力。要是我不去写《颜色学》，我或许可以多写五六部悲剧，这就是问题的要点。在我之后会有许多人写悲剧。

“不过你说得对，我也认为我对材料的处理是对的，其中有方法条理。我还用同样的方法写过一部《声学》，我的《植物变形学》也是依据同样的观察和推导方式。[②]

“我研究植物变形，是走自己特有的道路的。我发现植物变形，就像英国天文学家赫歇尔[③]发现他的星宿一样。赫歇尔穷得连望远

---

① 尼布尔（Barthold Georg Niebuhr，1776—1831），德国历史学家，著有三卷《罗马史》。

② 歌德认为各种植物都是从“原型”演化蜕变而来。

③ 赫歇尔（Sir Wilhelm Herschel，1738—1822），他用自制望远镜发现了天王星和许多卫星及其运转规律。

镜也买不起，不得不自造了一架。但是，这恰恰是他的运气，因为他自己制造的这架望远镜比所有其他的望远镜都好，他用它做出了自己那些伟大的发现。我涉足植物学是凭实际经验的。我现在还清楚地记得，这门科学在雌雄性别的形成过程上牵涉的问题太广泛，以至我没有勇气掌握它了。这就迫使我用自己的方式来钻研这门科学，来寻求适用于一切植物的普遍规律。这样我就发现了变形规律。

“植物学的个别部门不在我的研究范围之内，我把它们留给比我高明的人去研究，我唯一感兴趣的是把个别现象归因于一种普遍的基本规律。

“我之所以对矿物学也产生过兴趣，是由于两方面的原因，一方面是因为它有重大的实际用途，另一方面是因为我想在矿物中找出实证来说明原型世界是如何形成的。维尔纳①的学说已使这个问题有解决的希望。② 自从这位卓越的科学家去世以来，矿物学被弄得乱七八糟，我不想再公开介入这场辩论，而是暗自继续坚持自己的信念。

“在《颜色学》里，我还打算探讨一下虹的形成。这是一个非常难的课题，不过我希望能解决它。因此我很高兴和你一起重温一下颜色学，既然你对这门学问感兴趣，你就可趁此机会复习一下所学过的东西。”

歌德接着说：“我几乎研究了所有的自然科学；可是我所研究的对象始终只是地球上在我周围环境里的、直接用感官觉察到的事物，因此我不曾从事天文学研究。因为在天文学方面单凭感官是不够的，还必须求助于仪器、计算和力学，这些都要花毕生精力来搞，不是我分内的事。

“如果我在我所研究过的一些学科中做出了一点成绩，这得归功

---

① 维尔纳（Abraham Werner，1750—1817），德国矿物学家。

② 维尔纳认为原型世界是水形成的，他是水成岩论者，反对英国矿物学家赫顿（James Hutton，1726—1797）的火成岩论；歌德站在维尔纳一边。

于我出生的时代,这个时代在对自然界的重大发现上比任何其他时代都更丰富。早在童年时代我就接触到富兰克林关于电的学说,他当时刚发现了电的规律。在我这一生中,一直到现在,重大的发现一个接着一个出现,所以我不仅在早年就把自己的兴趣引向自然界,而且把对自然界的兴趣一直保持到现在。

"现在,在我开创的那些学科里也取得了进步,这是我没有预料到的。我觉得自己就像一个迎着曙光前进的人,等到红日东升,它的光辉会使他感到惊讶。"

在德国人中间,歌德趁此机会以钦佩的口气提到以下几位科学家的名字:卡鲁斯[①]、达尔顿[②]、迈耶[③]。

歌德接着说:"只要人们不把已被证明是正确的东西重新颠倒和变模糊,我就满意了;因为人类急需某种积极的东西,这种积极的东西人类需要代代相传,假若它同时是正确的和真的东西,那就更好了。在这方面我会感到高兴,假若人们在自然科学里搞清楚问题所在,然后坚持正确的东西,在一切都变得可以理解之后,不再去搞超验的东西。不过人们无法保持安静,转眼又陷入一片混乱了。

"例如他们现在试图修改摩西的五书。如果说全盘否定的批评是有害的话,那么它只适用于宗教信仰,因为宗教的基础是信仰,一旦人们失去信仰,就不可能回复到信仰。

"在诗歌里,全盘否定的批评并不那么有害。沃尔夫毁了荷马,但是他对荷马的全盘否定的批评丝毫无损于荷马的诗,因为荷马的诗有一种神奇的力量,就像北欧神话里阵亡将士殿里的英雄一样,他们在上午分成一块块的,而在中午却四肢完好地重新坐在一起用餐。"

歌德的情绪极好,我很荣幸再次听到他谈论这些非常重要的事情。他说:"我们只想悄悄地继续走自己的正道,让其他的人走他们

---

① 卡鲁斯(Karl Gustav Carus, 1789—1869),医生、自然科学家、美学家和艺术家。
② 达尔顿(Eduard Joseph D'Alton, 1772—1840),波恩大学考古学和艺术史教授。
③ 迈耶(Ernst Friedrich Heinrich Meyer, 1791—1858),柯尼斯堡大学植物学教授。

自己的路；这是最好的解决办法。”

▼ 1827年2月7日　星期三

歌德今天痛斥了某些评论家，因为他们对莱辛不满，对他提出了一些无礼的要求。

他说：“如果人们拿莱辛的剧本与古人的剧本比较，觉得莱辛的剧本糟糕透了，对此人们该说些什么呢？人们应该对这位杰出的人物表示同情，因为他不得不生活在那样一个非常可悲的时代，它没有给他提供比他的剧本中所处理的题材更好的题材！人们应该对他表示同情，因为他在他的《明娜·冯·巴尔赫姆》里不得不卷入萨克森和普鲁士之间的争吵，因为他找不到更好的题材！另外，他经常地进行笔战，而且是不得不进行论战，也是由于他时代的道德败坏。在《爱米丽雅·迦洛蒂》这部悲剧里，他把矛头指向公爵；在《智者纳旦》这部寓意剧里，他把矛头指向教士。”

▼ 1827年2月16日　星期五

我告诉歌德，我在这几天里读了温克尔曼的著作《论希腊艺术品的模仿》，我承认我在读这部著作的时候常常觉得温克尔曼当时还没有完全了解他的研究对象。

歌德说：“你当然是对的，我也觉得他处在一种摸索阶段；不过他的摸索富有启发性，也就是说，它总是暗示着某种东西。他有点像哥伦布，哥伦布虽然还没有发现新大陆，但是在思想里早已预感到它的存在。我们在读温克尔曼的著作的时候，虽然没有学到什么，但是会成为能干的人。

“迈耶的进步更大，他把对艺术的认识提高到了最高的水平，他的《希腊人的造型艺术史》是一部不朽的著作；不过他之所以取得这样的成就，原因在于他在青年时代就向温克尔曼学习，并继续沿着温克尔曼开辟的道路前进。这里我们再次看出，要想在科学领域里有所建树，不仅应该向伟大的先驱者们学习，而且还应该恰当地利用他们的知识。”

▼ 1827年4月11日　星期三

今天下午一点钟我去看歌德，他约我在吃饭前乘马车到郊外一游。我们驶上通向埃尔弗特的公路。天气很好，公路两旁的庄稼地绿油油的，让人赏心悦目。歌德的心情像初春一样开朗，可是在他的话语里充满着古老的智慧。

他开始说：“我常说，而且反复地说，如果世界不这样简单的话，它就不会存在了。这块贫瘠的土地已经耕种了上千年，可是它的效力依然和过去一样。少量的雨，少许的阳光，每年春天土地又绿了，等等。”我对他的这番话既不反对也不想做任何补充。歌德用他的目光扫视绿色的田野，然后又把目光转向我，继续说了以下的其他事情：

“我在这几天里读了一本奇特的书，即《雅可比[①]和他的朋友们的书信》。这是一本非常值得注意的书。你得把它读一读，目的不是为了从中学到某种东西，而是为了窥见当时的文化和文学情况。人们至今对当时的文化和文学情况毫无概念，几乎只知道某几个重要的人物，但对相同的方向和共同的利益却一无所知。每个人只关心自己的利益，走自己的道路，根本不关心别人的志向。我觉得他们就

① 雅可比（Friedrich Heinrich Jacobi，1743—1819），德国作家和哲学家，早年由于和歌德共同崇敬荷兰泛神论哲学家斯宾诺莎而相互结交。

像一些台球,在绿色的台面上漫无目的地滚动,一旦它们相互接触,便又远远地向四处散开。”

我取笑歌德的这一恰当的比喻。我向歌德探询那些写信人。歌德向我说出他们的名字,并对每一个写信人说了几句能反映其性格特征的话。

他首先谈到雅可比。他说:“雅可比本来是个天生的外交家,他长得英俊,个子又细又高,举止文雅,品质高尚,很适合做公使。但是要做诗人和哲学家,他还缺点什么。

“他和我的关系是奇特的。他喜欢我的性格,但对我的志向不感兴趣,或者甚至反对它。所以为了维持我们之间的关系,需要有友谊。相反,我和席勒的关系是无与伦比的,因为我们有共同的志向,是它把我们极其紧密地联系在一起,所以对于我们来说,根本不需要所谓的特殊友谊。”

我问歌德,莱辛是否也出现在这些信里。歌德说:“没有,但是赫尔德尔和维兰德倒是出现在这些信里。

“赫尔德尔和雅可比的关系不好,因为他站得太高,以至最后讨厌在他看来是思想贫乏的雅可比。哈曼[①]和赫尔德尔一样,也自以为比雅可比优越。

“跟通常一样,维兰德在这些信中显得非常活跃,就像在自己家里一样。他没有坚定的主张,为人圆滑,善于和任何人交往。他就像一株芦苇,在各种意见的风中摇摆不定,可是它的根却始终是牢固的。

“我个人和维兰德的关系一直很好,尤其是在早期,他是我最要好的朋友。他的那些短篇小说是在我的倡议下写成的。可是自从赫尔德尔来到了魏玛,维兰德不再忠实于我。赫尔德尔把他从我这儿夺走了,因为赫尔德尔个人的吸引力太大了。”

---

① 哈曼(Johann Georg Hamann, 1730—1788),德国作家和哲学家。

马车转向归途。我们向东看去,看到天上乌云密布。我说:"这些乌云说明,随时都会下雨。如果气压上升,这些乌云会不会重新散开?"歌德回答说:"会的,如果气压上升,这些乌云就会马上散开,就像绕线杆上的纱线从上而下地被纺织机吃掉一样,我非常相信气压计的作用。是呀,我经常对人说:如果在彼得堡发生大水的那天夜里气压上升,波涛就不会发生。

"我的儿子认为天气是受月亮的影响,你或许也相信这点,我不能责怪你们有这种想法,因为月亮是一个太重要的天体,它对我们的地球必然产生巨大的影响;不过,天气的变化以及气压的升降,并不来源于月相变化,而纯粹是天然的。

"我认为地球及其大气层就好比是一个巨大的、永远处在呼吸中的生物。当地球吸气的时候,它就把大气层拉到身边,让大气层在它表面的附近浓缩成云和雨。我把这种情况称为'需要水'。如果这种情况超限度地持续下去,它就会把地球淹死。但是地球不允许这种情况发生;它又呼气,把水蒸气释放到高空,让它扩散到高空大气层的整个范围里。水蒸气在大气层空间里逐渐变稀薄,以至最终不仅太阳透过大气层普照大地,而且甚至永远黑暗的广袤无垠的夜空也变得一片蔚蓝。我把大气的这种情况称为'不需要水'。总之,'需要水'和'不需要水'是交替地进行的。因为在前一种情况下,不仅经常下雨,而且土壤湿度大,水分不易蒸发,土地因而不易变干。而在后一种情况下,不仅上空没有湿气,而且大地的湿气也自动地消散和向上蒸发。如果这种情况超限度地持续下去,即使没有阳光,土地也会面临变干涸的危险。"

歌德滔滔不绝地谈论这个重要的题目,我聚精会神地听他的话。

他接着说:"这事很简单。我总是以简单的和根本的东西为根据,而且探究它们,所以不会因为某些偏差而走入歧途。气压高意味着干燥和东风;气压低意味着潮湿和西风。这是一种自然规律,我始终遵守它。不过有时在气压高和刮东风的情况下也会吹来一阵湿雾，或在刮西风的情况下出现蓝天，但这不要我操心，我不会因为出现这种偏差而糊涂起来，我仍然相信上面所说的自然规律。我认为，之所以出现上述的现象，是由于某些因素在起作用，而我们不能马上说明它们罢了。

“我想告诉你一件事，希望你一生中把它牢牢记住。自然界中存在着可理解的东西和不可理解的东西。人们应该区分、思考和尊重这两种不同的东西。如果我们在一切领域里都能知道，可理解的东西在什么地方停止，不可理解的东西在什么地方开始——虽然这始终是很难的——那么这将对我们很有用处。谁要是不知道这一点，他也许毕生都将为不可理解的东西绞尽脑汁，而始终无法接近真理。可是谁要是知道这一点，他就会小心机智地行事，就会以可理解的东西为根据，在这个领域里进行全面的研究，并巩固已获得的知识。通过这种途径，他甚至能弄懂某些不可理解的东西，虽然他最终不得不承认，某些事物只能在某种程度上是可以理解的，大自然始终蕴藏着许多秘密，而人类的能力不足以探索它们。”

说着说着我们又驶进了城。话题转到一些不重要的事情上，此时，歌德刚才所发表的那些高见还在我的内心里起了一会儿作用。

我们回来得太早，离吃晚饭还有好长一段时间。歌德趁这时让我看了鲁本斯[1]的一幅描写夏天傍晚的风景画。在前景左方，可以看到农夫从田间回家，画的中部是牧羊人领着一群羊走向一座村庄；稍往后一点，右方停着一辆干草车，工人们正围着它忙着装草，一些被卸去套具的马在附近吃草；再往后一点，在草地和树丛里，有些牝马带着马驹子在吃草，看来是要在外面过夜。一些村庄和一座城市远远出现在地平线上，最美妙地把动与静的意境表现出来了。

我觉得整幅画安排得融贯，显得很真实，而细节也画得惟妙惟肖。我不禁要说，鲁本斯的这幅画完全是临摹自然的。

---

① 鲁本斯（Peter Paul Rubens，1577—1640），荷兰画家，擅长历史画、风景画和风俗画。

歌德说:“绝对不是,像这样完美的一幅画在自然中是从来见不到的。这种构图要归功于画家的诗的精神。不过伟大的鲁本斯具有非凡的记忆力,他脑袋里装着整个自然,自然及其细节总是供他支配。所以他的画不仅整体真实,而且细节同样真实,使人觉得他只是在临摹自然。现在没有人画得出这样好的风景画了,这种感受自然和观察自然的方式已完全失传了,我们的画家们所缺乏的是诗意。

“再则,我们的年轻而有才能的画家们孤军作战,缺少使他们熟悉艺术秘密的生气勃勃的大师。他们虽然也向去世的人学习,但是这种学习,正如事实所表明的,与其说是探究大师的更为深刻的思想和工作方法,不如说是学会大师的某些个别的技巧。”

歌德的儿子和儿媳走了进来,我们入席用餐。我们粗略地谈论各种日常的、使人轻松愉快的题目:戏剧、舞会和宫廷。可是不久又把话题转到较为严肃的事情上。我们深入地讨论了英国的各种宗教学说。

歌德说:“你们想必学习了基督教会发展史——我在五十年前就已经学习了——所以能够理解万物是怎样相互联系在一起的。与此相反,穆斯林用哪一些学说开始他们的教育,倒使我感到非常奇怪。他们首先把这样的信念作为他们宗教的基础灌输给青年人,即人只能服从一个主宰一切的神为他安排的命运。他们一生都信这种学说,而且感到莫大的安慰,几乎不需要其他的学说。

“我不想研究在这个学说里哪些东西是真的或假的,哪些东西是有用的或有害的,但是在这信仰里有一点是我们大家都能无师自通的。正如士兵在打仗时所说,没有写上我的名字的子弹是不会击中我的。没有这种信念,士兵在最危险的情况下怎么会保持勇气和乐观呢?基督教信仰的教义是:没有上帝的意愿,麻雀是不会从屋顶上掉下来的。这个教义来自同一个源泉,表明一种天意,这种天意就连最小的孩子也知道,没有上天的意愿和许可,什么事情也不会发生。

“此外,穆斯林是以这样的学说开始他们的哲学课的,即任何存在的东西都有其对立面。因此他们是这样训练青年人的思想的，他们提出一种看法，然后让青年人找到和说出相反的看法，通过这种正反的训练，青年人的思维和表达能力大大提高。

“可是正反的意见都被提出来之后，就会产生怀疑，即这两种意见中哪一种是真正正确的。但是不应该固执于怀疑，因为怀疑的作用在于促使精神做进一步的研究和检验，通过检验——如果检验是以一种完美的方式进行的话——就可以获得明确的认识，达到目的，在这种情况下，人才能完全平静下来。

“你瞧，这种学说很有用处。我们虽然有各种各样的哲学体系，但不能继续前进，总而言之，谁也不可能继续前进。”

我说：“您的这番话使我想起希腊人，他们的哲学教育方式和穆斯林的很相似。他们的悲剧为我们证明了这一点。他们的悲剧不仅重视情节的进程，而且重视人物之间的矛盾，例如，当某一个人物巧妙地说出一种看法的时候，另外一个人物同样巧妙地说出一种相反的看法。”

歌德说：“你说得完全对。希腊悲剧也在观众或读者中唤起怀疑。我们在悲剧的末尾看到，主人公通过命运达到明确的认识，而明确的认识又和道德联系起来，并且成为道德的维护者。”

我们吃完饭，歌德把我带到下面的花园里，以便继续谈话。

我说：“我觉得莱辛这个人有点古怪，在他的理论著作，例如《拉奥孔》里，他从来不直截了当地得出结论，而总是先带着我们用哲学方式在意见、反对意见和疑问中兜游，然后才让我们达到一种明确的认识。我们所看出的与其说是能启发我们思考、使我们具有创造力的那些重大观点和重大真理，还不如说是他自己进行思考和发现的工作程序。”

歌德说：“你说得很对。莱辛自己有一次就说过，假如上帝愿意把真理交给他，他会谢绝这份礼物，宁愿自己费力去把它找到。

“穆斯林的那一套哲学体系是 个好的标准，它不仅适用于我们，而且适用于其他人；根据这个标准，我们便可得知人们的精神道德水平有多高。

“莱辛生来善辩，所以最爱停留在矛盾和疑问的领域里；分辨是他的本领，在分辨中他最能显出他的高明的理解力。你会看出我和他正相反。我总是回避矛盾，自己设法消除心里的疑问。我只把我所找到的结论说出来。”

我问歌德，在近代哲学家中他认为谁最高明。

歌德说：“康德毫无疑问是最杰出的。只有他的学说还在继续产生影响，而且深深渗透到我们德国文化里。虽然你没有读过康德的著作，但他也对你产生了影响。现在你已用不着研究他了，因为他可以给你的东西，你都已经有了。如果你将来想读一点康德的著作，我介绍你读《判断力批判》，在这部著作里，康德对雄辩术的论述非常精彩，对诗歌的论述还可以，但对造型艺术的论述不充分。”

我问歌德：“阁下是否和康德有过私人来往？”

歌德回答说：“没有。康德从来没有注意到我，尽管我本着自己的性格，走上了一条类似他所走的道路。我在对康德毫无所知的时候就已写出了《植物变形学》，可是这部著作却完全符合康德的教义。主体与客体的区分，以及每一事物的存在各有自己的目的，黄檗生长起来不单单是为了我们能做瓶塞之类的看法，我和康德是一致的，我很高兴在这方面和他站在一起。后来我写了《实验论》[①]，可以看作对主体与客体的批判和主体与客体的中介。

“席勒经常劝我不要研究康德的哲学。他常说康德不会给我带来什么好处。但是席勒自己却热心地研究康德，我也研究过康德，而且获益匪浅。”

我们一边说着，一边在花园里走来走去。在这期间，云越来越厚了，而且开始下起零星小雨，我们只好回到屋里，继续交谈了一会儿。

---

① 原题是《实验作为客体与主体的中介者》，1792 年出版。

▼ 1827 年 6 月 20 日　星期三

歌德家的餐桌上摆放着五副餐具，好多房间是空着的，很清凉，这使人在大热天感到很舒服。我走进那间宽敞的、与饭厅相邻的房间，这间房间里铺着地毯，摆放着罗马神话中的女神朱诺的巨大的半身塑像。我独自在房间里走来走去，不一会儿，歌德从他的工作室出来走进了我所在的房间，热情地向我问候并开始与我说话。他坐到窗旁的一把椅子上，对我说："你也拿把椅子，坐到我的身边，我们趁其他的人还没有来的时候稍微聊一聊。我很高兴你在我这儿终于认识了斯特恩贝尔格伯爵[①]；他又去旅行了，我又恢复了往日的活动和安宁。"

我对歌德说："我觉得伯爵是个非常了不起的人物，他的知识非常渊博，我们在交谈中不管谈到什么问题，他都很内行，能毫不费劲地深入浅出地解答我所提出的一切问题。"

歌德说："是的，他是一个非常重要的人物，在德国影响很大，门路也很广。作为植物学家，他以自己的著作《史前时代的植物》闻名整个欧洲。此外，他还是一位很重要的矿物学家。你知道他的故事吗？"我回答说："不知道，不过我很想听你讲讲他的一些故事。我把他看作伯爵和社交界名人，同时把他看作博学多才和思想深刻的学者。这对我来说是个问题，我很希望你能帮助我解决这个问题。"接着歌德向我讲述了伯爵的某些经历：少年时代的伯爵迷信神，后在罗马开始他的学习，可是后来当奥地利取消某些优惠条件之后，他到了意大利的那不勒斯。歌德细致、全面和引人入胜地讲述了伯爵使人惊奇的一生，仿佛是在修饰他的《漫游年代》，在这里重复歌德的讲述，我感到不合适。我有幸倾听他的讲述，感到非常高兴，我诚心诚意地感谢他。话题转到波希米亚的学校，歌德和我一致认为，那里的学校有许多大的优点，例如它特别重视彻底的审美教育。

---

① 斯特恩贝尔格伯爵（Graf von Kaspar Sternberg，1761—1838），博物学家，和歌德有书信往来。

在这时候，歌德的儿子和儿媳以及乌尔里克小姐也走了进来，于是我们入席用餐。大家愉快地进行各种各样的交谈，特别值得一提的是，某些德国北部城市的假虔诚的信徒成为大家反复谈论的对象。大家一致认为，这种宗教隔离只会造成家庭成员之间的意见不一和分裂。我也能举出一个类似的例子：我差一点儿失去一位极好的朋友，因为他未能说服我同意他的看法。我对歌德说："我的这位朋友深信，一切的功绩和善举都是一钱不值的，人只有通过基督的恩赐才能和神灵建立一种良好的关系。"歌德的儿媳接着说："我的一位女友也说过类似的话。不过我一直不明白，他们所说的善举和基督的恩赐到底具有什么样的性质。"

歌德说："当今世上的人们所谈的这一切事情不过是一种混合物，也许你们当中没有哪一个知道，这种混合物来自何处。我愿意告诉你们它来自何处。关于善举的学说，即人通过做好事、遗赠和慈善的捐助可以赎罪，从而得到上帝的恩赐而升入天堂，是天主教的信条。可是对天主教持反对态度的宗教改革家们摒弃了天主教的这一信条，代之以这样的信条，即人必须仅致力于正确估价基督的功绩，分享基督的恩惠，这一切当然也会导致善举，事情就是这样。可是当今各种东西乱七八糟地掺和在一起，谁也不知道这些东西来自何处。"

我心里想，但没有说出来，宗教问题上的不同看法历来造成人们之间的分裂与敌对，是啊，最早的谋杀就是由于在崇拜上帝问题上出现偏差而引起的。我对歌德说，我在这几天里读了拜伦的《该隐》，对其中的第三幕和该隐杀弟的动机特别欣赏。

歌德说："你说得很对，该隐杀弟的动机写得太好了！这是该剧唯一美的地方，像这样的美世界上不会出现第二次。"

我说："《该隐》这部剧本最初在英国遭到了禁止，可是现在人人都在读它，那些外出旅行的年轻英国人通常随身携带一套拜伦的作品。"

歌德说："这也是一种愚蠢行为，因为《该隐》的全部基本内容不过是英国的主教们自己所教的东西。”

首相让人为自己通报，然后走了进来，在我们的桌子旁边坐了下来。歌德的孙子瓦尔特和沃尔夫也先后蹦蹦跳跳地走了进来。沃尔夫偎着首相。歌德对沃尔夫说：“把你的宾客题词留念册给首相先生拿来，让他看看你的那位公主和斯特恩贝尔格伯爵给你写的东西。”沃尔夫奔上楼去，很快取来了他的那本宾客题词留念册。首相观赏公主的肖像，肖像的下方附加了歌德所写的诗句。首相继续翻阅宾客题词留念册，发现了泽尔特的题词，便大声地把它读了出来：学会服从！

歌德笑着说：“这可是整本宾客题词留念册里唯一有道理的话。是啊，泽尔特始终是个了不起的能人！我现在正和里默尔一道审阅泽尔特的那些书信，那里面含有许多非常珍贵的东西。特别是那些他在旅行途中给我写的信具有极高的价值。由于他是一位卓越的建筑工程师和音乐家，所以他对建筑物和音乐的评价总是独具慧眼，鞭辟入里。他一走进一座城市，就能立即分辨出他面前的建筑物的好坏。一旦音乐协会把他拉到它们中间，这位音乐大师马上就能分辨出它们的优点和缺点。假如有一位速记员把他和他的学生的谈话记录下来的话，我们会发现他对音乐的评价非常独特，因为在这些事情上泽尔特是有独创性的和了不起的，他的批评总是击中要害。”

▼ 1827 年 7 月 5 日　星期四

今天傍晚，歌德乘车兜风返回的时候在公园边上遇见了我。在马车经过的时候，他向我招手示意，希望我去看望他。于是我便立即转身朝他家走去，在他家门口我发现了公路局局长柯德莱。歌德下了马车，我和柯德莱便随他登上楼梯。我们就坐到所谓的朱诺房间里的一张圆桌周围。我们交谈了一会儿，这时首相也走了进来，加入了我们这一伙。话题转到政治问题上：威灵顿被派往彼得堡当公使以及他当公使可能引起的后果；卡波季斯特里亚斯[①]；希腊的被推迟的解放；土耳其人局限于君士坦丁堡等等。大家也谈到了拿破仑统治的最初时期，还特别谈到了当甘公爵[②]及其轻率的革命行为。

然后大家谈到了一些较为温和的事情，其中维兰德在奥斯曼施塔特的坟墓是大家谈得最多的题目。公路局局长柯德莱告诉我们，他打算将维兰德的坟墓用铁栏杆圈起来。他在一张纸上画出了铁栏杆的形状，形象地表明他的这一意图。

当首相和柯德莱告辞的时候，歌德请我再与他待一会儿。他说："因为我经历过多个时代，所以每当我听到雕像和大型纪念碑的时候，我总感到惊异；当我看到一座为有功之人立的纪念碑的时候，我会情不自禁地想到，在未来的某一天，它将被武士们弄倒和打碎。我已经看到柯德莱为维兰德的坟墓设计的铁栏杆将会变成未来骑兵的马蹄下闪闪发光的马掌。我还可以告诉你，我在法兰克福已经目睹了类似的情况。维兰德的坟墓太靠近伊尔姆河，这条河在拐弯的时候流速很快，用不了一百年，它将冲决河岸，殃及那些死者。"

我们用善意的幽默拿世间万物的可怕的变化不定开玩笑，然后把柯德莱的图纸再次拿到手里，我们高兴地看到，柯德莱用英国自动铅笔画的线条既细巧又遒劲有力。这支英国自动铅笔完全顺从绘图者的意愿，圆满地把绘图者的意图直接地体现在图纸上。

这就把话题转到素描。歌德让我看一位意大利大师的一幅很好的素描，画的是婴儿耶稣和一些法师在庙里。接着他又让我看一幅按此素描做出的铜版画。我们把这两幅画看来看去，一致认为素描更好。

歌德说："我近来很幸运，廉价买进一些名画家的优秀的素描。

---

① 卡波季斯特里亚斯(Ioannis Antonios Kapodistrias, 1776—1831)，希腊政治家，1827 年被选为希腊共和国总统，此后不久被谋杀。

② 当甘公爵(Duke d'Enghien, Louis-Antoine-Henri de Bourbon-Condé, 1772—1804)，法国革命爆发后被迫流亡国外；在拿破仑一世的策动下在德国的巴登地区被捕，因参与所谓的卡都达尔(G.Cadoudal)的谋反而被处死。

这些素描真是无价之宝，它们不仅显示出艺术家们的纯精神的意图，而且立刻让我们感觉到他们在创作时的心情。例如这幅《婴儿耶稣在庙里》，每一笔都使我们看到作者心情的晶莹澄澈和镇静果断，而且在观赏中感染到这种怡悦的心情。此外，造型艺术还有一个很大的优点，它具有纯客观的性质，迫使我们注意它，但并不强烈地激起我们的情感。这种作品摆在面前，要么什么情感也没有表露，要么表露出明确的情感。一首诗却不然，它所产生的印象模糊得多，所引起的情感也因听众的性格和能力不同而有所不同。"

我接着说："我最近在读英国小说家斯摩莱特[①]的一部好小说《罗德瑞克·兰登》，它给我的印象是，它和一幅好的素描一样。它照实描述，丝毫没有多愁善感的倾向，它把实际生活如实地摆在我们面前，这种生活往往是讨人嫌的和够卑鄙的，可是总的来说，它给人的印象是明朗的，因为它的确是真实的。"

歌德说："我经常听到人们称赞《罗德瑞克·兰登》这部小说，我相信你对它的评价是对的，不过我自己还从未读过它。你读过约翰逊[②]的中篇传奇《阿比西尼亚国拉塞拉斯王子传》吗？你把它再读一遍，并且告诉我你对它的看法。"我答应了歌德的要求。

我又说："在拜伦的作品里我也经常发现如实描绘事物，即纯粹再现事物的现象，在我们内心引起的情绪也正和一位好的画家的素描所引起的一样。特别在他的《唐璜》里有很多这样的例子。"

歌德说："对，拜伦在这方面是伟大的，他的描绘有一种信手拈来、脱口而出的现实性，仿佛是即兴创作似的。我对《唐璜》知道得不多，但他的其他诗中有一些片段是我熟记在心的，特别是在他写海景的诗里偶尔出现一片船帆，写得非常好，使人觉得仿佛海风在吹动船帆。"

我说："我特别欣赏他在《唐璜》里描绘伦敦的部分，从他那些信

---

① 斯摩莱特（Tobias Smollet，1721—1771），英国讽刺小说家。

② 约翰逊（Samuel Johnson，1709—1784），英国文学评论家、诗人。

手拈来的诗句里,读者以为自己亲眼看到了伦敦。他丝毫不计较题材本身是否有诗意,抓到什么就写什么,哪怕是理发店窗口挂着的假发或给街灯上油的工人。"

歌德说:"我们德国美学家们大谈题材本身有没有诗意,在某种意义上他们的看法并非完全没有道理,不过一般说来,只要诗人善于恰如其分地利用现实的题材,任何现实的题材都可以具有诗意。"

我说:"完全正确!我希望把你的这种看法变为一种普遍的原则。"

我们接着谈到了拜伦的诗剧《福斯卡里父子》,我顺便指出,拜伦描绘了一些非常杰出的妇女。

歌德说:"他所描绘的妇女是好的,不过这也是给我们现代人留下的唯一的容器,我们可以把我们的观念性倒进这容器里。这和男子们毫无关系。荷马通过他所描写的阿喀琉斯和奥德修斯——前者代表最勇敢的男子,后者代表最聪明的男子——把一切都先说了。"

我接着说:"此外,《福斯卡里父子》里贯串着严刑折磨的场面,使人感到非常恐惧,我几乎无法理解,拜伦在写这部诗剧的时候,内心里怎样能长期地忍受这些可怕的刑讯。"

歌德说:"拜伦写这样的场面非常得心应手,他一直是个自我折磨者,所以这样的题材是他最爱写的。如你所知,在他的其他作品里也几乎没有令人愉快的题材。尽管这样,他的《福斯卡里父子》是值得称赞的,对吗?"

我回答说:"对的,他的描绘是出色的,每一句话都是重要的,意味深长,目的性明确。我至今还没有在拜伦的作品里发现一处败笔。我总感觉到,我仿佛看到他从海浪中走来,精神焕发,内心充满着创造性的原始自然力。"

歌德说:"你说得很对,事情就是这样。"

我接着说:"我对拜伦的作品读得愈多,也就愈惊叹他的伟大才能。您在《海伦》里替拜伦立了一座不朽的爱情纪念碑,您做得很对。”

歌德说：“除拜伦以外，我找不到任何其他人可以代表现代诗。拜伦无疑是本世纪最有才能的诗人，他既不是古典时代的，也不是浪漫时代的，而是现时代的。我得有他这样的人。此外，他天生具有一种永不知足的性格和爱好斗争的倾向，这就导致他在迈索隆吉[1]丧生。就拜伦写一篇论文既难也不可取，不过以后我会借机写点文章，以向他表示尊敬和怀念。”

既然谈到《海伦》，歌德就接着谈下去。他说：“它的结局和我原来所设想的完全不同，我设想过各种各样的结局，其中有一种也相当好，不过我不想把它泄露给你。当时发生的拜伦病死在迈索隆吉的事件，才使我想到用这事件作为这部作品的结局，于是把原来的其他设想都放弃了。不过你会注意到，合唱在送葬队伍行进的时候完全走了调子。起先，整个气氛是古代的，或者说还没抛弃合唱的处女性格，但是当送葬队伍开始行进的时候，合唱就突然变得严肃和沉思起来，说出它原来不曾想到也不可能想到的话来了。”

我说：“我当然注意到了这一点。不过自从我看到鲁本斯的具有双重阴影的风景画，并且理解了虚构这一概念的含义后，我对此就不觉得奇怪了。这类小矛盾只要能促成更高的美，就用不着加以考虑了。挽歌是要唱的，既然没有男合唱队在场，那就只好让少女们去唱了。[2]”

歌德笑着说：“我好奇地想知道，德国批评家们对此会说些什么，他们是否有足够的自由精神和胆量避而不谈这个问题？对法国人来说，知解力是一种障碍，他们想不到想象有它自己的规律，他们不知道，知解力不但不能而且也不应该去对付想象的规律。想象如果创造不出对知解力永远是疑问的事物来，它就做不出什么事来了。这

---

① 希腊地名，1823年拜伦参加希腊解放战争，次年病死在这里。

② 希腊戏剧的合唱队男女分工，轻快部分由女声合唱队唱，较严肃的部分由较年老的男声合唱队唱。《浮士德》下卷只有少女合唱队，所以较严肃的部分仍由女声合唱队来唱。

就是诗和散文的区别。在散文领域里起作用的一向是，而且应该是知解力。”

我很高兴听到歌德的这番重要的话，并把它们牢记在心。这时已到十点钟，我就告别了。我们谈话时一直没有点烛，夏夜的亮光从北方照到魏玛附近的埃特斯堡。

▼ 1827 年 7 月 9 日　星期一晚上

我发现歌德独自一人在观赏按照施托施[①]的小陈列室里展出的石雕作品复制的石膏模型。歌德说：“柏林的莱因哈特非常友好，把他所复制的石膏作品全部给我寄来，供我试看。施托施所收藏的石雕作品绝大部分我已看过，可是莱因哈特给我寄来的石膏作品是根据温克尔曼[②]所提供的目录复制的，温克尔曼还对每件石膏作品做了富有教育意义的说明。我也使用他的说明，当我自己产生疑问的时候，参考他的意见。”

我们交谈了一会儿，首相走了进来，并且坐到了我们身边。他告诉我们一些登载在官方报纸上的消息，其中一条是一个动物园的饲养员由于心血来潮想吃狮子肉而杀死了一头狮子，并把它的一块肉烹调后好好地吃了一顿。歌德说：“我感到奇怪他为何不杀死一只猴子，猴子肉毕竟很嫩，很可口啊。”我们谈到了这些讨厌的野兽，它们越是与人相像，就越发让人感到讨厌。首相说：“我不理解王公贵族们为什么能容忍这样的野兽在他们附近，也许他们对它们感兴趣。”歌德说：“王公贵族们备受令人讨厌的人们的折磨，所以他们把更加

---

① 施托施（Philipp Baron von Stosch，1691—1757），艺术品收藏家，他所收藏的石雕作品于 1770 年归普鲁士国王腓特烈二世所有。莱因哈特（Reinhardt）按照施托施所收藏的石雕作品复制的带黄色的石膏作品为歌德所有。

② 关于温克尔曼，可参见 1825 年 5 月 12 日及 1827 年 2 月 16 日歌德与艾克曼的谈话。

令人讨厌的动物看作一种用以对付这样一些不愉快的印象的药物。我们和王公贵族不同,我们有理由讨厌猴子和不停叫喊的鹦鹉,因为它们生活在人为的不属于它们的环境里。可是,如果我们骑着大象在棕榈树下漫游,在这种情况下我们非但不会讨厌猴子和鹦鹉,反而会喜欢它们。不过,正如刚才所说的,王公贵族们有理由用更加讨厌的东西对付讨厌的东西。”我说:“在这种情况下,我想起了一首你们也许不知道的诗:

如果人们想成为野兽,
那就只消把野兽带进房间:
这样讨厌的东西就会减少;
因为我们大家都是亚当的子孙。”

歌德笑了。他说:“是的,事情就是这样。一种暴虐行为只有通过另一种更加厉害的暴虐行为才能得到克服。我想起了我早年经历的一桩事情:在贵族中间偶尔也有一些野兽般的先生,例如在一次有妇女在场的上流人物的聚餐会上,一个富有的贵族说了一些非常粗野的话,使所有不得不听他说话的客人讨厌和生气。在这种情况下,用语言对付他是毫无效果的。这时,坐在他对面的一位果敢而外表漂亮的先生选择了另外的手段,他非常大声地对这位贵族骂了一句极其下流的话,使在座的客人大吃一惊,那位粗鲁的贵族顿时抑制住自己的感情,再也不吭声了。从此时起交谈变得文雅和轻松愉快起来,大家为此感到高兴,并感谢那位果敢的先生,因为正是他那闻所未闻的冒失的举动产生了刚才所提到的极好的效果。”这件有趣的逸事使我们感到轻松愉快。然后,首相谈到了巴黎的在野党和政府部长们之间的最新情况,并几乎逐字逐句地朗诵了一位非常勇敢的民主人士在法庭上所做的为自己辩护、反对部长们的有力演说。我们有机会对这位首相的出色记性再次表示钦佩。首相和歌德就那桩事情，尤其是就那部限制性的新闻法进行了热烈的讨论；这是一个内容丰富的话题，在进行讨论的时候，歌德总是表现为一个温和的贵族，而他的那位朋友总是站在人民的一边。

歌德说："我用不着为法国人担心，他们站得高，看得远，对世界历史的发展有正确的认识，所以不会压制精神的发展。他们所通过的限制性的新闻法只会对社会有好处，尤其是因为那些限制并不涉及任何本质的事物，而只涉及要人。一个极端的反对党是会变庸俗的。而限制会迫使它有修养，这是一个很大的好处。直率地、粗鲁地说出自己的意见，只有当这意见完全正确的时候才会是好的和可以原谅的。而一个政党不可能是完全正确的，正因为它是政党，所以间接的方式更适合它，在这方面，法国人一向是我们学习的榜样。我对我的仆人可以直率地说：'汉斯，把我的靴子脱掉！'他明白这一点。可是要是我希望一位朋友帮我脱掉靴子，我就不能直接地表达，而必须寻思着用一些文雅和令人愉快的措辞说服他帮我脱掉靴子。强迫激起精神，由于这个原因，正如刚才所说的，我甚至认为限制新闻自由是好的。法国人至今一直以最有修养的民族而闻名于世，他们当之无愧。我们德国人喜欢直率地说出自己的意见，不善于以间接的方式表达自己的看法。"

歌德接着说："巴黎的那些党派如果变得更宽容、更自由一些，相互之间变得更加让步一些，就会变得更加伟大。法国人对世界历史的看法要比英国人的高明，英国人的议会是由相互对立的巨大力量组成的，它们相互削弱，互不团结，在这种情况下，个别人的伟大见识只有通过不懈的努力才能实现。正如我们所知，英国伟大的政治家乔治·坎宁偏袒葡萄牙的那篇演说曾遭到了许多英国议员的反对和非议。"

我们站了起来，准备和歌德告别。可是歌德谈兴未尽，以至我们不得不站着和他谈了一会儿。然后他亲切地让我们离去，我陪首相回家。这是一个美好的夜晚，我们边走边谈歌德。我们特别喜欢重复歌德的那句话，即一个极端的在野党是会变庸俗的。

▼ 1827年7月15日 星期日

今晚八点以后我去看望歌德,刚好发现他从花园里回来。他说:“你看那儿放着什么! 一部三卷本的小说,你猜是谁写的? 是意大利作家曼佐尼写的!”我观察了这些书,它们的装帧很漂亮,书上还有致歌德的题词。我说:“曼佐尼很勤奋。”歌德说:“是的,这激起我的尊重。”我说:“我对曼佐尼一无所知,除了他那首歌颂拿破仑的诗。我最近再次读了这首颂诗的译文,对之赞叹不已。每一个诗节都是一幅画!”歌德说:“你说得对,这首颂诗的确写得很好。可是你发现在德国有人谈起这首颂诗吗? 没有,仿佛它根本不存在似的,可是它毕竟是以拿破仑为创作对象的最好的诗。”

歌德继续读那些我走进来时发现他在读的英国报纸。我拿起了苏格兰作家、历史学家卡莱尔[①]所译的一本德国小说,也就是包含穆塞乌斯[②]和富凯[③]作品的那本德国小说。这位对德国文学非常熟悉的英国人为他所译的作品写了序言,对作家的生平和创作进行了评价。我读了他为富凯的作品写的序言,使我感到高兴的是,他不仅饶有风趣地、全面细致地描写了富凯的生平,而且非常冷静和宽厚地、非常明智地评价了他所喜爱的这位作家对德国文学所做出的贡献。这位俏皮的英国人有时拿我们的富凯与一位歌唱家的声音比较,这声音的音域虽然不大,而且只含有少数几个音,但是这几个音是好的,而且音调非常优美。此外,为了表达他的这一看法,他拿教会里的情况作比喻。他说,在诗的教会里,富凯并不担任主教或另一个第一流的神父的职位,相反,他满足于做一个普通神父,可是在这个中等职位上,他做得非常出色。

---

① 卡莱尔(Thomas Carlyle,1795—1881),是德国文学的热情宣传者,译过歌德的《威廉·迈斯特》,写过《席勒传》《腓特烈大帝史》《论英雄、英雄崇拜和历史上的英雄事迹》等。恩格斯在《英国状况》中屡次对他做过评价。

② 穆塞乌斯(Johann Karl August Musäus, 1735—1787),德国作家,著有《德国民间童话集》(五卷,1752—1786)。

③ 富凯(Friedrich Fouqué, 1777—1843),德国小说家和剧作家,著有童话《温亭娜》和长篇小说《死之盟》(1811)、《辛特拉姆和他的伙伴们》(1815)。

当我读这篇序言的时候，歌德已经退回到后室里。他派仆人过来，请我到他那里坐一坐，我欣然接受。他说："你在我身边再坐一会儿，我们再聊几句。刚巧格奥尔格·图蒂休姆译的索福克勒斯的悲剧作品也来了，译文很好读，看来译得很不错。不过我还想把它和索尔格译的索福克勒斯的悲剧作品比较一下。那么，你对卡莱尔有什么看法？"我告诉歌德我很欣赏卡莱尔为富凯作品写的序言。歌德说："这篇序言的确写得很好，是啊，在大洋彼岸也有一些有判断能力的人，他们了解我们，而且懂得尊重我们。"

歌德接着说："当然，在其他的学科里，我们德国人也不乏优秀的人才。我在《柏林年鉴》里读到一位历史学家写的关于施罗塞[1]的评论文章，这篇文章写得很好，作者署名海因里希·列欧[2]，此人我还从未听到过，我们得打听一下他的情况。海因里希·列欧站得比法国人高，他对历史的看法要比法国人的高明。法国人过分拘泥于事实，头脑里缺乏观念性的东西，而德国人却善于表达观念性的东西。海因里希·列欧对印度种姓制度的看法非常确切。人们经常大谈贵族统治和民主政体。这事非常简单：青年时期，当我们一无所有或不懂得赏识这种状态的时候，我们是民主主义者；可是当我们在漫长的一生中获得财产的时候，我们不仅希望保住这笔财产，而且希望我们的子孙后代能放心地享受这笔财产。所以在老年的时候，我们毫无例外都是贵族的一员，尽管我们在青年时代曾倾向于其他的思想。列欧的这一看法非常新颖。"

歌德继续说："当然，在美学领域里我们德国人看来是最弱的，我们只能长时间地等待，直到我们遇到像卡莱尔那样的一个人。不过我也发现了很好的现象，即随着法国人、英国人和德国人之间的密切交往，他们之间的相互纠正已经成为可能。这是从世界文学中产生出来的巨大好处，它将越来越多地表现出来。卡莱尔写了席勒的生

---

① 施罗塞(Friedrich Christoph Schlosser, 1776—1861)，德国历史学家，著有《世界史》。

② 海因里希·列欧(Heinrich Leo, 1799—1878)，德国历史学家，柏林大学副教授。

平，但是他对席勒的评价和德国人对席勒的评价一样，不容易被人理解。与此相反，我们对莎士比亚和拜伦清楚明白，而且也许比英国人自己更加懂得这两位作家的作品的价值。”

▼ 1827 年 7 月 18 日　星期三

今天吃晚饭的时候，歌德对我说：“我要向你宣布，曼佐尼的长篇小说是同类作品中写得最好的。我只消告诉你，在这部历史小说，即《约婚夫妇》里，内在的东西，即一切来自诗人灵魂深处的东西，是完美无瑕的，而外在的东西，即一切对地区和这一类事情的描绘，和那些高尚的内在品质相比也毫不逊色。这是颇有意义的。”我对歌德的这番话感到惊讶，但同时也很高兴。歌德接着说：“我在读这部小说的时候，有这样一种印象，即我先是感动，然后是佩服，接着又从佩服变为感动，所以要摆脱这两方面的巨大影响是根本不可能的。我在想，可能不会有比这部小说更高明的作品了。在这部小说里，人们才真正知道曼佐尼是个什么样的人。在这部小说里，曼佐尼的完美的内心世界显露出来，而在他的戏剧作品里，他没机会展示他的完美的内心世界。读完曼佐尼的这部历史小说之后，我紧接着就要读沃尔特·司各特的那几部最优秀的历史小说了，例如《威弗利》，这部历史小说我还没有读过，我将会看到，曼佐尼与这位伟大的英国作家相比到底有哪些特点。我觉得曼佐尼的内心修养在这部小说里达到了顶峰，在这方面很难有人比得上他。他的内心修养好比是一个完全成熟的果实，使我们很高兴。他对个别事物的处理和描绘清楚易懂，就像意大利的天空本身！”我问道：“在这部小说里有没有感伤的情调？”歌德回答说：“丝毫没有，他有感情，但丝毫没有感伤；他对事物的感受是男人所特有的，是出于真情的。我今天只想告诉你这些，我还在读第一卷，不过你不久就会听到更多的东西。”

▼ 1827 年 7 月 21 日　星期六

今晚当我走进歌德的房间的时候，我发现他正在读曼佐尼的小说。"我已经在读第三卷，"他说，一边把那本书放到边上，"并且产生了许多新的想法。你知道亚里士多德曾经说过，悲剧必须引起恐惧，才能成为好的悲剧。亚里士多德的这一论断不仅适用于悲剧，而且适用于某些其他的文学创作。你在我的叙事谣曲《神与印度神庙的舞伎》里可以发现这一点。你在任何一部好的喜剧作品里，也就是具有错综复杂的情节的喜剧作品里，也可以发现这一点。甚至在路易斯·安格利创作的闹剧《七个穿制服的姑娘》里，你也能发现这一点。在上述这些作品里，我们始终无法知道，作者为好事开的玩笑怎样结束。这种恐惧可以表现为两种形式：它可以表现为害怕，也可以表现为担忧。例如，在我的中篇小说《亲和力》里，当我们看到一种道德上的弊病正向出场人物逼近并在他们当中蔓延开来时，我们就会为他们感到担忧。另一方面，当出场人物受到来自大自然的危险的威胁的时候，读者或观众就会感到害怕，例如在海因里希·费斯里创作的配乐话剧《在橹舰上划桨的奴隶》和卡尔·马利亚·冯·韦伯创作的歌剧《自由射手》里。是啊，在《自由射手》的《狼谷》一场里，观众不仅感到害怕，而且因紧张而起立。

"曼佐尼非常成功地使用了这种害怕，他把害怕溶解在感动里，然后通过这种感受把我们引向钦佩。害怕的感觉是实实在在的，会在每一个读者心中产生，而钦佩来源于对作者在任何情况下的杰出的举止的认识，只有行家才有幸产生钦佩这种感觉。你对这种美学有什么看法？我要是年轻一些的话，我会用这种理论写部小说，尽管它在篇幅上比不上曼佐尼的这部小说。

"我极想知道《地球》杂志的先生们将会对曼佐尼的这部小说说些什么；他们的脑子够聪明，能够看出这部小说的优点。另一方面，这部作品的整个倾向也正中这些自由党人的下怀，虽然曼佐尼的态度非常温和。不过,这些法国人与我们不同,他们很少接受具有鲜明的倾向性的作品;他们不喜欢迁就作者的立场,即使在最好的作品里,他们也总能发现某些不合乎自己心意的东西,他们总希望作者按他们的想法去写。”

然后,歌德给我讲了小说中的几段,目的在于让我把这几段当作样品,了解一下作者是以怎样的精神写这部小说的。歌德接着说:“有四件事特别有助于曼佐尼创作这部非常优秀的小说。第一,他是一位杰出的历史学家,这使他的文学创作获得了巨大的威严和价值,正是由于这个原因,他的小说远远超出了通常意义上的小说。第二,天主教对他有好处,他从天主教那里获得了许多富有诗意的情况,而作为新教徒他是不可能获得这些富有诗意的情况的。第三,这位作家在那些革命的摩擦中吃了好多苦,虽然他本人并没有卷入摩擦,但他的朋友们则卷入其中,有的甚至遭到了毁灭。第四,这部小说的故事情节发生在科莫湖附近景色优美的地区,诗人从青年时代起就把这地区的印象铭刻在自己的心里,也就是说,他非常熟悉这一地区,深知它的表里。由于上述原因,这部小说有一个突出的特点,即清楚而详细地描绘了故事发生的地点,使小说具有浓厚的地方色彩。”

▼ 1827 年 7 月 23 日　星期一

今晚八点左右我去看歌德,他的仆人告诉我,他还没有从花园里回来。于是我向他迎了过去,发现他坐在花园里阴凉的菩提树下的一张长凳上,他的孙子沃尔夫坐在他的身边。

歌德似乎对我的到来感到高兴,招手示意我坐到他的旁边。我们刚寒暄了几句,他就把话题引到曼佐尼上。

歌德开始说:“不久前我曾对你说,在这部小说里[①],历史学家似

① 指曼佐尼的历史小说《约婚夫妇》。

乎对我们的诗人有用处，可是现在，我在第三卷里发现，历史学家跟诗人开了一个恶毒的玩笑，他突然脱去诗人的上衣，让他作为一丝不挂的历史学家站了好长一会儿。而且这件事是在描写战争、饥荒和鼠疫的时候发生的。战争、饥荒和鼠疫这些现象本身就是令人讨厌的事情，再加上那些琐碎的、详细而枯燥的、编年史式的描写，就会变得使人难以忍受了。德国的译者必须努力避免这个错误，他必须把对战争和饥荒的描写减少一大部分，把对鼠疫的描写减少三分之一，只留下必要的情节，以便让出场人物参与其中。假如曼佐尼身边有一个出主意的朋友的话，他也许很容易避免这个错误。可是作为历史学家他必须非常尊重事实。这使他在创作自己剧本的时候遇到许多麻烦，他只好把多余的历史题材作为附注附在剧本的后面。可是在这种情况下，他是迫不得已而为之的，说明他不可能切断和历史的联系。这是非常值得注意的。可是一旦小说的人物重新登场，诗人又光彩夺目地站在那里，迫使我们又像往常那样对他深表钦佩。”

我们站了起来，朝歌德的住房走去。

歌德接着说：“我几乎无法理解，像曼佐尼这样善于构思的诗人一时间怎么会对诗歌犯了过错。不过这事很简单；它就是这样。

“曼佐尼和席勒一样是个天生的诗人。可是由于我们的时代太坏，诗人在周围的生活环境中无用武之地。为了提高自己的思想境界，席勒做了两件大事：学习哲学和历史。而曼佐尼只做了一件大事：学习历史。

“席勒的《华伦斯坦》非常著名，像这样的历史诗剧可谓举世无双。不过你会发现，正是历史和哲学这两大助手，在许多方面给这部诗剧造成障碍，妨碍它在纯诗歌方面获得成功。同样，曼佐尼由于历史占优势而受苦。”

我说：“阁下说的都是大事，我有幸听您讲话，感到很高兴。”歌德说：“曼佐尼帮助我们获得好的思想。”他正想进一步说出他的意见的时候，首相从歌德的宅旁小花园的门口朝我们走来，所以我们的谈话被打断了。他作为一个受欢迎的人加入了我们这一伙。我们陪伴歌德走上小楼梯，然后穿过放半身塑像的房间走进那间稍显长形的大厅，它的可卷起的帘子已经放了下来，窗旁的桌子上燃着两支蜡烛。我们围桌而坐，歌德和首相开始讨论其他一些问题。

▼ 1827 年 9 月 24 日　星期一

我和歌德去贝尔卡。八点过后不久，我们就乘马车出发；早晨很美。马路通往山上，因为我们觉得大自然中没有什么东西可以观赏，所以歌德谈起了文学方面的事情。一位出名的德国诗人[①]来到魏玛，并把他的宾客题词留念册送给了歌德。歌德说："你简直不敢相信，留念册里写了许多价值不大的蹩脚东西。诗人们都在写诗，仿佛他们在生病，仿佛整个世界是一所野战医院。他们都在谈人间的痛苦和悲伤，谈天堂的欢乐。他们已经对现实不满，而且煽动别人对现实更加不满。这是对诗歌的一种真正的滥用。本来诗歌的目的在于调解生活中的那些细小的纷争，使人对世界和自己的生活状况感到满意。可是现在的这一代人害怕一切真正的力量，他们认为，只有虚弱的东西才是舒适的、富有诗意的。"

歌德接着说："我已经找到一个使这些先生生气的好词。我想把他们的诗歌叫作'野战医院诗歌'；与之相反，我赞赏真正的、'提尔泰奥斯[②]式'的诗歌，因为提尔泰奥斯不仅高唱战歌，而且赋予人为生存进行斗争的勇气。"

我完全赞同歌德的意见。

在马车里我们搁脚的地方，放着一个用灯芯草编成的、有两个手

---

① 指威廉·米勒（Wilhelm Müller，1794—1827），德国诗人，著有《米勒歌曲集》和《希腊歌曲集》（*Lieder der Griechen*）等。根据歌德的日记，他于 1827 年 9 月 21 日来魏玛拜访歌德。

② 提尔泰奥斯（Tyrtaeus），公元前 7 世纪希腊诗人，以哀歌、战歌著称，所写诗歌质朴有力。

柄的篮子，它引起了我的注意。歌德说："我把它从马里恩浴场带回来的，那里有像这样的各种大小的篮子；我已经养成了习惯，每次出外旅行的时候，总要带上这只篮子。你看，当它空的时候，可以合并起来，占不了多少地方。可要是把东西装入这只篮子，它就膨胀起来，装的东西比你想象的要多。它不仅柔软可弯曲，而且坚韧结实，可以用它携带最重的东西。"

我说："它看上去很美，可以入画，甚至是古典的。"

歌德说："你说得对，它接近于古典的风格，因为它不仅尽可能地合乎理性和符合目的，而且在造型上非常简单、讨人喜欢。因此我们可以说，它是最完美的。我曾在波希米亚的丛山里从事矿物考察，这只篮子对我特别有用。现在它装着我们的早餐。要是我有一把锤子的话，我今天将要用它敲下一些石头，把它们装进这只篮子里带回去。"

我们已经到了山峰，从这里可以眺望位于贝尔卡小镇后面的那些山丘。稍左的地方，可以看到通向黑茨堡的山谷。在伊尔姆河的对岸有一座山，其朝北的一面转向我们；由于伊尔姆山谷上空笼罩着云雾，在我眼中它变成蓝色的了。我用望远镜观察笼罩着云雾的伊尔姆山谷，发现蓝色明显地减少了。我对歌德说："您瞧，在观察纯客观的颜色的时候，主体也起很大的作用。功能差的眼睛使混浊更加严重，与此相反，敏锐的目光能够驱散混浊，或者至少使混浊变轻微一点。"

歌德说："你的看法完全正确。用一副好的望远镜，你甚至能使很远的丛山的蓝色消失。是的，主体在观察所有的现象的时候比人们所想象的更加重要。维兰德早就指出了这一点，他经常对人们说：'只有懂得开心的人，你才能使他开心。'"我们为这句风趣的话笑了。

此时，我们沿着小小的山谷向下行驶，公路经过一座木制的、上面有顶的桥梁，在桥的下面，向黑茨堡流去的雨水形成了一条河床，它现在已经干涸。筑路工人正在桥的两边忙个不停,他们把几块从微红色的砂岩里开采出的石头立起来,这几块石头引起了歌德的注意。离桥一箭之遥的地方,也就是公路缓缓向上接近山丘的地方(在这里,山丘使旅行者和贝尔卡分开),歌德让仆人把马车停了下来。他说:"我们要在这里下车,休息一会儿,在野外好好地品尝一下早餐。"我们下了车,环顾四周。仆人在公路旁通常可以看到的一个四方形的石堆上铺上一块餐巾,然后从马车里取出那只用灯芯草编成的篮子,从中取出新鲜的小圆面包、烤山鹑和酸黄瓜。歌德切了一只山鹑,给了我一半。我一边吃,一边站了起来,无目的地走来走去。此时,歌德坐在一个石堆的角上。我在想,这个石堆上还挂着夜间的露水,寒冷的石头想必有损于他的健康。歌德看出了我的忧虑,向我保证,寒冷的石头对他的健康完全没有损害,我这才感到放心,并把这看作一种新的征兆,说明歌德的身体非常结实,精力旺盛。此时,仆人从马车里取出一瓶葡萄酒,给我们分别斟了一杯。歌德说:"我们的朋友许策每星期都要到乡下游玩,他这样做很对。我们应该向他学习,如果天气没有什么大的变化,我们在下星期也要到郊外远足。"我听了歌德的这一保证,感到非常高兴。不久以后,我陪同歌德有时在贝尔卡,有时在桐村度过非常不凡的一天。他向我讲述了许许多多非常风趣的故事,也向我讲述了《浮士德》的第二部,当时他开始认真地创作这一部分,发表了许多看法,可惜我在我的日记里只记下了引论。

第二卷

1828—1832

1828年

▼ 1828年6月15日　星期日

我们在桌旁坐了不久，赛伊德尔带着几个蒂罗尔[1]人来了。这几位歌唱家被带进了那个面向花园的房间，由于这个房间的门是开着的，所以我们能够看到他们，并且从远处可以清楚地听到他们的歌声。赛伊德尔先生和我们在桌旁坐下。那几个快活的蒂罗尔人反复用常声和假声唱了几首歌，它们很中我们几个年轻人的意。乌尔里克小姐和我特别喜欢其中的《花束》和《你啊，我把你特别挂在心上》这两首歌，我们还要求他们给我们提供这两首歌的歌词。歌德本人看来对这些歌并不像我们其他人那样心醉神迷。他说："要知道樱桃和浆果多么爽口，得问一问孩子们和麻雀们。"那几个蒂罗尔人在唱歌之间还表演了各种各样的民族舞蹈，由几架横放的齐特尔琴和一支声音响亮的横笛伴奏。

歌德的儿子被喊了出去，不久又转了回来。他朝那几个蒂罗尔人走去，让他们离去，然后又坐到我们的桌子旁边。我们谈论《奥伯龙》[2]。由于有许许多多的人从四面八方拥来观看这部歌剧，所以在中午的时候就买不到入场券了。歌德的儿子庄严地宣告宴会结束。他说："亲爱的父亲，我们该离席了！这些先生和女士也许希望早一

---

① 蒂罗尔(Tirol)位于现奥地利西部。
② 卡尔·马利亚·冯·韦伯创作的三幕歌剧。

些去看戏。”歌德似乎对这种匆忙感到惊奇,因为还不到四点钟,不过他还是顺应形势,从座位上站了起来,然后我们分散到各个房间里去。赛伊德尔先生朝我和其他几个客人走来,愁眉苦脸地轻声对我们说:“你们空欢喜一场,今晚的戏不演了,大公爵死了!他是在从柏林到这里的旅途中去世的。”我们顿时感到震惊。歌德走了进来,我们装作什么事情也没有发生的样子,照样谈一些无关紧要的事情。歌德拉着我走到窗前,一边谈论那几个蒂罗尔人和今晚的歌剧演出。他说:“你今晚坐我的厢座,你可以在我这儿待到六点钟;你让其他的人先走,你待在我身边,我们还可以闲聊一会儿。”歌德的儿子试图赶走参加今晚聚会的客人,以便向他的父亲透露大公爵逝世的消息。这消息是首相刚刚告诉他的,趁首相还没回来,他要把这消息告诉自己的父亲。歌德无法理解自己儿子这种奇怪的心急如焚的心情,因而面有愠色。他说:“你们还想不想先喝你们的咖啡,现在还不到四点钟哩!”此时,其他的人走了,我也拿起了我的帽子。歌德说:“这么说,你也想走吗?”一边惊奇地注视着我。歌德的儿子说:“是的,艾克曼在看戏前还有点事要做。”我说:“是的,我还有点事要做。”歌德说:“好吧,就这样,”一边怀疑地摇了摇头,“不过我无法理解你们的行为。”

我们和乌尔里克小姐走到楼上的那几间房间里,歌德的儿子留在下面,以便向他的父亲吐露那不幸的消息。

晚上我去看歌德。我还没有走进他的房间,就听到他在叹息和大声地自言自语。他似乎感到,大公爵的去世在他的生活中造成了无法弥补的损失。他拒绝了一切安慰,而且压根儿不想知道这类的事情。他说:“我曾经想过,我会在他之前死去;可是上帝做了妥善的安排,让我们这些可怜的凡人继续忍受痛苦。”

大公爵逝世的消息不仅使在威廉斯塔尔消夏的大公爵的母亲,而且使在俄国的年轻的王子深感悲痛。歌德不久就去多恩堡,以便摆脱日常生活里的那些令人忧郁的印象,在一种新的环境中通过一种新的工作恢复自己的健康。歌德在不久前曾悉心研究法国文学，现在他又迷恋上了植物学，在从事这种研究的时候，农村的环境对他非常有用，因为在那里到处是枝叶繁茂的长蔓的葡萄和长出新枝的花。

我有几次在他的儿媳和孙子的陪同下到那儿看望他。他看来很幸福，而且禁不住一再地称赞他的情况以及宫殿和花园的极好位置。确实是这样。宫殿居高临下，从它的窗子里俯视下面，可以看到迷人的景象。你可以看到充满生机的山谷和蜿蜒地流过草地的萨勒河。朝东望去，可以看到长满树木的山丘，越过它们可以眺望远方，以至你会感到，白天这里是观察从你眼前飘过，然后消失在远方的阵雨的好地方，晚上这里则是观察东方的群星和日出的特别有利的地方。

歌德说："我在这里度过了不少美好的日日夜夜。我常常在黎明前醒来，然后躺在窗子开着的地方，以便尽情欣赏那三颗现在并排站在一起的壮丽的行星和光辉逐渐变强的朝霞。然后我几乎整天都在野外，我和葡萄树的蔓进行思想上的对话，它们告诉我许多有益的想法，凭借这些有益的想法我可以给你们讲述一些奇怪的事情。我又开始写诗，而且写得不坏，我多么希望能继续生活在这样一种美好的环境里。"

▼ 1828 年 9 月 11 日　星期四

今天下午两点钟，天气很好，歌德从多恩堡返回了魏玛。他身体健壮，皮肤全被太阳晒黑了。我们不久就入席用餐，而且是在那间紧邻花园、窗子开着的房间里。他给我们讲了许多曾经去看望他的客人以及他们送给他的各种礼物，在讲述的时候，他不时地插上一些使人轻松愉快的玩笑。可是你要是更深入地观察一下，就会发现他有些拘束，就像一个人回到以往那种由各种各样的人际关系、顾虑和要求所引起的情况时所感到的拘束一样。

我们刚吃头几道菜的时候，大公爵的母亲寄来的邮件到了，它一方面说明她对歌德的回来感到高兴，另一方面想告知歌德，她在下个星期四乐于来拜访他。

自从大公爵去世以来，歌德再也没有见到这个贵族家庭的成员。虽然他和大公爵的母亲继续保持通信往来，以便充分地表达他们对所遭受的这一损失的悲痛心情，可是现在他们就将重逢了，见面时双方难免产生某些精神上的痛苦和感情上的冲动。可以预见，他们在见面时还会感到有些沮丧。另外，歌德还没见到过那位年轻的王子，还没有机会把他作为新的国君加以崇拜。他面临着这一切。虽然他作为社交界名人肯定不会感到拘束，但是作为才子他毕竟会感到拘束，因为才子总希望生活在自己所固有的志向和自己的工作里。

此外，他面临着来自四面八方的朋友们的访问。著名的自然科学家们在柏林的聚会使许多知名的人物行动起来，他们在前往柏林的途中要来魏玛，有的人已经通知歌德不久即将来访，歌德正期待着他们的光临。数星期之久的干扰使歌德心神不安，使他离开生活的常轨。此外，名人们的来访也会给他增添不少麻烦。这一切像幽灵似的困扰着他，每当他跨进大门，走进自己的房间的时候，他都有这种不祥的预感。

可是，使即将发生的这一切变得更加麻烦的是一种不容我忽视的情况。他作品的第五分册，其中也包含《漫游年代》，必须在圣诞节付印。《漫游年代》原先是一卷本的长篇小说，歌德在把它编入第五分册之前彻底修改了它，把原来的内容和许多新的内容加以合并，变成了由三卷组成的一部巨著，歌德打算出新的版本。歌德在这方面虽然已经做了许多工作，但仍有许多工作要做。手稿里到处是空白，还需要加以填满。这里在展示部分缺点什么；这里缺少一个巧妙的过渡，有了它读者就不至于感到这是一部集体创作的作品；这里是一些有深远意义的片断，但有的片断缺少开头，有的片断则缺少结尾。所以要使这三卷变为一部可以为读者接受的和引人入胜的著作，还需补做大量的工作。

歌德告诉我去年春天我们就开始审阅手稿；我们当时以口头和书面的形式对这部重要的作品进行了深入的讨论；我建议他把整个夏天用于完成这部作品，把其他的工作暂时搁置下来。他当时深信有必要这样做，而且坚决予以执行。可是就在这时大公爵死了；在歌德整个的生活中，大公爵之死造成了巨大的损失，以致他不再去想这部作品的结构，因为它要求作者精神愉快和心情安定。他只想克服困难，恢复和保持身心健康。

可是现在，当他在初秋从多恩堡返回魏玛，再次走进他住所的那些房间的时候，他也不得不想到要去完成他的《漫游年代》，因为从初秋到圣诞节只有短短几个月的时间，他必须克服所面临的各种干扰，因为它们妨碍他安心地从事创作。

综上所述，我们可以得出以下的结论：尽管歌德在吃饭的时候开了一些轻松愉快的玩笑，但在他的内心深处却明显地充满焦虑。

可是我为什么要提这些情况呢？这还有另外一个原因。这和歌德的一番有关席勒的谈话有关系。我觉得歌德的这番话很值得注意，因为它们不仅表达出他的情况，而且表达出他特有的性格。我想趁此机会谈一谈这件事。

奥斯纳布吕克的阿贝肯[①]教授在 8 月 28 日前几天给我寄来一个包裹，并请求我在适当的时候把这个包裹递交给歌德，作为对他生日的献礼。其实这包裹是作为对席勒的纪念寄给歌德的，它肯定会使歌德高兴。

今天吃饭的时候，歌德谈起了朋友们为了祝贺他生日而寄往多恩堡的各种各样的礼物。我于是问他，阿贝肯寄来的包裹里到底有什么东西。

---

① 阿贝肯(Bernhard Rudolf Abeken，1780—1866)，席勒孩子们的家庭教师。

歌德回答说："这是一个稀奇的包裹，它使我非常高兴。一位乐于助人的妇女请席勒到她家里喝茶，席间她很有礼貌地记下了席勒的谈话。她很好地理解了席勒的所有谈话，而且忠实地再现了它们。席勒在此之前曾和朋友们进行过上千次重要的谈话，可是由于没有记录，这些谈话瞬息即逝了，这次多亏这位妇女把席勒的谈话记了下来，所以我们在读这些谈话的时候，尽管谈话的时间过了很久，席勒的形象仍跃然纸上。

"席勒在这里跟通常一样充分地表现出他崇高的气质；不论是在茶桌旁，还是在枢密院里，他都处之泰然。没有什么事情会使他难堪，没有什么事情会束缚他，没有什么事情会妨碍他想入非非。他心中有什么重要的看法，他就随心所欲地、毫无顾虑和毫不犹豫地把它们说出来。他是一个正直的人，人们也应该像他那样做个正直的人！与他相比，我们其他的人总感觉受到制约；我们周围的人和物都对我们产生影响；茶匙如果是金子做的，就会使我们感到不自在，因为茶匙本来应该是银子做的。就这样，由于种种的顾虑，我们丧失了活动能力，不能把我们天性中可能存在的某种伟大的能力自由地释放出来。我们成了事物的奴隶，我们会显得渺小或伟大，就要看事物是束缚我们还是放手让我们自由发展。"

歌德默不作声了，其他的人加入了谈话；而我却在思考歌德这番值得注意的话，它不仅触动了我的内心，而且道出了我的内心思想。

▼ 1828 年 10 月 1 日　星期三

来自克勒费尔特的霍宁豪森先生是一家大商行的老板，同时也是自然科学，特别是矿物学的爱好者，他通过大量的旅行和研究使自己成为一个有多方面才能的人。今天他应邀到歌德家里吃饭。他刚参加了在柏林举行的自然科学家们的集会，正准备返回克勒费尔特。

他和歌德就一些悬而未决的问题，特别是就一些矿物学的问题进行了交谈。

他们也谈到了那些火成论者，而且谈到了人们以什么样的方式方法通过自然获得看法和假设；在这样的时候，他们也想到了某些伟大的自然科学家和亚里士多德。歌德高度评价了亚里士多德。

他说："亚里士多德对自然的看法要比任何一个创新者对自然的看法深刻，不过他太急于发表自己的意见，如果你想从自然中获得某种好处，就必须对自然采取慢慢来和宽容的态度。

"每当我在研究自然科学对象的过程中得出某种看法的时候，我并不要求自然马上同意我的看法，而是通过观察和实验继续探究它。如果它愿意向我表示好意，偶尔确认我的看法，我会感到满意。如果它不同意我的看法，那么我也许会产生另外的奇想。我将对之进行研究，也许自然会觉得我的奇想更容易得到证实。"

▼ 1828年10月3日　星期五

今天吃中饭的时候，我和歌德讨论了富凯的剧本《瓦特堡歌咏赛》。我曾应歌德的请求读了这个剧本。我们在以下这个问题上取得一致意见，即这位诗人一生都在研究早期德国的文化[①]，所以对他来说，早期德国的文化是独一无二的。

歌德说："我们从早期德国的黑暗时代里很少获得对我们有用的东西，同样，我们从塞尔维亚的歌曲和类似的野蛮民族的民间诗歌里也很少获得对我们有用的东西。人们读这些远古时代的诗歌，一时对它们产生兴趣，不过读过之后就把它们束之高阁了。总而言之，人由于自己的激情和命运已经变得够烦恼的了，所以无须通过充满黑

① 指宗教改革前的德国文化。

暗的野蛮的远古时代使自己愁上加愁。人需要明朗和快乐,所以他需要面向那样一些艺术和文学时期,在那些时期里,出色的人物得到了完美的教育,所以他们本身感到心情愉快,而且有能力把自己文化的永恒的幸福再倾注在其他的文化上。

“不过,你要是想对富凯产生好的看法,最好去读一读他的《温亭娜》。这部童话的确讨人喜欢。当然它有好的题材。我们甚至不能说,诗人全靠题材创作了这部童话;但是不管怎么说,《温亭娜》是部好作品,你会喜欢它的。”

我说:“我觉得当今的德语文学处于不利的地位。我是先读伏尔泰的诗,然后再读艾贡·艾伯特[①]的那些诗的。我先认识伏尔泰,而且是通过他的那些致朋友的小诗认识他的。我认为伏尔泰的那些小诗是他所写的诗中最好的。富凯的情况也不太好。我是在全神贯注地阅读英国作家司各特的小说《帕斯的美女》的时候萌生了读《瓦特堡歌咏赛》的念头的。《帕斯的美女》是我所读的这位伟大的英国作家的第一部作品,我把它撂到一边,然后去读《瓦特堡歌咏赛》。”

歌德说:“和这样一些伟大的外国人相比,我们近代的德国人当然经不起考验。不过他们逐渐使自己熟悉国内外的一切事物,这很好。这样他们就会知道,从什么地方可以获得诗人所需要的更高的世界知识。”

歌德的儿媳走了进来,坐到了我们的身边。

歌德兴致勃勃地接着说:“沃尔特·司各特的《帕斯的美女》可是一部好作品,对吗?这部小说写得很好!这真了不起!从整体来看,这部小说的布局合理,从局部来看,每一笔都目标明确。多么详细啊,无论是对话还是描述,两者均非常详细!他笔下的场面和情景就像是荷兰画家泰尼尔父子的油画。从整体来看,这些场面和情景的安排非常巧妙,个别人物的描写生动而真实,故事的讲述更是细致

① 艾贡·艾伯特(Karl Egon Ebert, 1801—1882),出生于布拉格的德语作家。

入微，娓娓动听。你现在读到什么地方？”

我回答说：“我读到那一段，即亨利·史密斯[1]带着那个弹齐特尔琴的美丽的姑娘[2]穿过街道，绕道朝自己的住所走去，在回家的路上，他因遇到制帽商普洛特费特和药剂师德温宁而动怒。”

歌德说：“是啊，这一段写得好。那个具有反抗精神而且诚实的兵械制造家，不仅带着那个有嫌疑的姑娘，而且背着一只小狗。这一段不愧是司各特的小说中最具特色的段落之一。它说明作者善于揭示人性中的深深的秘密。”

我说：“沃尔特·司各特让女主人公凯瑟琳的父亲西蒙·格罗佛成为制手套的工人，他为了买到兽皮早就和苏格兰山地居民建立了贸易往来，现在仍和他们做买卖。我认为这是作者非常成功的一着，值得钦佩。”

歌德说：“是啊，这是非常成功的一着，因为它为整本书创造了极为有利的社会条件，同时使所有的社会条件获得现实的基础和最令人信服的真实性。沃尔特·司各特通过毕生的研究和观察，以及对日常生活里最重要的社会情况的详细讨论，获得了有关现实世界的广博的知识。所以他笔下的人物和事件不仅可信，而且栩栩如生。这应该归功于他的伟大才能和渊博知识！你还记得吧，有位英国评论家曾把诗人们比作歌唱家的声音，有一些诗人只拥有少数几个好的音，而另一些诗人则完全拥有最大音域的低音和高音。沃尔特·司各特属于后者。在《帕斯的美女》里，你找不到差的段落，你不会感到，在每一段里司各特的知识和才能不够用。他全面地掌握自己的题材。国王、国王的弟弟、太子、教士的首领、贵族、市政人员、市民和手工业者、苏格兰山地居民，所有这些人物既可信又真实。”

歌德的儿媳说：“英国人特别喜欢亨利·史密斯的性格，沃尔

① 小说主人公，兵械制造家。
② 即帕斯的美女凯瑟琳。

特·司各特似乎也把亨利·史密斯变为此书的主角。不过亨利·史密斯并不是我所宠爱的人,我的宠臣是王子。”

我说:“王子虽然粗野,但是非常乐于助人,他和其他的人物一样描绘得很好。”

歌德说:“王子骑在马上,叫那个弹齐特尔琴的美丽姑娘朝他的脚走来,为的是把她拉近自己给她一个亲吻。这是一种英国式的极为鲁莽的行为。不过要是你们妇女总是偏袒你们所喜欢的人,你们就做得不对了。你们读一本书,通常是为了从中找到你们所需的精神食粮,找到一个你们可能喜欢的英雄,但是用这种态度去读书是根本不应该的,问题并不在于你们喜欢这个或那个人,而在于你们喜欢这本书。”

歌德的儿媳说:“亲爱的父亲,我们女人偶尔会这样。”她向桌子俯下身去,握了握歌德的手。

歌德回答说:“那么我们只好对你们的盛情不加阻止了。”

最新一期《地球》摆在他的旁边,他顺手把它拿了起来。这时,我和歌德的儿媳谈论我在剧院里认识的那几个年轻的英国人。

歌德略微激动地重新开始说:“可是你们知道《地球》的那些编辑先生是些什么样的人吗?他们一天比一天变得伟大和重要,他们同心同德,对此你几乎无法理解。在德国,要办这样一种杂志是根本不可能的。我们全都是些分离主义者,根本没有一致意见;每个人只有他自己的地区和他自己的城市,乃至他自己个人的意见,我们只能长期地等待下去,直到我们获得某种共同的教育。”

▼ 1828年10月7日　星期二

今天吃饭的时候,客人们个个兴高采烈。在场的除了魏玛的几位朋友以外,还有几位从柏林返回的自然科学家,其中有来自慕尼黑的马蒂乌斯[①]先生，他坐在歌德的旁边，我认识他。大家你一言我一语地就各种各样的事情进行交谈和开玩笑。歌德的心情特别好，他对客人们的问题有问必答。大家谈到了戏剧，对意大利歌剧作曲家罗西尼的最后一部歌剧《摩西》谈了许多。有的人指责这部歌剧的题材，有的人称赞它的音乐，有的人则指责它的音乐。歌德发表了以下的看法。

他说："你们这些好孩子，我真不理解你们怎么会把题材和音乐分开，怎么能单独地欣赏题材或音乐。你们说题材没有用，也就是说你们似乎无视题材，而只喜爱卓越的音乐。我真佩服你们的天真无知。你们的耳朵能细听优美的声音，而你们的最强大的感官——眼睛——却受到那些极其荒唐的题材的折磨。

"我想你们不会否认，你们的《摩西》的确太荒唐了。当幕拉开的时候，观众看到有许多人站在舞台上祈祷。这是很不恰当的。书本里写道，如果你想祈祷，就应该走进你的小房间里，然后把门关上。可是在舞台上是不应该祈祷的。

"我要是为你们创作《摩西》的话，我会把它写成完全不同的样子，我会让这部歌剧具有完全不同的开头。我首先让以色列的孩子们在埃及总督们的专制统治下艰难地、痛苦地服徭役，为的是让观众后来逐渐明白摩西为了把他的人民从埃及总督们的可耻压迫下解救出来立下了哪些丰功伟绩。"

接着歌德兴致勃勃地一步一步地通过每一场和每一幕向我们展示了整部歌剧的构思。他始终本着题材的历史意义巧妙地安排情节和刻画人物，使所有在场的客人又惊又喜，他们对歌德源源不竭的思想和丰富的想象力赞不绝口。由于这一切发生得太快，所以我难以理解，不过埃及人的舞蹈却留在了我的记忆里，歌德认为，在战胜黑暗之后应该让埃及人跳舞，以表达对重见天日的喜悦。

---

① 马蒂乌斯（Karl Friedrich Philipp von Martius，1794—1868），德国自然科学家，曾于1828年和1829年在慕尼黑和柏林召开的自然科学家会议上做了关于植物的螺旋倾向的报告。

话题又从摩西转向了《圣经》中所说的大洪水，于是这次由有见解的自然科学家马蒂乌斯引起的谈话转向了博物学方面的问题。

马蒂乌斯先生说：“据说人们在土耳其的最高山峰阿拉拉特上发现了诺亚方舟的一块化石，要是人们也能找到最早的人类的头盖骨化石的话，我会感到惊奇。”

马蒂乌斯先生的这番话引起了大家对最早的人类的兴趣。于是大家谈到各种不同的人种，例如黑种人、棕种人、黄种人和白种人，并且想知道这些不同的人种是如何分布在世界各国的。最后大家提出一个问题：是否所有的人都来源于亚当和夏娃这对夫妻。

马蒂乌斯先生赞成《圣经》里的这一传说，并且试图用以下这个句子证实他的看法：大自然在进行自己的生产的时候是非常节俭的。

歌德说：“我反对这种看法。我倒是认为，大自然始终证明自己是有富余的，甚至是浪费的。因此我们完全有理由相信，大自然并不希望世界上只有这对可怜的夫妻，而希望有成千上万的人。

“当地球发展到某一成熟点的时候，水消失了，干旱地区长出了足够的绿色植物，于是开始了人类的形成时期。由于上帝的万能，在可以居住的土地上，也许最初在高地上，到处出现了人。假定这事已经发生，我认为是合情合理的；但是要我去思考这事是**怎样**发生的，我认为是徒劳无益的，我们想把这个问题留给那些喜欢研究无法解决的问题的人去研究，因为这些人没有更好的事情可做。”

马蒂乌斯先生半开玩笑地说：“作为博物学家，尽管我乐于坚信阁下的看法，但是作为一个好的基督教徒，我感到难以同意阁下的看法，因为您的看法似乎不符合《圣经》的那些看法。”

歌德回答说：“《圣经》当然只谈那对上帝在第六天创造的人。但是，把《圣经》流传给我们的上帝的话记下来的那些有才华的男人，首先是和他们的被上帝选中的人打交道，所以我们压根儿不想否认，这个人是光荣的，因为他来源于亚当。不过我们其他人，包括黑人、拉普人和比我们长得漂亮的苗条的人，当然也有其他的祖先。尊敬的先生们肯定会承认，我们在各个方面都不同于亚当的真正的后裔，他们在对待钱的问题上胜过我们。”

我们笑了。谈论涉及各方面的问题。歌德和马蒂乌斯先生针锋相对，还说了一些重要的话，这些话表面上看具有玩笑的性质，但从根本上看具有更深刻的含义。

宴会结束之后，普鲁士的部长冯·约旦先生来访，我们转移到了邻近的房间。

▼ 1828年10月8日　星期三

蒂克偕夫人和两个女儿以及伯爵夫人芬肯斯坦因从莱茵疗养浴场旅行回来，今天应邀到歌德家里做客。我在前厅里与他们见面。

蒂克看上去很健康，看来在莱茵疗养浴场的浴疗对他产生了好的效果。

我告诉他我在这段时间里第一次读了沃尔特·司各特的小说，我对这位杰出作家的才能感到巨大的喜悦。

蒂克说：“我怀疑这部我还不知道的最新小说是沃尔特·司各特所创作的最好的小说。不过由于这位作家早已遐迩闻名，所以你第一次读他的作品的时候总会感到惊异，不管你从哪方面去看它，你都会觉得它写得很好。”

歌特林[①]教授刚从意大利旅行回来，他也参加了今晚的聚会。我为和他重逢感到非常高兴。我把他拉到窗子旁边，好和他交谈。他说：“你要想有所成就，就必须去罗马！这是一座不朽的城市！它充满活力！它是一个光明的世界！在德国，我们天性中的一切污泥浊

---

① 歌特林（Karl Wilhelm Göttling，1793—1869），语文学家，耶拿大学教授。

水是无法除掉的；可是一旦我们进入罗马，我们就会前后判若两人，就会感到我们像周围的人和环境一样伟大。”我问道：“您为何不在那里多待一些时候？”他回答说：“钱和假期都用完了。不过当我离开美丽的意大利，重新跨越阿尔卑斯山的时候，心里有说不出的高兴。”

歌德来了，并向在座的人问候。他和蒂克及其家人与朋友就各种各样的问题进行了交谈，然后伸臂让伯爵夫人挽着，带她入席用餐。我们其他的人跟随他们入席，男女相间而坐。大家热烈而自由随便地进行交谈；但是谈了些什么，可惜我很少记起来了。

用餐结束后，奥尔登堡的那几位王子来访。我们大家上楼到歌德儿媳的那些房间里，蒂克的女儿阿格内斯坐到钢琴旁边，用极好的女低音演唱了《我悄悄地溜了出来，在田野里任性地游玩》这首好听的歌曲，她的精彩表演给大家留下了难忘的印象。

▼ 1828 年 10 月 9 日　星期四

今天中午，我和歌德及其儿媳在一起用餐。我们又开始进行前几天的谈话。我们再次谈到罗西尼的《摩西》，而且乐于回想起歌德当时所说的有关《摩西》的那番富有启发性的话。

歌德说：“至于我凭一时的兴致开玩笑地对《摩西》说了些什么，我不记得了。因为像那样的话完全是无意中说出的，不过有一点是可以肯定的，即我曾说，如果一部歌剧的题材和音乐同样完美，而且两者步调一致、和谐统一，那么观众肯定喜欢欣赏这样的歌剧。如果你们问我哪一部歌剧我觉得好，那么我给你们举出意大利作曲家凯鲁比尼的歌剧《运水夫》，因为在这部歌剧里，题材非常完美，以至没有音乐也可以把它视为一种单纯的剧本，而且它会受到观众的喜爱。作曲家们要么不理解一种好的题材的重要性，要么完全缺少一些能够帮助他们改编好的题材的专家诗人。假如《自由射手》没有好的题材，那么光凭音乐怎么能把大批的观众吸引来看这部歌剧呢？所以，我们也应该向《自由射手》的编剧金德先生略表敬意。”

大家还对题材与音乐的相互关系发表了各种不同的看法，然后想起了歌特林教授和他的意大利之行。

歌德说：“这位好人满怀热情地谈到了意大利，这件事不能怪他。我自己也有所体会，我在意大利时心情特别愉快！是的，我可以说，我在罗马才真正感到人到底是什么。我在后来再也没有达到这样的高度，再也没有感受到这样的幸福。和我在罗马时的情况相比，我在后来再也没有高兴过。”

歌德停了一下，然后继续说：“不过我们不想陷入忧郁的沉思之中。你还在读你的《帕斯的美女》吗？进展如何？读到什么地方？请你详细地告诉我。”

我说：“我读得慢，才读到那一场，即模仿亨利·史密斯的走路和吹口哨方式、穿着甲胄的普洛特费特被亨利·史密斯杀死了，第二天早上，在帕斯的街道上市民们发现了普洛特费特的尸体，误认为是亨利·史密斯，于是全城引起了骚动。”

歌德说：“是的，这一场很重要，它是写得最好的场面之一。”

我接着说：“我在读这部小说的时候特别佩服沃尔特·司各特解释事物的能力，他善于把混乱的情况解释得清清楚楚，以至一切都筛选成主体和静穆的图像，给我们留下这样的印象，仿佛我们像无所不知的上帝一样从上往下忽然综观同时在不同地点发生的事情。”

歌德说：“总而言之，沃尔特·司各特具有很高的艺术鉴赏力，所以我们和像我们这样的人特别注意他是**怎样**创作小说的，我们对他的作品怀有双重的兴趣，从中获得极大的好处。我不想抢先说出你的话，不过你在第三部分里会发现沃尔特·司各特是怎样运用巧妙的艺术手法刻画场景和人物的。你已经知道，王子在枢密院里提出了一个机智的建议——让那些造反的苏格兰山地居民互相残杀。你也已经知道，在耶稣复活节的星期日这一天，苏格兰山地居民的两个敌对的部族[①]将下山来到帕斯，以三十人对三十人进行生死存亡的决斗。但是，你会感到惊异，沃尔特·司各特怎样描写决斗的场面。他先让史密斯为代表的部族在决斗那天缺少一人，引起读者的悬念，然后在紧急关头让他的英雄亨利·史密斯顶替缺少的那个人参加决斗。这一着很高明，当你读到这一部分的时候，你会感到高兴的。

"不过，要是你读完《帕斯的美女》，你应该立即去读《威弗利》，这部历史小说当然是用完全不同的眼光写的，而且无疑是世界文学中最优秀的小说之一。我们知道，司各特是《威弗利》和《帕斯的美女》的同一个作者，但是作为《威弗利》的作者，他得首先争取获得读者的宠爱，所以他必须留神使每一笔都尽善尽美。与此相反，《帕斯的美女》是为广大的群众写的，作者已经清楚地知道他的读者是谁，所以下笔较为随便。如果你读了《威弗利》，你当然会明白，为什么沃尔特·司各特至今仍始终把自己称作这部小说的作者。因为在这部作品里他向世人表明他能够做些什么。他在后来从未写过比这部小说更好的作品，或比得上这部最早发表的小说的作品。"

为向蒂克表示敬意，今晚在歌德儿媳的那些房间里举行了很有趣味的茶会。我有幸认识了麦德姆伯爵和伯爵夫人。后者对我说，她在白天看到了歌德，内心里一直为这一经历感到高兴。伯爵对《浮士德》及其续篇特别感兴趣，和我就一些问题进行了短暂而热烈的交谈。

我们曾希望蒂克能为我们朗读歌德的作品，他也同意了。于是客人们很快就走进一间较远的房间，待客人们围成一个大圈，舒服地坐在椅子和沙发上准备倾听之后，蒂克开始朗读歌德的剧本《克拉维哥》。

---

① 以亨利·史密斯为代表的部族和以史密斯的情敌、凯瑟琳的父亲西蒙·格罗佛的徒弟康纳卡为代表的部族。

我曾多次阅读和感受这部剧本,但现在我觉得它是全新的,而且产生了几乎前所未有的效果。我觉得蒂克仿佛是从舞台上往下读似的,而且读得更好;我们更加充分地感觉到了个别的人物和场面;蒂克的朗读给人一种演出的印象,在演出中每一个角色都配备了优秀的演员。

我们很难说蒂克哪一部分朗读得更好,不管是其中展现男人们的力量和激情的部分,冷静、清醒、理智的场面,还是痛苦的爱情的时刻,都朗读得很好。为了表现痛苦的爱情的时刻,蒂克采用了非常特别的手段。玛丽和克拉维哥之间的那一场朗读的声音至今仍在我耳旁萦回;两人紧贴在一起的胸脯、结结巴巴的和颤抖的声音、断断续续的和半吞半吐的话语与声音、伴随着热泪的耳语和叹息,这一切我至今还记忆犹新,永志不忘。每一个人都全神贯注地倾听他的朗读,全都给他的表演吸引住了。蜡烛光变得暗淡了,但是谁也没有想到或敢于修剪一下烛心,生怕修剪烛心发出的非常轻微的响声会打断他的朗读。妇女们的眼里不断涌出泪水,这说明这出戏深深地打动了她们的心,同时说明朗读者和诗人得到了她们很高的评价。

蒂克结束了朗读,然后站了起来,擦去额上的汗水。可是听众仍一动不动地坐在自己的椅子上;每个人似乎还沉浸在刚才的激动里,以至忘记了向对大家产生了如此不可思议的效果的朗诵者说句恰当的感谢的话。

大家逐渐地恢复了正常,从座位上站了起来,在房间里愉快地走来走去。然后大家朝邻室那几张上面摆有晚餐的小桌子走去,开始吃晚饭。

歌德本人今晚没有到场,可是我们大家都惦记着他。他向蒂克道歉,并给蒂克的两个女儿——阿格内斯和多罗特娅,送了两根附有他的肖像和饰有红色丝带结的围巾针,由歌德的儿媳将这两根围巾针像小勋章一样别在她们的胸前。

▼ 1828年10月10日　星期五

今天上午我收到了伦敦的威廉·弗拉塞先生(《海外评论》杂志的发行人)寄来的这份定期出版的杂志的第三期的两本,今天中午我把其中的一本交给了歌德。

我又发现歌德家里来了两位快活的同桌就餐的客人——蒂克和伯爵夫人。他们是根据歌德和其他朋友们的请求同意在魏玛多待一天的,而这个家庭的其他成员在今天上午已乘车前往德累斯顿了。

席间,大家特别谈到了英国文学,尤其是沃尔特·司各特。蒂克趁此机会说道,他在十年前就把第一本《威弗利》带到了德国。

▼ 1828年10月11日　星期六

在弗拉塞先生的这期《海外评论》上,除了刊载了许多重要而有趣的文章之外,还刊载了卡莱尔写的一篇论歌德的非常有价值的文章,我在今天上午就仔细地把它阅读了。中午我早一些去吃饭,以便在其他客人到来之前和歌德讨论这篇文章。

正如我所希望的那样,我发现歌德独自一人在等候客人。他穿着黑色燕尾服,胸前佩戴着星形勋章,我很喜欢他这样的穿着。他今天看上去特别年轻和心情喜悦。我们马上开始谈论我们共同感兴趣的问题。歌德对我说,他也同样在今天上午仔细阅读了卡莱尔论述他的文章,所以我们能够对外国人的这种努力交换看法,并给予应有的表扬。

歌德说:"我高兴地看到,苏格兰人从前的那种学究气已经变成严肃的态度和细致认真的思考。当我想起那些爱丁堡人在几年前如何评价我的作品的时候,我也不由得想起卡莱尔现在对德国文学所做出的贡献。显然,卡莱尔对德国文学的评价要比那些爱丁堡人对德国文学的评价客观和深刻。”

我说：“谈起卡莱尔，我首先得崇敬他的精神和性格，因为它们是他志向的基础。他所关心的是他本民族的文化，所以他在研究外国的文学作品时总向自己提出这样的问题：把什么样的外国文学作品介绍给自己的同胞。他强调的并不是作者的艺术才能，而是作者在作品里所表达的高度的道德修养。”

歌德说：“是的，他的这种思想特别可贵。他是多么严肃认真！他对我们德国人的研究是多么深入！他对德国文学的研究几乎比我们还要内行。而我们和他相比，对英国文学的研究则太肤浅了。”

我说：“这篇文章是卡莱尔用火一样的热情和加强的语气写的。从文章中可以看出，在英国还有许多的偏见和矛盾需要加以克服。有些心怀恶意的评论家和品德不好的翻译者尤其对《威廉·迈斯特》持否定的态度。与此相反，卡莱尔给予这部作品以很高的评价。有的评论家说，真正的贵妇人是不会去读《威廉·迈斯特》的。卡莱尔用一个活生生的例子反驳了这种愚蠢的诽谤。他说，普鲁士的最后一位女王就很喜欢读歌德的这部作品，她不愧为她那个时代的一位最优秀的妇女。”

同桌就餐的客人们走了进来，歌德一一向他们问候。他又把注意力转向我。我于是继续讲话。

我说：“卡莱尔当然读过《威廉·迈斯特》，而且像歌德一样深知这部作品的价值，所以他很希望这部作品得到广泛的传播，也很希望每一个有文化的人都能从中获得同样的好处和享受。”

歌德把我拉到窗前，为的是对我的这番话做出反应。

他说：“亲爱的孩子，出于信任我想告诉你一句话，它马上会使你变得比许多人高明，而且使你一生受益。我的作品是不会家喻户晓的。谁要是认为我的作品会受到群众喜爱，而且致力于在群众中传播它们，他就会大错特错。因为我的作品不是为群众写的，而是为少数想法和志向与我相似的人写的。”

他还想说下去，这时一位年轻的女士朝他走来，打断了他的话，并引他和自己谈话。我转向其他的客人，不久我们就入席用餐了。

席间大家讲了些什么，我几乎什么也想不起来了；可是歌德刚才告诉我的那句话却深深地铭刻在我的心里。

我心里想，像他这样的一位作家当然是才能卓越和学识渊博的人，怎么会为群众喜闻乐见呢？他作品中的一小部分也很难称作群众喜闻乐见的作品，他几乎没有写过一首为放浪的弟兄和热恋中的姑娘所喜爱而为其他的人所讨厌的歌曲！

准确地说，一切特殊的事物怎么会家喻户晓呢？莫扎特难道为群众喜闻乐见吗？拉斐尔难道家喻户晓吗？世人对如此丰富的过分热情的精神生活所采取的态度难道不像偷吃东西的人所采取的态度吗？他们偶尔抓到一点瞬间能满足他们对质量更高的食物的欲望的东西，就高兴得不得了。

是的，我心里继续想，歌德的话是对的。像他那样无所不知的人是不会家喻户晓的。他的作品只是为和他有类似的追求与志向的少数人写的。

总的说来，他的作品是为那些善于思考的人写的，他们希望探究世界和人类的秘密，独辟蹊径。具体说来，他的作品是为那些热情的享受者写的，他们在诗人的作品里热烈地寻求快乐和痛苦。他的作品是为年轻的诗人们写的，他们要学习如何表达自己的思想感情，如何按照艺术的要求处理一个题材。他的作品是为那些评论家写的，他们想在歌德的作品里找到一个标准：应该按照哪些原则评价作品，怎样把评论文章写得有趣和优美，使人们乐意去读它。他的作品是为艺术家们写的，因为他们在歌德的作品里不仅获得启蒙的精神，而且认识到如何按照艺术的规律处理题材，应该描绘些什么和不应该表现些什么。他的作品是为博物学家们写的，这不仅因为歌德向他们介绍了已被发现的大的法则，而且因为他向他们介绍了一种方法：一个有才气的好人应该如何与大自然打交道，以便揭示大自然的秘密。

所以一切致力于科学和艺术的人都喜欢阅读歌德丰富多彩的作品，将其视为他们从中可以汲取伟大的光和生活的普遍的源泉。

我在吃饭的时候头脑里产生了这些和类似的想法。我想到了一些人，想到了某些勇敢正直的德国艺术家、博物学家、诗人和评论家，他们把自己大部分的学识归功于歌德。我想到了那些有见解的意大利人、法国人和英国人，他们特别注意歌德，并按他的意思行事。

在这段时间里，我周围的客人开心地说话和开玩笑，尽情地享受那些可口的菜肴。我有时也和他们谈上几句，但总的说来我毕竟心不在焉。有位女士曾向我提了一个问题，但我也许没有给她做出最好的回答。我遭到了她的取笑。

歌德说："别再取笑艾克曼了，他总是心不在焉的，除非他坐在剧院里。"

大家由于我的出丑而笑了，可是我并没有因此感到不快。今天我的心情特别愉快。我为我的命运祝福，它使我在某些奇特的安排之后有幸和少数人共同分享与歌德的交往，并取得他的进一步信任，就在几分钟之前他伟大的形象还清晰地浮现在我的脑海里，我对他给予我的盛情始终记忆犹新。

正餐的最后一道甜点是饼干和好看又好吃的葡萄。这种葡萄是从远方寄来的，但那是什么地方，歌德不肯透露秘密。他把葡萄分给大家吃，越过桌子递给我一串很熟的葡萄。他说："这是给你的，我的好朋友，尝尝这甜食，你会高兴的。"我接过歌德手里的葡萄，津津有味地吃了起来；有他在我的身边，我感到无比幸福。

我们谈到戏剧，谈到魏玛的演员沃尔夫对戏剧做出的贡献，还谈到这位杰出的艺术家的许多好事。

歌德说："我很清楚，魏玛的老一代演员从我这里学了不少东西，但是从真正的意义上说，我只能把沃尔夫称作我的学生。他认真地钻研我的理论原则，按照我的意思行事。我希望其他的演员能向他学习。

“过去我由于某些其他的原因非常生沃尔夫的气。他不得不在晚上演戏,我则坐在我的包厢里。我心里想,现在你应该注意他的表演了,你千万不要为他说话,千万不要为他的错误辩解!沃尔夫开始表演了,我目不转睛地看着他。可是他表演得多好啊!他的表演是多么沉着,多么自信!他的表演一点儿也没有违反我所灌输给他的那些规则,我不得不改变我对他的错误看法,和他言归于好。”

▼ 1828 年 10 月 20 日　星期一

矿务局长,来自波恩的诺格拉特,在参加完于柏林召开的博物学家协会的会议之后,今天在返回波恩的途中到歌德家里做客。这是一位非常受欢迎的客人。席间大家就矿物学的问题进行了热烈的交谈。这位可敬的客人就波恩附近的矿物储藏情况做了特别细致的分析。

饭后我们走进那间里面有巨大的朱诺半身雕像的房间。歌德让客人们看一张长长的纸条,这纸条上面画有费加里亚神庙的雕饰花纹的草图。客人们观赏这张草图,并且注意到,希腊人在描绘动物时与其说遵守自然,不如说遵守某种习俗。客人们发现,希腊人在描绘动物时落在了自然的后面,所以在浅浮雕上出现的公羊和马,往往是一些非常呆板的、奇形怪状的和有缺陷的生物。

歌德说:“我不想就此进行争论,不过我们首先必须分清这样的作品产生于哪个时代和出自哪位艺术家的手笔。因为已经发现许多杰作,证明希腊艺术家们在描绘动物的时候不仅赶上了自然,而且超越了自然。英国人在世界上是最擅长相马的,现在也不得不承认有两个古代马头雕像在形状上比现在地球上任何一种马都更完美。这两个马头雕像产生于希腊鼎盛时期。我们在赞叹这样的作品的时候，千万不要认为那些艺术家是按照比现在更完美的自然马去创作他们的作品的，事实上，随着时代和艺术的进步，艺术家们自己也变得进步起来，他们是凭着自己的伟大人格去对待自然的。”

当歌德在说这番话的时候，我和一位女士站在一侧的一张桌子旁边观赏一幅铜版画，所以我只能用一只耳朵听歌德说话，正因为这个缘故，我把他的这番话听得更加仔细。

客人们渐渐地走了，只剩下歌德和我两个人。歌德站到炉子旁边，我朝他走了过去。

我说：“阁下刚才说希腊人是凭着自己的伟大人格去对待自然的，这话说得好，我认为我们应该深刻理解这句话的含义。”

歌德说：“是的，我的好朋友。一切都取决于人的伟大人格。为了做出某种成绩，人们必须具有伟大的人格。但丁在我们看来是伟大的，但是他继承了几个世纪的文化。罗斯柴尔德家族[1]是富有的，但是他们的家资是由几代人的努力积累起来的。这种事情比人们所想象的要更深刻些。我们的那些善良然而崇尚早期德国文化的艺术家根本不懂得这个道理，他们凭着人格的软弱和艺术上的无能去模仿自然，自以为做出了成绩，其实他们比自然还低下。谁要想创作出伟大的作品，他就必须提高自己的文化修养，只有这样他才能像希腊人一样，把猥琐的实际自然提高到他自己的精神的高度，把自然现象中由于内在的弱点或外在的阻碍而仅有某种意图的东西变为现实。”

▼ 1828 年 10 月 22 日　星期三

今天吃饭的时候，我们谈到了妇女问题。歌德就此发表了很好的看法。他说：“妇女好比是一些银制的水果碟，我们把金苹果放到

---

① 18 至 19 世纪欧洲最大的犹太富豪，在法兰克福、维也纳、巴黎、伦敦和那不勒斯设有银行。

里面。我对妇女的看法不是从现实的现象中概括出来的，而是先天就有的，或者天知道是从我的思想里产生的。我所描绘的那些妇女全都占了便宜，她们比现实中所能遇到的妇女更好。”

▼ 1828年11月18日　星期二

歌德谈到新的一期《爱丁堡评论》[①]。他说：“我高兴地看到，英国的评论家们现在已有很大的进步，他们早期的学究气再也看不到了，取代它的是高尚的品质。在最近一期的《爱丁堡评论》上刊登了一篇论德国文学的文章，其中有这样一句话：‘有一些诗人总喜欢和那些别人打算放弃的事物打交道。’你对此有什么看法？读了这句话，我们突然知道我们所处的地位，知道应该把我们当今的大批文学家归为哪一类诗人。”

▼ 1828年12月16日　星期二

今天我单独和歌德在他的工作室里吃饭；我们谈了各种文学问题。

他说：“德国人不可能摆脱市侩作风。他们现在就某些双行诗既印在席勒的诗集里又印在我的诗集里这个问题发牢骚和争论不休。他们认为，弄清哪些双行诗是属于席勒的，哪些双行诗是属于我的，是非常重要的事，仿佛这种划分有什么益处，仿佛客观存在的事实还不够！

“像席勒和我这样两个朋友，多年结合在一起，兴趣相同，天天接

---

① 苏格兰人杰弗里（Francis Jeffrey，1773—1850）于1802年创办的季刊。

触，互相切磋，互相影响，两人如同一人，所以关于某些个别思想，很难说其中哪些是他的，哪些是我的。我们共同创作了许多双行诗，有时意思是我想出的，而诗是他写的，有时情况正相反，有时他做头一句，我做第二句，这里怎么能有你我之分呢？一个人如果把解决这种疑问当作重要的事情，他准是深深地陷入了市侩习气之中。”

我说：“类似的情况在文学界也不少见，例如人们怀疑这个或那个名人是否有独创性，要追查他的教养来源。”

歌德说：“那太可笑了，那就无异于问一个吃得胖胖的人吃的是什么牛、什么羊、什么猪，才有他那样的体力。我们固然生下来就有些能力，但是我们的发展要归功于广大世界千丝万缕的影响，我们从这广大的世界中吸收我们能吸收的和对我们有益的那一部分。我有许多东西要归功于古希腊人和法国人。我非常感谢莎士比亚、斯特恩和哥尔德斯密斯。但是单单这些话并没有说完我的教养来源，这是说不完的，也没有必要。关键在于要有一颗爱真理的心灵，随时随地碰见真理，就把它吸收进来。”

歌德接着说：“况且，这个世界现在太老了。几千年来，那么多的重要人物已生活过，思考过，现在可找到和可说出的新东西已不多了。就连我的颜色学也不完全是新的。柏拉图、达·芬奇和许多其他卓越人物都已在一些个别方面先我有所发现，有所论述，我只不过又有所发现，有所论述而已。我努力在这个混乱的世界里再开辟一条达到真理的门路。这就是我的功绩。

“还有一点，我们必须经常反复地宣传真理，因为错误也有人在反复地宣传，而且不是个别人，而是大批的人在宣传。在报刊上，在百科辞典里，在中小学和大学里，错误到处流行，多数人明显地站在错误一边，以至于谬种得以到处流传。

“人们还往往把真理和错误混在一起去教人，而坚持的却是错误。例如，几天前我还在一部美国百科辞典里读到关于蓝色起因的学说。先提到达·芬奇的正确观点，然后非常镇静地提到牛顿的错误观点，而且还加上一句评语说，牛顿的观点是应该遵从的，因为它已被普遍接受了。”

听了歌德的这番话，我禁不住笑了起来，而且感到惊讶。我说：“任何蜡烛，任何后面有点昏暗的被照亮的厨烟，任何后面有暗处的清晨的薄雾，每天都使我相信蓝色的产生，而且教我理解天空的蓝色。可是牛顿的学生们却认为，空气能够吞没除蓝色以外的其他所有的颜色，在我看来，这是非常荒谬的。我认为，如果某种学说缺乏激动人心的思想和有益的见解，就不可能给读者带来好处和快乐。”

歌德说：“这些人[①]缺乏好的心灵，他们压根儿对思想和见解不感兴趣。他们只满足于用言语和人们交往。这一点我的靡非斯特已经认识到，并且把它很好地说出来：

> 靡非斯特：总之——你要死守着言语！
> 由这个确实的门径
> 便可以达到坚固的圣祠。
> 学生：可是言语应该有个意义。
> 靡非斯特：不错！不过也不必过于拘泥，
> 因为在恰好的地方，
> 有时用得着没有意义的言语。”[②]

歌德笑着背诵了这一段，看上去心情很好。他说：“好在一切都已经印出来了；我还要继续写文章反对伪科学及其传播者，并把它们印出来。”

他停了一下，然后继续说：“现在，自然科学里渐渐出现一些杰出的人物，我高兴地注视着他们。他们当中的一部分人开始时是好的，

---

① 指牛顿的学生们。
② 参见郭沫若译《浮士德》（第一卷），新文艺出版社 1954 年出版，第 91—92 页。

但是没有坚持下来;这一部分人由于主观意识居支配地位,所以走入歧途。另一部分人则太重视事实。他们搜集了大量什么也证明不了的事实。总的说来,他们缺乏能够深入原始现象和驾驭个别现象的理论精神。"

一位客人短暂的来访打断了我们的谈话;不久客人走了,又剩下歌德和我两人。话题转到诗歌上。我告诉歌德,我最近又在读他的那些短诗,特别是那两首叙事谣曲:《孩子们和老人》和《幸福的夫妇》。

歌德说:"我自己颇为重视这两首诗,虽然德国的读者至今对它们的评价并不怎么高。"

我说:"在《孩子们和老人》这首叙事谣曲里,一个非常丰富的题材借助各种诗的形式和艺术手段被高度地压缩,我特别欣赏老人向孩子们讲述自己的过去,他的讲述把历史和现实有机地结合起来,让其余的一切展现在我们的眼前。"

歌德说:"我在把这首叙事谣曲写下来之前,已经把它在头脑里酝酿很久了;我花了好多年对它进行了思考,试写了三至四次,直到把它写成目前这个样子。"

我接着说:"《幸福的夫妇》这首诗同样非常富于主题,诗人在这首诗里不仅描写了形形色色的风景,而且描写了沐浴在春天妩媚阳光里的人们的幸福生活。"

歌德说:"我一直喜欢这首诗,我很高兴你对它产生了特别的兴趣。这首诗的乐趣最后还超出了孩子的双重洗礼,我想这毕竟是很好的。"

接着我们谈到了《市民将军》这部喜剧。我告诉歌德,我最近在和一个英国人读这部喜剧,我俩热切希望在剧院里看到它的演出。我说:"这部喜剧的精神一点也没有过时,此外,戏剧情节的发展完全适合于舞台的要求。"

歌德说:"那时它是一部很好的剧本,曾让我们度过几个愉快的晚上。当然,这出喜剧配备了优秀的演员,而且演员们熟练地掌握台词,让对话一个接一个地进行下去,完全和生活里发生的一样。马尔柯尔米扮演剧中人物麦尔滕,他的表演可以说是尽善尽美。"

我说:"我觉得施那卜斯这个角色同样很成功,我想在整个剧目里像他这样深受观众欢迎的角色并不多。在这个人物身上以及在整个剧本里,存在着剧院所能希望的明确性和现实性。施那卜斯带着皮袋上场,然后从皮袋里取出各种物品,例如给麦尔滕的嘴上贴上小胡子,给自己戴上自由帽、穿上制服、佩上剑,这个场面太精彩了。"

歌德说:"这个场面在过去曾给我们的剧院带来许多成功。此外还有一种情况,即这个皮袋及其里面装有的东西是历史上的确有过的。也就是说,革命时期,我在旅途中在法国边界上发现了它,那时有许多流亡者通过法国边界逃往国外,可能有一个流亡者丢失或扔掉了这个皮袋。剧本里出现的那些东西全在这个皮袋里,我根据这些东西写了那场戏,后来每次上演这个剧本的时候,演员们都怀着很大的兴趣把这个皮袋及其里面装有的全部附属物搬上舞台。"

接着我们还讨论了这个问题,即观众现在还会不会怀着兴趣观看《市民将军》,换言之,这部喜剧现在还会不会给观众带来好处。

讨论完这个问题之后,歌德探询我在法国文学里所取得的进步。我告诉他,我为了调剂生活还经常研究伏尔泰,这个人物的伟大才能始终给予我最纯洁的幸福。我说:"我对他的了解一直还很不够,我还一直停留在他的那些致友人的短诗的圈子里,我反复地读他的那些短诗,对它们爱不释手。"

歌德说:"说实在的,像伏尔泰这样具有伟大才能的作家所写的东西全都是好的,虽然我不能同意他所有的放肆行为。你刚才说你始终停留在他那些致友人的短诗的圈子里,我认为你这样做是对的,因为那些短诗毫无疑问是他所写的最亲切的诗,在那些诗里,每一行都充满才智,明白易懂,令人愉快,而且优美。"

我说:"我们在那些短诗里看到伏尔泰与世界上所有的伟人和强

者的关系，并且愉快地发现，伏尔泰自己扮演着一位品德高尚的人物，因为他的感受和那些至高无上者的感受一样，我们从来也没有觉察到，在某位陛下面前，他的自由精神会感到拘束。”

歌德说：“是的，伏尔泰是高尚的。他虽然放荡不羁，但是他始终懂得把自己保持在知礼的范围之内，而这一点更加显得重要。我可以援引奥地利女王作为这方面的权威，她反复地对我说，在伏尔泰的那些致王公大臣的短诗里，丝毫看不出他曾经超越礼貌的界线。”

我说：“阁下还记得伏尔泰致普鲁士的公主，即后来的瑞典女王的那首短诗吧。伏尔泰在诗里向她求爱，说他在梦中已经看到他被晋升为国王。”

歌德说：“这是伏尔泰所写的最优秀的诗之一。”说着他吟诵了其中的一段：

> 我爱您，公主，我敢于向您说出这一点。
> 众神在我醒来的时候并没有完全摈弃我，
> 我只失去了我的王国。

歌德接着说：“是啊，这首诗太好了！而且从来没有一个诗人像伏尔泰那样具有信手拈来的才能。我想起一件有关伏尔泰的逸事：有一段时间，伏尔泰去看望他的女友爱特莱夫人，就在启程回来的时候，也就是说，马车已停在门口的时候，伏尔泰收到邻近的一家修道院的一大批年轻修女的一封信，她们为了庆祝修道院女院长的生日，打算上演莎士比亚的悲剧作品《尤利乌斯·恺撒之死》，请伏尔泰写一个序幕。这个请求太彬彬有礼了，以至伏尔泰无法拒绝。他迅速让人拿来笔和纸，站着在壁炉的边上写了她们所要求的序幕。这是一首约有二十行的诗，完全经过作者的深思熟虑，完全满足了修女们的要求，一句话，这首诗尽善尽美，是最好的品种。”

我说：“我很想读一读这首诗。”

歌德说:“我怀疑这首诗在你的收藏品里,它不久前才问世,伏尔泰写了上百首这样的诗,其中有些还可能被私人收藏。”

我说:“最近我发现拜伦作品里有一段话,从这段话中我高兴地注意到,拜伦也特别尊重伏尔泰。从这段话中也可以看出,拜伦不仅爱读伏尔泰的作品,而且研究和使用过伏尔泰的作品。”

歌德说:“拜伦清楚地知道从什么地方去获取创作的题材。他太聪明了,以至用不着从他的才能这个普遍的源泉中汲取点什么。”

接着话题完全转到拜伦及其个别的作品上。这时歌德常常抓住机会,重复他以往说过的一些对这位伟大天才的表彰和惊羡的话。

我回答说:“我打心眼里赞成阁下对拜伦的评价;但是,无论那位才气横溢的诗人多么重要和伟大,我仍然非常怀疑,从他的作品里能否汲取对纯粹的人的形成非常有用的东西。”

歌德说:“我不得不反对你的这个看法,拜伦的勇敢、鲁莽和不同凡响,这一切难道没有教育作用吗?我们得注意到绝对纯洁和绝对道德的东西里去寻找教育意义。一切伟大的东西,一旦我们觉察到它,都有教育意义。”

1829年

▼ 1829年2月4日　星期三

歌德说："我在继续读舒巴特[1]的著作，他当然是个知名的人物，如果把他的话翻译成我们自己的语言，他有很多话是顶好的。他这部书的要义是：在哲学之外还有一种观点，即正常人的常识观点，艺术和科学一旦独立于哲学，单靠自由运用人的自然力量，就会很好地发展。这些话正合我们的心意。我自己对哲学一向敬而远之，健康人的常识观点就是我的观点，所以舒巴特证实了我毕生所说的和所行的。

"他有一点却是我不能完全赞同的，即他知道某些问题，却不能正确地把它们表达出来，这样他就不是抱着老实态度进行工作。像黑格尔一样，他也把基督教扯进哲学里，实际上这二者却互不相干。基督教本身是一种有巨大影响的思想，堕落的和受苦受难的人们往往借此来提高精神。我们既然承认基督教能起这种作用，这就说明它超越一切哲学之上，不需要哲学的支持。另一方面，哲学家也不必乞灵于基督教，以便证明某些学说，例如永生不朽说。人应当相信永生，他有相信这一点的权利，这是符合他的本性的，他可以把自己的希望寄托在宗教的允诺上。但是哲学家如果想根据一种传说来证明

① 舒巴特发表过评论歌德以及有关文学和艺术的著作。这里指的是1829年柏林出版的舒巴特的著作《泛论哲学，并特论黑格尔的哲学科学全书》。

灵魂不朽，这种证明就很软弱，没有多大价值。我认为永生的信念来源于行动这个概念，因为我如果孜孜不倦地工作到老死，在今生这种存在不再能支持我的精神时，大自然就有义务给我另一种形式的存在。”

听了歌德的这些话，我因惊羡和爱而心跳。我心里想，从来还没有一种学说像歌德的学说这样激励人们做出更多的丰功伟绩；因为谁要是孜孜不倦地工作到老死，他保证能获得永生。

歌德叫人取来一本装满素描和版画的画册。他默默地看了几幅之后，就让我看根据奥斯塔德①的油画刻制的一幅很美的版画。他说：“这里你可以看到一个贤夫贤妻的场面。”我非常高兴地观赏这幅版画。画的是一所农民住宅的内部，厨房、客厅和卧室都在一起。夫妻面对面坐着，妻在纺纱，夫在络纱，两人脚边躺着一个婴儿。房里面摆着一张床，地上到处摆着一些最粗陋、最必需的家用器具；门直通露天空地。这幅画充分表现出局促情况下的婚姻生活的幸福。从这对夫妻相互凝视的面容上，可以看出心满意足、安适和对夫妻恩爱的陶醉。

我说：“这幅画愈看愈使人欢喜，它有一种独特的魔力。”

歌德说：“那是一种感性魔力，是任何艺术所不可缺少的，而在这类题材中感性魔力大量存在。与此相反，在表现较高的意趣时，艺术家走到理想方面，就很难同时显出应有的感性魔力，因而不免枯燥乏味。在这方面，青年人或老年人就有宜或不宜之分，因此艺术家在选择自己的创作题材时应省度自己的年纪。我的《伊菲格涅亚》和《塔索》之所以写得成功，是因为当时我还够年轻，还可以把我的感性气质渗透到理想性的题材里去，使它有生气。现在我年老了，理想性的题材似乎对我已不合适，我宁愿选择本身已有某种感性的题材。假如格纳斯特②夫妇在这里，我将为他们写两部剧本，每一部只有一幕，

① 奥斯塔德（Adriaen van Ostade，1610—1685），荷兰名画家，以农村风俗画著称。
② 格纳斯特（Eduard Genast，1797—1866），魏玛的演员。

而且用散文写：一部是喜剧，以结婚告终；另一部是悲剧，以两具尸体告终，既残酷又使人震惊。后一部剧本可以追溯到我和席勒合作的时期，他在我的催促下已经写了一场。我已经仔细考虑了这两部剧本的题材，现在已完全胸有成竹，打算像我创作《市民将军》那样，用八天的时间，以口授的方式把这两部剧本写出来。”

我说：“那您就去写吧，无论如何也要把它们写出来；在《漫游年代》之后创作这两部剧本，这对您来说等于是恢复精神，等于是一次短途旅行。如果您还要为剧院奉献谁也没有预料到的两部剧本，那么人人都会感到高兴的！”

歌德接着说：“正如我刚才所说的，假如格纳斯特夫妇在这里，我完全相信我的剧本会给观众带来快乐。但是如果没有这种希望，观众就不会对我的剧本产生兴趣。一部写在纸上的剧本一钱不值。诗人必须了解他用来进行工作的手段，必须把他的角色写得特别适合于要扮演它们的演员。例如，我在创作剧中人物的时候，不仅考虑到格纳斯特和他的妻子，还考虑到拉罗西、温特贝尔格先生和赛德尔夫人。我知道我该做些什么，这样就能把我的创作意图付诸实行。为舞台上演而写作是一种特殊的工作，如果对舞台没有彻底了解，最好还是不写。每个人都认为一桩有趣的事情搬上舞台后也还一样有趣，可是没有这么回事！读起来很好乃至思考起来也很好的东西，一旦搬上舞台，效果就很不一样；书本里使我们着迷的东西，搬上舞台可能就枯燥无味。读过我的《赫尔曼与窦绿苔》的人认为它可以搬上舞台。特普费尔[1]曾受了诱惑，把它搬上了舞台；可是效果如何呢？特别是演得不太高明时，谁能说它在各方面都是一部好剧本呢？一个人为舞台上演写剧本，既要懂行，又要有才能。这两点都是难能一见的，如果不结合在一起，就很难收到好效果。”

---

① 特普费尔（Karl Töpfer，1792—1871），德国喜剧作家，曾把歌德这部牧歌体诗改写成剧本，上演过多次。

▼ 1829年2月9日　星期一

歌德大谈他的中篇小说《亲和力》，特别谈到米德勒这个人物深深打动了一位读者，因为他以前在生活中从未见到过米德勒这样的人物。歌德说："所以说米德勒这个人物想必有几分真实性，而且在人世间不止一次地存在。在《亲和力》这部小说里没有一行不是我亲身经历过的，这里面包含更多的东西，不是任何一个人读一遍就接受得了的。"

▼ 1829年2月10日　星期二

我发现歌德周围摆放着许多有关不来梅港口建设的地图和设计图，他对这项巨大的工程表现出特别的兴趣。

接着他谈到麦尔克，并把麦尔克于1776年写给维兰德的信读给我听。这是一封富有诗意的长信，是用风趣而有点儿粗鲁的双行押韵诗写成的。这封信的令人非常轻松愉快的内容是特别针对雅可比的。麦尔克认为，维兰德在其所主编的文学杂志《德国墨丘利》上发表的一篇评论文章里过高地评价了雅可比，对此麦尔克不能原谅他。

歌德还谈到德国当时的文化状况。他认为，要把德国文化从狂飙突进时期拯救出来，使之形成更高的文化，这是一件多么困难的事。

接着他谈到他在魏玛的最初几年。那时，他的诗才和现实发生冲突，他由于自己对宫廷的态度和在国家各部门里担任要职而理所当然地获得更大的好处。所以在魏玛生活的最初十年里，他并没有写出意义重大的诗歌。他把一些片断念给我听。由于不正当的恋爱关系，他陷入苦闷之中。父亲始终反对宫廷生活。

好处是，他不用改变地点，用不着两次创造同样的经验。

逃往意大利，为的是重新恢复创作活动。他错误地认为，要是有人知道他去意大利，他就去不了那里。所以他是改名换姓偷偷地逃往意大利的。他从罗马给大公爵写信。

他带着大量对自己提出的要求从意大利回到魏玛。

女公爵阿玛莉,这是一位性格完美、懂得生活享受的卓越的女公爵。她很喜欢歌德的母亲,而且希望永远住在魏玛。歌德对此持反对态度。

接着歌德谈到他最初创作的《浮士德》:"《浮士德》是和我的《维特》一起产生的;我在1775年把它带到了魏玛。我把它写在信笺上,一个字也没有划掉,因为我要避免写下不好的和不能经受住考验的一行。"

▼ 1829年2月11日　星期三

和工程局局长柯德莱在歌德家里吃饭。柯德莱谈了许多有关女子工业学校和孤儿院的情况。他认为这是魏玛公国所拥有的最好的公共设施,前者是由大公爵夫人创办的,后者是由大公爵卡尔·奥古斯特创办的。柯德莱还谈到某些舞台布景和道路建筑。柯德莱向歌德展示了一幅为公爵修建的小教堂的设计图。他谈到了公爵坐的那把椅子应当安放在什么地方。歌德对柯德莱的建议提出反对意见,柯德莱接受了歌德的反对意见。饭后索勒先生来了。歌德再次让我们观看罗伊特恩①先生的那些画。

▼ 1829年2月12日　星期四

歌德给我朗读了他刚写好的诗:《任何东西都不会化为乌有》(歌德的哲理诗《遗嘱》的开头)。这是一首非常精彩的诗。歌德说:"我的柏林的朋友们趁博物学家在柏林开会的机会,用烫金的字母展

① 罗伊特恩(Gerhard Baron von Reutern,1783—1865),德国画家。

出了一首荒谬的诗：一切事物如想永存，就得化为虚无。我对此非常生气，于是写了这首与之对立的诗。”

歌德谈到法国伟大的数学家拉格朗日，对其杰出的性格赞不绝口。他说：“拉格朗日是一个好人，正因为这样，他是伟大的。因为如果一个好人具有才华，他就会始终不懈地造福于人类，不管他是艺术家、博物学家，还是诗人或其他的人。”

歌德接着说：“我很高兴你昨天进一步认识了柯德莱。他在社交场合很少发表自己的意见，可是和我们在一起的时候，正如你看到的，他是一位才气横溢、性格坚强、深通世故的人。他最初遇到许许多多的困难，但是现在他已经克服了困难，通过努力奋斗而获得了成功，得到了宫廷的充分信任和宠爱。柯德莱是我们时代最熟练的建筑师之一。他喜欢我，我也喜欢他，这对我们两人都是有好处的。要是我在五十年前就认识他，那该多好啊！”

我们接着谈到歌德自己的建筑知识。我说，他在意大利想必获得了许多有关建筑的知识。他回答说：“意大利使我懂得什么才是严肃和伟大，但是没有教会我什么熟练的技巧。魏玛宫堡的建筑对我起了特别大的促进作用。我不得不参加这项工程，有时还得亲自绘制突出于墙、柱的横线脚的蓝图。我比专业人员略胜一筹。我在意境方面比他们强。”

接着我们谈到泽尔特。歌德说：“我接到他的一封信，他在信中写道，《弥赛亚》[①]的演出被他的一个女徒弟弄糟了。她把咏叹调唱得太软弱、太感伤。软弱是我们世纪的一个特征。我有一个假想，在德国，软弱是力图摆脱法国影响的结果。画家们、自然科学家们、雕刻家们、音乐家们、诗人们，很少有例外，都显得软弱，就连广大观众也不见得较好。”

我说：“不过我并不放弃希望，我相信总有一天我会看到《浮士

① 可能是指德国作曲家亨德尔（George Friedrich Händel，1685—1759）创作的清唱剧。

德》拥有和它相配的音乐。"

歌德说:"这是完全不可能的。音乐里有些段落必然含有令人厌恶的、使人反感的和可怕的东西,这是与时代相违背的。音乐必须具有《唐璜》的性质;最好是莫扎特能为《浮士德》作曲。梅耶贝尔也许能为《浮士德》作曲,但是我想他是不会干这样的事的;他和意大利式歌剧的关系太紧密了。"

接着歌德说了以下一段非常重要的话,但我不再知道,他这段话和什么事情有联系。他说:"所有伟大的和有理智的东西只占少数。历史上有一些大臣,他们遭到人民和国王的反对,单枪匹马地执行他们的伟大计划。我从来也不敢想,理性会在群众中普及。激情和感情也许会在群众中普及,但是理性永远只是个别杰出人物的精神财富。"

▼ 1829年2月13日　星期五

和歌德单独吃了晚饭。他说:"在写完《漫游年代》之后,我要回头研究植物学,和索勒继续进行翻译[①]。我只怕这项工作又会把我引向广阔的天地,最终又会成为一场噩梦。有许多大秘密还没有揭开;有些秘密我已经知道,但对许多奥秘我只有一种预感。出于信任,我想把我所知道的一桩秘密告诉你:

"植物是一节一节地生长的,最后才开花和结果。动物界也一样。毛虫、绦虫也是一节一节地生长的,最后才形成一个头。在高等动物和人的身上,椎骨是由一节一节的椎体连接成的,最后才与头相连接,在头里集中着人的力量。

"个体生长的情况也适用于整个的集体。蜂群是由单个的蜜蜂结合而成的,作为整体的蜂群产生出蜂王,它既可视为整体的结尾,

---

① 参见1823年11月16日歌德与艾克曼的谈话。歌德的《植物变形学》由索勒译成法文,歌德亲自指导翻译工作。

也可视为整体的头。至于这种情况是怎样发生的，这既深奥莫测，也很难说清楚。但是我可以说，我对此有自己的想法。

“就这样，一个民族产生出它的英雄们，他们就像一些半神，为了保护和造福于人民站在斗争的前列。就这样，法国人的诗的力量集中体现在伏尔泰身上。一个民族的这样一些头头在他们为之工作的那一代人里是伟大的；有些人的影响超越了他们所生活的时代，但是大多数人被其他人所取代，被后来的时代忘记。”

我为歌德的这些重要的思想而高兴。接着歌德谈到那些自然科学家，他们最关心的只是如何证实他们的看法。他说：“布赫先生[①]出版了一部新的著作，书名本身就包含一种假说。他的著作论及到处散布着的花岗岩块，这种岩石是怎样来的和从何而来的，我们全不知道。可是布赫先生心里先有一个假说，认为这样一些花岗岩块是因某种巨大的力量从地心里迸散出来而分布于地面的，他的书名《迸散的花岗岩块》就已点明了这种假说。这样读者很容易想到花岗岩块是从地心里迸散出来的，这就把轻信的读者推入了错误的圈套里，而他们还蒙在鼓里呢。

“一个人要综览这一切，必须学到老，必须有足够的钱为经验付出代价。我为我的每一个警句都要花去满满的一袋钱。我花去了五十万私财，才换得现在我所有的这一点知识。我花去的不只是我父亲的全部财产，还有我的薪俸以及五十多年来大量的稿费收入。此外和我关系很亲密的一些王公贵族为我所参加的某些大事业也花去了一百五十万，他们的措施及其成功和失败之中都有我的一份。

“要想成为一个学识渊博通达的人，单是有点才能还不够，更重要的是生活境况优裕，有机会观看时代的赌徒们打牌，自己也参加有输有赢的赌博。

“如果没有我在自然科学中所做出的那些努力，我就不会学会认

① 布赫(Leopold von Buch,1774—1853)，德国地质学家，火成岩论者。

识人的本来面目。在自然科学以外的任何一个领域里，一个人都不能像在自然科学里那样纯粹进行观察和思考，那样洞察感觉和知解力的错误以及人物性格的弱点和优点。一切都是多少具有弹性、摇摆不定的，一切都是可以这样或那样处理的，但是自然从来不懂得开玩笑，她总是严肃的、认真的，她总是正确的；而缺点和错误总是属于人的。自然对无能的人是鄙视的，她只屈服于有能力的、真实的和纯粹的人，并向他们泄露自己的秘密。

“知解力高攀不上自然，人只有把自己提高到最高理性的高度，才可以接触到表现为物理的和道德的原始现象的神性。神性既藏在这种原始现象背后，又借这种原始现象而显现出来。

“但是神性只在活的事物而不在死的事物中起作用，只存在于发展和变化的事物中，不存在于已成的、凝固的事物中。所以倾向于神性的理性只对变化发展中的活的事物感兴趣，而知解力只和它所利用的、已成的和凝固的事物打交道。

“所以矿物学是一门为知解力和实际生活服务的科学，它的对象是一种死的不再发展的事物，不再有综合的可能了。气象学的对象却是一种活的事物，我们每天都看见它在活动和创造。气象学的对象是以综合为前提的。但是由于参与起作用的因素太复杂，人还不能胜任这种综合，不免要在观察和研究中白费一些精力。我们正在驶向假设这个想象的岛屿，但是真正的综合也许永远是一块发现不了的陆地。我并不为此感到奇怪，因为我知道从植物和颜色这类简单事物达到某种综合是多么困难的事。”

▼ 1829年2月15日　星期日

我因为《漫游年代》编辑了一些博物学的箴言而受到歌德的表扬。他说：“投身大自然吧，你是为它而生的，你首先写一个关于颜色学的提纲。”我们长时间地讨论了这个题目。

仆人送来了一只下莱茵地区的箱子，里面装有发掘出的古代器皿、矿石、大教堂里的小型图画和有关狂欢节的诗。饭后我们把这一切从箱子里取出来看。

▼ 1829年2月17日　星期二

关于《大诗》[①]我们谈了很多。歌德说：“拉瓦特尔[②]相信卡略斯特罗[③]及其奇迹。当人们揭露卡略斯特罗的骗子真面目的时候，拉瓦特尔却断言，那是另外一个卡略斯特罗，而创造奇迹的卡略斯特罗是一个神圣的人。

“拉瓦特尔是一个非常好的人，但是他很容易上当受骗。他欺骗自己，也欺骗别人，对极其严峻的事实不感兴趣，所以我和他完全决裂。我最末一次还在苏黎世看到过他，可他没有认出我。我乔装打扮走在一条林荫大道上，看到他朝我走来，就拐到一边，他从我身旁走了过去，没有认出我。他的走相就像仙鹤，所以遇到他的人都说他像只布洛肯山[④]上的仙鹤。”

我问歌德，拉瓦特尔是否热爱大自然。我从他的著作《相面术》里看出，他似乎对大自然感兴趣。歌德回答说：“他对自然压根儿不感兴趣。他感兴趣的只是道德和宗教方面的东西。拉瓦特尔在《相面术》里提到的动物头盖骨，还是我告诉他的。”

话题转到法国人上。歌德提到三位法国人的讲课，他们是基佐[⑤]、维

---

① 可能是歌德根据印度古代长篇叙事诗创作的一部剧本。
② 拉瓦特尔（J.K.Lavater，1741—1801），瑞士哲学家和神学家。
③ 卡略斯特罗（Alessandro Cagliostro，1743—1795），荷兰籍意大利冒险家和术士。
④ 在德国民间传说中，布洛肯山是女妖们的聚集地。
⑤ 基佐（François Pierre Guillaume Guizot，1787—1874），法国历史学家。

也曼[1]和库珊[2]。歌德高度评价了这三位学者的观点,称赞他们的观点新颖,目标明确。歌德说:“有的人通过绕道和弯弯曲曲的小路才能进入花园;而这三位果敢而又有独创性的学者却拆毁了花园的墙,并在同一个地方装上了一道门,这样就可以径直走上花园中最宽阔的路。”

我们把话题转到印度哲学。歌德说:“如果英国人提供的消息是真的话,印度哲学也并不稀奇,它其实是重演了我们大家都经历过的几个时期。我们还是孩子时都是感官主义者;到了谈恋爱时成了理想主义者,在所爱的对象身上发现了本来没有的特点;等到爱情发生动摇,疑心对方不忠实,于是我们又变成怀疑论者了,连自己也不知其所以然。到了暮年,一切都变得无所谓,我们就听其自然,终于变成清静无为主义者,就像印度哲学那样。

“在德国哲学里,似乎还有两件大事要做。康德已经写了《纯粹理性批判》,这是一项极大的成就,但是圆圈还没有画成,还有缺陷。应该有一个能人或名人写一部批判感觉和人类知解力的著作。如果这项工作做得好,德国哲学就差不多了。”

歌德接着说:“黑格尔在《柏林年鉴》上发表了一篇评论哈曼的文章。这几天我在反复地阅读这篇论文,不得不对它很赞赏。作为批判者,黑格尔的判断向来是很好的。

“维也曼在批评界同样受到很高的评价。法国人虽然再也看不到像伏尔泰那样的才子,但是对维也曼我们可以说,他在思想观点方面超过伏尔泰,所以他能够评价伏尔泰的道德和缺点。”

▼ 1829年2月18日　星期三

我们谈到颜色学,其中也谈到喝水用的玻璃杯,当我们把不透明

① 维也曼(Abel François Villemain,1790—1870),法国文学史家。
② 库珊(Viktor Cousin,1792—1867),法国哲学家。

的玻璃杯对着光线的时候，它们显得是黄色的，但是当我们把它们对着黑暗的时候，它们则显得是蓝色的。在这种情况下我们观察到的是一种本原现象。

歌德趁此机会说："人所能达到的最高点是惊讶，如果本原现象使他惊异，他就会感到满足；本原现象不可能给予他更高的东西，他也不应该在本原现象后面寻找其他的东西：这就是限度。但是人们并不满足于看到一种本原现象，他们想，本原现象还得继续发展；他们就像孩子一样——当孩子照镜子的时候，总喜欢把它翻过来，看看镜子的背面是什么东西。"

话题转到麦尔克。我问歌德，麦尔克是否也在研究自然科学。歌德回答说："是啊，他甚至拥有一些重要的博物学收藏品。麦尔克是个博学多才的人。他也喜欢艺术，而且喜欢到了令人难以置信的地步。如果他看到某个市侩手里有一件好的艺术品，而且相信这个市侩不懂得它的价值，他会使用一切手段把这件艺术品弄来，放进他的收藏品里。为了得到这样的艺术品，他甚至不讲道德，不惜采取任何手段以达到自己的目的。如果别的办法不行，他甚至会采取欺骗的手段。"歌德举出了许多这类的例子。

他接着说："像麦尔克这样的人将来不会再生了，如果这样的人有一天生了下来，世人会用另外的方法教育他。我和麦尔克在青年时代度过了一段美好的时光。那时德国文学还是一块干净的黑板，人们希望在上面画上一些美好的东西。可是现在，这块黑板上不仅写满了东西，而且被弄得非常脏，以至人们没有兴趣去看它。一个聪明人不知道自己还能在黑板上画上什么。"

▼ 1829 年 2 月 19 日　星期四

和歌德在他的工作室里单独吃晚饭。他显得很快活，并且告诉我他在白天遇到几件好事,还顺利地完成了阿塔利亚[①]和宫廷委托给他的任务。

接着我们畅谈昨晚上演的席勒改编的剧本《哀格蒙特》,提到这部剧本的一些缺点。

我说:“这部剧本在许多方面存在着缺点,例如,剧中缺少女王这个人物,而她在剧中是必不可少的,因为由于她的存在,整个的剧情不仅获得了更加高尚的性质,而且通过她和马夏威尔的对话,更加清楚地显现出西班牙的政治情况,特别是西班牙宫廷的政治情况。”

歌德说:“你说得完全对。此外,哀格蒙特由于获得女王的倾慕而成为一个重要人物。市民女子克蕾尔欣也显得高雅,她不仅战胜了女君主们,而且获得了哀格蒙特全部的爱。女王和克蕾尔欣对哀格蒙特的影响是非常微妙的,我们不应该伤害她们对哀格蒙特的感情,否则整个剧本就会受到危害。”

我说:“我也觉得剧中的男角色众多,而女角色只有克蕾尔欣一个,在这种情况下,克蕾尔欣显得太软弱和有些气馁。可是,如果剧本里增加女王这个人物,整个描述就会获得平衡。剧本里只谈到女王,这没有多大的意义;女王亲自出场才能对观众产生影响。”

歌德说:“你的看法非常正确。当我写这部剧本的时候,我事先已把一切仔细地斟酌过,所以我清楚地知道,如果我把作为整体的一部分和整体赖以产生的某个主角删去,整个剧本势必遭到很大的损坏。可是席勒天生有点儿强词夺理;他常常按一种事先确定的思想行事,很少尊重他要处理的对象。”

我说:“这要怪您了,是您容忍他这样做的,是您在这样一件非常重要的事情上给他以绝对的自由。”

歌德回答说:“我常常对别人的事采取漠不关心的态度,这是不应该的。另外,我在那个时候潜心研究其他的问题,很少想到要为剧

---

① 阿塔利亚,曼海姆的艺术品商人。

院写这部剧本;我听他自便。现在,我创作的《哀格蒙特》终于印出来了,而且有些剧院愿意按照我的原著,也就是说不加删削地上演这部剧本,这对我来说至少是一种安慰。”

接着歌德向我打听颜色学的情况,问我是否考虑了他的建议,写一个有关颜色学的提纲。我告诉他我正在起草提纲,而且在这个重大的问题上我们之间存在着出乎意料的分歧。

观察过自然现象的人都会想起,在晴朗的冬日,在阳光普照下,雪地上的阴影往往是蓝色的。歌德在他的《颜色学》里把这种现象归入主观的现象里。他的理由是,对于我们这些不住在高山顶上的人来说,阳光从天上照下来时不是全白的,而是淡黄的,因为阳光穿过了或多或少被雾气笼罩的大气层。所以被太阳照射的雪不是全白的,而是被淡黄色浸染的面,它促使我们的眼睛和它对立,也就是说刺激我们的眼睛产生蓝色。在歌德看来,这种在雪地上看到的变为蓝色的阴影是一种被要求的颜色。歌德在这个标题下面论述了这种现象,并根据这种现象非常彻底地整理了日内瓦博物学家索绪尔在勃朗峰上所做的观察。

最近几天我再次读了《颜色学》的开头几章,为的是检查一下我能否满足歌德的友好要求,为他的颜色学写一个提纲。由于最近几天天气晴朗,阳光普照大地,我再次仔细地观察了刚才所想到的蓝色阴影这种现象。使我感到有些惊异的是,我发现歌德的推论建立在错误的基础之上。下面我想说一说我是怎样得出这种看法的。

我从我起居室的窗子朝南看去,看到一座花园,它由一幢楼房圈起来,在冬天夕阳西下的时候,这幢楼房朝我投来一个巨大的阴影,它占据了大半个花园。

几天前我在阳光普照、一片蓝天的情况下观察了花园背阴、有雪的这一面。我感到惊异的是,整个雪地全是蓝色的。我自言自语地说,这不可能是一种被要求的颜色,因为我的眼睛并没有接触到任何被太阳照射的雪面,所以也不会引起眼睛和雪之间的对立;我看到的是一片背阴、蓝色的雪。为了防止我的眼睛接触到邻近的屋顶的耀眼光线，我把一张纸卷起来，透过管子观察花园背阴的一面，看到的仍然是蓝色的雪。

我于是深信，这蓝色的阴影绝不可能是主观的东西。这蓝色是不依赖我而独立存在的，我的主体对它不产生影响。但是这蓝色是什么呢？它既然存在，必然有存在的原因，这原因又是什么呢？

我再次四面张望，终于找到这蓝色产生的原因。我自言自语地说，天啊，原来是这阴影把蓝天的反光吸引下来了。这说明蓝天喜欢定居在阴影里，不是吗？因为书中写道：颜色和阴影是同源的，颜色喜欢和阴影结合，一有机会，颜色就喜欢寓于阴影中，并且通过阴影出现在我们的面前。

以后的这几天使我有机会去证实我的假设。我在田野里散步，没有蓝天，太阳透过像烟雾一样的云雾照射下来，在雪地上面洒下一片黄色的光；太阳的作用还很大，足以投下巨大的阴影，在这种情况下，按照歌德的学说，必然会产生非常清新的蓝色。可是并没有产生蓝色，阴影始终是**灰色**的。

第二天上午，天空起了云，太阳偶尔露了一下，并在雪地上投下巨大的阴影。但是这些阴影同样不是蓝色的，而是灰色的。在上述这两种情况下，由于缺少蓝天的反光，所以阴影无法获得蓝天的颜色。

所以我有足够的理由相信，歌德对被要求的颜色这种有争议的现象的推论并没有被大自然证实，他的《颜色学》里探讨这一现象的那几章迫切需要彻底修改。

我还可以举出类似的例子。蜡烛光在黎明时，在暮色开始降临时，或在月光明亮时，会产生特别漂亮的、彩色的双重阴影。其中的一个阴影，也就是被烛光照亮的、黄色的和客观的阴影，它是有关昏暗的介质的学说研究的对象，歌德并没有提及。另一个阴影，也就是被微弱的日光或月光照亮的、近乎蓝色的或淡青的阴影，歌德把它解释为主观的阴影或一种被要求的颜色，它是通过烛光在白色的纸上散布的黄色的光对眼睛的作用而产生的。

我对这种现象进行非常仔细的观察之后，发现歌德的这一学说同样没有被大自然所证实。我倒是认为，从外面照进来的微弱的自然光线或月光本身已具有近乎蓝色的色调，这种色调部分由于阴影，部分由于烛光所要求的黄色的光而得到加强。所以我认为这种现象有其客观的基础；它并非是主观的或被要求的颜色。

众所周知，黎明时的光以及月光是苍白色的，所以一张在黎明时或月光下看到的脸是苍白的，这已经被经验所证实。莎士比亚看来也知道这一点，他在《罗密欧与朱丽叶》里描写了一个引人注目的场面：罗密欧在黎明时离开了他的情人，两人在户外分手时突然发现对方的脸非常苍白。他们的这种感觉显然是以黎明时的光是苍白的这种现象为基础的。这足以说明，这种给人以苍白色感觉的光本身已具有淡绿的或近乎蓝色的色彩，它所起的作用就如同一面由近乎蓝色的或淡绿的玻璃制成的镜子所起的作用一样。但是这种现象还需要进一步加以证实。

光从思想上看完全可以想象为纯白色的，但是经验的、被我们的肉眼看到的光很少是纯白色的；更确切地说，光由于云雾或其他的原因而变态，或者变为淡黄的，或者变为近乎蓝色的。在这种情况下，直射的阳光倾向于正面，即倾向于变为淡黄的，烛光也一样，倾向于变为淡黄的；但是月光以及黎明或黄昏时的自然光线则倾向于负面，即倾向于变为近乎蓝色的，因为黎明或黄昏时的这两种自然光线不是直接的光，而是反射的光，此外它们由于受到黄昏和黑夜的影响而变态。

假若在黄昏时或在月光下把一张白纸分成两半，一半由月光或自然光线照射，另一半由烛光照射，那么前一半呈现出近乎蓝色的色调，后一半呈现出淡黄的色调。换句话说，月光、自然光线和烛光，在没有阴影和主观加强的情况下，本身已具有近乎蓝色的和淡黄的色调。

我的上述观察结果说明，歌德关于彩色的双重阴影的学说并不是完全正确的。对这种现象来说，起作用的更多是客观的因素，而不是歌德自己的观察，主观要求的法则只能看作次要的。

如果人的眼睛非常敏感、非常容易受影响，以至于只要稍微接触到某种颜色就会立即引起与之对立的颜色，那么眼睛常常会把一种颜色转化为另一种颜色，这样就会产生很难受的混合。

但是，所幸情况不是这样。与之相反，一只健康的眼睛有非常良好的组织，它要么压根儿没有注意到被要求的颜色，要么经过一番努力把它们创造出来，但是这种行动即使在有利的条件下也还需要通过某些练习和熟巧才能获得成功。

被要求的颜色这种主观现象的特点是，眼睛为了创造它们，几乎需要一种强烈的刺激，它们一旦产生，就会瞬息即逝。这一特点，歌德在观察雪地里的蓝色阴影和彩色的双重阴影的时候完全没有注意到，因为在这两种情况下，均有一种几乎觉察不到的被浸染的面，初向那儿看去的时候，的确可以看到被要求的颜色。

可是歌德囿于他所认识的法则，甚至把看来还隐藏着的法则和已被认识的法则等同起来，所以他很容易走上歧途，把一种综合的作用夸大，在另一个法则起作用的地方也看到自己喜欢上的法则。

当今晚他提起他的颜色学并打听有关它的提纲的情况时，我很想避而不谈我刚才所指出的这几点，因为我感到有些为难，既要对他说真话，又不要伤害他的自尊心。

但是，既然写颜色学的提纲对我来说是一件非常严肃的事，所以在我动笔写它之前，必须消除一切错误，讨论并消除一切误解。

所以我除了对他表示充分信任之外别无他法。我在经过仔细的观察之后发现，我在某几点上必然和他看法不一致。我认为，他的有关雪地里的阴影的推论以及有关彩色的双重阴影的学说完全没有得到证实。

我向他陈述了我的观察和我的那几点看法。但是我担心口头交谈难于说清楚问题，所以我只向他谈了我观察的结果，而没有详尽地探讨个别的问题，这事我打算采取书面的形式进行。

可是我刚开始谈话，歌德那张威严而富于表情的脸顿时变得阴沉起来，我清楚地意识到，他不赞成我的反对意见。

我说："当然咯，谁要想对阁下提出反对意见，就得事先考虑周到；不过，碰巧成年人操之过急，而未成年人却找到路径。"

歌德略带讽刺地回答说："但愿你找到了路径！你的关于彩色光的思想来源于14世纪，此外，你深深地陷入了雄辩术里。你唯一的优点是，你至少老老实实地说出了你是怎样想的。"

然后他用和缓的口气继续说："我的颜色学就好比是基督教。人们开始的时候笃信它，可是转眼就背离了它，形成了一个教派。你像其他的人一样也是一个异教徒，但是你并不是第一个离经叛道的人。在你之前就已经有一些极其杰出的人物就颜色学中的某些有争议的论点和我展开了争论。和某某人就……和某某人就……"他向我列举了一些重要的名字。

这时我们已用完饭，谈话中止了。歌德站了起来，走到了窗口。我朝他走去，并且和他握了握手；因为不管他怎样骂我，我始终喜欢他。我感到我是对的，而他是错的。

过了不久，我们又开玩笑地谈一些无关紧要的事情；可是我临走时告诉他，我只是因为不善于口头表达而招致他的责骂，我还要用书面的形式把我的那些反对意见告诉他，以便更好地进行检验，这时把我送到门口的歌德忍俊不禁，略带讽刺地骂了我几句异教徒和异端的话。

我发现歌德在自己的文学创作中总是欢迎别人的批评，对任何一种有理由的反对意见总是怀着谢意加以接受；但是在他的颜色学中他却无法容忍别人的批评和反对意见，这是很成问题的。不过，要是我们想一想，作为诗人，他听到的是读者的交口称誉，而作为《颜色学》这部在他所有的著作中最伟大和最困难的著作的作者，他听到的只是指责和反对意见，这样这个谜也许就可以猜出了。他半生中听到的是来自各个方面的极其无知的反对意见，所以他自然会处在一种神经过敏的好斗状态，随时准备对别人的指责和反对进行还击。

他对待自己的颜色学就像一位善良的母亲对待一个出色的孩子一样，知道孩子的人越少，她就越爱他。

歌德经常说："我丝毫没有因我作为诗人所做出的一切成绩而自负，有许多杰出的诗人和我生活在同一个时代，在我之前还有更加杰出的诗人，在我之后也将有更加杰出的诗人。但是，在我生活的世纪里，我是唯一研究颜色学这门困难的学问的人，所以我有理由以此而自豪，我相信我在这方面胜过许多人。"

▼ 1829 年 2 月 20 日　星期五

和歌德共进晚餐。他因结束了《漫游年代》而感到高兴，明天他就要把手稿寄出去。谈到颜色学的时候，他对我有关雪地里的蓝色阴影的看法提出了一些意见。他谈到他刚刚结束的《意大利游记》。

他说："我们就跟女人一样，她们生孩子的时候，发誓不再跟男人睡觉，但是转眼她们又怀孕了。"

他还谈到他的《生平》[①]的第四卷，谈到他打算以什么样的方式处理它。在这方面，我于 1824 年写的那些笔记对他很有帮助。

他给我朗读了歌特林的日记。歌特林在这篇日记里很亲切地提到他早年认识的那些耶拿的击剑师。歌德谈到歌特林的许多优点。

---

① 即《诗与真》。

▼ 1829年3月23日 星期一

歌德今天说:"我在我的手稿中找到一篇文稿,里面说到建筑艺术是一种凝固的音乐。这话确实有点道理。建筑艺术所引起的心情很接近音乐的效果。

"富丽堂皇的楼房和房间是供王公富豪们住的。住在里面的人们感到安逸和满足,再也不要求什么别的了。我天生对此非常反感。像我在卡尔斯巴德的那座豪华住宅,我一住进去就懒散起来,无所事事了。与此相反,一所小房子,像我们现在住的这间简陋的房间,有一点杂乱,但还算整齐,有一点吉卜赛流浪户的气派,这恰好适合我的脾胃;它使我在精神上充分自由,有事可做,能凭自力创造。"

我们谈到席勒的书信、他和歌德在一起过的生活以及两人每天在工作中相互促进的情况。我说:"席勒对《浮士德》似乎也很感兴趣。他不仅激励您,而且受他自己的思想的引诱,想由他自己来替《浮士德》作续篇,这可太好了。席勒的确是个非常乐于助人的人。不过我由此也看出,他的性格有点急躁。"

歌德说:"你说得对。他和一切太爱从观念出发的人一样,从来不肯安静,从来没有个完,从他那些有关《威廉·迈斯特》的书信里你可以看出,他时而主张这样改,时而又主张那样改。为了坚持自己的立场,不要使他的作品或我的作品受到这种从观念出发的影响,我常常不得不得罪他。"

我说:"今天上午我读了席勒的《印第安人的丧歌》,这首写得顶好,我为此感到高兴。"

歌德回答说:"你看,席勒是个多么伟大的艺术家,他也善于捕捉客观的题材,只要它是作为传说出现在他的眼前。那篇《印第安人的丧歌》确实是他最好的诗之一,我只盼望他写上十来首这样的诗。可是他最亲近的朋友们却因为这首诗而指责他,他们的理由是,这首诗没有充分表现出他的理想性，这一点你该想象不到吧？是呀，我的好朋友，一个人总会受到朋友们的指责呀！洪堡就指责过我的窦绿苔[①]，说她在受到士兵袭击时居然拿起武器和他们搏斗！她在当时那种情境中这样做是正确的。如果没有这一点特色，这位非凡的少女的性格就会遭到破坏，降低到一个平凡人的水平。不过你在将来的生活中会越来越多地发现，很少有人能坚持把立足点摆在必然的道理上；更多的人只能赞赏和创作出符合自己要求的东西。我刚才提到的还是诸如洪堡这样的第一流人物，至于大众的意见如何，就可想而知了。你由此可以想象到，我们这种人永远是孤立的。

“假如我在造型艺术和自然科学中没有基础，我面对这个恶劣时代及其每天都发生的影响，就很难坚持得住；幸好造型艺术和自然科学的基础保护了我，使我免遭这个恶劣时代的影响，我也可以从这方面帮助席勒。”

▼ 1829年3月24日　星期二

歌德说：“一个人爬得越高，就越容易受恶魔的影响，他得随时小心翼翼，不要让他的起指导作用的意志走上邪路。

“在我和席勒的认识过程中就存在着某种不可抗拒的力量；我们迟早会聚集在一起，但是恰恰在我从意大利旅行回来和席勒开始厌倦哲学思辨的时候，我们在魏玛相见了。[②] 我们的结合意义重大，给我们两人带来了空前的成就。”

---

① 《赫尔曼与窦绿苔》中的女主角。

② 1788年歌德从意大利返回魏玛，1791年席勒去魏玛与歌德结成挚友，两人互相帮助，密切合作，促进了德国古典文学的繁荣。

▼ 1829年4月2日 星期四

今天吃晚饭时歌德对我说："我要向你透露一个政治秘密，这迟早总会公布的。卡波季斯特里亚斯掌握希腊国家大权不会很久了，因为他缺少担任这个职务所不可缺少的一种品质：他不是一个战士。我们还没有例子能证明一个内阁成员有能力去组织一个革命政权，控制军队和军事领袖们。手里握住指挥刀，统率一支大军，一个人才能发号施令，制定法律，有把握使人们服从他。没有这样的条件，他的处境就会危险。拿破仑如果不是个战士，就永远不会升到最高权力位置；卡波季斯特里亚斯不会久居第一把手的地位，他很快要变成第二号人物了。我事先告诉你这一点，你将来会亲眼看到。这是事物的自然道理，非如此不可。"

接着歌德大谈法国人，特别谈到库珊、维也曼和基佐。他说："这三位法国人不仅判断力强，而且做事审慎，分析事理透彻；他们善于把过去的完美知识和19世纪的精神结合起来，从而创造了奇迹。"

话题从这三位法国人转到当今的法国诗人和"古典的"与"浪漫的"这两个词的意义。

歌德说："我想到一个新的说法，它可以用来表示这二者的关系。我把'古典的'叫作'健康的'，把'浪漫的'叫作'病态的'。这样看，《尼伯龙人之歌》就和荷马史诗一样是古典的，因为这两部史诗都是健康的、有生命力的。最近出现的大部分作品之所以是浪漫的，并不是因为新，而是因为病态、软弱；古代作品之所以是古典的，也并不是因为古老，而是因为强壮、新鲜、愉快、健康。如果我们按照这些品质来区分古典的和浪漫的，就会彻底解决问题了。"

话题转到贝朗瑞的监禁[①]。歌德说："他是罪有应得。他近来的诗确实违反纪律和秩序，他反对国王、国家政权和公民的和平愿望。

---

① 贝朗瑞因写诗攻击波旁复辟王朝，于1815年和1828年两次被投入监狱。

他早年的诗却不是这样，都是愉快的、无害的，完全适合于把人们培养成快乐幸福的人。这就是对贝朗瑞所创作的短歌所能做的最好的赞扬了。”

我回答说：“我相信他周围的人对他产生了不利的影响，他为了讨好他的那些革命的朋友，说了一些不该说的话。阁下应该依样画葫芦，写一篇论影响的文章。这个题目我越想越觉得重要，越觉得它内容丰富。”

歌德说：“这个题目的内容太丰富了，因为归根结底，只要我们自己不是影响，一切都是影响。”

我说：“我们只须注意，一种影响是起阻碍作用，还是起促进作用，是符合我们的性格，还是违反我们的性格。”

歌德说：“你的这些话当然是重要的。不过要让我们的更好的天性很好地坚持下来，使之完全摆脱恶魔们的影响，这可是件难事。”

正餐后吃甜点的时候，歌德让仆人把一盆正开着花的月桂和一盆产自日本的植物放到餐桌上。我发现这两种植物能使人产生不同的情绪，看到月桂的时候，人会感到轻松愉快和温暖安详，相反，日本的植物给人一种野蛮和多愁善感的印象。

歌德说：“你说得对。众所周知，一个国家的植物界能够影响这个国家的居民的情绪。我相信，谁要是一生居住在四周有高大而庄重的橡树的环境里，他的性格肯定不同于每天生活在透风的白桦树下的人的性格。不过我们应该考虑到，一般的人并不像我们这样敏感，他们总的说来离群索居，很少关心外界的事情。此外，众所周知，对一个民族的性格的形成，除天生的人种以外，起作用的还有土地、气候、食物和工作。我们也应该考虑到，最早的部落通常占有一块他们喜欢居住的土地，在他们居住的地区，大自然和人们的天生的性格已经和谐一致。”

歌德接着说：“你回头看一看，你身后的斜面桌上放着一个信封，我请你仔细地看一看。”

我说:“您指的是这个蓝色的信封?”

歌德回答说:“是的,那么,你对字体有什么看法?写地址的人是不是一位性格潇洒的人?你认为这些字是谁写的?”

我仔细地看了看这个信封。书法很潇洒,很了不起。我说:“这些字很可能是麦尔克写的。”

歌德说:“不是,麦尔克这人还不够高尚和积极。这是泽尔特写的。在这样的信封上写字,纸和笔帮了他的大忙,以至于字体完全表达出了他的伟大性格。我要把这个信封放在我的字体收藏品里。”

▼ 1829 年 4 月 3 日　星期五

和建筑工程总监柯德莱在歌德家里吃晚饭。柯德莱谈到位于柏尔维德尔的大公爵避暑行宫的一座楼梯,这楼梯由于年久失修而变得令人很讨厌,老公爵在世时对楼梯的维修始终抱着怀疑的态度,直到年轻的公爵执政,这楼梯才得以完全修复。

柯德莱还谈到各种公路建筑的发展情况。他说,有一条越过高山通往布朗肯海因的公路,由于每卢特[①]的路段上有两英尺高的坡度而不得不稍微加以改道。即使这样,在某些地段,每卢特还有十八英寸的坡度。

我问柯德莱,在丘陵起伏的地区修筑公路,标准的坡度应该是多少英寸。

他回答说:“每卢特十英寸,这样行驶就舒服了。”

我说:“可是从魏玛出发向东、南、西、北行驶,很快就会发现,在公路的某些地段上,每卢特的坡度远远超过十英寸。”

柯德莱回答说:“这是些短的和无关紧要的路段,不仅这样,人们

---

① 德国旧时的长度单位,约等于三点八米。

在修建公路的时候，常常有意识地在一个居民点的附近选择这样一些崎岖不平的路段，为的是给这个居民点的从事牵引工作的马车夫带来一笔小小的收入。"我们取笑这种善意的无赖勾当。柯德莱接着说："其实这是件小事情；旅行马车很容易驶过这样的路段，而那些运货的马车夫也对这种苦活儿感到习惯了。再者，由于这样的牵引工作通常是由旅店的店主进行的，所以车夫们同样有机会喝杯饮料，他们对使他们扫兴的人是不会感谢的。"

歌德说："我想知道，在完全平坦的地区，如果偶尔把直的公路线中断，或人为地在公路的某些路段使坡度增高或降低一点，这会不会更好一些。这样做并不会妨碍马车的畅行，而且公路由于雨水更容易流走而始终保持干燥。"

柯德莱回答说："这是可能的，这样做也许证明是非常有用的。"

接着柯德莱拿出一份文件，这是一个指示的草案，其内容是，建筑工程总局打算把一位年轻的建筑师派往巴黎进一步培养。柯德莱朗读了这个指示，歌德频频点头表示同意。歌德在部里为这位年轻的建筑师谋求到一份必要的津贴，我们为这事的成功感到高兴。接着我们谈到必须采取的预防措施，目的在于使这位年轻的建筑师能得到这笔钱，够他一年的花销。在他学成归来之后，我们有意让他在即将建立的一所新的职业学校里当老师，这样我们就为一位很有才能的年轻人开辟了适合他的工作范围。一切都很顺利，我默默地为他祝福。

然后我们观赏了辛克尔[①]为木匠师傅们绘制的建筑设计图和画帖。柯德莱觉得这些画帖很重要，完全适用于未来的职业学校。

我们谈到建筑物和声响，以及如何避免声响，还谈到天主教耶稣会会士的建筑物非常坚固。歌德说："墨西拿发生地震的时候，所有的建筑物都倒塌了，可是耶稣会会士的教堂和修道院却安然无事，仿

① 辛克尔（Karl Friedrich Schinkel，1781—1841），德国古典主义建筑艺术最重要的代表。

佛它们昨天才盖好似的。在这两幢建筑物上看不到地震的痕迹,也就是说,地震对它们只产生了极其微小的影响。”

话题从耶稣会会士们及其财富转到天主教徒和爱尔兰人的解放运动。柯德莱说:“可以看到,解放运动将会得到承认,但是英国国会将会加上许多条文,使解放不致对英国有危险。”

歌德说:“对于天主教徒们,一切预防措施都没有用处。罗马教廷有些我们想象不到的利益计较,也有些我们毫无概念的暗地使用的手段。要是我现在坐在英国国会里,我也不会阻挡这种解放运动;但是我要请求把这一条记录在案:倘若有一个重要的爱尔兰新教徒头一次因为天主教徒投票反对他而断送了头颅,就请人们回想一下我这番话。”

话题转到当今的法国文学。歌德再次对库珊、维也曼和基佐先生的讲课深表钦佩。他说:“如果说伏尔泰是一个轻浮和肤浅的人的话,那么这三位法国人却和早期的德国人一样学识丰富。此外,他们还有一种深入研究问题、对事物盘根究底的精神,这真了不起!他们仿佛像一只榨汁器。他们三位都很杰出,但是我给基佐先生以优先权,我最喜欢他。”

我们接着谈到世界史的对象。歌德对君主发表了以下的看法:

“一个伟大的君主只有靠他的伟大人格才能为群众所喜爱。如果他努力工作,使国内的人民安居乐业,使自己的国家受到外国的尊敬,那么,不管他胸前挂满勋章、乘坐豪华马车,还是游手好闲、嘴里叼着雪茄、乘坐着普普通通的马车,都是一样的。因为他获得自己人民的爱,而且始终受到人民的尊敬。可是,如果一个君主缺少自己伟大的人格,又不善于通过好的业绩去获取人民对他的爱,那么他必然会想到另外一个使人民团结的手段,这最好而又最有效的手段就是宗教以及共同享受和遵守的风俗习惯。君主每逢星期日就到教堂里,然后从高处俯视聚在教堂里的全体教徒,并让他们目不转睛地看自己一会儿。这是博取民心的最好的办法。我劝年轻的君主也这样做。拿破仑尽管具有伟大的人格，但他自己也不反对这样做。”

话题又转到天主教徒以及他们的巨大影响和暗地里的阴谋活动。人们提到汉诺那地方有一位青年作家，不久前在他主编的刊物上发表文章讥笑天主教念珠祈祷仪式。这份杂志立即停刊了，而且僧侣们通过他们的影响，把他们管辖的各教区内所有这一期杂志都买去了。歌德说：“我的《少年维特》出版不久，米兰就出版了意大利文译本，但是没过多少时候，这一版的译本连一本也看不到了。原来当地的大主教发现了这事，吩咐僧侣们在各区把整个这一版的译本都买去了。我并不生气，反而对这位聪明的先生的做法感到高兴。他马上看出《少年维特》对天主教徒们是一部坏书。我得称赞他，因为他马上采取了有效措施，悄悄地把它销毁了。”

▼ 1829 年 4 月 5 日　星期日

歌德告诉我，他在吃晚饭之前曾乘车到柏尔维德尔，为的是去察看一下柯德莱为大公爵的避暑行宫设计的新楼梯。他觉得这楼梯设计得很好。他还告诉我，最近他收集到一块石化的大树桩，他想让我看一看它。

他说：“这样的石化树桩在北纬五十一度以下直至美洲地区都可以找到，它们就像地球的腰带。对这种现象我们始终感到惊讶不已。我们对地球的早期结构一无所知。所以如果布赫先生为了传播他的假设而向人们空谈理论，我不会因此而责怪他。他什么也不知道，可是谁也不比他知道得更多。任何学说，只要它有点儿理性的外表，毕竟是一样的。”

歌德代泽尔特向我问好，这使我很高兴。接着我们谈到他的意大利之旅，他告诉我，他在从意大利寄回德国的一封信中找到了一首诗，想让我看一看。他请我把放在我对面的那张书桌上的一包文稿递给他。我把它递给他，这是一些来自意大利的信；他找出那首诗，然后开始朗读：

库皮多，调皮而倔强的小伙子！
你请我在你这儿借宿几个小时。
你在这儿待了多少个日日夜夜？
你盛气凌人，成了这儿的房东。

我被赶下我宽阔的床铺；
我只好席地而坐，夜夜备受折磨；
你的恶作剧拨旺了炉灶之火，
烧毁了冬天的储备，烧去我这可怜人的毛发。

你移动我的用具，并把它放错位置，
我盲目地寻找，一时不知所措。
你非常拙劣地吵闹；我担心，我的灵魂
为了逃脱你而逃跑，逃离这间小屋。

我觉得这是一首全新的诗，并为此感到非常高兴。歌德说："这首诗对你来说并不是陌生的，因为它就在歌剧《克劳迪娜·冯·维拉-伯拉》里，是由鲁干提诺演唱的。不过我把这首诗从那儿分出来，让人们单独朗诵它，而谁也没有觉察到我这样做的意义何在。而我想，把它从那儿分出来是有好处的。它很好地表达出我当时的情况，通过比喻使我当时的内心感受形象化。这是一首模仿古希腊诗人阿那克里翁的风格的诗。我本想把这首诗和我的歌剧作品中的其他类似的诗汇印成《诗集》，以便作曲家拥有它们。"我觉得这样做很好，并答应歌德以后把这些诗汇印成诗集。

歌德非常成功地朗诵了这首诗：我忘不了这首诗，看来歌德也忘不了它。他还像在梦中一样，自言自语地说出最后的诗句：

> 你非常拙劣地吵闹；我担心，我的灵魂
> 为了逃脱你而逃跑，逃离这间小屋。

接着他告诉我一本有关拿破仑的新书，作者是这位英雄青年时代的一位朋友。从这本书里我们可以获得许多有关拿破仑的最值得注意的情况。他说："此书写得非常客观，毫无感情色彩。可是我们在读它的时候可以看到，正是由于作者敢于说真话，实事求是地反映拿破仑的生活情况，此书才具有很高的阅读价值。"

歌德还告诉我一位年轻的诗人创作的一部悲剧。他说："这是一部病态的作品，我们不需要的部分供血过多，而我们需要的部分却抽去了血。题材是好的，甚至很好，但是我所期待的那些场面并没有出现，而我并不期待的其他场面，作者却细心地加以叙述。我想，要是你根据我们的新理论评价这部作品，可以把它称作病态的或浪漫的。"

然后我们还轻松愉快地待了一会儿，歌德最后还用许多蜂蜜款待我，临走时还让我带走一些枣子。

▼ 1829 年 4 月 6 日　星期一

歌德交给我艾贡·艾伯特的一封信。吃饭的时候，我读了这封信，并为此感到高兴。我们盛赞艾贡·艾伯特和波希米亚，同时怀念曹佩尔教授。

歌德说："波希米亚是一个奇特的国家，我常常到那儿去。那里的文学家们还保持着纯朴的性格，而在北方的德国，这种纯朴的性格已经开始变得稀少了，也就是说，在北方的德国，任何无赖都在写作，而他们既缺乏道德的基础，又缺乏高尚的志向。”

接着歌德谈到艾贡·艾伯特新近创作的一首叙事诗，这首诗有关波希米亚妇女在早期居于统治地位，以及亚马孙族女战士的传说[①]的来源。

话题转到另一位诗人创作的一部史诗，他费了好大劲儿才使这部史诗获得官方报刊的好评。歌德说：“的确，这样的评论出现在官方的各种报刊上，但是当《哈勒文学报》发现此事，并坦率地说出它对这部史诗的看法之后，官方报刊对这部史诗的高度评价不攻自破了。现在，谁要想瞒天过海，很快就会被发现。戏弄和欺骗读者的时代已经过去了。”

我说：“我发现，人们为了获得一点儿名声而不惜采取不正当的手段，我对这种现象感到惊异。”

歌德说：“亲爱的孩子，名声并不是微不足道的东西。拿破仑就是因为他几乎把半个世界打得落花流水而获得伟大的名声！”

他停了一下，然后继续讲那本有关拿破仑的新书。他说：“真实的力量是巨大的，在这本书的惊人的现实面前，新闻记者们、历史学家们和诗人们对拿破仑的过分颂扬和对他抱有的幻想通通消失了。由于这本书，这位英雄非但没有变得渺小，反而因为真实而变得伟大。”

我说：“拿破仑身上想必有一种奇特的魅力，人们一见到他，就马上归顺他，追随他，甘愿让他领导。”

歌德说：“当然他的个性是优越的，但是主要的方面在于人们相信在他的领导下能够达到自己的目的，所以人们拥护他。任何人，只要他确保人们达到自己的目的，人们就拥护他。演员们之所以拥护一位新的导演，是因为他们相信，他会让他们表演好的角色。这是老生常谈，人的天性就是这样。谁也不会自愿地为另一个人服务；但是

---

① 亚马孙人是一族女战士，住在黑海沿岸小亚细亚一带，境内禁止男人居留。她们骁勇，善骑马射箭，还帮助特洛伊人作战。

如果他知道为别人服务也就是为自己服务，他就会乐于为他人服务。拿破仑太了解人们了，他善于利用人们的弱点去达到自己的目的。”

话题转到泽尔特上。歌德说：“你知道，泽尔特获得了一枚普鲁士勋章，可是他还没有家族纹章；他已经子孙满堂，所以家族后继有人。正是由于这个缘故，他得有一个家族纹章，以便为家族打下光荣的基础。我突发奇想，打算为他做一个纹章。我写信给他，他回信对此事表示满意，但他想要一匹马。我说，好吧，你应该有一匹马，然而是一匹带翅膀的马。你回头看一看，在你身后有一张纸，我用铅笔在上面画了一个草图。”

我拿起这张纸，仔细地观察这幅草图。纹章显得很壮丽，我不得不佩服歌德的创造才能。纹章的下面部分是一座城墙的塔式雉堞，它暗示泽尔特在早年是一位能干的泥瓦匠。一匹带翅的马屹立在塔式雉堞的后面，它正奔向更高的境界，象征着泽尔特的天才正向更高的目标腾飞。纹章的上面部分是一面盾，盾上饰有一把里拉[①]，里拉的上方闪耀着一颗星星，它象征着艺术，同时说明这位杰出的朋友在吉星的影响和保护下已声誉赫赫。纹章的下面挂着那枚普鲁士勋章，说明国王使他幸福，对他所做出的伟大贡献给予恰如其分的评价。

歌德说：“我已经让法希乌斯[②]把我的设计雕刻在铜版上，你应该看看它的模型。一位朋友为另一位朋友制作纹章，并以此仿佛赋予他贵族的头衔，你不觉得这样做是在向他献殷勤吗？”我们对歌德的这种使人愉快的想法感到高兴。歌德派人到法希乌斯那儿去，以便取回一个模型。

我们在桌旁还坐了一会儿，一边品尝美味的饼干，一边喝了几杯陈年莱茵葡萄酒。歌德闭着嘴唇轻声地哼唱，我又想起了昨天的那首诗，大声地吟诵起来：

---

① 古希腊的一种五弦或七弦竖琴。

② 法希乌斯(Friedrich Wilhelm Facius, 1764—1843)，魏玛的奖章制模师。

你移动我的用具，并把它放错位置，

我盲目地寻找，一时不知所措……

我说："我摆脱不开这首诗，它非常独特，很好地表达出爱情给我们的生活带来的混乱。"

歌德说："这首诗向我们展示了一种忧郁的心理状态。"

我说："它给我留下一幅图画的印象，一幅荷兰图画的印象。"

歌德说："它有点类似荷兰名画家奥斯塔德所画的《贤夫贤妻》的场面。"

我说："您说出了我想说的话，因为我不得不一再想到那首苏格兰的诗，这时，奥斯塔德的那幅画便浮现在我的眼前。"

歌德说："可是说来也奇怪，这两首诗是不能入画的；它们虽然给人一幅画的印象，但是它们绝不能入画。"

我说："这是些很好的例子，说明诗歌与绘画非常接近，但它们不能离开自己本来的作用范围。我最喜欢这样的诗，因为它们观念和感受兼备。可是您是如何达到这样一种感情状态的，我几乎无法理解。这首诗就像是另一个时代和另一个世界的产物。"

歌德说："我也不会再写这样的诗了，我也说不清楚我是如何达到这种感情状态的；我们常常会有这样的感情状态。"

我说："这首诗还有另外一个特点。我总觉得它似乎是押韵的，可是它并不押韵。原因在哪里呢？"

歌德说："原因在于节奏，诗句以一个倚音开始，接着是扬抑格音步，快到结尾的时候是扬抑抑格音步。这样就会产生独特的作用，使诗句获得忧郁和抱怨的性质。"歌德拿了一支铅笔，按音节把这句诗分开：

Vŏn/mēinĕm/brēitĕn/Lāgĕr/bīn ĭch vĕr/trīebĕn.

我们泛泛地谈论节奏，一致认为诗缺乏节奏是不可想象的。歌德说："节奏来自诗的情绪，通常是不自觉的。如果你在写诗的时候有意识地想到节奏，你就会发疯，写不出有理智的东西。"

我耐心等待纹章的模型。歌德开始谈论基佐。他说："我在继续读基佐的讲义[①]，它们写得顶好。他今年写的讲义大约追溯到8世纪。他看问题既深入又透彻，没有一个历史学家能比得上他。人们没有想到的事物，在他看来具有极大的重要性，因为它们是重大事件的源泉。例如，某些宗教思想的存在，诸如原罪学说、慈悲学说以及行善学说，曾对历史产生过巨大的影响。这些宗教思想，正如我们所清楚地看到的那样，导入并赋予某些时代以这样或那样的形态。又例如，永生不朽的罗马法就像一只潜入水里的鸭子，偶尔躲藏起来，但它永远也没有丢失，总是一再活生生地从水里钻出来。正如我们所看到的那样，罗马法受到了很好的对待，就连我们杰出的法学家萨维尼[②]也充分肯定罗马法。

"基佐谈到过去时代高卢人[③]接受别的民族的影响时，我对他关于日耳曼民族所说的一番话特别注意。他说：'日耳曼人给我们带来了个性自由的思想，这种思想是日耳曼民族所特有的。'这话不是说得很好吗？他不是完全说对了吗？个性自由的思想不是直到今天还在我们中间起作用吗？宗教改革的思想根源在此，瓦尔特堡大学生们的造反阴谋[④]也是如此，好事和坏事都受了这种思想的影响。我们文学界的五花八门的现象也与此有关，我们的诗人们热衷于标新立异，每个人都相信有必要另辟蹊径，乃至我们的学者们也喜欢与世隔绝，独善其身，人各一说，各执己见，都是出于同一个来源。法国人和英国人却与此相反，他们彼此聚会的机会多得多，可以互相观摩切

---

① 指基佐的《近代史讲义》。

② 萨维尼(Friedrich Karl von Savigny，1799—1861)，历史法律学派的首领，于1815—1831年著有《中世纪罗马法史》一书。

③ 高卢人是法兰西民族的祖先。

④ 1817年，德国大学生为争取自由思想而造反。

磋。他们在举止和服装方面都显出一致性。他们怕标新立异，怕惹人注目或讥笑。德国人却各按自己的心意行事，只求满足自己，不管旁人如何；因为正如基佐所正确地指出的那样，每个德国人都崇尚个性自由的思想，而个性自由的思想，正如我刚才所说的，既产生了很多很好的东西，也产生了许多很荒谬的东西。”

▼ 1829年4月7日　星期二

当我走进歌德家里的时候，我发现内廷参事迈耶——他最近身体不大舒服——和歌德坐在桌旁。看到迈耶病体康复，我为之感到高兴。他们谈到艺术品收藏，谈到皮尔①用四千英镑买了法国画家洛兰②的一幅画。这件事使皮尔深受迈耶的宠爱。仆人拿来了各种各样的报纸，我们分开读报，等待汤上桌。

过了不久，我们便开始谈论爱尔兰人的解放运动。歌德说：“在这种情况下，对我们来说富有教育意义的是，谁也没有想到过的一些事情趁此机会暴露了出来，没有这个诱因，人们绝不会谈起这些事情。我们对爱尔兰的情况并不十分了解，因为事情太复杂了。但是就我们所知，这个国家遭受各种各样的祸害，这些祸害通过采取某些措施，甚至通过解放运动是不可能消除的。直到现在，爱尔兰独自承受这些祸害，这是不幸的，可是同样不幸的是，英国现在也卷入灾祸之中。这就是事实。天主教徒是压根儿不可信任的。人们看到，在爱尔兰有两百万的新教徒在占优势的五百万天主教徒的欺压下过着痛苦的生活，例如，信仰新教的穷苦佃农受到周围的天主教徒邻居的压迫、刁难和折磨。天主教徒们相处得不好，但是他们为了对付一个新教徒，总是紧紧地团结在一起。天主教徒们就像一群狗，他们互相

---

① 皮尔(Robert Peel，1788—1850)，英国政治家，托利党党员，艺术品收藏家。
② 洛兰(Claude Lorrain，1600—1682)，法国画家，法国皇家绘画雕塑学院的创始人。

拼咬，可是一旦出现一只鹿的时候，他们立即行动一致，群起而攻之。"

话题从爱尔兰人转到发生在土耳其的争执。我们感到奇怪的是，占优势的俄国人在去年的出征中无法取得进展。歌德说："事情是这样的，俄国人的给养不足，所以他们对个别人的要求太高；个别人虽然为国献身或做出丰功伟绩，但从整体来看并没有促进战事。"

迈耶说："这也可以说是一个该死的地方。我们知道，在很久很久以前，如果一个敌人想从多瑙河向北方的丛山挺进，在这个地区总要争扎一番——总会遭到最顽强的抵抗，几乎永远到不了这个地区。如果俄国人给自己留一条海路，就可以从那里给士兵供应给养了！"

歌德说："我现在在读《拿破仑征埃及记》，这是天天随从他的布里安[①]写的。在这部回忆录里，拿破仑的许多冒险活动不见了，有的只是赤裸裸的事实。可以看出，拿破仑之所以进行这次远征，是因为他在法国没有什么能使自己成为统治者的事可干，想通过远征度过自己的这段空闲时间。他起初还没有拿定主意该怎么办；他参观了位于大西洋海岸的所有法国港口，为的是了解船只的情况，最后确信是否可以远征英格兰。可是他觉得这事不合适，于是决定远征埃及。"

我说："我不得不感到惊异，拿破仑当时那样年轻，却能那样轻易地、稳当地在世界大事中扮演重要角色，仿佛他早有多年实践经验似的。"

歌德说："亲爱的孩子，那是伟人天生的才能。拿破仑摆布世界，就像胡梅尔摆布他的钢琴一样。这两人的成熟都使我们惊奇，我们不大理解他们，但他们的成就摆在我们的眼前，确实如此。拿破仑尤其伟大，因为他在任何时候都是同一个人。无论是在战役前还是在

---

① 布里安（Louis Antoine Fauvelet de Bourrienne，1769—1834），拿破仑一世的秘书，著有十卷本的《回忆拿破仑》，1828 至 1830 年出版。

战役中,也无论是在胜利之后还是在失败之后,他总是坚定地站着,对于他要做的事总是胸有成竹,又能当机立断。他总是感到得心应手,在任何时候和任何情况下都能应付裕如,就像胡梅尔那样,无论演奏的是慢板还是快板,是低音部还是高音部。凡是具有真才实学的人,都能驾轻就熟,无论在和平时期的艺术中还是在军事艺术中,无论是在钢琴旁还是在大炮后面。"

歌德接着说:"不过从这本书里我们可以看出,关于拿破仑出征埃及流传着许许多多童话般的故事。有些虽然得到了证实,但许多压根儿没有得到证实,大多数的故事与事实不符。

"有人说他曾下令枪杀了八百名土耳其俘虏。这是真的。不过这是作战会议经过对各种情况进行长期的考虑后认为没有办法拯救他们才做出这一成熟的决定的。

"有人说他曾经向下走进金字塔里。这是无稽之谈。事实上他好好儿地站在金字塔的外面,让别人向他讲述他们在下面看到的情况。

"还有人说他曾经穿上东方的服装。这与事实稍有出入。事实上他只穿了一次,而且是在家里举行的化装舞会上,他是穿给家里人看的。可是穆斯林的缠头布不适合他,因为这样的头巾对所有微长的头都不适合,所以他再也没有穿这种服装。

"不过他的确看望过得瘟疫的病人,目的是为他们做出榜样,即只要他们能够克服恐惧,就能够战胜瘟疫。他是对的!我可以用我亲身的经历说明这一点。过去我曾感染上败血症,可是我只靠坚强的意志就赶走了这种疾病。在这种情况下,道德的意志可以起到神奇的作用。道德的意志仿佛遍及全身,使身体有活性,从而击退一切有害的影响。与此相反,恐惧是一种懒散虚弱和易感性的状况,它很容易让任何敌人占有我们。拿破仑深知这一点,他不惜任何代价要为他的军队做出一个庄严的榜样。"

歌德接着很高兴地开玩笑说:"可是你得向我致敬!拿破仑在行

军时携带的书有哪些？有我的《维特》！”

我说：“从他在埃尔富特那次接见[①]中可以看出，他对《维特》是仔细研究过的。”

歌德说：“他就像刑事法官研究档案材料那样仔细研究过《维特》。他和我谈到我的这部书信体小说时也显出这种认真精神。布里安先生在他的著作里把拿破仑带到埃及的书开列了一个目录，其中也有《维特》。这个目录有一点很值得注意，即这些书是用不同的标题分类的。例如在‘政治’这一标题下列举了《旧约》、《新约》和《古兰经》，由此可知拿破仑是怎样看待宗教的。”

歌德还向我们讲述了这本书里的某些有趣的故事。其中包括拿破仑率领他的军队在红海的顶端渡海的故事：拿破仑及其军队在落潮的时候穿过一片干燥的海床，可是被涨潮赶上了，以至于最后那些士兵不得不在齐肩深的水里蹚水前进。他的这次冒险行动差一点使他像法老那样死去。歌德趁此机会发表了一些有关涨潮的新的看法。他把涨潮与云相比，但这里的云不是从远方朝我们飘来，而是在所有的地方同时产生，均匀地向前推进。

▼ 1829年4月8日　星期三

当我走进歌德家里的时候，发现他已坐在摆好餐具的桌子旁边，他热情地接待了我。他说：“我收到一封信，信是从何处来的？从罗马！信是谁写的？是巴伐利亚的国王！”

我说：“我分享您的欢乐，不过这事并不奇怪，一小时以前我在散步的时候老是想到巴伐利亚的这位国王，而现在我得知了这一令人愉快的消息。”

---

① 1808年2月10日，拿破仑在埃尔富特接见歌德。

歌德说："我们的内心里常常预示某种东西即将来临。这封信就在那儿，你把它拿来，坐到我身边，然后读一读！"

我拿起信，歌德拿起报纸，这样我就可以完全不受干扰地读国王的这封来信。这封信所注明的日期是：罗马，1829 年 3 月 26 日。信上的字体不仅非常清楚，而且遒劲有力。国王在信中告诉歌德，他在罗马购置了房地产，即马耳他花园别墅，它坐落在鲁多维希别墅的附近，位于这座城市西北端的一座山丘上。从这里可以鸟瞰整个罗马。朝西北方向看去，可以清楚地看到圣彼得修道院。国王在信中写道："这里景色宜人，为了欣赏这美丽的景色，你会远走他国，而我在我所购置的这幢别墅里，透过窗子每时每刻都能欣赏到这美丽的景色。"国王接着对他居住在罗马的那段美好的时光赞不绝口。他在信中写道："我已经十二年没有见到罗马了，我渴望见到它，就像恋人渴望见到自己的情人一样。可是从现在起我将怀着平静的心情回到那里去，就像是去看一位心爱的女友。"接着国王以行家的热忱谈到罗马的那些伟大而崇高的艺术珍品和建筑物。作为一位行家，国王关心和促进真正美好的事物，对任何偏离良好风气的现象非常敏感。这封信完全充满普通人的美好感情，是一般的大人物所没有的。我向歌德表达了我对这封信的喜悦之情。

歌德说："你在信里看到了一位君主，他既是国王陛下，又拯救了他天生的美好的人性。这是一种罕见的现象，所以更加令人高兴。"我又看了看这封信，找到了一些极好的段落。国王在信中写道："我在罗马休息期间，摆脱了在位时的种种忧虑；我每天欣赏艺术和大自然，艺术家们常和我同桌就餐。"国王还写道，他常常路过歌德曾经住过的那所房子，并且常常想到歌德。从信中引用的《罗马哀歌》的某些段落可以看出，国王不仅熟记这些段落，而且在罗马就地偶尔再次朗读它们。

歌德说："是的，国王特别喜欢这些哀歌；他老是纠缠着我，要我告诉他这些哀歌所依据的事实，因为在这些诗里一切都显得非常优美,仿佛真的有事实根据似的。可是他很少考虑到,诗人在大多数情况下写出的好诗很少有什么理由。”

歌德接着说:“我只希望我现在能读到国王写的那些诗,这样我在给他回信的时候就能对它们发表我的一些看法。根据我所读的他的几首诗,可以推断出他的那些诗是好的。在形式和处理方法上他很受席勒的影响。他的诗不仅形式非常优美,而且具有崇高的思想内容。可以期望,他还会写出许多优美的诗篇。

“使我感到高兴的是,国王在罗马购置了一幢非常漂亮的别墅。我知道这幢别墅,它的地理位置很好,所有德国的艺术家都住在它的附近。”

仆人来换餐桌上的盘子,歌德对仆人说,他想把放在天花板房间里的那幅他从罗马带回来的大型铜版画摊开在地板上。他说:“我想让你看一看,国王在一个多么好的地方购置了房地产,以便你正确地记住这个地方。”我非常感谢歌德的好意。

我说:“昨天晚上我读了您的歌剧《克劳迪娜·冯·维拉-伯拉》,感到非常高兴。这部歌剧不仅结构严谨,而且剧中人物的行为鲁莽、放肆、放荡,充满人生的乐趣,所以我很希望有人能把它搬上舞台。”

歌德说:“要是能把这部歌剧搬上舞台,那当然是件好事。”

我说:“我已经考虑这出戏所需要的全体演员,还考虑了角色的分配。格纳斯特先生应该扮演鲁干提诺,他就像是为这角色而创造的;弗朗克扮演堂佩德罗,因为他的身材与角色的身材相似,要是他俩在长相上有些相似,那就更好了;拉罗西先生扮演巴斯可,他通过很好的面具和造型,能够赋予巴斯可这个角色所需要的粗野的色彩。”

歌德接着说:“我想,埃贝魏因夫人很适合扮演路琴德这个角色,施米特小姐扮演克劳迪娜。”

我说:“我们得找一个身材魁梧的男子去扮演阿龙佐,这个男子首先应该是位好演员，而不是位好歌唱家。我想，奥尔斯先生或格拉夫先生可以扮演阿龙佐这个角色。那么谁为这部歌剧谱曲，音乐部分怎么样？”

歌德回答说：“莱哈特①，他谱的曲非常优美。只是配器由于受到以往时代的审美观的影响而显得有些薄弱。如今在这方面需要做些补正，使配器更加充实一些。这位作曲家非常成功地创作了我们的歌曲：《库皮多，调皮而倔强的小伙子》。”

我说：“这首歌有一个特点，即当你吟咏它的时候，你会产生一种愉快的和梦幻般的情绪。”

歌德说：“这首歌来源于这样一种情绪，正是由于这个缘故，它理所当然也产生这样一种情绪。”

我们已经用完饭。仆人弗里德里希来了，他告诉我们，他已经把天花板房间里那幅反映罗马的铜版画摊开在地板上。我们去看这幅画。

世界大城市罗马的图像展现在我们的眼前；歌德很快就找到了鲁多维希别墅和位于它附近的巴伐利亚国王新购置的马耳他别墅。歌德说：“你瞧，这两幢别墅的地理位置多好啊！整个罗马在它们前面伸展，此外山丘很高，以至于你在中午和早上可以眺望整个城市。我过去就住在国王的这幢别墅里，透过窗子欣赏户外的美景。这里，也就是台伯河对岸的罗马向东北方向延伸的地方，矗立着圣彼得修道院，在它的附近就是罗马教皇所在地梵蒂冈。你瞧，巴伐利亚国王透过他别墅的窗子，不仅可以看到流经罗马的台伯河，还可以看到河对岸的这些建筑物。这里是一条长路，它来自德国，从北进入这座城市。这里是波波罗门；我去罗马的时候，就住在通往这道大门的一条街上，住在道路拐角处的一所房屋里。现在有人指出罗马的另一幢建筑物，说我曾在里面住过，这与事实不符，不过这无关紧要；这样的

---

① 莱哈特（Johann Friedrich Reichardt, 1752—1814），德国作曲家和作家。

事情其实是无所谓的，人们得对传统听其自然发展。”

我们又走回到我们的房间里。我说：“首相定会为国王的这封信感到高兴。”

歌德说：“他应该看看这封信。”

歌德接着说：“每当我读到巴黎的议员们在议会里发表的演说和展开的辩论，我就情不自禁地想起首相。他在演说和辩论方面感到得心应手。因为演说和辩论要求人们不仅具有判断能力，而且具有发表演说的强烈欲望，而在我们的首相身上，两者兼备。拿破仑也有这种发表演说的强烈欲望，如果他不能演说，他只得写作或口授。我们也发现普鲁士陆军元帅布柳肖喜欢演说，他的演说不仅好，而且坚决有力，这种才能是他在共济会分会里培养出来的。我们的大公爵也喜欢演说，虽然他天生说话简洁；如果他不能演说，他就写作。他曾写过一些论文，草拟过一些法令，而且通常写得很好。只是作为君主的他，没有时间去了解各种事情的必要的细节。最近他还草拟了一道法令，规定人们应该怎样支付被修复的油画的报酬。这件事非常有意思。因为作为君主的他，竟然用数学的方法，按尺寸和数量来评定修复的费用。他在法令中规定，修复的费用应该按英尺来计算！如果被修复的油画是十二平方英尺，那么应该支付十二塔勒；如果是四平方英尺，则应支付四塔勒。这当然是君主的法则，而不是艺术的法则。因为一幅十二平方英尺的油画可以在一天的时间里花少量的气力加以修复；而另外一幅四平方英尺的油画却需要整整一个星期时间的辛劳才能加以修复。可是作为优秀军人的君主们喜欢用数学的方法确定作品的价值，他们乐于用尺寸和数字进行工作。”

我对这件逸事感到高兴。接着我们还谈论了艺术和艺术作品。

歌德说：“我有一些根据拉斐尔和多米尼奇诺[1]的油画创作的素

---

① 多米尼奇诺(Dominichino，1581—1641)，意大利画家。

描。艺术史家迈耶对这些素描发表了值得注意的看法，我想趁此机会告诉你迈耶的看法。

"迈耶说：'这些素描画得有点不熟练，不过我们可以看出，画这些素描的人对他临摹的那些画有一种正确而敏锐的感觉，并把这种感觉转移到他的素描里，所以他所画的素描非常忠实地再现了原作的思想感情。现在的艺术家如果想复制拉斐尔和多米尼奇诺的那些油画，他们会模仿得更好，画得也许更正确；但是我们可以预言，他们对原作缺少那种忠实的感受，所以尽管他们的画比原作更好，但丝毫没有体现出拉斐尔和多米尼奇诺的油画的思想感情。'"

歌德接着说："这是不是一件非常有趣的事？翻译工作中也会发生类似的情况。例如，福斯所译的荷马史诗肯定是很好的；但是我们也可以设想，要是某人对荷马的原作具有更质朴和更真实的感受，他也能再现原作的思想感情，尽管从整体来看他并非是像福斯那样的极为出色的翻译家。"

我觉得歌德的这番话非常有理，表示完全赞同。由于天气很好，太阳还高高地挂在天上，所以我们下楼朝花园里走去，歌德让仆人把一些过于低垂在路当中的树枝向上捆起来。

黄色的番红花盛开。我们观赏这些花，然后走上那条两旁满是紫罗兰一类植物的路上。歌德说："你最近说，绿色和红色较之黄色和蓝色更容易相互引致对方的产生，因为绿色和红色处于更高的阶段上，所以比黄色和蓝色更完美、更饱和、更有效。我不能同意你的看法。任何颜色，一旦它强烈地作用于我们的眼睛，就会同样强烈地引起所要求的颜色。重要的是，我们的眼睛善于适应环境，过于明亮的阳光不会妨碍地面吸收所要求的图像。我们要避免把颜色分得过细，否则的话，很容易把本质的东西变为非本质的东西，把真的东西变为假的东西，把简单的东西变为复杂的东西。"

我记住歌德的这些话，把它们看作我的学习指南。这时看戏的时间快到了，我准备离去。歌德笑着说："你去看戏吧，你今天定会顺利地经受住《一个赌徒一生中的三天》①的那些恐怖的场面。"说着，他让我离去。

▼ 1829年4月10日　星期五

"在等汤的时候，我想让你饱一下眼福。"说了这句友好的话，歌德就把克劳德·洛兰的风景画摆在我面前。

我头一次看到这位大师的绘画作品。印象不同寻常，我一页一页地翻阅，越看越惊叹。两边分布着大片阴影，显得雄壮有力，强烈的阳光从背后射到空中，在水里现出反光，也产生出一种明确有力的印象。我觉得这是这位大师经常使用的一些艺术准则。我也高兴地称赞他的每一幅画，因为它们各自构成一个独立的小天地，其中没有一件东西不符合或不烘托出主导的情调。不管画的是一座海港，停着一些船，渔夫们正在打鱼，与水邻接的地方耸立着一些漂亮的房屋；或是一片寂静的荒丘，山羊在吃草，小溪上横着小桥，一些灌木丛夹着一棵遮阴的树，一个牧羊人躺在树下吹牧笛；或是一片沼泽地中水不流动的池塘，在酷热的夏天给人一种清凉感；随便在哪一幅里，你总可以看到全局和谐一致，没有哪一点不和全局相称，没有哪一件是勉强拼凑起来的东西。

歌德说："这一次你从这些画里看到了一个完全的人，他想到的和感觉到的都是美好的事物，他胸中有一个在外界不易看到的世界。这些画都具有最高度的真实，但是没有一点实在的痕迹。克劳德·洛兰对现实世界了如指掌，直到其中的最微小的细节，他把现实世界作为媒介使用，以表现他的优美的心灵世界。这正是真正的理想性，

① 德国剧作家托马斯·温克勒创作的一部剧本。

它会把现实媒介运用来产生一种幻觉,好像是真的东西或实在的东西。”

我说:“我想您刚才说的这些话不愧是至理名言,它们同样适用于诗歌和造型艺术。”

歌德说:“我想应该是这样。”

他接着说:“我建议你吃饭后点心的时候不必继续欣赏克劳德的出色风景画了,因为这些画的确太好了,用不着连续看许多幅了。”

我说:“我有这样一种感觉,即每当我想翻阅下一页的时候,就会突然感到某种恐惧。这是我对这些美丽的风景画感到的一种特殊恐惧,就像我们在读一本优秀的书时,其中的某些宝贵段落会迫使我们停止下来,然后我们带着几分犹豫继续读下去。”

歌德停了一下,然后继续说:“我给巴伐利亚国王写了一封回信,你应该读一读这封信。”

我说:“这会对我很有教益,我很高兴去读它。”

歌德说:“在这期间,《汇报》上刊登了一首致国王的诗,首相在昨天向我朗读了这首诗,你也应该看看这首诗。”说着,歌德把报纸递给我,我默读这首诗。

歌德说:“那么,你对这首诗有什么看法?”

我说:“这是一个业余爱好者的内心感受,他有良好的愿望,但缺乏写诗的才能,他所使用的文学语言矫揉造作,虽然动听,但言之无物。”

歌德说:“你说得完全对,我也认为这是一首毫无价值的诗;它缺乏外在的直观形象,只表现作者的思想感情,而且表现得不真实。”

我说:“为了创作一首好诗,必须很好地了解创作的对象,谁要是不能像克劳德·洛兰那样拥有一个完整的世界,纵使有最好的思想志向,也很少会写出好诗。”

歌德说:“只有天生有写诗才能的人才会知道写诗到底是怎么一

回事，所有其他的人或多或少会走错路。”

我说：“美学家们就是一个有力的证明，我们不知道他们到底要教给我们一些什么，他们把年轻的诗人们完全弄糊涂了。他们不谈现实，而谈理想；不向年轻的诗人指出他缺少什么，而向年轻的诗人指出他拥有什么，以此把他搞糊涂。例如，谁要是原来天生有些诙谐和幽默，如果他几乎不知道他具有这方面的才能，他肯定会很好地发挥他的这些才能。可是谁要是把那些赞美诙谐和幽默的论文记在心上，他马上就会因为无辜地使用这些才能而变得糊涂起来，因为意识会削弱这些才能，他非但不会促进他的这些才能，反而会极大地妨碍它们的发展。”

歌德说：“你说得完全对，关于这个问题我们还有许多话要谈。”

他接着说：“在这期间，我读了艾贡·艾伯特新近创作的一首叙事诗，你也应该把它读一读，以便我们从这里给他提些修改意见。他的确是一位非常令人高兴的人才，但是他的这首新诗缺少诗歌所特有的基础，即现实的基础。诗中所描写的各种风景以及日出和日落——顺便说明一下，他擅长描写外部的世界——可以说是尽善尽美，可是几百年前的东西，属于传说的东西，缺乏应有的真实，缺乏本来的核心。希腊神话中亚马孙族女战士的生活和行动描写得一般化，即年轻人所认为的诗意化和浪漫化。这种诗意化和浪漫化的描写在美学界成了一种司空见惯的现象。”

我说：“这是当今的整个文学界所犯的通病，人们避开特别真实的东西，怕它缺少诗意，因此陷入陈词滥调。”

歌德说：“艾贡·艾伯特本该求助于编年史的传说，这样他才能使他的诗获得某种意义。席勒在这方面为我们树立了榜样，他在写《威廉·退尔》的时候，就下了很大的功夫去研究瑞士的历史和有关瑞士的各种传说。莎士比亚同样利用了编年史，他把其中的整个段落逐字地用于他的剧本里。我们也希望现在的年轻诗人能像席勒和莎士比亚那样去做。我在我的《克拉维哥》里，就曾整段整段地引用博马舍[①]的回忆录。”

我说:“不过您对它们进行了巧妙的处理,以至于读者没有觉察到它们。”

歌德说:“这样做是对的,也只能这样做。”

接着歌德向我讲述了博马舍的某些性格特征。他说:“博马舍是个狂热的基督教徒。你得读一读他的那些回忆录。他喜欢打官司,只有在打官司的时候,他才真正感到心情愉快。现在还保留了他作为律师参加一场官司时所发表的演说。他的这些演说不愧是这类演说中最值得注意、最富有才华和最大胆的。但是,正是在这场著名的官司中,博马舍输了。当他走下法庭的楼梯的时候,遇上了想上楼梯的宰相。按理说博马舍应该给他让路,但博马舍拒绝给他让路,坚持要每个人各让一步。宰相认为这事伤害了他的尊严,便命令他的随从人员把博马舍推到一边,结果发生了不该发生的事。博马舍立刻又返回法庭,对宰相起诉,并且赢了这场官司。”

我很高兴听到这则逸事,我们在吃饭的时候兴高采烈地继续谈论各种各样的事情。

歌德说:“我又着手写我的《在罗马的第二次逗留》,以便最终摆脱它,好去干别的事情。如你所知,我的已经出版的《意大利游记》是完全用书信编辑而成的。可是,我第二次在罗马逗留期间写的那些信不适宜用来作为意大利游记,因为它们太多地涉及我的家庭和魏玛的社会情况,很少涉及我在意大利的生活。不过在这些信里,有一些反映我当时的内心思想的议论。我现在打算把这些段落摘出来,然后分门别类地把它们插入我的小说里,以此烘云托月。”我觉得这样做很好,并对歌德的打算表示支持。

歌德接着说:“在过去一切时代里,人们说了又说,人应该努力认识自己。这是一个奇怪的要求,从来没有人符合这一要求,将来也不

---

① 博马舍(Pierre-Augustin Caron de Beaumarchais,1732—1799),法国喜剧作家,《塞维勒的理发师》的作者。

会有人满足这一要求。人的全部意识和努力都是倚仗外在世界即周围世界的，他应该做的就是认识这个世界中可以为他的目的服务的那部分。当他享受生活或遭受痛苦的时候，他才认识到自己；人也只有通过欢乐和痛苦，才能学会什么应追求和什么应避免。不过顺便提一下，人是一个蒙昧无知的生物，不知道自己从哪里来，向哪里去，他对世界知之不多，对自己知道得最少。我也不认识我自己，但愿是上帝不让我认识自己。我想说的只有一点，即我四十岁在意大利时才有足够的聪明，认识到自己没有造型艺术方面的才能，原先我在这方面的志向是错误的。每当我画点什么，我总缺乏足够的动力去掌握物体形象。我有点害怕，怕对象对我施加过分强烈的压力，比较柔和的和有节制的东西才合我的胃口。如果我画一幅风景画，我总是从光线不充足的远景画起，然后画中景，对前景总不敢把它画得鲜艳夺目，所以我的画产生不出应有的效果。此外，我不经练习就没有进步，如果我暂时中断作画，再画时总是要重新从头画起。可是我在这方面也并非毫无才能，特别是就风景画来说。哈克尔特[①]经常对我说：'假如您愿跟我在一起住上一年半，您会画出使自己和旁人都喜欢的画呢。'"

我全神贯注地听了这番话。我说："可是一个人怎样才能知道自己在造型艺术方面有真正的才能呢？"

歌德回答说："真正的才能对形态、比例和颜色要有天生的鉴赏力，不要多少指导，很快就能把这一切处理正确。特别是对形体要有鉴赏力，还要有一种强烈的欲望，能通过光线把形体画得像可用手触摸得到的那样活灵活现。纵使在练习间歇期间，画艺仍在内心深处进展和增长。这样一种才能是不难认识出的，但是认识得最准确的是艺术大师。"

歌德很高兴地接着说："今天上午我参观了大公爵的住房；大公

---

① 哈克尔特（Philipp Hackert，1737—1807），德国风景画家，歌德的朋友。

爵夫人的那些房间设计得非常美观,柯德莱和他请来的几个意大利粉刷工人很熟练地做了示范操作。这些粉刷工人还忙于把墙壁涂上油漆。这是几个米兰人,我马上用意大利语与他们交谈,而且发觉我没有忘了这门语言。他们告诉我,他们最末一次是为维尔滕堡国王的宫殿搞粉刷,之后被送到了哥达,在那里他们几乎还没有打定主意干什么;就在这时,魏玛的人打听到他们,便把他们聘请到这里,为大公爵夫人的那些房间搞装潢。我一下子又喜欢听和说意大利语,因为这种语言给我们带来了意大利的某种气氛。这几个好人三年前离开意大利;但是据他们所说,他们受斯皮格尔[1]先生的委托,还要为我们的剧院搞装潢,完工之后,就从这里直接返回意大利。对这个消息你也许不会生气吧。这是几个技巧非常熟练的手艺人;其中有一个是米兰的第一个室内装饰美工人员的徒弟。所以你可以指望他们把剧院装饰得很漂亮。"

当仆人弗里德里希收拾餐桌之后,歌德让他把罗马的一张小平面图放在餐桌上。他说:"对我们其他人来说,罗马似乎不是久留之地;谁要想待在那里或移居到那里,就得和当地人结婚并宣布信奉天主教,否则的话,他就无法坚持下去,他的日子就不好过。哈克尔特由于自己作为新教徒在那里待了很久而非常得意。"

接着歌德在这张平面图上指了指那些最值得注意的建筑物和广场。他说:"这是法尔耐斯花园别墅。"

我说:"这是不是您创作《浮士德》的巫婆场面的地方?"

歌德回答说:"不是,我是在波克黑塞花园别墅里创作这个巫婆场面的。"

接着我还欣赏了克劳德·洛兰的几幅风景画,我们还谈了一些有关这位大师的事情。我说:"现在的年轻艺术家能否按照克劳德·洛兰那样进行培养?"

---

① 魏玛公国的御前大臣。

歌德回答说："谁要是有类似他那样的气质，当然会像他那样得到很好的发展。但是，谁要是缺乏他那样的天资和气质，他最多只能窥见克劳德·洛兰的个别部分，并把它们当作空话使用。"

▼ 1829 年 4 月 11 日　星期六

我今天去看歌德，发现长长的大厅里的那张桌子上已摆好了餐具，而且是为好多人准备的。歌德及其儿媳非常友好地接待了我。客人们逐渐走了进来：叔本华夫人[①]、年轻的莱茵哈特伯爵[②]、他的姐夫 D.先生——此人旅行经过魏玛，以便前往俄国，参加俄国人反对土耳其人的战争——乌尔里克小姐，最后是内廷参事福格尔。

歌德的情绪特别好；用餐前，他用一些法兰克福的有趣的笑话为客人们助兴，特别是罗斯柴尔德和贝特曼[③]之间的笑话，前者破坏了后者的投机活动。

莱茵哈特到宫廷里去了，我们其他的人入席用餐。谈话一下子活跃起来了，我们谈到旅行和疗养浴场，叔本华夫人特别提到她在莱茵河畔购置的一幢新别墅，它位于诺能维特岛附近。

饭后吃点心的时候，莱茵哈特伯爵又出现在餐桌旁，大家称赞他行动神速，在短短的时间里，他不仅在宫廷里吃了饭，而且两次更衣。

他给我们带来了一个重要的消息：新的教皇已经选出，姓卡斯蒂廖内。歌德向在座的客人们谈了选举教皇时应该遵守的一些传统的礼节。

莱茵哈特伯爵去年冬天生活在巴黎，所以能够向我们提供有关一些著名的政治家、文学家和诗人的情况。我们谈到夏多布里昂、基

---

① 叔本华夫人（Madame Schopenhauer，1766—1838），哲学家叔本华的母亲。

② 法国驻魏玛的公使。

③ 法兰克福的一家银行。

佐、萨尔万第[1]、贝朗瑞、梅里美和其他的人。

饭后,当客人们全都离去之后,歌德把我带到了他的工作室里,让我看两份非常值得注意的手稿,我为此感到非常高兴。这是两封歌德在青年时代写的信,是在 1770 年从斯特拉斯堡写给他的朋友——法兰克福的霍恩博士的。一封是 7 月里写的,另一封在 12 月里。在这两封信里,一位年轻人说出自己的心里话,他对即将发生的一些大事已有预感。在后一封信里,已经表现出《维特》的痕迹;信中已接触到发生在塞森海姆的男女关系[2],这位幸福的少年似乎陶醉在极度的幸福中,整天精神恍惚地溜达到她那儿去。这两封信的字体清秀文雅,歌德以后的字体始终保持这种清雅的风格。我情不自禁地把这两封信再读了一遍,然后满怀幸福和感激之情离开了歌德。

▼ 1829 年 4 月 12 日　星期日

歌德给我朗读了他给巴伐利亚国王写的回信。他具有很高的表演才能,仿佛他亲自登上国王别墅的楼梯,直接走到国王的身边面谈一切似的。我说:“在这样的情况下,要做得恰到好处,看来很难吧。”

歌德回答说:“对于像我这样一生与达官显宦打交道的人来说,这并不难。在这种情况下,唯一需要注意的是,不要我行我素,而要经常保持一定的拘谨。”

接着歌德谈到他正在编辑他的《在罗马的第二次逗留》。

他说:“从我在那个时期写的那些信中可以清楚地看出,和早年及晚年相比,我在中年有某些优点和缺点。例如,我在四十岁的时

---

① 萨尔万第(Narcisse Achille Salvandy, 1795—1856),法国政治家和政论作者。
② 1770 年 4 月,歌德到斯特拉斯堡继续他的学业,在塞森海姆乡村爱上了牧师布里昂的女儿弗丽德莉克。

候，就和现在一样对某些事情看得非常清楚，在某些方面，甚至比现在看得更清楚。现在我已八十高龄，也有某些优点，但我不想把它们跟四十岁时的那些优点交换。”

我说：“当您在说这些话的时候，我想起了植物的蜕变。我很理解，人们不愿从开花期回复到绿叶期，不愿从结果期回复到开花期。”

歌德说：“你的这个比喻完全道出了我的观点。”他笑着接着说：“你想象一下，一片已经长成锯齿形的叶子是否愿意从最自由的发展状态回复到胚叶时期的沉闷局促的状态？很有趣的是，我们甚至发现一种植物，它可以被看作最高年龄的象征，即它在开花期和结果期之后，虽然不再继续结果，但仍旧生气勃勃地继续生长。”

歌德接着说：“倒霉的是，人们在生活中常常受到错误志向的阻碍而不自知，直到摆脱了那些错误志向时才明白过来。”

我说：“可是人们凭什么知道一个志向是错误的呢？”

歌德回答说：“错误的志向缺乏创造性，纵使它有创造性，它所创造出来的东西也没有价值。察觉别人的错误志向并不难，而察觉自己的错误志向则是一件特别难的事，这需要有很大的思想自由。即使察觉了也往往无济于事。人们还在踌躇、犹豫，决定不下来，就像一个人难以摆脱一个心爱的姑娘一样，尽管已有很多迹象证明她不忠贞。我这样说，是因为我想到，经过许多年的实践我才认识到我原先要从事造型艺术的志向是错误的，而且以后又经过许多年，我才认识到有必要放弃造型艺术。”

我说：“不过，这种志向毕竟给您带来了很多好处，所以很难说它是错误的。”

歌德说：“我获得了见识，所以我可以安心了。这就是我们从任何错误志向中所获得的好处。一个人缺乏音乐才能，但努力学习音乐，虽然永远不会成为音乐大师，但是他可以由此学会正确评价音乐大师所创作的作品。我虽然做了各种努力，但我确实没有成为艺术家；不过，由于我尝试过各门艺术，所以我学会了辨明每种画法，也学会了区别好坏。这就是个不小的收获,所以错误的志向也并非毫无益处。例如,为解放圣地而发动的十字军东征,显然是一种错误的倾向,但是它也带来了好处,即通过它土耳其人连续遭到削弱,无法成为欧洲的霸主。”

我们还谈了各种各样的事情,接着歌德谈到了塞古①的著作《俄罗斯与彼得大帝的历史》。歌德觉得这部著作很有吸引力,给他不少启发。他说:“彼得堡的地理位置是完全不可原谅的,更何况就在它的附近地面隆起;假若这位皇帝把原来的这座城市建在稍高一点的地方,而只把港口建在洼地里,那么就可以使它避免所有的水灾。一位年老的船长曾向他提出了抗议,并向他预言,这座城市的居民每七十年就会被洪水淹死。那里也有一棵老树留下了高水位的各种痕迹。可是一切都是徒劳,这位皇帝坚持他的怪念头,并让人砍倒了那棵老树,不想让它作为反对他的见证人。”

歌德接着说:“你会承认,在这样一位伟大人物的上述行为中存在着某些问题。可是你知道我是怎样向自己解释这些问题的?一个人无法摆脱自己青年时期的印象,事情甚至发展到这种程度,连那些他在青年时期感到习惯的有缺陷的事物——他在它们的周围度过了他幸福的青年时期——在后来他继续喜欢,他被这些有缺陷的事物引入歧路,以至于习焉不察。例如,彼得大帝想把他青年时期喜欢的阿姆斯特丹重新建在位于涅瓦河入海口的首都里;同样,荷兰人也总是试图在他们的海外领地里重新建造一座新的阿姆斯特丹。”

▼ 1829年4月13日　星期一

今天,吃晚饭的时候,歌德向我说了一些有教益的好话,饭后吃

① 塞古(Philippe-Paul de Ségur, 1780—1873),法国史学家,1829年在巴黎出版了他的著作《俄罗斯与彼得大帝的历史》。

点心的时候，我还欣赏了克劳德·洛兰的几幅风景画。歌德说："这本画集的标题叫《自由的真实》，也可以叫《自由的自然与艺术》，因为在这本画册里，自然与艺术得到了很好的结合。"

我向歌德打听克劳德·洛兰的出身以及他是哪个学派的弟子。歌德说："洛兰最亲近的老师是安东尼奥·塔索①；而塔索又是保罗·布里尔②的学生。所以我们可以说，布里尔的学派和绘画原则是洛兰绘画艺术的真正的基础，在一定程度上，布里尔的学派正是通过洛兰而达到全盛时期的，因为在塔索和布里尔这两位大师笔下还显得庄重和生硬的东西，在克劳德·洛兰的笔下则显得优美和潇洒，令人心旷神怡。今后没有人会超过他。

"此外，由于这位伟大的艺术家生活在一个非常重要的时代和环境里，所以很难说他是谁的学生。他周游世界，吸取他的创作意图所需的养料。毫无疑问，除上述几位他最亲近的大师以外，卡拉齐兄弟所创立的学派③同样对克劳德·洛兰产生过良好的影响。

"人们通常说，尤利乌斯·罗曼④是拉斐尔的学生；但是人们也可以说，他是世纪的学生。只是圭多·列尼⑤有一个学生⑥，他完全吸收了他老师的精神、性情和艺术，以至于在为人和创作方面几乎跟他的老师一模一样。这是一个特殊的例子，几乎不会重现。与此相反，卡拉齐兄弟所创立的学派是开放式的，所以它的每个成员都可以按照自己天赋的志向自由发展，成为独树一帜的大师。卡拉齐兄弟天生有教艺术的才干；他们生活在那样一个时代，在那个时代里，各方面都已经产生最优秀的作品，所以他们可以向学生传授各种艺术的

---

① 安东尼奥·塔索(Antonio Tasso，1566—1642)，意大利画家。

② 保罗·布里尔(Paul Bril，1554—1626)，荷兰风景画家。

③ 洛多韦科·卡拉齐(Lodovico Carracci，1555—1619)及其从弟阿戈斯蒂诺·卡拉齐(Agostino Carracci，1557—1607)、阿尼巴·卡拉齐(Annibale Carracci，1560—1609)，意大利博洛尼亚派画家，西欧绘画中学院派的创始人。

④ 尤利乌斯·罗曼(Julius Roman，1492—1546)，意大利画家。

⑤ 圭多·列尼(Guido Reni，1575—1642)，意大利画家。

⑥ 指坎塔里尼(Simone Cantarini，1612—1648)。

最好的技艺[1]。卡拉齐兄弟不仅是伟大的艺术家,而且是伟大的教师。但是我不能说他们是有独到见解的艺术家。我觉得他们只是有些大胆而已。”

我还观赏了克劳德·洛兰的几幅风景画,之后我翻开了一本有关艺术家的专业词典,看看里面对这位艺术大师说了些什么。我们发现词典里有这样一句话:“他的主要功绩在于花色品种繁多。”我们相互看了看,然后笑了起来。歌德说:“你瞧,如果我们以书本为根据,获得里面所写的东西,我们可以学到许多东西!”

▼ 1829年4月14日　星期二

今天上午,当我走进歌德家里的时候,发现内廷参事迈耶和歌德正坐在桌旁谈论意大利及其艺术作品。歌德让仆人把克劳德·洛兰的一本画册放到我们的面前,然后请迈耶把那幅报纸上报道皮尔用四千英镑买走的风景画从画册里找出来。我们不得不承认,这是一幅优美的风景画,皮尔先生高价买得是上算的。这幅画的右方是一群坐着和站着的人。一个牧羊人向一位姑娘弯下身子,他似乎在教她怎样吹牧笛。画的中部是一个湖,水面在阳光下闪闪发光。画的左方是一群牲口,它们在小丛林的树荫下吃草。这两群人和牲口很好地保持平衡,按照这位大师惯用的艺术手法,光线在整个画面上产生了巨大的魅力。当问及这幅画的原作如今在什么地方的时候,迈耶回答说,他曾在意大利看到过。

接着话题转到巴伐利亚国王在罗马购置的那幢新别墅。迈耶说:“我非常了解那幢别墅。我经常住在里面,现在还愉快地想起它

---

① 他们主张用调和折中的方法来学习文艺复兴盛期的遗产。1585年,他们在博洛尼亚城开办美术学院,培养了一批杰出的画家。

那美好的地理位置。那是一座平平常常的宫殿，但是国王按照自己的审美观把它装饰得非常漂亮。我在罗马的时候，女公爵阿玛莉就住在那幢别墅里，赫尔德住在别墅的附属建筑物里。后来英王乔治三世的第六个儿子萨塞克斯公爵和明斯特伯爵也住在那幢别墅里。由于它的地理位置有益于健康，加之周围的景色优美，所以国外的一些达官贵人特别喜欢到那里居住。”

我问内廷参事迈耶，从马耳他别墅到梵蒂冈有多远。迈耶回答说：“从我们艺术家居住的别墅附近的特里尼塔·迪·蒙特教堂到梵蒂冈，有半个多小时的路程。我们每天都走这条路，常常不止一次。”

我说：“越过桥的这条路似乎有些迂回曲折；我想，要是船夫把我们渡过台伯河，我们穿过田野朝梵蒂冈走去，这样路程要近一些。”

迈耶说：“事情并不是这样，但我们也相信它会是这样，所以经常让船夫把我们渡过台伯河。我想起了一次这样的摆渡：在一个美丽的夜晚，皓月当空，我们从梵蒂冈回来。我们中间有几位知名的学者和艺术家，他们是：布里[①]、希尔特[②]和利普斯[③]。我们就拉斐尔和米开朗琪罗谁更伟大这个通常的问题展开了争论。我们登上了渡船。可是，当我们抵达对岸的时候，争论还在进行。于是，有位诙谐的人，我想他是布里，建议我们暂时不要上岸，直至争论完全结束，争论双方取得一致意见，方可上岸。这个建议被采纳了。于是船夫不得不再次撑船离岸，把渡船划了回去。可是争论才刚刚开始，而且异常激烈，当我们抵达对岸的时候，又不得不掉转船头返回来，因为争论还没有做出裁决。就这样，我们来来去去在渡船上待了数小时之久，在这种情况下，船夫比谁都高兴，因为在每次摆渡的时候，他口袋里的巴约克[④]就多了起来。这位船夫有一个十二岁的男孩在身边，这孩子

---

① 布里(Friedrich Bury,1763—1835),德国画家。

② 希尔特(Aloys Hirt,1759—1836),柏林的考古学家。

③ 利普斯(Johann Heinrich Lips,1758—1817),歌德在苏黎世结识的画家。

④ 当时意大利的一种钱币。

帮他收钱，对我们的行动感到不可思议。他说：‘爸爸，这些人到底在干什么？他们不想上岸，每次我们把他们带到岸边的时候，为什么我们还得把船划回来？’船夫回答说：‘我不知道，我的儿子，但是我相信，他们是好样儿的。’终于，为了不整夜地来回乘船，大家勉强取得一致意见，然后我们上岸。”

我们听了这则荒诞不经而富有艺术魅力的逸事，既感到高兴，也感到好笑。内廷参事迈耶情绪极好，他继续给我们讲罗马的故事，对歌德和我来说，听迈耶讲故事，的确是一种享受。

迈耶说：“关于拉斐尔和米开朗琪罗的争论，天天都在有秩序地进行。有足够的艺术家参与争论，所以争论的双方都有一些人出席。他们在一家小酒店里，一边喝着价廉物美的葡萄酒，一边就这个问题展开争论。人们引用油画或油画的个别部分，如果有一方提出反对意见，不同意这种和那种看法，在这种情况下，就需要对画进行直接的观察。人们一边争论，一边离开小酒店，快步朝西克斯塔斯礼拜堂走去。在那儿，只要你付四个格罗申，一位鞋匠就会为你打开礼拜堂的门。进到礼拜堂以后，在那些画的前面，人们可以用实例证明自己的看法。经过长久的争论之后，人们又回到小酒店里，要上一瓶葡萄酒，彼此和解，忘却所有的分歧。这样的争论每天都在进行，而住在西克斯塔斯礼拜堂旁边的那位鞋匠每天都得到好多格罗申。”

趁这个令人愉快的机会，我们还想起了另外一个鞋匠，他通常在一个大理石头像上敲他的皮革。迈耶说：“那是一位罗马皇帝的肖像；古希腊罗马文化就在这位鞋匠的门前，每当我们经过那里的时候，总是看到他在干这件值得称赞的事情。”

▼ 1829 年 4 月 15 日　星期三

我们谈到，有些人本来没有才能，却被召唤去从事建设性的工作;有些人写他们并不了解的东西。

歌德说:“对于年轻人来说,这是有诱惑力的。我们生活在各种文化盛行一时的时代里,所以它仿佛感染上了年轻人生活环境的气氛。在他的心中存在和涌动着各种诗的和哲学的思想,他用自己周围的空气吸入了这些思想,可是他以为这些思想是他自己的,把它们当作自己的思想表达出来。可是当他把他从时代得到的东西还给时代之后,他就变为穷人了。他就像一股用搬运来的水形成的泉水,暂时从地下涌出,一旦所借来的储备告罄,泉水也就停止流淌了。”

▼ 1829 年 9 月 1 日　星期二

我告诉歌德,有一个路过魏玛的人听到过黑格尔论证神的存在的讲课。歌德和我一致认为这样的讲课已不合时宜了。

歌德说:“怀疑的时代已经过去了,现在很少有人怀疑自己的存在或神的存在。此外,关于神的本质、永生、我们灵魂的本质、灵魂与肉体的关系这类长久不得解决的问题,哲学家们不能再有什么新东西给我们讲了。最近有一位法国哲学家很自信地开宗明义就讲:‘众所周知,人是由肉体和灵魂两部分构成的。我们先讲肉体,然后再讲灵魂。’费希特稍微前进了一步,比较聪明地从这个难题中脱了身。他说:‘我们要论及作为肉体的人和作为灵魂的人。’他很清楚,那样一个紧密结合的整体是不可能分开的。康德划定了人类的才智所能达到的界限,把这些无法解决的问题丢开不管,这无疑是最有益的办法。对永生这个问题,人们做了多少哲学思考!可是达到什么结果呢?我并不怀疑我们的永生,因为大自然不能缺少生命现极[①],但是我们并不是以同样的方式达到永生的,为了在将来表现出伟大的生

---

① 原文 Entelechie 是个希腊词,系亚里士多德的哲学用语,意为物质向着一定的目标努力。

命现极，我们在今世也必须是一种伟大的生命现极。”

歌德接着说：“德国人煞费苦心以求解决哲学问题时，英国人却本着他们的注重实际的智力在讥笑我们，并且获得了世界。每个人都知道英国人反对贩卖奴隶，并且发表了宣言。他们想欺骗我们，说他们反对贩卖奴隶是根据人道主义原则，可是现在人们发现他们真正的动机是追求一种现实的目标。众所周知，没有这个现实的目标，英国人是决不会采取任何行动的。我们早就应该知道这一点。例如，英国人自己就在他们的非洲西岸广大领地里利用黑奴。如果把黑奴出口到别处，这就会违反他们的利益。他们甚至在美洲建立了大片的黑奴居住区，这些黑奴居住区很有生产价值，每年靠贩卖黑奴为英国人提供大量的收入。英国人用这些黑奴供应北美的需要。他们以这种方式进行一种非常有利可图的买卖，从别处贩运黑人进来就会违反他们的商业利益，所以他们是从实际利益出发反对不人道的奴隶买卖的。就在维也纳会议上英国使节还振振有词地反对贩卖奴隶，可是葡萄牙使节够聪明，他非常冷静地回答说，他不知道大家来开会究竟为什么，是来举行一次普遍的末日审判呢，还是来商定道德的准则？他很清楚英国的目的，他也有自己的目的，他懂得怎样为他的目的辩护，怎样达到自己的目的。”

▼ 1829 年 12 月 6 日　星期日

今天饭后，歌德向我朗诵了《浮士德》（下卷）第二幕第一景。他的朗诵给我留下深刻的印象，在我的内心里产生了高度的幸福感。我们又回到浮士德的书斋，魔鬼靡非斯特发现书斋里的一切陈设还和从前他离开这里时一样。他从挂钩上取下浮士德的旧工作服；成千上万的蛾子和虫子从工作服里飞了出来。靡非斯特一声令下，这些虫子连忙去躲避，于是书斋的一切陈设又非常清楚地呈现在我们的眼前。靡非斯特穿上那件工作服，想趁浮士德瘫痪在窗帘后面时再扮演一次书斋主人的角色。他拉了一下门铃；铃子在修道院的那些古老而寂静的厅堂里发出一种非常可怕的声响，以至各道门突然敞开，墙壁也震荡起来。高足弟子冲了进来，发现靡非斯特坐在浮士德的椅子上，他不认得靡非斯特，却对他表示尊敬。在答问中，他报告了瓦格纳[①]的消息，说瓦格纳现在成了名人，正在盼望着他的老师回来。据说他此刻在他的实验室里，正忙着制造一个人造人。高足弟子退出，学士[②]就进来了。他就是几年前我们见过的那个腼腆的年轻大学生，那时候，穿着浮士德工作服的靡非斯特戏弄过他。这些年来他已长成壮年人，非常自高自大，连靡非斯特也拿他没有办法，只好把座位逐渐往前移，最后只好面向乐池。

歌德把这一景朗诵到末尾。他的朗诵不仅表现出青春的活力，而且通体融贯紧凑，这使我非常高兴。

歌德说："由于这部作品的构思很早，五十年来我一直在心里想着它，所以内在的材料积累得很多，以至剪裁成了现在的一件难事。正如我所说的，整个第二部分的构思也很早，不过我现在才开始写它，因为我对世间事物认识得比过去清楚，这样结果也许会好些。我在这一点上就像一个人在年轻时积蓄了许许多多的小银币和小铜币，年岁愈大，这些钱币的兑换价值也愈高，到最后，他青年时代的财产在他面前变成了一块块纯金的钱币了。"

我们谈到了学士这个人物。我问："他是不是代表讲理念的那一派的某个哲学家呢？"歌德回答说："不是，他所体现的是某些青年人所特有的那种狂妄自大，在我们的解放战争之后的头几年里就有些突出的例子。同样，每个人在青年时代都认为自从有了他，世界才开始，一切都是专为他而存在的。在东方确实有过这样一个人，他每天早晨都把手下召集到身旁，在他吩咐太阳出来以前，不许他们去工

---

① 浮士德的助手，典型的学究。
② 指瓦格纳。

作。不过他很聪明，只有当太阳快要自动升起的一刹那，他才下叫太阳出来的命令。”

关于《浮士德》及其构思和有关问题，我们还谈了很多。歌德歇了一会儿，陷入了沉思，然后接着说：“人到老年，对世间事物的想法就和青年时代不同。我不禁想起，有些精灵[①]为了揶揄和戏弄人类，有时把自己装扮成很富有吸引力的人，好让每个人追求他们，但是由于他们太高大，没有人能追攀得上。例如他们把自己装扮成拉斐尔，在他身上，思想和行为同样十全十美；个别杰出的后辈虽然接近他的水平，但始终没有人能达到他那个水平。又例如，他们把自己装扮成莫扎特，他在音乐方面是个高不可攀的人物。在诗歌方面，莎士比亚也是一位高不可攀的人物。我知道你对我的这番话会提出反对意见，不过我所指的只是自然本性，即伟大的资禀。拿破仑也是一位高不可攀的人物。俄国人懂得自制，没有进入君士坦丁堡[②]，因此也很伟大；拿破仑也很伟大，因为他也懂得自制，没有去罗马。”

关于这个内容丰富的题目，还可以举出许多类似的例子。我自己默默地想，精灵们摆出歌德来，也有类似的意图，因为他也是一个太具有吸引力的人物，所以没有人能效法他，又因为他太高大，所以没有人能追攀得上。

▼ 1829年12月16日　星期三

今天饭后，歌德给我朗读了《浮士德》(下卷)第二幕的第二景。在这景里，靡非斯特去看瓦格纳，他正在实验室里用化学技术制造一

---

① 古希腊人除制造多种大神之外，还制造过一些小神小鬼，叫作 Daemon。这个词在现代西文中通常指恶神恶鬼。歌德所指的精灵是能施展好影响的小神，或像拿破仑那样的天才。关于精灵的含义，详见1831年3月2日歌德与艾克曼的谈话。

② 过去长期是土耳其国都，为控制黑海和地中海交通的战略要地，俄国从彼得大帝以后，历代沙皇一直想侵占它，17至19世纪两国发生过多次战争。

个人。试验成功了，何蒙古鲁士出现在瓶里，他是一个闪闪发光的小人，而且马上动了起来。他拒绝回答瓦格纳提出的各种费解的问题，他不喜欢推理；他要行动。这非常适合我们的主人公浮士德的需要，因为处在瘫痪状态的浮士德需要更高一级的帮助。作为一个对当代明察秋毫的人，何蒙古鲁士看到了卧床不起的浮士德的内心世界。浮士德深感幸福，因为他做了个美梦，梦见了勒达[①]在一个非常优美的地方沐浴，吸引来了一群天鹅[②]。当何蒙古鲁士娓娓道出这个梦的时候，我们的脑海里浮现出一幅非常诱人的画面。可是靡非斯特什么也没有看见。何蒙古鲁士因此嘲笑他，说他具有北方人的特点[③]。

歌德说："此外，你会发现，同何蒙古鲁士相比，靡非斯特处于不利的地位。诚然，何蒙古鲁士和靡非斯特一样，都具有清醒的头脑，但是，前者以其对美的追求和对有为的人的促进而远远胜过后者。此外，靡非斯特把何蒙古鲁士叫作表弟先生[④]；因为像何蒙古鲁士这样的精神旺盛的人，并不因为自己已经是完人而变得忧郁和目光短浅。这样的人可以看作精灵，因为他们和精灵之间存在着某种相似之处。"

我说："诚然，在这景里，靡非斯特居于次要的地位，但是我不禁想到，他对何蒙古鲁士的产生，正如我们迄今所知道的那样[⑤]，曾秘密地起过作用；同样，他对海伦的产生也悄悄地起作用。所以总的说来，他的地位又得到了提高；另外，由于他比较冷静，所以在个别方面他更会讨人喜欢。"

歌德说："你对他们之间的关系的看法非常正确；事情就是这样，我已经想过，是否要借靡非斯特之口说出几句话，以此表达他对何蒙

---

① 希腊神话中的海中仙女，斯巴达王廷达瑞俄斯的妻子。
② 其中一只是宙斯的化身，勒达把这只天鹅抱在怀里，后来勒达生下蛋，蛋中生出卡斯托尔、克吕泰涅斯特拉、波吕丢刻斯和海伦。据说前二者是廷达瑞俄斯的儿女，后二者是宙斯的儿女。
③ 郭沫若译文："你是在北方，在蒙昧的时代中生长，骑士僧侣是你的街坊，你的眼睛自然无法解放！你只是以黑暗做你的家乡。"
④ 郭沫若译文："那么你快跑到比纳渥斯河边！这位表弟，看起来倒很能干。"
⑤ 靡非斯特去看瓦格纳，后者正在用化学的方法制造何蒙古鲁士。

古鲁士的产生所起的作用,并让读者明白他们之间的关系。”

我说:“这没有害处,况且您已经做了暗示,您在这一景结束时,让靡非斯特说了这样的话:

> 我们终于是作孽自受,
> 被自己所创造的生物牵缠。”

歌德说:“你说得对,对于留心的读者来说,这句话几乎够了。不过我还要想出另外一些诗句。”

我说:“不过那句结束语已经够了,像这样意义重大的结束语,不是每个人都能轻易想出来的。”

歌德说:“我想,要是一位父亲有六个儿子,他准会完蛋,因为他必然会受他们的牵缠,不管他装作什么样子。我也希望那些把许多人提拔到领导岗位的国王和大臣能从自己的经验里吸取点教训。”

浮士德关于勒达的梦又浮现在我的脑海里,我认识到浮士德的这场梦在作品的结构中起到非常重要的作用。

我说:“在《浮士德》这部作品里,个别的部分相互联系、相互影响、相互补充、相互提高,这使我感到惊异。第三幕里的海伦通过第二幕里浮士德关于勒达的梦才获得真正的基础。在第二幕里,总是谈到一群天鹅和天鹅所生的一个女子①;而在第三幕里讲述了有关海伦的整个故事情节②。如果我们在第二幕里对海伦的出生有了感性的印象,那么当海伦在第三幕里上场的时候,一切都会显得更加清楚、更加完整!”

歌德同意我的看法,并且对我的这一发现感到高兴。他说:“这样你也会发现,在第一和第二幕里,不仅使人联想起古典的东西和浪

---

① 即海伦。

② 斯巴达王墨涅拉俄斯为夺回被特洛伊王子帕里斯拐走的妻子海伦而围攻特洛伊城十年之久,终于凯旋。

漫的东西,而且谈到了这两种文学创作的形式。第一和第二幕就好像是一个上升的地带,读者沿着这个地带往上朝海伦走去,到了第三幕,也就是海伦正式上场的时候,古典的东西和浪漫的东西这两种文学创作形式清楚地表现出来,而且得到了某种平衡。”

歌德接着说:“法国人也开始正确地看待古典的东西和浪漫的东西之间的关系。他们说:‘古典的东西和浪漫的东西同样是好的,问题在于人们应该有理智地应用这两种文学创作的形式,而且有能力把它们运用得很好。同样,人们也会用这两种文学创作形式干出荒唐的事来,在这种情况下,古典的东西和浪漫的东西都不大有用。’我想,法国人的这些话很有道理,听了这些话,人们暂时可以放心了。”

▼ 1829 年 12 月 20 日　星期日

在歌德家里吃饭。我们谈到首相。我问歌德,首相从意大利回来时有没有给他带来曼佐尼的消息。歌德说:“首相写信告诉了我曼佐尼的消息。他拜访了曼佐尼,曼佐尼住在米兰附近的他的庄园里,遗憾的是,他的身体一直虚弱。”

我说:“这不足为奇,杰出的才子,特别是杰出的诗人,往往体质虚弱。”

歌德说:“这样的人之所以做出杰出的成就,其先决条件是他们具有非常柔弱的身体组织,所以他们能感受到常人无法感受到的东西,而且能够听到上天的声音。但是,这样的身体组织一旦与世界和社会团体发生冲突,就很容易受到干扰和伤害。谁要是不能像伏尔泰那样把巨大的敏感性和不寻常的坚忍性结合起来,他就很容易患慢性病。席勒也经常生病。当我初次和他见面的时候,我以为他活不过四个星期。可是他也有某种坚忍性,还坚持活了好多年,如果他有一种比较健康的生活方式的话,还会活得更长。”

我们谈到戏剧，谈到对昨晚上演的科策布的《有醋意的女人》的印象。

歌德说："我看到了翁泽尔曼[①]的表演，越看越高兴，因为他向我们展示了他精神的很大的自由。表演艺术和其他所有的艺术一样，都需要表现精神的自由。艺术家在表演的时候，把我们带入了他自己的情绪之中。艺术家的情绪如果是自由的，他就会使我们感到自由；相反，艺术家的情绪如果是压抑的，就会使我们感到害怕。一般说来，艺术家只有完全掌握自己的角色，才会享有自由。我们之所以非常喜欢荷兰画家们的油画，是因为那些艺术家不仅完全掌握最近的生活，而且善于表现生活。演员如果要让我们感受到精神的这种自由，他就必须通过学习、幻想和天性完全掌握他所表演的角色，还必须调动一切身体的手段，此外，还需要某种青春的活力。单单学习是不够的，还需要有想象力；学习和想象力也还不够，还需要有天性。妇女们由于有想象力和活泼的性格而表演得很好，例如沃尔夫[②]就是一位非常杰出的演员。"

我们继续谈论戏剧，谈到魏玛舞台的几位最杰出的男演员，对他们表演的某些角色予以高度的评价。

此时，我脑海里又浮现出《浮士德》，我想起了何蒙古鲁士，很想知道人们在舞台上怎样清楚地表现这个人物。我说："尽管我们看不到这个小人本身，但是我们必须看到瓶子里的那个闪闪发光的东西，而且何蒙古鲁士要说的那些重要的话，不应该用孩子的声音说出来。"

歌德说："瓦格纳不该让瓶子从他手里滑脱，而且声音必须像是从瓶子里发出来似的。我想，这个角色最好由一位腹语表演者担任，我听到过他们的表演，由一位腹语表演者表演何蒙古鲁士说话，肯定可以摆脱困境。"

---

① 翁泽尔曼（Karl Wolfgang Unzelmann，1786—1843），魏玛的男演员。

② 沃尔夫（Amalie Wolff，1783—1851），魏玛的女演员。

我们也想起了那盛大的狂欢节[①]，想到如何才能把它搬上舞台。我说："狂欢节的场面要大一些，要像意大利那不勒斯的市场那样。"

歌德说："那就需要一个很大的剧院，这几乎是不可想象的。"

我回答说："我希望还能看到狂欢节的演出，我特别希望能在舞台上看到那头大象，它由智慧女神驾驭着，胜利女神高高立在象背之上，疑惧和希望被锁链锁在大象的两边。这毕竟是一种最好的讽喻。"[②]

歌德说："这并不是舞台上出现的第一头大象。在巴黎，有一头大象完全表演了一个角色；它代表一个人民党，把一个国王的王冠拿下来，戴到另一位国王的头上，这场面当然是壮观的。之后，当演出结束时，这头大象被叫了出来，它独自向观众鞠躬，然后又走了回去。所以你看，我们的狂欢节上可以指望一头大象出场。不过整个的场面太大，需要有一位导演，否则事情就很难办。"

我说："不过由于整个的场面非常壮观和吸引人，所以剧院不会轻易放过它。看看它的结构吧，它越来越吸引人！首先出场的是一些漂亮的男女园丁，他们装饰剧院，同时形成人群，为越来越吸引人的景象提供环境和观众。然后大象出场，在它之后是一对飞龙，它们从舞台背景里腾空而起，飞到观众的头顶[③]。接着出场的是大神潘恩[④]。最后出现的是席卷一切的熊熊烈火[⑤]。这时从远方飘来了潮湿的云雾，才把大火减弱和熄灭！如果一切都像您所想象的那样发生，

---

① 参见《浮士德》（下卷）第一幕第三景：宽阔的大厅。狂欢节又称嘉年华会或谢肉节，在四旬斋节前持续近一周时间，多在冬去春来的2月末，通常都举行大规模的化装游行和歌舞宴会。

② 郭沫若译文："人间世中最大的两个仇人，疑惧和希望，我已用铁链锁定，控制着它们，不许和世人聚首；请让出路来吧，你们已经得救。"歌德把疑惧和希望视为人世间的两个仇人，的确富有哲理的辩证的智慧。另外，在万众狂欢之时，疑惧自然应该锁定。

③ 郭沫若译文："飞龙呀，止止！收敛你们的羽翼，要照着我纯熟缰绳指示，我怎样控制你们，你们便怎样自制，我怎样激励你们，你们便怎样奔驰——在这个地方须得郑重从事！"

④ 潘恩是希腊神话中的森林牧野之神，生着羊脚羊蹄，性情粗狂放荡，在化装游行的队伍中，这个形象由皇帝装扮。

⑤ 郭沫若译文："森林已经被猛火烧延，火焰的尖舌四处乱舐，舐上了那木造的屋顶，看看便就要势成燎原。灾难之大大到无以复加，不知道谁有解救的办法。一夜间帝都的豪华，到明天便完全灰化。"

观众势必吃惊地坐在那儿，并且承认他们不配接受这样一些丰富多彩的景象。”

歌德说：“去你的吧，别向我提观众，我压根儿不想提他们。最重要的是，我已经把它们写出来；但愿每一个人都能很好地对待和利用它们。”

接着我们谈到驾车童子。

歌德说：“你大概已经发现，浮士德化装成财神普鲁图斯[①]，靡非斯特装扮成吝啬者。可是谁是驾车童子呢？”我迟疑着没有回答。歌德说：“驾车童子就是欧福良！”

我问：“可是欧福良在第三幕里才诞生，他怎么会在第一幕里的狂欢节化装晚会上出现呢？”

歌德回答说：“欧福良并不是有生命的人，而只是一种寓意。他是被拟人化的诗歌，和时间、地点、人没有关系。第一幕里的驾车童子和第三幕里的欧福良均是被拟人化的诗歌，他们就像幽灵一样，无所不在，随时都会出现。”[②]

▼ 1829年12月27日　星期日

今天饭后，歌德向我朗读了纸票那一场。

他说：“你回想一下，在帝国会议上，财政大臣向皇帝禀告，帝国的财政已断源截流，靡非斯特答应为皇帝弄钱。[③] 这件事在化装舞会上仍继续进行，靡非斯特诡计多端，让装扮成大神潘恩的皇帝签署了一个有关发行纸币的文告。[④] 这个文告提高了纸币的价值，随后一夜

---

① 希腊神话中谷物女神得墨忒耳的儿子。

② 欧福良是浮士德与海伦结合的产物，歌德用欧福良这个充满活力、酷爱自由、向往斗争，然而又失之轻浮莽撞的形象影射他所喜爱的英国诗人拜伦。

③ 详见《浮士德》（下卷）第一幕第二景：紫禁城。郭沫若译文：“财源已经闭塞，各人都在搜刮，储藏，而国币却早已用光。”

④ 郭沫若译文：“为发行宝钞事晓谕天下：每张钞票各值一千克罗。皇国之内无数的宝藏尚待开窖，这无数的宝藏就是确切的担保。国家已经准备要开发财源，财源一开，宝钞便十足兑现。”

之间，它就被魔术师变成了千万份，并在全国流传开来。[1]

“在这一景里，当这件事被告知皇帝的时候，他还不知道自己做了什么事。他大怒道：‘我感觉这是犯罪，是欺诈！是谁伪造了我御笔的签名？如此大逆不道竟未受惩罚？’财政大臣：‘请陛下想想，是您亲笔签名，就在昨晚上！’皇帝起先怒气冲冲，但后来仔细想想觉得发行纸币有利可图，便欣然给他的臣民发钞票。[2] 临走的时候，他还撒下好几千克罗。肥胖的弄臣急速捡起飘落在地上的克罗[3]，并马上用这笔钱去购置田地、房产和牲口。”

当歌德朗诵这一精彩的场面的时候，我为他的这一成功的描写感到高兴，因为他把靡非斯特的纸币和人们日常关心的主要问题很好地结合起来，并使这个问题永不被遗忘。

他刚刚朗读完这一景，我们正在讨论它的时候，歌德的儿子从楼上走了下来，坐到桌子旁边，参与我们的谈话。他向我们讲述了库珀[4]的海上冒险小说《红色的漂泊者》。他已读过这部小说，所以讲起来非常生动。我们根本没有告诉他我们所朗读的那一景，但是他自己很快就开始大谈普鲁士的国库券，说人们必须高价购买它们。当歌德的儿子说这些话的时候，我微笑着看了看歌德，他也向我微微一笑，我们以这种方式相互暗示，他所描绘的场面非常及时。

▼ 1829 年 12 月 30 日　星期三

今天饭后，歌德向我朗读了另外一景。

他说：“自从皇帝的宫廷里有了钱之后，人们都希望乐一乐。皇

---

① 郭沫若译文：“要控制这迅速的东西（指钞票），怕不可能；它和电光一样四散而飞奔。钱庄银号都大大地敞开着大门，每张钞票都可以换成金银，并且不取回扣，不贴成分。”
② 郭沫若译文：“宫廷上每个人都送以宝钞，请各自说出打算如何消耗。”
③ 郭沫若译文：“我算得到了五千克罗的进款。”
④ 库珀（James Fenimore Cooper，1789—1851），美国作家。

帝希望能看到帕里斯和海伦，而且他希望用魔术把帕里斯和海伦显现出来。可是由于靡非斯特和古希腊没关系，控制不住帕里斯和海伦这样的人物，所以这个任务就落到了浮士德的肩上，他也成功地完成了这个任务。至于浮士德采取哪些措施让帕里斯和海伦出现在皇帝的眼前，我还没有写完。下次我再给你朗读这个场面。不过今天你可以听听帕里斯和海伦的出现。”

我预感到即将发生的事情，因而感到高兴。歌德开始朗读。在那个古老的骑士厅里，我看到皇帝和廷臣已进入厅中，为了看戏。幕升起来了，我看到一座希腊庙宇出现在舞台上。靡非斯特出现在提台词人的隐蔽室里。星士出现在舞台前部的一侧；浮士德驾着宝鼎从舞台前部的另一侧登上台口。他念了几句咒语，这时，从宝鼎的烟雾中走出了英俊少年帕里斯。歌德描写了这位英俊少年在太空音乐的伴奏下的表现。他一会儿坐下，一会儿头依着胳臂，就像我们在一些古老的雕像上所看到的那样。他使贵妇人神魂颠倒，她们异口同声地赞美他，说他青春焕发、富有魅力。男人们仇恨他，他们羡慕和妒忌他，尽量贬低他。帕里斯入睡了，这时海伦出现了，她走近睡者，吻了吻他的嘴唇；她悄然离他而去，还回首望他。回首的时候，她显得特别诱人。她给男人们留下深刻的印象，就像帕里斯给贵妇人留下深刻的印象一样。她激起男人们的爱和赞扬，却激起贵妇人的妒忌、仇恨和指责。浮士德自己也完全沉浸在幸福之中，当他看到他所引来的美人海伦的时候，竟然忘记了时间、地点以及他和海伦之间的关系，以至靡非斯特随时都得提醒他别离开角色。帕里斯和海伦之间的爱慕和亲睦似乎在增加，他拥抱她，似乎想把她掳走。浮士德想从帕里斯手中夺回海伦，可是当他掉转钥匙去打少年帕里斯的时候，发生了强烈的爆炸，幽灵们化作青烟散去，浮士德瘫倒在地上。

1830年

▼ 1830年1月3日　星期日

歌德让我看1830年的英文袖珍小册《纪念年历》,其中有些很美的铜版画,还有拜伦勋爵的几封非常有意思的书信。饭后我阅读了这些书信,歌德自己拿起新出版的杰拉[1]的《浮士德》法译本翻着看,偶尔还随意读一点。

歌德说:"我脑子里浮起了一些奇特的想法。我在想,这部作品至今还用五十年前伏尔泰所使用的风靡一时的那种法文译出供人阅读。在这种情况下,你无法理解我的想法,因为你对伏尔泰及其同时代的伟人们在我青年时代产生过多大影响以及他们那批人怎样统治整个文明世界的情况,都毫无概念。我在我的传记里也没有说清楚这批法国人对我的青年时代产生过什么样的影响,以及我付出过多少代价使自己不受这种影响的束缚,以便立定脚跟,正确地对待自然。"

我们继续谈论伏尔泰。歌德给我朗读了伏尔泰的诗作《体系》,从中我可以推论,歌德在他的青年时代想必研究和掌握了伏尔泰的哲理诗。

上面提到的杰拉的法译本尽管大部分用散文,歌德却称赞他译得很成功。他说:"《浮士德》的德文本我不想再读了;可是这部法译

---

① 杰拉(Gérard de Nerval,1808—1855),法国浪漫派诗人。

本却使全剧又显得新鲜和风趣。”

他接着说：“不过《浮士德》这部作品毕竟有些不同凡响，一切想用知解力去理解它的尝试都是徒劳的。人们也得想一想，第一部是从个人的某种昏暗状态中产生的。不过正是这种昏暗状态对人们具有诱惑力，人们还是想竭尽全力去了解它，正如对待一切不可解决的问题那样。”

▼ 1830年1月10日　星期日

今天饭后，歌德给我朗读了浮士德去找众母那一景，我从中得到很高的精神享受。

这一景的新颖、令人意想不到的内容，以及歌德朗读这一景的方式方法，深深地打动了我的心，以至我仿佛感到完全和浮士德融为一体，当靡非斯特向浮士德报告众母的时候，我和浮士德一样，感到不寒而栗。

我虽然听过和感受过这一景，但其中有许多东西我百思不得其解，所以我感到有必要请歌德解释一下。可是他和平常一样严守秘密，只是吃惊地看着我，向我重复以下的话：

> 众母！众母！——听起来好怪！

接着他说：“我只能向你泄露一点：我曾在普鲁塔克那里发现，古希腊人是把众母当作众神看待的。来自传说的仅此而已，其余皆为我自己的发明创造。你把我的手稿带回家去，好好地把它研究一番，这样你就会明白众母的含义了。”

之后，我反复、冷静地思考这一引人注目的场景，终于对众母的本质、作用、她们的环境和栖身之地形成以下的看法：

海岸和渔夫

约 *1807*

本书插图作者为德国浪漫主义绘画先驱卡斯帕·戴维·弗里德里希（Caspar David Friedrich，1774—1840）。他于1794至1798年曾在哥本哈根学院学习绘画，但主要靠自学成才。1805年，他的素描画受到歌德的好评，并因此获得魏玛艺术学会奖。1824年后任德累斯顿学院教授。其作品多以风景为题材，融入人物形象，呈现人与自然的复杂关系，蕴含丰富而内敛的情感，具有高度的美感与深刻的寓意。

夏日

1807

雾气弥漫的崇山峻岭

1809—1810

山景与彩虹

1810

看向公园的窗子

约 *1810—1811*

冬日风景

1811

林中猎人

1814

海港一景

1815—1816

新勃兰登堡

约 *1817*

云雾之上的漫游者

1817—1818

吕根岛上的白垩绝壁

约 *1818*

雪中的橡树

1820

波罗的海风光

1820—1825

梦想家

1820—1840

雾笼河岸

1821

格赖夫斯瓦尔德附近的草原

约 *1822*

墓地入口

1825

格赖夫斯瓦尔德附近的埃尔德纳废墟

1825

诺伊拉森的石门

约 *1826—1828*

月出

约 *1835—1837*

如果我们能把地球这个巨大的天体想象为内部有一个空荡荡的空间,以至我们能在这空荡荡的空间里沿一个方向继续前进几百里,而且没有碰到某种实体的东西,那么这就是那些陌生的女神——浮士德向她们沉下去——的栖身之地。她们仿佛生活在地点之外,因为她们周围根本没有实地可以立足;她们也生活在时间之外,因为时起时落、预示昼夜交替的日月星辰不会给她们照路。[①]

永远生活在朦胧和岑寂之中的众母是化育宇宙万物的母性,她们是创造的原则和保持的原则,地球表面上一切有形体和生命的东西都是众母创造出来的。一切停止呼吸的东西作为精神气质回到了众母那里,众母保管着它们,直到它们重新找到机会变为新的存在为止。所有的灵魂以及过去和将来的一切生命形式,在众母栖居的无边无际的空间里,像云一样在众母周围游荡。如果魔术师想通过魔术控制一种生命,或让早先的创造物过一种行尸走肉的生活,他就得走进众母的王国。

由此可见,地球上万物的永恒的变化、产生和生长、破坏和重新形成,是众母永不停息的活动。如果说地球上的万物通过继续生育——在这方面,起主要作用的是母性——而获得新的生命的话,那么创造万物的神灵理所当然是女性的神。正是由于这个缘故,那些创造万物的神灵有理由获得众母这一光荣称号。

当然,这一切不过是一种诗的创造,不过一个目光短浅的人是不可能有所作为的,他满足于发现某种东西,因而心情安定。我们在尘世中看到许多现象,感受到各种各样的影响,但我们不知道这些现象和影响来自何处,到哪里去。我们推断这些现象和影响的背后有一个精神的根源——一种神一样的东西,对这种神一样的东西,我们既无概念,也无法表达。为了在一定程度上体现我们的模糊的预感,并使之容易了解,我们不得不把这种神一样的东西拉下来,并使之人格化。

---

① 郭沫若译文:"女神之群幽居庄严,周围没有空间,也没有时间。"

所有的神话就是这样产生的,它们在各族人民当中代代相传。歌德关于众母的描写也是一种新的神话,它至少有某些自然真实的外观,所以我们可以把它视为迄今为止最好的神话之一。

▼ 1830年1月24日　星期日

歌德说:“最近我收到我们著名的盐井打眼工卡尔·格棱克从斯托特恩海姆寄来的一封信,他在信里说,他找到一个值得注意的门路,我得给你讲讲他的这个门路。卡尔·格棱克在信中写道:‘我有一个不该忘记的经验。’可是,这个门路的后果是什么呢?它至少要使卡尔·格棱克损失好几千塔勒。事情是这样的:卡尔·格棱克有一口矿井,它通过较软的土壤和岩石到达地下一千二百英尺深处的岩盐,可是由于他疏忽大意,矿井的两边没有支撑起来,结果较软的土壤剥落,以致矿井下面淤塞。为了清除井下的淤泥,得采取费用非常巨大的行动:他得用金属管子支撑一千二百英尺深的矿井,以避免出现类似的不幸。他本该马上就去做,要不是缺少非常勇敢的工人,他本该用金属管子支撑矿井了,因为要进行这样一种工作,的确需要非常勇敢的人们。不过,在发生事故的时候,他表现得非常冷静。他很自信地写道:‘我有一个不该忘记的经验。’我很钦佩这样的人,他在事故面前毫不抱怨,马上又重新工作,始终自力更生。你对此有何看法?他难道不值得我们学习吗?”

我回答说:“这事使我想起英国小说家斯特恩,他抱怨说,他没有像一个明理的人那样利用他的痛苦。”

歌德说:“斯特恩与卡尔·格棱克有点相像。”

我接着说:“我也不得不想起伯里施[①],他曾经教您什么是经验。

① 伯里施(Ernst Wolfgang Behrisch,1738—1809),歌德在莱比锡的学友。

最近几天,我怀着喜悦的心情再次读了您在《诗与真》中有关伯里施的那一章。在这章里,伯里施对您教训道:‘不过,所谓经验不是别的,就是一个人通过经历体验到他所不欲经验而必须经验的东西。’”

歌德笑着说:“是的,那时我们用这样一些老笑话白白地消磨了我们的时光!”

我接着说:“伯里施似乎是一个非常文雅和风趣的人。我始终忘不了他在酒窖里开的那个玩笑:一天晚上,他为了阻止一个年轻的小伙子去会情人,想出了一个花招,他一忽儿把剑佩在右边,一忽儿把剑放在两腿中间,于是引起哄堂大笑,那个急于要去会情人的小伙子也一道儿乐,终于忘记了约会的时间。”

歌德说:“是的,这个玩笑太好了;要是把它搬上舞台,肯定会使观众捧腹大笑。伯里施不论到哪个剧院,都是一个好演员。”

接着我们谈论了歌德在《诗与真》里所描述的伯里施的一切怪癖。例如,伯里施身穿由丝绸、天鹅绒和呢绒制成的灰色服装,颜色的浓淡也各自不同,他竟能整天地思索怎样才可以在身上再增加一种灰色的东西。歌德还向我们描述了伯里施怎样写诗,怎样学排字工人的样子,怎样强调抄写员的礼貌和威严。伯里施还有一个怪癖,即他喜欢躺在窗口消磨时间,一边打量过路行人,一边在思想里按照他的想法改变过路行人的服装,心里想,要是他们穿上这样的服装,想必一定显得非常可笑。

歌德说:“还有他和邮递员开的那个一般的玩笑,你觉得怎么样?它不也有趣吗?”

我回答说:“这个玩笑我不知道,因为您在《诗与真》里并没有提到它。”

歌德说:“好极了!那么我想给你讲一讲。每当我们躺在窗口,伯里施看到那位邮递员在街上走来,从这家走进另一家的时候,他通常从口袋里拿出一个格罗申,并把它放到自己身旁的窗子里。然后他转向我说:‘你看到那位邮递员了吗?他越来越走近我们,马上就要上楼了,我看得出这一点。他有一封你的信,这是一封什么样的信，它不是一般的信，而是一封带汇款的信——带汇款！我不想说汇款有多少。你瞧，他现在走进来啦。不！不过他马上会来的。瞧，他又来了，现在，这里，这里，走进来吧，我的朋友！这里，走进来吧！可是他走过去了！多么愚蠢啊！啊，多么愚蠢啊！一个人怎么能够如此愚蠢，如此不负责任地行动呢？从两方面看，他都不负责任：对你不负责任，因为他没有给你带来汇款，而是把属于你的汇款拿在他的手里；对他自己完全不负责任，因为他失去了一个格罗申，这个格罗申是我特意为他准备的，现在我只好把它重新放进口袋里。'就这样，他郑重其事地把这文钱重新放进口袋里。我们禁不住笑了起来。"

我很高兴听到这个笑话，它与其他的笑话完全相似。我问歌德他在后来有没有再见到伯里施。

歌德说："我又见到了他，那是在我到达魏玛后不久，大约是在1776年，当时我和魏玛大公爵旅行到德绍，刚好伯里施被聘为德绍公爵的爵位继承人的师傅，从莱比锡迁到了德绍。我发现他仍和往常一样，是位文雅而富于幽默感的廷臣。"

我问歌德："您在这段时间里已非常出名，他对此有何看法？"

歌德回答说："他见到我时说的头一句话是：'我有没有告诉过你，你千万不要把你当时的作品拿去印刷出版，等到你写出很好的作品的时候，再拿去印刷出版？当然，我当时写的那些东西也并不坏，否则我不会去写它们。不过如果我们待在一起，你也不应该把其他的作品拿去印刷出版；我会为你誊写这些作品，把它们弄成一本精美的抄本来献给你。'你看，他还和从前一样。他在宫廷里很受欢迎，我经常看到他和德绍公爵同桌用餐。"

歌德接着说："我最后一次看到他是在1801年，那时他已经老了，可是情绪仍然很好。他住在宫殿里的几间非常漂亮的房间里，其中的一间摆满天竺葵，这是当时的一种风尚。可是有些植物学家把天竺葵分成若干种类，并把其中的一类取名为十日红。对此那位老先生深为不满，他骂那些植物学家。他说：'那些愚蠢的家伙！我想，我的整个房间摆满天竺葵，可是他们说它们是十日红。如果它们不是天竺葵，我把它们放在房间里有什么用呢？十日红对我有什么用！'于是他愤然走开，半个多小时之后才回来。你瞧，他尽管老了，还是老样子。"

接着我们谈到《古典的瓦普几斯之夜》[①]，几天前歌德曾向我朗诵了它的开头。他说："在这景里，涌现出大量古希腊罗马的神话人物；但是为了谨慎起见，我只着重描写了那些形象化的、对读者产生应有的影响的神话人物。现在，浮士德和喀戎[②]在一起。我希望我能写好这一景。如果我抓紧一些，可望在几个月后写完《瓦普几斯之夜》。现在我将全力以赴地创作《浮士德》，要是能把它完成，该多好啊！我有可能把它完成；第五幕差不多脱稿了，第四幕也会自行解决的。"

接着歌德谈到了他的健康情况，他为自己庆幸，因为他的健康情况一直很好。他说："我之所以能保持健康，得归功于福格尔；没有他，我早就与世长辞了。福格尔天生就是一位医生，而且是我所见到的最有创造性的人之一。不过我们不想谈他有多好，否则人们会把他从我们这儿抢走。"

▼ 1830 年 1 月 31 日　星期日

在歌德家里吃饭。我们谈论弥尔顿[③]。歌德说："不久以前，我读过他的《力士参孙》[④]。这部悲剧在精神上比任何近代诗人的作品都更能显出古希腊人的精神。弥尔顿是很伟大的。他自己的失明有利于他把参孙的情况描绘得很真实。[⑤] 弥尔顿真正是个诗人，我们必须

---

① 《浮士德》（下卷）第二幕第三景。

② 希腊神话中的半人半马的肯陶洛斯人，他善良、公正，照料伤病员，并发明医药和做外科手术的方法。

③ 弥尔顿（John Milton，1608—1674），17 世纪英国革命时代最伟大的诗人。

④ 这是一部悲剧，讲述了民族斗争中一个被囚禁的大力士摧毁一座大宫殿和敌人同归于尽的故事，反映出诗人自己的革命情绪。

⑤ 参孙也是一个失明的老人。

高度尊敬他。”

仆人送来了各种各样的报纸，我们看了柏林的戏剧报道，得知那儿的舞台上正在上演一出有关海怪和鲸鱼的戏。

歌德读了法国杂志《时代》上刊登的一篇文章，文章里说，英国神职人员的薪水比其他所有基督教界的薪水的总和还要多。歌德说："人们曾经断言，世界将被数学统治；不过我知道，数学教我们，世界是否得到好的或坏的统治。"

▼ 1830 年 2 月 3 日　星期三

在歌德家里吃饭。我们谈到莫扎特。歌德说："莫扎特还是七岁的男孩时我见过他。那时他旅行经过德国，开了一个音乐会。我自己当时大约是十四岁。他那副鬈发佩剑的小大人的模样我还记得很清楚。"我惊得目瞪口呆。对我来说，年迈的歌德看到过作为孩子的莫扎特，这简直是半个奇迹。

▼ 1830 年 2 月 7 日　星期日

和歌德一起用餐。我们谈了卜里马斯侯爵各方面的情况。有一次，他在和奥地利女王玛丽亚·鲁多维卡吃饭的时候，敢于用一句巧妙的成语为歌德辩护。卜里马斯侯爵的哲学知识欠缺，业余时间喜欢画画，但他所创作的画趣味低劣，他还送给戈尔小姐[①]一幅他自己创作的画。他为人慷慨，富于同情心，把一切都施舍光，以致最后陷入贫困中。

---

① 从 1731 年起定居魏玛的富有的英国人查尔斯·戈尔的女儿。

我们谈到解除义务这一概念。

饭后，歌德的儿子装扮成克林索尔[①]，带着他的儿子瓦尔特和沃尔夫，乘马车去宫廷里。

▼ 1830年2月10日　星期三

和歌德一起用餐。他高度评价了里默尔为庆祝2月2日写的那首节日诗。歌德补充说："里默尔创作的东西可供行会师傅和帮工欣赏。"

接着我们谈到《古典的瓦普几斯之夜》。歌德说，他发现这一景里有些东西使他自己感到意外，另外，题材比他所想象的还要分散。

他说："我现在大约写了一半，但是我想抓紧一些，争取在复活节前把这一景写完。在此之前，你大概看不到它了，不过一旦我把它写完，我就把它交给你带回家去，以便你安静地审查它。如果你现在着手编第三十八和第三十九卷，以便我们在复活节能把最后的定稿寄出去，那可太好了，这样，到夏天的时候，我们就能腾出时间去干一件大事了。我将继续写《浮士德》，争取完成第四幕。"我为此感到高兴，并答应给他提供任何帮助。

之后，歌德派他的仆人去问候女公爵的母亲，她病得很厉害，歌德似乎对她的病情感到忧虑。

他说："她本不该去看化装游行，可是君侯们习惯于坚持自己的意愿，所以宫廷和医生们的一切抗议都是徒劳的。她以自己的意志力抵抗拿破仑，但是她也以自己的意志力抵抗她虚弱的身体。所以，我已经发现，她不久就会弃世，也就是说，一旦身体停止听从使唤，她就会像大公爵一样，带着饱满的精神与世长辞。"

---

① 德国诗人埃申巴赫(Wolfram von Eschenbach，约1170—约1220)创作的史诗《帕尔齐法尔》(*Parzival*)中传奇式的魔术师。

歌德显然为她的健康情况忧心忡忡。他沉默了一会儿，然后我们又谈了一些轻松的话题。他告诉我赫德森·洛[1]曾写了一本为自己辩护的书，书名是《关于拿破仑被囚禁在圣赫勒拿岛上的回忆》。

他说："在这本书里，有一些非常珍贵的资料，它们只可能来源于直接的目击者。你知道，拿破仑通常穿一套深绿色的制服。由于长年穿和日晒，这套制服最后变得完全不显眼，以至拿破仑感到有必要用另外一套制服把它换掉。他希望新的制服同样是深绿色的，可是岛上没有这样的制服。人们虽然找到一块绿色的布，但是颜色不纯，实际上是淡黄的。要让他穿这种颜色的制服，只有万物的主宰才能办到。拿破仑除了让人把他的旧制服翻新之外别无他法，结果他穿的还是他那套旧制服。"

歌德接着问我："你对此有何看法？这是不是一种非常悲惨的结局？这位君主最后竟落得不得不穿一套翻新制服的下场，这难道不让人感动吗？但是，如果我们想到拿破仑曾践踏了几百万人的生命和幸福，那么人们对待他始终还是非常宽容的。在提到这位英雄伟大的时候，涅墨西斯[2]也不得不对他客气一些。拿破仑为我们做出了榜样：一个人如果把自己凌驾于他人之上，为实行某种观念而牺牲一切，这是多么危险啊。"

我们还谈了一些与拿破仑有关的事情，然后我到剧院看《塞维利亚的星星》[3]的演出。

▼ 1830 年 2 月 14 日　星期日

今天中午我应邀到歌德家里做客，途中得知女公爵的母亲刚刚

---

① 赫德森·洛（Hudson Lowe，1767—1844），圣赫勒拿岛的总督，拿破仑被囚禁时的看守者。
② 希腊神话中的复仇女神。
③ 奥地利诗人泽特里茨根据西班牙剧作家洛佩·德·维加的同名剧本改编的五幕悲剧。

去世的消息。我的第一个念头是：这会对年迈的歌德产生什么样的影响？带着几分忧虑我走进了歌德的家。仆人们告诉我，他的儿媳刚才到他那里，为的是告诉他这个使人悲伤的消息。我对自己说，五十多年来，他和这位女君主彼此保持着友好关系，他特别受到她的恩赐与宠爱，所以她的逝世必然会深深地触动他的心。带着这些想法我走进了他的房间；可是，使我感到惊讶的是，他的身体和情绪极好，正同他的儿媳和两个孙子坐在桌旁用汤，仿佛刚才什么也没有发生似的。我们非常轻松地继续谈论一些无关紧要的事情。这时，城里所有的钟开始响了。歌德的儿媳看了看我，于是我们大声地说话，为的是不让丧钟的声音触动和震撼他的内心；因为我们想，他像我们一样地感受，可是他的感受和我们的不一样，他的内心世界和我们的完全不一样。他像一个超凡脱俗的人，对人间的痛苦无动于衷。内廷参事福格尔让仆人为自己通报；他坐到我们身边，向我们讲述了高贵的已故者逝世的详细情况，歌德非常沉着镇定地听取了这些情况。福格尔又走了，我们继续交谈和吃中饭。我们也畅谈了魏玛的私人杂志《混乱》[①]。歌德高度评价了最近一期上刊登的文章《关于游戏的观察》。当歌德的儿媳带着两个儿子上楼的时候，我和歌德单独待在一起。他向我谈了他的《古典的瓦普几斯之夜》，说他每天都有进展，而且有些不可思议的事情出乎意料地成功了。然后，他让我看他今天收到的巴伐利亚国王的一封信，我怀着巨大的兴趣读了这封信。它的字里行间充满了国王的高贵而真诚的思想。歌德似乎感到特别愉快，因为巴伐利亚国王一如既往地支持他。内廷参事索勒让仆人为自己通报，然后坐到我们身边。他带来了皇帝陛下对歌德的安慰话，这使歌德轻松而镇静的情绪更加提高。歌德继续他的谈话，他提到法国著名的交际花尼隆·德·朗克洛，这位绝代佳人在十六岁的时候濒临死亡，可是她非常冷静地用以下的话安慰站在她周围的人：

① 由奥蒂丽·冯·歌德编辑。

“你们还有什么？我留下的全是会死的人！”顺便提一下，她继续活了下去，而且活到九十岁，在八十岁的时候，她还使成百上千向她求爱的人为之心醉和气恼。

接着歌德谈到意大利童话剧作家戈齐及其在威尼斯的剧院，在这个剧院里，即席表演的演员们只得到题材。戈齐认为，只有三十六个悲剧的情景；席勒则认为，悲剧的情景不止三十六个，不过他连三十六个悲剧的情景也没有找到。

在此之后，我们还谈了许多有关德籍法国作家格林的有趣的事情，例如他的精神和性格，他对纸币的极度不信任。

▼ 1830 年 2 月 17 日　星期三

我们谈到剧院，谈到布景和服装的颜色。结果如下：

“一般说来，舞台布景的色调应该对舞台前部的服装的任何一种颜色有利，就像波依特[①]所设计的那些布景一样，或多或少是带褐色的，为的是使服装的颜色显得鲜艳夺目。不过，如果布景美工人员被迫放弃这样一种有利的和不确定的色调，例如他需要制造一个红色的或黄色的房间、一顶白色的帐篷或一座绿色的花园，那么演员们应该随机应变，使他们的服装避免以上这几种颜色。如果演员穿着红色的上衣和绿色的裤子走进一个红色的房间，那么他的上身就会消失，人们只看到他的两条腿；如果他穿着同样的服装走进一座绿色的花园，那么他的两条腿就会消失，而他的上身则特别引人注目。我看到过一个演员，他身穿白色的制服和颜色很深的裤子，当他走进白色的帐篷的时候，我压根儿看不到他的上身；当他走进阴暗的背景的时候，我完全看不到他的双腿。”

① 波依特（Friedrich Beuther，1777—1856），魏玛的演员和布景美工人员。

歌德补充说："即使布景美工人员出于不得已需要制造一个红色的或黄色的房间，一座绿色的花园或一片绿色的森林，在这种情况下，他也应该使这些颜色保持淡一些，以便使舞台前部的服装引人注目，产生应有的效果。"

我们谈到荷马的《伊利亚特》。歌德促使我注意荷马的美好的动机：有一段时间，他让阿喀琉斯无所事事，为的是让其他的英雄出场，施展他们的才能。

谈到他的《亲和力》时，歌德说："在这部作品里没有一行不是我亲身经历过的，可是没有一行是像我所经历过的那样。这同样适用于发生在塞森海姆的故事。"

饭后，歌德让我看荷兰画派的一本画册。其中有一幅描写港口的画：画的一边是一些男人，他们在喝新鲜的水；画的另一边也是一些男人，他们在大桶上玩掷色子游戏。这幅画的特点是：为了不损害艺术的效果，画家避免采用现实的东西。画的最明亮部分是大桶的盖子；从那些男人的姿势上看，色子掷出去了，但是在大桶的盖子上并没有画出它们，因为他们遮住了光线，所以产生了不利的后果。

接着我们观赏了荷兰风景画家雷斯达尔的《犹太人墓地》，从这幅画中可以看出，一位这样的大师为此花费了多大的精力。

▼ 1830年2月21日　星期日

陪歌德吃晚饭。他让我看气根植物，我以极大的兴趣观赏了这种植物。我发现这种植物有一个特点，即在它允许下一个个体表现出来之前，力求尽可能长地延长自己的生命。

歌德接着说："我打算在四个星期的时间里尽可能少地阅读《时代》和《地球》杂志。事情是这样的，在这段时间里，想必会发生某种情况，所以我愿意耐心等待，直到从外面给我传来这样的消息。在这种情况下，我的《古典的瓦普几斯之夜》将会成功。”

然后他让我看布瓦塞勒[1]从慕尼黑给他寄来的一封信。我同样以很大的乐趣读了这封信。布瓦塞勒在信中特别提到歌德的《在罗马的第二次逗留》，并对最近一期《艺术与古代》的某几点提出了自己的看法。他善意地、认真细致地对事物做出判断，我们有理由多谈这位著名学者的非凡的学识和活动。

接着歌德告诉我科尔耐里乌斯[2]新近创作的一幅画。歌德认为，这幅画无论在构思还是在制作上都是经过作者深思熟虑的；此外，一幅画的好的着色，机会在于构思。

饭后，我们同去散步，此时，我又想起那气根植物。它尽可能长地延长自己的生命，然后集中其全力，以便产生出新的生命。这个自然法则使我想起那个传说：我们最初把神想象为万物的开端，可是后来神创造了和他一样的儿子。依照这个法则，卓越的大师迫切要求培养出卓越的学生，以便他们继承大师们的原则和活动。艺术家或诗人的任何作品都应该被看作艺术家或诗人自己。一部作品如果是杰出的，那么创作这部作品的艺术家或诗人想必也是杰出的。所以旁人的一部杰出的作品绝不应该引起我的忌妒，因为我由作品推断出他是一位杰出的人物。

▼ 1830 年 2 月 24 日　星期三

陪歌德吃饭。我们谈到荷马。我说，在荷马的作品里，众神的影响直接和现实发生联系。歌德说：“你说得对，在荷马的作品里，众神

---

① 布瓦塞勒(Sulpiz Boisserée, 1783—1854)，德国艺术史家和艺术品收藏家。
② 科尔耐里乌斯(Peter Cornelius, 1783—1867)，德国历史画家。

显得异常温柔和通人情。我感谢神，因为他使我们摆脱了法国人把众神的影响叫作机器文明的那些时代。当然，要分享如此巨大的功绩，需要一些时间，因为这需要彻底改造法国人的文化。”

接着歌德对我说，他在海伦那一景里还要加上一笔，以突出海伦的美丽，他这样做是受到我的启发，也是为了尊重我的感情。

饭后，歌德让我看科尔耐里乌斯的一幅画的轮廓图。在这幅画上，我们看到色雷斯的诗人和歌手俄耳甫斯站在冥王普路托的宝座前面，请求冥王释放欧律狄刻。我们觉得，这幅画是经过作者仔细考虑过的，个别细节也画得很好，但是我们对它并不感到十分满意，因为它没有让我们感到愉快。我们想，也许着色会使这幅画的色彩和外形更加协调，也许这样做会更加有利，即俄耳甫斯已经说服普路托把欧律狄刻还给他①。这样做的结果是，观众不再会感到心情紧张，而是感到完全满足了。

▼ 1830 年 3 月 1 日　星期一

在歌德家里和来自耶拿的内廷参事福格特②一同用餐。所谈的全是博物学方面的问题。福格特在动物学领域里知识渊博。歌德对我们说，他收到一封读者来信，信中对他提出反对意见，认为胚叶不是叶子，因为它们的背后没有眼。可是我们通过观察各种不同的植物，确信胚叶像每一片后生的叶子一样，背后是有眼的。福格特说，歌德关于植物变态的观点是当今自然科学研究领域里最富有成果的发现之一。

---

① 根据希腊神话，欧律狄刻是俄耳甫斯的妻子，她死后，他追到阴间，冥后珀尔塞福涅被他的琴声感动，答应他把欧律狄刻带回人间，条件是他在路上不得回顾。当他快走到地面时，想回头看看妻子是否跟在后面，结果欧律狄刻又回到了阴间。

② 福格特（Friedrich Siegismund Voigt，1781—1850），歌德的朋友，耶拿的动物学家。

我们谈到剥制成标本的鸟类的收藏。歌德说，有位英国人在大笼子里饲养了好几百只鸟。其中有一些死了，于是他让人把它们剥制成标本。这些被剥制成标本的鸟使他非常高兴，以至他想，要是把所有的鸟都打死，并把它们剥制成标本，这是否会更好。不久之后，他真的把所有的鸟都打死，并把它们剥制成了标本。

福格特说，他正着手把法国动物学家居维叶①的五卷本《博物学》译成德文，在加以补充和拓展后予以出版。

饭后，当福格特走了之后，歌德让我看他的《瓦普几斯之夜》的手稿。我对他的这种工作效率——他在几个星期之内就完成了这一景——感到惊异。

▼ 1830 年 3 月 3 日　星期三

饭前和歌德乘马车兜风。他肯定了我那首涉及巴伐利亚国王的诗，说它受到了拜伦勋爵的良好影响。不过他认为我还缺少被人们称为习俗的东西。他认为伏尔泰是位深谙习俗的作家，希望我向伏尔泰学习。

接着我们边吃边谈维兰德，特别是他的童话史诗《奥伯龙》。歌德认为，这部史诗的基础薄弱，计划在付诸实施前没有足够的理由。歌德指出，维兰德让一个精灵拔下巴格达国王的几颗臼齿和一撮胡须，这是很不恰当的，因为在这种情况下，主人公就会显得无事可做。不过，这位伟大诗人赏心悦目的、感性的和风趣的描写使读者对这部作品爱不释手，以至不再去想它真正的基础。

我们还谈了不少其他的事情，然后话题又转到生命的圆满实现上。歌德说："个体的顽强和人总是摆脱与自己不相适应的东

---

① 居维叶(Georges Cuvier，1769—1832)，法国动物学家和古化石学家，比较解剖学的创立者。

西，这一切证明生命的圆满实现是存在的。”我刚才也想到这一点，并且想把它说出来，现在歌德把它说出来了，所以我加倍地高兴。歌德接着说：“对这样一些独立的事物，莱布尼茨[①]也有类似的看法，我们用生命的圆满实现这个用语表示的东西，莱布尼茨用单子这个词表示。”

我打算就地查对一下莱布尼茨关于单子的理论。

▼ 1830 年 3 月 7 日　星期日

中午十二点，我去看歌德，发现他今天特别活跃和健康。他告诉我，他不得不暂时搁置他的《古典的瓦普几斯之夜》，以便集中精力把他作品的最后分册[②]编好。他说：“《古典的瓦普几斯之夜》的创作进展得很顺利，我还要说许多已经虚构出来的事情，就在这时候，我暂时把它搁置了。我认为这样做是很明智的，因为按这种方式，再接起来创作的时候，就会比长时间地继续写下去，直到没话可谈了更加容易。”我把歌德的这番话当作一种好的指南记住。

本来我们打算在吃饭前乘马车兜风，但是双方都觉得待在房间里很舒服，于是把马匹给退了。

这时，仆人弗里德里希打开了从巴黎寄来的一只大箱子，里面是法国名雕塑家大卫送给歌德的礼物：五十七个法国著名人物的石膏肖像和浅浮雕。弗里德里希把这些雕像分门别类地放到抽屉里。大家兴致勃勃地观赏和谈论所有这些有趣的人物。我特别希望看到梅里美；他的头和他的才能一样，显得非常有力和奇特。歌德说，梅里美的头有点

---

① 莱布尼茨(Gottfried Wilhelm Leibniz，1646—1716)，德国唯心主义哲学家。

② 歌德于 1827—1830 年创作的作品以分册的形式出版，每分册由五卷组成，这里指最后的分册，也即最后的五卷。

儿滑稽可笑。而雨果、维尼、埃米尔·德尚[①]的头则显得纯洁、浪漫和活泼。我们愉快地观赏了盖伊小姐、塔斯图夫人以及其他一些年轻女作家的肖像。法卜维尔[②]的头像使我们想起前几个世纪的人,我们津津有味地反复观赏他的肖像。就这样,我们一个接一个地观赏这些重要人物的肖像,歌德不得不反复表示,他通过大卫的这些礼物拥有了一批艺术珍品,他为此非常感谢这位杰出的艺术家。他将向路过魏玛的旅客展出这些艺术珍品,并向他们口头请教某些他还不熟悉的人物。

在这只箱子里也有一些打成包的书,歌德让仆人把这些书搬到前面的那几间房间里。我们跟着仆人走进了房间,然后围桌而坐。我们心情愉快,反复谈论我们的工作和打算。歌德说:“孤零零一个人是不好的,单干特别不好;一个人要想有所成就,需要得到别人的同情和激励。我要感谢席勒,是他激励我创作了我的拟古诗《阿喀琉斯》和许多叙事谣曲。我要是完成《浮士德》的第二部,也有你的一份功劳。我曾多次告诉过你这一点,不过我得再次提到它,以便你知道它。”听了歌德的这番话,我感到很高兴,我感到在这些话里可能有不少真理。

饭后,歌德打开了其中的一包书,这是埃米尔·德尚的诗集,还附有一封作者致歌德的信。歌德让我读这封信。在信中我高兴地看到,歌德对法国文学的新生活产生了多么大的影响,法国年轻的诗人们把他视为自己的精神领袖,他们尊敬和热爱他。同样,歌德在青年时代也受到莎士比亚的巨大影响。伏尔泰虽然对外国的年轻诗人产生过影响,但他的影响还不足以让他们把他视为自己的精神领袖和值得学习的大师。德尚致歌德的这封信,字里行间充满了亲切、真诚和爱慕的感情。歌德说:“我们在信里看到了一种美好情感的春天。”

---

① 埃米尔·德尚(Emile Deschamp,1791—1871),法国诗人和翻译家,译过歌德和席勒的一些短诗。

② 法卜维尔(Charles Nicolas Fabvier,1783—1855),法国将军,希腊人的朋友,曾参加过希腊独立战争。

此外，在大卫寄给歌德的礼物中还有一幅画——各种式样的拿破仑的帽子。歌德说："这幅画恐怕是给我儿子的。"他让仆人把它迅速送到楼上。它马上产生了效果，歌德的儿子很快就从楼上下来，愉快地宣布，他要把他的英雄的这些帽子作为最珍贵的收藏品收藏起来。五分钟之后，这幅画便进入了他的陈列展品的玻璃柜里，和这位英雄的其他标志与纪念像放在一起。

▼ 1830 年 3 月 16 日　星期二

今天早上，歌德的儿子来看我。他告诉我，他向往已久的意大利之行已经安排定当，他的父亲答应给他必要的旅费。他还告诉我，他的父亲希望我和他一道去意大利。我们共同为这消息感到高兴，并详细地讨论旅行前的准备工作。

将近中午，当我路过歌德家的时候，站在窗口的歌德向我招手，于是我迅速上楼到他那儿。他在前面的那个房间里，显得非常愉快和朝气蓬勃。他马上开始谈他儿子旅行的事，他支持这次旅行，认为它是合适的，而且为我能和他儿子一道去感到高兴。他说："这对你们两个都有好处，你们的文化修养通过这次旅行将会有所提高。"

接着他让我看耶稣及其十二个使徒。我们觉得这样一些人物不宜于作为雕塑家表现的对象，因为他们平庸浅薄。歌德说："这一个使徒和那一个使徒总是差不多，他们当中很少有人经历过生活和做出过业绩，所以缺少性格和意义。我趁此机会开了个玩笑，即我虚构出十二个《圣经》人物，这一组人物彼此各不相同，每一个都很重要，所以都可以成为值得艺术家表现的对象。

"首先是亚当，他是最美的男子，人们想他有多美，他就有多美。他把一只手放在铁锹上，象征人的使命是耕种土地。

"在亚当之后是诺亚，他也是我新创造的人物。他培植葡萄。这个人物有点像印度的巴克斯酒神。

“诺亚之后是摩西，作为第一个立法者。

“然后是大卫，作为武士和国王。

“大卫之后是以赛亚，君王和先知。

“然后是但以理，他预示着未来的耶稣。

“但以理之后是耶稣。

“耶稣之后是约翰，他热爱眼前的耶稣。这样，耶稣似乎被两个年轻人包围着，其中的一个就是但以理，他性格温柔，蓄着长发；另一个就是约翰，他热情奔放，留着鬈发。那么，在约翰之后是谁出场呢？

“迦百农的百夫长，作为那些期待直接援助的信徒的代表。

“百夫长之后是抹大拉的马利亚，她象征后悔的、需要宽恕的和可以改正的人类。百夫长和抹大拉的马利亚这两个人物集中体现了基督教的本质。

“然后是保罗，他最积极地传播基督的教义。

“保罗之后是雅各，他是传教士的代表，不远万里到最遥远的国度传播基督教。

“最后是彼得。艺术家想必会把彼得放到门的附近，并且赋予他一种表情，仿佛他在审视走进来的人，看他们值不值得走进神圣的殿堂。

“你对这一组人物有何看法？我想，他们要比耶稣的十二使徒丰富得多，在耶稣那里，每个使徒看上去就和另一个使徒一样。在我的想象中，摩西和抹大拉的马利亚应该是坐着的。”

听了歌德的这番话，我感到非常高兴。于是我请他把他的这些想法用文字写下来，他答应了我的要求。他说：“我还要把这一切仔细地考虑一下，然后再把它写下来，连同我最近创作的作品交给你，希望你把它们编入第三十九卷。”①

---

① 歌德于1830年写的这篇《基督和十二个〈旧约〉和〈新约〉的人物》（“Christus nebst zwölf alt- und neutestamentlichen Figuren”）并没有收入第三十九卷，而是收入后来出版的《遗著》（*Nachgelassene Werke*）里。

▼ 1830年3月17日　星期三

陪歌德吃饭。我和他谈到他的诗集里的一段，这一段在所有旧的版本里是："正如你的教士贺拉斯在狂喜时所预言的那样。"而在新的版本里，这一段却是："正如你的教士普罗佩提乌斯[①]在狂喜时所预言的那样。"

歌德说："后一种解释是歌特林教授诱使我做出的。此外，教士普罗佩提乌斯这种表达不好听，所以我赞成前一种解释。"

我说："在您的《海伦》的手稿里我也发现这种情况：您在手稿里写的是，当忒修斯把海伦拐走的时候，她是一只**十岁的**细长的鹿。可是由于歌特林教授的反对，您在把手稿交付印刷前改成了这个样子：一只**七岁的**细长的鹿，对于这位美丽的姑娘和前去解救她的双胞胎兄弟卡斯托耳和波吕丢刻斯来说都太年轻了。是啊，这一切发生在寓言时代，以致谁也说不准海伦到底是几岁；此外，由于整个的神话太灵活，所以人们可以按照自己的需要灵活地使用它。"

歌德说："你说得对，我也认为，当忒修斯把海伦拐走的时候，她是十岁，所以我在后来也把它改写成：从十岁起，她毫无用处。因此在未来的版本里你会发现，我已经把七岁的鹿改成了十岁的鹿。"

饭后，歌德让我看诺伊罗伊特[②]根据歌德的叙事谣曲新近创作的两本画册。我们特别欣赏这位和蔼可亲的艺术家的自由潇洒的风格。

▼ 1830年3月21日　星期日

陪歌德吃饭。他首先谈到他儿子的旅行，要我们对这次旅行的

---

① 普罗佩提乌斯（Propertius，约前50—约前15），古罗马诗人。

② 诺伊罗伊特（Eugen Napoleon Neureuther，1806—1882），德国画家。

成功不抱太大的幻想。他说:“人们通常像去的时候那样回来,是啊,人们要避免把不适合我们的情况的思想从国外带回来。例如我就把美丽的楼梯的概念从意大利带回来,结果把我的房子给毁了,因为按照美丽的楼梯的概念,所有的房间不得不变小了。最重要的是,我们应该学会自我控制。如果我想自由行事,就会毁了我自己和我周围的人。”

接着我们谈到身体的疾病状态以及身体和心灵的相互影响。

歌德说:“心灵可以起支持身体的作用,这叫人难以相信。我的下腹经常不舒服,但是心灵的意志和上半身的精力使我保持正常的生活。不能让心灵屈服于身体!我在气压高时比在气压低时容易工作。我知道了这一点,所以每逢气压低时,我就更加努力地工作,来抵消低气压产生的不利影响,我成功了。”

歌德接着说:“不过在诗歌创作中有些东西却不能勉强,我们必须等待好时机来做单凭心灵的意志所不能做到的事。例如我现在从容不迫地在写《瓦普几斯之夜》,为的是使全幕显出应有的魄力和美妙风味。我的工作已有很大的进展,希望在你动身去意大利之前把这幕写完。

“我把这一幕中的关键性的东西和那些特殊的题材区别开来,使它具有普遍意义,这样读者虽然能把它和其他的事物联系起来,但并不了解它究竟何所指。不过,我力图使一切在古典意义上具有清楚的轮廓,丝毫没有符合浪漫派创作方法的那种暧昧模糊的东西。

“古典诗和浪漫诗的概念现已传遍全世界,引起许多争执和分歧。这个概念起源于我和席勒。我主张诗歌创作应该遵循从客观世界出发的原则,而且认为只有这种创作方法才可取。可是席勒却用完全主观的方法去写作,而且认为只有他的主观的创作方法才是正确的。为了针对我来替他自己辩护,席勒写了一篇题为《论素朴的诗和感伤的诗》的文章。他想向我证明,我违反了自己的意愿,实在是浪漫的,说我的《伊菲格涅亚》由于情感占优势,并不是古典的或符合古代精神的,如某些人所相信的那样。施莱格尔兄弟抓住这个看法,并把它加以发挥,因此它就传遍全世界了,目前人人都在谈古典主义和浪漫主义,而在五十年前,谁也没有想到这种区别。”

我又把话题转到《圣经》里的那十二个人物上。歌德还做了一些补充。

他说:“正如我已经说过的,人们应该塑造亚当,但是不应该让他赤身裸体。我想,在他和夏娃违犯上帝的旨意偷吃禁果之后,最好不要让他赤身裸体,而应该让他披上一层薄薄的鹿皮。此外,为了表明亚当是人类的父亲,最好给他派一个最早的儿子——一个倔强的、勇敢地环视四周的男孩,一个幼小的赫拉克勒斯,用手扼死一条毒蛇[①]。

“对诺亚我也有另外一种更好的想法:我将不让他像印度的巴克斯,而把他表现为栽培葡萄者,因为在人们的想象中,栽培葡萄者是一位救世主,作为最早的葡萄栽培者,他使人类摆脱了忧虑和困境的折磨。”

我对歌德的这些好念头感到高兴,并且着手把它们记下来。

接着歌德让我看画家诺伊罗伊特根据他的关于马掌的传说创作的一幅画。我说:“这位艺术家只给耶稣基督派了八个门徒。”

歌德插嘴说:“这八个门徒对他说来已经太多了,好在他非常聪明,把这八个门徒分成两组,从而避免了单调和平庸浅薄。”

▼ 1830 年 3 月 24 日　星期三

在歌德家里吃晚饭。我们非常快活地进行了交谈。他向我谈论了一首法国诗,这首诗以手稿的形式出现在大卫寄来的那些收藏品

① 根据希腊神话,赫拉克勒斯是宙斯和阿尔克墨涅所生的儿子,他神勇无敌,出生不久,天后赫拉便加害于他,她派来两条毒蛇,但都被他扼死。

里，标题是：米拉波[①]。歌德说："这首诗充满了智慧和大胆的精神，你得读一读它。我有一种感觉，仿佛魔鬼靡非斯特为写这首诗的诗人准备好了墨水似的。如果这位诗人没有读过我的《浮士德》而写出这首诗，那么这首诗是伟大的；如果他读过我的《浮士德》，那么这首诗同样是伟大的。"

▼ 1830 年 4 月 21 日　星期三

因为明天一早我就要和歌德的儿子及侍从官动身去意大利，所以今天我来和歌德告别。我们详细讨论了与旅行有关的某些事情，他再三嘱咐我要好好进行观察，随时给他写信。

要离开歌德，我有些悲伤，可是看到他非常健康，我感到了安慰，坚信重逢时他依旧平安无事。

当我走的时候，他送给我一本宾客题词留念册，里面有他赠给我的题词：

他从我旁边经过，我却不看见；

他变了样，我倒不知觉。

——《约伯记》

给旅行的人们

歌德

1830 年 4 月 21 日于魏玛

① 米拉波（Honoré Gabriel Riqueti，Comte de Mirabeau，1749—1791），法国政治家，法国大革命时期伟大的演说家之一，最初坚决反对专制主义，可是由于虚荣心太重，被国王收买，从而背叛了他的选民和革命。

▼ 1830 年 4 月 24 日　星期六　法兰克福

将近十一点,我做了一次环城散步,然后穿过一座座花园朝位于莱茵河东南部的陶努斯山走去。沿途上我看到了优美的自然风光和郁郁葱葱的植物,感到心旷神怡。前天,我在魏玛的时候,树还在发芽;可是在这里,我发现栗子树的新嫩枝已有一英尺长,椴树的嫩枝也有两英寸半长。白桦树的叶子已呈深绿色;所有的橡树全都发芽。草已长到一英尺高,在花园门口我遇到了几个姑娘,她们把沉甸甸的草篮子抬进花园里。

我穿过一座座花园,为了饱览陶努斯山的风光。此时,微风习习,云从西南方向飘来,把它们的阴影投到山上,然后朝东北方向飘去。在那些花园之间,我看到几只仙鹤飞了下来,然后又飞到天上。阳光下,仙鹤在飘浮的白云和蓝天之间飞翔,看上去非常美丽,使这地区的风景完美无缺。当我转身往回走的时候,花园门前有几头母牛迎面朝我走来,它们美极了,身上有栗色和白色的斑点,毛皮发亮。

这里的空气清新,沁人心脾。这里的水含有甜味。这里的牛排和汉堡的牛排一样非常可口。这里的白面包同样美味可口。

这里正在举行年市。街上从早到晚熙熙攘攘,手摇琴声和吹奏乐器声不绝于耳。一个萨伏依的少年引起我的注意,他摇动着手摇风琴,身后牵着一只狗,狗上骑着一只猴子。他朝我们不停地吹口哨和唱歌,想以此刺激我们给他一点钱。我们丢给他比他所期待的还要多的钱,我心想,他会向我们投来感谢的目光。可是他并没有用目光表达他的感谢,而是把钱放进衣袋里,然后马上朝其他的人看,希望他们能给他一点钱。

▼ 1830 年 4 月 25 日　星期日　法兰克福

今天上午,我们乘房东的一部非常时髦的马车环城兜风。诱人的绿化场地、富丽堂皇的建筑物、美丽的河流、各种各样的花园和吸引人的别墅，使我们心旷神怡。可是我马上补充说明，必须从这些事物获得一种思想，这是精神的一种需要，否则最后一切都会无关紧要地和毫无意义地从我们身边一闪而过。

中午在饭店的餐桌旁，我看到了许多张脸，可是只有少数几张脸的表情引起我的注意。而那个招待员的头头却引起我强烈的兴趣，以至我的眼睛只追随他和他的动作。的确，他是一个值得注意的人。我们有将近两百个客人坐在几张长长的桌子旁边。令人难以置信的是，几乎只有他一人为所有的客人服务。他把一道道的菜端上桌，然后又把一个个的空盘拿走，其他的招待员只是把菜递给他，然后从他的手中接过空盘子。他从不泼出任何东西，也从不触碰吃饭的客人，他的动作是那么轻巧和迅速，仿佛是鬼神暗中相助似的。就这样，数千只盘子和碟子从他的手里飞到餐桌上，然后又从餐桌上飞回到他的手里，以便为下一批客人服务。他全神贯注，整个人只有目光和手。他只有在仓促地回答客人的问题和对他的下属下达命令的时候，才张开他那紧闭的嘴。他不仅照料客人，还为个别客人订购葡萄酒和诸如此类的东西。他的记性特别好，以至在用餐结束时他知道每个客人应付的酒菜账，并且收进钱。我佩服这位招待员，这位值得注意的年轻人，他不仅具有总揽能力，而且思想集中，记忆力强。此外，他在工作的时候，始终非常冷静，始终意识到自己的责任。为了让客人高兴，他总是乐于开个玩笑和对客人做出风趣的回答，嘴边总浮现出一丝微笑。有一次，吃饭快结束的时候，老近卫军的一位骑兵上尉向他抱怨说，女士们走了。他迅速回答，当面反驳："这是为你们其他人的，我们没有热情。"他的法语和英语说得很流利。人们向我保证，他还掌握其他三门语言。后来我和他进行了一次交谈，从交谈中可以看出，他在各方面都具有一种罕见的修养。

晚上我们去看莫扎特的意大利式歌剧《唐璜》，我们有理由怀念魏玛。说实话，所有的演员不仅漂亮有才，而且有好嗓子，但是他们的表演和说话几乎全都像自然主义者，称不上是大师。他们的发音不清楚，而且装模作样，仿佛眼里没有观众。某些演员的表演使我们有理由得出这样的结论：不高尚的东西一旦缺乏个性，就会立即变为卑鄙的和令人难以忍受的东西。相反，不高尚的东西一旦有了个性，就会立即升腾到艺术的更高的领域。观众们大声喧闹，多次要求某些演员再出演一次。对女演员泽林纳的表演，一部分观众反对，大喝倒彩；另一部分观众则表示赞赏，大声喊好。结果两部分观众越闹越厉害，每次都以粗野的谩骂结束。

▼ 1830年5月28日　米兰

我在这里快三个星期了，我得把某些事情记下来。

我们感到遗憾，米兰的斯卡拉大剧院因修缮关门了。我们设法进入大剧院，看到里面全是脚手架。工人们正在从事各种修理工作，听说还要建造一排厢座。第一批男女歌唱家注意到这个时机，纷纷出外旅行。听人们说，有些演员去了维也纳，有些去了巴黎。

我刚到米兰，就去看木偶戏的演出。演员们的说话特别清楚，这使我感到高兴。米兰的这家木偶戏院也许是世界上最好的木偶戏院，它的确名不虚传，米兰人不仅熟悉它，而且经常谈起它。

上下有五排厢座的卡诺比亚那大剧院在规模上仅次于斯卡拉大剧院。它可以容纳三千观众。我感到很满意，并经常到这家剧院看同一部歌剧和同一场芭蕾舞的演出。三个星期以来，这里上演罗西尼的歌剧《奥里伯爵》和芭蕾舞《日内瓦的孤女》。桑契里柯[1]设计的或在他的指导下制成的舞台布景使观众感到赏心悦目。此外，舞台

[1] 桑契里柯，米兰著名的布景美工人员。

布景非常简朴，以便突出演员们的服装。据说桑契里柯手下有许多能工巧匠。他收到所有的订单，然后把它们转交给他手下的能工巧匠，让他们按照他的指示、以他的名义制作舞台布景，他自己则很少亲自动手去做。据说他每年都要给他手下的许多能工巧匠一份可观的固定收入，他们即使生病和整年无事可做，也照常得到这笔可观的固定收入。

我感到高兴的是，在看歌剧的时候，我看不到提台词人的隐蔽室；而在一般情况下，演员的脚总是用布遮住，这使观众感到很不舒服。

管弦乐队指挥的位置也如我的意。他站得高，可以总览整个乐队并左右挥动指挥棒进行指挥。由于他站在靠近正厅前排座位稍高的地方，而且是在中间，所以他不仅看到乐队，而且看到整个的舞台。与此相反，在魏玛的剧院里，管弦乐队指挥站的地方虽然让他看到整个的舞台，但乐队却在他的背后，所以如果他想给乐队的某个成员暗示点什么，就得转过身来。

在米兰的这家剧院里，乐队本身的规模较大。我数了一下，有十六把低音提琴，分两组（每组八把）排在乐队的最后。整个乐队由将近一百人组成，他们从两边向内面向乐队指挥，也就是说，他们背朝通向前台的正厅两侧的包厢，用一只眼睛看舞台，用另一只眼睛看正厅的中间和后排座位，但目光一直投向乐队指挥。

至于男女歌唱家们的声音，不仅响亮、音质纯粹，而且发音轻松自然、毫不费力，令我为之心醉。我想起泽尔特，希望他坐在我的身边。在女歌唱家们当中，饰演中世纪宫廷侍童的柯拉第·潘塔内里女士的声音尤为动听。我对其他的人谈起这位杰出的女歌唱家，听说她在下一个冬季被斯卡拉夫剧院聘用。歌剧中的首席歌女是扮演孔特莎·阿德勒的一位年轻的新手——阿尔贝蒂尼女士，她的声音非常柔和，而且像阳光一样又亮又纯。每个来自德国的观众都很喜欢她的表演。此外，一位年轻的男低音独唱演员脱颖而出。他的声音非常洪亮，但是还缺少一些灵巧；他的表演虽然浪漫，但他的艺术就像他的年龄一样，热情有余而含蓄不足。

那些合唱非常精彩，而且和乐队珠联璧合。

至于演员们的身体动作，我觉得有些缓慢从容，不符合意大利人特有的热情活泼的性格。

演员们的脸上只涂了一层薄薄的红色，就像我们在大自然中通常看到的那样，所以我们看不到涂脂抹粉的面颊。

我注意到，管弦乐队的规模虽然较大，但它的声音并没有盖过歌手们的声音。在旅店餐厅吃饭的时候，我对我的邻座——一位年轻的客人——谈起这支管弦乐队。这位有头脑的年轻人做了如下的回答：

“德国的管弦乐队自私自利，只想出风头和卖弄自己；而意大利的管弦乐队小心谨慎，清楚地知道，在歌剧中，演员们的歌唱是主要的，乐队的伴奏只应该起到支持歌唱的作用。此外，意大利人认为，一种乐器的声音，只有当它自然地发出时才会是美的。在一支意大利管弦乐队里，不管有多少小提琴、低音提琴、单簧管和小号演奏起来，总的印象始终是柔和的和令人愉快的。而一支德国管弦乐队，尽管它的成员只有意大利管弦乐队的三分之一，但声音很容易变得震耳欲聋。”

我对他这番非常令人信服的话毫无异议，而且感谢他如此清楚地解决了我的问题。

我回答说：“但是我认为，现代的作曲家们对此负有责任，因为他们给歌剧的乐队伴奏配备了太多的乐器，不是吗？”

这位陌生人答道：“当然，近代的作曲家们犯了这个错误；但是像莫扎特和罗西尼那样真正伟大的作曲家从来也不犯这样的错误。是啊，我甚至发现，在这两位音乐大师那里，虽然伴奏中有独立于歌唱旋律的动机，但是乐队的伴奏始终居于次要的地位，而歌唱的声音始终居支配地位。相反，现代的音乐大师，由于在伴奏中的确缺乏动机，所以常常用强大的配器盖过歌唱的声音。”

我向这位年轻的外国人鼓掌，称赞他很有见地。我的这位邻座告诉我，他是一位年轻的利夫尼亚男爵，久居巴黎和伦敦，五年前才移居这里，而且研究了许多东西。

我还得再提一点，我在看意大利歌剧时高兴地发现，意大利人在舞台上并不把黑夜当作真正的黑夜处理，而只是象征性地加以处理。而德国人在舞台上却把黑夜当作全然的黑夜处理，所以演员们的表情，甚至演员们本身，往往消失不见，观众什么也看不见，只看见空荡荡的黑夜。意大利人对黑夜的处理较为明智。在他们那里，舞台上的黑夜从来不是真正的黑夜，而只是一种暗示。只是舞台的背景稍微有点暗，演员们尽量走到舞台的前部，在灯光的照射下，他们的面部表情清晰可见。在绘画里，情况也是这样，如果黑夜模糊了人物的面部表情，那么我对这样的画就会感到惊异。我希望优秀的绘画大师不要画这样的画。

这个美好的原则也适用于芭蕾舞。在意大利人表演的芭蕾舞里有一个夜晚的场面，在这个场面里，一位姑娘遭到一个强盗的突然袭击。舞台上只有一点儿黑暗，所以观众完全能看到演员们的全部动作和面部表情。在姑娘发出叫喊之后，凶手逃走了。农民们拿着灯从他们的茅屋里冲了出来。但是，他们手里的灯并不是发出昏暗的光的灯，而是发出类似白火的光，所以我们通过这类似白火的灯的强烈对照，才感觉到前一场发生在黑夜里。

在德国我曾听人说意大利的观众爱嚷嚷，这一点在米兰得到了证实，也就是说，歌剧演出的时间越长，观众的喧闹也就越发厉害。十四天前我观看了罗西尼的歌剧《奥里伯爵》的首场演出。当第一批男女歌唱家出场时，观众对他们报以热烈的掌声；当出现那些无关紧要的场面时，观众由于感到无聊而开始说话；可是当出现好的咏叹调时，观众顿时鸦雀无声，对那位演唱咏叹调的男歌唱家报以热烈的掌声。那些合唱非常精彩。乐队和歌唱家的演唱配合默契，令我惊叹。可是现在，由于每天晚上都上演同一部歌剧，观众不再全神贯注地观看演出，大家都在说话，以致剧院里乱哄哄地嚷成一片。几乎再也听不到观众的掌声。人们几乎无法理解，在这种情况下，演员们为何还要开口，管弦乐队为何还要演奏。演员们的热情不见了，乐队与歌唱家们的密切配合不见了。如果在剧院这样一种非常轻松愉快的环境里到处是失望情绪，那么对于很想听一听意大利歌剧的外国人来说，失望似乎是不可避免的。

▼ 1830年5月30日　圣灵降临节的第一天　米兰

我还要记下几件至今我在意大利经历的事情，它们要么给我带来快乐，要么引起我的某种兴趣。

在新普伦[1]上面，在那由雪和雾组成的无人之境，在一个避难所[2]的附近，一个男孩带着他的妹妹走上山来，朝我们的马车走来。这两个孩子背上背着小篮子，篮子里有他们从山下——那儿还有一些植物——拾来的木柴。这男孩递给我们几块水晶和其他岩石，我们给他几个小硬币作为报酬。我永远也忘不了，当他经过我们的车子的时候，他偷偷地看了看我们给他的钱，脸上露出幸福的微笑。这种无限幸福的表情我还是头一次看到哩。我不禁想到，上帝把幸福的一切源泉和能力放入人的感情里，幸福对于人们来说是完全平等的，不管人们住在什么地方，也不管人们怎样生活。

我本想继续倾诉衷情，但是我的思绪被这两个小孩打断了。我在意大利继续旅游期间，每天都会有重要的印象和观察，但我暂时不

① 瑞士南部阿尔卑斯山之隘口。
② 指为1685年以后由法国逃出的基督新教徒建立的避难所。

写了。直至我和歌德的儿子分手[1]，越过阿尔卑斯山回到日内瓦之后，我才又动笔给歌德写了以下这封信。

▼ 1830年9月12日　星期日　日内瓦

这次我有许许多多的事情要告诉您，以至我不知道应该从什么地方开始和应该在什么地方结束。

阁下常开玩笑说，只要不回来，继续旅行是一件很好的事情。我痛苦地承认，您的这个玩笑应验了。目前我正处在十字路口，不知道我应该走上哪一条路。

我在意大利的逗留虽然时间很短，但是收到了巨大的效果。丰富多彩和富于奇迹的大自然跟我谈话，问我为何远离家乡到这里听它的语言。人们的伟大作品和伟大活动使我兴奋，让我看看我自己的双手，看我自己能否像他们那样创造出伟大的作品。多种多样的生活方式触动了我的心事，而且问我，我的生活方式到底怎么样。就这样，我的灵魂深处产生了三大需要：增加我的知识，改善我的生活，在此情况下尽可能地做点事情。

至于最后这点，我对我所要做的事情清清楚楚。很久以来，我一有空闲就从事一项工作，这工作差不多结束了，它就像一艘新建造的船，还缺驶进大海所需的船缆和船帆。

这项工作就是整理我在六年的时间里有幸在您身边经常听到的那些谈话。谈话的内容不仅涉及各种知识和艺术领域里的大的原则，而且涉及有关人类更高利益的情况——精神的作品和世纪的杰出人物。对我来说，这些谈话变成了我无止

---

① 艾克曼和歌德的儿子在热那亚分手。

境的文化修养的基础。我非常高兴地听了这些谈话，并把它们记了下来。现在我要把它们加以整理，并把它们奉献给更好的人类，让其他的好人也能分享这份幸福。

阁下偶尔看到了这些谈话的几页记录，对它们表示赞成，而且再三鼓励我把这件事情继续干下去。我在魏玛期间，一有空闲就定期把您的谈话写下来，目前已收集到够编成两卷的材料。

我在动身去意大利之前，没有把这些重要的手稿连同我的其他文稿打包装箱，而是把它们密封在一个特制的包裹里交给我们的朋友索勒保管。我请求他，万一我在旅行途中有个三长两短，就请他把这些材料交到您手里。

访问威尼斯之后，我们在米兰做了第二次逗留，不幸的是，我在这里突然发高烧，以至几个晚上病得很厉害，整整一个星期不思饮食，非常痛苦地卧病在床。在这些寂寞孤独的日子里，我主要想到那些手稿，我感到不安的是，那些手稿错杂凌乱，根本不能使用。我清楚地记得，我经常用铅笔把您的谈话记下来，所以有的地方写得不清楚，而且表达得不准确，有的地方则以暗示的方式表达出来。一言以蔽之，那些手稿还需进行应有的编辑和最后的润色。

在这种情况下，我迫切需要那些手稿。去看那不勒斯和罗马的兴趣消失了，我渴望回到德国，以便离群索居，集中精力完成那些手稿。

我没有告诉您的儿子我这些内心的打算，而只是告诉他我的身体情况。他感到大热天继续拖我和他一起走是一种危险。我们达成协议，我还应该争取到热那亚，如果在那里我的病情不见好转，就让我选择返回德国。

就这样，我们在热那亚待了一些时间，就在这时，我们收到了您的一封来信,信中,远方的您似乎感到了我们大致的处境,并且表示,如果我想回来,您会表示欢迎。

我们佩服您有眼光,并且感谢您在阿尔卑斯山那边对我们刚才决定的事情的支持。我决定马上动身回德国,可是您的儿子希望我再待几天,然后在同一天和他分手。

我高高兴兴地答应了您的儿子的要求。那是星期天,7月25日,清晨四点钟,我们在热那亚的街上拥抱告别。街上停着两辆马车,其中一辆沿海岸南去,驶往里窝那,您的儿子登上了那辆马车。另一辆马车准备越过高山驶往都灵,我登上了这辆马车,与其他的伙伴同行。就这样,我们分道扬镳,朝相反的方向驶去。我们情绪激动,衷心地祝对方幸福健康。

在高温和尘土飞扬的情况下,我乘坐的马车经过诺维、亚历山德里亚和阿斯蒂,在三天的长途跋涉后,终于到达了都灵。在这里,我需要休息几天,以便四处看看,同时等待适当的机会越过阿尔卑斯山返回德国。机会终于来了。那是星期一,8月2日,我们翻过塞尼山,于6日晚到达尚贝里。7日下午,我找到机会,继续驶往艾克斯,于8日晚在黑暗中冒雨到达了日内瓦,下榻在皇冠旅店里。

这里住满了英国人,他们从巴黎逃了出来,是那儿发生的许多非常惊人的事件[①]的目击者。他们向我讲述了许多这样的事件。您可以想象,当我第一次听到那些震撼世界的事件的时候,我是多么地兴奋啊。我怀着极大的兴趣阅读那些秘密印成皮埃蒙特文[②]的报纸。在饭店的餐桌旁边,每天都有新到达这里的人,他们向我讲述巴黎发生的事情;还有一些搞政

---

① 指1830年7月发生的事件:1830年7月,法王查理十世颁布敕令,进一步限制人民自由,剥夺资产阶级选举权,引起巴黎工人和群众武装起义,于同月29日攻占王宫,波旁王朝被推翻,史称七月革命。

② 意大利西北部皮埃蒙特人的文字。

治的人偶尔谈论政治和为政治问题发生争吵。所有的人都非常激动。人们试图观察那些伟大的暴力行动可能给其他欧洲地区带来的后果。我拜访了女友希尔维斯特[①],还拜访了索勒的父母和兄弟。由于在那些激动人心的日子里每个人都得有自己的看法,所以我也形成了自己的看法。我认为,首先应该受到惩罚的是法国的部长们,因为他们诱使国王采取那些行动,从而失去人民的信任,使国王的威望受到伤害。

这是我的看法,我本想在我到达日内瓦之后立即详细地写信告诉您。可是由于到达后的最初几天我太激动,以至心不在焉,无法聚精会神地给您写信。加之8月15日我收到了我们的朋友斯特林[②]从热那亚寄来的一封信,他在信中告诉我一个使我非常悲伤的消息,以至我不敢写信告诉您。那位朋友在信中说,您的儿子在与我分手的那一天,由于翻车折断了锁骨,在斯佩齐亚卧病在床。我立即给斯特林回信,只要他一声召唤,我就立即动身越过阿尔卑斯山回来。我还决定,在没有接到来自热那亚的那些完全让我放心的消息之前,决不离开日内瓦,也决不继续我回德国的旅行。期待着那些完全让我放心的消息,我出于节约的考虑住进了一家私人住宅,并且利用我住在这里的机会继续学习法语。

终于,8月28日,是我双喜临门的日子,在这天我收到了斯特林的第二封信,它的内容使我喜出望外:您的儿子已从事故中完全恢复过来,而且兴高采烈、精力充沛地到达里窝那。得知这一喜讯,我对他的担心一下子完全消除了,我默默地为他祈祷,脑海里浮现出《西东合集》里的诗句:

---

① 来自日内瓦的小姐,在魏玛宫廷当宫女,与艾克曼交往甚密。

② 斯特林(Charles Sterling, 1804—1880),英国驻热那亚领事。

要是上帝压迫你，你要感谢他，
要是他重新释放你，你要感谢他。

我打算详细向您报告我的情况；我要告诉您我手头的这些文稿的大致内容；我还要向您请求，您是否允许我在远离魏玛的日内瓦遁世隐居，以便完成我非常关切的这些手稿。只有当我把这些手稿缮写清楚，装订成册，一旦您批准，就可以发表，我才会感到完全自由和愉快。

可是我收到来自魏玛的几封信，从中可以看出，人们希望我早日返回魏玛，人们有意给我提供一个职位。对这样的好意我当然应该感谢。但它打乱了我目前的一切计划，使我陷入奇怪的内心冲突。

如果我现在返回魏玛，那么我最近的那些文学计划就根本无法迅速地完成。我到了魏玛，马上又会重操旧业[①]。在魏玛这座小城里，人们相互腻烦。我一回到这里，就会重新被各种小事纠缠，它们对我和其他人毫无好处，只会毁了我。

诚然，魏玛这座城市也拥有许多好的和杰出的东西，好久以来我热爱这些好的和杰出的东西，将来也永远热爱它们。但是，当我回想它们的时候，我仿佛看到城门前站着一个天使，他手持一把光芒闪烁的利剑，阻止我进城，要把我赶走。

我自知自己是个脾气古怪的人。我对某些事情坚信不疑，许多年来一直坚持自己的某些打算，尽管走过各种各样的弯路，遇到过各种各样的困难，但我顽强地实行自己的打算。可是在和日常生活的各种接触中，我比任何人都更加不能自立，更加犹豫不决，更加可受支配，更加易受各种各样的影响。这两种情况构成了我命运的两个特点：易变性和坚定性。回顾

① 指为魏玛公国的太子教文学与英语。

我所走过的道路,我所经历过的情况和境遇是各种各样的;但是更为深入地看,我发现我的一切言行中贯串着一个简单的特点:奋发图强,有心向上。正是由于这个缘故,我也成功地逐渐使自己变得高尚起来。

但是,正是由于我性格中存在着可决定性和顺从性这两个缺点,所以我有时感到,有必要更正我的生活境况。这就好像一艘船,各种变化无常的风虽然使它离开正路,但它一再地寻找原有的方向。

接受一个职位,不符合我长期被向后推的文学目的。此外,给年轻的英国人教课也不是我的意图。我已经掌握了这门语言,这是我原来唯一缺少的东西,我为此感到高兴。我不会忘记我在和这些年轻的外国人长期交往中所获得的好处。但是,任何事物都有它的时间性,都会起变化。

总之,口传心授根本不是我的事情。干这个行当,不仅需要才能,而且需要训练,而我缺少这方面的才能和训练。我缺少演说家的才能,每个对面的活人通常会使我感到巨大的压力,以至我忘记了自己,只注意到他的兴趣,我因此感到受约束,很少有自由,很少能够积极地进行思考。

与此相反,面对纸我感到完全自由,完全拥有我自己。所以用书面的形式阐明我的思想,也是我本来的兴趣和我本来的生活。要是我每天写不出给我带来欢乐的几页,我就认为这是一种损失。

现在,我整个的天性催促我从自己狭隘的圈子里走出来,以便为更大的圈子工作,在文学中获得影响,为了今后的幸福使自己多少有点出名。

诚然,文学荣誉本身几乎不值得花力气去争取,我曾经看到,它可以是某种非常令人讨厌和十分打扰人的东西。不过文学荣誉也有好处,它能让人发现有上进心的人,为它的影响找到基础。这是一种神圣的感觉,它提高人的信心,给予人平时似乎不可能获得的思想和力量。

与此相反,如果人们太长时间地在狭小的天地里闲荡,那么精神和性格就会受到损害,最终就不能胜任大的任务,要费好大劲儿才能提高自己的信心。

如果大公爵夫人真的有意为我做点事情,那么如此高贵的人物很容易找到一种表明其仁慈的形式。如果她愿意支持我的下一步文学计划,那么她将做一件好事,它的成果是不会丢失的。

至于王子,我可以说,他在我的心中占据着一个特殊的位置。我希望他的精神能力和性格产生出许多好的东西,我将乐于向他提供我的一点儿知识。我将努力完善自己的知识和能力。王子的年龄越来越大了,能够接受我能给予他的更好的东西。

但是,我首先关心的是完成那些多次提到的手稿。我想离群索居,在我的情人及其亲戚那里,在哥廷根附近,潜心从事这件工作,以便摆脱一个过去的精神负担,然后准备接受新的精神负担。几年来我的生活停滞不前,我很希望它再次获得某些新的动力。再者,我的健康状况欠佳,时好时坏,我不知道我还能活多久,所以我想给后人留下点好东西,它可以使我的名字短暂地留在人们的记忆里。

但是,没有您,没有您的同意和祝福,我将一事无成。我不知道您还希望我做些什么,也不知道最高当局是否对我怀有好意。但是,正如我刚才所说的,我的主意已定,由于我清楚地向您说明了我的情况,所以您很容易做出判断,为了我的幸福,是否有更重要的理由希望我不久返回德国,或希望我安心地暂时从事我自己的文学创作。

再过几天我就要离开这里前往法兰克福。一旦找到旅行的机会,我就动身出发,我将有闲情逸致去游览讷沙泰勒、科尔马和斯特拉斯堡。要是我在法兰克福能够收到您寄出的一封留邮局待领的信,我会感到非常高兴。

我怀着沉重的心情向您做了这番忏悔,心里感到高兴;我在下一封信里也将高兴地告诉阁下一些轻松愉快的事情。

请向内廷参事迈耶、建筑工程总监柯德莱、里默尔教授、米勒首相,以及其他与您关系密切的人和可能想到我的人,转达我衷心的问候。

我热烈地拥抱您,不管在什么地方,我始终非常尊敬和热爱您。

艾克曼

▼ 1830年9月14日　日内瓦

我在热那亚读了您最近的一封信,得知您完美无缺地完成了《古典的瓦普几斯之夜》,心里感到非常高兴。前三幕(包括《海伦》在内)似乎完成了,也就是说,最大的困难似乎被克服了。正如您告诉我的,结局[①]已经有了。我希望您不久就能写好第四幕,这样就大功告成了,未来的几个世纪将会从您的巨著中获得启迪。我为此感到十二万分的高兴,我将为任何有关这部巨著的进展的消息而欢欣鼓舞。

我在旅行途中经常想到《浮士德》,而且运用了其中的某

---

① 结局即第四幕。《浮士德》下卷在结构上是个大胆的尝试。歌德先写第一幕、第二幕和第五幕,第三幕是用久已写好的《海伦》这篇独立的诗插进来充数的,第四幕最后写成。

些经典的段落。当我在意大利看到漂亮的人和生龙活虎的孩子时，我就想起了以下的诗句：

这地方向来舒适安闲，
脸颊嘴唇同样红润好看，
人人各得其所，永生不死，
他们全都健康、满足。

在无忧无虑的日子里，
可爱的孩子长成强壮的父亲，
我们为此惊讶不已，总想问：
他们到底是人，还是神？

相反，每当我被美丽的大自然所吸引，尽情地欣赏湖泊、高山和峡谷的时候，仿佛有一个看不见的小鬼[①]在和我玩游戏，他低声告诉我以下的诗句：

要不是我摇晃、抖动，
世界哪会有这么美好？

接着，一切理性的观察突然消失了，荒谬开始占上风，我的内心感到一种巨变，我一筹莫展，每次只好以笑结束。

在这种情况下，我总感到诗人应该采取积极的态度。人需要诗人，是为了让他说出人自己无法表达的东西。人被某种现象或某种感受所袭，想用语言把它们表达出来，但人的语言储备不够，在这种情况下，就需要诗人的帮助，诗人满足人的

① 指地震之神塞斯摩斯。

要求，从而使人摆脱了困境。

本着这种感觉，我一再地为前面那些诗句祝福，每天都笑着诅咒后面的诗句。这些诗句是为特定的环境写的，而且非常优美，在类似的特定环境中，你怎么能缺少它们呢？

我在意大利并没有记名副其实的日记；现象太大、太多，变化太快，以至我不可能及时地抓住它们。但是我始终注意观察周围的事物，而且记住了不少。我打算把我对意大利之行的回忆分成几类，每类加上一个标题。特别值得一提的是，我对颜色学已做了相当多的评论，我打算继续对它加以评论。当然，这已经不算什么新鲜东西，但是发现那个老法则的新的表现形式，毕竟是可希冀的。

在热那亚，我发现斯特林对颜色学表现出浓厚的兴趣。他对流传下来的牛顿的理论感到不够满足，所以我在和他的多次交谈中向他介绍了您的颜色学的那些基本特征，他仔细倾听了我的谈话。如有机会，请寄一册到热那亚，我想，他对这样的礼物是会欢迎的。

在日内瓦，三个星期以来，我在我的女友希尔维斯特身上发现她像一个好学的女学生。我曾经对她说，简单的东西比我们所想象的还要难以理解。要理解简单的东西，需要进行大量的练习，从复杂纷繁的各种现象中找出基本规律。可是精神是非常机敏的，而大自然却非常娇弱，所以人们必须小心谨慎，以免由于太快地说出自己的心里话而施暴于大自然。

顺便提一下，在日内瓦，人们压根儿不关心您的这部巨著。不仅此地的图书馆里没有您的《颜色学》，而且人们甚至不知道世上有这样的东西。在这点上，德国人比日内瓦人更加有过错。这使我非常恼火，而且促使我做了那些滑稽可笑的评论。

众所周知，拜伦勋爵曾在日内瓦住了一些时候，由于不喜欢社交活动，所以他日以继夜地在大自然中玩耍，在湖上玩耍。这里的人还向我讲述了有关拜伦的许多故事；拜伦在其《恰尔德·哈罗德游记》中，为日内瓦的风土人情建立了一座美丽的纪念碑。他也描写了罗讷河的颜色，尽管他不可能猜到罗讷河的颜色产生的原因，但他毕竟用眼睛感受到了罗讷河的颜色。他在对第三章做的注解中说道：

"日内瓦的罗讷河，它的颜色是深蓝的，就像蓝墨水，除了地中海以外，我在淡水或海水里还从来没有看到过这种颜色。"

罗讷河压缩自己，为了穿过日内瓦，它分成两条支流，在它们的上面有四座桥梁，人们在这四座桥上走来走去，可以很好地观察水的颜色。

奇怪的是，正如拜伦所描写的，一条支流的水是蓝色的，而另一条支流的水则是绿色的。水是蓝色的那条支流，水流较为湍急，而且河底深陷，光线无法渗透下去，以至下面一片黑暗。在这条支流里，非常清澈的水看上去就像混浊的药剂。于是，从那些众所周知的法则中产生出最美的蓝色。另一条支流的水并不很深，所以光线还能达到河底，以至人们能看到河底的石头。由于河底不够黑暗，所以水无法变成蓝色。但是，由于河底不平，也不干净，不够白和发亮，所以无法形成黄色。就这样，颜色始终在中间，而且表现为绿色。

假若我像拜伦一样喜欢捉弄人，假若我有实现恶作剧的手段，我将做以下的实验。

我将在罗讷河的绿色的支流里，在那座每天有成千上万人经过的桥的附近，将一大块黑木板或类似的东西深深地钉入河内，以便使那儿的水变成纯蓝色。此外，我在离这块黑木板不远的地方，将一块很大的、白得发亮的金属薄板深深地钉入河内，让水在阳光照耀下呈现出灿烂的黄色。每当人们经过的时候，就会看到绿色的水里有黄色的和蓝色的斑点，这对人们来说无疑是一个谜，它戏弄人们，而人们无法猜出它。我们在旅途中常开各种各样的玩笑，但是这个玩笑在我看来是一个好的玩笑，它里面包含着某种意义，对人们可能有点儿好处。

不久前我到一家书店，我拿起了一本十二开的小书，书的开头有一段文字引起了我的注意。我将这段文字译成德语：

“不过现在请你告诉我：假若你发现了一个真理，你得把它告诉其他人吗？假若你把真理公诸同好，你就会受到大量的人的迫害，因为他们靠与真理相反的错误生活，而且向你保证，他们的这个错误就是真理，一切旨在破坏它的言行，本身就是最大的错误。”

这段话对我来说，就像您的《颜色学》对从事颜色学的专家一样大有用处，它仿佛是为我写的。我对这段话爱不释手，以至为了它我把整本书买了下来。这本书里还包含贝尔纳丹[①]的《保罗和薇吉妮》和《印度的茅舍》。顺便提一下，我买了这本书一点儿也不后悔。我乐意读它；作者的纯洁高尚的思想使我愉悦，他的温柔的气质，特别是他对那些众所周知的比喻的巧妙运用，给我留下了深刻的印象。

我也是通过这本书最早认识卢梭和孟德斯鸠的。但是，为了不使我的这封信变成一本书，我今天暂且不谈我还想告诉您的这样或那样的许多事情。

自从我写了前天的那封长信之后，我感到多年来没有过的轻松和自由，我总想写点东西和说点东西。我的确感到迫切需要，至少暂时离开魏玛一段时间；我希望您能同意我的要求，我相信总有一天您会说我的做法是对的。

---

① 贝尔纳丹（Jacques-Henri Bernardin de Saint-Pierre，1737—1814），法国作家。

明天,这里的剧院就将上演罗西尼的歌剧《塞维勒的理发师》,我还想去看一看,然后打算启程离开日内瓦。这里从您的生日那天起开始下雨。那天一早,雷雨骤起,下了一整天,从里昂方向过来,越过罗讷河和日内瓦湖,向洛桑移去,整天雷声隆隆。我住在一间房钱每天为十六苏[①]的房间里,从这里可以眺望美丽的湖山景色。昨天下面的山谷里下了雨,天气寒冷。一阵雪过后,汝拉山的最高峰上第一次出现白雪,可是今天雪又不见了。勃朗峰的山麓小丘上已开始覆盖积雪;在湖岸以南的地区,长着各种绿色的植物,其中有些树已开始变黄、变褐。夜里天气寒冷,这意味着秋天即将来临了。

我衷心地问候您的儿媳、乌尔里克小姐、瓦尔特、沃尔夫和阿尔玛。我打算在明天致信您的儿媳,告诉她有关斯特林的各种情况。

我希望在法兰克福能收到阁下的来信,我将为此感到高兴。

致以最美好的祝愿,最忠实于您的

艾克曼

9月21日,我启程离开日内瓦,在伯尔尼待了几天之后,我于27日前往斯特拉斯堡,并在那里停留了几天。

在斯特拉斯堡,当我经过一家理发店的窗子的时候,看到拿破仑的一座小型半身塑像。从街上朝黑暗的房间看,这座半身塑像显出浓淡程度不同的蓝色,从乳状的浅蓝色到深紫色。我有一种预感,从房间的内部对着光看,那座半身塑像会向我显示各种层次的黄色。我克制不住自己一时的欲念,便走进了这家理发店,朝那些我完全不熟悉的人走去。

---

① 从前法国的一种低值钱币。

我首先朝那座半身塑像看,在阳光照射下,它显出美丽绝伦的颜色,从最浅的黄色到红宝石那样的暗红色,它们交相辉映,使我非常高兴。我急切地问店主,他是否愿意把那位伟大的英雄的半身塑像转让给我。店主回答我说,他和我一样都是这位皇帝的追随者,他是在不久前从巴黎带回这座半身塑像的;但是,正如他从我那兴奋的表情推断出那样,我对拿破仑的热爱大大超过他对拿破仑的热爱,所以他理应给我以优先权,同意把拿破仑的半身塑像转让给我。

在我的眼里,这座用玻璃制成的半身塑像是个无价之宝,所以当店主只收几个法郎就把这座塑像交到我手里的时候,我不得不带着几分惊奇看着这位好心的店主。

我把这座半身塑像,连同在米兰买来的那枚同样稀奇的纪念章,作为小小的旅行礼物寄给歌德,他会对它们论功行赏的。

几天之后,我在法兰克福收到了歌德的以下几封信:

第一封信

我只用极少几句话向你报告,你从日内瓦寄来的两封信均顺利地到达了,当然是在9月26日才到达的。所以我只急于告诉你这么多:你待在法兰克福,直到我们考虑好你在何处度过你未来的冬天为止。

这次我只附上我写给枢密顾问维勒墨尔先生和他的妻子玛丽安娜的一封短信,请你尽快地把它交给他们。你会找到几个和我志同道合的朋友,他们会对你在法兰克福的逗留有所帮助,并使你过得愉快。

这次就写这么多。收到这封信后,请尽快给我回信。

永远忠于你的

歌德

1830年9月26日于魏玛

第二封信

我怀着最美好的感情，欢迎你到我出生的城市，并且希望你通过和我的那些杰出的朋友共同娱乐，度过为数不多的几天。

倘若你要到诺德海姆，在那里待上一段时间，我并不反对。如果你想悄悄地专心研究那些目前在索勒手里的手稿，我会感到更加愉快，因为我虽然不希望及早发表那些手稿，但是我希望能和你一起审阅、订正它们。要是我能做证，你完全按照我的意思理解那些手稿，那么它们的价值就会提高。

我没有更多的话要说了，我把其他的话留给你，并且期待着你的下一封信。我家里的人向你致以友好的问候；自从收到你的信以来，我没有对任何人谈起其他的参与者。

祝一切顺利

你最忠实的朋友

歌德

1830 年 10 月 12 日于魏玛

第三封信

你看到那座稀奇的、作为颜色的媒介的半身塑像时所获得的强烈印象，你渴望将这座塑像占为己有，所以你经受住了那彬彬有礼的冒险，你好心地将这座塑像作为旅行礼物敬献给我，这一切说明，你内心充满着那壮丽的原始现象[①]，它在这里以各种形式显现出来。这个概念，这种感觉，将对你的一生产

① 这里指颜色。

生有益的影响，而且将以某种积极的方式在你那儿确认为合法。错误属于图书馆，而真理属于人的精神；书本的数量可以通过书本增加，而精神喜欢和生气勃勃的原始规律打交道，精神懂得理解简单的东西，清理纷乱的事物，澄清模糊的东西。

假若你的精灵又把你带回魏玛，你应该把拿破仑的那座半身塑像放在强烈的阳光下进行观察，你会发现，被阳光照透的颜面呈现出平和的蓝色，而结实的胸脯和军服上的肩饰则闪耀着各种色调的红宝石色。就像门农①的花岗石塑像一样，拿破仑的这座昏暗的玻璃塑像也同样五光十色。这里，我们的确看到，这位英雄也是颜色学的一种胜利。我非常感谢你送给我的这件礼物，它意外地确证了我觉得很有价值的颜色学。

此外，你送给我的纪念章双倍乃至三倍地丰富了我的小陈列室；我注意到一个名叫杜卜勒②的人。此人在巴黎新桥上面为法国国王亨利四世的雕像做了模型，并把它浇铸成型。由于受到你寄来的纪念章的激励，我浏览了我其他的纪念章，发现有几枚非常精巧的纪念章可能出自杜卜勒之手。由此可见，你的礼物对我也起到了很好的激励作用。

至于索勒在我指导下从事的对我的《植物变形学》的翻译，我们才翻译到第五个印张；我早就不知道，我对这件工作是应该祝福呢还是应该诅咒。不过我现在又挤时间去观察有机的自然界，我为此感到高兴，并且顺从天职的意愿。四十多年来我一直奉行的原则，现在还在继续起作用。它将带领我在可理解的东西的整个迷宫式的圈子里顺利地走来走去，直至不可理解的东西的边界，在那里，我在获得巨大的收益之后可以感到完全满足了。古今的所有哲学家也不可能继续有所

---

① 希腊神话中的埃塞俄比亚王。

② 17 世纪法国著名的雕塑家、纪念章制模师和铸铜工人。

发明创造。除了著作中所表达的东西以外，人们几乎没有什么东西可以表达了。

歌德

我在法兰克福和卡塞尔逗留了一些时间，于10月底才到达诺德海姆，此时，一切情况表明，我该返回魏玛了。

歌德不同意马上出版我的对话录，所以我再也不去想我会成功地开始一种纯文学的生涯。

之后，我又见到了我多年来一直热烈地爱着的情人，我每天重新感到她的伟大的美德，这激起了我的两个迫切的愿望；尽快地占有她，非常活泼地过一种有保障的生活。

在这种情况下，我收到了索勒奉大公爵夫人之命从魏玛给我寄来的信，我愉快地读了这封信。关于它的内容，我在以下致歌德的信中将详细谈及。

▼ 1830年11月6日　诺德海姆

人在思考——而神在操纵，转眼之间，我们的情况和愿望同我们预先想的不一样。

几个星期以前，我有些害怕返回魏玛，而现在所有的情况表明，我不仅乐于尽快地返回魏玛，而且必须考虑在那儿安家，并一直住下去。

几天前我收到了索勒的一封信，他在信中受大公爵夫人之托告诉我，如果我愿意返回魏玛，继续给王子上课，她愿意给我提供一份固定的薪水。其他的好事，索勒希望与我面谈。一切迹象表明，人们可能对我怀有好意。

我本想给索勒写封回信，答应大公爵夫人的要求，但是我听说索勒已回日内瓦探亲，所以我别无他法，只好请求阁下转告大公爵夫人殿下：我已决定尽快返回魏玛。

我同时希望这个消息能给您带来一些快乐，我知道，你很久以来一直关心我的幸福和安宁。

向您全家致以最诚挚的问候，希望尽快地和您愉快地相见。

艾克曼

11月20日下午，我离开诺德海姆，于天色变暗时抵达哥廷根。

晚上，我在饭店的公用餐桌上吃饭，当店主听说我来自魏玛并且想回到那里的时候，他心平气和地对我说，伟大的诗人歌德在高龄的时候还不得不经历沉重的痛苦，他从今天的报纸上看到，歌德唯一的儿子在意大利由于中风而去世了。

人们可以想象，我在听到这些话的时候有什么样的感受。我拿了一盏灯，朝我的房间走去，为了不让其他的客人目睹我内心的激动。

这一夜我在失眠中度过。这次意外事件使我非常悲痛，而且不断地浮现在我的眼前。以后的几天几夜，我们在前往米尔豪森和哥达的途中也过得不好。在昏暗的11月的日子里，我们孤独地待在马车里，眼前是荒凉的田野，车外没有任何东西能消除我的寂寞和烦闷，我努力捕捉其他的思想，但是一切都是徒劳。在旅店里，我总是听到人们在谈论那件与我密切相关的不幸事件，它成了当天的新闻。我非常担心，歌德在高龄时经受不住丧子带来的感情上的极端激动。我对自己说，你的到来会给歌德留下什么样的印象，因为你和他的儿子一道去意大利，而现在只有你一人返回来！

怀着这些想法和感受，我在星期二，11月23日，晚上六点钟，抵达了魏玛前面的最后一家公路边的旅店。在我的一生中我再次感到，人的一生中有一些必须经过的难关。当我看到月亮的时候，我的思想和我头顶上空的更高的生物交往，月亮从浓密的云层中闪现出来，几秒钟之后又像以前那样为乌云遮蔽着。难道这是一种偶然事件，还是某种更加重要的东西？够了，我把它看作上天的一种吉兆，并从中获得了出乎意料的精神力量。我向房东夫妇问候之后，便首先走进歌德的家里。我先向歌德的儿媳走去。我发现她已身着深色的丧服，但是心情平静而沉着，我们相互说了许多安慰的话。

然后我下楼朝歌德走去。他笔挺地站着，然后紧紧地拥抱我。我发现他心情非常平静，泰然自若。我们坐了下来，马上谈一些有意义的事情。我非常高兴又在他身边。他让我看两封已有开头的信，这两封信是他写给我的，但没有发出。接着我们谈到大公爵夫人、王子以及其他的人；但是对他的儿子我们却只字未提。

▼ 1830年11月25日　星期四

今天上午歌德给我寄来几本书，这是英国和德国的作家送给我的礼物。中午我到歌德家里做客。我发现他在观赏一本铜版画和素描，这本画册是人们为了推销产品而寄给他的。他告诉我，大公爵夫人在上午看望了他，这使他非常高兴，他趁此机会向她宣告了我的到来。

歌德的儿媳与我们结伴，我们入席进餐。我得讲述我的旅行。我谈到威尼斯、米兰和热那亚。歌德似乎对英国驻热那亚领事的家庭情况特别感兴趣。接着我谈到日内瓦，歌德关切地询问索勒和邦施泰滕[①]先生的家庭情况。他希望我更为详细地描绘邦施泰滕先生，我便尽可能详细地做了描绘。

饭后，歌德开始谈我的谈话录，这使我感到高兴。他说："这想必

---

① 邦施泰滕(Karl Viktor von Bonstetten，1745—1832)，瑞士作家。

是你的处女作，我们要不懈地努力，直至把这件工作彻底完成。”

顺便提一下，我觉得歌德今天似乎特别安静，常常失神于沉思之中，这是不祥之兆。

▼ 1830 年 11 月 30 日　星期二

上星期五，歌德在夜里突然大咯血，整天濒临死亡，这使我们忧心忡忡。如果把放血也包括在内，他失去了六磅血，这对一个八十岁的老人来说是很严重的。但是，由于他的医生即内廷参事福格尔医道高明，加之他的无与伦比的天性，这次也化险为夷，他迅速恢复健康，而且食欲很好，整个夜里安然入睡。任何人都不准到他那儿，也禁止他说话，但是他那永远活跃的精神无法闲着，他又在想他的各种工作。今天上午我收到他在病床上用铅笔给我写的一张便条，上面写道：

> 我最亲爱的博士，劳驾您把那些已为人知的诗再审阅一下，把在此之前的那些新诗编排一下，以便把它们作为一个整体送去付印。随后寄上《浮士德》。
>
> 愉快地和你再见！
>
> 歌德
>
> 1830 年 11 月 30 日

歌德在迅速完全康复之后，便集中精力创作《浮士德》下卷的第四幕，同时完成《诗与真》的第四卷。

他推荐我编辑他的那些至今尚未发表的篇幅不大的著作，也审阅他的日记和已发出的书信，以便我们弄明白将来出版它们的时候应该怎样处理。

至于我和他的谈话录,我不打算去编辑;我也认为,我不去编辑已经记下的东西,而让新的东西扩大已经记下的谈话录,这样会更合乎理性。只要命运允许我这样做,我会一直做下去。

1831年

▼ 1831年1月1日　星期六

在最近几个星期里，我细心地研究了歌德多年来的书信。顺便提一下，歌德致各位友人的信的草稿，从1807年起按年度装订成册，并且保存了下来。在以下的章节里，我想写下我的一些一般的意见，它们对今后编辑和出版歌德的书信也许会有好处。

1

首先提出的问题是，这些书信是否可以采取摘要的方式出版。

我认为这样做不好。一般说来，歌德即使对最小的题目也总是怀着某种目的去探讨，这是他的天性和工作方法，这也很好地反映在他的这些书信里。在这些书信里，作者总是作为一个完整的人专心致志地思考问题，所以每一页信纸不仅从头至尾写得很好，而且字里行间显示出一种卓越的天性和完美的文化教养。

因此，我主张全文即从头至尾出版这些书信，尤其是个别重要的段落，往往要通过它们与前后段落的关系，才能获得真正的光彩，也才能最有效地被读者理解。

严格地说，这些书信是对一个纷繁的大世界所做的面对面的观察，谁敢说哪一段重要，值得出版，哪一段不重要，不值得出版呢？社会上不仅有语法学家、传记作者、哲学家、伦理学家，而且有博物学家、艺术家、诗人、大学教师、演员等等。每个人都有自己不同的兴趣，所以这个人不需要的段落，恰恰是另一个人认为非常重要、需要掌握的段落。

例如在 1807 年的第一册里有一封歌德致友人的信，这位友人的儿子想献身于林业，歌德为这位年轻人描绘了一条平步青云的道路。像这样的信，年轻的文学家也许会略过不看，而林业工作者肯定会高兴地指出，诗人也懂得他的专业，而且在这方面想给他出好主意。

因此我重申，我主张按原来的样子完整地出版这些书信，更何况它们是以这样的面目在世界上广为流传。我们可以指望，收到这些信的人，也希望将来能完整地按原来的样子出版这些书信。

2

但是，假若我们发现有些信全文出版有困难，但在个别的信中含有好的段落，那么可把这些好的段落抄出来，并分到它们产生的那一年里，或按照作者的意愿把它们编成一个特辑。

3

可能会出现这样的情况，即我们发现第一册（第一年度）里的某一封信没有特别的意义，所以不同意把它放在第一册里出版。但是，我们发现在以后的几册（以后的几个年度）里这样的一封信有续篇，也就是说，它可以被看作此外的一个链条的起首环节，由于这种情况，它会变得重要起来，所以可以把它放在这几册里出版。

4

人们会怀疑，按收信人编排这些书信，或者按不同的年份混合地编排它们，是否更好一些。

我主张按不同的年份混合地编排这些书信，首先是因为这样做能让读者始终感到新奇和变换，因为写信人对不同的收信人说话的语气毕竟有细微差别，此外，每一封信的内容也常常不同，以至所描绘的对象五彩缤纷：戏剧、诗歌作品、自然科学研究、家庭事务、和达官贵人的关系、友好关系等等。

我主张按不同的年份混合地出版这些书信，还有另外一个理由：写信人在一年里写的那些信，因为接触到在当年生活和工作的人，所以不仅具有当年的性质，而且全面地反映了写信人的生活和工作情况，很宜于用来补充已经出版的反映歌德扼要生平的《年谱》①。

5

其他人已经出版的那些书信——信里也许包含对他们的功绩的一种承认，或包含对某人的赞扬和某种值得注意的事物——我们应该再次把它们收入这个集子里，一方面因为它们本来就属于这个集子，另一方面可以给那些人留点儿面子，因为它们在世人面前证实，那些人的文献是真的。

---

① 《诗与真》的续篇。

6

是否应该在这个集子里加进一封推荐信，这个问题应该在考虑被推荐人的情况之后方可决定。如果被推荐人一事无成，推荐信里又没有其他好的内容，那么集子里不宜加进这封推荐信；但是，如果被推荐人在世界上已声誉赫赫，那么在集子里应该收入这封推荐信。

7

我们从歌德的《诗与真》里知道的那些歌德致友人的信，例如致拉瓦特尔、容格、伯里施、克尼普[1]、哈克尔特和其他人的信，本身就有吸引力，这样的信尽管其内容毫不重要，但仍值得向读者介绍。

8

人们在出版这些书信的时候不必过分担心，因为它们全面地反映了歌德广泛的生活和多种多样的影响，他在各种处境中的举止以及他对各种各样的人采取的态度，都富有很高的教育意义。

9

如果有好些信谈的是同一个事实，那么应该选出其中最出

---

① 克尼普(Christoph Heinrich Kniep,1748—1825),画家,曾伴随歌德游览意大利的西西里岛。

色的；如果在好些信中出现某一点，那么应该把这一点稍许压缩，然后把它放到最能表现它的地方。

10

相反，在1811年和1812年的那些信中，大约有二十处是讲歌德请求某些值得注意的人为他提供手稿的。这类段落不必压缩，因为它们很能反映歌德乐于助人的性格特征。

以上这十点意见是我在研究歌德于1807年、1808年和1809年写的那些信时受到启发而提出来的。今后在从事这项工作的过程中，我要是还有一般的意见，我会及时地对现有的意见加以补充。

艾克曼

于1831年1月1日

今天饭后，我和歌德逐点讨论了我上述的十点意见，他赞同我的这些建议。他说："我将在遗嘱里任命你为这些书信的出版者，并且表明我们对这方面应该遵循的工作原则已取得一致意见。"

▼ 1831年2月9日 星期三

昨天我和王子继续读福斯的田园诗《路易丝》，我暗自对这本书提了一些意见。福斯的伟大功绩在于他描绘了风土人情和人物的外部环境，这使我非常高兴；但是我觉得他的这首田园诗缺乏高尚的思想内容，这一点特别清楚地表现在人物表达自己内心世界的那些对话里。英国作家哥尔德斯密斯在其小说《威克菲尔德的牧师》里同样描写了一个乡村牧师及其家庭，但是作家具有较高的世界文化，这一点也影响到他作品里的人物，他们的内心世界较之福斯田园诗里的人物的内心世界更加丰富多彩。在《路易丝》里，一切都停留在狭隘的、中等的文化水平上，这种狭隘的文化当然始终足以满足某些读者的精神需要。至于诗行，我觉得六音步诗行似乎很不宜于用来表现这种狭隘的情况，往往给人一种不自然的和矫揉造作的感觉；此外，那些组合句总是不够自然流畅，读起来不顺口。

今天中午吃饭的时候，我把我的这一看法告诉了歌德。他说："那首诗的以前几个版本在这方面要好得多，我记得我曾愉快地朗读过。可是后来福斯对那首诗进行了许多不必要的精雕细刻，结果本来轻松、自然的诗句由于技术上的奇思怪想而变坏了。现在的这个版本只注重技术上的东西。那些评论家先生已开始挑剔，在一个韵里，S 应该和 S 押韵，而不是 β 和 S 押韵。假如我还年轻，还够大胆，我会故意违反所有这些技术上的奇思怪想，我会使用头韵、准押韵[①]和假韵。总之，我会使用一切我认为对我方便的东西。但是我会抓住主要的东西，尽量对福斯的田园诗说些好话，以此刺激每个读者去读它和背出它。"

▼ 1831 年 2 月 11 日　星期五

今天吃饭的时候，歌德告诉我他已经开始写《浮士德》下卷的第四幕，而且打算这样继续写下去，这使我非常高兴。

接着他高度评价了年轻的语文学家卡尔·勋纳[②]。此人写了一部论述古希腊悲剧诗人欧里庇得斯作品里的服装的著作。此外，他博学多才，但是他的才能还没有进一步发挥出来，刚发挥到他的目的

① 只有元音押韵。
② 此处有误，不是莱比锡的卡尔·勋纳，而是弗里德里希·戈特霍尔特·勋纳。

所需要的程度。

歌德说:“我很高兴,勋纳创造性地研究欧里庇得斯的作品,而最近的一些语文学家过多地忙于研究技术上的问题,例如长音节和短音节的问题。

“如果一个时代只去研究细小的技术问题,那么这始终是一个缺乏创造性的时代的特征。同样,如果一个人只研究细小的技术问题,那么这个人就是一个缺乏创造性的人。

“其他的缺点也对作家不利。例如普拉滕几乎具有一位好诗人应该具有的所有主要特点,如想象力、构想力、才智、高度的创造性、完美的创作技巧,还像少数其他人那样喜欢钻研、办事认真;但是他那不幸的好争论的倾向不利于他的发展。

“他在那不勒斯和罗马的大环境里也未能摆脱德国文学的可悲缺点,这对一位才气横溢的作家来说是绝对不能原谅的。他所创作的诗体悲剧《浪漫的俄狄浦斯》留下了痕迹。特别是从技术的角度看,普拉滕恰恰是能够写出最好的德国悲剧的人;可是他在那部剧本里滑稽地模仿了那些悲剧的主题[①]以后,他现在怎样还能认真地创作一部悲剧呢?

“此外,他从来也没有认真考虑过,这样的争执一旦占据了我们的情感,就会把我们的敌人变成魔鬼,它们在各种自由的创作之间捣乱,在本来就柔弱的自然里造成大的混乱。拜伦由于好争论而毁灭,普拉滕有理由为了德国文学永远离开这条令人不愉快的道路。”

▼ 1831年2月12日　星期六

我读《新约全书》,想起了歌德最近让我看的一幅画:耶稣在海

① 指古希腊悲剧的主题,俄狄浦斯情结,即恋母情结,就是希腊悲剧的一个重要主题。

上漂泊，彼得乘风破浪朝他走去，但是由于一时突然失去勇气，便开始沉入海底。

歌德说："这是我最喜欢的传说之一，它道出了一个很有益的教训：人靠信仰和新的勇气能战胜天大的困难，但是只要突然产生极小的怀疑，便会丧命。"

▼ 1831年2月13日 星期日

在歌德家吃饭。他告诉我他继续写《浮士德》下卷第四幕，而且像他所希望的那样，开始很顺利。他说："如你所知，关于写什么题材，我早就考虑好了，只是关于怎样写，我总是不大满意。使我高兴的是，我又有了一些好的想法。现在我要设法把第三幕《海伦》和已经写好的第五幕之间的整片空隙填补起来，先写下一个详细的提纲，以便今后从容不迫地、有把握地写下去，而且先写那些使我动心的部分。这第四幕又获得一种非常独特的性质，它像一个独立的小世界，和其余部分不相关。它和全剧只借助与前三幕和第五幕略挂上一点钩而联系在一起。"

我说："那就是说，第四幕和其他部分在性格上还是融贯一致的；因为归根结底，奥厄巴赫地窖酒店、巫厨、布罗肯峰、帝国会议、化装舞会、纸币、实验室、古典的巫婆集会之夜、海伦等等，也都自成一个独立的小世界，尽管相互影响，但又互不相关。诗人关心的，是要表达一个丰富多彩的世界。他运用一位有名的英雄人物的传奇，只是把它作为一条线索，在这上面他爱串上什么就串上什么。《奥德赛》和《吉尔·布拉斯》[1]也采用过这种办法。"

歌德说："你说得完全正确。这种作品在结构上只有一个要点：

---

① 法国作家勒萨日(Alain René Lesage, 1668—1747)的长篇小说。

各部分都应鲜明而有重要意义，而整体始终是不可用寻常尺度去测量的，但是，正因为这样，全剧就像一个没有解决的问题，永远耐人钻研和寻思。”①

接着我向歌德讲述了一位年轻军人的一封信，我曾向他和其他的朋友建议到国外去当兵，现在，这位年轻的军人觉得外国的情况不合乎他的心意，于是便大骂所有给他出主意的人。

歌德说：“出主意是一件奇特的事情。倘若你在这世界上观察一会儿，你就会发现，绝顶聪明的人往往会失败，而荒唐透顶的事往往顺利地达到目的，因此你不再愿意为别人出主意。其实，要求别人给自己出主意的人是愚笨的，而给别人出主意的人是骄横不自量的。人们只应该给那些自己愿意一同做的事情出主意。要是别人请我出个好主意，我会对他说，我乐意为他出主意，但是有一个条件，即他要答应我不按我的主意去行动。”

话题转到《新约全书》。我告诉歌德，我查阅了《新约全书》里的那一段，即耶稣在海上漂泊，彼得朝他走去的那一段。我说：“如果人们好久不读圣史，就会对圣史作者们的伟大道德力量感到惊异。在《福音书》的作者们对我们的道德意志力提出的那些高要求中，我也发现有一种绝对命令②。”

歌德说：“你特别发现信仰的绝对命令，后来伊斯兰教的始祖穆罕默德进一步发展了信仰的绝对命令。”

我说：“顺便提一下，《福音书》的作者们其实是充满不同的见解和矛盾的。现在的‘四福音书’在它们被收集在一起之前，想必经历了种种奇特的命运。”

歌德说：“如果人们想从事一种历史的和批判的研究，就得喝干一江之水。人们更喜欢直截了当地向现实中的确存在的东西求助，

---

① 这段话对于理解《浮士德》下卷的结构颇有帮助。《浮士德》下卷用以人为纲的写法，同一人物的不同遭遇虽彼此独立，却仍可以显出他的性格。

② 亦译无待命令或无上命令，康德唯心主义哲学中的伦理原则。

获得可以提高自己的道德修养和增强自己的自信心的东西。此外，如果故事发生的地点明确，那可太好了。在这方面，我能向你推荐的最好的东西，就是魏玛的宫廷牧师长和教区总监督律尔写的那本有关巴勒斯坦的有趣的书。已故的大公爵在得到这本书的时候，高兴得不得了，以至他买了第二本。读过第一本之后，他把它送给了图书馆，而把另一本留给自己，永远放在身边。"

大公爵对这种事情感兴趣，这令我感到惊异。歌德说："在这件事上他是伟大的。他对一切事情都感兴趣，只要它们有某种重要的意义。他想成为一个多面手。他始终有进步。只要当时出现某种好的和新的发明与设备，他就努力去熟悉它们。要是某件事失败了，他不再继续说它。我常常想，对这样或那样的失败，我如何向他表示道歉，可是他以非常轻松的方式不理睬任何的失败，马上又着手进行新的工作了。这是他性格中的独特和伟大之处，它并不是通过教养获得的，而是天生的。"

饭后我们观赏了根据最近一些艺术大师的作品复制的几幅铜版画，特别是风景画的镌刻复制品。我高兴地指出，其中没有什么毛病。

歌德说："许多世纪以来画家们在世界上已创作出许多好作品，它们发生了影响，又促生了一些好作品，这是不足为奇的。"

我说："不幸的是错误的学说太多，以至有才能的青年人不知道该把自己献给哪位圣人。"

歌德说："在这方面我们已有先例，我们见过整代的人被错误的教条损害了，毁掉了，我们自己也深受其害。[①] 此外，在我们的时代，错误的言论很容易通过印刷品而广泛流传！一个文艺批评家几年之后思想上会有所改进，也能把较正确的信念传播给群众，但是他错误的学

① 这里似指17世纪法国新古典主义理论家布瓦洛（Nicolas Boileau，1636—1711）的《诗艺》里的一些教条，诸如三一律等。到了18世纪，德国文学理论家戈特舍德（Johann Christoph Gottsched，1700—1766）在其《为德国人写的批判诗学试论》一书中，主张根据亚里士多德和布瓦洛的文艺理论，仿效17世纪法国拉辛和高乃依的古典主义戏剧，发展德国民族戏剧文学。

说其间曾发生影响，并且在将来像攀缘植物一样继续蔓延。令我感到欣慰的是，真正有才华的伟大作家是不会误入歧途，遭到毁坏的。”

我们继续观赏那些铜版画。歌德说："这的确是些好画。你看到一些相当有才能的画家，他们学习到不少东西，获得了可观的艺术鉴赏力和艺术技巧，只是所有这些画缺乏某种感人的力量，即缺乏阳刚之气。[①] 请你记住这个词，并在它的下面画线，以示强调。这些画缺乏打动人的力量，这种力量在过去一些世纪里到处都表现出来，现在却看不到了，不仅在绘画作品里看不到，而且在其他所有的艺术里也看不到。现在的一代人更加软弱，原因很难说，不知道是由于遗传还是由于较差的教育和营养。”

我说："由此可以看出，在各种艺术里伟大人格是多么重要，在过去一些世纪里，伟大人格是常见的。记得我们在威尼斯时站在提香[②]和委罗内塞[③]的作品前，立刻就感到这两位艺术大师的雄健精神，无论是在最初题材构思方面，还是在最后制作方面。他们的伟大而强有力的感受渗透到整幅画的每一部分。当我们观赏这样的作品的时候，艺术家人格的这种雄伟力量开阔了我们的心胸，把我们提升到从来没有过的高度。您所说的那种男子汉的魄力，在鲁本斯的风景画里特别可以感觉到。当然，鲁本斯画的只是些树木、土壤、水、岩石和云彩，但是这些形状都显示出他的男子汉气魄。所以我们所看到的虽然只是熟识的自然景物，但是我们看到它们渗透了艺术家的雄伟力量，而且是按照艺术家的意见再现出来的。”

歌德说："在艺术和诗里，人格确实就是一切。但是现代的评论家和艺术评论家当中，有一些软骨头，他们却不承认这一点，并且认为在文艺作品里，伟大人格不过是某种微不足道的附加物。”

歌德接着说："当然，为了感受和尊敬一种伟大人格，人们必须自

---

① 歌德推尊阳刚而贬低阴柔，这是上升的资产阶级精神状态的反映。

② 提香（Tiziano Vecellio，1490—1576），意大利文艺复兴盛期威尼斯画派名画家。

③ 委罗内塞（Paolo Veronese，1528—1588），意大利文艺复兴后期威尼斯画派重要画家。

己也是个人物。凡是否认欧里庇得斯的崇高品德的人,不是自己够不上认识这种崇高品德的可怜虫,就是厚颜无耻的江湖骗子,想在庸人眼里抬高自己的身价,而实际上也居然显得比他原有的身价高些。”

▼ 1831年2月14日 星期一

陪歌德吃饭。他已经读过拉普[①]将军的《回忆录》,这本《回忆录》出版于1823年,因此我们就谈起拿破仑来,谈到他的母亲勒蒂蒂娅夫人生下这么多英雄,有一个如此巨大的家庭,她对此会有什么样的感觉。她生下第二个儿子即拿破仑时才十八岁,她丈夫才二十三岁,所以他父母的朝气蓬勃的青春活力对他的体格很有好处。除拿破仑之外,她还生了三个儿子,所有四个儿子天资都很高,在世务方面很能干,都精力充沛,而且都有一定的诗才。生下四个儿子之后,她又生了三个女儿,杰罗姆最小,在兄弟姊妹之中,天资似乎也是最差的。

歌德接着说:“才能当然不是遗传的,不过要有一种非常好的身体基础,一个人是头胎生的还是晚胎生的,是父母身强力壮时生的还是父母年老体弱时生的,并不一样。”

我说:“值得注意的是,各种才能之中,音乐才能在很幼小的年龄就显露出来,例如莫扎特在五岁,贝多芬在八岁,胡梅尔在九岁,就以演奏和作曲博得亲邻们惊叹了。”

歌德说:“音乐才能可以在最幼小的时候就露头角,因为音乐完全是天生的和内在的,用不着从外界吸收多少营养和从生活中吸取多少经验。不过像莫扎特那样一种现象实在永远是个无法解释的奇迹。是不是神灵到处找机会创造奇迹,有时也试图让某些非凡的凡人体现奇迹,使我们看到徒感惊奇,而不知道这是从何而来的呢?”

---

① 拉普(Graf Jean Rapp,1771—1821),拿破仑的副官,参加过很多战役,立过战功。

▼ 1831年2月15日　星期二

陪歌德吃晚饭。我向他谈起戏剧。他称赞昨晚上演的大仲马的历史剧《亨利第三及其宫廷》，认为这部剧本虽然很好，但不合观众的口味。他说："如果我是剧院的经理，我就不敢把它搬上舞台，因为我清楚地记得，我们煞费苦心要观众相信这位'坚定的王子'更富人性和诗意，但实际上他更加接近'亨利第三'。"

我谈到《大诗》，我最近又把它读了一遍。我逐场审阅了这部剧本，最后希望把它搬上舞台。

歌德说："我很高兴你喜欢我的这部剧本，你查出了我放进这部剧本里的东西。的确，要把一个千真万确的事实首先变为诗歌，然后变为戏剧，并非是件容易的事。不过你会承认，全剧很适合于上演。席勒也很喜欢这部剧本。我们曾把它演出过一次，观众是些有文化修养的人，他们觉得演出非常成功。但是一般的观众并不喜欢这部剧本，因为剧中所处理的那些犯罪行为总会使他们感到毛骨悚然。这部剧本就其大胆的性质和梅里美的戏剧集《克拉拉·加苏尔》很接近。这位法国诗人的确会妒忌我，因为我抢先一步，拿走了他的一个好题材。这个题材之所以是好的，不仅因为它具有道德上的意义，而且因为它具有重大的历史意义。故事情节发生在法国大革命之前，而且在某种意义上说是法国大革命的基础。女王由于缠进一桩有关项圈的事里而失去了自己的尊严，失去了人民对她的尊敬，人民不再认为她是不可触犯的。仇恨无伤于人，但是鄙视却能使人一败涂地。科策布就遭到人们的痛恨，但是为了让大学生敢于用匕首把他杀死，某些新闻记者事先得把他搞臭。①"

---

① 1817年，科策布受沙皇指派返回德国；1818年创办《文学周刊》；1819年因发表嘲讽民族情绪和自由思想的文章，被大学生社团的成员当成沙皇的间谍杀害于曼海姆的寓所。

▼ 1831 年 2 月 17 日　星期四

陪歌德吃晚饭。我把我在上午刚编辑过的他写的《1807 年在卡尔斯巴德居住日记》带给他。我们谈到其中逐日作为感想记下来的一些美妙的段落。歌德笑着说:“人们总以为人到老才会聪明,实际上人愈老就愈不易像过去一样聪明。一个人在其生命的不同阶段中各有千秋,但是很难说他会变得更加聪明。在某些问题上,他在二十岁时的看法可能就已和在六十岁时的看法一样正确。

“当然,我们对这个世界,从平原上去看是一个样子,从海岬的高处去看是另一个样子,从原始山峰的冰川上去看又是一个样子。人们从一个立足点看到的东西比从另一个立足点看到的东西可能要更多一些,不过如此而已,但是不能说,从这个立足点上看到的就比从另一个立足点上看到的更正确些。由此可见,如果一个作家要在他生平各个阶段上都留下纪念碑,主要的条件是他要有天生的基础和善良意愿,在每个生命阶段上都要有纯真的所见所感,然后专心致志地把自己所想的东西老老实实地说出来。这样,他的作品只要正确地反映当时那个阶段,就会永远是正确的,尽管他后来可能有所发展和改变。”

我对这番高见表示完全赞成。歌德接着说:“我最近拾到一张废纸,把它看了一下,就自言自语地说:‘呃,这上面写的不算坏,你也只能这样想,这样写呀!’可是仔细一看,才看出这正是我自己作品中的一个片段。因为我老是不停地写下去,就把已写出的东西忘记了,不久自己的作品就显得生疏了。”

我问到《浮士德》近来进展如何。歌德回答说:“现在我再也摆脱不开它了,我每天都在想着怎样写下去。今天,我已让人把第二部的整个手稿装订成册,让它作为一个可触摸的整体摆在眼前。还有待写的第四幕所应占的地位,我用白纸填补。毫无疑问,已写成的部分会促使我去完成那个尚待完成的部分。这些可以触摸的东西比人们所想象的更为重要,我们应该用各种办法促进精神活动。”

歌德让人把装订成册的新的《浮士德》拿进来，我看到他已写了那么多，装订成厚厚的一大本，不禁感到惊讶。

我说："我来魏玛已六年[①]。这些手稿都是在这六年中写的。您在这六年当中还有许多别的事情要做，所以只能花很少的时间去写《浮士德》。由此可见，日积月累，积少就可以成多。"

歌德说："人愈老，愈深信积少可以成多这个道理，而年轻人却以为一切都必须在一天之内完成。如果运气好，加之我的身体很好，我希望在明年春天就可以完成第四幕。如你所知，这第四幕我早就想好了，但是在写作过程中，这剩下来的部分扩展得很多，以至原来的构想中只有最一般的东西可以利用。我得重新构思，使新插进的段落可以和其他部分融贯一致。"

我说："第二部里所展现的世界远比第一部里的丰富多彩。"

歌德说："我也是这样想。第一部几乎完全是主观的；它来自一个更为拘执、更为热情的个人，这个人的半蒙昧状态也许会令人喜爱。至于第二部，却几乎没有主观的东西，这里所显现的是一种较高、较广阔、较明朗和较理智的世界。谁要是没有见过世面，没有一些人生经验，他对下卷就无法理解。"

我说："读下卷须用一些思考，有时也需要一些学问。我很高兴，我读过谢林[②]关于卡比里神的小册子，才懂得您为什么在《古典的瓦普几斯之夜》的那个精彩段落里援用它。"

歌德笑着说："我经常发现，有点知识还是有用的。"

▼ 1831 年 2 月 18 日　星期五

陪歌德吃晚饭。我们谈到各种不同的政体，谈到一种太大的自

---

① 艾克曼 1823 年到魏玛，目前是 1831 年，应为八年。

② 谢林写过一部《希腊莎摩特勒斯岛上的一些神》，其中提到卡比里神的秘密宗教仪式。

由主义会遇到哪一些困难,因为它引起单个人的各种需要,但不知道应该满足其中的哪些需要。人们会发现,从长远观点看,傲慢地、过分善良和过分宽容地、过于谨慎地对待这个世界是行不通的,因为人们所要对待的世界是一个鱼龙混杂和腐化堕落的世界。我们同时还提到,施政是一种非常伟大的职业,它要求施政者全力以赴,所以,如果一个统治者有太多的业余爱好,例如热衷于各种艺术,这是不好的,因为业余爱好太多,一国之君和国家的栋梁就会忽视某些更加必需的事情。更确切地说,热衷于各种艺术是无官职者的事情。

接着歌德告诉我,索勒正在把他的《植物变形学》译成法文,而且进展很快;此外,他正在增补它的内容,特别是有关植物是螺旋式生长的内容,在这种情况下,某些意想不到的外人的帮助对他大有裨益。他说:"如你所知,我们从事这部著作的翻译已一年多了,其间出现无数的困难,以致我们常常被迫把这件工作停下来,我常常暗自诅咒它。可是现在我倒要向那些困难致敬,因为在犹豫不决的过程中,在外地的其他杰出人物对某些事物的看法逐渐成熟起来,它们完全符合我的意图,而且使我的工作告以结束,这在一年以前是不可想象的。在我的一生中,我常常遇到这样的情况。在这种情况下,我甚至相信有某种更高尚的力量——某种精灵在起作用,人们崇拜精灵,但并不以为自己有能力进一步解释它。"

▼ 1831年2月19日　星期六

在歌德家里陪内廷参事福格尔吃晚饭。歌德收到一本有关黑尔戈兰岛的小册子。他怀着巨大的兴趣读了这本小册子,并向我们讲述了其中最主要的内容。

谈过黑尔戈兰岛独特的地理位置之后,我们谈到一些医疗方面的问题。福格尔谈到当天的新闻:尽管接种了各种疫苗,但是存在于自然界中的天花还是突然在爱森纳赫再次发生了,并且在短短的几天里夺去了许多人的生命。

福格尔说:"大自然再次捉弄人,我们必须十分小心,因为单靠某种理论是不足以对付自然界的天花的。人们认为痘瘢是天花的确实可靠的证据,所以把天花的牛痘苗接种变成一种法则。可是在爱森纳赫发生的意外事故——在那里,接种了牛痘苗的人依然被自然界的天花侵袭——使人们怀疑痘瘢的可靠性,从而削弱了这个法则的威望。"

歌德说:"但是我认为今后还应该严格遵守接种牛痘这个法则,在爱森纳赫发生的意外事故只是一种小小的例外,根本无法和这个法则所做出的极为巨大的贡献相比。"

福格尔说:"我也是这个意见,我甚至认为,痘瘢之所以抵抗不住自然的天花的侵袭,原因在于接种的牛痘不够。要让接种牛痘起保护作用,就得有足够的牛痘,使患者发烧。光有皮肤发痒,而没有发烧,接种牛痘是起不了保护作用的。所以今天我向宫廷会议建议,在全国范围内加强抗天花的牛痘接种,并且由专人负责执行这项工作。"

歌德说:"我希望您的建议能够获得通过,我也希望人们能严格遵守法则,尤其是现在这个时候,人们由于软弱和过分的豁达而做了不必要的让步。"

接着我们谈到,在对待罪犯的责任能力这个问题上,人们现在开始变得仁慈和软弱起来,医生开的证明和鉴定往往帮助罪犯逃脱应有的惩罚。福格尔趁此机会表扬了一位年轻的地方医院医生,这位年轻医生在类似的情况下始终显示出刚强的性格,不久前,法院就某个杀害小孩的女凶手是否有责任能力求教于他,他毫不犹豫地出具证明,证明她刑事上对自己的行动有责任能力。

▼ 1831 年 2 月 20 日　星期日

陪歌德吃晚饭。他告诉我,他已审查了我对雪地里那些蓝色的阴影所做的观察，并且认为我的观察是正确的——我认为那些蓝色的阴影是由于蓝天的反光而产生的。歌德说："但是，也有可能两种东西同时起作用，即由淡黄色的光所激起的要求，能够加强这种蓝色的现象。"我完全赞同歌德的看法，并为他最终和我意见一致而感到高兴。

我说："可惜我没有把我在玫瑰峰和勃朗峰就地对颜色所做的观察详细地记下来。但是，主要的结果是，中午的时候，也就是太阳最明亮的时候，在十八至二十小时路程这样的距离以内，雪是黄色的，甚至是红黄色的，而丛山的那些无雪的和黑暗的部分看上去却是深蓝色的。我对这种现象并不感到意外，因为我似乎早就预料到，丛山之间昏暗的部分会给予反射中午的太阳的白雪以一种深黄的色调。但是我对这种现象感到特别高兴，因为它有力地驳斥了某些博物学家的错误看法，在他们看来，空气具有一种把自身染成蓝色的特性。因为如果空气自身是近乎蓝色的，那么二十小时的路程，也就是存在于我和玫瑰峰之间这段距离的这些空气，势必会使雪变为淡蓝色或蓝中带白，而不是黄色和黄红色。"

歌德说："这个观察很重要，它彻底驳斥了那些博物学家的错误看法。"

我说："其实，关于昏暗的学说非常简单，以至人们很容易错误地相信，在几天甚至几小时之内就能把它传授给别人。但是，难就难在运用这个法则，不断地重新认出受制于各种现象和被各种现象掩盖的原始现象。"

歌德说："我想拿它与惠斯特[①]比较，惠斯特的规则也很容易传授，但是为了成为这方面的大师，必须很长时间地打这种牌。总之，光靠听是学不会的，谁要是没有亲身经历某些事情，他对它们的理解只可能是表面的和一知半解的。"

---

① 类似桥牌的一种牌戏。

接着歌德对我讲到一位年轻的物理学家写的一部书，赞赏他写得很清楚，但对他的目的论倾向要加以审查。

歌德说："人当然会把自己看作万物之灵，而把其他一切事物和自己联系起来，把它们看成只是为人服务和由人利用的。人夺取了植物界和动物界，把其他的创造物当作合适的食物加以吞食。他认出自己的上帝，称赞他的好意，感谢他对人的慈父般的关心。他从牛取奶，从蜂取蜜，从羊取毛。他赋予一切物以一种有用的目的，从而认为一切物都是为他而创造出来的。他甚至以为最小的杂草也是为他而设的。尽管他现在还没有认识到这种小草对他的功用，他却仍然相信有朝一日会发现它的功用。"

歌德接着说："人对一般怎样想，他对特殊也就怎样想，所以不禁把他对生活的习以为常的看法带到科学里去，也对有机物的个别部分追问它的目的和功用。

"这种办法暂时也许行得通，暂时可以用在科学领域里，但是不久就会遇到一些现象，靠这样一种狭隘的观点是不足以把它们解释清楚的；如果没有更高的立足点，不久就会陷入纯粹的矛盾。

"这些功利主义者说，牛有角，是用来保护自己的。但是我要问：羊为什么没有角？就是有，为什么形状拳曲，长在耳边，以至对羊毫无用处呢？

"我的看法却不同，我认为牛用角来保护自己，是因为它本来有角。

"问及目的，也就是为何的问题，是完全不科学的，可是提出如何的问题就可以深入一点。因为如果我问，牛是如何长起角的，那么我就不得不研究牛的全身结构，这样同时也会懂得狮子何以不长角而且不能长角。

"再如人的头盖骨里有两个未填满的空洞。提出为何有两个空洞这个问题在这里是远远不够的；而提出两个空洞是如何形成的这个问题，就会启发我们弄清楚这两个空洞的来历，原来这两个空洞是动物的头盖骨空洞的遗迹，在较低级动物的头盖骨上，这两个空洞还要大些;尽管人是高等动物,但人的头盖骨上也还有这两个未填满的空洞。

“功利主义者们似乎相信,如果他们崇拜的那一位不使牛生角来保护自己,他们就会失去自己的上帝。但是我希望人们允许我崇拜我的上帝,他在创造这丰富多彩的世界时显出那样伟大,在创造出千千万万种植物之后,还创造出一种包罗一切植物属性的植物;在创造出千千万万种动物之后,还创造出一种包罗一切动物属性的动物,这就是人。

“此外,人们还应该崇拜那一位,他给牛以草料,给人以饮食,让人尽情享受。而我所崇拜的那一位,他放进世界里的生产力只要在生活中用上百万分之一,就足以使世界上挤满人群,无论是战争和瘟疫,还是水和火,都不能使这世界遭受任何损害。这就是我的上帝!”

▼ 1831年2月21日　星期一

歌德对谢林最近发表的演说[①]赞不绝口。谢林的演说使慕尼黑的情绪激昂的大学生们平静下来。

歌德说:“谢林的这篇演说的确很好,我们再次为他的杰出的演说才能感到高兴,我们早就知道并崇敬他这方面的才能。他这次的演说动机纯正、内容精彩,所以非常成功地达到了目的。他的关于卡比里神的论文同样值得称赞,因为它不仅动机纯正、内容精彩,而且证明他有演说的才能和本领。”

谢林的“卡比里神”把我们的话题引到《古典的瓦普几斯之夜》上。我们谈到《古典的瓦普几斯之夜》和《浮士德》上卷里的布罗肯峰场面之间的区别。

---

① 指谢林在1830年12月30日晚对路德维希·马克西米里安大学的学生发表的演说。

歌德说:“传统的瓦普几斯之夜[①]是君主政体的,因为魔鬼在布罗肯峰作为果决的头目到处受到尊敬;而古典的瓦普几斯之夜完全是共和政体的,因为在这里所有的人物都是平等的,人人都有同等的价值,没有人处于从属地位,谁也用不着为别人操心。”

我说:“在古典的瓦普几斯之夜里,人人都有鲜明的个性,而在德国的布罗肯峰上,每个人都融入魔鬼大众之中。”

歌德说:“所以当何蒙库鲁士告诉靡非斯特忒萨利亚的巫女的时候,靡非斯特也知道这意味着什么[②];一位精通古希腊罗马文化的人,当听到‘忒萨利亚的巫女’这个词的时候,也能够产生一些联想,而对没有知识的人来说,‘忒萨利亚的巫女’这个词不过是一个名称。”

我说:“您想必精通古希腊罗马的文化,所以才能在《古典的瓦普几斯之夜》里灵活运用所有那些古代的人物,并栩栩如生地表现他们。”

歌德说:“我毕生从事造型艺术的研究,所以才有可能灵活地运用古希腊罗马的神话人物。可是困难在于面对如此丰富的古希腊罗马的神话人物,我必须学会克制自己,换句话说,我必须拒绝与我的意图完全不相宜的所有那些神话人物,例如我在《古典的瓦普几斯之夜》里并没有使用弥诺陶洛斯[③]、哈尔皮埃[④]和其他一些庞然大物。”

我说:“可是那天夜里您让出现的神话人物相互配合得很好,而且分成几个小组,以至我们依靠想象力很容易把他们召回来,并乐意把他们画成一幅画。画家们当然也不会放过这样的好机会;我特别

---

① 瓦普几斯原为德国艾希施台特地方的本笃会修女院院长。她生前品德高尚,抵制巫术,受到民众爱戴,公元779年逝世后成为天主教的圣女。按照德国民间传说,每年5月1日是她的纪念日,在这一天的前夜,妖魔鬼怪在哈尔茨山中的布罗肯峰聚会狂欢,对圣女瓦普几斯代表的正统教会进行挑战和示威。

② 郭沫若译文:“荷蒙库鲁斯:‘我只要把忒萨利亚的巫女说起,你总明白我的意义。’靡非斯特:‘忒萨利亚的巫女!好,她们这些正是我久在探听的大姐。天天夜夜和她们同居,我倒并不感觉安逸;但也不妨试试。’”“荷蒙库鲁斯”又译“何蒙库鲁士”。

③ 希腊神话中的半人半牛怪物,头部是牛,身子是人。

④ 希腊神话中的鸟身女妖。

高兴的是，我看到魔鬼靡非斯特在福基亚斯姐妹[1]那里，他试着戴上福基亚斯的面具，这一来看侧面已像福基亚斯。”

歌德说：“在《古典的瓦普几斯之夜》里有一些非常诙谐和风趣的场面，人们迟早会以某种方式使用它们。要是法国人有一天看到《海伦》，他们会把它搬上舞台！他们会使这出戏变坏；但是他们会巧妙地利用它以达到自己的目的，这一切我们可以期待和希望。他们肯定会给福基亚斯配备一个由各种怪物组成的合唱队，我在一个地方也已经做了这方面的暗示。”

我说：“依我看，浪漫派的有才能的诗人完全会把这出戏作为歌剧加以处理，罗西尼会集中他的一切聪明才智把《海伦》写成歌剧，使它产生巨大的效果。因为在这出戏里，人们有理由使用富丽堂皇的舞台布景、华丽的服装、令人惊异的布景更换和诱人的芭蕾舞，而在另外的一出戏里这一切是不容易办到的。值得一提的是，在《海伦》这出戏里，这样一些丰富多彩、感性直观的场面是在一个巧妙的故事题材的基础之上展开的，像这样的故事题材是不容易找到的。”

歌德说：“我们愿意等待众神还给我们带来什么。在这样的事情上，操之过急是毫无用处的。重要的是，人们能够领悟它，剧院经理们、诗人们和作曲家们从这出戏中能看到他们的好处。”

▼ 1831年2月22日　星期二

首席宗教顾问施瓦本在街上遇到我，我陪他走了一段路，途中他向我讲述了他的各种各样的工作，我有幸了解这位杰出人物的活动范围。他说他在业余时间正在编选一本有关新的说教的小册子，他

---

① 福基亚斯姐妹是老海神福耳库斯和海妖刻托所生，三人共用一只眼睛和一颗长长的门牙。她们白发苍苍、形象丑陋，总是蹲在不见天日的黑暗之中，是丑的拟人化。

的一本教科书[①]已被译成丹麦文，而且卖出了四万本，在普鲁士的那些最好的学校里也采用了这本教科书。他请求我去看望他，我高兴地答应了他的请求。

接着我陪歌德吃饭，席间我们谈到施瓦本。歌德完全赞同我对施瓦本的高度评价。他说："大公爵夫人也高度评价施瓦本，这位女士清楚地知道，她喜欢这些人的什么。我将请人为我的肖像集画一幅他的肖像。你应该去拜访他，暂时请求他允许我这样做。是啊，你应该去看望他，向他表示你对他正在从事的和打算从事的工作的关心。了解他独特的工作范围，这对你会有好处的，而不和这样一个人进一步交往，你是无法了解他的活动范围的。"

我答应去看望他，说实话，了解那些脚踏实地地工作、促进有用的东西的人，是我真正的爱好。

▼ 1831 年 2 月 23 日　星期三

饭前，歌德乘马车在爱尔福特公路上兜风，我和他不期而遇，他让司机停车，把我拉进他的车子里。我们朝郊外驶去，上了一个附近是冷杉林的高地，途中我们交谈了博物学的问题。

高高低低的山上覆盖着白雪，我提到非常柔和的黄色，在几里远的距离之内，借助介乎其间的混浊，深色的东西更多地显现为蓝色，而不是浅黄色。歌德赞同我的意见。接着我们谈到那些原始现象的伟大意义，在它们的后面我们似乎感到神的存在。

歌德说："我不问这个最高存在是否有理智和理性，但是我感到他就是理智和理性本身。所有的创造物都充满着理智和理性，人的理智和理性很多，以至他能认识到最高存在的各个部分。"

---

① 指《公立学校需要的读本和教科书》。

席间我们谈到某些博物学家的努力，他们为了穿越有机界，打算从矿物学向上走。歌德说："这是一个大的错误，在矿物界里，最简单的东西是最美好的东西，而在有机界里，最美好的东西是最复杂的东西。由此可以看出，这两个世界具有完全不同的倾向，不能把矿物界与有机界同等看待。"

我记住了歌德的这番话，它们具有重大的意义。

▼ 1831 年 2 月 24 日　星期四

我在《维也纳年鉴》上读到歌德写的那篇关于牙齿的文章。我赞赏这篇文章，因为作者要写这篇文章，不仅需要有勇气，而且需要有足够的专业知识。

席间歌德告诉我，索勒曾经在他这里，他们一同翻译的《植物变形学》已有很大的进展。

歌德说："在研究大自然的时候，我们也应该发现对我们隐藏着的法则，然而这是很难的，因为我们很容易被和我们的感官有矛盾的现象搞糊涂。因为大自然中有些现象的确和我们的感官有矛盾，但是它们是真的。例如太阳是静止的，它并不升起和下落，而是地球每天以不可想象的速度在翻滚，这和我们的感官有强烈的矛盾，但是任何一个有文化知识的人都知道，太阳是静止的。植物界中也有和我们的感官产生矛盾的现象，对此我们必须留点儿神，以免被这些现象引入歧途。"

▼ 1831 年 2 月 26 日　星期六

今天我读了歌德《颜色学》中的许多章节，我高兴地注意到，这些年来我通过对这种现象[1]的多次练习，已经熟悉了歌德的这部著作，以至我现在能够清楚地感受到他所做出的这些伟大的贡献。我钦佩他的毅力，他为了编写这部著作，不知付出了多少辛勤的劳动。我不仅看到了最后的结果，而且进一步看到了他为了达到这些可靠的结果所历经的种种艰辛。

只有具有伟大道德力量的人才会去做这件事情[2]，谁要想仿效他，就得像他那样奋发图强，就得把一切粗鲁的、不真实的和自私自利的东西从自己的心灵里排除出去，否则纯真的大自然就会鄙弃他。人们要是考虑到这一点，就会乐于把自己生命的若干年用于丰富和发展颜色学，以这种方式涉足这样一门科学的范围，以便借此检验和建成自己的知觉、精神和性格。人们就会尊重法则，尽可能地接近神。

相反，如果人们太多地从事创作诗歌和超自然的神秘剧，这对自己的成长是不利的，因为诗歌和超自然的神秘剧是主观的和迁就的东西，它们对人没有提出进一步的要求，只是奉承人，或在最好的情况下任凭人自然发展变化。

在诗歌里，只有真正伟大和纯洁的东西才是有益的，它们像第二自然一样，要么促进我们的发展，要么鄙弃我们。与此相反，有缺点的诗歌只会增加我们的缺点，因为我们吸收了诗人传染的弱点。我们不知不觉地吸收了诗人的弱点，因为我们不认为合我们心意的东西是有缺点的。

但是，为了从好的或坏的诗歌里获取某些好处，人们必须具有很高的思想水平，而且必须具有这样的基础，以便把这样的东西当作我们身外之物进行观察。

所以我称赞自己和大自然的交往，大自然一点儿不会有利于我们的弱点，它要么喜欢我们，要么不愿跟我们打交道。

---

① 指颜色。
② 指编写《颜色学》。

▼ 1831年2月28日　星期一

我整天在研究歌德的《诗与真》第四部的手稿。他昨天给我寄来这份手稿，以便我检查一下是否还有什么东西需要加以补充或删减。我很高兴承担这一任务，因为我可以考虑，哪些章节已经完成，哪些章节有待完成。我觉得有几章写得非常完美，用不着加以改进。相反，有几章在一致性方面还存在着某些缺点，其原因可能是，这几章是在非常不同的时期写成的。

整个第四部很不同于前三部。前三部完全按照某种给定的方向发展，表现了作者多年来所走过的道路。相反，在第四部里，时间几乎没有移动，主人公也没有明确的奋斗目标。作者虽然着手干某些事，但没有把它们完成；作者想干某些事，却把它们引向另外的方向。这一切使读者感到，有一种神秘的力量，即命运的力量在起作用。命运把各种各样的线张紧成一件织物，但是要完成这件织物，需要今后好多年的时间。

所以在第四部里，谈论那个神秘而成问题的力量是恰当的。大家都感觉到这种力量，但是没有一位哲学家能解释它，只有宗教家借助一句令人安慰的话能超脱它。

歌德把这种非语言所能描绘的世界和生命之谜称为精灵，并且说明了它的本质，让我们感到是这么回事。我们觉得，仿佛在我们的生命的某些背景前面幕布被拉开了。我们以为看得更远、更清楚，但是我们很快就觉察到，这对象太大、太纷繁，我们的眼睛只能达到某种界限。

一般说来，人是为小事而生的，他只理解和喜欢他所熟悉的事物。一位大行家理解一幅油画，他善于把各种个别的事物和他所熟悉的一般的事物结合起来，对他来说，整体和局部同样是起作用的。他也不偏爱某些个别的部分，他不问一张脸是丑陋的还是漂亮的，某处是明亮的还是黑暗的，而要问一切是否放在恰当的位置，是否合乎规律性，是否正确。但是，如果我们把一个外行引到一幅规模颇大的油画前面，那么我们就会发现，他对整幅画无动于衷或不知所措，但是画的某些个别部分却吸引着他，另一些个别部分却使他反感，最后，他的目光停留在那些他所熟悉的很小的事物上，例如他会称赞这顶盔和这支笔画得很好。

其实我们大家在世界的巨大的命运油画前面或多或少扮演着这个外行的角色。光的部分和优雅的部分吸引着我们，而有阴影的和令人讨厌的地方使我们反感，整个画面使我们不知所措。我们试图寻找这些相互矛盾的现象的原因，但是白费力气。

一个人在人的事情方面可以成为一个大行家，因为可以想象，他完全可以掌握一位大师的技艺和知识；可是在神的事情方面，只有像至高无上者自己一样的人才能做到这一点。是啊，如果这个像神一样的人想给我们传授和披露这样的秘密，我们也不会理解它们，也不知道该怎么做。在这种情况下，我们又像站在油画前的那个外行，对他来说，行家侃侃而谈的那些与他用以进行评价的前提是风马牛不相及的。

在这方面，有一种看法是很正确的，即所有的宗教并不是由神自己直接创造出来的，而是由一些杰出的人根据广大群众的需要和理解力创造出来的。

如果宗教是神的创造，那么谁也不会理解它；但是，由于宗教是人们的创造，所以它不表达玄妙莫测的东西。

很有教养的古希腊人的宗教之所以没有得到发展，是因为它通过一些特殊的神灵体现这神秘的东西的某些表现形式。但是，由于这些特殊的神灵是一些目光短浅的生物，所以在整体的内在联系中留下了一个空白，于是古希腊人想出了命运这个观念，把它置于所有的神灵之上，但是由于命运又是一个多方面神秘莫测的东西，所以它与其说是解决了这个问题，不如说是结束了这个问题。

基督以为自己是独一无二的神，他把自己所感受到的一切完美无瑕的性格赋予这个神。这个神成了他自己高尚的内在的本质，像他自己一样充满仁爱,所以很适合好人顶礼膜拜,它所体现的仁爱的思想,成为好人梦寐以求的东西。

但是,因为被我们称为神性的伟大的东西无处不在,它不仅表现在人的身上,而且表现在丰富而巨大的大自然以及有影响的世界大事里,所以按照人的特性所形成的有关神性的观念不足以说明神性的本质。留心的人很快就会发现这种观念的缺陷和矛盾,要么他够渺小的,通过矫揉造作的借口安慰自己的良心,要么他够伟大的,把自己提高到更高的思想水平。

歌德在自己的青年时代在斯宾诺莎的作品里找到了这样一种更高的思想水平。他高兴地认识到,这位伟大的荷兰思想家的观点符合他青年时代的需要。他在斯宾诺莎身上找到了他自己,所以他也能够通过斯宾诺莎的著作加深自己对泛神论的认识。

歌德的泛神论观点并不是主观的,而是在神的著作和意见里通过世界获得一种基础,所以它们并不是歌德在晚年对世界和自然界进行深入研究时打算抛弃的无用的果皮,而是一种植物的最初的萌芽和根,它们在许多年里健康地生长,最后发展成一种认识丰富的花朵。

歌德的一些对手常常指控歌德,说他没有信仰。可是,他只是没有他们的信仰,因为他觉得他们的信仰太渺小。假若他想说出他自己的信仰,那么他们会感到惊讶,但是他们不会理解它。

可是歌德自己从不相信他已认识了至高无上的神的本质。他所有的书面和口头的言论向我们指出,至高无上的神是一种无法探明究竟的东西,对这种东西,人只能有大致的猜测的预感。

此外,大自然和我们人类都充满了神一样的东西,它留住我们,让我们生活、活动和存在于大自然之中,它让我们按照永恒的法则受苦和欢乐,让我们执行永恒的法则,让永恒的法则通过我们而被执行,不管我们是否认识它们。

小孩并不知道蛋糕是面包师烤的,但他吃得津津有味;麻雀想不到樱桃是怎样长出来的,但它同样吃得津津有味。

▼ 1831年3月2日　星期三

今天在歌德家里吃晚饭,不久话题又回到精灵。为了进一步说明精灵的特征,他还说了以下的话。

他说:“精灵是理智和理性无法解明的东西。我的天性中并没有精灵,但是我听命于它。”

我说:“拿破仑像是一个具有精灵的人物。”

歌德说:“是的,他完全是具有最高度精灵的人物,所以几乎没有旁人能与他相比。已故的大公爵也是个精灵人物,他有无限的活力,始终不满于现状,以至他自己的公国对他实在太小了,最伟大的东西在他眼里似乎也太渺小。古希腊人曾把这种精灵看作半神。”

我问:“一般发生的事件里是否也显出精灵呢?”

歌德回答说:“在一切用理智和理性无法解明的事件里,精灵显得特别突出。在可见的和不可见的自然界里,精灵以各种各样的方式显示出来。有些创造物通体是精灵,而有些只有一部分是精灵。”

我问:“《浮士德》里的靡非斯特有没有精灵的特征?”

歌德回答说:“没有,靡非斯特太消极了,不可能具有精灵的特征,精灵只显现于完全积极的活动中。”

接着他又说:“在艺术家之中,音乐家的精灵较多,画家的精灵较少。帕格尼尼[①]显出了高度精灵,因而也产生了巨大的影响。”

我很高兴听到歌德的这番话,通过这番话我更加清楚地认识到歌德关于精灵的概念的含义。

接着我们谈到《诗与真》的第四卷,歌德请我仔细地写下我对它的修改意见。

---

① 帕格尼尼(Niccolo Paganini,1782—1840),意大利小提琴家和作曲家。

▼ 1831年3月3日　星期四

陪歌德吃中饭。他浏览了几期有关建筑学的杂志，认为建筑宫殿需要建筑者有几分狂妄，因为人们从来没有把握，一块砖在另一块砖上会保持多久。他说："谁能够生活在帐篷里，他的处境就最好。或者像某些英国人所做的那样，从一座城市迁徙到另一座城市，从一家客栈迁居到另一家客栈，他们在所到之处，都能发现丰盛的宴席。"

▼ 1831年3月6日　星期日

陪歌德吃晚饭。我们边吃边聊。我们也谈到孩子们和他们的淘气，他把孩子们比作植物茎上的叶子，它们渐渐地自个儿落下，对这种情况，人们不必过分严肃对待。

他说："人必须经历不同的发展阶段，每一个发展阶段都具有自己独特的长处和短处，这在产生它们的时代里是合乎自然规律的，而且在一定程度上是正确的。在下一个发展阶段中，他又变成另外一个人，以前的长处和短处已无影无踪，取代它们的是另一种淘气。就这样继续下去，直至最后的变化，但是我们还不知道，我们最后怎样变化。"

饭后歌德给我朗读了从1775年以来保留至今的《小丑的婚礼》的几个片段。基廉·布鲁斯特弗莱克[①]用独白开始这出戏，他在独白中抱怨，他辛辛苦苦地教育汉斯乌斯特[②]，但并没有成功。这个场面以及其他所有的场面完全是以《浮士德》的口吻写成的。每一行中都流露出一种巨大的创造力，甚至某种自负。我只是感到遗憾，连这些片段都不让发表，这太过分了。接着歌德给我读了一张演员的名

---

① 剧中人物。
② 即小丑。

单,这名单几乎填满三页纸,演员人数达到一百名。歌德给每一个演员起了个骂人的绰号,其中有最粗鲁的和最可笑的,以至我笑个不停。有些绰号是针对身体的缺陷的,而且把身体有缺陷的人刻画得活灵活现;另一些绰号预示着各种各样的刁顽和恶习,说明歌德对不道德的世界事先已有广泛而深入的了解。假如这部剧本已经完成了,那么人们定会钦佩作者的虚构能力,它使作者成功地把形形色色的象征性的人物和独一无二的生动的情节结合起来。

歌德说:"假如我能完成这部剧本,那是不可想象的,因为要完成这部剧本,事先需要有极其高超的搞恶作剧的本领,眼下我忽然感到有一种欲望,想要戏弄人,但是我的本性基本上是严肃的,所以我不可能持久地戏弄人。此外,在德国我们的圈子太狭窄,所以我不可能因发表了这样一部剧本而闻名。在像巴黎那样的广阔的天地里,对这样的作品人们肯定会奔走相告;不仅如此,在巴黎人们也可以成为一个贝朗瑞,而在法兰克福和魏玛,这是不可想象的。"

▼ 1831年3月8日　星期二

今天陪歌德吃晚饭。他首先告诉我,他正在读司各特的《艾凡赫》。他说:"司各特是个很有才能的作家,目前还没有人比得上他,难怪他对整个的读者群产生了如此不寻常的影响。他促使我想了很多,我在他的作品里发现一种崭新的艺术,它有自己的规律。"

接着我们谈到《诗与真》的第四卷,无意中又谈起精灵问题。

歌德说:"在诗歌里完全存在着某种精灵,特别是在下意识的诗歌里,对它来说,一切理智和理性都失去了作用,因此它超越一切概念而起作用。

"音乐里显出最高度的精灵,因为音乐站得很高,以至理智无法对付它,它所产生的影响能够控制一切,而且谁也无法解释。宗教仪式离不开音乐；音乐是使人惊奇的首要手段之一。”

歌德接着说：“精灵也喜欢投入一些重要人物的怀里，特别是身居高位的人，例如腓特烈大帝和彼得大帝之类。

“已故的大公爵也是一个具有精灵的人物，因为谁也无法与他抗衡。他当场就能以自己安详的举止吸引住人们，而无须向人们表示善意和友好。凡是我根据他的建议做的事情，没有一件是不成功的，所以当我的知解力和理性不足以对付某件事情的时候，我只需要问问他应该怎样去做，这时他本能地说出心里话，我只要根据他的话去做，肯定会获得好的结果。

“他似乎能够占有我的思想和崇高的志向；因为如果精灵的精神离开了他，而只留下人的肉体，那么他就会陷入迷惘，情绪恶劣。

“精灵在拜伦身上大概也高度地起作用，所以他对广大群众有很大的吸引力，特别是妇女们无法抗拒他的诱惑。”

我试问：“这种产生奇效的力量，即我们所说的精灵，是否可以纳入神的概念里去呢？”

歌德说：“亲爱的孩子，你懂得什么是神的概念呢？我们的狭窄概念对最高存在能说出什么呢？如果我像土耳其人那样用一百个名字来称呼它（最高存在），毕竟还是不够，比起最高存在的无限特性来，还是没有说出什么啊！”

▼ 1831年3月9日　星期三

今天歌德继续谈沃尔特·司各特，并给予他极高的评价。

他说：“人们读太多低级趣味的作品，以此消磨时间，结果一无所获。人们本来只应该读自己所赞赏的作品，就像我在自己的青年时代所做的那样，就像我对待沃尔特·司各特的作品那样。我现在开始读他的历史小说《罗布·罗伊》，并打算连续通读他那几部最好的历史小说。当然，在他的小说里，一切都是卓越的：题材、内容、人物性格、对问题的论述、下功夫从事创作前的研究以及叙述时细节的逼真！不仅如此，我们在司各特的历史小说里看到了一部英国历史。我们还看到，当一位有才能的诗人得到这样一笔遗产的时候，他就会用它表达自己的思想感情。与此相反，我们五卷本的德国史是一种真正的贫困，以至在《葛兹·冯·贝利欣根》[①]之后，作家立即转入私人生活，例如德国剧作家托林创作的剧本《阿格尼丝·贝尔瑙厄琳》[②]以及剧作家巴博创作的剧本《奥托·冯·维特尔斯巴赫》[③]。这两部剧本当然没有重大的历史意义。”

我告诉歌德，我正在读法国作家库利耶所翻译的《达夫尼斯和赫洛亚》[④]。歌德说："这也是一部杰作，我经常读它，而且每次读的时候，总是赞不绝口。在这部作品里，知解力、艺术和审美观均达到了顶峰，和朗戈斯相比，卓越的维吉尔也稍逊一筹。朗戈斯笔下的风景完全具有法国古典主义绘画大师普桑的风格，它在那些作者用寥寥几笔勾勒出的人物后面显得尽善尽美。"

歌德接着说："你知道，库利耶在佛罗伦萨的图书馆里发现了这部小说的新的手稿，其中有一主要的段落是以往的各种版本所没有的。现在我得承认，我以往所读和所赞赏的版本是有缺陷的，我没有觉察到，在这些以往的版本里所缺的正是真正的精华部分。现在这个版本再现了这部小说的精华部分，使我们感到极大的满足，以至压根儿不去想所缺的东西了。"

---

① 歌德于 1773 年创作的剧本。葛兹原为 16 世纪德国农民战争时代的历史人物，出身没落的骑士阶层，曾与农民运动结合，后背叛农民运动。

② 阿格尼丝的父亲是个庸医，她与巴伐利亚公爵之子阿尔布雷希特秘密结婚，贵族们对此强烈不满，恩斯特公爵为了消除隐患，便命人把阿格尼丝推入多瑙河淹死。德国剧作家黑贝尔(Friedrich Hebbel，1813—1863)也根据巴伐利亚的这一历史传说创作了剧本《阿格尼丝·贝尔瑙厄琳》，宣扬对统治阶级的妥协思想。

③ 奥托·冯·维特尔斯巴赫于 1156 年为普法尔兹伯爵，是腓特烈一世(红胡子)的知心朋友，萨克森王朝的狮子亨利被推翻之后，为巴伐利亚公国的公爵。

④ 库利耶在意大利的佛罗伦萨发现 3 世纪希腊小说家朗戈斯的牧歌体小说《达夫尼斯和赫洛亚》，并把它译成法文，于 1810 年首次出版。歌德所读的就是 1810 年出版的法译本。

饭后，歌德让我看建筑工程总监柯德莱所绘制的多恩堡宫殿的非常别致的门，上面有一句拉丁文题词，意思是途中在这里休息的人会受到友好的接待和款待，希望过路的客人在这里能找到最幽静的羊肠曲径。

歌德把这句题词变为一首德语双行短诗，并把它作为座右铭放到他于1828年夏天从多恩堡写给魏玛宫廷侍从官弗里德里希·冯·波伊尔维茨上校的那封信的上方。那时，我曾听到人们热烈地谈论这封信，今天歌德把画有那扇非常别致的门的这封信放到我的面前，这使我非常高兴。

我怀着巨大的兴趣读了这封信，我不得不佩服歌德的写作才能，他把多恩堡宫殿的所在地作为山谷中的底部地带利用，以便把它和那些最美丽的风景联系起来；当失去一个亲属的人看到这样的美景的时候，就会重新振作起来，鼓起新的勇气。

这封信使我非常高兴，因为我注意到，只要拥有一个好的创作题材，人们就用不着做远距离旅行，关键在于诗人的内心里要有一个卓越的内容，这样，机会一到，就能创作出重要的作品。

歌德把这封信连同柯德莱的图纸放到一个特制的文件夹里，以便把它们永久保存起来。

▼ 1831年3月10日　星期四

今天我和王子一同读歌德的那篇有关老虎和狮子的中篇小说。王子非常高兴，因为他感受到了一种伟大的艺术的影响。我同样非常高兴，因为我清楚地窥见了一种完美结构的秘密组织。我感到他的思想在这篇中篇小说里无所不在，这是多年来诗人在他的内心里怀有这个题材并且很好地驾驭他的题材的结果，他不仅对整体和细节了如指掌，而且巧妙地、恰如其分地安排每一个部分，并且为即将发生的事做准备。所以在这篇中篇小说里，一切都条理井然，前后呼应，在结构上可以说是十全十美了。当我们继续往下读的时候，我感到一种强烈的愿望，希望歌德自己能把他的这部珍品看作别人的作品。我同时想，题材的范围非常适中，这对诗人和读者都有利，因为对于诗人来说，他可以巧妙地处理各种杂乱的情节，而对于读者来说，多少知道该怎样对付整体和细节。

▼ 1831年3月11日　星期五

陪歌德吃饭，我们进行了各种各样的交谈。他说："沃尔特·司各特是个怪人，他善于描写细节，但正是他的这一特点往往诱使他犯错误。例如，在《艾凡赫》里有一个场面：夜间，在一座宫殿的大厅里，人们入席用餐，一个陌生人走了进来。作者从上到下描写了这个陌生人，描写了他的外表和穿着。但是他犯了一个错误，也去描写这个陌生人的脚、鞋子和长筒袜子。因为要是晚上你坐在桌子旁边，有人走了进来，你只看到他的上身。但是我要是描写他的脚，日光同时会射进来，这样场景就会失去它的夜晚的性质。"

我感到歌德的这番话很有说服力，并且把它们记住，以备将来之用。

歌德接着大加赞赏沃尔特·司各特。我恳求他把他对司各特的看法写下来，可是他拒绝了，因为他认为那位作家的艺术很高超，以至很难向公众讲清楚。

▼ 1831年3月14日　星期一

陪歌德吃饭，我和他讨论了各种各样的问题。我得给他讲述前天上演的《波尔蒂契的哑女》[1]。我认为该剧并没有形象地说明革命产生的基本原因,但是观众喜欢这样,因为每一个观众可以把他在自己的城市和国家里感到不愉快的事情放到这个空白的地方。歌德说:"整部歌剧其实是对人民的一种讽刺,因为他们把一个渔民姑娘的爱情交易变为一件公众的事情;把一个君主叫作暴君,因为他娶了一个女君主。这当然是极其荒谬、极其可笑的。"

饭后歌德让我看了一些根据柏林的成语创作的图画,画面上出现非常有趣的东西。我们不约而同地称赞艺术家的适度,他只是着手画漫画,但并没有真正深入进去。

▼ 1831 年 3 月 15 日　星期二

整个上午我专心研究《诗与真》的第四部的手稿,写下了以下的笔记:

第二、第四和第五卷(即总第十七、第十九和第二十卷)除某些小缺点以外可以看作完美无缺,这些小缺点在最后审阅时很容易加以克服。

关于第一和第三卷(即总第十六和第十八卷)我有以下几点意见:

关于第一卷

荣格医眼失败的故事具有非常重大的意义,它引起人们的深思。如果向公众讲述这个故事,讲完之后在听众中肯定会

---

① 法国作曲家奥柏(Daniel François Esprit Auber,1782—1871)创作的歌剧,以 1647 年那不勒斯渔民反抗西班牙统治的起义为题材,1830 年在布鲁塞尔上演,对同年比利时人民反抗荷兰的民族独立运动起了鼓动作用。

出现片刻的沉默。所以我建议用这个故事结束第一卷,以便通过这种方式出现一种沉默。

关于犹太人街发生大火和歌德在滑冰场上穿着母亲的红色天鹅绒大衣的优美逸事现在放在第一卷的结尾。我认为这样放不恰当,应该把这两则逸事放到和无意识的、事先压根儿未经考虑的诗歌创作有关的地方。因为那两则逸事和无意识的诗歌创作一样,预示着一种类似的愉快的情绪,它是行动的,反对长时间地提问和考虑应该做什么事,而主张在念头产生之前做完应该做的事。

关于第三卷

按照事前的商定,这一卷的内容应该包括歌德打算向我口授的1775年的国际政治形势、德国国内的政治形势、贵族的教育等等。

至于《小丑的婚礼》以及其他已完成的和未完成的诗歌创作计划,我该说些什么呢?如果在篇幅已经很大的第四卷里容纳不下它们,或者它们和第四卷没有内在的联系,那么可以把它们附加在第三卷里。

为此目的,我已把所有的图表和断片放在第三卷里,我希望您及时地和引人入胜地向我口授这一尚缺的部分,这样我会感到高兴和幸福。

艾克曼

中午陪王子和索勒先生吃饭。席间我们谈了许多有关库利耶的事情,然后谈到歌德的那部中篇小说的结尾一章。我认为这一章的内容和艺术形式太高深,以至读者不知道该怎么做。读者总希望听和看自己曾经听到过和看到过的东西;正如人们习惯于在充满诗意的原野里去寻找诗歌这朵鲜花一样,如果人们发现这朵鲜花从完全现实的土壤里长出来,那么他们就会感到惊异。在诗歌的领域里,人们对一切都能容忍,相信奇迹会发生;而在这里,在明亮的日光下,任何稍许偏离事物习见的运行的东西都会使我们惊呆;我们被成千上万的奇迹包围着,而且对它们习以为常,可是一个至今我们没有见到过的新的奇迹就会叫我们难堪。此外,要让人们相信以往时代的奇迹,这并不困难;可是要赋予今天发生的奇迹以某种现实性,把它看作比可见的现实更高的现实加以崇拜,这似乎不符合人们的需要,即使符合人们的需要,通过教育,人们又会把它赶走。所以我们的世纪也会日益变得平庸。随着交往的减少,随着对超自然的东西的信仰的减少,所有的诗歌也渐渐消失。

其实歌德这部中篇小说的结尾只要求读者获得这样的感受,即人并没有被更高的存在抛弃,相反,更高的存在心目中想到人,分担人的痛苦,在困难时帮助人。

这种信仰是某种非常自然的东西,它属于人,是人的本质的组成部分,它还是一切宗教的基础,是所有的民族天生的本质。在人类最早的时期,这种信仰强烈地表现出来;可是这种信仰在最高等的文化中也没有消失,例如在希腊人当中,柏拉图的作品里还存在着这种信仰,《达夫尼斯和赫洛亚》这部牧歌体小说同样出色地表现了这种信仰。在这部亲切的诗体小说里,潘神和仙女是神灵的化身,他们同情虔诚的牧人和相爱的恋人,白天,他们保护和拯救他们,夜里,他们出现在他们的梦中,告诉他们该做些什么。在歌德的中篇小说里,上帝和天使是看不见的保护神,从前,他们在狂怒的狮子的兽穴里保护着先知,现在(在歌德的中篇小说里),他们在一只类似的巨兽附近保护着一个善良的孩子。这只狮子并没有撕咬那男孩,相反,它对那男孩表现得像羔羊一样温驯,因为那些永不疲倦、乐于助人的更高的存在居间调解。

不过,为了使不信神的19世纪对这种现象不感到过分惊奇,诗人还使用了第二个强有力的主题,即音乐的主题。音乐的神奇力量,人们从最古老的时代就已经感受到了,今天我们不知不觉地每天都感受到这种神奇力量。

正像俄耳甫斯用神奇的音乐把森林中的百兽吸引到自己身边一样,在最后一位希腊诗人的作品里,一位年轻的牧人用他的笛子指挥着一群山羊,它们随着不同的曲调散开和聚拢,躲开敌人和安静地吃草。

同样,在歌德的中篇小说里,音乐对那头狮子产生了巨大的影响,那头巨大的动物顺从男孩用笛子吹出的柔和甜美的曲调,纯洁的男孩要它干什么它就干什么。

我曾和某些人谈到这些无法解释的现象,我对他们说,人对自己的那些杰出的优点很有好感,以至他毫不犹豫地把它们赋予众神,但是他不希望把自己的这些优点赋予动物。

▼ 1831年3月16日　星期三

陪歌德吃饭。我把《诗与真》第四部的手稿送还给他,并和他就这份手稿进行了一些交谈。

我们也谈到《退尔》的最后一幕。我让歌德注意到我的惊奇——席勒怎样会犯了一个错误,他让主人公退尔卑鄙地对待逃走的施瓦本公爵,从而极力贬低退尔;席勒严厉地谴责退尔,而他自己却对他自己的这种行为感到很得意。

歌德说:"这几乎难以理解,不过席勒像其他人一样受制于妇女们的影响,如果说在这种情况下他会犯错误,那么更多是由于妇女们的影响,而不是由于他自己善良的天性。"

▼ 1831年3月18日　星期五

陪歌德吃饭。我给他带来《达夫尼斯和赫洛亚》，他希望再次读一读这部诗体小说。

我们谈到那些崇高的生活准则，谈到把它们流传给其他的人是否是好的和可能的。歌德说："人们很少有接受崇高的东西的天分，所以在日常生活里人们总喜欢把这些崇高的生活准则为自己保留着，只有在必要时才稍许把它们炫示一下，以便说明自己比别人高明一些。"

接着我们略微提及这一点，即许多人，尤其是评论家和诗人，总喜欢否定真正伟大的东西，而特别重视中等的东西。

歌德说："人只承认和称颂他自己能够做的事情；因为某些人谋求一种中等的生活，所以他们采用这样一种策略，即痛斥文学中应受谴责的东西，尽管这该受责备的东西总会有某些长处，并极力贬低它，以便使他们所称颂的中等的东西显得更加高大。"

我记住歌德的这番话，以便在将来遇到这种情况时知道该怎么办。

接着我们谈到《颜色学》，谈到某些德国教授还一直把它看作一种大的错误，并警告他们的学生不要去读它。

歌德说："我为某些好学生感到惋惜。对我自己来说，这事是完全无所谓的，因为我的颜色学像世界一样古老，从长远看，它既不会被否认，也不会被束之高阁。"

接着歌德告诉我，他的《植物变形学》的新版本和索勒的日益成功的翻译均有很大的进展。

他说："这将是一本引人注目的书，因为我在其中把各种各样的因素加工成一个整体。我在这本书里援引了某些重要的年轻博物学家的文章的一些段落，从这件事上你可以高兴地看出，现在，在德国的社会地位较高的人们当中已经形成一种非常好的风格，人们不再知道，是否这个人或那个人在说话。在这种情况下，我为此书花费的精力比我所想象的要多；而且开始时我几乎是违心地被拖进这项工作之中的，但是当时的确有某种不可抗拒的精灵在吸引着我。”

我说：“您屈从于精灵的影响，您做得对，因为精灵看来非常强大，以至结果它还是对的。”

歌德回答说：“不过人也必须努力向精灵证明自己是对的。在目前的情况下，我必须尽一切努力，力所能及地做好这件工作；干这样的事情，就好比被法国人称为 Codille 的赌博，在进行这种赌博的时候，虽然被掷的骰子起很大的作用，但是赌博者也应该懂得移动棋盘上的棋子。”

我牢记歌德的这番友好的话，把它们看作自己行动的指南。

▼ 1831 年 3 月 20 日　星期日

席间歌德告诉我，他最近读了《达夫尼斯和赫洛亚》。

他说：“这首诗太美了，以至读者忘记了自己所处的恶劣的生活环境，你再次读它的时候，总是重新感到惊奇。在这首诗里有最明亮的白天，读者以为自己所看到的全是巨人般的景象，这些有声有色的描写反过来影响这本书，帮助我们在阅读时发挥我们的想象力。”

我说：“诗里所具有的某种幽静使我感到很舒适，在这种幽静的环境里，一切都井井有条。几乎没有一种外来的暗示会把我们引出这幸福的圈子。在众多的神灵中，只有潘神和那些水仙起作用，作者几乎没有提到其他的神灵，牧人们也只需要潘神和众多的水仙。”

歌德说：“诗里虽然有适度的幽静，但是诗里所展现的是一个完整的世界。我们在诗里看到各种各样的牧人、农夫、园丁、种植葡萄者、船员、强盗、武士、自以为了不起的城里人、大老爷们和农奴们。”

我说：“我们在其中也看到了各种年龄的人，从出生的婴儿到年迈的老人。还看到家里的各种陈设，它们随着季节的变化而变化。”

歌德说:“而那些风景,作者只用了寥寥几笔就把它们描绘出来!在山上,在人们的身后,我们看到葡萄园、耕地和果园。在山下,我们看到牧场、河流、少量的森林,以及远方的辽阔海洋。丝毫没有阴天、雾、云和潮湿,始终只有最蓝和最纯洁的天空、沁人心脾的空气以及持续干燥的土地,以至人们随时都想赤身裸体地躺下休息。”

歌德接着说:“整首诗显示出作者丰富的学识和高超的艺术技巧。它经过作者深思熟虑,所以诗里不乏各种最基本的和最好的主题,例如海岸边在一只发臭的海豚旁边的宝藏的主题,它给读者提供一种有趣、完美和细腻的感受,这感受可以和以往一切最好的东西相媲美!所有从外界侵入的可憎的东西,也就是来自外界的对诗的幸福的情况起干扰作用的东西,诸如袭击、掠夺和战争,总是最快地被消除,几乎没有留下任何痕迹。之后,在城里人的随行人员里出现恶习,但是染上恶习的人并不是主要人物,而是一个次要人物,一个下属。所有这一切都非常美。”

我说:“诗中对主仆关系的描写也使我感到高兴。主人非常人道地对待仆人,而仆人尽管天真烂漫,但善于用一切方法获得主人的欢心。例如那个年轻的城里人曾经由于对达夫尼斯提出勉强爱他的无理要求而遭到后者的憎恶,但是当他认出后者是主人的儿子的时候,他勇敢地从牧牛人手里抢回了被他们抢去的赫洛亚,并把她送回给后者,从而重新获得后者的欢心。”

歌德说:“在所有这些事情里存在着一种伟大的理智,例如赫洛亚和达夫尼斯这对情人在整个小说里赤身裸体地躺在一起休息,直至最后她始终保持了自己的贞洁,这个场面同样太好了,而且有根有据地道出人间最伟大的事情。

“要恰如其分地评价这首诗的所有伟大的贡献,得写一整本书。人们应该每年读它一次,以便不断向它学习,重新感受它那伟大的美。”

▼ 1831年3月21日　星期一

我们谈到政治问题、还在发展的巴黎骚乱以及青年要参与国家大事的幻想。

我说:“几年前英国大学生也向当局递交请愿书,要求在对天主教问题做出决断时施加影响,可是人们只报以讥笑,就不再理睬了。”

歌德说:“拿破仑的榜样,特别使那些在他统治时期成长起来的法国青年养成了利己主义。他们不会安定下来,除非等到他们中间又出现一个伟大的专制君主,使他们自己想成为的那种人达到登峰造极的地步。不幸的是,像拿破仑那样的人是不会很快出世的。我有点担心,大概还要牺牲几十万人,世界才会太平。

“在若干年之内,压根儿不用去想文学的作用。人们现在所能做的,只是悄悄地为较平静的未来预备一些好作品。”

谈过这些政治问题之后,话题很快又转到库利耶所译的《达夫尼斯和赫洛亚》。歌德称赞库利耶的译文是十全十美的。他说:“库利耶显然尊重并保留了阿米欧特从前的译文,只是在某些地方对阿米欧特的译文做了修改和润色,使它更加接近原文。库利耶所使用的古法语非常质朴,完全适合这个题材。可以这样说,库利耶的译文比其他任何一种译文都要完美。”

接着我们谈到库利耶自己的作品,谈到他那些短小精悍的政治传单[1]以及他在佛罗伦萨为手稿上臭名昭著的墨水斑所做的辩护。

歌德说:“库利耶是一位伟大的崇尚自然的人才,他不仅具有拜伦的特征,而且具有博马舍和狄德罗的性格特征。他和拜伦一样,能仔细想起各种供他作为论据使用的事物。他和博马舍一样,具有律师般的机智敏捷。他和狄德罗一样,具有辩证的思维。此外,他非常风趣,在这点上没有人能比得上他。可是,他似乎并没有完全驳回人

---

① 指《檄文的檄文》。

们因墨水斑而对他提出的指控;此外,他整个的志向不够积极,以至人们不能完全称赞他。他同整个世界有争执,可以设想,他自己是有过错和做得不对的地方的。”

接着我们谈到德语的概念 Geist① 和法语的概念 esprit② 之间的区别。

歌德说:“法文的 esprit 近似德文的 Witz③。法国人大概要用 esprit 和 âme④ 来表达德文的 Geist,因为 Geist 包括‘创造性’的意思,而 esprit 却没有这个意思。”

我说:“不过伏尔泰仍具有我们所说的 Geist。esprit 既然不够,法国人用什么词呢?”

歌德说:“对于伏尔泰这样高贵的人来说,法国人就用 génie⑤ 这个词。”

我说:“我现在正读狄德罗的一部著作,他的非凡才能使我惊异。多么渊博的知识!多么有力的语言!我们所看到的是个伟大而动荡不安的世界,在这个世界里,人们相互制造麻烦,心灵和性格不断地进行训练,以至二者都必然显得灵活而又坚强。可是在前一个世纪里,法国在文学领域里出了些我认为是非常杰出的人物,我只窥测一下就不得不感到惊奇。”

歌德说:“这是一百多年来文学演变的结果。这种演变从路易十四时代就开始蒸蒸日上,现在才进入了全盛时期。但是激发狄德罗、达朗贝尔⑥和博马舍等人的心智的是伏尔泰,要追赶到能勉强和伏尔泰比肩,就必须从各方面孜孜不倦地努力,赋闲是不行的。”

接着歌德告诉我耶拿的一位研究东方语言和文学的年轻教授,

---

① 意为精神。

② 意为心智、聪颖。

③ 意为机智、才智。

④ 意为灵魂、心灵。

⑤ 意为天才。

⑥ 达朗贝尔(Jean Le Rond d'Alembert,1717—1783),法国哲学家和数学家,和狄德罗合作,出版《百科全书》。

此人从1827年起在耶拿大学任教，曾在巴黎生活了一段时间，受过非常良好的教育，所以他希望我能结识这位年轻的教授①。当我离开的时候，他给了我施伦博士写的一篇关于最初出现的彗星的文章，为的是使我在这样一些问题上不至于完全陌生。

▼ 1831年3月22日　星期二

饭后歌德给我朗读了他的一位年轻的朋友②于1831年3月5日从罗马给他寄来的信的几个段落。在这几个段落里，写信人描写了几位德国的艺术家，他们披着长发，留着小胡子，在早期德国的上衣上露出衬衫的翻领，嘴里叼着烟斗，手中牵着一种已绝种的原始牛头犬。看来他们不是为了那些大师和为了学习点东西而来到罗马的。他们觉得拉斐尔的画不好，提香只不过是一位优秀的善于运用色彩的画家。

歌德说："荷兰史学家尼布尔曾经说过，一个野蛮的时代即将来临，他的话是对的。这个野蛮的时代已经到了，我们已经生活在其中。人们不承认杰出的东西，这难道不是野蛮吗？"

接着那位年轻的朋友谈到狂欢节、年轻的教皇的选出以及紧接着爆发的革命。

我们从这位年轻的朋友的信中也知道了法国画家贺拉斯·维尔内③，他像骑士一样隐藏于城堡之中；受他的启发，有几个德国艺术家安静地待在家里，剪去他们的小胡子，由此可以看出，他们担心自己的举止会引起罗马人的反感。

---

① 指施蒂克尔博士。
② 指弗里克斯·门德尔松·巴尔托尔迪斯。
③ 贺拉斯·维尔内（Horace Vernet，1789—1863），1828—1835年担任法国科学院罗马分院的院长。

我们谈到,我们在某些年轻的德国艺术家身上看到的这种误入歧途的现象,是否起因于个别的人,是否作为一种精神的传染病在蔓延着,或者是否在整个的时代里有其根源。

歌德说:"这种误入歧途的现象起因于少数几个人,但四十年来它一直产生影响。教训是:为了在艺术上与最优秀的人并驾齐驱,艺术家首先需要的是虔诚和突出的才能。这样的教训是非常中听的,人们用双手抓住它。因为为了变得虔诚,人们无须学习任何东西,而每个人已经从他的母亲那里带来了自己突出的才能。人们只需说出一些迎合自负和懒惰的话,肯定会在一般的人群中获得大批的追随者!"

▼ 1831年3月25日　星期五

歌德让我看一把精美的绿色靠椅,这是他新近在一家拍卖行里托人买来的。

他说:"可是我将很少用它或压根儿不用它,因为各种各样的安逸都是和我的本性格格不入的。你看我的房间里没有沙发;我常常坐我那把旧的木椅子,只是在几个星期以前,才叫人添上了靠头的垫子。摆着舒适而美观的家具的环境抵消我的思想,置我于舒适的被动状态之中。除非从年轻时就习惯了,否则华丽的房间和精美的家具只适合于没有思想或不想有思想的人使用。"

▼ 1831年3月27日　星期日

盼望已久的非常晴朗的春日天气终于来了;在蔚蓝的天空中只飘浮着一片白云,天气已够暖和,可以穿夏日的服装了。

歌德让仆人在花园旁的一个凉亭里摆好餐具，我们今天要在户外用餐。我们谈到大公爵夫人，她悄悄地到处做好事，深受所有臣仆的爱戴。

歌德说："大公爵夫人不仅才智过人，而且非常善良，有良好的意愿。她是国家的真正的运气。她处处为人民做好事，人民像崇敬太阳和其他乐善好施的人一样崇敬她，毫不奇怪，所有的人都把自己的心和爱献给她。人们很快认识到她的乐善好施，对此，她当之无愧。"

我告诉歌德，我已开始陪王子读莱辛创作的喜剧《明娜·冯·巴尔赫姆》，我觉得这部剧本很好。我说："人们曾经断言，莱辛是个头脑冷静的理智的人；可是我在这部剧本里发现，作者是个性情开朗、活泼而富有生气的人，具有人们所想望的深挚情感、可爱的自然本色、热烈心肠以及广阔的世界文化修养。"

歌德说："你也许想象得到，当这部剧本在那个黑暗时期出现的时候，它对我们那一代青年人产生过多大的影响！它真是一颗光芒四射的流星。它使我们注意到，还有一种远比当时衰弱的文学时代所能想象的更高的境界。这部剧本的头两幕真是剧情说明的杰作，从此人们已学到很多东西，人们还将永远向它学习。

"现在谁也不愿再去了解剧情说明；过去一般人期待到第三幕才发生的那种效果①，现在在第一幕就要产生了。他们不懂得作诗正如航海，首先得把船推下海，在海里航行一定路程之后，才扬满帆前驶。"

歌德让仆人拿来一瓶上等的莱茵葡萄酒，这是他去年过生日时法兰克福的朋友们作为礼物送给他的。在品酒的时候，歌德向我讲述了有关麦尔克的几则逸事，例如，有一天，麦尔克和已故的大公爵在爱森纳赫附近的一家名为鲁尔的酒店里喝酒，后者把一种中等的葡萄酒看作上等的葡萄酒，麦尔克因此不能原谅他。

歌德接着说："麦尔克和我，就像浮士德和靡非斯特一样，经常互

---

① 西方剧本一般分五幕，第一和第二幕为剧情说明，第三幕为情节发展的顶点，以后便转入矛盾的解决。

相争吵。例如，有一次，麦尔克嘲笑了我父亲从意大利写来的一封信，我父亲在信中抱怨意大利人不良的生活方式、不习惯的饮食、浓烈的酒和蚊子，他因此不能原谅我的父亲，因为在他看来，在意大利这个美好的国度和极好的环境里，像吃、喝、苍蝇这样一些普通的小事怎么会打扰他呢？

“毫无疑问，麦尔克的这些嘲弄建立在一种高等文化的基础之上；但是由于他的态度不是积极的，而是非常消极的，所以他较少地受到人们的赞扬，而较多地受到人们的指责。为了满足他的这种欲望[①]，他不由自主地找出别人的毛病。”

我们谈到福格尔及其行政管理才能，还谈到弗里茨[②]及其人格。歌德说：“弗里茨是个与众不同的人，没有人能与他相比。他是唯一和我一道反对新闻自由不法行为的人；他立场坚定，人们可以与他交往，他总会站在合法的一边。”

饭后我们到花园里散步，我们高兴地看到正开着花的白色的雪花莲和黄色的藏红花。郁金香也从地里显露出来，我们谈到这种来自荷兰的植物的华丽和贵重。歌德说：“很难想象会有伟大的花卉画家；现在人们要求太多的科学的真理，植物学家把艺术家数过的植物的雄蕊再数一遍，而他却对绘画的分类和光线没有判断力。”

▼ 1831年3月28日　星期一

今天又和歌德度过了非常美好的几小时。他说：“我把我的《植物变形学》差不多完成了。关于植物的螺旋倾向和冯·马蒂乌斯的部分本来还留着的，现在也已经完稿了。今天上午，我又着手写我的传记的第四部，并且写了一个关于以后要写的部分的提纲。我在自

---

① 指嘲弄别人的欲望。

② 弗里茨（K.W.von Fritsch，1769—1851），魏玛公国的国务活动家。

己的晚年还有幸写我青年时代的历史，而且从许多方面来说是具有重大意义的时代的历史，这在某种意义上说是值得羡慕的。”

我们详细讨论了我和他都记得十分清楚的各部分。我说：“读者要是读了你所描写的你和丽莉的恋爱关系[①]，绝不会不明了你的青年时代的情形的，更确切地说，这些场面有着你早年的完全的气息。”

歌德说：“这是由于这些场面是富有诗意的，也可以说，我是用诗的力量补偿了我青年时代所缺少的恋爱的感情的。”

接着我们想起了歌德叙述他妹妹的景况的那段值得注意的文字。他说：“这一章[②]，有文化的女人们读起来会觉得很有趣吧，因为有许多妇女在以下这一点上和我的妹妹相似，即她们虽有优秀的思想和道德品质，但同时并未感到有美好的身体的幸福。”

我说：“在即将举行庆典和舞会的时候，她通常脸上长出疹子，这是非常奇怪的现象，似乎可归因于魔力的作用。”

歌德说：“她是个古怪的女人，她在道德上是站得很高的，对肉欲丝毫不感兴趣。她不想委身于男人，因为委身于男人这种思想是她所嫌恶的。我们可以想象得出，在婚姻生活中由于这种特性而产生了许多不愉快的事情。凡是有同样的嫌恶，或不爱自己丈夫的女人，都会感知这种苦情。所以我从来也不把我的妹妹想象为已婚的女子；我倒是认为，她更宜于做个修道院里的女院长。她虽然和一个很老实的男子结婚了，但是在婚姻生活中并不幸福，所以她坚决反对我和丽莉结婚。”

▼ 1831年3月29日　星期二

我们今天谈论麦尔克，歌德和我讲了他的一些性格特征。

---

① 详见刘思慕译《歌德自传——诗与真》（下）第十六卷和第十七卷。
② 同上，第十八卷。

歌德说:“已故的大公爵对麦尔克很好,曾经为他担保过四千塔勒的债款。可是过了不久,麦尔克就把保证书寄还给了大公爵,这使我们感到惊异。他的状况并没有得到改善,他和债主搞了什么交易,这还是一个谜。当我再见到他的时候,他说了以下的话,把这个谜解开了。

“他说:‘大公爵是个慷慨而杰出的君主,他相信人家,尽力帮助人家。我私下想:你若因为钱而欺骗这位君主,这会对其他成百上千的人产生不利的影响,因为他将失去他对人家的宝贵的信任,许多不幸的好人将为了一个人是坏蛋而吃苦。那么我做了什么事情呢?我冥思苦索,想出了一个解决的办法,我从一个坏蛋那里借了钱。因为我要是为了钱而欺骗这个家伙,这没啥关系;但是我若因为钱而欺骗了这位善良的君主,那就很难为情了。’”

我们笑这位先生的奇特的伟大。

歌德接着说:“麦尔克有个特点,即说话的时候喜欢发出‘喂,喂’的声音。这种习惯随着年龄的增长而增长,以至最后这种声音就像狗的吠叫一样。麦尔克后来患有严重的疑心病,这是他长期冥思苦索的后果,他最后饮弹自尽。他自以为他一定会破产,其实他的情况绝不像他想象的那样糟糕。”

▼ 1831年3月30日　星期三

我们再次谈论精灵。

歌德说:“精灵喜欢投靠重要的人物,而且喜欢选择黑暗的时代。在像柏林这样的明净而平庸的城市里,精灵几乎找不到显示自己的机会。”

歌德借此说出了几天前我自己曾经想过的事情,这使我很高兴——看到我们的想法得到了证实,我怎么会不高兴呢?

昨天和今天上午，我读了他的自传的第三卷，读的时候就像是在读一门外语；我们在取得许多进步之后重新读过去我们以为理解了的书，才理解它的细节和细微的差别。

我说："您的自传是一部百科全书，它极其有力地促进了我国文化的发展。"

歌德说："这纯粹是我的生活的结果，我所讲述的那些事实只是用来证实一种普遍的观察，一种更高的真实。"

我说："您在自传里也提到了巴西多[①]，说他为了达到更高的目的，急需人们，并想获得人的宠爱，但是，如果他不顾一切地宣传他那些令人厌恶的宗教观点，使人们怀疑他们珍爱的东西，那么他定会与所有的人搞坏关系。我觉得巴西多的这类特征具有重大的意义。"

歌德说："我想这里面包含着人类生活的某些象征。我把我的自传叫作《诗与真》，因为如果人们有了更高的志向，就能超脱出较低级的现实。让·保罗[②]出于愤世嫉俗创作了《让·保罗的真实生活》，仿佛这样一个人的真实生活无法证明作者曾经是一个市侩似的！但是德国人不容易知道，他们应该怎样对待某种不寻常的东西，更高尚的东西往往在他们还没有发觉它的时候就从他们身边溜走了。我们生活中的某个事实之所以有价值，并不是因为它是真的，而是因为它具有某种意义。"

▼ 1831年3月31日　星期四

在王子家里同索勒和迈耶一起用餐。我们谈到文学问题。迈耶

① 巴西多(Johann Bernhard Basedow，1723—1790)，汉堡人，启蒙运动教育学者，受卢梭的影响，提倡博爱主义的教育法，主张学校与教会分离、改善教授方法、尊重祖国语言等。1771年受弗兰兹侯爵之邀赴德绍，在后者的赞助下，设立博爱主义的教育学院，使教育史上有一个新的转机。1774年7月赴法兰克福，与歌德结识。详见《诗与真》第十四卷"与教育家巴西多结识"一节，刘思慕译《歌德自传——诗与真》(下)第654—658页。

② 让·保罗(Jean Paul，1763—1825)，德国幽默小说家。

告诉我们他和席勒是认识的。

他说:“我同歌德在耶拿附近的所谓天堂公园里散步,席勒在那里遇到我们,我们第一次进行了交谈。当时,席勒还没有完成他的诗剧《唐·卡洛斯》。他刚从施瓦本回来[①],看上去患重病,而且是神经疾病。他的脸就像是钉死在十字架上的耶稣基督的脸。歌德想,席勒活不过十四天;可是他心情更加愉快,很快又恢复过来,而且创作了他所有的重要作品。”

接着迈耶谈到了让·保罗和奥古斯特·威廉·施莱格尔的某些性格特征。他是在海德堡的一家客栈里碰到他们的。他还给我们讲述了他在意大利逗留期间的某些有趣故事,我们听了以后很愉快。

我很喜欢接近迈耶,原因可能是,他是一位离群索居、心满意足的人,很少注意周围的人,但善于以适当的休息炫示他自己愉快的内心世界。他博古通今,知识渊博,而且记忆力强,能想起非常遥远的事情,仿佛它们昨天才发生似的。他有卓越的理解力,如果你的知识没有建立在最崇高的文化的基础之上,想必你是会怕他的。但是,尽管这样,他的无声的在场总让人感到愉快,总给人以启迪。

▼ 1831年4月1日　星期五

陪歌德吃饭,我们谈论各种各样的事情。他让我看罗伊特恩先生的一幅水彩画,画面上是一个年轻的农民,他在一个小镇的市场上站在一个卖篮子和桌布的女孩旁边。这个年轻人仔细地看他面前的那些篮子,而两个坐着的妇女和一个站在一旁的强健的姑娘则满心欢喜地看着这位漂亮的年轻农民。这幅画的结构太好了,人们的表情是那样的真实和质朴,以至你百看不厌。

---

① 此处有误。《唐·卡洛斯》已于1787年出版;席勒于1794年从施瓦本回来,迈耶和席勒的认识发生在这两个事件之间,大约在1791年。

歌德说:“这幅水彩画达到了很高的水平。现在有一些头脑简单的人说,罗伊特恩先生在艺术中用不着感谢别人,他只靠自己的力量从事创作。仿佛这人生来就和别人不一样,没有常人所具有的愚蠢和笨拙!即便这位艺术家不曾有过有名的老师,他毕竟和那些杰出的艺术大师交往,向他们和伟大的前辈们以及无处不在的大自然学习,从而形成自己的艺术风格。大自然给予他一种杰出的才能,艺术和大自然培养了他。他是杰出的,在某些方面是独一无二的,但是我们不能说,他的一切成就是他个人努力的结果。只有精神完全失常和有缺点的艺术家才会说,他的一切成就来自他自身,而杰出的艺术家是不会这样说的。”

接着歌德让我看同一位艺术家的一个上面涂了许多金粉和彩色颜料的框架,框架的中心空出一个地方,供人们题词。框架的上方是一幢哥特式的建筑物;框架的两边是夹杂着风景和房屋的丰富多彩的阿拉伯风格的装饰;框架的下方是一片优美的森林,森林里的草木郁郁葱葱。

歌德说:“罗伊特恩先生希望我在这空出的地方写上几句话;可是由于他的框架十分精美,有高度艺术性,我担心我的字体会毁了这幅画。为此目的,我创作了几句诗,而且已经想到,是否要请一位书法家把这几句诗写进这空出的地方。然后我在这几句诗的下面亲手签字。你说怎样?你对我有什么建议?”

我说:“假若我是罗伊特恩先生,那么当我看到这首诗并非出自您的手笔,我会感到不幸,可是要是它出自您的手笔,我会感到幸福。这位画家在环境艺术方面设计了许多东西,但是在文字方面他不需要做什么设计,重要的是,这文字是真的,而且是您的文字。所以我甚至建议,您不要用拉丁字母,而要用德语字母抄写这首诗,因为用德语字母写,您的手迹更加显示出特有的风格,而且和哥特式的环境更加相称。”

歌德说:“你的意见可能是对的。看来我这样做最终是一条捷径。也许在这几天里我会鼓起勇气,用德语字母把这首诗抄写出来。”他笑着补充说:“可是,要是我在这幅美丽的图画上涂鸦,那么你得对此承担责任。”

我说:“您就写吧,不管发生什么情况,责任由我承担。”

▼ 1831年4月5日 星期二

中午和歌德在一起。他说:“在艺术领域里,我很难发现比罗伊特恩更好的有才能的画家了。很少有艺术家满足于他有能力做到的事。大多数艺术家不满足于力所能及的事,他们甚至喜欢超出大自然给他们的才能规定的范围。但是对罗伊特恩我们可以说,他超越了他的才能。他能熟练地画自然王国里的一切事物:低地、岩石、树木、动物和人。在虚构、技巧和鉴赏能力方面他都造诣很高。可是在某种意义上说,他把他的这些才能浪费在那些容易的书页边缘画里。他似乎在用这些能力做游戏,而愉快感转到游戏的观看者方面去,慷慨地捐赠一大笔财产总是伴随着愉快感。

“在书页边缘画方面,没有人能和他相比,对他来说,丢勒[①]并不是榜样,而只是一种启迪。”

歌德接着说:“我将把罗伊特恩的这些画寄给苏格兰的卡莱尔,希望那位朋友喜欢这份礼物。”

▼ 1831年5月2日 星期一

歌德告诉我,他最近快要把《浮士德》下卷第五幕尚待补写的开

---

① 丢勒(Albrecht Dürer,1471—1528),德国宗教改革运动时期的油画家、版画家、雕塑家和建筑家。

头写完了，我听了这消息很高兴。

他说："我补写的这几场在心中已酝酿三十多年了，因为这几场的意义很重要，我对它们一直没有失掉兴趣，但是写起来又很难，所以我一直怕动笔。近来通过各种办法，我又行动起来了，如果运气好，我接着就要把第四幕写完。"

接着歌德提到一位知名的作家[①]。他说："这是一位有才能的作家，他利用党派仇恨作为同盟力量，假如不靠党派仇恨，他就不会起什么作用。在文学里我们常发现这样的例子，仇恨代替了才能，微不足道的才能因为成了党派的喉舌而显得很重要。在实际生活里，情况也是这样，我们看到大批人没有足够的独立品格，就投靠某一党派，因此狐假虎威，不可一世。

"贝朗瑞也是一位有才能的作家，但是他凭自己的本领就够了，所以他从来不为哪个党派服务。[②] 他内心里感到太多的满足，他不需要世人给他什么，或是让世人从他那里取走什么。"

▼ 1831年5月15日　星期日

陪歌德在他的书斋里吃饭。我们就一些问题进行了愉快的交谈，最后他把话题引到他个人的事情上。他站起来，从书桌上取了一张写满字的纸。

他说："像我这样年过八十的人，几乎没有再活下去的权利了，每天不得不准备被死神叫去，不得不考虑在死前把家事安排停当。我以前已经和你说过，我在遗嘱里指定你做我的遗著的编辑者。今天

① 可能是指沃尔夫冈·门泽尔，他在1828年出版的专著《德国文学史》里表达了对歌德的仇恨；也可能是指路德维希·伯尔纳，青年德意志派的主要人物，主张德国进行革命，曾错误地攻击歌德为"公侯的仆从"。

② 歌德对贝朗瑞的评价不够准确。实际上贝朗瑞在当时是明显的左派，同情法国革命。

上午我预备了一份小文件,作为一种合同。现在请你和我一起来签字。”说完他就把文件摊在我的面前。我看见其中列举出他死后须出版的已完成的和未完成的著作,还载明了详细的规定和条件。我基本上表示赞同,于是我们双方就在文件上签了字。

这套材料是我早已随时编辑过的,我估计大约有十五卷。接着我们讨论了某些尚未完全决定的要点。

歌德说:“可能发生这样的情况,即出版商担心我们的稿件可能会超过规定的印张。如果出现这种情况,材料中有些部分就得删去。在这种情况下,你可以把《颜色学》中的争论部分删去。我本来的学说包含在此书的理论部分里,历史部分却带有争论的性质,因为在这部分里,我谈到了牛顿学说的主要错误,有关的争论差不多就够了。我绝不是要放弃对牛顿定理的尖锐剖析,这在当时是必要的,而且在将来也还会有价值。不过我生性不爱争论,我对争论没有多大兴趣。”

我们仔细地讨论的第二个问题,是那些附在《威廉·迈斯特的漫游年代》第二卷和第三卷末尾的箴言和感想如何处理。

在开始修改和充实这部最初以一卷出版的小说的时候,歌德估计这部小说要达到两卷,并且在全集新版的预告中把这消息公之于众。可是在工作进程中,原稿的数量大增,超出了他的预料。原来他的抄写员抄写得较为详尽一些,以至歌德产生错觉,以为出两卷不够,得出三卷,于是原稿以三卷寄到了出版商那里。可是印刷到一定程度的时候,人们发现歌德算错了,特别是最后两卷太薄了。人们请求提供其他的原稿。可是由于小说的思路无须做任何改变,加之时间紧迫,不可能想出、写出和插入新的中篇小说,在这种情况下,歌德的确感到有些不知所措。

在这种情况下,他叫人来喊我。他给我讲述了事件发生的经过,同时告诉我他打算采取哪些补救的办法。为此目的,他让仆人取来了两大捆手稿,并把它们放到了我的面前。

他说："在这两捆手稿里，你可以找到至今还没有出版的各种各样的著作，个别部分，已完成的和未完成的作品，关于自然科学研究、艺术、文学和生活的格言，乱七八糟的。要是你能从这些乱七八糟的材料中收集整理出六至八个印张的材料，以便暂时填补《漫游年代》的空白，那就好了。严格地讲，这几个印张的材料与小说无关，但是放到小说里也是无可厚非的，因为在马卡利亚的档案材料里也有类似的细节。我们可以暂时摆脱狼狈的困境，同时获得一个好处，即通过这种手段把大量非常重要的事情巧妙地介绍给世人。"

我赞同歌德的这个建议，并立即着手做这件事，在几天的时间里就完成了这些个别部分的编辑工作。我把整个的材料分成两大部分，歌德对此似乎很满意。我们把一部分取名为"选自马卡利亚的档案材料"[①]，把另一部分取名为"漫游者的观感"。由于歌德在这个时候完成了两首重要的诗，一首叫《席勒的遗骨》，另一首叫《没有一种生物会化为乌有》[②]，所以他希望把这两首诗也立即介绍给世人，我们便将其分别附在这两部分的后面[③]。

可是当《漫游年代》出版的时候，谁也不知道这是怎么一回事。读者看到小说的思路被大量谜一般的格言打断了，这些格言，只有专家，即艺术家、博物学家和文学家才能解释，而所有其他的读者，尤其是女读者，定会感到非常讨厌。对这两首诗读者也很难理解，他们想象不到这两首诗是怎样出现在小说里的。

歌德为此笑了。他说："只此一遭，下不为例。将来你在编辑我的遗著的时候，请把这些个别的作品放回到本该属于它们的地方，以便在再次印刷我的作品的时候，把它们分散到属于它们的地方。至于《漫游年代》，无须放进那两个部分和那两首诗，最好按照我们当

---

① 关惠文先生在其所译的《维廉·麦斯特的漫游时代》里把它译为"马卡利亚笔录选"，详见该书第463—494页，人民文学出版社1988年出版。

② 这是歌德的哲理诗《遗嘱》的开头诗行。

③ 《没有一种生物会化为乌有》附在第二卷的后面；《席勒的遗骨》附在第三卷的后面。

初的意图，把它压缩为两卷。”

我们商定，我应把有关艺术的所有警句集成一卷，作为讨论艺术问题部分；有关自然的所有格言集成一卷，作为讨论一般自然科学部分；有关伦理问题和文学问题的所有箴言集成相关的一卷。

▼ 1831年5月25日　星期三

我们谈到席勒的诗剧《华伦斯坦》的第一部《华伦斯坦的阵营》。我过去常听说歌德参加过这部剧本的写作，尤其是托钵僧的布道词是他的手笔。所以今天吃饭的时候我向他提出这个问题，他给我做了如下的回答。

他说：“那基本上是席勒自己的作品。不过当时我们生活在一起，关系很亲密，席勒不仅把他的写作计划告诉我，和我讨论过，而且把每天新写的部分通知我，听取而且利用了我的意见，所以也可以说我对这部剧本出了一点力。为了托钵僧的布道词，我曾把亚伯拉罕·亚·圣克达·克拉拉[①]的布道词集送给他，他发挥了很大的才智，立即利用它把托钵僧的那篇布道词写出来了。

“至于说某些诗句是我写的，我已记不清楚，只记得两句：

> 被另一个上尉刺死的一个上尉，
> 遗留给我一对幸运的骰子。

因为我想把农民获得那对假骰子的来由交代清楚，所以亲手把这两句诗写进原稿里去。席勒没有想到这一点，而是大胆地直接把骰子给了农民，并不去追问农民是如何获得这对骰子的。我已说过，仔细

---

① 17世纪奥古斯丁派的僧侣，他的布道词在天主教僧侣中有些影响。

地说明原委，不是他的事情，也许就是因为这个缘故，他的剧本的舞台效果反而更好。”

▼ 1831年5月29日　星期日

歌德给我讲述了一个为犯过一种小过失而不能自安的小孩的故事。

他说：“觉察到这种事情，我并不感到高兴，因为这证明那个男孩有一种过于敏感的良心，它过于看重道德而不能宽宥自己的任何过失。这样的良心，若不被伟大的活动力保持均衡，是会造成忧郁的人的。”

最近有人给我带来一窝幼小的篱雀和用黏竿捕来的一只老鸟。我不得不感到佩服，老鸟不但在室内不停地哺养小鸟，而且即使把它从窗子里放出去，它又会飞回到小鸟那里。这种不顾危险和拘捕的父母之爱使我深深地感动。今天我向歌德吐露我对此事的惊异。歌德意味深长地微笑着回答我说：“你真傻呀！你如果相信上帝，就不会感到惊异了。

上帝宜于使世人的内心激动，
在自己之内包藏自然，
把自己在自然之内包藏，
因此一切生活、活动、存在于上帝之中的东西，
决不会不认明他的精神和力量。

如果上帝不用这种威力无比的对幼鸟的本能的爱鼓舞老鸟，如果此类事情不普及于整个自然界的一切生物，那么这个世界就不存在！可是上帝的力量到处散布着，永恒的爱到处起作用。”

不久前歌德也说了类似的话。当一位年轻的雕刻家给他寄来米龙[1]的《母牛和吃奶的牛犊》的仿制品的时候，他说道："这里我们看到了一个具有最高意义的题材；维持世界、遍及整个自然界的养育的原则，在这里以一个美妙的比喻展现在我们的眼前。这座雕刻和类似的雕刻，我把它们称为上帝无所不在的真正的象征。"

▼ 1831年6月6日　星期一

歌德今天让我看原来缺着而现已补写的《浮士德》第五幕的开头。我读到菲利门和巴乌希斯[2]的茅庐失火，浮士德黑夜中站在自己宫殿的阳台上闻到微风吹来的烟火味那一段。

我说："菲利门和巴乌希斯这两个人名把我带到弗里吉亚海岸，令我想起古希腊那一对老夫妇的有名的传说。不过，本剧的这一场面发生在近代和基督教世界。"

歌德说："我的菲利门和巴乌希斯同古代的那一对著名的夫妇及其传说毫不相干。我只借用了他们的名字，以便借此提高剧中人物性格。因为我剧中的人物和情景同古代的人物和情景相似，所以宜于用同样的名字。"

接着我们谈到浮士德，他得自遗传的那部分性格，即不知足的精神，虽到了老年，仍没有丧失：尽管他拥有世间的一切财宝，在自己亲手创建的新的王国里生活着，但他却为两株不属于自己的菩提树、一间小屋和一座小钟而烦恼。他在这一点上很像以色列国王亚哈[3]，

---

① 公元前5世纪雅典的雕刻家。

② 希腊传说中住在小亚细亚海岸的一对老夫妇，因殷勤款待了乔装出巡的天神宙斯和交通神赫耳墨斯而得到厚报，天神就把这小茅庐变成了一座大庙，叫他们老夫妇当祭司，并于高龄时同时获得善终。歌德把这两个人物用于自己的诗剧中，改变了他们的遭遇和结局。

③ 亚哈是大约公元前10世纪以色列国王，很贪婪，因为贪图侵占拿伯的葡萄园，就把拿伯杀了。详见《旧约·列王纪上》第二十一章。

这位国王认为除非拿伯的葡萄园也归他所有，否则他就仿佛一无所有。

歌德接着说："按我的本意，浮士德在第五幕中出现的时候，应该是一百岁了，我还拿不定主意，是否应当在什么地方点明一下。"

接着我们谈到全剧的末尾，歌德叫我注意以下的一段：

灵界的这个尊贵的成员，
已经被我们从恶魔的手里救起；
谁要是永远自强不息，
我们就使他得救。
上界的爱也向他照临，
极乐世界里的一群仙童
结队对他热烈欢迎。

歌德说："在这几行诗里包含着浮士德得救的秘诀。浮士德身上有一种活力，使他日益高尚化和纯洁化，到临死，他获得了上界永恒之爱的拯救。这完全符合我们的宗教观念，按照这种宗教观念，我们单靠自己的努力还不能沐神福，还要加上神的恩宠才行。

"此外，你会承认，全剧的结尾，也就是浮士德得救的灵魂升天这个结局，是很难处理的。如果我不用基督教的一些轮廓鲜明的人物和观念，来使我的诗意获得适当的、结实的形式，那么碰上这种超自然的、几乎不能想象的事情的时候，我就不免陷到一片迷茫里去了。"

在其后的几个星期里，歌德把尚缺的第四幕也完成了，所以在8月里，《浮士德》下卷的全部手稿就装订成册，算是完工了。他长久努力追求的目标终于达到了，这使他非常幸福。他说："我可以把我以后的生命看作一种纯粹的赠品了，我是否还要工作或做什么工作，事实上都无关宏旨了。"

▼ 1831年12月21日　星期三

陪歌德吃饭。我们谈到他的《颜色学》为何很少得到传播。他说："很难使它流传,因为它不仅希望人们去读它和研究它,而且希望人们照它那样去做,而这点是有它的困难的。诗歌和绘画的法则,在某种程度上是可以传播的,但是,要成为一个好的诗人或好的画家,需要有天才,而突出的才能是不可以流传的。要接受一种简单的原始现象,认识它的崇高意义,并使它产生影响,需要有一种对众多的事物做出判断的创造性的精神。这是一种罕见的才能,只有非常杰出的人物才具有这种才能。

"但是,光有这种才能还不够,因为正如一个懂得一切绘画规则并具有一切突出才能的人并不就是画家,他还必须不间断地进行练习,同样,对于颜色学来说,光懂得那些最优秀的法则和具有相应的才智是不够的,还必须不断地研究那些个别的、往往是很神秘的现象,研究它们的来源和相互之间的联系。

"例如,我们一般清楚地知道,绿颜色是黄颜色和蓝颜色混合的产物;但是如果要理解虹的绿色、树叶的绿色或海水的绿色,就需要全面地涉足颜色的王国,从中获得很高的见解,而这一点直到现在还几乎没有人能办到。"

饭后我们观赏了法国画家普桑的几幅风景画。歌德趁此机会说:"画面上光线最强的地方不容许画得详细,所以作为主要光线的载体的水、岩石、不毛之地和建筑物是最好的绘画题材。与此相反,需要画得较为详细的事物,画家不能使用这样的光线。"

歌德接着说:"一位风景画家必须具有多方面的知识。光懂得透视画法、建筑术、人体和动物解剖是不够的,还必须具有植物学和矿物学方面的某些知识,因为有了植物学方面的知识,才能恰当地表达树木的特性;同样,有了矿物学方面的知识,才能恰当地表达各种山脉的特性。但是,画家无须是个矿物学家,他只须知道石灰岩山脉、泥质板岩山脉和沙岩山脉就够了。他只须知道,山脉以哪些形式表现出来，例如山脉因风雨等的作用而裂开，哪几种树木在山上容易生长，哪几种树木在山上容易畸形生长。”

接着歌德让我看赫尔曼·范·斯万纳费尔特①的几幅风景画。他就这位杰出的画家的艺术和为人发表了好几点看法。

他说：“我们发现，在他身上艺术就是兴趣，兴趣就是艺术，像他这样的人再也找不出第二个。他热爱大自然与神圣的和平，每当我们观赏他的风景画的时候，都能感受到他那种热爱大自然与和平的真挚感情。他生于荷兰，在罗马他在长期旅居意大利的法国画家洛兰的指导下学习绘画，通过这位大师的指导，他的绘画才能得到了最充分的发展，而且形成了他独特的艺术风格。”

接着我们查阅一本艺术家词典，看看编者对赫尔曼·范·斯万纳费尔特说了些什么。人们指责他没有达到他的老师的水平。歌德说：“这些傻瓜！斯万纳费尔特不同于他的老师洛兰，洛兰不能够说他比斯万纳费尔特画得更好。如果人们压根儿不懂得生活，而只懂得我们的传记作者和词典编纂者所告诉我们的东西，那么这是一种不值一提的坏的手艺。”

今年底明年初，歌德就要转向他最喜欢的学习——研究自然科学。受布瓦塞勒的启发，他将进一步探究虹的规律。为了参加居维叶和乔弗列之间的争论，他将深入研究动植物界的蜕变。此外，他和我共同编辑《颜色学》的历史部分，还要就颜色的混合写一章；受他的启发，我将把这一章纳入《颜色学》的理论部分。

在这期间，他每天都精力充沛地和我进行各种有趣的交谈。我想他会一直精力充沛地和我交谈，我只顾理解他的话，而没有注意他的健康，终于在 1832 年 3 月 22 日他永远离开了我们，我和成千上万的高贵的德国人为不可弥补地失去了他而痛哭。下面是我不久前的回忆。

---

① 赫尔曼·范·斯万纳费尔特（Herman van Swanevelt，1600—1655），荷兰风景画家。

1832年

▼ 1832年3月初

席间歌德告诉我，卡尔·冯·斯皮格尔男爵来看望他，这使他感到格外高兴。歌德说："男爵是位非常年轻漂亮的男子，他的言谈举止让人马上认出他是个贵族。他不仅出身高贵，而且思想品德高尚。这两者赋予他一种标志，这种标志用化名是无法隐匿的。当我们接近他的时候，就会感到他的威力和美丽。"

▼ 几天以后

我们谈到希腊人的悲剧命运观。

歌德说："这样的悲剧命运观已不符合我们今天的思想方式，它已陈旧过时，和我们的宗教观念也是格格不入的。近代诗人如果把以往的这些观念加工成一部剧本，那么它看上去总显得拿腔作势。它是一种早已不流行的服装，像古罗马人的长袍一样，同我们的身材不相称了。

"我们现代人最好赞成拿破仑的话——'政治就是命运'，但是要避免像我们的某些文人所说的那样，认为政治就是诗，或者认为政治是诗人的恰当题材。英国诗人汤姆逊[1]写过一首非常好的诗《四季》，但是他写的《自由》却是一首很坏的诗，这并不是因为诗人缺少诗才，而是因为这个题目缺少诗意。

“一位诗人一旦想在政治上产生影响，他就必须献身于一个政党；一旦加入政党，他就失其为诗人了，就必须同他的自由精神和无偏见的总揽能力告别，把目光短浅和盲目仇恨这顶帽子拉下来蒙住耳朵了。

“作为人和公民的诗人会爱他的祖国，但是他在其中发挥诗的力量和作用的祖国是善、高尚和美，它们并不受到某个特别的地区和某个特别的国度的约束（换句话说，善、高尚和美是超地区和超国度的），诗人在什么地方发现它们，他就把它们抓住，并形象地将其表现出来。在这点上，诗人就像一只凌空巡视全境的老鹰，见野兔就俯冲下来，不管野兔奔跑的地方是普鲁士还是萨克森。

“那么，什么是爱祖国，什么是爱国主义呢？一位诗人如果毕生能和有害的偏见进行斗争，消除狭隘的观点，启发人民的心智，净化人民的鉴赏力，提高人民的思想觉悟，此外他还能做出什么更好的事吗？向一位诗人提出这样无礼的和吃力不讨好的要求，这无异于要求一位团长为了成为真正的爱国主义者，必须卷入政治上的改革，以至忽视他自己的天职。一个团长的祖国就是他所统率的那个团。他根本用不着关心政治上的事情，他只要管直接与他那个团有关的政治，专心致志去关心隶属于他的各个营，训练各营的士兵养成良好的秩序和纪律，以便在祖国处于危险时成为英勇的战士，那么，他就会成为一位非常卓越的爱国主义者。”

歌德接着说：“我憎恨一切敷衍塞责的作风，特别是国家事务中的敷衍塞责的作风，这是一种罪孽，因为政治方面的马虎敷衍会造成千百万人的灾难。

---

① 汤姆逊（James Thomson，1700—1748），苏格兰诗人，其某些优秀诗作预示了浪漫主义运动的态度。

“你知道我一般不大关心旁人写了什么关于我的话，不过有些话毕竟传到我耳里来，使我清楚地认识到，尽管我辛辛苦苦地工作了一生，某些人还是把我的全部工作看得一文不值，就因为我鄙薄地拒绝干预党派之争。如果我要讨好这批人，我就得参加一个雅各宾俱乐部，宣传屠杀和流血！且不谈这个令人不快的问题吧，免得在对无理性的东西做斗争中我自己也变成无理性的。”

歌德以同样的口气指责旁人大加赞赏的乌兰德[1]的政治倾向。他说：“你注意看吧，作为政治家的乌兰德终会把作为诗人的乌兰德吃光。当议会议员，整天在摩擦和激动中过活，这对诗人的温柔性格是不相宜的。他的歌声将会停止，而这是很可惜的。施瓦本那个地区有足够的受过良好教育、心肠好、能干又会说话的男人，他们适合当议员，但是那里当议员的诗人只有乌兰德一个。[2]”

歌德在自己家里热情款待的最后一位客人是阿尔尼姆夫人[3]的长子弗莱蒙特·冯·阿尔尼姆；歌德最后写的东西是他在这位年轻朋友的宾客题词留念册上写的几句诗：“虔诚的愿望，朋友的话……”

歌德逝世后的一天早上，我渴望能再次瞻仰他的遗容。他忠实的仆人弗里德里希为我打开了放置他遗体的那个房间。他伸展四肢仰卧着，像一个正在睡觉的人。在他那张威严的脸上流露出安详和刚毅的表情。高高的前额似乎还怀有思想。我渴望能得到他的一束鬈发，但是肃然起敬的心情阻止我把鬈发从他的头上剪下来。他赤裸的身体用一块白色的床单包裹起来。为了使歌德的遗体尽可能久地避免腐坏，人们在其周围放置了许多大冰块。弗里德里希打开了

---

① 乌兰德（Johann Ludwig Uhland，1787—1862），德国诗人，1812—1814 年在斯图加特司法部门供职，于 1832 年，即歌德逝世那一年，当选为蒂宾根地方议会议员。

② 乌兰德是德国施瓦本地区人，是施瓦本派诗人的领袖。

③ 即贝蒂娜·冯·阿尔尼姆（Bettina von Arnim，1785—1859），德国女作家，著有《歌德与一个孩子的通信集》。

裹尸布,我对歌德长得非常匀称的肢体感到惊讶不已。他的胸脯宽大厚实,微微隆起;胳臂和大腿结实,皮肤润滑,肌肉发达。两只脚纤细,形态非常优美。整个身体上没有一点肥胖、瘦削和衰败的痕迹。一个十全十美的人躺在我的面前。我感到一阵狂喜,以至一时忘记了他的不朽精神已经离开了他的躯壳。我把手放到他的心口上——到处是一片深深的寂静——我转过身子,听凭此前忍住的眼泪自由地流出来。

第三卷

1822—1832

1822 年

▼ 1822 年 9 月 21 日　星期六* ①

今天晚上，我在歌德家里，在座的还有内廷参事迈耶。我们的谈话主要围绕着矿物学、化学和物理学。歌德似乎对光的偏振现象特别感兴趣。他给我看各种各样的器械，其中的绝大多数是旁人根据他的指示设计的，他表示希望和我做些试验。

歌德在谈话的过程中越来越随意和健谈。我在他那里待了一个多小时，在告别的时候，他祝我万事如意。

他的身材还称得上是美，他的前额和两眼特别威严。他身形高大，看上去很健康，而且精神矍铄，以至于我压根儿无法理解，他从最近几年以来就声称自己已经年迈力衰，不想参加社交活动，也不想进出于宫廷。

▼ 1822 年 9 月 24 日　星期二*

今天晚上，我在歌德家里度过，在场的有迈耶，歌德的儿子和儿媳，还有他的医生、内廷参事列拜茵。今天，歌德显得特别活跃。他

① 关于星号表示的区别，请见第三卷前言。

给我看来自斯图加特的几幅华丽的石版画,像这样完美无瑕的艺术品,我还从来没有看到过。然后,我们谈论科学上的事情,特别是化学上的进步。歌德对碘和氯特别感兴趣;他惊讶地谈论这些物质,仿佛化学上的这些新发现完全使他感到意外。他让人拿进来一些碘,当着我们的面用蜡烛的火焰把它挥发;与此同时,他还不失时机地让我们观赏碘蒸发时产生的紫色烟雾,高兴地以此证实他的颜色学的某个法则。

▼ 1822年10月1日　星期二*

晚上,在歌德家里参加聚会。我发现在场的还有首相米勒先生、议院议长波伊策尔①、许策博士和政府顾问施米特,后者以罕见的完美无瑕演奏了贝多芬的几首奏鸣曲。歌德和他的儿媳的谈话也给我带来了高级的享受,她年轻、生气勃勃,不仅天性和蔼可亲,而且机智过人。

▼ 1822年10月10日　星期四*

晚上,在歌德家里参加聚会,在座的有来自哥廷根的大名鼎鼎的布鲁门巴赫②。布鲁门巴赫虽已年老,但表情生动、轻松愉快。他懂得保持青年人的全部的机灵和敏捷。他的举止平易近人,不会令人想到他是一位学者。他胸襟豁达,心情愉快,不讲客套,你很快就会和他友好相处。和他认识,我不仅感到高兴,而且受益良多。

---

① 波伊策尔(Heinrich Karl Friedrich Peucer,1779—1849),魏玛官员和作家。
② 布鲁门巴赫(Johann Friedrich Blumenbach,1752—1840),哥廷根大学教授,博物学家。

▼ 1822年11月5日　星期二*

晚上，在歌德家里参加聚会。在场的客人当中还有画家柯尔贝[1]。歌德让我们看柯尔贝画的一幅杰出的作品——藏于德累斯顿美术馆内提香所画的维纳斯的复制品。

出席今天聚会的，除柯尔贝以外，还有埃施韦格[2]先生和著名的胡梅尔。胡梅尔在钢琴上即席演奏了将近一个小时，他的演奏不仅强劲有力，而且很有天赋；要是你不曾听过他的演奏，你是根本无法理解他今晚的即席演奏的。我觉得他的谈话简单而自然，虽然他是一位很有名气的演奏能手，但我发现他异乎寻常地谦虚。

▼ 1822年12月3日　星期二*

晚上，在歌德家里参加聚会。在场的有里默尔、柯德莱、迈耶诸位先生，歌德的儿子和儿媳也在座。

耶拿的大学生们正在准备起义；当局把一个连的炮兵派去那里，为的是使大学生们平静下来。里默尔朗读了禁止大学生们唱的歌曲集；当局之所以禁止大学生们唱这些歌曲，是因为它们可能成为造反的诱因或借口。当里默尔朗读所有这些歌曲的时候，全场报以表示坚决支持的掌声，尤其是因为他在朗读时表现出的才能。歌德本人觉得这些歌曲内容是好的，答应我静下心来审阅它们。

接着，我们观赏了一会儿铜版画和某些珍本，在此之后，歌德为了使我们高兴，朗读了《卡隆》这首诗[3]。歌德读得清楚、明确而果

---

① 柯尔贝(Heinrich Kolbe，1772—1836)，曾为歌德画肖像。

② 埃施韦格(Wilhelm Ludwig von Eschwege，1777—1855)，德国工程师，曾在巴西金矿担任经理。

③ 卡隆(Charon)是希腊神话中在冥河上渡亡灵去冥府的冥界渡船夫。此诗是歌德于9月2日在里默尔的帮助下从希腊文译成德语的。

断，对此我不得不表示钦佩。我从来还没有听到过如此美妙的朗诵。多么激昂啊！多么具有洞察力啊！多么响亮和悦耳的声音啊，一会儿像雷鸣似的，一会儿又和缓温柔！对于我们所在的小房间来说，他朗诵时发出的某些声音也许太大了；但是，尽管这样，他的朗诵是无可厚非的。

接着，歌德谈到了文学和他的作品，还谈到了斯塔尔夫人[①]和类似的事情。目前，他正在翻译和汇编古希腊悲剧诗人欧里庇得斯的《法厄同》的断编残简。早在一年以前，他就开始了这项工作，最近这几天，他又在进行这项工作。

▼ 1822 年 12 月 5 日　星期四*

今天晚上，我在歌德家里听埃贝魏因正在创作的歌剧《冯·格莱辛伯爵》的第一幕的排练。自从歌德放弃剧院经理的职务以来，在他家里聚集着这么多的歌剧人员，这还是头一次呢，人们如是说。埃贝魏因先生指挥歌唱。参加合唱的也有几位和歌德熟悉的女士，而独唱部分由歌剧院的成员负责。我觉得某些乐曲非常奇特，尤其是四声部卡农曲。

▼ 1822 年 12 月 17 日　星期二*

晚上在歌德家里。他显得非常快乐，而且很风趣地谈论了这样一个题目：父辈们的愚蠢行为对于他们的子女来说是无可挽救的。歌德显然对人们目前所从事的旨在发现盐泉的自然科学研究感兴

① 斯塔尔夫人，法国女作家，曾到魏玛探望歌德。

趣。他痛斥某些企业家的愚蠢，这些企业家完全忽视岩盐上面的地层的外部迹象、位置以及顺序，不知道钻头必须穿过岩盐上面的这些地层。他们不知道也没有找到正确的地段，而总是在同一个地点顽固地钻孔。

1823年

▼ 1823年2月9日　星期日*

晚上在歌德家里，我发现他正单独地跟迈耶谈话。我翻阅一本有几个世纪历史的纪念册，上面有一些名人的笔迹，例如路德、伊拉斯谟①以及莫斯海姆②等。莫斯海姆用拉丁语写下了如下的引人注目的话：

荣誉是辛劳和痛苦的源泉；黑暗是幸福的源泉。

▼ 1823年2月23日　星期日*

几天以来，歌德患着致命的疾病；昨天，他绝望地躺在床上。可是，今天到了他似乎得救的紧急关头。就在今天早上，他还说他自己的病已不可救药，可是在中午的时候，他又产生希望，说他将会战胜疾病；然而，到了晚上，他又认为，要是他脱离危险，那么，人们得承认，对于一个白发老人来说，他已经付出了太高的代价。

---

① 伊拉斯谟（Desiderius Erasmus，约1466—1536），荷兰人文主义者。

② 莫斯海姆（Johann Lorenz von Mosheim，1694—1755），德国神学家。

▼ 1823年2月24日　星期一*

今天，歌德的病情仍然使我们非常担忧，和昨天一样，今天中午病情未见好转。在头晕发作的时候，他对儿媳说："我感到我的死期临近了，在我的身上，生和死之间的斗争开始了。"

可是，在晚间的时候，病人又完全恢复了知觉，而且重新表现出略带诙谐的傲慢。他对他的医生列拜茵说："您在开药方的时候太缩手缩脚，您太过于爱护我了！如果您面对的是像我这样的病人，您得多少像拿破仑那样对待他。"然后，他喝了一杯阿尼卡煎剂①。昨天，在最危险的时刻，胡什克②让歌德服用了这种消炎煎剂，结果出现了好的迹象。歌德优雅地描述了金车属这种植物，并把它的有力的效验捧上了天。有人对歌德说，医生们好像不相信大公爵会去看他。歌德喊道："如果我是大公爵，我会对病人勤问，对你们关怀备至！"

当他感到身体好一些，肺部似乎较为舒展的时候，他会毫不费劲地谈笑风生。此时，列拜茵就会悄悄地对站在附近的人说："较好的呼吸通常带来较好的吸气③。"歌德听到列拜茵的这话之后，兴高采烈地叫了起来："这我早就知道；但是，这句真言和您不相配，您这个调皮鬼！"

歌德笔挺地坐在床上，面对他工作室的敞开的门，此时，他那些较亲密的朋友已经聚集在他的工作室里，而他并不知道。我感到他的面容有一点改变；他的声音纯正而清楚，可是声音中毕竟有一种垂死者的庄严的语调。他对他的孩子们说："你们似乎相信我的身体好一点了；但是，你们是自己欺骗自己。"可是，大家试图以玩笑的方式劝他消除焦虑，对大家的好言相劝，他似乎也欣然接受了。在这期

---

① 阿尼卡煎剂（Arnika），山金车素，一种消炎剂。

② 胡什克（Wilhelm Ernst Huschke，1760—1828），魏玛的医生。

③ "吸气"原文为 Inspiration，也有灵感的意思。

间，不断有人走进他的房间，我觉得这完全不是一件好事，因为这么多的人在场，势必会使室内的空气恶化，妨碍对病人的伺候。我不揣冒昧，说出了我的意见，然后我走进了底下的房间，从那里把病情报告寄给了皇帝陛下。

▼ 1823年2月25日　星期二*

歌德让医生就至今对他的疾病的处理方法向他做解释；他也看到了迄今前来探询他的健康状况的人员名单，名单数目每天都很大。然后，他接见了大公爵；过后，他似乎并不因为大公爵的拜访而显得很疲劳。今天，在他的工作室里，我发现来探询的人较之前少了，这使我高兴，因为我昨天的意见起到了一点作用。

歌德的病虽然消了，但是它的后果却令人担心。他的左手肿大，这是水肿的危险征兆。只有在几天之后，人们才会知道，疾病的最后结果会是怎样。今天，歌德第一次提出要见他的一位朋友，即他的年纪最大的朋友迈耶。他想给迈耶看他从波希米亚获得的一枚稀有的奖章，他曾为这枚奖章感到欣喜若狂。

我在十二点来到了歌德家里。由于歌德听到我在他家里，他便让人把我叫到他的身旁。他向我伸出手，一边对我说："您瞧，我是一个从死里复活的人。"然后，他委托我向皇帝陛下为在他生病期间对他的关怀表示感谢。接着，他补充道："我的康复会很慢，但是，尽管如此，光荣属于医生先生们，是他们在我身上创造了小小的奇迹。"

几分钟之后，我退出了他的房间。他的气色是好的，只是他很消瘦，而且呼吸还有些困难。我觉得他说话似乎比昨天困难。左臂的肿瘤非常明显，他紧闭双目，只有当他说话的时候才张开眼睛。

▼ 1823 年 3 月 2 日　星期日*

今晚在歌德家里，我已经好几天没有看到他了。他坐在扶手椅里，身旁是他的儿媳和里默尔。他明显地好起来了。他的声音又恢复了自然的音色，他的呼吸通畅，手不再肿大，神情又和健康时一样，谈话轻松愉快。他站了起来，径直走进卧室，然后又走了回来。我们在他的身边喝茶，因为今天喝茶又是头一次，所以我风趣地批评歌德的儿媳，说她忘了把一束花放到茶盘上。歌德的儿媳立即从她的帽子上取下一条彩色的带子，并把它系到茶水壶上。歌德似乎对这个玩笑感到高兴。

接着，我们观赏了大公爵让人从巴黎寄来的仿造宝石的收藏品。

▼ 1823 年 3 月 22 日　星期六*

今天，为了庆祝歌德的康复，在剧院里上演他的《塔索》，里默尔写了序幕，由海根多夫夫人朗诵。在受感动的观众的热烈掌声中，一个月桂花环被挂到了塔索的半身塑像上。演出结束后，海根多夫夫人走向歌德。她还穿着列奥诺拉[①]的戏装，把塔索的花环献给歌德。歌德接过花环，并用它装饰女大侯爵亚历山德拉[②]的半身塑像。

▼ 1823 年 4 月 1 日　星期二*

我受皇帝陛下的委托，给歌德带来了一期法国的时尚杂志，里面

---

① 列奥诺拉(Leonore)，剧中的女主人公，公爵的妹妹。

② 亚历山德拉(Groβfürstin Alexandra，1798—1860)，普鲁士国王腓特烈·威廉三世的女儿，沙皇尼古拉一世的夫人，被封为俄罗斯的女大侯爵。

谈到他的作品的翻译。我们趁此机会谈到《拉摩的侄儿》[①]，它的原稿早就丢失了[②]。各种各样的德国人以为根本就不存在那部原著，一切都是歌德自己的捏造。可是歌德向他们保证，他压根儿不可能模仿狄德罗的风趣的描述和文笔。歌德认为，德语的《拉摩》不过是一种非常忠实的翻译。

▼ 1823年4月3日　星期四*

今晚一半的时间，我在歌德家里度过，在座的还有建筑工程总监柯德莱先生。我们谈到剧院和最近以来众多的改进。歌德笑着说："我注意到了这点，用不着到剧院去。两个月以前，我的孩子们晚上回家的时候，总是不高兴，他们对剧院给他们提供的乐趣从来也不满意。可是现在，情况已经变了。他们回来的时候，脸上总是充满喜悦，因为他们终于能够痛痛快快地哭泣。昨天，他们为科策布的一个剧本[③]流下了'幸福的眼泪'。"

▼ 1823年4月13日　星期日*

晚上和歌德单独在一起。我们谈到文学，谈到拜伦及其诗剧《撒丹纳巴勒斯》和《维纳》。然后，我们谈到歌德多次乐于提及的《浮士德》。他希望有人把他的《浮士德》译成法语，而且是以马洛[④]时代的风格。他把《浮士德》看作拜伦为其《曼弗雷德》汲取精神力量的源泉。

---

① 狄德罗创作的对话体小说。

② 《拉摩的侄儿》开始写作于1762年，在作者生前仅以手抄本流传。1823年的法文版是根据1805年的德译本回译的。1890年才发现狄德罗的原文。

③ 指《和解》(*Die Versohnung*)，该剧于1823年4月2日在魏玛剧院上演。

④ 马洛(Clément Marot，1496—1544)，法国诗人，曾翻译《旧约》中的《诗篇》。

歌德认为,拜伦在其最后的两部悲剧里取得了明显的进步,这是因为在这两部悲剧里,拜伦显得不那么忧郁和愤世嫉俗。接着,我们谈到《魔笛》的歌词,歌德创作了歌词的续篇,可惜还没有找到一位能够恰如其分地处理题材的作曲家。他承认,歌词的已知的第一部分充满了不可信的东西和玩笑,不是任何人都能想出和赞赏它们的;但是我们毕竟应该承认,这一部分的作者善于通过对比来营造强烈的戏剧效果。

▼ 1823 年 4 月 15 日　星期二*

晚上,和伯爵夫人卡罗琳·埃格洛夫斯坦因在歌德家里。歌德嘲笑德国的年鉴[①]和其他定期出版的刊物,所有的年鉴和定期刊物充满一种可笑的、似乎成为时髦的多愁善感。伯爵夫人补充说,德国的小说家们带头败坏人数众多的读者的审美趣味,反之,读者们也败坏小说家的审美趣味,因为后者为了给他们的手稿找到一家出版商,现在不得不迁就读者普遍的恶劣审美情趣。

▼ 1823 年 4 月 26 日　星期六*

我发现柯德莱和迈耶在歌德家里。歌德谈到各种各样的事情。他说道:"大公爵的图书馆有一个地球仪,它是在卡尔五世统治时期由一个西班牙人制作的。在地球仪上你可以发现一些奇特的铭文,例如'中国人是一个与德国人有很多相似性的民族'。"歌德继续说道:"从前,在地图上,非洲的沙漠是用野兽的插画标出的,但是现今人们已不再这样做了;也许地理学家们宁愿给我们留下纯粹的地图。"

---

① 原文为 Almanache,指附年历和插图的文学或天文年鉴。

▼ 1823年5月6日　星期二*

晚上在歌德家里。他试图让我理解他的颜色学。他说,光根本不是各种色彩的组合,光本身也不会产生色彩,更确切地说,光始终是光和阴影的某种变态与混合。

▼ 1823年5月13日　星期二*

我发现歌德忙于搜到他那些致姑娘们的小诗和小画。他说:“从前,由于我比较轻率地对待自己的事情,忽略了保留手稿,结果成千上万的这样的诗给搞丢了。”

▼ 1823年6月2日　星期一*

首相里默尔和迈耶在歌德家里。我们谈论贝朗瑞的诗,歌德以很大的独创性,兴致勃勃地评论和改写贝朗瑞的几首诗。

然后,我们谈到物理学和气象学。歌德正打算详细起草关于气候的理论,他认为,气压的上升和下降完全是由地球的作用以及地球对大气的吸引和释放引起的。

歌德继续说:“那些学者先生,尤其是数学家,肯定会认为我的思想非常可笑;或者他们也会做得更好,他们自以为了不起,会完全否定我的思想。您知道为什么吗?因为他们说,我不是行家。”

我回答说:“学者们的等级思想似乎可以原谅。如果在他们的理论中出了一些错误,而且错误延续下去,那么原因在于,当他们还在上小学的时候,就把这些错误作为教条接受了下来。”

歌德喊道:“这正是我的意思!您说的学者们就像我们魏玛的装

订工人。人们要求他们提供杰作[①],以便吸收他们加入行会,可是他们交出的作品根本不是按最新的审美趣味制作的漂亮的装帧。不,差得远;他们依旧送交给你一本对开本的厚厚的《圣经》——这在两百至三百年前是一种时尚——它的封面粗糙,是用厚实的皮革做的。这项任务荒谬可笑。但是,如果那可怜的手工业者断言,他的主考们是些笨蛋,那么他考试肯定考得不好。"

▼ 1823 年 10 月 24 日　星期五*

晚上在歌德家里。斯琴玛诺夫斯卡夫人——歌德于今年夏天在马里恩浴场与她认识——在钢琴上即兴演奏。歌德忘情地倾听,有时似乎非常受感动。

▼ 1823 年 11 月 11 日　星期二*

晚上,在歌德家里举行小型的聚会。好久以来,他又患病了。他用一块毛毯裹着双脚,这块毛毯自从他参加出征法国以来[②]就时时伴随着他。就这块毛毯,他给我们讲述了发生在 1806 年的一则逸事。当时,法国人已经占领了耶拿,一个法国团的随军神甫,为了装饰他的圣坛,征用了一些悬挂物。歌德说:"人们给他提供了一块光彩夺目的朱红色的布,可他觉得这还不够好。为此,他向我诉苦。我回答他说,您把那块布送给我,我想试试看,能否给您搞到一块更好的。在这期间,我们的剧院正打算上演一部新的剧本,我使用了这块华丽的红布,为的是盛装打扮我的演员们。可是,至于那位随军神

---

① 原文为 Meisterstück,也指学徒满师考试的作品。
② 1792—1793 年,歌德陪伴卡尔·奥古斯特公爵出征法国和围攻美因茨。

甫，他什么也没有得到；他被人们遗忘了，他不得不认识到，这是自作自受。”

▼ 1823年11月16日　星期日*

歌德的病情一直没有好转。大公爵夫人通过我在今天晚上送给他几枚非常漂亮的奖章，观赏这些奖章也许多少会给他消闲解闷，使他高兴。歌德显然对高贵的大公爵夫人的这种体贴关怀感到高兴。接着，他痛苦地告诉我，去年冬天他由于重病而感到心脏的一侧疼痛，现在他又感到了这种疼痛。他说：“我不能工作，不能看书，只有在疼痛减轻的幸福时刻，我才能思考问题。”

▼ 1823年11月17日　星期一*

洪堡在这里。今天，我在歌德家里待了一会儿。我觉得，洪堡的在场和谈话似乎对他产生了有益的影响。他的痛苦似乎不单单是身体上的。更确切地说，今年夏天他在马里恩浴场对一位年轻女士产生的热情的爱慕——他现在试图同它做斗争——是他现在的疾病的主要原因。

▼ 1823年11月28日　星期五*

歌德似乎非常高兴地、全神贯注地阅读刚刚出版的迈耶的《艺术史》的第一部分。今天，他对这一部分大加夸赞。

▼ 1823年12月5日　星期五*

我给歌德带来了一些矿石，特别是一块含有黏土的赭石，它是生于法国柯尔梅恩的诗人和翻译家德尚找到的，受到马索[①]先生的高度赞赏。当歌德认出这块赭石的颜色和女画家安格利卡·考夫曼[②]作画时惯用的皮肤部分的颜色完全一致的时候，他是多么惊讶啊！歌德说："她对自己所拥有的少量赭石视若黄金。但是，她并不知道她所拥有的赭石产于何处，也不知道是在什么地方找到的。"歌德的儿媳说，我对待歌德就像对待每天都有人给他送来新礼物的苏丹一样。歌德不同意儿媳的这种看法。他的儿媳反驳说："更确切地说，他对待您就像对待一个孩子一样！"听到这话，歌德禁不住笑了起来。

▼ 1823年12月7日　星期日*

我问歌德，他今天的感觉怎么样。歌德叹息着回答说："完全不像在岛上的拿破仑那么坏。"这种拖得很长的病态的情况似乎逐渐对他产生了非常不好的影响。

▼ 1823年12月21日　星期日*

今天，歌德的情绪又非常好。我们已经达到白昼最短的一天，我们希望，从此之后，随之而来的每一周，白昼又会渐渐地变长。这种希望似乎对他的情绪产生了最有益的影响。今天上午，当我走近他

---

① 马索（Firmin Massot，1766—1827），瑞士画家。

② 安格利卡·考夫曼（Angelika Kaufmann，1741—1807），瑞士女画家，歌德在《意大利游记》中曾描述了自己和她的交往。

的时候,他高兴地迎上来,大声地对我说:“今天,我们欢庆太阳的再生!”我听说,他在每年白昼最短的这天之前的几个星期里,总是情绪消沉,唉声叹气。

歌德的儿媳走了进来,为的是告知她的公公,她打算到柏林去,以便在那儿和她不久即将回来的母亲相聚。

歌德的儿媳离开之后,歌德和我诙谐地谈起青年人所特有的活跃的想象力。他说:“我太老了,拗不过她,也无法使她领会到在那里和在这里与她的母亲相见完全是一样的。这次的冬季旅行得不偿失;可是,对于青年人来说,这样的白费蜡可多着呢。总的说来,随他们的便吧!为了能够重新生活一阵子,青年人往往不能不做出一些鲁莽的举动。我在年轻时也有过一些鲁莽的举动,但是我差不多都能安然逃脱。”

▼ 1823 年 12 月 30 日　星期二*

晚上,我和歌德单独在一起。我们无所不谈。他告诉我,他打算把《1797 年的瑞士游记》收入他的作品。然后,我们谈到了《维特》,歌德在此书出版后大约十年读了一次,此后就再也没有读它了。对自己的其他作品,他也是这样对待。接着,我们谈到了翻译,他告诉我,他感到用德语的诗行复述英语的诗很困难。他说:“如果我们想用德语的多音节的或复合的词表达英国人的单音节的词,那么所有的力量和效果马上就丧失了。”在谈到他的《拉摩》时,他说他在四周以内通过口授就完成了翻译。

接着,我们谈到自然科学,特别谈到学者们为了争名夺利而表现出的心胸狭窄。歌德说:“我通过自己在科学上的努力更好地认识了这些人。我为科学不惜破费了许多钱财,而且忍受了不少痛苦,但使我高兴的是,我取得了经验。”

我补充说:“在科学领域里,人们的自私自利似乎以一种特殊的方式被激发。一旦这种自私自利被激发,在通常的情况下,人的性格的所有弱点就会暴露出来。”

歌德回答说:“科学的问题往往是生存的问题。一次发现能够使人出名,为他的小市民的幸福打下基础。所以,在科学领域里,也存在这样的现象:极端地严谨,坚持自己的看法,妒忌别人的总揽能力。与此相反,在审美领域里,一切都马虎得多。思想或多或少是所有人的一种天赋的财产,在这个问题上,一切都取决于处理和详细解释,以及少出现妒忌。一种思想可以为数以百计的箴言诗提供基础,问题只在于哪一个诗人懂得以最有效、最美好的方式使这种思想具体化。

“在科学领域里,处理毫无价值,一切的效果取决于总揽能力。在科学领域里,只有少许一般的和主观的东西,这是因为自然规律的单个的显示全都不受我们的影响,它们像希腊神话中的斯芬克斯一样,呆板、稳定和一言不发。任何被感知的新现象都是一种发现,任何发现都是一种财富。但是,只要有一个人动用这笔财富,人们马上就会激动起来。”

歌德继续说:“不过,在科学领域里,人们也把从大学里学到的流传下来的东西看作财富。只要某人的新发现和我们多年来盲目重复又传给别人的信条发生矛盾,甚至威胁着要推翻它,大家就会强烈地反对他,并且试图以各种方式压制他。人们尽可能地抵制新发现,装作好像没有听到它,装作好像不理解它;人们轻蔑地谈论它,好像不值得细看和研究它。就这样,一种新真理在它为自己开辟道路之前,只能长时间地等待。一个法国人就我的颜色学对我的一位朋友说:我们工作了五十年,才建立和巩固了牛顿的王国;要想推翻它,还得再工作五十年。

“数学界的一帮人在科学界大肆诋毁我的名字,以致人们不敢提它。前些时候,我收到一本小册子,里面谈的是颜色学的各种问题,而且作者似乎完全研究了我的学说,把一切建立在同样的基础之上,而且归因于同样的基础。我非常高兴地读了这本小册子,可是,使我感到相当惊异的是,我发现这位作者压根儿没有提我的名字。后来,我终于弄清了事情的真相。我和他的一位共同的朋友来访问我,这位朋友向我承认,那位很有才能的年轻作者试图通过那本小册子建立自己的名声,因此他当然害怕,如果他敢于用我的名字支持他所阐明的那些观点,这势必有损于他的名声,给学术界留下话柄。这本小册子给作者带去了幸福,后来,这位有才智的年轻作者亲自到我这儿做了自我介绍,并向我道了歉。"

我回答说:"我感到这件事更加奇怪,因为人们在所有其他的事情上都有理由为您的威望感到自豪,每个人都把您当众表示的赞成看作强有力的保护,为之感到非常高兴。至于您的颜色学,我觉得倒霉的是,您不仅要同著名的、受到所有人肯定的牛顿打交道,而且要对付他的学生们,他们遍及全世界,追随他们的老师,而且人数众多。假定您最后是对的,那么在一段相当长的时间里,您肯定还得独自完成您的新学说。"

歌德回答说:"我对此已习以为常,而且做好了最坏的准备。"他继续说:"不过,您自己说一说,要是我二十多年来不得不承认,伟大的牛顿,所有的数学家和崇高的算术家,在关于我的颜色学的问题上,全都犯了明显的错误,在几百万人当中,在这个重大的自然题目上,我是唯一正确的人,我可不可以为此感到自豪呢?我感到自己的优越性,所以我能够忍受对手们的无聊的狂妄。人们以各种各样的方式攻击我和我的学说,千方百计地取笑我的思想,可是,尽管如此,我对自己已完成的作品仍然感到非常高兴。我的对手们的所有攻击,在我看来,恰恰反映了他们的弱点。"

当歌德表情丰富、毫不客气地说话的时候——我无法描述他说话时的全部实情——他的眼睛由于心情特别激动而闪闪发光。这是胜利者的表情。与此同时,他的唇边浮现一丝讽刺的微笑。他那美丽的表情越发显得庄严。

▼ 1823年12月31日　星期三

在歌德家里吃饭,就好些问题进行了交谈。他让我看了一个夹着许多素描的皮夹子,在这些素描中,海因里希·费斯里[①]的习作特别引人注目。

接着我们谈到了宗教方面的事情,以及对神的名望的滥用。

歌德说:"人们虐待他(指上帝),仿佛不可理解的、根本不可能想出的上帝不比他们有价值。否则他们就不会说:上帝我主,亲爱的上帝,慈善的上帝。对他们,特别是对神职人员来说,上帝不过是一句空话和一种名称。神职人员每天都把他(上帝)挂在嘴上,但他们压根儿什么也不去想。可是,如果他们内心充满着他的伟大,他们就会默不作声,出于对他的尊敬而不提他的名字。"

---

① 海因里希·费斯里(Heinrich Füßli,1742—1825),德国画家。

1824 年

▼ 1824 年 1 月 2 日　星期五

今天我在歌德家里吃饭，并和他进行了轻松愉快的交谈。我们说起了魏玛上流社会的一位年轻的美人。一位在座的客人说，他几乎到了要去爱她的地步了，虽然她的智力并不怎么样。

"呸！"歌德笑着说，"仿佛爱情与智力有某种关系似的！我们之所以喜欢一个年轻的女子，并不是因为她有智力，而是因为她身上有许多其他的特点。我们喜欢她的美丽、年轻、调皮、爽直，喜欢她的性格，也喜欢她的缺点、怪念头，以及其他所有非言语所能描绘的东西。可是，我们并不喜欢她的智力，如果她的智力是出色的，那么我们重视它，这样，在我们的眼里，一个姑娘可以获得无限的价值。如果我们已经喜欢上她，那么她的智力也许会把我们吸引住；但是，单靠智力是无法燃起我们的激情的。"

我们觉得歌德的这番话很有道理，而且很有说服力，所以我们愿意和他一样从这方面去看待这个问题。

饭后，其他的客人都走了，我留在歌德的身边，继续和他讨论某些我们感兴趣的问题。

我们谈到英国文学、莎士比亚的伟大，以及生在这位诗坛巨人之后的所有英国剧作家的不利处境。

歌德接着说："每个重要的有才能的剧作家都不能不注意这位莎

士比亚,是呀,不能不研究他。可是,你一旦研究他,就必然会认识到,莎士比亚已从各个方面,从所有的深度和高度上把全部人性都描写得竭尽无余了,后来的人就无事可做了。只要心悦诚服地意识到已经存在这样一位深不可测、可望而不可即的优秀作家,谁还有勇气提笔呢?

“五十年前,我在我亲爱的德国的处境当然要好一些。我很快就把原有的德国文学作品读完,它们够不上使我长久钦佩乃至注意。我很快就抛开德国文学及其研究,转到生活和创作上去了。这样,我就在我的自然发展途程上一步一步地迈进,逐渐把自己培养成作家。我在创作方面一个时期接着一个时期都获得成功。在我生命的每一发展阶段,我都希望做出杰出的成绩,但我的理想从来不超过我在每一阶段所能做到的事。我如果生在英国,作为一个英国人,在血气方刚的青年时代,就有那样丰富多彩的杰作以它们的全部威力向我压来,那么我一定会被它们压倒,不知怎么办才好。我就会没有轻松而新颖的勇气向前迈进,就要长时间地深思熟虑,左顾右盼,去寻找一条新的出路。”

我把话题引回到莎士比亚。我说:“如果我们在一定程度上把莎士比亚从英国文学中拖出来,把他作为一个单个的人放到德国进行观察,那就不免要惊叹那样伟大的人物真是一种奇迹。但是如果我们在他的家乡去寻找他,并且把我们置身于他家乡的土地上,置身于他所生活的世纪的氛围里,对莎士比亚的同时代和后起的那些作家进行一番研究,呼吸一下本·琼生、马辛杰、马洛、博蒙特和弗莱彻[①]等人所吹的那股雄风,那么,莎士比亚虽然始终还是一位超群出众的雄伟的人物,可是我们毕竟会深信不疑,他精神上的许多奇迹多少还是可以理解的,有不少要归功于他那个时代的那股强有力的创作风气。”

---

① 这五位都是莎士比亚时代的著名剧作家。

歌德回答说："你说得完全对。看莎士比亚就像看瑞士的群山。如果把瑞士的勃朗峰移植到吕内堡草原中间，我们就会找不到语言来表达对它的高大所感到的惊奇。但是，如果你到勃朗峰的伟大家乡去看它，也就是说，如果你穿过它周围的群峰如少女峰、芬斯特阿尔霍恩峰、埃格尔峰、维特霍恩峰、哥达峰和玫瑰峰等去看它，那么，勃朗峰虽然始终是一位巨人，但是它就不会令你感到惊奇了。"

歌德继续说："再者，如果有人不愿意相信莎士比亚的伟大多半要归功于他那个伟大而强盛的时代，那他只需给自己提出这样一个问题：像莎士比亚这样令人赞叹的现象，在1824年的现代英国，在今天报刊纷纷闹批评、闹分裂的这种坏日子里，能否出现呢？

"产生伟大作品所必不可少的那种不受干扰的、天真无邪的、梦游症式的创作活动，今天已不复可能了。今天，我们有才能的作家都放在公众的托盘里，受到公众的监督。每天在五十个不同地方所出现的评论性的文章，以及因这些文章在群众中所掀起的那些流言蜚语，都不容许健康的作品出现。今天，谁要是想避开这些流言蜚语，勉强把自己孤立起来，他也就完蛋了。诚然，通过报刊上那种低劣的、绝大多数是消极和片面的美学评论，一种'半瓶醋'的文化渗透到广大群众之中，但是，对于有才能的作家来说，这种低劣的文化是一种妖氛，一种毒液，会把创造力这棵树从起装饰作用的绿叶到树心的每条纤维都彻底毁灭掉。"

歌德继续说："在最近这两个破烂的世纪里，生活本身已变得多么孱弱呀！我们哪里还能碰到一个纯真的、有独创性的人呢！哪里还有人有足够的力量做个诚实的人，本来是什么样就显出什么样呢？这种情况反作用于诗人，外界的一切把他丢下不管，他就只好从自己的内心生活里去寻找他所需要的一切创作题材了。"

接着话题转到了《维特》上。歌德说："我像鹈鹕一样，是用自己的心血把那部作品哺育出来的。其中有大量出自我自己心胸中的东西，即大量的情感和思想，足够写一部篇幅比此书长十倍的长篇小说。我经常说，自从此书出版之后，我只重读过一遍，我要避免再次去读它。它简直就是一堆燃烧弹！一看到它，我就感到毛骨悚然，生怕重新体验到当初产生这部作品时那种病态的心理状况。”

我回想起歌德和拿破仑的谈话，在歌德的没有出版的稿件中我曾发现这次谈话的提纲，我曾多次恳求他把这次谈话详加说明。我说：“拿破仑曾向你指出《维特》里有一段话在他看来是经不起严格检查的，而你当时也承认他说得对，我非常想知道拿破仑所指的究竟是哪一段。”歌德带着一种神秘的微笑说：“猜猜看吧。”我说：“我猜想那是指绿蒂一句话也没有对阿尔贝特说，也没有向他说明自己心里的疑惧，就把手枪送交维特那一段话。你虽然费大力替这种缄默找出了动机，但是事关营救一个朋友生命的迫切需要，你所提出的论据是经不起检验的。”歌德回答说：“你这个意见当然不坏，不过拿破仑所指的究竟是你所说的这一段还是另一段，我认为还是不透露为好，反正你的意见和拿破仑的意见都是正确的。”

我对《维特》的出版所引起的巨大影响是否真正由于那个时代提出了疑问。我说：“我不同意这种广为流传的看法。《维特》是划时代的，只是因为它出现了，并不是因为它出现在某一个时代里。《维特》即便是今天才出现，也还是划时代的，因为每一个时代都有那么多的非言语所能描绘的灾难，那么多的暗地里的不满和对人生的厌倦，就某些个别人物来说，那么多对世界的不满情绪，那么多个性和市民社会制度的冲突。”

歌德回答说：“你说得很对，所以《维特》这本书直到现在还和当时一样对一定年龄的青年人产生影响。我自己也没有必要把自己青年时代的忧郁心情归咎于我所生活的时代的一般影响以及我阅读过的几部英国作家的著作。相反，使我急得像火烧眉毛似的、使我苦恼的、导致产生《维特》的那种心情，是一些个人的、比较容易理解的情况。原来我生活过，恋爱过，而且受过很多的痛苦，关键就在这里。”

歌德接着说：“至于人们谈得很多的‘维特时代’，如果仔细考察一下，它当然与世界文化的进程无关，它只涉及每个个别的人的生活进程，个人生来就有自由的天性，却不得不使自己适应和学会陈腐世界的限制个人自由的种种礼仪。幸福受到妨碍，活动受到阻碍，愿望得不到满足，这些都不是某个特殊时代的缺陷，而是每个人的缺陷。假如一个人在他的一生中没有经历过觉得《维特》就是为他写的那么一个阶段，那倒是坏了。”

▼ 1824年1月4日　星期日

今天饭后，歌德和我一起翻阅意大利文艺复兴时期的画家和建筑师拉斐尔的画册。他经常研究拉斐尔，目的是和这位杰出的艺术大师保持联系，经常练习思考伟大人物的思想。歌德高兴地把我引入了类似的领域。

接着我们谈论他的诗集《西东合集》，特别是其中的《恼怒篇》。歌德在《恼怒篇》里，对他的敌人发泄了自己心中的不满。

歌德补充说：“顺便提一下，我是非常有节制的，如果我把使我恼怒和苦恼的事情通通说出来，那么这很少的几页兴许会变成一本厚厚的书。

“其实，人们对我从来也不满意，总希望把我变成和上帝所喜欢的人不一样的人。此外，人们对我所创作的东西也很少感到满意。我年复一年、日复一日地一心一意地操劳，希望用自己的新作品给世界带来一点儿爱，可是世界并没有因此感谢我，反倒要求我应该感谢它，因为它觉得我的作品只能忍受。如果人们表扬我，那么我不应该把这种表扬看作一种应有的承认而愉快地、自豪地加以接受，而应该像人们所期待的那样，说一些表示拒绝的、谦虚的空话，这样一来，我谦恭地暴露了我的人格和作品的毫无价值。但是，这是和我的本性格格不入的，如果我像人们所期待的那样说假话和撒谎，我就会是一个可怜的骗子。可是，我要是有足够坚强的性格来显示自己的全部真相，人们就会认为我骄傲，直到今天人们仍然是这个看法。

“在宗教、科学和政治问题上，我到处遇到麻烦，因为我不说假话，有勇气把心里所感到的一切如实说出来。”

歌德继续说：“我相信上帝，相信自然，相信崇高的东西对恶劣的东西的胜利；但是某些虔诚的人士认为这还不够，还要我相信三位一体①，这就违背了我心灵中的真实感，而且我也看不出这对我有什么好处。

“我认识到牛顿关于光和颜色的学说是一种错误，而且有勇气来驳斥这个举世公认的信条，这对我就变成了坏事。我纯粹而真实地认识到光的性质，我认为我有责任为此而斗争。可是对立的那一派却在郑重其事地力图把光变暗，因为他们断言：阴影就是光的一个组成部分。我这样把它表达出来，好像很荒诞，可是事实确是如此。因为他们说过：各种颜色（它们本来是一种阴影和投在透明物上的阴影）就是光本身，或者结果与原来一样，颜色就是时而这样折射，时而那样折射的光线。”

歌德沉默了，这时，在他那富于表情的面孔上露出了一丝带有讽刺意味的微笑。停了一会儿，他又继续说：

“现在我们来谈政治上的事情！我说不出我在这方面遇到了多少困难和遭受了多少痛苦。你知道我的政治剧《激动的人们》吗？”

我回答说：“为了出你的全集的新版本，我昨天才第一次读了这部剧本，但是这部剧本没有写完，我深感遗憾。不过，尽管它没有写完，每个有正常思维的人都会支持你的观点。”

歌德接着说：“那是我在法国革命时期写的，在某种程度上可以把它看成当时我的政治信仰的告白。我把伯爵夫人作为贵族的代表放在这部剧本里，通过她嘴里说出的话，我表达了贵族是应该怎样想

---

① 基督教认为上帝、圣灵和基督是三位一体的。

的。那位伯爵夫人刚从巴黎回国,她在巴黎目睹了法国革命的发展过程,并从中吸取了好的教训。她深信尽管人民受压迫,但他们是压不倒的;下层阶级的革命暴动都是大人物们不公正行为造成的后果。她说,凡是我认为不公正的行为,我今后要严格避免,并且无论在宫廷里还是在社交界,旁人要是有这种不公正的行为,我都要大声地说出我的意见。我对任何不公正的行为,决不再缄口不语,尽管人家诋毁我,骂我是个民主派!"

歌德接着说:"我想伯爵夫人的这种信念是完全值得钦佩的。这是我当时的信念,现在还是我的信念。作为报答,人们给我扣上各种各样的帽子,我就不必提了。"

我回答说:"只要读一读《哀格蒙特》这部悲剧,便可以知道你是怎样想的。我不知道有哪部德国剧本讲人民自由比你这部剧本讲得更多。"

歌德回答说:"人们有时不愿如实地看我,故意视而不见一切能说明我真正本质的东西,与此相反,在咱俩之间说说,席勒和我相比更是一个贵族,但他说话比我远为慎重,所以他很幸运地被人看作人民的特殊的朋友。我衷心为他庆幸,我想到在我以前许多人的遭遇也不比我好,就聊以自慰了。

"我不会是法国革命的朋友,这倒是真话,因为它的残暴行为伤害了我的精神,每日每时都引起我的愤怒,而它的有益后果当时还看不出来。此外,当时德国人企图人为地把那些在法国出于大的必要而发生的场面搬到德国来,对此我也不能无动于衷。

"但是,我同样不是独裁统治的朋友。我完全相信,任何一次大革命都不是人民的罪责,而是政府的罪责。只要政府办事常是公正的,并保持警惕,采取合乎时势的改良措施来预防革命,不要长时间地抗拒人民的要求,这样,来自下面的革命就可以避免了。

"可是,由于我厌恶革命,人们就把我叫作'现存制度的朋友'。这是一个意义非常含糊的头衔,恕我不能接受。现存制度如果是卓越的、好的和正义的,我根本用不着反对它。现存制度如果既有很多好处,又有很多坏处,也就是说,它是不公正的和不完善的,那么,现存制度的朋友往往就是过时的东西和坏的东西的朋友了。

“时代永远在前进,人世间的事每过五十年就要换一个样子。在1800年还很完善的制度,到了1850年,也许就是一种缺陷了。

“另一方面,对于一个民族来说,只有产生于它自己的本质、它自己的一般需要,而不是猴儿般模仿其他民族的东西,才是好的。因为对于某一国人民在一定的年龄阶段是有益的营养,对于另一国人民也许就是一种毒药。所以想把不扎根于自己民族的内在本质、不适应自己民族需要的外国革新引进来,这种企图总是愚蠢的;而一切类似的预期的革命总是不成功的,因为这种革命没有上帝支持,上帝制止这种胡作非为。但是一国人民如果确有进行一场伟大改革的实际需要,上帝就会站在他们一边,这种改革就会成功。上帝显然曾站在基督及其第一批门徒一边,因为新的博爱教义的出现符合当时各国人民的需要;上帝显然也曾站在马丁·路德一边,因为净化那被僧侣阶层篡改过的教义也还是一种需要。以上这两种伟大的力量并不是现存制度的朋友;相反,它们生动地渗透着一种信念:陈旧的发酵面块必须加以扫除,不能再让不真实、不公正和有缺陷的东西继续存在下去。”

▼ 1824年5月5日　星期三

我在这几天里认真地阅读了歌德和演员沃尔夫以及格律纳尔一起讨论的有关戏剧研究的材料。我成功地把这些非常零散的笔记整理成册,使它成为演员所需的一种问答手册。

今天我和歌德讨论了这项工作。我们对某些个别的问题进行了较为深入的讨论。我们认为材料中略微提到的有关发音和摆脱方言的问题特别重要。

歌德说:“我在长期的实践过程中结识了来自德国各地区的戏剧初学者。北德人的发音总的说来还算可以;它听起来纯正,从某种意义上说可以作为发音的典范。与此相反,土生土长的施瓦本人、奥地利人和萨克森人,他们的发音常使我陷入困境。我们亲爱的城市魏玛的土生土长的人也给我带来许多麻烦。他们在这里的学校里没有受过语音方面的教育,所以不知道通过标有重读记号的发音把 B 和 P,D 和 T 严格区分开来,因而常常闹笑话。人们几乎不相信,B,P,D,T 一般被看作四个不同的字母,因为他们总认为只有清辅音 D 和浊辅音 D、清辅音 B 和浊辅音 B,仿佛 P 和 T 并不存在似的。正是由于这个缘故,他们把‘痛苦’(Pein)读成‘腿’(Bein),把‘护照’(Paβ)读成‘男低音’(Baβ),把‘达克斯狗’(Teckel)读成‘盖子’(Deckel)。”

我回答说:“此地的一个演员不懂得把 T 和 D 区分开来,所以在这几天里犯了一个类似的、非常明显的错误。他扮演一个求爱者,他因自己小小的不忠而感到自己有过错,那位被激怒的年轻姑娘便对他进行了各种各样的严厉谴责。失去耐性的小伙子终于忍不住大声地叫出:‘啊,别再说了!’(O Ende!)可是他无法把 T 和 D 区分开来,于是大声叫道:‘啊,鸭子!’(O Ente!)引得众人哈哈大笑。”

歌德回答说:“这个例子很好,值得收入我们的戏剧问答手册里。”

我接着说:“这里有位年轻的女歌唱家,她同样无法把 T 和 D 区分开来。她不久前说:‘我要把你移交给知情者(Eingeweihten übergeben)。’可是由于她把 T 说成 D,所以听起来就像是在说:‘我要把你移交给内脏(Eingeweiden übergeben)。’”

我继续说:“不久前,此地的一个男演员扮演一个仆人的角色,他对一位来访的外地人说:‘我的主人不在家,他在市议会里(im Rate)。’可是由于他分不清 T 和 D,所以听起来就像是在说:‘我的主人不在家,他坐在马车轮里(im Rade)。'"

歌德说:"这两个例子也不错,我们愿意把它们记住。的确,一个人要是分不清 P 和 B,他就会把'抓住他!'(Packe ihn an!)这个句子说成'把他稍微烘烤一下!'(Backe ihn an!),这样又会引人发笑。"

歌德继续说:"同样,此地的人常把 Ü 说成 I,因而引起许许多多非常恶劣的误解。我常常听到他们把'海滨居民'(Küstenbewohner)说成'箱子里的居民'(Kistenbewohner),把'一扇门'(Türstück)说成'一头牲畜'(Tierstück),把'彻底的'(gründlich)说成'有痂的'(grindlich),把'混浊'(Trübe)说成'欲望'(Triebe),把'你们必须'(Ihr müßt)说成'你们测量'(Ihr mißt),这当然又会令人发笑。"

我回答说:"这样的例子屡见不鲜。不久前我在剧院里碰见一桩非常有趣的事情:一位处于困境的女士应该跟随一个她以前从未见过的男子。她对这个男子说:'虽然我不认识你,但是我完全相信你的品性是高尚的。'(Ich Kenne dich zwar nicht, aber ich setze mein ganzes Vertrauen in den Edelmut deiner Züge.)可是由于她把 Ü 说成 I,这就变成了:'我虽然不认识你,但是我完全相信你的山羊是高尚的。'(...in den Edelmut deiner Ziege.)台下的观众听了,禁不住发出一阵笑声。"

歌德回答说:"这个例子同样很好,我们也愿意把它记住。"他接着说:"此地的人常把 G 和 K 混淆,把 G 说成 K,又把 K 说成 G,也许他们不知道一个字母既可以读成清音,也可以读成浊音,这是此地习以为常的教育的一种后果。你在此地的剧院里也许已经听到过,或将来还会听到人们常把'纸牌搭成的房子'(Kartenhaus)说成'有小花园的房子'(Gartenhaus),把'钱箱'(Kasse)说成'胡同'(Gasse),把'拣出'(klauben)说成'相信'(glauben),把'给……带上花冠'(bekränzen)说成'限制'(begrenzen),把'艺术'(Kunst)说成'恩惠'(Gunst)。"

我回答说:"类似的情况我也碰到过。此地的一位演员说过:'你的忧伤引起我的不安。'（Dein Gram geht mir zu Herzen.）但是他把G说成K，这就变成了：'你的不值钱的家什引起我的不安。'（Dein Kram...）"

歌德回答说："像把G说成K这样的混淆，我们不仅可以从演员们那里听到，而且可以从非常有学问的神学家们那里听到。我从前碰到过一桩非常有趣的事情，我很愿意把它讲给你听。"

接着歌德向我讲述了他的经历："几年前我在耶拿逗留了一段时间，下榻在名为'圣诞树'的乡村旅店里。一天早上，有位学神学的大学生来看我，我们非常愉快地聊了一会儿之后，在告别的时候，他向我提出一个特别的请求，也就是他请求我允许他在下个星期天代替我布道（statt meiner predigen zu dürfen）。我立即觉察到事情发生的根由，同时觉察到这位很有希望的小青年也是一个把G和K混淆的人。于是我非常友好地回答他，我个人在这件事情上虽然无法帮助他，但是，如果他愿意向副主教柯德[①]先生求教的话，他肯定会达到自己的目的。"

▼ 1824年5月18日　星期二

晚上在歌德家里与里默尔聚会。歌德用一首英文诗为我们助兴。这是一首以地质学为题材的诗。歌德把这首英文诗即席翻译成德语，并通过口头叙述的方式向我们讲述了这首诗的内容。他的讲述是那么风趣，富于想象力和兴致，以至每个细节都栩栩如生地出现在我们的眼前，仿佛全诗是歌德自己在瞬间虚构出来似的。这首诗的内容大致如下：诗的主人公——国王煤炭坐在金碧辉煌的接见大厅里他的宝座上，身旁坐着他的夫人黄铁矿。他们在等待帝国大人

① 柯德（Friedrich August Koethe，1781—1850），神学教授，魏玛的副主教。

物的到来。大人物们按照他们的级别走进接见大厅，被逐个地介绍给国王：公爵花岗岩，侯爵页岩，伯爵夫人斑岩，以及其他的达官贵人。歌德只用了几个恰当的形容词就幽默地把他们的性格刻画出来。此外，接见大厅里还走进来一个人，他就是洛伦茨爵士原始白垩，他不仅拥有大片的领地，而且为宫廷所喜爱。他为他的母亲——大理石夫人请求原谅，因为她住的地方离这儿较远；此外，她还是一位熟谙文化和抛光术的贵妇人。顺便提一下，她今天不能出现在宫廷里，是由于她和卡诺瓦[1]卷入了一桩阴谋，他对她百般奉承。凝灰岩用蜥蜴和鱼装点自己的头发，他看上去有点儿喝醉了。汉斯·泥灰岩和雅可布·陶土最后才来；王后特别喜欢汉斯，因为他曾答应送给王后一盒贝壳标本。歌德就是用这种非常轻松愉快的语调连续讲了好一阵子；可是由于细节太多，我无法记住他所讲的一切。

歌德说："像这样的诗完全是写给社交界名人看的，它不仅使他们开心，而且给他们带来大量有益和必需的知识。此外，他还能在社交界里激起人们对科学的鉴赏能力。人们始终不知道，正是从这样一种消遣性的半似玩笑的诗中往往会产生出许多好的结果。例如，某些有头脑的人也许会因此在自己个人的知识范围内进行观察。而这种个人对我们周围的自然环境的观察，假如观察者并不是一个真正的行家的话，往往更加显得宝贵。"

我回答说："你这样说似乎是想向我暗示，知识越多的人，就越不善于观察。"

歌德回答说："假如流传下来的知识错误百出，你刚才所说的话当然正确！一旦你在科学领域里属于某个狭隘的学派，你就会立即放弃你本人的真实而无成见的看法。一个坚定的火成论者始终只会戴着火成论者的眼镜看问题。同样，水成论者和现代的地壳上升理论的拥护者，始终只会用自己学派的观点看问题。凡是囿于某种排

---

① 卡诺瓦（Antonio Canova，1757—1822），意大利雕刻家。

他性的倾向的理论家，其世界观均会失去自己的清白无辜，而客观事物也因此失去自己自然的纯洁性。这些学者的感觉，尽管个别的学者声称自己非常爱说实话，绝不会反映客观事物的真实情况，相反，他们对客观事物的观察带有非常强烈的主观色彩。

“但是，我并不认为一种无偏见的和正确的知识会有碍于观察，相反，正如古人所说，我们只看、只听我们所知道的东西。一位专业音乐家在听乐队演奏的时候能听出每种乐器、每种音调，而一个门外汉只感受到整体的宏大的影响。又例如，一个只知道享受的人只看到绿色的或开满花朵的草地的优美表面，而善于观察的植物学家则会看到各种各样的幼小植物和草的无穷无尽的细节。

“可是一切事物都有自己的限度和目的，例如我在我的《葛兹》里就描写了这样的场面：那个儿子由于博学多才而不认识自己的父亲。同样，在科学领域里，也有一些人由于满脑子的知识和假设而不再能看和听。在这些人那里，一切迅速地转向内心生活；他们翻来覆去地思考他们所关心的问题，以至变得像一个入迷的人，他在街上从最亲爱的朋友们身边经过，却没有看见他们。要观察自然，需要有某种单纯而安稳的内心世界，它不受任何东西的干扰，也不被任何东西预先占据。小孩不会放过在花上的甲虫，他全神贯注地观察甲虫，他的目光决不会被此时可能形成的奇特的云吸引过去。”

我回答说：“这么说来，孩子们和像他们一样的人可以成为科学领域里的很好的帮手。”

歌德插话说：“但愿如此，其实我们大家不过是好的帮手！正是因为我们抱着较大的希望，到处随身携带着一套一套的哲学和假设，所以我们毁了我们自己。”

谈话中出现了停顿。里默尔提到拜伦和拜伦之死，从而打断了我们的谈话。接着歌德精辟地分析了拜伦的作品，给予它们极高的评价和最完全的承认。他接着说：“顺便提一下，尽管拜伦这么年轻就死去，但是文学基本上并没有丧失，虽然它的进一步发展暂时受到了阻碍。在某种意义上说,拜伦不可能继续前进。他已经达到了他的创造力的顶点,即便他在将来可能还会创作某些作品,但是他毕竟不可能拓展大自然给他的才能规定的界限。在他的那首不可理解的题为《上帝最后的审判》的讽刺诗里,他尽一切可能做了最大的努力。"

接着话题转到意大利诗人塔索[①]以及这位诗人和拜伦之间的比较。歌德认为这位英国人在才智、创造力和对世情的掌握方面具有很大的优越性。他补充说:"这两位诗人彼此无法比较,否则只会用一个人把另一个人毁掉。拜伦是燃烧着的荆棘丛,它会把黎巴嫩的雪松化为灰烬。这位意大利人的伟大史诗经受住了几个世纪的考验,为作者获得了荣誉;但是只要用《唐璜》的一行诗,就能把整个的《被解放的耶路撒冷》毒死。"

▼ 1824年5月26日　星期三

今天我和歌德告别,因为我要去汉诺威看望我的亲人,然后去游览莱茵地区,这是我早就打算做的事情了。歌德非常热情地同我握手,并且拥抱我。他说:"要是你在汉诺威的勒伯格[②]那儿看到我青年时代的女朋友夏洛蒂·克斯特纳[③],请代为向她问好。在法兰克福,我将把我的几位朋友,即维勒麦尔、莱茵哈特伯爵和施罗塞尔一家介绍给你。在海德堡和波恩,你也会找到一些朋友,他们对我忠诚,你会受到他们的最好接待。我打算今年夏天再去马里恩浴场度过一些时间,可是在你回来之前,我不会动身到那里去。"

和歌德告别,我感到心情沉重;可是我坚信在两个月之后又会看

---

① 塔索(Torquato Tasso,1544—1595),著有叙事长诗《被解放的耶路撒冷》。

② 勒伯格(August Wilhelm Rehberg, 1757—1836),歌德的好友。

③ 夏洛蒂·克斯特纳(Charlotte Kestner, 1753—1828),《少年维特的烦恼》的女主人公绿蒂的原型。

到健康而愉快的歌德。

第二天,马车朝我可爱的家乡汉诺威开去,马上就要到达我盼望已久的家乡了,我心里感到格外高兴。

到达汉诺威几周之后,我去看望我的亲人,然后于 6 月份和 7 月份在莱茵地区逗留,在那里,特别是在法兰克福、海德堡和波恩,我将和歌德的某些尊敬的朋友结识。

1825 年

▼ 1825 年 3 月 22 日　星期二

昨天夜里，十二点后不久，我们被火警惊醒了。人们大声喊：“剧院失火啦！”我马上穿衣，急忙跑到失火地点。一片巨大的普遍的惊慌。几个小时前，我们还在那里欣赏男演员拉罗西在坎伯兰[①]的《犹太人》一剧中所做的精彩表演，男演员赛伊德尔的滑稽诙谐也引起哄堂大笑。可是就在这个不久前还给我们精神享受的地方，最可怕的毁灭性元素却在猖獗肆虐了。

看来火是由供暖装置引起的，先是在剧院正厅的中间和后排座位燃烧，然后火焰向舞台和布景的那些干枯的板条扑去。火焰借助这些极为丰富的易燃材料迅速蔓延，过了不多久，从屋顶蹿出来，椽木发出噼噼啪啪的爆裂声。

大批消防人员赶来灭火。整个建筑物逐渐被水龙包围起来，它们把大量的水泻入火焰里。但是这一切努力并没有产生效果。火焰仍然向上蹿，并把大量炽热的火花和燃烧着的一块块轻的材料送上黑暗的天空，然后它们随着微风向一侧的城市上空飘去。消防人员有的爬到消防梯上，有的拿着灭火器，他们的喊叫声和救火群众的喧闹声连成一片。所有的人力都已经动员起来。人们似乎想尽一切办

---

① 坎伯兰（Richard Cumberland，1732—1811），英国剧作家。

法去夺取胜利。稍稍靠边的地方，也就是离火焰不远的地方，站着一个身穿斗篷、头戴军帽的男人，他神色非常镇定，还抽着一支雪茄。乍一看，他似乎是一个闲散无事的旁观者，可是他不是这样的人。人们从他那儿来，他向他们发出简短的命令，他们立即就去执行。他就是卡尔·奥古斯特大公爵。他不久就认识到这栋建筑物本身已无法拯救，于是他命令让它自己倒塌，把所有此时并非必需的水龙用于与剧院相邻的房屋，因为它们离大火很近，随时都会遭到损坏。听天由命的大公爵似乎想起了以下的诗句：

就让这房子烧毁吧！
我们还会建造更美的房子。

他是对的。的确，魏玛剧院业已破旧，一点儿也不美，随着观众日益增多，剧院早已容纳不下了。尽管这样，剧院被毁毕竟让人感到惋惜，因为恰恰是这座剧院使魏玛人联想起自己伟大而可爱的过去。

我看见那些美丽的眼睛里充满了泪水，这泪水是为剧院的毁灭而流的。小型乐队的一位队员同样使我感动，他为自己被烧毁的小提琴而哭。

天刚破晓，我看到许多苍白的面孔。我注意到上等阶层的各种各样的年轻姑娘和妇女，她们为了等待火灾过去而彻夜不眠，在寒冷的晨风中颤抖。我回家休息了一会儿，上午就去看歌德。

仆人告诉我，歌德感到不舒服，正躺在床上。不过歌德还是把我召到他身边。他向我伸出他的手，一边说："这是我们大家的损失，可是有什么办法呢？我的小孙子沃尔夫一大早就来到我床边，握住我的手，睁着大眼盯住我说：'人的遭遇就是这样呀！'除了我亲爱的沃尔夫用来安慰我的这句话以外，还有什么可说的呢？我苦心经营差不多三十年之久的这座剧院，现在成了一片废墟。可是，正如沃尔夫所说，人的遭遇就是这样呀！夜里我睡得很少，我从面前的窗孔里望见火焰不断地升向天空。你可以想象到,此时我浮想联翩,不仅想起过去的那些岁月,想起我和席勒多年的共事,还想起某些可爱的弟子的入院和成长,想到这一切,我的心情不免有些激动。因此,我想今天最好还是躺在床上。”

我为他的谨慎而称赞他。不过看来他好像毫不衰弱或困倦,反倒显得很愉快和生气勃勃。我反而觉得,躺在床上是他惯用的一种应付事变的老策略,例如他害怕来访者太拥挤的时候,也总是躺在床上。

歌德请我在他床前的椅子上坐一会儿。他对我说:“我很想念你,并为你感到惋惜,你现在打算怎样度过你的夜晚时间呢?”

我回答说:“您知道我是多么热爱戏剧。两年前我到此地时,除了在汉诺威看过三四次戏以外,几乎什么也不知道。刚来时什么对我都是新鲜的,无论是演员还是剧本。由于我听从您的劝告把全副精神都放在接受戏剧的印象上,没有在这方面做过多少思考或反省,所以我可以如实地对您说,这两个冬天我在剧院里度过了我平生一些最无害也最愉快的时光。我也迷恋上了剧院,以至我不仅每场不漏,而且得到许可观看排练。是呀,这并没有使我感到满足,白天路过剧院,碰巧看到大门开着时,我就走进去,在正厅后座的空位置上坐上半个钟头,想象某些可能上演的场面。”

歌德笑着说:“你简直是个疯子,不过我很喜欢你这样。老天爷,但愿所有的观众都是这样的孩子!其实你是对的,理当如此。一个够年轻的人只要没有娇惯坏,很难找到一个比剧院更适合他的地方了。人们对你没有任何要求,你不愿意开口说话就不必开口说话;更确切地说,你像个国王,舒舒适适地坐在那里,让一切在你眼前掠过,让心灵和感官获得你所希望的享受。那里有的是诗,是绘画,是歌唱和音乐,是表演艺术,而且还不止这些呢!如果所有这些艺术和青春以及美丽的魅力都集中在同一个夜晚,而且高度协调合作来发挥效力,那么这就是一种无与伦比的节日。即使节日演出中有些节目是好的，有些节目是坏的，也总比站在窗口呆望，或是坐在一间烟雾弥漫的房子里和几个亲友打惠斯特牌要强得多。正如你所感到的，魏玛剧院是决不可以轻视的；它总还是我们的极盛时代留下来的一个老班底，又加上一批新培养出来的人才。我们总还可以上演一些使人兴奋和讨人喜欢的戏剧作品，至少是形象完整的东西。”

我回答说：“二三十年前我要是躬逢其盛，那多好！”

歌德说：“那确实是个兴盛时期。当时有不少重要的有利条件帮助了我们。你可以想象，当时令人厌倦的法国审美趣味的时期才过去不久，德国观众还没有因为法国文艺趣味而变得过度兴奋，莎士比亚还如同早上的清新空气在德国产生影响，莫扎特的歌剧刚出世，席勒的一些剧本一年接着一年地创作出来，由他亲自指导，这些剧本以旭日的光辉在魏玛剧院上演。你可以想象，当时老老少少所享受到的就是这些节日的盛宴，而我们的观众总是怀着感激的心情对待剧院的。”

我补充说：“亲身经历过那个时代的老一辈，向我提起魏玛剧院的时候，总是盛赞它当时的崇高地位。”

歌德回答说：“我不想否认，剧院的确深孚众望。不过关键在于当时大公爵放手让我去做，我可以自由处理剧院的事。我并不看重富丽的舞台布景，也不看重鲜艳的行头，但是我看重好的剧本。从悲剧到闹剧，不管哪个类型都行，不过一部剧本必须是某种讨人喜欢的东西。它必须宏伟而优异，爽朗而优美，至少是健康的、含有某种内核的。凡是病态的、萎靡的、哭哭啼啼的、多愁善感的以及恐怖的、令人毛骨悚然的、伤风败俗的剧本，都一概排除。我担心这类东西会毒害演员和观众。

“我通过这些好剧本提高了演员们的水平。因为研究和不断运用卓越的剧本必然会把一个人训练成材，只要他的天性并没有失灵。我还和演员们经常接触。我亲自指导剧本的初次试演，并向每个演员清楚地说明他的角色；每次彩排我都在场，并和演员们讨论如何改进,每次上演我都不缺席,第二天就把我认为不对的地方指出来。

“我用这种办法使演员们在表演艺术方面精益求精。但是我还设法提高整个演员阶层在社会评价中的地位,其做法是把最好的和最有希望的演员们纳入我的社交圈子,让世人看出我很重视与他们的交往。这样做的结果是,其他魏玛上层人士也不甘落后,不久男女演员们就光荣地被接纳到最好的社交圈子里去了。通过这一切,演员们在精神上和外表上的教养大大提高了。在柏林的学生沃尔夫以及我们的杜兰德就是两位与人交往时语言和举止十分得体的演员。奥尔斯和格拉夫这两位先生具有足够的文化修养,他们为上流社会争光。

“席勒本着和我一样的认识进行工作。他和男女演员们也有频繁的交往。他和我一样出席所有的排练,在他的剧本上演成功之后,他总是邀请他们到他家里去,一起过快活的一天。大家欢庆成功的地方,并且讨论下次如何改进。但是就在席勒参加我们这个集体时,他就发现这里的演员和观众都已具有高度的文化修养。不可否认,这对他的剧本上演迅速获得成功是大有帮助的。”

我很高兴听到歌德如此详细地谈论一个题目,我一向对这个题目很感兴趣,特别是由于昨晚发生的那场灾难,首先浮上我心头的也是这个题目。

我对他说:“您和席勒多年来对魏玛剧院做过许多很好的贡献,昨夜的火灾从表面上看似乎结束了一个伟大的时代,这个时代恐怕要过很久才能回到魏玛来。您过去担任剧院监督时看到它非常成功,想必感到很大的快慰吧!”

歌德叹口气回答说:“可是麻烦和困难也不少!”

我说:“要使那么多的人保持秩序井然,这或许是困难的。”

歌德回答说:“要达到这一点,很大一部分要靠严厉,更大一部分要靠友爱,但最重要的还是要靠通情达理,大公无私。

“我当时要提防两个可能对我是危险的敌人。一个是我对才能的热爱,这很可能使我偏私。另一个敌人我不愿意说,但是你会猜出来的。我们剧院里有不少年轻漂亮而且富于精神魔力的女士。我热烈地爱慕着她们当中的几个,而她们也在半路上向我迎了过来。不过我克制住自己,对自己说:‘不能走得更远了!’我认识到自己的地位,而且知道我对自己的地位负有义务。我站在剧院里,不是作为一个私人,而是作为一个机构的首脑。对我来说,这个机构的兴旺比我个人一时的幸福更为重要。如果我卷入一场爱情交易,我就会像一个罗盘的指针不能指向正确的方向,因为它旁边有磁铁在起作用。

“可是,如果我完全清白自持,我就始终是自己的主宰,也就始终是剧院的主宰。正因为这样,我一直受到必要的尊敬,如果没有这一点,一切权威很快就会消失。”

歌德的这番自白我觉得非常值得注意。我在此之前曾从别人那里听到过关于歌德的类似的话,现在听到歌德亲口证实,心里很高兴。因此我比以前更敬重他,然后和他热烈握手告别。

我回到失火现场。火焰和烟柱仍从废墟中往上升腾。人们还在继续忙着灭火和拆卸。我在附近发现烧焦的台词本的残片。这是歌德的剧本《塔索》中的一些段落。

▼ 1825年3月24日　星期四

在歌德家里吃饭。剧院的损失几乎成了谈话的唯一内容。歌德的儿媳和乌尔里克小姐回忆起她们在那座老房子(指魏玛剧院)里度过的那些幸福时刻。她们从废墟里找到了一些被她们认为是无价之宝的圣人遗物。可是最后表明,这些所谓的圣人遗物不过是几块石头和一些裱糊布的烧焦的残片。不过这些残片据说是从它们原先所在的地方——剧院二楼楼座上掉下来的。

歌德说:“当前,主要的事情是大家应该迅速地镇静下来,尽快地重新适应环境。我打算在下个礼拜重新让演员们演出,地点在亲王府或市政厅的大厅里。这事要抓紧去办,否则观众为了打发他们冗长乏味的夜晚,就会去寻找其他的办法。”

我提醒歌德注意:“可是舞台布景压根儿没有抢救出来!”

歌德回答说:“不需要很多的布景,也不需要大件的布景。也完全没有必要用整块的布景,更没有必要用整块大的布景。关键是要选用一些地点无须做大的更换的剧本,例如独幕喜剧、独幕闹剧或小歌剧。此外,来点咏叹调、二重唱或某部受欢迎的歌剧的终场。有了这些节目,观众大体上就会满意了。4 月份还可以凑合着过去,到了 5 月份,你们就会看到森林的歌唱家们(即鸟儿们)了。”

歌德继续说:“在夏季里,你们将会看到一座新的剧院拔地而起。这场火灾让我觉得很奇怪。我只想向你们透露,去冬的那些漫长的夜晚,我是和公路局局长柯德莱一起度过的,我们设计了一座与魏玛相称的又新又漂亮的剧院的草图。在此之前,我们让德国的几家最优秀的剧院给我们寄来了平面图和截面图。我们从中选出了最好的,舍弃了我们认为是有欠缺的。在此基础上,我们设计出了一张颇有价值的草图。一旦大公爵批准了我们的方案,便可动工兴建。说来很奇怪,这场灾难似乎发现我们为建造新的剧院做好了充分的准备,这并不是一件无关紧要的事。”

我们非常高兴地听到歌德的这一消息。

歌德接着说:“在那座老剧院里,楼座是供贵族们使用的,顶层楼座是供佣工和年轻的手工业者使用的。可是大批富有而有教养的中等阶层的观众则境况不好,因为如果在上演某些剧本时正厅的中间和后排座位被大学生们占用,他们就不知道该往哪儿去。正厅的中间和后排座位后面的那几间面积不大的包厢,以及正厅前排座位的那几排长凳,显然不够。现在我们把剧院加以改进。我们在正厅的中间和后排座位四周加建一排排的厢座,并在楼座和顶层楼座之间加建一排二级厢座。这样,无须特别把剧院扩大,就可以获得很多的座位。”

我们为这个消息感到高兴，并且称赞歌德诚心诚意关心剧院和观众。

为了对这漂亮的未来剧院稍尽绵薄之力，我在饭后和朋友罗伯特·杜兰前往魏玛北部，在那里的一家小酒店里要了一杯咖啡，开始根据梅塔斯塔齐奥[1]的歌剧《伊西皮勒》写一部歌剧剧本。我们的首要任务是，首先写出演出说明，让魏玛剧院最受欢迎的男女歌唱家们担任这部歌剧的角色。这件事给我们带来很大的快乐。我们仿佛又坐在乐池的前面。接着我们真的非常认真地工作起来，并且完成了第一幕的一大部分。

▼ 1825 年 3 月 27 日　星期日

我和一些客人在歌德家里吃饭。他把新剧院的草图拿给我们看。这幅草图和几天前他跟我们谈过的一样，无论内部还是外部都说明这会是一座很漂亮的剧院。

有人指出，这样一座漂亮的剧院不仅要求有漂亮的舞台布景，而且要求在服装方面比以往更好。也有人认为，人员也日渐不够了，在正剧和歌剧两方面都要配备一些优秀的青年演员。可是人们同时也指出，这一切都需要一大笔经费，而这是原先的财力所办不到的。

歌德说："我很清楚，人们会在爱惜钱财的借口下聘请一些花钱不多的人。但是人们并没有想到，靠这样一些措施是无助于改善经济情况的。对经济情况最有害的办法莫过于在这样一些重要的事情上想节省。我们的目标应该是每晚都满座。要达到这个目标，有一位年轻的男歌手、一位年轻的女歌手、一位能干的男主角和一位能干的、色艺俱佳的、年轻的女主角，就可以做出很多的贡献。是啊，如果

---

① 梅塔斯塔齐奥(Pietro Metastasio，1698—1782)，意大利剧作家。

我仍然当最高领导，我还要进一步采取改善经济状况的办法，你们应该知道，我会弄到必要的资金的。”

我们问歌德，他打算采取什么样的办法。

歌德回答说：“我想采取一个非常简单的办法，就是在星期天也演戏。这样每年至少能增加四十个晚场的收入。如果财库每年不获得一万到一万五千塔勒，那情况想必就严重了。”

我们觉得这条出路切实可行，还提到庞大的劳动阶级在工作日通常忙到很晚，星期天是唯一的休息日。在这天晚上，他们会觉得与其到一个乡村小酒店里跳舞、喝啤酒，倒不如到剧院里去享受较高尚的乐趣。我们也认为，佃农和地主，以及附近小市镇的官员和殷实的居民，也会觉得星期天是个到魏玛剧院看戏的理想日子。此外，到目前为止，对于既不进宫廷，又不是幸福家庭或上层社团的成员的人们来说，星期天在魏玛一向是个最沉闷无聊的日子，因为单个的人不知道到哪里去才好。可是人们总是要求星期天夜晚有地方可去，以便开开心，忘掉一周来的烦恼。

星期天也让演戏，这在德国其他的城市里已是平常的事情，所以歌德的想法得到完全赞成，大家都认为这是个好办法。只是人们有些怀疑：魏玛宫廷是否批准？

歌德回答说：“魏玛宫廷太好、太明智了，所以不会阻止造福于城市和剧院的措施，而且这是一个重要的机构。魏玛宫廷肯定乐意做出一点小牺牲，把星期天的例行晚会移到另一天去。万一魏玛宫廷不接受我们的这一要求，我们照样能够找到足够的为宫廷所不爱看而广大人民却觉得完全适合他们口味的剧本，这样就会很如意地充实财库。”

接着，话题转到演员，大家对演员力量的使用和滥用谈得很多。

歌德说：“我在自己长期的实践过程中发现一件最重要的事，那就是决不排练一部戏剧或歌剧，除非有几分把握预料它连演几年都大获成功。没有人能充分考虑到排练一部五幕戏剧乃至一部五幕歌剧要费多大力量。是啊,亲爱的朋友们,一位歌手需要下很多的功夫,才能完全掌握他在各景各幕所扮演的角色,至于要把合唱弄得像样,那就要下更多的功夫了。

“人们往往轻率地下令排练一部歌剧,而对这部歌剧能否获得成功根本一无所知,他们只是从很不可靠的报纸消息中听说过这部歌剧。我每逢听到这种情况,就不寒而栗。我们德国现在已有完全过得去的邮车,甚至开始有了快驿车。我主张在听到有一部歌剧在外地上演过而且博得赞赏时,就派一位导演或剧院中其他可靠成员到现场观摩表演,以便弄清楚这部受到赞扬的新歌剧是否真好或适用,我们的力量是否能够演出它。这样一种旅行所需的费用比起通过现场观摩所获得的巨大好处和所避免的后果严重的错误来,是微不足道的。

“还有一点,一部好戏剧或好歌剧,一经排练之后,就要有短期间歇地一直演下去,只要它还在吸引观众,得到满座。这个办法也适用于一部老戏剧或老歌剧。它们也许多年不上演了,现在拿来上演,同样需要重新排练,才演得成功。这种演出也要有短期间歇地重复下去,只要观众对它还感兴趣。人们总是热衷于看到新的东西,对一部花了九牛二虎之力排练出来的好剧只愿看一次,至多是看两次,或是让前后两次上演之间的间歇拖到六周或八周之久,中间就有必要重新排练。这种情况不仅是剧院的真正的不幸,而且是对参演人员的力量的一种不可宽恕的滥用。”

歌德好像把这件事情看得很重要,对它非常关心,所以谈到这件事情时热情洋溢,不像他平时那样恬静。

他接着说:“在意大利,人们每晚都上演同一部歌剧,达到四周或六周之久,而意大利伟大的儿女们决不要求更换。有教养的巴黎人常看法国大诗人们的古典剧,以至能背诵剧文,用经过训练的耳朵去听出每个字音的轻重之分。在魏玛这里,人们也许为了向我表示敬意，上演了我的《伊菲格涅亚》和《塔索》，可是能演几次呢？几乎每三至四年才演上一次。观众觉得这些剧乏味。这是很可理解的。演员们没有表演这些剧的训练，观众也没有听这些剧的训练。假如演员们通过较经常的重演，深入体会到所演角色的精神，他们的表演就有了生命，仿佛这生命不是通过死记硬背得来，而是从内心深处流露出来，那么，观众就不会仍然不感兴趣，不受感动了。

"的确，我曾一度有过这样的幻想：培育出一种德国戏剧。是呀，我有过幻想，幻想我自己在这方面能有所贡献，能为这座大厦砌几块基石。我在写《伊菲格涅亚》和《塔索》的时候，就怀着孩子气的希望，希望它们能成为这种基石。但是没有引起感动或激动，一切仍和从前一样。倘若我有了成效，博得了赞赏，我会给你们写出成打的像《伊菲格涅亚》和《塔索》那样的剧本。我不缺创作题材。但是，正如我刚才所说的，缺少的是能够把这类剧本演得有精神、有生气的演员，缺少的是能够带着情感聆听和接受这类剧本的观众。"

▼ 1825年3月30日　星期三

晚上在歌德家里参加茶会。到会的除了在魏玛的那几个英国人以外，我还发现一个年轻的英国人。我还有幸看到伯爵夫人朱丽叶·冯·恩格罗佛斯坦因，并同她就各种话题进行了愉快的交谈。

▼ 1825年4月6日　星期三

人们听从了歌德的忠告，今晚在市政厅的大厅里首次演出了一些短小的节目和文艺作品的片段。之所以演出这些短小的节目，是因为演出地点狭窄和缺乏舞台布景。小歌剧《家仆》和其他的正剧片段一样受到观众的热烈欢迎。然后是埃贝魏因的歌剧《冯·格莱辛伯爵》中的一首受欢迎的四重唱,同样博得观众的热烈喝彩。我们的首席男高音歌手莫尔特克[1]先生接着唱了一首选自《魔笛》的常被人唱的歌曲。休息之后,演员们雄赳赳地上场,表演了莫扎特的歌剧《唐璜》第一幕的著名终场。就这样,今晚在市政厅大厅里的演出不仅壮观,而且隆重,给观众们留下难忘的印象。

▼ 1825 年 4 月 10 日　星期日

在歌德家里吃饭。他说:“我要向你们报告一个好消息,大公爵已经批准我们为新剧院设计的草图了,剧院的奠基仪式马上就要开始了。”

我听到这个消息,感到非常高兴。

歌德接着说:“我们不得不和各种阻力进行斗争,但是我们终究成功地实现了我们的建议。在这方面,我们得非常感谢枢密顾问斯魏策先生。正像我们对他所期望的那样,他同心同德地坚定地站在我们一边。这份草案是大公爵亲手签署的,所以用不着进一步更动了。尽情地高兴吧,因为你们将有一座非常好的剧院。”

▼ 1825 年 4 月 14 日　星期四

今晚在歌德家。因为我们将要讨论剧院和剧院管理,所以我就问歌德根据哪些原则去挑选一个新演员。

歌德回答说:“这也很难说,我进行挑选的方式是多种多样的。

---

① 莫尔特克(Jakob Moltke,1783—1831),魏玛的歌唱家和演员。

如果新演员原先已有好声望，我就让他表演，看他能否与其他演员合拍，他的表演作风是否扰乱整体，看他能否填补我们这里的一个空白。但是，如果他是一个以前从未上过台的年轻人，那么我首先要看一看他的性格，看他有没有叫人喜欢的或吸引人的地方，特别看他有没有控制自己的能力，因为一个演员如果没有自制力，在旁人面前不能显示出自己做得恰到好处，一般说来，就是个庸才。他的职业要求他不断地否定自己，不断地在旁人的面具下研究问题和生活！

"如果他的外貌和举止使我中意，我就让他朗读，以便了解他的发音器官的强度和音域，以及他在心灵方面的能力。我让他读一位大诗人的雄伟章节，以便了解他能否感觉到真正伟大的东西而且把它表达出来；再让他读些热情奔放和粗犷的东西，以测验他的气力。然后我让他读些明白易懂的、风趣的、讽刺性的和俏皮的东西，看他如何处理这类东西，是否有足够的精神自由来运用自如。接着我让他读一些描写一位伤心人的痛苦和一个伟大心灵的悲伤的章节，以便了解他是否具有表达激情的能力。

"如果他在上述这几个方面都符合我所提出的要求，我就有理由希望把他培育成一个非常出色的演员。如果他在某些方面显然比另一些方面强，我就会注意他的特长所在。我因此也认识到他的弱点所在，并努力在这方面加强对他的训练，把他培养成材。我如果发现他发音有方言或所谓的乡土气的毛病，就坚决要求他抛弃方言和土话，建议他多和没有这种毛病的剧院同事交朋友，进行一些友好的练习。我还要问他会不会舞蹈和击剑，如果不会，我就把他交给舞蹈师和击剑师去培训一段时间。

"如果他达到了可以登台的程度，我首先让他表演和他的个性相宜的角色，我暂时不要求别的，只要求他表演自己。如果我觉得他的表演有点太激昂，我就叫他演缺乏热情的人物；反之，如果我觉得他的表演太漫不经心、太懒散，我就叫他演有火气的、动作迅速的人物。这样他就学会抛开他自己，进入另外一种角色。"

话题转到剧本中角色的分配，在这个问题上歌德说了下面的话，我看是值得注意的：

"有人认为一部中等的剧本应该分配给中等的演员去演，这是一种非常错误的看法。其实，一部二三流的剧本如果分配给第一流的演员去演，会出人意料地得到提高，变成真正的好作品。如果二三流的剧本分配给二三流演员去演，那么效果完全等于零就不足为奇了。

"二流演员分配在大剧本中倒是顶好的，因为他们的作用就如同一幅油画中处在阴影中的人物的作用一样，把在强光中的东西很好地烘托出来。"

▼ 1825 年 4 月 16 日　星期六

和达尔顿在歌德家里吃饭。我是去年夏天在波恩结识达尔顿的，我很高兴在歌德家里与他再次见面。他是一位完全符合歌德心意的学者，他和歌德之间也建立了非常友好的关系。达尔顿是精通自己学科的知名学者，所以歌德不仅重视他所发表的意见，甚至重视他的每一句话。此外，达尔顿还是一个和蔼可亲、诙谐风趣的人，他不仅能言善辩，而且才思敏捷，世上像他那样的人很少，我对他的言谈百听不厌。

歌德力求探索大自然的秘密，很希望能拥抱宇宙，但是和那种把自己的一生献给某一专门方向的自然科学家相比，毕竟处于不利的地位。因为这样的自然科学家致力于掌握一个具有无限细节的王国，而歌德更注重观察一般的大的规律。所以，当歌德发现某种大的综合，但由于缺乏对具体事实的认识而无法证实自己的预感的时候，他多么希望和精通自己专业的自然科学家们建立并保持关系。因为他可以在他们身上发现他所缺少的东西，也就是说，他们能够充实他所缺少的东西。再过几年他就八十岁了，但他仍孜孜不倦地研究和探索。他渴求掌握各方面的知识，学无止境。他要继续前进，继续前进！学习，学习，再学习！正是因为这个缘故，他乐观向上，永葆青春。

我是今天中午当歌德和达尔顿进行热烈交谈时进行这番观察的。达尔顿谈到了啮齿类动物及其骨骼的形成和改变，歌德不厌其烦地希望听到更多具体的事实。

▼ 1825年4月27日　星期三

傍晚去看歌德，他约我坐马车到公园下区一游。他对我说："在我们动身之前，我想让你看一封我昨天收到的泽尔特写来的信，其中他提到了我们剧院的事。"

泽尔特在信中写道："我早已看出，要在魏玛为人民建立一座剧院，你不是最合适的人选。谁把自己变成青草，山羊就会吃掉他。[①] 其他那些当酒还在发酵时就想把瓶口塞住[②]的高贵的老爷也应该想到这一点。朋友们，我们已经见过这样的事，我们正在经历这样的事。"

歌德看了我一眼，我们两人都笑起来了。他说："泽尔特是个正直而能干的人，可是他有时不能完全了解我，对我的话做了错误的解释。我把毕生的精力献给了人民和人民的教化，为什么就不该为他们建立一座剧院呢？但是在魏玛这座小城里，有人曾开玩笑地说，只有上万的诗人和为数不多的居民，哪能说得上人民呢？更谈不上人民的剧院！魏玛将来无疑也要变成一座大城市，不过想看到魏玛人民形成足够的数量，能够建立和维持一座剧院，我们还要等上几百年的时间。"

---

① 相当于中国的俗语：人怕出名猪怕壮；枪打出头鸟；出头椽子烂得快。

② 相当于中国的成语：欲速则不达。

这时我们变得全神贯注起来,朝公园下区驶去。夜晚万籁俱寂,天气温暖,稍稍有点闷热。天空中浓云密聚,正在酝酿着一场暴风雨。我们在干燥的沙路上走来走去,歌德默默地走在我的身旁,显然陷入沉思。我则谛听乌鸫的叫声,这叫声和伊尔姆河对岸那些光秃秃的白蜡树的树尖上空正在形成的雷雨遥相呼应。

歌德用目光扫视四周,一会儿看天上的乌云,一会儿看道路两旁和草地上茁壮成长的灌木和嫩草。他说:"看来今晚将有一场温暖的雷阵雨,春天将带着它的全部华美和丰满再次来到人间。"

这时暴风雨更加临近了,响起了低沉的隆隆雷声,也下了一些雨点。歌德建议乘马车返回城去。当我们在他的屋前下车的时候,歌德对我说:"如果你没什么打算,就跟我上楼待一会儿。"我高兴地接受了他的邀请。

泽尔特的信还摆在桌上。歌德说:"奇怪,真奇怪,一个人的地位在舆论中竟弄到这样是非颠倒!我不知道我何时触犯过人民,可是现在竟有人对我下了定论,说我不是人民的朋友。我当然不是革命暴徒的朋友。他们的目的在于劫掠和杀人放火,在为公众谋福利的幌子下干着最卑鄙的自私勾当。我不是这种人的朋友,正如我不是路易十五的朋友一样。我憎恨一切暴力颠覆,因为得到的好处和毁掉的好处相等。我憎恨进行暴力颠覆的人,也憎恨招致暴力颠覆的人。但是我因此就不是人民之友了吗?任何思维正常的人是否不这样看呢?

"你知道我非常欢迎任何使我们看到未来远景的改良,但是正如我刚才所说的,任何暴力的和跳跃式的革命都在我心里引起反感,因为它不符合自然。

"我是植物的朋友,我喜欢玫瑰,把它看作我们德国自然界所能产生的最完美的花卉,可是我不那么傻,想在这 4 月底就在我自己的花园里看见玫瑰花。如果我现在看到最先长出来的玫瑰嫩叶,看到它们一片又一片地在枝上长起来,一周又一周地壮大起来,我就心满意足了。要是在5月看到花蕾，我会感到高兴；要是在6月看到繁花怒放，芳香扑鼻，我就会感到幸福。谁要是不能忍耐地等待，就请他到暖房里去吧。

"现在还有人说我是王侯的仆人，王侯的奴隶。好像这种话有什么意思似的！我侍候的是一个暴君？一个独裁者？我侍候的是一个用民脂民膏供自己享乐的君主？谢天谢地，这种王侯，这样的时代，早就过去了。半个世纪以来，我一直和魏玛大公爵保持着最密切的关系，在这半个世纪中我和他一起努力工作；但是如果我说得出大公爵有哪一天不想着要做一点事，采取一点措施，来为他的国家谋福利，来改善人民的生活情况，那我就是在说谎。就大公爵个人来说，他的君主身份给他带来的只有负担和辛劳！他的住宅、服装和饮食比起一个殷实的居民来要胜似一筹吗？你只要到我们的海滨城市看看，就会看出任何一个有名望的商人的厨房和酒窖都要比大公爵的更好。"

歌德继续说："今年秋天我们要庆祝大公爵执政五十周年纪念日。不过，要是我正确地想一想，他这五十年的执政其实只不过是一种经常不断的服务！而且这种服务并不是一种达到伟大目的的服务，而是一种造福于他的人民的服务！如果人们硬要说我是王侯的仆人，那么我至少可以感到安慰的是，我只是一个自己也是大众公仆的王侯的仆役。"

▼ 1825年4月29日　星期五

新剧院的建造最近以来进展迅速，墙基到处向上升高，不久一幢非常漂亮的建筑物就有希望竣工了。

可是今天当我来到施工现场的时候，我大吃一惊，施工已经停止了；我还听到流言蜚语，说有另一派人反对歌德和柯德莱的计划，并且最终取得胜利，柯德莱已被迫辞去公路局局长的职务，另一位建筑师将按照新的设计方案领导施工，将对已经打好的地基进行修改。

看到和听到这一切，我深感悲伤，因为我和许多人一样热切希望魏玛有一座剧院，它将按照歌德的注重实际的看法进行相宜的内部装修，并且在审美上符合他很有教养的趣味。

不过我也因为歌德和柯德莱而感到悲伤，他们两个由于这次魏玛事件或多或少在感情上受到了伤害。

▼ 1825 年 5 月 1 日　星期日

在歌德家吃饭。可以料到，头一个话题是新剧院建造计划的改变。我原来担心这个最出人意料的措施会大伤歌德的感情。可是一点迹象也没有！我发现他不仅宽宏大量，而且心情非常愉快，丝毫不露小气敏感的声色。

他说："人们试图从费用和节省这两个方面劝说大公爵改变一下原计划，他们胜利了。我觉得这完全对。一座新剧院最后毕竟也不过是一个新的火化堆，迟早又会在某种事故中焚烧掉。我以此聊以自慰。此外，多一点或少一点，高一点或低一点，都是不值一提的。你们还是会有一座完全过得去的剧院，尽管它不如我原来所希望或设想的。你们会进去看戏，我也会进去看戏，到头来一切都会顶好。"

歌德继续说："大公爵向我说了他的意见，认为一座剧院根本用不着建筑得富丽堂皇；对此我总的说来并无什么异议。他还认为剧院从来只有一个目的，那就是要**赚钱**。乍听起来，这个看法有点唯利是图，可是好好地想一想，倒也不乏较高尚的一面。因为一座剧院不仅要应付开销，而且还要赚钱和省下钱，以便把一切都办得顶好。身为剧院领导的必须是最优秀的人物，演员们要完全是第一流的，要经常上演最好的剧本，以便使剧院永远具有吸引力，这样才能使剧院每晚都达到满座。不过用很少几句话来说出很多的内容，这几乎是不可能的。”

我说：“大公爵想用剧院去赚钱，他的这种想法似乎是切实可行的，因为这样一来剧院就必须经常维持住尽善尽美的高峰。”

歌德回答说：“就连莎士比亚和莫里哀也没有其他看法。他们也首先要用剧院赚钱啊。为了达到这个主要目的，他们就必须力求持续地使一切都尽善尽美，除了一些好的老剧本以外，还要偶尔演一些优异的新剧本，以刺激和吸引观众。禁止《伪君子》上演对莫里哀犹如晴天霹雳，这与其说是对作为诗人的莫里哀，倒不如说是对作为剧院经理的莫里哀。作为剧院经理，他得关心一个重要剧团的福利，要使他自己和他手下的人都有饭吃。”

歌德继续说：“对于一个剧团的福利来说，最大的危险莫过于剧团的领导部门抱有这样的态度：剧团收入的多少与他们的个人利益并无多大关系，他们肯定可以无忧无虑地生活下去，剧团在一年中所缺少的收入，年终的时候可以用其他的财源弥补。人的天性中有个弱点，即人的意志如果没有个人的好处或害处作为动力，就容易衰退。当然，我们并不要求像魏玛这样的城市里的剧团应该自食其力，魏玛公国的国库每年须给予剧团一定的补助。但是，任何事情都有自己的目的和限度。每年多给或少给几千个塔勒，绝不是一件无关紧要的事，尤其是因为剧团的收入较少，而且每况愈下，这当然对剧团很为不利，因为它不仅会失去钱财，而且会同时失去荣誉。

“假如我是大公爵，我就要在将来主管部门有人事变动时，给年度补助金规定一个永远适用的定额。我要根据过去十年的补助求得一个平均数，以这个平均数为准，来规定一个公认为足够维持剧团的定额。有了这笔补助金，剧团就可以精打细算地过日子了。然后我还要进一步采取步骤，如果剧院经理和他的导演们通过自己机灵而强有力的领导，使得财库到年终时还有盈余，那么这笔盈余应作为奖金，由经理、导演们和剧团的优秀成员分享。这样你就会看到剧院活跃起来，整个机构就会从半睡半醒的状态中苏醒过来了。”

歌德继续说:“我们的剧院规章有各种各样的处罚条文,但是没有一条旨在奖励和酬谢优异功勋的规程。这是一个大缺点,因为如果我每犯一次错误就被扣薪,那么我要是做了超过分内的事,就应该得到奖励。如果大家都肯比分内事多做一点,剧院就会兴旺发达起来。”

歌德的儿媳和乌尔里克小姐走了进来,她俩由于天气美好而作夏天打扮,看上去非常妩媚动人。席间的交谈轻松而愉快。大家谈到了上个星期的娱乐活动以及下个星期的类似的娱乐项目。

歌德的儿媳说:“如果接下来几个夜晚还是这样美丽,那么我很想在公园里听着夜莺的歌唱举行茶会。您有什么看法,亲爱的父亲?”歌德回答说:“这可是个很好的主意!”歌德的儿媳说:“您呢,艾克曼,您认为怎么样?可以邀请您吗?”乌尔里克小姐插嘴说:“哎呀,奥蒂丽!你怎么可以邀请艾克曼博士,他肯定不会去;即使他去了,他也是如坐针毡,看得出他心不在焉,他恨不得马上就离开。”我回答说:“我必须坦白地说,我更喜欢和杜兰一起到田野里漫步。茶会、茶客和喝茶时的交谈让我非常讨厌,所以每想到这一切,我不免感到毛骨悚然。”歌德的儿媳说:“哎呀,艾克曼,您要是参加公园里举行的茶会,您可是在野外啊,可以感到如鱼得水。”我说:“完全不是这样!当我太接近大自然,闻到各种香味,但是不能尽情享受的时候,我会像一只鸭子,人们把它带到了水的附近,却不让它潜入水里。”歌德笑着补充说:“你也可以说,你觉得自己像一匹马,它把头伸出马厩,看到前面广阔的草地上其他的马在到处乱跑。它虽然感受到了生气勃勃的大自然的所有喜悦和自由,但它不能进入大自然里。不过,你们别去管艾克曼,他本性难移,你们改变不了他。但是,我最好的朋友,请你告诉我,你和你的那位英国朋友杜兰在那些美好而漫长的下午在野外做些什么?”我回答说:“我们找一个偏僻的山谷,然后在那儿射箭。”歌德说:“嘿!这可是一种不错的娱乐活动。”我说:“这是一种极好的娱乐活动,可以帮助我们摆脱冬天的疾病。”

歌德又说:“可是你们究竟为什么想到在这里,即在魏玛射箭呢?”我回答说:“我在 1814 年的出征中从布拉班特[①]带回了一支箭的模型。在布拉班特,人人都会用弓箭射击。在这座城市里,到处有射箭协会。场地设在一家小酒店里,类似我们的九柱戏球道。射箭协会的会员通常在下午聚集在小酒店里,我常常怀着极大的兴趣观看他们射箭。这是一些身材多么匀称的男子啊!每当他们把弓弦张紧的时候,他们的姿势简直美丽如画!他们不仅善于用力,而且熟练地射中目标!他们通常在六十至八十英尺的距离上朝潮湿的黏土墙上的一面纸靶射击。他们快速地连续射击,让箭在靶上插着。通常,十五支箭中有五支插在有一个塔勒那样大小的靶心里,其余的箭插在靶心的周围。在所有的人都射完之后,他们走向那堵软墙,从上面拔下他们的箭。然后游戏重新开始。当时我对这种射箭活动非常入迷,我想,要是能把它介绍到德国,这可是件大好事。我太愚蠢了,因为我相信能把它引入德国。我反复地讨价还价,希望能买到一张弓。可是要二十个法郎才能买到一张弓。我,一个贫穷的猎骑兵,怎么能弄到这么多钱啊!所以我只买了一支箭,我觉得它比弓更重要,更有艺术性。这支箭是我在布鲁塞尔的一家工厂里用一个法郎买来的,我把它连同图纸作为我唯一的战利品带回了家乡。”

歌德回答说:“你就是干这种事情的人,但是你千万不要以为人们会使某种自然而美好的事情普遍推广。要想普及射箭至少需要时间,并需要各种杰出的本领。不过我可以想象,布拉班特的这种射箭活动可能是好的,相反,我们德国的九柱戏娱乐活动显得粗野和鄙俗,充满市侩习气。”

我回答说:“射箭的好处是,它能使身体得到均匀的发展,同时要求均匀地使用力气。也就是说,把弓伸出去的左臂要绷紧和有力气,而且不能摇晃;把带箭的弓弦拉紧的右臂也必须有力气。同时两只

---

① 布拉班特是具有历史意义的地区,位于比利时和荷兰之间。

脚和两条腿站稳,上身作为坚实的基础。瞄准靶子的眼睛和脖颈的肌肉等等,都必须处于高度紧张状态。当箭嗞的一声射出去,并且射中所希望的目标时,那种高兴和兴奋就甭说了! 我认为没有一种身体的训练能和射箭运动相比。”

歌德回答说:“射箭运动似乎也适合我们的体操协会。要是二十年后在德国能有几千个熟练的弓箭手,我不会感到奇怪。一般说来,成年人这代人在许多方面已没有什么希望了,不仅在身体和精神方面,而且在审美情趣和性格方面;可是,如果我们聪明一点的话,就应该在小学里开始学习射箭,这样才行。”

我回答说:“可是我们德国的体操教师不善于跟弓箭打交道。”

歌德说:“那就应该把某些体操协会联合起来,从佛兰德或布拉班特请来一位熟练的弓箭手。或者把某些年轻漂亮、身材匀称的体操运动员送到布拉班特,在那里把他们培养成优秀的弓箭手,并让他们学会怎样雕刻弓、怎样制造箭。学成之后,这些人可以在德国的体操协会里当教师,当巡回教师,也就是说,他们在某一个体操协会里待一阵子,然后又到另一个体操协会里待一阵子。”

歌德接着说:“我压根儿不反对德国的体操训练,所以,要是很快有各种各样的政治活动混入体操训练,以致当局被迫采取限制措施,甚至禁止和取消体操训练,我会更加感到惋惜。当局这样做,只会把小孩连同洗澡水一起倒掉①。不过我希望能恢复这些体操训练,因为我们德国的青年需要它们,尤其是大学生,因为他们的精神和学习活动太多,以至失去身体上的平衡,从而失去任何必要的活力。不过,你再给我谈谈你的弓箭吧。你不是从布拉班特带回一支箭吗? 我想看看它。”

我回答说:“它早就丢掉了,不过,我对它还记忆犹新,我还会把它造出来,而且造几十支。但是,这并不像我想象的那样容易,我徒

---

① 意为不分好坏一概否定。

劳地做了各种各样的试验，遭到各种各样的失败，但正是通过各种试验和失败，我也学会了各种各样的东西。首先要解决的问题是箭杆，也就是说，箭杆要直，用了一些时候之后也不会弯曲；其次，箭杆要轻而牢固，撞在坚硬的东西上时不会裂成碎片。我先用白杨木做试验，然后用松木，接着用白桦木。但是所有这些木头都在某一方面有缺点，不适合用来制造箭杆。然后我用椴木做试验，我选用了一根细长的、长得很好的椴木树干，它完全合我的心意。用椴木制成的箭杆由于椴木的纤维很细，达到了轻、直和牢固的要求。箭杆制成以后，接着要做的事是在箭杆的前端装上角质的尖头。但是我很快就发现，不是任何一种兽角都适宜于做箭的尖头。箭的尖头必须用兽角的芯子雕刻而成，以便射到一种坚硬的东西时不会裂成碎片。但是最困难和最需要艺术技巧的事情还在后头，即在箭杆的末梢装上羽毛。我经过多次试验和失败，终于成功地把羽毛装在了箭杆的末梢上！”

歌德说：“羽毛并没有被嵌进箭杆里，而是用胶粘在箭杆的末梢上，是不是？”

我回答说：“是的，我用胶把羽毛粘在箭杆的末梢上，但是必须粘得牢固、好看，看上去仿佛羽毛和箭杆是一码事儿，也就是说，仿佛羽毛是从箭杆里长出来似的。用什么样的胶也很重要。我发现鳇鱼鳔熬制成的胶最好。具体的做法是：把鳇鱼鳔放在水里泡几小时，然后在水里加进一些酒精，用文火把它们熬成胶。有待粘的羽毛也不限于一种。从大鸟的翅膀或尾巴上拔下来的飞羽虽然很好，但是孔雀的红色的翅膀毛、吐绶鸡的大羽毛，特别是山雕和野雁的坚固而华美的羽毛，是最好的羽毛。”

歌德说：“我怀着很大的兴趣听你说这番话。不认识你的人，几乎不相信你对弓箭有这么大的兴趣。不过请你也告诉我，你是怎样弄到一张弓的。”

我回答说：“我自己做了几张弓，可是开始的时候我笨手笨脚的，一事无成。于是，我去请教细木工和车辆制造者，我用此地的各种木头做试验，最后得出非常好的结果。我在选择木头的时候注意以下几点：用这种木头制成的弓绷紧时要软，弓迅速而有力地弹回，弹力持久。我先用白蜡木做试验，而且是用有一般胳臂粗的、树龄将近十年的白蜡树的无枝的树干。可是我精心制作的时候，发现树芯不好，那儿的木头粗糙而松散。后来，人们建议我选用一种树干，这树干够结实的，可以屠宰它，也就是说，可以把它屠宰成四部分。”

歌德问：“屠宰，这是什么意思？”

我回答说：“这是车辆制造者的用语，相当于我们通常所说的劈开，也就是说，用楔子按垂直方向把树干从一端到另一端劈开。如果树干是直长的，我的意思是说，如果纤维是以直的方向向上生长，那么，被劈开的木块也会是直的，而且适宜于制成弓。但是，如果树干是弯曲的，那么，被劈开的木块由于楔子顺从纤维而变成弯曲的，所以不适宜用来制成弓。”

歌德说：“但是，如果用锯子把这样的树干切割成四部分，结果会怎么样？结果肯定是木块是直的。”

我回答说：“我们可以用锯子把这种树干长得有些弯曲的纤维锯断，但是这样的木块完全不适宜用来制成弓。”

歌德说：“现在我明白了，一张具有被割断的纤维的弓会折断。不过请你继续讲，我对这件事很感兴趣。”

我接着说：“我用一块被劈开的白蜡木制成了我的第二张弓，由于背面的纤维没有被切断，所以这张弓既结实又牢固，但是它也有一个缺点，即它张紧的时候，不是软的，而是硬邦邦的。一位车辆制造者对我说：‘您用的是一块种子白蜡木，这是一种非常硬的木头；可是，您要是用生长在忽布种植园里的一种坚韧的白蜡木，情况就会好得多了。’我借此机会知道，白蜡木和白蜡木之间存在着很大的区别。各种木头的质量在很大程度上取决于树木生长的地区和土壤。我获知，生长在埃特斯堡山上的可用木材具有较少的价值，而生长在诺拉周围的树木，其木头特别结实，无怪乎魏玛的马车夫对诺拉产的车辆部件特别信任。我通过不断的观察发现，所有生长在山坡背阴面的树木，要比生长在山坡朝阳面的结实，纤维也更直。这也是可以理解的。因为生长在山坡背阴面的小树需要来自上面的阳光，正是由于它迫切需要阳光，不断努力向上生长，所以它的纤维也垂直向上生长。此外，背阴的地方对较细纤维的形成很有利。这一点明显地表现在那些生长位置很自由的树上，它们的南面常年暴露在阳光之中，而它们的北面经常处在阴影之中。如果把这样的树干锯成几部分放在我们的面前，我们就会发现，核心绝不在中间，而是严重地移向一边。核心的这种转移，其原因在于，南面的年轮由于阳光的不断影响而获得更为强大的发展，所以比背阴的北面的年轮更宽阔。细木工和车辆制造者在选择一种坚实而美观的木头的时候，宁愿选择一根树干的纤维较细的北面，即他们所说的背阴的那面，他们特别信任那一面。"

歌德说："你可以想象，你的这些观察对于大半生研究植物和树木生长的我来说具有特殊的意义。不过请你继续讲吧！你刚才说，你用坚韧的白蜡木制作了一张弓。"

我回答说："是的，我选用了北面的一块劈得很好的白蜡木，我也发现它的纤维相当细。所以这张弓在张紧的时候很柔软，而且具有很好的弹性。但是，用了几个月后，这张弓已经显得明显地弯曲，显然张力失灵了。然后，我用一棵幼小的橡树的树干做试验，这种木头虽然很好，但是用了一段时间之后，我发现它具有同样的缺点。接着我用胡桃的树干做试验，这种木头比橡树木好。最后，我用叶子很好看的槭树，即所谓的栓皮槭的树干做试验，这种木头最好，无可指责。"

歌德回答说："我知道这种木头，在灌木丛里我们也经常发现这种栓皮槭。我可以想象，这种木头是好的。可是我发现，这种栓皮槭的嫩的树干都长有树枝。你大概要用没有树枝的树干制作弓吧？"

我回答说："一根嫩的树干当然长有树枝；可是为了把长有树枝的嫩的树干培养成参天大树，就必须把树枝砍掉。或者，如果它生长在灌木丛里，随着时间的推移，那些树枝会自动消失。当一根被砍去树枝的树干长到直径为三到四英寸的时候，就让它继续生长，让它每年在外面长出新的木头，这样，在五十至八十年之后，多枝的内部的上面就会长出半英尺多的健康而无枝的木头。这样的树干的表面显得非常光滑。但是人们当然不知道，这样的树干的内部潜伏着什么样的危险。所以，人们在把这样的树干锯成方形的厚木块的时候，切莫被它光滑的表面所迷惑，应该把表面的木头切去几英寸，也就是说，首先应该把树皮下的白木质切去，剩下的就是最嫩和最坚韧的木头，用这样的木头制成的弓当然是最好的了。"

歌德回答说："我认为，用来制作弓的木头不应该用锯子锯，而应该用楔子劈开，正如你所说，应该被屠宰。"

我回答说："当然可以屠宰。白蜡木、橡木以及胡桃木，均可以用楔子劈开，因为它们的纤维很粗。但是栓皮槭木不宜用楔子劈开，因为它的纤维很细，长得很结实，所以按照纤维的方向是根本无法把栓皮槭木劈开的，必须不按照纤维的方向，不按照一切自然生长的方向，来回地撕扯。所以，必须用锯子把栓皮槭木锯开，这样就不会对弓的弹力产生危害了。"

歌德说："嗯！嗯！你对弓箭的制造已经具有非常可观的知识，而且是生动的知识，像这样的知识只有通过实践才能获得。不过，这毕竟是某种入迷的爱好的好处，它促使我们深入事物的内部。探求和迷路也是好的，因为通过探求和迷路我们可以学到东西。不仅学到一件事，而且学到这件事的整个过程。假若我的关于植物和颜色的理论是人们已经完成并传给我的，我已经把这两者记熟了，那么关于植物和颜色我还会知道些什么呢？正是由于我自己探求和发现这一切，偶尔也得迷路，所以我才能说，我对这两样东西略知一二，而且比纸上的东西要多一些。不过，请你再给我讲讲你的弓。你看到过苏格兰的弓，它们的两端全都是直的，不过也有一些弓，它们的两端是弯曲的。你认为哪一种最好？”

“我认为两端是弧形的弓，其弹力远比两端是直的弓的弹力强。”我回答说，“起先我把弓的两端做成直的，因为我不懂得把它们弯曲。可是经过学习，我学会了把弓的两端做成弧形。我发现这样的弓不仅外观更好看，而且弹力更大。”

歌德说：“你是通过潮湿使弓的两端弯曲的，是吗？”

我回答说：“通过潮湿的高温。当弓的张力均匀地分布在整个弓上的时候，我就把弓的一端放进开水里，深度大约六至八英寸，然后让它在开水里煮一个小时。接着我把已经变软的这一端趁热用螺钉固定在两块小木块之间，这两块小木块的内部纹路是弯曲的，我希望弓的两端也像它一样弯曲。然后我把用小木块夹着的弓至少放整整二十四小时，为的是使它完全变干。用这种方法处理过的弓的两端经久耐用，仿佛它们生来就是弯曲的。”

歌德神秘地微笑着说：“你知道这是为什么吗？我相信，我有一件东西会使你高兴，我们一道下楼去，我把一张真正的巴斯克人制造的弓交到你手里，你认为这事怎样？”

我兴奋地叫起来：“一张巴斯克人的弓？而且是一张真正的巴斯克人的弓？”

歌德说：“是的，傻小子，一张真正的巴斯克人的弓！你跟我来吧！”

我们下楼走进花园里。歌德打开了一幢小的附属建筑物的底下房间的门，这间房里的桌子上和墙壁上满是各种各样的珍品。我仓促地看了一下这些珍品，我的眼睛在寻找那张弓。歌德说：“你要的那张弓在这里。”说着，他把弓从角落里的一大堆稀奇古怪的器具里拿出来。“我发现，这张弓的情况还和1814年一位巴斯克人的首领送给我时一样。那么，你对此有什么看法？”

我满心欢喜地把这件可爱的武器拿到手里。它看上去还完好无损，弓弦也完全能够使用。我用手试了试它，发现它的弹性还可以。我说："这是一张好弓，我特别喜欢它的造型，将来我要把它当作模型。"

歌德说："你知道它是用哪种木头制成的吗？"

我回答说："正如您所看到的，这张弓的上面覆盖着一层美观的桦木皮，以至我们很少看到木头，只看到弯曲的两端。而且这两端也由于时间的关系变成浅褐色，所以我们无法确定这是什么木头。乍一看，它似乎像是嫩橡木，但仔细一看，它又像是胡桃木。但不是槭木或栓皮槭木。这是一种纤维粗糙的木头，我也发现，它是用楔子劈开的。"

歌德说："怎么样，你要不要试一下这张弓！这里也有一支箭。不过你千万要当心，因为它有铁制的尖头，这尖头上可能有毒。"

我们又走进花园。我张弓。歌德说："你往哪儿射？"我回答说："我想，首先往天上射。"歌德说："使劲射吧！"我朝高高的蓝天里那些阳光照耀的云射去。箭保持良好的状态，然后拐了个弯，迅速地落下来，插到了地里。歌德说："让我也试一试。"我很高兴，歌德也想射箭。我把弓给了他，然后去拿箭。歌德把箭的刻痕推入弓弦，正确地抓住弓，可是过了一会儿他才进入射击状态。他朝上瞄准，然后拉紧弓弦。他像阿波罗一样站在那儿，内心里充满青春的活力，可是身体毕竟老了。箭只达到很有限的高度，然后又落到了地上。我跑去取箭。歌德说："再来一次！"这回他以水平的方向朝花园的沙路瞄准。大约在三十步远的距离内，箭保持很好的状态，然后落了下来，在地上发出嗡嗡声。歌德的这次射箭使我喜出望外。我想起以下的诗句：

谁说老年人不中用？
我现在不又是一个孩子？

我把箭交还给他。他请求我再以水平的方向射一次，目标是他的工作室的百叶窗的一个污点。我张弓射击。箭离目标不远，但深深地插入那柔软的木头，以至我拔都拔不出来。歌德说："让箭插在那里吧。它应该作为对我们的娱乐的一种回忆给我留几天。"

天气很好，我们在花园里走来走去，然后坐在一条长凳上，背靠着矮树篱的嫩叶。我们谈到奥德修斯的弓，谈到荷马史诗里的希腊英雄们，还谈到希腊的悲剧诗人，最后谈到一种流传很广的看法，即欧里庇得斯造成了希腊戏剧的衰亡。歌德决不同意这种看法。

他说："说某一个人造成艺术的衰亡，我决不赞成这种看法。有很多的因素在一道起作用，但这一点是不易说明的。希腊人的悲剧艺术很难说是由于欧里庇得斯而走向衰亡的，同样，希腊人的造型艺术的衰亡，很难说是由某个生于菲狄亚斯[①]时代而成就不如他的大雕刻家造成的。因为一个时代如果是伟大的，它就必然走前进上升的道路，质量较低的作品就不会起什么作用。但是欧里庇得斯所处的是多么伟大的时代呀！那不是文艺趣味倒退的时代，而是文艺趣味前进的时代。当时雕刻还没有达到它的顶峰，绘画还仅仅处在萌芽状态。

"即使欧里庇得斯的作品比起索福克勒斯的作品有很大的缺点，也不能因此说继起的诗人们就只模仿这些缺点，并由于这些缺点而必然灭亡。但是，如果欧里庇得斯的作品具有很大的优点，有些甚至比索福克勒斯的作品更好，继起的诗人们为什么不努力模仿这些优点呢？为什么就不能至少和欧里庇得斯一样伟大呢？

"不过在著名的三大悲剧诗人[②]之后，没有出现过同样伟大的第四个、第五个，乃至第六个悲剧诗人，这个问题确实是不易回答的。我们只能做些猜测，多少可以接近真理。

"人是一种简单的生物。人是形形色色、多种多样的，不管他多

① 菲狄亚斯（Phidias），古希腊最伟大的雕刻家，生于公元前5世纪雅典鼎盛时期。
② 即埃斯库罗斯、索福克勒斯和欧里庇得斯。

么深不可测，他的生活情境的圈子毕竟不久就会跑完。

“如果当时的情况就像我们可怜的德国现在这样，莱辛写过两三部，我写过三四部，席勒写过五六部尚可的剧本，那么，当时希腊也很可能出现第四个、第五个乃至第六个悲剧作家。

“但是当时的希腊人所创作的作品多得不可胜数，三大悲剧诗人每人都写过一百部或接近一百部的剧本。荷马史诗中的悲剧题材和希腊英雄传说中的悲剧题材，有一部分已用过三四次了。在现有的作品如此丰富多彩的情况下，我认为人们不难理解，题材和内容都要逐渐用完了，继三大悲剧诗人之后，没有哪个诗人还能知道更好的出路。

“说实在的，他再写有什么用处呢！当时的剧本不是已经很够用了吗？埃斯库罗斯、索福克勒斯和欧里庇得斯所创作的作品，就其特性和深度就足以让人们听了又听也不会感到它们平庸化，更不会把它们毁灭。就连流传下来的他们的一些宏伟的断简残编所显出的广度和深度，就足以让我们这些可怜的欧洲人钻研几百年，而且还要靠它们活上几百年，干上几百年。”

1826年

▼ 1826年6月5日　星期日

歌德告诉我，普莱勒[①]曾来他这里向他告别，然后去意大利考察几年。

歌德说："作为旅行的祝福，我曾建议他看准方向，特别要注意向普桑和洛兰学习，首先要研究这两位艺术大师的作品，这样就可清楚地看出，他们是怎样观察自然，并表现他们的艺术观和艺术感受的。

"普莱勒是位很有才能的画家，我不用担心他的前途。此外，我觉得他生性很严肃，我几乎可以肯定，他与其说倾向于洛兰，倒不如说倾向于普桑。不过，我建议他要特别注意研究洛兰。这是有根据的，因为艺术家的培养和任何其他才能的培养是相同的。在一定程度上说，我们的特长是自然形成的，可是我们生性中的那些不是我们日常倾向和不怎么强大的萌芽和资质，只有经过特殊的照料，才能变为我们的特长。

"例如，正如我经常所说的，一位年轻的歌唱家天生会有某些非常优美和无可指责的声音；可是他也会有某些不怎么优美、纯正和圆润的声音。正因为这个缘故，他必须通过特殊的训练使后者比得上前者。

---

① 普莱勒（Friedrich Preller，1804—1878），德国画家。

“我相信，普莱勒在过去曾非常成功地表现了严肃的、了不起的，也许还有些原始野蛮的东西。但是，至于他在将来能否同样成功地表现轻松愉快的、幽雅的和妩媚的东西，这是另外一回事了。所以，我特别嘱咐他要好好向洛兰学习，以便通过研究掌握他天性中也许缺少的东西。

“此外，我还提醒他注意一件事。迄今为止，我看了他的不少写生习作，它们非常好，充满了活力与生命。可是，所有这些写生习作只表现了自然界中的单个事物，缺乏画家自己的想象力。我于是向他提出了建议，将来在写生的时候切忌只画单个的事物，例如单个的树，单个的石堆，单个的茅屋，而应该同时画上某些背景和某些周围环境。

“我之所以提出上述的建议，是由于以下的原因：我们从来也不把自然界中的某种事物看作单个的事物，而是把它跟其他的事物，即它前面的、旁边的、后面的、下方的和上方的事物联系起来进行观察。有的时候，我们会发现某种单个的事物特别宜于入画；可是，单凭这单个的事物不能产生影响，只有把它跟它旁边的、后面的、上方的事物联系起来加以表现，才能产生影响。

“例如，我在散步的时候，偶然发现一棵橡树，它的可以入画的效果使我惊喜。可是，如果我把它单独画出来，它也许就会失去它原来的丰姿，因为缺乏有助于它和增强它的可以入画的效果的因素。又例如，一片森林之所以显得美丽，是由于有天空、日光、太阳的高度的衬托。如果我的素描画缺少这一切因素，它也许会失去原有的魅力，变为某种索然寡味的东西。

“还有一点，在自然界里，只有合乎自然规律的、被证明是真实的东西才是美的。但是要使自然界里的真实的东西在画里也显得真实，就必须补充一些产生影响的因素。

“我在小溪边上发现一些造型美观的石头，其露出水面的部分长满了青苔，简直可以入画。可是青苔的形成，不仅有赖于水的湿度，还有赖于溪流附近的朝北的山坡,或多荫的树木和灌木丛。如果我在自己的画里删去这些产生影响的因素,那么它就会失去真实性和本来的说服力。

“同样,一棵树的形成,不仅有赖于它下面的土壤的种类,还有赖于它旁边的和后面的其他树木。一棵生长在多岩的小山朝西和多风的顶端的橡树,从形状上看完全不同于生长在下面避风山谷里柔软土壤中的四季常青的橡树。这两种橡树都可以是美的,但它们具有完全不同的性格,所以画家在画这两种橡树的时候,必须注意它们在大自然中的生长情况。对于艺术家来说,学会描写事物的环境具有重要的意义。

“可是,如果画家想画各种各样平淡无奇的偶然现象,那是愚蠢的,因为这些偶然现象很少对主要对象的形状和形成产生影响,至多只对主要对象一时的、可以入画的外表产生影响。

“我用这些平凡的例子向普莱勒说明了画家应该注意的主要的事情。我相信,我的这番话将在他这样一个天生的有才能的画家身上生根、发芽。”

1827年

▼ 1827年2月21日　星期三

在歌德家里吃饭。他以钦佩的口气谈了许多有关亚历山大·冯·洪堡的事情。他告诉我,他正在读洪堡的那部有关古巴和哥伦比亚的著作。他似乎对洪堡提出的那个挖开巴拿马地峡的计划特别感兴趣。歌德说:“具有广博的专门知识的洪堡还指出,利用流入墨西哥湾的几条河流比开凿巴拿马运河更有利可图。不过这一切需要有一种伟大的创业精神,只好留待将来去做了。但是有一点是可以肯定的,即要是开凿巴拿马运河成功,以至大大小小的船只能够从墨西哥湾通过这条运河驶入太平洋,这将给整个文明的和未开化的人类带来无法估量的结果。我相信,美国会把这项巨大的开凿巴拿马运河的工程抓到自己的手里。可以预料,这个坚决主张向西扩张的年轻国家在三十至四十年之后,将占有岩石山脉①对面的大片土地。此外,也可以预料,在太平洋的整个沿海地区——在那里,大自然已经形成了最宽敞、最安全的港口——将逐渐产生非常重要的商埠,这些商业城市将大大促进中国以及东印度和美国之间的贸易往来。在这种情况下,北美西海岸和东海岸之间的商船和军舰的往来会更加迅速,因为不需要绕合恩角做令人厌倦的、可憎的和费用巨大的航

① 指美国西部的科迪勒拉山系。

行。所以我再说一遍：美国应该设法开凿运河，实现从墨西哥湾驶入太平洋的直达航行，我相信美国会做成此事的。

“我想看到这一天，但是我恐怕看不到它了。其次，我想看到多瑙河与莱茵河连接起来，但是这项工程同样巨大，我怀疑它是否能够实现，尤其是考虑到我们德国的资金情况。最后，我想看到英国人开凿苏伊士运河。我想经历这三件大事，所以为了它们值得再活个五十年。”

▼ 1827 年 3 月 1 日　星期四

在歌德家里吃饭。歌德告诉我，他收到斯特恩贝尔格伯爵和曹佩尔寄来的包裹，感到很高兴。接着我们大谈颜色学，还讨论了主观的、使用棱柱的试验，以及虹形成所根据的那些规律。他对我越来越关注这些困难的题目感到高兴。

▼ 1827 年 3 月 21 日　星期三

歌德让我看亨利希斯[①]论希腊悲剧本质的一本小册子。他说：“我怀着巨大的兴趣读了这本小册子。亨利希斯用索福克勒斯的《俄狄浦斯王》和《安提戈涅》来阐明他的观点。这本小册子很值得注意，我想把它借给你读一读，以便我们能够对它进行讨论。我完全不同意他的看法，但是看一看像亨利希斯这样受过彻底哲学教养的人怎样从他那一派哲学观点来看诗意的艺术作品，是很有教益的。我今天只想说这么多，以免抢在你之前说出我的看法。你且读一读，就会发现它会引起各种各样的思想。”

---

① 亨利希斯（Hermann Friedrich Wilhelm Hinrichs，1794—1861），德国文学评论家。

▼ 1827年3月28日　星期三

亨利希斯的书已仔细读过，今天我把它还给歌德。为了完全掌握他所讨论的题目，我把索福克勒斯的全部现存作品再次仔细阅读了一遍。

歌德说："那么你觉得他怎么样？他对他所研究的问题有透彻的了解，对吗？"

我回答说："我觉得这本书很奇怪。旁的书从来没有像这本书一样引起我这么多的思考和这么多的反对意见。"

歌德说："这正是我的意思！相同的看法使我们心神安宁，反对意见使我们变得有创造性。"

我说："我看他的意图是非常值得钦佩的；他也绝不停留在事物的表面上。不过他往往迷失在细微的内心情况里，而且纯凭主观，因而既失去了题材在细节上的真相，也失去了对整体的全面观察。在这种情况下，我们不得不对自己和题材施加暴力[①]，才能和他想到一起。此外，我还往往感觉到自己的感官仿佛太粗糙，以至无法理解他所提出的那些非常细微的差别。"

歌德说："假如你也有他那样的哲学训练，事情就会好办些。说句老实话，像亨利希斯那样出生于德国北部海边、体格健全、无疑很有才能的人，竟被黑格尔哲学引入迷途，我真感到很惋惜。他因此失去了用无拘束的自然方式去观察和思考的能力。他在思考和表达两方面都逐渐养成了一种既矫揉造作又晦涩难懂的风格。所以他的书里有些段落叫人完全无法理解，简直不知所云。"

我说："我也这样认为。不过我感到高兴的是，我也偶然发现一些我认为是非常富有人情味的和明白易懂的段落，例如他对《俄狄浦斯王》的主要情节的解释。"

---

① 意为歪曲自己的本意和题材。

歌德说:“在这个问题上他当然必须严格地遵守历史事实。不过在他的这本小册子里有不少叫我们看不懂的段落,在这些段落里,思想原封不动,没有发展变化,而晦涩的语言总是在同一个地方和同一个圈子里打转,完全像我的《浮士德》里的魔女的九九乘①。请你把那本小册子给我一下,其中的第六讲,也就是关于合唱队的那一讲,我压根儿看不懂。例如你对这一讲的最后那一段有什么看法?

“‘Diese Wirklichkeit (nämlich des Volkslebens) ist als die wahre Bedeutung derselben deshalb auch allein nur ihre wahrhafte Wirklichkeit, die zugleich als sich selber die Wahrheit und Gewiβheit, darum die allgemein geistige Gewiβheit ausmacht, welche Gewiβheit zugleich die versöhnende Gewiβheit des Chors ist, so daβ allein in dieser Gewiβheit, die sich als das Resultat der gesamten Bewegung der tragischen Handlung erwiesen, der Chor erst wahrhaft dem allgemeinen Volksbewuβtsein gemäβ sich verhält, und als solcher nicht bloβ das Volk mehr vorstellt, sondern selbst an und für sich dasselbe seiner Gewiβheit nach ist.②’”

歌德接着说:“我想这就够了!如果我们德国人自己也不懂我们德国哲学家们的语言,我不知道英国人和法国人对这种晦涩的语言会怎样想。”

我说:“尽管如此,我们还是一致认为,这部书毕竟有一种高尚的意图,它的特点在于激发读者的思想。”

歌德说:“他对家庭和国家的看法,以及可能从家庭和国家之中产生的悲剧冲突的看法,当然很好而且富于启发性,可是我不能承认他的看法对于悲剧艺术来说是最好的,甚至是唯一正确的。

“我们大家当然生活在家庭和国家里。我们遭受一种悲剧命运,这当然和我们作为家庭和国家的成员很难毫无关系。但是我们单是作为家庭成员,或单是作为国家成员,也完全可以成为很适合的悲剧

---

① 参见郭沫若译《浮士德》第一部第123页,新文艺出版社1954年版。
② 这段晦涩的话根本无法译成汉语。

人物。因为归根结底悲剧是因冲突得不到解决而起的，而冲突可以由于任何关系的矛盾而产生，只要这种矛盾有一种真正的自然基础，而且真正是悲剧性的。例如阿雅斯由于荣誉感受到伤害而终于毁灭；赫库勒斯由于妒忌而终于毁灭。在这两个事例里，家庭恩爱和国家道德之间根本不存在什么冲突，可是按亨利希斯的说法，家与国的冲突却是希腊悲剧的要素。”

我说：“我们清楚地看出，他只是根据《安提戈涅》提出他的这一理论的。此外，他似乎只想到这位女英雄的性格和行为方式，因为他断言，家庭恩爱完全表现在妇女身上，尤其表现在姐妹身上，因为姐妹对兄弟的爱是完全纯洁的和无私的。”

歌德回答说：“我想姐妹之间的爱更加纯洁、更加无私！我们可以用许许多多的例子来说明这样一个问题：姐弟之间的爱往往具有非常好色的倾向。”

歌德接着说：“此外，你大概也注意到，亨利希斯是完全从理念出发来考察希腊悲剧的，并且认为索福克勒斯在虚构和安排他的剧本时也是从理念出发，根据理念来确定剧中人物及其性别和地位。但是索福克勒斯在创作剧本时根本不从理念出发，相反，他抓住在希腊人民中久已流传的某个现成的传说，其中已有一个很好的理念，他只想把这个传说尽可能好和有效地加以表现，使之符合舞台的要求。阿特里德斯的儿子们也不想让人埋葬阿雅斯；可是正如在《安提戈涅》里安提戈涅为了家庭骨肉的恩情，违令收葬了自己的哥哥波里涅克斯的尸体一样，在《阿雅斯》里弟弟收葬了自杀身死的哥哥阿雅斯。但是，妹妹关心未被安葬的波里涅克斯和弟弟关心阵亡的阿雅斯是偶然的，并不属于诗人的虚构，而属于传说的虚构，诗人只是根据而且必须根据传说。”

我插嘴说：“亨利希斯所说的关于克瑞翁的行为方式的话似乎也经不起检验。他企图证明克瑞翁禁止埋葬波里涅克斯是出于国家道德的考虑。亨利希斯认为，克瑞翁不仅是一个人，而且是一个国王，所以他提出一条定理：由于国王是国家本身的人格化，所以只有他才能在悲剧中代表国家权力，也只有他才能表现出最高的国家道德。”

歌德微笑着回答说：“这是一些谁也不会相信的臆断。克瑞翁的行动根本不是出于国家道德，而是出于对死者的仇恨。波里涅克斯在他的家族继承权被人用暴力剥夺之后，设法把它夺回来，这绝对不是什么反对国家的滔天罪行，似乎他的死还不足赎罪，还要惩罚他那无辜的尸首。

“总而言之，人们绝不能把一种违反一般道德的行为方式叫作国家道德。克瑞翁禁止收葬波里涅克斯，不仅使腐烂的尸体污染了空气，而且造成成群的狗和猛禽把尸体上撕下来的骨肉碎片衔着到处跑，甚至用它们玷污祭坛。这样一种冒犯人和神的行为方式绝不是一种国家道德，而是一种国家罪行。不仅如此，剧中的所有人物都反对克瑞翁：组成合唱队的国中父老、一般人民、提瑞西阿斯，乃至他自己的全家人都反对他。但是他都不听，而是继续犯罪，直至毁灭了全家人，而他自己到头来只成了一个幽灵。”

我说：“可是听克瑞翁说话，我们却不免相信他有几分道理。”

歌德说：“这正好说明索福克勒斯是一位语言大师，此外，这也是戏剧作品的生命所在。他笔下的人物都有这种口才，而且他们对自己的行为动机的解释非常有说服力，以至听众几乎总是站在最后一个发言人一边。

“我们都知道，索福克勒斯在青年时代受过良好的雄辩术教育，所以他能找出各种理由和托词来解释一件事物。但是他的这种杰出能力也会诱使他犯错误，因为他有时会走得太远。

“例如在《安提戈涅》里有这样一段，我一直百思不得其解。要是有一位卓越的语文学家向我们证明这一段是插入的、假的，这该多好啊。

“这一段的内容是这样的：女主人公安提戈涅在剧中逐渐为自

己的行为说出最动听的理由，显示出自己高尚和最纯洁的心灵之后，在自杀之前表达了一个很不合适的、近乎滑稽可笑的动机。

“她说，假若她曾是母亲，她为自己的哥哥所做的事情，她不会为自己死去的孩子们以及死去的丈夫去做。因为她说，如果我的丈夫死了，我还可以嫁给另一个男人；假若我的孩子们死了，我还可以同这位新的丈夫生育另外的孩子们。可是我哥哥的情况就完全不同了，因为我只有一个哥哥，失去了他我就再也得不了他，因为我的父母双亡，没有人会把他生出来。

“我感到这段话由准备自杀的安提戈涅的嘴里说出来，不仅干扰了悲剧性的情绪，而且显得非常矫揉造作。正如已讲过的那样，我很希望有一位杰出的语文学家向我们证明这一段是假的。”

接着我们进一步谈到索福克勒斯在他的剧本里着眼于道德倾向的较少，他着眼较多的是对当前题材的妥当处理，特别是关于戏剧效果的考虑。

歌德说：“我并不反对剧作家着眼于道德效果，不过如果问题关系到把题材清楚而有效地展现在观众眼前，在这方面他的道德的最终目的就很少有用处；相反，他必须具有表现事物的才能以及关于舞台的知识，这样才会懂得如何进行取舍。如果题材中本来寓有一种道德作用，它自然会呈现出来，诗人所应考虑的只是对他的题材做有效的和内行的处理。诗人如果具有像索福克勒斯那样的崇高的精神境界，不管他怎样做，他的道德作用会永远是好的。此外，他了解舞台情况，懂得他的行业。”

我回答说：“索福克勒斯不仅精通戏剧，而且非常重视戏剧效果，这一点可以从他的剧本《菲罗克忒忒斯》和《俄狄浦斯在科洛诺斯》中看出来，这两部剧本在情节的安排和进程上非常相似。

“在这两部剧本里，主人公均需要别人照料，因为他们不仅年老，而且体弱多病。俄狄浦斯的依靠是他的女儿；菲罗克忒忒斯的依靠是他的弓。此外，他俩由于患病而被家人赶出家门；可是当预言者说出人们只有借助他们才能取胜之后，人们又试图把他们找回来。奥德修斯去找菲罗克忒忒斯，克瑞翁去找俄狄浦斯。奥德修斯和克瑞翁使用欺诈手段，企图用甜言蜜语打动菲罗克忒忒斯和俄狄浦斯。可是当后者不为前者的甜言蜜语所迷惑的时候，前者便使用暴力，抢走了菲罗克忒忒斯的弓和俄狄浦斯的女儿安提戈涅。”

歌德说：“这样的残暴行为引起了激烈的争吵，而这样的孤立无援的处境打动着听众和观众的心。不言而喻，关心戏剧效果的诗人是乐意描绘这样的场景的。为了加强俄狄浦斯的戏剧效果，索福克勒斯让他作为一个羸弱的老人出场，可是从一切情况看来，他想必还是一个正值壮年的男子。可是诗人在这部剧本中不需要这样一个精力充沛的男子，因为他不会产生戏剧效果，所以诗人把他变成了一个虚弱的、需要照料的老人。”

我接着说：“菲罗克忒忒斯和俄狄浦斯还有相似之处，即这两个主人公均不是积极行动的，而是消极忍受的主人公。相反，每一个消极的主人公都有两个与他作对的积极行动的人物：与俄狄浦斯作对的是克瑞翁和波里涅克斯；与菲罗克忒忒斯作对的是涅俄普托勒摩斯和奥德修斯。为了从各个方面阐明题材，需要有这样两个对立的人物，有了他们，剧本本身也就获得了应有的丰满和立体性。”

歌德说：“你还可以补充一点，即这两部剧本中都有一种非常有效的悲欢离合的情景：俄狄浦斯在绝望中找回了自己亲爱的女儿；菲罗克忒忒斯找回了自己心爱的弓。

“这两部剧本的结局也是相似的，即争执双方最终和解了，两个主人公都从自己的痛苦中获得了解救：俄狄浦斯得到神的召唤，神奇地死去了；被蛇咬伤的菲罗克忒忒斯同样得到神的召唤，被医神埃斯科拉庇俄斯治好了伤，重返特洛伊。”

歌德继续说：“就我们近代的戏剧旨趣来说，如果我们想学习戏剧表演，就应向莫里哀请教。你知道他的《幻想病》吧？其中有一情景，我每次读这部喜剧时都觉得它象征着对舞台的透彻了解。我所指的就是幻想病患者向他的小女儿路易莎打听是否有一个年轻人到过她姐姐房里那一情景。另一个作家如果对他的行业懂得不如莫里哀那样透彻,他就会让小路易莎马上把事实真相说出来,那么,一切就完事大吉了。可是莫里哀为了制造生动的戏剧效果,在这场审问中使用了各种各样的延缓法。他首先让小路易莎听不懂她父亲的话,接着让她说她什么都不知道;她父亲以荆条威胁她,她就倒下装死;她父亲陷入绝望的时候,她却从装死中嬉皮笑脸地重新跳起来,最后才逐渐把真相招认出来。

"我的这番简述只能使你对那一场的生活情景有个粗浅的印象。你最好亲自去读一读那一场,以便透彻地了解它的戏剧价值。你会承认,从这一场里所获得的实际教益比一切理论所能给你的都要多。"

歌德接着说:"我从青年时代起就知道并热爱莫里哀,而且毕生都在向他学习。我坚持每年读几部他的剧本,以便经常和优秀作品打交道。这不仅因为我喜爱他的完美的艺术处理,还特别因为这位诗人的可爱的性格和很有教养的精神生活。他有一种文雅的举止,不仅知礼节,而且善于和人们交往,这是只有像他那样生性优美的人每天跟自己时代的那些最优秀的人物打交道,才能形成的。对于米南德,我只读过他的一些断编残简,但这些断片足以使我对他怀有高度崇敬,我认为他是唯一可和莫里哀媲美的伟大希腊诗人。"

我回答说:"我很幸运,听到您说了关于莫里哀的这番好话。您对莫里哀的看法当然和施莱格尔对莫里哀的看法不一样!我在这几天里还读了他的《关于戏剧体诗的讲义》,我很不情愿地把其中关于莫里哀的一番话吞了下去。如你所知,施莱格尔高高在上地俯视莫里哀,在他眼里莫里哀是一个普通的爱讲笑话的人,只从远处看到上等社会。他的职业就是编造各种各样的滑稽故事,以使他的主子感到轻松愉快。对于这种低级趣味的滑稽故事,他倒是最在行的,不过大部分还是剽窃来的。他曾强制自己写一些高等的喜剧,但是没有成功过。”

歌德回答说：“像施莱格尔这样的人当然会把像莫里哀那样有才能的人看作眼中钉。他感到莫里哀不合自己的胃口，所以不能忍受他。我经常阅读莫里哀的《厌世者》，把它视为我最喜欢的剧本之一，可是施莱格尔却讨厌它。他勉强对《伪君子》说了几句赞扬的话，可是又马上贬低它，而且尽量贬低它。莫里哀取笑某些有学问的妇女装腔作势，施莱格尔因此不肯原谅他。像我的一位朋友所说的，施莱格尔也许感到，如果他和莫里哀生活在一起，他也会遭到莫里哀的嘲笑。”

歌德接着说：“不可否认，施莱格尔知识渊博，他的广闻博识和博古通今几乎令人吃惊，但是这还不行。知识渊博是一回事，判断正确又是另一回事。他的批评完全是片面的。他几乎只注意剧本的故事梗概和情节安排，经常只指出剧本与前人作品的某些无关紧要的相似之处，根本不关心一部剧本的作者会给我们带来什么样的高尚心灵所应有的美好生活和高度文化修养。如果从一部剧本里看不到作者的可爱的或伟大的人格，那么一个有才华的作者施展出浑身解数又有什么用呢？只有显出作者伟大人格的作品，才配进入民族文化的宝库！

“施莱格尔以其对待法国文学的态度，为一个低劣的评论员开了一个不好的先例，这个评论员身上压根儿没有爱慕高尚卓越的东西的器官，他对有才能的人和伟大的性格不予理会，仿佛那只是糟粕。”

我回答说：“与此相反，他却公道地对待莎士比亚和卡尔德隆，甚至非常爱慕他们。”

歌德回答说：“这当然是因为这两位诗人受到人们一致好评的缘故，施莱格尔清楚地知道这一点。所以，如果施莱格尔可耻地贬低莎士比亚和卡尔德隆，我也不会感到惊异。同样，施莱格尔也公道地对待埃斯库罗斯和索福克勒斯，但这只是一种假象，因为他并没有深刻地理解他们的特殊价值，而是因为他知道语文学家们曾高度评价他们。因为归根结底，施莱格尔自己的人格并不高尚，不足以理解埃斯库罗斯和索福克勒斯的高尚品格，所以也不能正确地评价他们。如果施莱格尔的人格高尚的话，他想必也会公道地对待欧里庇得斯，对他做出完全不同的评价。但是他知道语文学家们对欧里庇得斯的评价并不特别高，所以他肆无忌惮地对这位伟大的古希腊人进行诽谤，尽可能地贬低他。

“我并不否认欧里庇得斯有自己的缺点，但是他毕竟是索福克勒斯和埃斯库罗斯的一位非常值得尊敬的战友。作为剧作家，欧里庇得斯一方面继承了他的两位前辈的高度严肃的态度和严格而完美的艺术风格，另一方面把事物处理得随便一些和通情达理一些。他也许最了解他的希腊同胞，所以他知道他所定的调子正是他的同时代人所希望的调子。欧里庇得斯深受希腊人民的爱戴：索福克勒斯把他称为自己的朋友，亚里士多德高度评价他，米南德钦佩他，索福克勒斯和雅典市民得知他逝世的消息之后纷纷穿上丧服。如果像施莱格尔这样的现代人想要指责这样一位伟大的古希腊人的缺点，那么他应该在这位古人面前下跪。”

▼ 1827 年 4 月 1 日　星期日

晚上在歌德家里。我和他讨论了昨晚演出的他的《伊菲格涅亚》，在这次演出中，柏林皇家剧院的克吕格尔先生扮演俄瑞斯忒斯，他的表演博得热烈的掌声。

歌德说：“这部剧本有它的难处。它富于内在的生活，而缺乏外在的生活。可是突出地表现内在的生活，这就是问题的要点。这部剧本是根据各种各样的残暴行为写成的，所以为了表现这些残暴行为，必须采取最有效的手段。已印刷的文字当然只是虚构时在我心中活跃的生活的一种黯淡的反光。可是演员必须把我们重新带回到诗人在处理他的题材时最初产生的鼓舞诗人的热烈的感情。我们希望看到的是刚被海风吹拂过的强壮的希腊人和英雄,他们虽然遭受各种各样的灾难和危险,但他们有力地说出了自己心中想要说的话。可是我们不想看到性格懦弱的演员们,他们只是泛泛地记熟自己的角色,而有些演员甚至不会表演自己的角色。

"我得承认,我从来也没有看到过我的《伊菲格涅亚》的完美演出,这也是我昨晚没有去看演出的原因。因为如果我不得不为那些胡乱表演的妖怪而烦恼,我会感到非常痛苦。"

我说:"您也许会对克吕格尔先生所扮演的俄瑞斯忒斯感到满意吧。他的表演不仅明确,而且易于理解,充分体现了他的角色。一切都有说服力。我不会忘记他的动作和语言。

"他用身体的动作和变化多端的语调,发自内心地表现了俄瑞斯忒斯这个角色对未来的憧憬,使观众觉得是用肉眼看到它似的。席勒要是看到克吕格尔所扮演的俄瑞斯忒斯,他肯定希望复仇女神能够出现,她们跟在俄瑞斯忒斯的后面,她们围着他站着。

"演出中有一段,即俄瑞斯忒斯从疲乏中醒过来,以为自己被打入地狱那一段,使观众感到非常吃惊。观众看到一排排的男祖先一边谈着话一边漫游。观众看到俄瑞斯忒斯加入了他们的行列,看到他在询问他们,然后与他们做伴同行。观众感到自己也置身于这些亡灵之中。不难看出,艺术家克吕格尔的感受是多么纯洁和深刻;他的能力是多么大,他把最不可理解的东西清楚地展现在我们眼前。"

歌德笑着回答说:"你们可是一些容易受影响的人啊!不过请你继续说下去。看来他的确表演得很好,那么他的身体器官也起作用吗?"

我回答说:"他的声音纯正而悦耳,而且经过很多训练,所以非常柔顺和富于变化。体力和身体动作的灵活使他在表演时能克服一切困难;看来他一生都在进行各种各样的体育运动。"

歌德说:"一个演员本来也应该向雕刻家和画家请教,因为要扮演一位希腊英雄,就必须仔细研究流传下来的希腊雕塑品,把希腊人的坐相、站相和走路的自然优美铭刻在自己心里。但是只注意身体方面还不够,还要仔细研究古今最优秀的作家们,努力提高自己的文化教养。这不仅有助于了解他所扮演的角色,而且使自己的整个生活和仪表获得一种较高尚的色调。不过请你继续讲下去!你在他身上还发现什么优点?"

我回答说:"我觉得他非常热爱他的事业。他通过刻苦的学习弄清了所有的细节,所以他能很自由地驾驭自己所扮演的角色,使自己完全变成了他所扮演的人物。正是由于这个缘故,他不仅措辞正确,而且正确地掌握每一个词的重读。一言以蔽之,他通过勤奋的练习,对自己所扮演的角色已非常有把握,所以对他来说,提台词者成了多余的人物。"

歌德说:"这使我高兴,而且这样才是对的。我最害怕演员不能驾驭自己的角色,以致不得不倾听提台词者的每一句新提词,这样他的表演就会马上无效,马上失去生命和力量。如果演员们在演出我的《伊菲格涅亚》时不能完全驾驭他们的角色,那么最好把演出取消。因为只有一切都能可靠、迅速和生气勃勃地进行,演出才能获得成功。好了,好了,我很高兴克吕格尔表演得这样好。泽尔特把克吕格尔推荐给我,如果他的表演不像我所想象的那样好的话,我会感到痛苦的。从我这方面来说,我也想让他感到小小的愉快,我打算送给他一本装帧漂亮的《伊菲格涅亚》,作为对他的表演的纪念;另外,我还打算在这本书里写上几首诗,以表我对他的谢意。"

话题转到索福克勒斯的《安提戈涅》以及存在于其中的高尚的道德品性,最后又谈到世间道德的起源问题。

歌德说:"像其他一切美好的事物一样,道德也是上帝自己创造的。它不是人类思维的产物,而是与生俱来的内在的美好性格。它或多或少是一般人生来就有的,但是在少数具有卓越才能的人那里得到高度显现。这些人用伟大事业或伟大学说显现出他们的神一样的内心世界,然后他们的这一内心世界通过所显示出的美博得了人们的爱,有力地推动人们尊敬和竭力仿效它。

“但是,美好的品德的价值可以通过经验和智慧进入人们的意识,因为从后果上看,坏的品德证明是要破坏个人和集体的幸福的,而高尚的和合乎礼俗的品德则能带来并巩固个人和集体的幸福。因此美的品德能够成为一种教义,作为一种明白说出的道理在整个民族中传播开来。”

我插嘴说:“我最近在阅读中碰到一种意见,据说希腊悲剧把美德变为一种特殊的题目。”

歌德回答说:“与其说是道德,倒不如说是全部的纯真人性,特别是在某种情景中,纯真人性和邪恶势力发生了冲突,它就会具有悲剧的性质。在这个领域里,道德确实是人性的主要组成部分。

“顺便提一下,《安提戈涅》中的道德因素并不是索福克勒斯发明的,而是题材本身所含有的,不过索福克勒斯之所以偏爱这个题材,是因为它除了包含道德因素以外,还包含许多戏剧性效果。”

接着歌德谈到了克瑞翁和伊斯墨涅的性格以及这两个人物在女主人公安提戈涅美好的心灵的发展过程中所起的必不可少的作用。

他说:“一切高尚的东西就其本身而言是深沉的,好像是在睡觉一样,是矛盾把它唤醒,并向它挑战。克瑞翁就是这样一种矛盾,他部分地为了安提戈涅而存在,因为借助于他,安提戈涅的高尚天性和属于她的权利得以突出地表现出来;可是部分地也是为了他自己,因为他的招灾惹祸的错误引起我们的憎恨。

“可是由于索福克勒斯想在女主人公采取行动(自缢)之前表现她那崇高的内心世界,所以还需要有另一个矛盾存在,借助于这个矛盾,她的性格可以得到发展。这个矛盾便是安提戈涅的妹妹伊斯墨涅。诗人把伊斯墨涅描写成一个标准的普通妇女,借助于她,安提戈涅的崇高品德更加引人注目地表现出来。”

话题接着转到一般剧作家及其对人民大众所起的或能起的重要影响。

歌德说:“一个伟大的剧作家如果同时具有创造性和内在的强烈而高尚的思想感情,并把它渗透到他的全部作品里,就可以使他的剧本中所表现的灵魂变成民族的灵魂。我想这是值得花气力的。高乃依就起了能培育英雄气概的影响。[①] 这对于需要有一个英雄民族的拿破仑是有用的,所以他提到高乃依时说过,如果高乃依还在世,他要封他为王。所以一个剧作家如果认识到自己的使命,就应该不断地提高自己的思想觉悟,以便使自己对民族产生的影响成为一种造福的、高尚的影响。

“我们要学习的不是同辈人和竞争对手,而是从前的伟大人物,他们的作品从许多世纪以来一直保持着同样的价值和同样的声望。一个天资的确高的人就应该感觉到和伟大的先驱者们打交道的需要,而这种需要正是天资高的标志。我们应该学习莫里哀,我们应该学习莎士比亚,但是首先要学习古希腊人,永远学习希腊人。”

我补充说:“对于天资高的人来说,学习古代的著作当然是非常有用的,但是一般说来,学习古代的著作似乎对个人的性格很少产生影响。否则的话,所有的语文学家和神学家想必都是最杰出的人物了。但是情况绝非如此。据我所知,那些研究古代希腊和拉丁著作的专家,有的是非常好的人,有的则是可怜的人,这要看上帝和父母给予他们的是好的品质还是坏的品质了。”

歌德回答说:“我对此并无什么反对意见要提;但是这并不意味着我完全同意你的看法,似乎学习古代的著作对性格的形成毫无影响。流氓当然仍然是流氓,一个小人物即使每天和古代伟大的思想打交道,也不会有丝毫的长进。但是一个高尚的人,一个被上帝预言在未来具有伟大性格和崇高思想的人,通过接触和熟悉古希腊罗马的伟大人物,就会获得很好的发展,一天天明显地取得进步,逐渐发展成类似他们的伟人。”

---

① 高乃依的名著《熙德》《贺拉斯》等都是歌颂英雄人物的。

▼ 1827年4月18日　星期三

吃饭前，我陪歌德乘马车沿着通往埃尔弗特的道路驶了一段路。我们碰到各种各样的开往莱比锡博览会的货车，也碰到几群牵在一起的马，其中也有很美的。

歌德说："我不免要笑美学家们，因为他们绞尽脑汁想通过一些抽象名词把我们叫作'美'的那种非言语所能描绘的东西化成一种概念。美是一种本原现象，它本身虽然从来不出现，但它的余晖反映在创造精神的无数不同的表现中，而且是看得见的，它和自然一样丰富多彩。"

我说："我常听说，自然永远是美的，它使艺术家们绝望，因为他们很少能够做到完全赶上自然。"

歌德回答说："我清楚地知道，自然往往展示出一种可望而不可即的魅力，但是我并不认为自然的一切表现都是美的。自然的意图虽然总是好的，但是使自然完全显现出来的条件却不尽是好的。

"例如橡树可以很美。但是需要有多少有利的环境配合在一起，自然才会产生一棵真正美的橡树呀！一棵橡树如果生长在森林中，周围有许多大树围绕着，它就总是倾向于朝上长，争取自由空气和阳光，树干周围只生长一些嫩弱的枝丫，这些嫩弱的枝丫过了一百年就会枯萎掉。但是，如果这棵橡树终于把树梢上升到自由空气里，它就会平静下来，开始向四周扩展，形成一个树冠。但是到了这个阶段，树已过了中年了，多少年来向上生长的新梢消耗了它最旺盛的精力。它于是努力向宽度发展，但不再会获得好结果。它长成了，高大而强健，但树干却细长，树干与树冠的比例不相称，还称不上美。

"如果这棵橡树生长在潮湿和泥泞的地方，土壤又太肥沃，只要有合适的空间，它就会过早地向四面八方长出许许多多的枝丫和细枝，没有什么抵抗它或使它长慢一点的力量，这样它就长不出象征倔强的疖疤和尖角，从远处看来，它就像菩提树一样柔弱，仍然称不上美，至少是没有橡树的美。

“最后，如果这棵橡树生长在山坡上，那儿土壤贫瘠，石头多，它会生出过多的尖角和疖疤，不能自由发展，很早就枯凋，不能令人感到惊奇。”

我为歌德的这番有趣的话感到高兴，就说：“几年以前，当我从哥廷根出发到威悉河流域做短途旅行时，看到了一些很美的橡树，特别是在霍克斯特地区的索林山区。”

歌德接着说：“含沙的或掺沙的土壤使橡树可以向四面八方伸出茁壮的根，看来于橡树最有利。此外，橡树还应有足够的生存空间，以便从四面八方接受光线、太阳、雨和风的影响。如果它生长在避风雨的舒适地方，它也长不好。它须和风雨搏斗上百年才能长得健壮，在长成之后，它的姿势就会令人赞叹了。”

我问：“从您的这番话中是否可以得出结论说，事物达到了自然发展的顶峰就显得美？”

歌德回答说：“当然，不过你得首先说一说，什么叫作自然发展的顶峰。”

我回答说：“我指的是事物生长的某一时期，在这个时期里，事物所特有的性格充分而显著地表现出来。”

歌德说：“如果指的是这个意思，那就没有什么可反对的，但还须补充一句：要达到这种完美而清楚地表现出来的性格，同时还需要一种事物的各部分肢体构造都符合它的自然使命，也就是说，符合它的目的。

“例如一个已达结婚年龄的姑娘，她的自然使命就是生孩子和给孩子哺乳，如果骨盆不够宽大，胸脯不够丰满，她就不会显得美。但是如果骨盆太宽大，胸脯太丰满，也不是美，因为超过了符合目的的要求。

“为什么我们可以把刚才看到的那几匹骑乘的马称作美的呢？还不是因为它们的体格构造符合目的吗？这不仅因为它们的动作轻快、优美和优雅，而且还有更多的因素，这些因素只有好的骑手和马匹方面的专家才会说明，而我们一般人只能得到一般印象。”

我说：“我们能否也把一匹拉车的马称作美的呢？例如我们刚才看到的那几匹拉货车到布拉邦特去的非常健壮的马？”

歌德说：“当然可以，为什么不可以呢？一位画家也许会觉得这种拉车的马性格鲜明，骨头、肌腱和肌肉发育得很健壮。这种拉车的马和一匹较温良、较俊秀的坐骑相比，更能显出各种各样的美巧妙地结合在一起。”

歌德接着说：“最重要的事始终在于品种要纯，没有遭到人工的摧残。一匹割掉鬃和尾的马，一条耳朵被剪短的狗，一棵被砍掉大枝、其余的枝杈被修剪成球状的树，特别是一位身体从青年时代起就被束胸所损坏和歪曲的少女，鉴赏力很好的人是要回避的，只有在市侩的那一套关于美的手册里才有地位。”

说着这些以及类似的话，我们又乘车返回。我们在吃晚饭前还在宅旁小花园里散了一会儿步。天气很好；春天的太阳开始变得炽热起来，在灌木丛和矮树篱中诱出各种各样的叶子和花朵。歌德陷入沉思，希望富有乐趣的夏天早日到来。

吃晚饭时我们都很快活。歌德的儿子刚刚读过他父亲的《海伦》，谈起来很有见识，说明他具有天生的理解力。他显然很喜欢用古典精神写出的那部分，而对歌剧式的浪漫色彩较浓的部分，正如我们所能发现的，他在读的时候并不大起劲。

歌德说：“你基本上是正确的，这部作品有一点奇特。我们固然不能说，凡是合理的都是美的，但凡是美的毕竟总是合理的，或者至少应该是合理的。你之所以喜欢古代的那部分，是因为它是可以理解的，因为你可以纵览其中各个部分，可以用你自己的理智推测我的理智。在第二部分里，你虽然也运用和展开了各种各样的理解力和理智，但是由于这部分很难，须经过一番研究，才能理解其中的意义，才可以用自己的理智去探索出作者的理智。”

接着歌德对法国女诗人塔斯图夫人的诗赞不绝口，他在最近读了她的诗集。

当其他人和歌德告别而我也正想和他告别的时候，他请我再待一会儿。他让人拿来了登载荷兰大画师们的作品复制件的画册。

“作为饭后的小吃，我还想请你吃点好东西。”他一边说，一边把鲁本斯的一幅风景画摆在我面前。

他说：“这幅画你虽然在我这里已经看过，但是杰作常常是百看不厌，而且这次要注意的是一种奇特现象。你可以告诉我，你看到了什么吗？”

我说：“如果先从远景看，那么在最外层的背景上是一片非常晴朗的天空，仿佛是太阳刚落的时候。在这最外层远景里还有一个村庄和一座城市，沐浴在明亮的晚霞里。画的中部呈现出一条路，路上有一群羊忙着走回村庄。画的右方有几堆干草和一辆已装满干草的大车。几匹被套上挽具的马在附近吃草。稍远一点，在一旁的小树丛中，有几匹牝马带着马驹子在吃草，看来是要在那里过夜。靠近前景的地方有几棵大树。最后，在前景的左方有一些农夫正在走回家。”

歌德说：“对，这也许是全部的内容，但是还缺少最重要的东西。我们在画面上所看到的一切，诸如羊群、干草车、马和回家的农夫，是从哪个方向受到光照的呢？”

我说：“是从我们对面的方向，受到光照的羊群等等把它们的阴影投射到画中来了。在前景中那些回家的农夫特别受到很明亮的光照，这产生了很好的效果。”

歌德问：“可是鲁本斯用什么办法来产生这样美的效果呢？”

我回答说：“他让这些明亮的人物显现在一种昏暗的背景上。”

歌德又问：“可是这种昏暗的背景是怎么产生的？”

我说：“它是一个巨大的阴影，是从那一丛树投射到这些回家的农夫身上的。好极了！”我惊讶起来了，然后接着说：“人物把阴影投射到画里，而那一丛树又把阴影朝看画者的方向投射过来！这样，我们看到光从相反的两个方向射来，但这是违反自然的！”

歌德笑着回答说:“这正是问题的关键。鲁本斯正是用这个办法来证明他的伟大,显示出他本着自由精神站得比自然更高,他是按照自己更高的目的来处理自然的。光从相反的两个方向射来,这当然是牵强附会的,你也可以说,这是违反自然的。不过,如果这是违反自然的话,我还是要说它高于自然,要说这是绘画大师的大胆手笔,他用这种天才的方式向世人显示,艺术并不完全服从自然的必然性,而是有它自己的规律。”

歌德接着说:“艺术家在个别细节上当然要忠实于自然,要恭顺地模仿自然,他画一个动物,当然不能任意改变它的骨骼构造和肌腱的部位。如果任意改变,就会违反那种动物的特性。这就无异于消灭自然。但是,在艺术创造的较高境界里,要使一幅画成为真正的一幅画,艺术家可以随意挥洒,可以求助于虚构,鲁本斯在这幅风景画里运用了双重的光,就是一个明显的例子。

“艺术家对于自然有着双重关系:他既是自然的主宰,又是自然的奴隶。说他是自然的奴隶,是因为他必须用人世间的材料来进行工作,才能使人理解;说他是自然的主宰,是因为他使这种人世间的材料服从于他的较高的目的,并且为这较高的目的服务。

“艺术家要通过一种整体向世界说话。但这种整体他在自然中无法找到,是他自己的想象的结果,或者说,是一种有促进作用的神的气息吹拂的结果。

“如果我们只是泛泛地观察鲁本斯的这幅风景画,一切都会显得很自然,仿佛是直接从自然临摹来的。但事实并非如此。这样美的一幅画是在自然中根本无法看到的,正如普桑和洛兰的风景画一样,我们也觉得它很自然,但在现实世界里却找不出。”

我问:“像鲁本斯用双重光线这样的艺术虚构的大胆手笔,在文学里是否也有呢?”

歌德考虑了一下,回答说:“有,这方面的例子我们不必到处去找,我可以从莎士比亚的作品里举出大量的例子给你看。我只举《麦克白》为例。麦克白的夫人为了唆使她丈夫谋杀国王，说过这样的话：

‘我给婴儿们喂过奶……’①

这话是真是假，并没有关系，但是麦克白夫人说了，而且她必须这样说，才能加强她的语调。但是在剧本的后部分，麦克达夫得知他的儿女全遭杀害的消息时，狂怒地喊道：

‘他没有儿女啊！’②

这话和麦克白夫人的话正相反。但这个矛盾并没有使莎士比亚操心。他所操心的是加强麦克达夫的语调。麦克达夫说‘他没有儿女’，正如麦克白夫人说‘我给婴儿们喂过奶’，都是为了加强语调。”

歌德接着说：“总之，我们不应把画家的笔致或诗人的语言看得太死、太狭窄。一件艺术作品是由自由大胆的精神创造出来的，我们也应尽可能地用自由大胆的精神去观照和欣赏。麦克白曾经对他的夫人说：

‘不要给我生女儿……’

如果我们想从这句话中得出结论，以为麦克白夫人是个很年轻的女人，还没有生过孩子，这恐怕是愚蠢的。如果我们进一步要求麦克白夫人必须作为这样一个非常年轻的女人粉墨登场，这同样是愚蠢的。

“莎士比亚之所以让麦克白说出这句话，绝不是为了证明麦克白

① 见《麦克白》第一幕第七景。麦克白夫人怂恿丈夫杀国王篡位，但她的丈夫却犹豫不决，于是她骂他是胆小鬼，说她自已为了遵守誓言，可以把自已喂过奶的心爱的婴儿杀掉，毫不犹豫。

② 见《麦克白》第四幕第三景。麦克达夫是国王的忠臣，麦克白杀害了他的儿女，他听到这消息时非常悲愤，他的同伙中有人说要报仇，他说这个仇报不了，因为麦克白没有儿女。

夫人的年轻，而是像刚才所引的麦克白夫人和麦克达夫的话一样，只是为了雄辩的目的，只是证明诗人让他的人物在此地说出恰如其分的、很好地起作用的话。诗人用不着担心和考虑这些话会与其他的话发生矛盾，即使发生矛盾，也只是表面上的。

“一般说来，莎士比亚在创作自己的剧本的时候很难想到把它们作为印刷体字母，好让读者去数它们和比较它们。相反，他在写剧本的时候，心中想到的只是舞台。他把他的剧本看作一种可移动的和生气勃勃的东西，它在舞台上瞬息即逝，观众不可能抓住它，不可能对它的细节吹毛求疵。它始终只是在眼前的一瞬间产生巨大的影响。”

▼ 1827 年 4 月 24 日　星期二

奥古斯特·威廉·冯·施莱格尔在歌德家里。吃饭前，歌德和施莱格尔乘马车到魏玛附近的小丛林魏比希特一游。晚上，歌德举行盛大的茶会欢迎施莱格尔。出席茶会的还有施莱格尔的旅伴拉森[①]博士。此外，魏玛的所有社会名流也应邀出席了茶会，所以歌德的家里十分热闹。施莱格尔先生完全被女士们包围了，他向她们展示了印有印度神像的狭长纸条，还向她们出示了两首印度长诗的全文，这两首印度长诗，除他自己和拉森博士以外，几乎谁也看不懂。施莱格尔穿得非常干净整齐，看上去很年轻，容光焕发，以至有几个在座的人断言，他很会使用化妆品。

歌德把我拉到窗前，悄悄地问我：“怎么样，你觉得他（指施莱格尔）怎么样？”我回答说：“仍和往常一样。”歌德接着说：“在许多方面他当然不像个男子汉，但他是个博学多才、在学术上很有贡献的人，从这个意义上说，我们应该原谅他。”

---

① 拉森（Christian Lassen，1800—1876），挪威人，东方学家，印度语言文化学者，从1819年起定居德国。

▼ 1827 年 4 月 25 日　星期三

和拉森先生在歌德家里吃饭。施莱格尔今天又去参加宫廷宴会。拉森先生精通印度诗歌，所以歌德非常欢迎他来自己家里做客，以便向他请教，补充自己在这方面的非常不完备的知识。

今晚我又在歌德家里待了一会儿。他告诉我施莱格尔在黄昏的时候曾来他这里，他们就一些文学和历史问题进行了非常重要的交谈，他从交谈中获益匪浅。他补充说："我只想向你指出一点：人们不应该要求荆棘丛中长出葡萄，蓟草丛中长出无花果。[①] 顺便提一下，我与施莱格尔的交谈是非常成功的。"

▼ 1827 年 5 月 3 日　星期四

斯塔普弗[②]译的歌德戏剧集非常成功，安培先生[③]去年在巴黎《地球》杂志上发表了一篇也很高明的书评。这篇书评受到歌德的称赞，他经常提到它，并且每次提到它的时候，总是赞不绝口。

他说："安培先生的观点是很高明的。我国评论家在这种场合总是从哲学出发，换言之，他们在评论一部诗作时所采取的方式，旨在使阐明诗作的文章只有他那一派的哲学家才看得懂，对其余的人却比他要阐明的诗作还更难懂。安培先生的评论却非常注重实际和通情达理。作为一个行家，他指出了作品与作者的亲缘关系，把不同的诗篇当作诗人生平不同时期的果实来评论。

"他极深入地研究了我的尘世生涯和精神状态的变化过程，甚至

① 意为人的知识是有限的，不要强人所难。

② 斯塔普弗（Albert Stapfer，1802—1892），翻译家，曾把歌德的《浮士德》译成法语。

③ 安培（Jean-Jacques Ampère，1800—1864），法国历史学家和语文学家，著名物理学家安德烈-马利·安培之子。

能够看出我没有说出而只在字里行间流露出来的东西。他正确地指出，我在魏玛做官的宫廷生活头十年中几乎没有什么创作，于是出于绝望逃跑到意大利，在那里以新的创作热情抓住了塔索的生平，用这个恰当的题材来创作，借以摆脱我在魏玛生活中所获得的痛苦的、令人厌烦的印象和回忆。所以他非常恰当地把我的塔索称为提高了的维特。

“关于《浮士德》，他也很有见地，指出不仅主角浮士德的阴郁的、无餍的追求，就连那魔鬼靡非斯特的嘲弄和辛辣的讽刺，都代表着我自己性格的组成部分。”

歌德常常以这种和类似的赞赏的口气谈到安培先生；我们对他产生了浓厚的兴趣，并试图弄清他的个性，即使无法弄清他的个性，我们也一致认为安培先生一定是个中年人，才会对生活与诗的相互影响懂得那样清楚。所以我们感到很惊讶，前几天安培先生抵达魏玛，站在我们面前的却是一个活泼快乐的二十岁左右的小伙子！在和他进一步交往的过程中，他对我们说，《地球》的所有撰稿人（这些人的智慧、克制精神和高度文化教养是我们一向钦佩的）都是年轻人，和他的年纪差不多。

我说：“我很理解一个年轻人能创作出重要的作品，例如梅里美在二十岁就写出了优秀作品。但是这样一个年轻人就能像《地球》的那些撰稿人一样如此高瞻远瞩，见解深刻，显出高度的判断力，这对于我完全是件新鲜事。”

歌德说：“对于像你这样在德国荒原上出生的人来说，这当然是不很容易的，就连我们这些生在德国中部的人，为了得到一点智慧，也不得不付出高昂的代价。因为我们其实过着一种孤陋寡闻的生活！我们很少接触真正的民族文化，我们所有的能人志士都分散在德国各地，有的在维也纳，有的在柏林，还有的在柯尼斯堡、波恩或杜塞尔多夫，彼此相距五十至一百里，所以个人间的交往以及思想上的交流实属罕见的事。当亚历山大·冯·洪堡那样的学者来此地时，我一天之内从他们那里得到的我所寻求和必须知道的东西，是我在孤陋状态中钻研多年也得不到的。从此我体会到，孤陋寡闻的生活对我们意味着什么。

“可是你想象一下像巴黎那样的一座城市，在那里聚集着一个大国的最优秀的人物，他们每天互相来往，互相斗争，互相竞赛，互相学习和促进。在那里，来自全世界各国最好的作品，无论是关于自然的还是关于艺术的，每天都向公众展出。你想象一下在这样一座世界著名的大城市里，每走过一座桥或一个广场，就令人回想起伟大的过去，甚至每一条街的拐角都与某一历史事件有联系！此外，你设想一下这并不是死气沉沉的和愚钝的时代的巴黎，而是 19 世纪的巴黎，当时莫里哀、伏尔泰、狄德罗之类人物已经在三代人之中掀起的那种丰富的精神文化潮流，是在全世界任何一个地点都不能再看到的。这样想一想，你就会懂得，一个像安培这样有头脑的人，正是由于生活在这样一种丰富多彩的环境里，才能在二十四岁时有这样的成就。

“你刚才说过，你完全可以想象一位二十岁的青年能写出梅里美所写的那样好的作品。我完全赞同你的意见，而且总的来说也同意你的另一个看法，即对于一个年轻人来说，写出好作品要比做出正确判断来得容易。但是在我们德国，一个人最好不要在像梅里美那样年轻时就企图写出《克拉拉·加苏尔戏剧集》那样成熟的作品。席勒在创作《强盗》、《阴谋与爱情》以及《斐哀斯柯》时的确很年轻，不过说句公道话，这三部剧本更多地表现出作者的非凡才能，而较少地显示出作者文化教养的高度成熟。不过这不能归咎于席勒个人，而应归咎于德国民族的文化情况以及我们大家都经历过的在孤陋生活中开辟道路的巨大困难。

“与此相比，我们举贝朗瑞做例子。他出身于贫苦的家庭，是一个穷裁缝的后裔。他有一个时期是个穷印刷学徒，后来在一家办事处当低薪的办事员。他从来没有进过中学或大学。可是他的诗歌却充满成熟的教养、优美、想象和非常机智的讽刺，在艺术上很完满，在语言的处理上也别具一格，所以不仅得到整个法国而且也得到整个欧洲文化界的惊叹。

“可是请你设想一下，同样一个贝朗瑞假若不是生在巴黎并且在这个世界大城市里成长起来，而是耶拿或魏玛的一个穷裁缝的儿子，让他在这些小地方艰难度日，请你自问一下，这同一棵树在这种土壤和气氛中生长起来，能结出什么样的果实呢？

“所以我再说一遍，我的好朋友，如果一个有才能的人想迅速地、可喜地发展起来，就需要有许多思想和优异的文化在他那个民族里传播。

“我们惊叹古希腊人的悲剧，不过准确地说，我们更应惊叹使它可能产生的那个时代和那个民族，而不是一些个别的作家。因为这些悲剧作品彼此之间虽然有些不同，这些悲剧诗人之间虽然某一个人显得比其他人更伟大、更完美一点，但是总的看来，他们都有一种始终一贯的独特性格。这就是超群、优秀、健康、乐于助人、高明的处世之道、崇高的思想方式、纯真而有力的观照以及人们还可举出的其他性格。所有这些性格不仅显现在流传下来的悲剧里，而且也显现在史诗和抒情诗里，乃至在哲学家、修辞学家和历史学家的著作里；此外，在流传至今的造型艺术作品里，这些性格也以同样的高度显现出来。因此我们可以得出这样的结论：这些性格与其说是属于某些个别人物，不如说是属于并流行于那整个时代和整个民族。

“我们不妨以苏格兰农民诗人罗伯特·彭斯为例。倘若他的祖先的古老歌曲不被人民群众在口头上相传，不在他的摇篮旁唱着——他还是一个男孩的时候，就受到这些古老诗歌的陶冶，他把这些堪称典范的优点都吸收进来，作为他继续前进的活生生的基础——他怎么能成为伟大的诗人呢？此外，倘若他自己的歌曲在他的民族中不能马上获得喜欢它们的听众，在田野中唱着的时候得不到收割和捆扎庄稼的男女农夫们的齐声应和；倘若在小酒馆里快乐的小伙子们不唱着他的歌曲对他表示欢迎，他又怎么能成为伟大的诗人呢？正是由于他的歌曲为群众所喜闻乐见，他才能成为伟大的诗人！

“与之相比，我们德国人显得多么差劲啊！我们的古老歌曲也并不比苏格兰的逊色，但是在我们的青年时代，有多少还在真正的人民中活着呢？赫尔德尔和他的继承者才开始搜集那些古老歌曲，把它们从遗忘中拯救出来，然后至少是印刷出来，放在图书馆里，此后，毕尔格[①]和福斯[②]还不是写出了诗歌！谁说他们的诗歌不如彭斯的那样重要，那样富于民族性呢？但是其中有多少还活着，能得到人民齐声应和呢？它们写出来又印出来了，放在图书馆里，和一般德国诗人的命运一样。在我自己的那些歌曲中，有多少还活着呢？也许其中有一两首还由一个漂亮姑娘在钢琴旁唱着，但是在真正的人民中它们却是音沉响绝了。当年我曾亲耳听到过意大利渔夫歌唱我的《塔索》中的片段，我的情绪是多么激昂呀！

“我们德国人过时了。我们虽然已受过一个世纪的文化熏陶，但是还要再过几个世纪，我们德国人才会有足够多、足够普遍的精神和高度文化，使得我们能像希腊人一样崇尚美，能为一首好歌感到鼓舞，那时人们才可以说，德国人早已不是野蛮人了。”

▼ 1827 年 5 月 4 日　星期五

为向安培和他的朋友斯塔普弗表示敬意，歌德家举行盛大宴会。人们大声而愉快地交谈，谈到各方面的问题。安培告诉歌德许多关于梅里美、德·维尼[③]和其他重要文人的事情。关于贝朗瑞也谈得很多，歌德每天都想到贝朗瑞的那些无与伦比的诗歌。谈论中提到一

---

① 毕尔格早年创作的叙事诗《莱诺蕾》受到歌德的欢迎。
② 福斯(Johann Heinrich Voβ, 1751—1826)，德国诗人、翻译家。
③ 德·维尼(Alfred de Vigny, 1797—1863)，法国浪漫派诗人。

个问题：贝朗瑞的那些轻松的爱情诗是否优于他的政治诗。歌德的看法是：一般来说，一种纯粹具有诗意的题材总比政治性题材好，正如纯粹的、永恒的自然真理总比党派观点好。

歌德接着说："此外，贝朗瑞在他的政治诗里证明他是法国民族的行善者。同盟国入侵法国之后，法国人在贝朗瑞那里找到了发泄受压迫情绪的最好的喉舌。贝朗瑞通过对拿破仑皇帝统治下所取得的辉煌战果的大量回忆，使法国人振作起来。生活在茅舍里的法国人至今还怀念这位皇帝；诗人也欣赏这位皇帝的伟大性格，不过他不希望拿破仑的独裁统治继续下去。在波旁王朝统治下，贝朗瑞似乎感到不自在。这个家族当然是腐朽没落的。现在的法国人希望高居皇位的人具有雄才大略，尽管他自己也很想参与统治，很想有发言权。"

饭后客人们在花园里散步，歌德示意要我陪他乘马车到通往蒂福特的道路周围的小丛林里一游。

他在马车里亲切地和我交谈，他告诉我，他很高兴和安培建立了这样一种友好的关系。歌德指望这种关系会给德国文学在法国得到承认和传播带来最美好的结果。

他补充说："安培是一个很有修养的学者，他早就克服了许多法国人所具有的民族偏见、恐惧感和短浅目光，就其思想而言，他更多是一个世界公民，而不是巴黎市民。我预感到在法国将会有成千上万像他一样思考的人。"

▼ 1827 年 5 月 6 日　星期日

歌德家里再次举行宴会，来的还是前晚那些客人。关于歌德的《海伦》和《塔索》谈得很多。歌德告诉我们，他在 1797 年就有过一个计划，想用"退尔传说"写一部用六音步诗行的史诗。

他说："在那一年，我再次游览了四森林州湖周围的那几个小州。那里迷人而雄伟壮丽的大自然再度给我留下很深的印象，于是我决定要写一首诗来描绘这样丰富多彩、瞬息万变、无与伦比的自然风景。为了使这种描绘更加具有吸引力和更生动有趣，我认为最好是把它那些非常引人入胜的地理环境和同样引人入胜的人物结合起来。于是我想起退尔的传说在这里很合适。

"我想象中的退尔是个粗豪健壮、优游自得、儿童般天真的英雄人物。作为一个搬运夫，他遍游瑞士各州，到处都有人知道他和喜爱他，他也到处乐于助人。此外，他安心地干他的职业，照料着老婆和孩子，不去管谁是主子，谁是奴隶。

"与此相反，我想象中的盖斯勒虽是个暴君，但他贪图安逸，当他高兴的时候，也偶尔做点好事，或偶尔做点坏事。他对人民和人民的祸福概不关心，在他眼中仿佛人民并不存在。

"与此对立的人性中一些较高尚善良的品质，例如对家庭土地的热爱、对祖国法律保护下的自由和安全的感受、对遭受外国暴君奴役和虐待的屈辱感，以及最后逐渐酝酿成熟的要摆脱可憎枷锁的坚强意志，我把这些优良品质分配给瓦尔特·富斯特、斯陶法赫尔、文克尔里特[①]之类的高尚人物。这些才是我要写的史诗中的真正英雄人物，代表自觉行动的崇高力量，至于退尔和盖斯勒虽然有时也在情节中出场，但总的来说，却只是一些被动的人物。

"我完全沉醉于这个美好的题目，而且不时哼出了一些六音步诗行。我看到静悄悄的湖光月色，以及被月光照亮的深山浓雾。我看到退尔沐浴在最可爱的朝阳的光辉之中，还看到一轮红日之下充满生命和欢乐的森林与草原。我在心中又描绘出一场风暴，一场雷雨风暴，它正从峡谷扑向湖面。那里也不缺少寂静的夜景和小桥僻径上的幽会。

---

① 退尔传说中的一些英雄人物。

“我把这一切都告诉了席勒。在他的意匠中，我的一些自然风景和行动的人物就形成了一部戏剧。因为我有其他的事情要做，写史诗的计划一再拖延下去，到最后我就把我的题目完全交给席勒，他用这个题目写出了一部值得赞赏的戏剧作品。”

我们听到这番引人入胜的叙述都感到高兴。我指出，《浮士德》第二部第一景用意大利三行诗节写的那段描绘日出的壮丽景致，可能就是根据对四森林州湖的回忆。

歌德说：“我不否认，这些体验来源于四森林州湖。如果我对那里的美妙的自然风景不是记忆犹新，我就压根儿不会想到那些三行诗节的内容。不过我用退尔传说中当地风光的金子所熔铸成的作品也就止于此。其余一切我都交给席勒了。大家都知道，席勒很好地使用了我提供给他的材料。”

话题转到《塔索》以及歌德在这部剧本中企图表现的观念。

歌德说：“观念？我似乎不知道什么是观念！我有塔索的生平，有我自己的生平，我把这两个奇特人物和他们的特性融合在一起，于是在我心中就产生了塔索的形象；我把它与安东尼奥的平淡无奇的形象加以对比，这方面我也不缺乏蓝本。此外，宫廷生活和恋爱关系在魏玛还是和在费拉拉[①]完全一样；关于我的描绘，我有理由这样说：它是我的骨中之骨，我的肉中之肉。

“德国人真是些奇怪的家伙！他们在每件事物中寻求并且塞进他们的深奥的思想和观念，因而把生活搞得不必要地繁重。唉，你们应该有勇气热衷于你们的印象，让自己轻松愉快，让自己受感动，让自己振奋昂扬，受教益，让自己为某种伟大事业激发热情和鼓起勇气。但是你们千万不要以为，只要不涉及某种抽象思想或观念，一切都是毫无价值的！

“有些人来问我，我在《浮士德》里要体现的是什么观念，仿佛我

---

① 意大利北部的一个小公国。

自己知道这个观念,并且能把它说出来似的!从天上下来,通过世界,下到地狱,勉强这样说吧,但这不是观念,而是情节的发展过程。此外,魔鬼靡非斯特赌输了,而一个一直在艰苦的迷途中挣扎、向较完善境界前进的人[1]得到了解救,这当然是一个起作用的、可以解释许多问题的好思想,但这不是什么观念,不是全部戏剧特别是每一幕的基础。倘若我在《浮士德》里所描绘的那丰富多彩、变化多端的生活能够用贯串始终的观念这样一条细线串在一起,那倒是一件好事呢!"

歌德继续说:"总之,作为诗人,我的愿望并不是致力于体现某种抽象的东西。我的内心里感觉到某些印象,也就是感性的、生动的、迷人的、丰富多彩的印象,正如我的活跃的想象力所提供给我的那样。作为诗人,我所要做的事不过是用艺术方式使这样一些体验和印象圆满与完善,然后用生动的描绘把它们显露出来,使其他人在听到或阅读我所描绘的东西时得到的印象和自己原先所得到的印象相同。

"如果我作为诗人还想表现什么观念,我就用短诗来表现,因为在短诗中较易显出明确的统一性和概貌,例如我的《动物变形》和《植物变形》以及《遗嘱》之类的小诗。我自觉地表现一种贯串始终的观念的唯一较长的作品,也许是《亲和力》。这部小说因表现观念而便于理解,但这并不是说,它因此就成了较好的作品。我毋宁更认为,一部诗作越是莫测高深,越是不易凭知解力去理解,也就越好。"

▼ 1827 年 5 月 15 日　星期二

霍尔泰[2]先生从巴黎来魏玛已有好几天了,他因自己的人品和才

---

① 即浮士德。

② 霍尔泰(Karl von Holtei, 1789—1880),德国作家,曾把自己的《西里西亚诗集》献给歌德。

能而到处受到热烈欢迎。在他和歌德及其家庭之间也形成了非常友好的关系。

歌德于几天前迁居他的花园,因为那儿较为安静,宜于工作和休息。今天我和霍尔泰先生以及舒伦堡伯爵[①]到那儿看望歌德。霍尔泰首先向歌德告辞,因为他要陪安培去柏林。

▼ 1827 年 7 月 25 日　星期三

歌德最近收到沃尔特·司各特的一封信,感到很高兴。今天他让我看这封信,因为英文的字迹他觉得有点儿不可辨认,所以他请我把信的内容给他译出来。看来他先写过信给这位著名的英国诗人[②],而这封信是对他的信的答复。

沃尔特·司各特写道:

> 我感到很荣幸,我的某些作品竟有幸引起歌德的重视,我从 1798 年以来就是歌德的赞赏者之一。当时尽管我对德语知之不多,却够大胆地把《葛兹·冯·贝利欣根》译成英文了。在从事这件青年时期的工作的时候,我忘记了只感觉到一部天才作品的美并不够,还必须精通作品所用的语言,只有这样,才能让别人也能感觉到作品的美。不过我现在还认为我青年时期的那次尝试有点价值,因为它至少可以显示出我懂得选择一部值得赞叹的作品来译。
>
> 我经常从我的女婿洛克哈特[③]那里听到关于您的情况。这位年轻人有些文学才能,他在和我女儿结婚之前几年,就已

---

① 舒伦堡伯爵(Friedrich Albrecht Graf von Schulenburg, 1772—1853),萨克森驻维也纳公使。

② 歌德曾于 1827 年 1 月 12 日写信给司各特。

③ 洛克哈特(J.G.Lockhart, 1794—1854),著有《沃尔特·司各特传》。

荣幸地拜访过德国文学之父了。您不可能记得起那么多急于要向您致敬的人当中的每一个，但是我相信，我的家庭中的那个年轻成员比任何人都更敬仰您。

我的朋友约翰·霍佩·冯·品克爵士不久以前有幸看到了您，我希望给您写信，后来的确又请打算到德国旅行的他的两位亲戚带信给您，可是他们因病未能成行，以致过了两三个月才把信退还给我。所以老早以前，还在歌德在他的信中那样友好地恭维我之前，我就已冒昧地设法结识他了。

任何赞赏天才的人，当他知道最伟大的欧洲天才典范之一在高龄受到高度崇敬，在享受幸福而光荣的退隐生活，都会感到非常欣慰。可怜的拜伦勋爵的命运却没有让他获得这样的幸运，而是在盛年就被剥夺了生命，使一切对他的希望和期待永远破灭。他生前对您给予他的荣誉感到幸福，而且感到欠一位诗人的情，而对这位诗人，现代一切诗人都应该好好地表示感谢，都应该像孩子崇敬父母那样崇敬他。

我已冒昧地请求特劳伊特尔和伍尔茨[①]这两位先生把我为一位值得注意的人物所试写的传记[②]寄给您，这位人物多年来对他所统治的世界起过非常可怕的影响。我不知道我自己是否应向他表示某些感谢，因为他使我服了十二年的兵役，在服兵役期间，我是英国民兵团的一名成员，尽管我早年得过麻痹症，但我还是变成了一名优秀的骑手、猎手和射手。可是在最近，这些好本事有些离开我了，而风湿病这种我们的北方天气所引起的可悲的祸害已侵袭到我的肢体了。不过我并不抱怨，因为自从我不得不放弃打猎消遣以来，我的儿子们正在从打猎中找到乐趣。

---

① 巴黎的书商。
② 指司各特所写的《拿破仑传》。

我的长子现在掌管着一个轻骑兵中队，这对于一个二十五岁的青年人来说总是够高的地位了。我的次子最近在牛津大学得了文学学士的学位，在他走进世界以前，先在家里待几个月。由于老天爷乐意要他们的母亲抛开人世，所以我最小的女儿在家料理家务。我最大的女儿已结婚，已有她自己的家庭了。

承垂询到我，我的家庭情况就是如此。此外，尽管曾遭受某些非常严重的损失，我还有足够的家资使我生活得很称意。我住在一座雄伟而古老的邸宅里，歌德的任何朋友来这里会随时受到欢迎。前厅里摆满了武器，这甚至配得上雅克斯特豪生[①]，还有一只大猎狗守着大门。

此外，我忘记了在世时曾多方努力使人们不要忘记他的那一位[②]。我希望您能原谅这部作品[③]中的一些毛病，希望您能考虑到，作者在写这部作品的时候是怀着这样的愿望，即在他的岛国成见所能容许的范围内尽量忠诚地描述这位非凡人物。

由于一位旅行者给我提供写信给您的机会来得很突然，也很偶然，他不能等，所以我没有时间再写下去了。我只能祝愿您保持健康和平安，向您表示最诚恳、最深厚的敬意！

沃尔特·司各特

1827年7月9日，爱丁堡

我已说过，歌德看到这封信很高兴。此外，他认为这封信对他表示了过分的崇敬，是由于作者的地位和高度文化教养使他这样有

① 葛兹·冯·贝利欣根的城堡。司各特景仰中世纪的骑士，在住房陈设乃至一般生活方面都喜欢模仿中世纪传奇人物。

② 指拿破仑。

③ 指司各特的《拿破仑传》。

礼貌。

之后，他提到沃尔特·司各特那样和蔼亲切地谈他的家庭情况，这说明司各特兄弟般地高度信任他，使他很高兴。

他接着说："我的确急于看到他准备给我寄来的《拿破仑传》。我已经听到许多对这部书的反对意见和强烈抗议，我预先可以肯定，它无论如何是值得注意的。"

我问到洛克哈特，问他是否还记得这个人。

歌德回答说："还记得很清楚，他的性格给我留下深刻的印象，以至我不会很快就把他忘掉。从许多来德国旅行的英国人以及我的儿媳谈到他的话来看，他一定是一个在文学方面有很大希望的青年人。

"此外我有些感到奇怪，司各特只字未提卡莱尔，卡莱尔对德国文化有浓厚的兴趣，司各特想必知道他。

"卡莱尔值得我们钦佩，因为他在评价我们德国作家时总是特别着眼于精神的和伦理的内核，把它看作真正起作用的因素。卡莱尔是一种有重大意义的道德力量。他很有前途，但是现在还不能预见到他会产生什么结果或影响。"

▼ 1827年9月26日　星期三

今天上午，我陪歌德乘马车到霍特尔施塔特角一游，然后从那里前往埃特斯堡狩猎屋。这一天我们过得非常愉快，我们一早就乘马车驶出雅可布门。不久，我们到了律琛多夫，这里的公路通往山上，坡度很大，我们只能缓慢地行驶。因此我们有机会对律琛多夫后面的各种景色进行观察。歌德在这个王室的田庄后面右方的灌木丛里发现一群鸟，并问我它们是否是云雀。我心里想，你这位可爱的大人物，像少数其他的人一样，对整个大自然进行了详细的研究，可是在鸟类学领域里你似乎还是一个孩子！

我回答说："这是一群黄鹀和麻雀，也许还有一些迟到的篱雀，它们在耐心等待换毛之后，从埃特斯堡山的灌木丛里飞出来，飞到下面的花园和田野里，并准备继续迁移。但是，它们并不是云雀。云雀生来就不会栖息在灌木丛里。田野里的或天空里的云雀直上云霄，然后又回到大地上；在秋天，它们也成群地飞越天空，又降落在某块收割后布满茬儿的田地上，可是它们不会栖息在矮树篱和灌木丛里。与此相反，树上的云雀喜欢高树的树梢，它们从树梢上边唱着边飞向天空，然后又降落在树梢上。还有另外一种云雀，它们生活在林中空地朝南的偏僻地方，发出一种非常柔和的、长笛般的可是略带忧伤的鸣声。它们不喜欢待在埃特斯堡山上，因为这里对它们来说太热闹，太接近居住在周围的人们。但是，它们也不栖息在灌木丛里。"

歌德说："嗯！看来你在这方面并不是个新手。"

我回答说："我从青年时代起就热爱鸟类学这门学问，经常仔细地观察鸟类的活动。我一次又一次地走遍埃特斯堡山的整个森林。要是我现在听到一声鸟叫，我敢说这叫声是哪种鸟发出的。不仅如此，我还能为鸟治病：要是有人给我带来一只鸟，这只鸟在囚禁期间由于受到错误的对待而丧失了羽毛，我敢叫它在很短的时间里完全恢复健康，并且重新长出羽毛。"

歌德说："这说明你在这些方面已经历过许多事情。我希望你继续对鸟类进行认真的研究，你要是坚持做下去，想必会获得非常好的结果。不过请你给我讲一讲鸟类换毛的事情。你刚才说，那些迟到的篱雀在完成换毛之后，从埃特斯堡山的灌木丛里飞出来，飞到下面的田野里。是不是换毛与一定的时期有关系？还是所有的鸟都一齐换毛？"

我回答说："大多数的鸟在孵化期结束之后便立即开始换毛，也就是说，一窝小鸟一旦破壳而出就能自助。不过问题在于，鸟从破壳而出至换毛迁移是否还需要属于它的一个空间。如果它有这样的一个空间，它就在这里换毛，然后带着新长的羽毛离去。如果它没有这样的空间，它就带着自己原有的羽毛迁移，然后在温暖的南方换毛。因为鸟群在春天不会同时向我们飞来，也不会在秋天同时迁移。这是因为有的鸟类对阴冷的天气多少能够适应，比其他的鸟类更能忍受这样的天气。不过一只鸟要是提前飞到我们这里，那么它很晚才会朝南方飞去；而一只鸟要是很晚飞到我们这里，它会提前朝南方飞去。

“例如篱雀虽然属于一个种类，但它们之间存在着很大的区别。发出咯咯声的篱雀，3月底就能在我们这里听到它们的叫声；十四天之后，黑头篱雀向我们飞来了；大约在一个星期之后，夜莺飞来了；4月底或5月初，灰篱雀才向我们飞来。所有这些篱雀在8月里在我们这里换毛，它们的头一窝小篱雀也在8月里换毛。所以，在8月底人们就能捉到已经有黑头的小黑头篱雀。而最后孵出的小黑头篱雀则带着它们最初的羽毛向温暖的南方飞去，然后在那里换毛。因此人们在9月初能够捉到雄性的幼小的黑头篱雀，这些雄性幼鸟和它们的母亲一样还有小小的红头。”

歌德问我：“你指的是不是灰篱雀，它们最晚才飞到我们这里，还有比它们更晚的其他鸟类吗？”

我回答说：“所谓的黄嘲鸫和长有金黄色华丽羽毛的黄鹂，它们要到圣灵降临节才向我们飞来。这两种鸟在结束孵化期之后于8月中旬向南方迁移，并在那里和它们的幼鸟一起换毛。要是把它们关在笼子里，它们在我们这里到冬天才换毛，所以这两种鸟很难养活。它们需要很多的温暖，可是，要是把它们挂在炉子附近，它们就会因为缺少有益的空气而萎缩；相反，如果把它们挂在窗子附近，它们也会因为漫漫长夜的寒冷而退化。”

歌德说：“有人认为换毛是一种疾病，或者至少伴随着身体上的衰弱。”

我回答说：“我不赞成这种说法。换毛是一种创造力得到提高的表现，这种状况是在大自然中美妙地发生的；换句话说，鸟在大自然中换毛的时候，丝毫不会感到痛苦。是啊，有些长得较为结实的鸟，在房间里也能很好地进行换毛。我养过几只篱雀，它们在换毛的整个时期里并没有停止鸣叫，这说明它们在房间里感到很舒服。但是，如果房间里的一只鸟在换毛期间显得虚弱，这说明这只鸟在饲料、新鲜空气和水方面没有得到应有的照料。如果房间里的一只鸟在换毛期间由于缺少空气和自由而变得非常虚弱，以致无力进行换毛，在这种情况下，人们只需把它放到户外有益的新鲜空气里，换毛便能立即很好地进行了。与此相反，对于在荒野里的鸟来说，换毛是平静而缓慢地进行的，以至鸟儿几乎觉察不到它。"

歌德说："不过你刚才似乎提到过，篱雀在换毛期间要迁到灌木丛里。"

我回答说："在换毛期间，篱雀当然需要某种保护。大自然虽然在这种情况下也施展自己的才智和克制自己，不让鸟在换毛期间一下子失去许多羽毛，以致它失去获取食物所需的飞行能力，但是也会发生这样的情况：鸟儿一下子失去左翼的第四、第五和第六根翎毛与右翼的第四、第五和第六根翎毛，在这种情况下，鸟儿虽然还能很好地飞，但是遇到追踪它的猛禽，特别是遇到飞得很快、动作灵活的树鹰的时候，便很难逃脱了。因此，对于换毛期间的篱雀来说，灌木丛能起到很好的保护作用。"

歌德回答说："这值得一听。"他接着说："不过换毛是否在双翼上均匀地、有几分对称地进行？"

我回答说："根据我的观察，当然是这样的。而且这是非常合乎情理的。因为如果一只鸟只失去左翼的三根翎毛，而不同时失去右翼的三根翎毛，那么双翼就会失去平衡，鸟儿就不再能够控制自己和自己的动作。这就好比一只帆船，如果一边的帆太重，另一边的帆太轻，就会失去平衡。"

歌德回答说："我认为，只要人们深入地探究大自然，不管是从哪个方面去探究，总会获得某些有用的知识。"

此时我们仍在吃力地往山上行驶,而且逐渐到了山上。驶过松林的边缘之后,我们来到了一个采石场,那里有一堆石头。歌德让车夫停车,请我下车陪他去查看一下,看我能否发现动植物的化石。我发现一些贝壳,也发现一些破碎的菊石。我把它们递给了歌德,然后又开始去寻找其他的化石。我们继续行驶。

歌德说:“总是那古老的故事!总是那古老的海底!如果我们从这个高度俯视魏玛和周围的某些村庄,我们就会觉得这里的一切像个奇迹。我们会对自己说,从前在山下那片广阔的山谷里,鲸鱼曾纵情地玩耍。事实的确如此,至少极有可能是这样。可是当时在覆盖着这座山的海洋上空飞翔的海鸥,肯定不曾想到,我俩今天会在这里乘车游玩。谁知道,在几千年之后,海鸥会不会再次飞越这座山。”

我们现在已经到了山上,便迅速地继续行驶。在我们的右方,生长着橡树、山毛榉和其他的阔叶树。魏玛已被我们抛在身后,再也看不到了。我们到达了西面的山峰,翁斯特鲁特河畔的广阔山谷连同山谷中星罗棋布的村庄和小镇呈现在我们的眼前,沐浴在令人心旷神怡的上午的阳光里。

“这里太好了!”歌德说,一边让车夫停车,“我想我们不妨在这个空气清新的地方舒舒服服地吃点早餐。”

我们下了车,然后在几棵未发育完全的、受风摧残而变得畸形的橡树底下一块干燥的地上漫步了几分钟,与此同时,歌德的仆人弗里德里希从用灯芯草编织成的篮子里取出带来的早餐,并把它摊放在一块草坪上。从这个地方可以眺望周围美丽的景色。秋天的太阳在清晨放射出最纯洁的光芒,真是美极了。往南和西南看去,长满森林的图林根山脉一览无余;往西看,越过爱尔福特,可以看到高山上的哥达城堡和因塞尔斯山;再往北看,可以看到朗格萨尔查和米尔豪森后面的山脉与蓝色的哈尔茨山。这时,我想起了歌德在《致内弟克罗诺斯》里的诗句:

向四周的生命深入地观察
目及之处是富丽、高远和宽广！
从山岭到山岭
浮荡着永恒的精灵，
将永恒的生命预想。

我们背靠那几棵橡树坐着，所以在吃早餐的时候始终可以看到我们面前的半个图林根。我们吃了新鲜的白面包和几只烤山鹑，喝了一瓶非常好的葡萄酒，而且是用那只柔韧、精巧的金黄色酒杯喝的，每逢郊游的时候，歌德就把这只杯子装在一个黄盒子里随身带着。

他说："我常到这个地方游玩，晚年的时候我常想，也许这是我最后一次从这里眺望世界的王国及其壮丽的景色了。但是我们今天又来到这里了。我希望今天也不是我俩最后一次在这里度过美好的一天。将来我们还要常来。老待在家庭这个狭小的天地里，人是会萎缩的。在这里你会感到伟大和自由，就像你眼前的伟大的大自然一样。说实在的，人们始终应该像大自然一样伟大和自由。"

歌德接着说："我从这里清楚地看到我在漫长的一生中所经历的种种留在记忆里的事情。在我的青年时代，我曾在伊尔麦瑙的那些山里经历了各种各样的事情！然后在下面的可爱的爱尔福特，我一次又一次地历险！在少年时代，我也常到哥达游玩；可是很久以来，我几乎没有去过那里了。"

我补充说："自从我到魏玛以来，我不记得您到过那儿。"

歌德笑着回答说："情况是这样的，我在魏玛给王公贵族们留下了不好的印象。在这方面，我想给你讲个故事。当现在的统治者的母亲年轻漂亮的时候，我常到她那儿去玩。一天晚上，我和她独自坐在茶桌旁边，不久，那两位十至十二岁的王子——两个漂亮的、有淡黄色鬈发的男孩，蹦蹦跳跳地走了进来，坐到了我们的桌旁。我出于十足的任性，用双手抚摩这两位王子的头发，并对他们说：‘那么，你们两个小面包头，你们在干什么？’这两个男孩吃惊地看着我，对我的勇敢精神感到非常惊讶——后来他们始终没有忘记我的那句胆大妄为的话！

“我并不想吹嘘自己的勇敢行为，不过我的确生来就不畏权贵：对那些既缺乏优异的人性，又缺乏卓越的人的价值，而仅仅是王公贵族成员的人，我从来很少尊重。是的，我对自己的处境感到非常满意，我感到自己是个非常高尚的人，如果人们把我变成一个王侯，我也不会因此觉得高人一等。当授予我贵族证书的时候，许多人以为我会因此高傲起来。但是，在我们中间，贵族证书对我来说毫无价值！我们法兰克福的富裕市民始终把我们看作贵族，当我手里拿着贵族证书的时候，我心里想我只不过得到我早已享有的东西。”

我们用那只金黄色的杯子痛饮了一口葡萄酒，然后驱车绕过埃特斯堡山的北侧，向埃特斯堡狩猎屋进发。歌德让人用钥匙打开了所有的房间，在它们的墙壁上悬挂着好看的壁毯和图画。在二楼的西边拐角处的房间里，歌德对我说，席勒曾在此住了一些时间。他接着说：“我们在青年时代曾在这里度过很多美好的日子，也消磨过很多美好的时光。当时我们都很年轻，充满自负，夏天的时候，我们在这里即兴演出各种喜剧；冬天的时候，在这里跳各种各样的舞，打着火把乘雪橇。”

我们又走到户外，歌德领着我沿着西边的一条人行道走进了森林。

他说：“我想让你看一看那棵山毛榉，五十年前，我和席勒在这棵树上刻上了我们的名字。可是这里变化很大，树都已经长大了！瞧，就是那棵树！你看，它依旧枝繁叶茂。我们的名字仍然可以看出来，但是由于它们过于膨胀，长成畸形，几乎认不出来了。当时，这棵山毛榉长在一块干燥的空地上，它的四周阳光充足，而且风景优美。我和席勒在美好的夏日里常到这里即兴演出我们的闹剧。现在，这里既潮湿又阴冷。以往低矮的灌木,如今已长成遮阴的大树,以至我们从灌木丛中几乎找不出我们青年时代的那棵壮观的山毛榉了。”

我们又朝城堡驶去,在参观完颇为丰富的武器收藏品之后,我们又返回了魏玛。

▼ 1827年9月27日　星期四

下午,我在歌德家里待了一会儿,有幸认识了来自柏林的枢密顾问斯特勒克福斯先生,他今天上午和歌德乘马车到郊外一游,然后留下来吃午饭。当斯特勒克福斯走的时候,我陪他走过公园。回来时我经过一个市场,遇见了首相和劳帕赫,我随他们走进了大象旅馆。晚上我又在歌德家里,他同我讨论了《艺术与古代》的新的一期,还讨论了里朋豪森兄弟[①]根据公元2世纪希腊史地学家鲍萨尼阿斯的描述画的十二幅铅笔画,他们试图用这十二幅铅笔画再造公元前5世纪希腊画家波吕格诺在希腊名城德尔斐的列塞所作的油画。歌德对里朋豪森兄弟的这一做法并不十分欣赏。

▼ 1827年10月1日　星期一

今晚在剧院观看侯瓦尔德的五幕悲剧《肖像》。我看了两幕,便去看望歌德,他向我朗读了他新创作的《浮士德》的第二场。

他说:“我试图把皇帝描写成一个王侯,他具有使自己的江山丢失的一切可能的特性,后来他的确丢失了自己的江山。

“他不关心帝国和他的臣仆们的幸福;他只想到自己,想到每天

① 里朋豪森兄弟(Franz Riepenhausen,1786—1831;Johannes Riepenhausen,1789—1860),德国画家。

用什么新花样消遣娱乐。国家没有公理和正义,法官自己也参与犯罪,站在罪犯们一边;闻所未闻的罪恶行为不受阻挠地发生,而且不受惩罚。军队没有军饷,缺乏纪律,到处打家劫舍,以便自己弄军饷和尽可能地自助。国库空虚,财政困难。皇帝家里的情况也同样糟糕:厨房和地窖里缺乏食品。元帅日益显得没有办法,已经沦为放高利贷的犹太人手中的工具,人们把所有的东西都抵押给犹太人,以致来到皇帝餐桌上的只是被啃过的面包。

“枢密院想向皇帝陛下禀报所有这些弊端,并建议他采取措施消除这些弊病;可是最仁慈的皇帝很不喜欢听这些使人不愉快的东西,他宁肯自我消遣。在这种情况下,魔鬼靡非斯特真是得心应手,他迅速地消灭了迄今为止的弄臣,自己取而代之,做了皇帝新的弄臣和顾问。”

歌德非常出色地朗读了这一场和群众的幕间喃喃低语。我度过了一个非常美好的夜晚。

▼ 1827 年 10 月 7 日　星期日

今晨天气很好。八点钟以前我就陪歌德乘马车前往耶拿,他打算在耶拿待到明晚。

我们准时到达耶拿,由于时间还早,我们就先到植物园。歌德观察了园里所有的植物,看到一切井然有序,欣欣向荣。我们还观看了矿物馆以及其他一些自然科学方面的收藏品,然后就应邀乘车到克涅伯尔先生家吃晚饭。

克涅伯尔年迈力衰,走到门口去拥抱歌德时有些跌跌撞撞的。席间大家都很亲热,不过没有谈什么重要的话。这两位老朋友都沉浸在重逢的欢乐中。

饭后我们乘车沿着萨勒河向南行驶。我早先就熟识这个景色优美的地区，但是一切都很新鲜，仿佛不曾见过似的。

当我们重新回到耶拿街上时，歌德吩咐车夫沿着一条小溪前行，到了一座外观不大堂皇的房子门前就停了下来。

他说："福斯曾在这里住过，我带你来看看这个带有古典意味的地方。"我们穿过房子走进花园，这里的花木不多，名品种很少。我们在果树下的草地上走着。歌德说："这是为福斯夫人厄尔纳斯丁而栽的。她在耶拿还忘不了她老家欧亭的极好的苹果，曾向我夸奖这种苹果多么香甜。这是她儿时吃的苹果，原因就在此！顺便说一下，我在这里曾和福斯及其杰出的妻子厄尔纳斯丁度过许多美好的日子，现在我还很喜欢回忆过去那种好时光。像福斯那样的人物不易再碰到了，现在很少有人能像他那样对德国高等文化产生深广的影响。他的一切都是健康而结实的，所以他与古希腊人的关系不是矫揉造作的，而是非常自然的，对我们这些人产生了顶好的结果。像我这样深知他价值的人，简直不知道怎样怀念他才够。"

这时将近六点钟了，歌德认为应该到旅馆过夜了。他已在挂着熊招牌的旅馆里预订了房间。

我被安排在一间宽敞的房间里，这里除了一个壁龛以外还有两张床。日落未久，窗户上还有霞光，我们觉得不点烛再坐一会儿是很惬意的。

歌德又谈起福斯。他说："无论对耶拿大学还是对我自己，福斯都非常有价值。我本想把他留下来，但是海德堡大学向他提供了很优厚的条件，凭我们这里的少量的资金是无法和海德堡大学抗衡的。我只好听天由命，让福斯走了，心里很难过。"

歌德接着说："这时我幸好得到了席勒。我俩虽然在性格上各不相同，但志向却是一致的，所以我们结下了亲密的友谊，彼此都觉得没有对方就根本无法生活下去。"

歌德接着谈了他的这位朋友的一些逸事，我觉得它们很能说明席勒的性格特征。

他说："席勒的品格是高尚的，我们可以想象到，他坚决反对人们打算或确实向他表示的任何空洞的尊敬和空泛无聊的崇拜。当科策布打算举行一次公众集会以使席勒增光的时候，席勒对此非常讨厌，感到恶心，几乎病倒了。同样，席勒也讨厌陌生人来访。如果他一时有事不能见来客，约来客午后四时再来，那么通常可以设想，到了约定的时间，席勒也会因为满心焦虑而忧伤。在这种场合，他总是显得很不耐烦，甚至变得有些粗鲁。我亲眼看见过一位素昧平生的外科大夫未经通报就闯进门来拜访他。席勒狠狠地叱责了这位外科大夫，使这个可怜的家伙惊慌失措，抱头鼠窜了。"

歌德接着说："我刚才说过，而且这也是大家都知道的，我和席勒尽管志向一致，但性格差别很大。这种差别不仅表现在心理方面，也表现在生理方面。对席勒有益的空气对我却像毒气。有一天我去拜访他，发现他不在家，他的妻子告诉我，他很快就会回来，于是我就在他的书桌旁边坐下来写点杂记。可是我坐了不久，便感到恶心，这种感觉愈来愈厉害，使我几乎发晕。起初我不知道造成我这种痛苦的异常状态的原因是什么。后来我发现身旁的一个抽屉里涌出一股非常难闻的气味。当我打开抽屉的时候，我发现里面装的全是些烂苹果，不免大吃一惊。我立即走到窗口，呼吸了一点新鲜空气，才恢复过来。这时席勒夫人进来了，告诉我那只抽屉里经常装着烂苹果，因为席勒觉得烂苹果的气味对他有益，没有这种气味，席勒简直不能生活，也不能工作。"

歌德接着说："明天上午我还要带你去看看席勒在耶拿的故居。"

这时上了灯，我们吃了一点晚饭，然后又坐了一会儿，进行各种各样的回忆和交谈。

我向歌德讲述了我在少年时代做过的一次怪梦，到第二天早晨，这个梦真的变成了现实。

我说："我从前养过三只小红雀，我把心思全放在它们身上，爱它们超过爱任何东西。它们在我的房间里自由地飞来飞去，我一进门，它们就迎面朝我飞来，飞到我的手掌上。有一天中午发生了一件不幸的事故，当我走进房间的时候，有一只小红鸟掠过我头上飞了出去，不知飞到哪里去了。当天整个下午，我到所有的房顶上去找它，可是到了晚上仍不见它的踪影，我感到非常伤心。我郁郁不乐地上床睡觉，在对它的思念中渐渐睡着了。快到天亮的时候，我做了一个梦。我梦见我还在邻居家附近逛来逛去，找我的那只失去的小红鸟。突然间，我听到它的叫声，看到它在我们茅舍的小花园后邻家的屋顶上。我引它过来，它便鼓翼向我飞来，可是它只是渴望得到食物，还不肯飞到我手掌上来。看到这种情况，我就飞快地穿过花园跑回到房子里，取来了装有浸水泡胀的甜菜子的杯子。我举起它爱吃的食物给它看，它就飞到我的手掌上来了。于是我满心高兴地把它带回房子里，把它同另外两只小红鸟放在一起。

“我带着这个梦醒来了。这时天已经大亮，我便赶快穿起衣服，匆匆忙忙地穿过小花园，飞奔到我梦见小红鸟落脚的那座房子。小红鸟果然在那里！我又惊又喜。一切经过就和我梦见的完全一样。我召唤它，它飞近我，却不肯飞到我手掌上。我赶快跑回家，取来了鸟食，于是它就飞到我手掌上，然后我就把它同另外两只小红鸟放在一起了。”

歌德说：“你童年时代的这段经历倒是顶奇特的。不过在自然界中类似这样的事例还很多，尽管我们还没有找到揭开秘密的正确的钥匙。我们大家都漫步于自然界的各种秘密之中。我们为一种大气所包围，对这种大气我们还一无所知，我们不知道这种大气中的一切是怎样活动的，也不知道它和我们的精神怎样联系起来。不过有一点是可以肯定的，即在某些特殊情况下，我们灵魂的触角可以伸到身体范围之外，使我们能有一种预感，可以预见最近的未来。”

我说：“我最近也经历过类似的情况。我正沿着埃尔富特公路散步回来，大约再过十分钟就可以到达魏玛，这时心里突然产生一种感觉，我将要在剧院的拐角处碰见一个多年没有见面而且许久不曾想念过的人。想到会碰见她,我心里有些不安。没想到,到了剧院的拐角处,我果然碰见了她,而且正是在十分钟以前我在想象中看见她的那个地方,这使我大为惊讶。"

歌德回答说:"这事同样非常奇怪,而且十分偶然。我刚才说过,我们大家都在神秘而奇异的大自然中摸索。此外,单是默然相遇,一个灵魂就可以对另一个灵魂产生有力的影响。这方面我可以举出好多例子。我经常碰到这种事。例如有一次我和一个要好的熟人散步,我绞尽脑汁在想某一事物时,他马上就向我谈起那个事物。我还认识一个人,他能一言不发,单凭他的精神力量就能使正在谈得很欢的一群人突然鸦雀无声。他甚至还能使这群人情绪变坏,使他们感到一种不可名状的恐惧。

"我们的身上都有某种电力和磁力,它就像磁石一样,在接触到同气质或不同气质的对象时,就发出一种吸引力或排斥力。如果一位年轻姑娘无意中和一个存心要谋害她的男子待在同一间黑屋里,尽管她不知道对方就在她身边,她也会有一种毛骨悚然的感觉,她会感到害怕,并逃出这间黑屋,跑回自己的家里去。这是可能的,甚至是十分可能的。"

我回答说:"我知道一部歌剧,其中就有一场表演一对远别很久的情人无意中待在一间黑屋里。他们在这间黑屋里待了没有多久,磁力就开始发挥作用:一个预感到另一个就在自己的附近,他们不由自主地相互吸引,那位年轻姑娘很快就倒在那小青年的怀抱中了。"

歌德接着说:"在钟情的男女中间,这种磁力特别强烈,即使距离很远,也会发生作用。我在少年时代就经历了许多这样的事情。有一次,我独自在散步,渴望我所爱的那位姑娘来给我做伴,我一直思念着她,直到她果然来到我身边,对我说:'我在我的小房间里感到心神不定,我没办法,只好走到这里来了。'

"我还记得我在耶拿的头几年中的一段经历。我到这里不久就爱上一个女子。那时我做了一次较远的旅行,回来已经有好几天,可是由于宫廷里的事务常把我拖住，我到深夜才得以回家，所以抽不出时间去看我的那位情人。此外，我们之间的相爱也引起了人们的注意，所以白天我不敢去看她，怕惹起更多的流言蜚语。可是在第四天或第五天晚上，我再也忍不住了，就走上到她家的那条路，不知不觉地走到了她家门口。我轻步登上楼梯，正要走进她房间里的时候，我听到了各种各样的声音，这说明她不是单独一个人在家。我便悄悄地下了楼，很快又回到了黑暗的街上，当时街上还没有点灯。为了发泄自己的怒气，我走遍了这个市镇的四面八方，差不多有一个钟头，我一直热切地思念着她，可是当我再次经过她家门口，发现她屋里的灯已熄灭的时候，我知道这是我最终回到我那孤独的房间的时候了。我自言自语地说，她也许出门了，但是在这黑夜里她会到哪里去呢？我该在什么地方碰见她呢？我又逛了好几条街，碰见了许多人，我总以为在人群中看到了她的身影，可是近看却发现不是她。当时我已深信强烈的交感力，深信凭我强烈的眷恋就可以把她吸引到我身边来。我还相信我周围有看不见的较高的精灵，于是我乞求它们把她的脚步引向我，或把我的脚步引向她。这时我又对自己说：'可是你真傻呀！你不想再尝试一次，回到她那里去，却在央求什么征兆和奇迹！'

"这时我往下走到广场，到了席勒在晚年住过的那所小房子，可是我忽然感到有一种欲望，想要朝宫殿方向转回去，然后从那里走上右边的一条小道。我朝这个方向还没有走上一百步，就看到一个女子向我走来，体形完全像我梦寐以求的那个人。偶尔从窗子里射出微弱的灯光，照得街道还有点亮。当晚我已多次因身材表面上的相似受了骗，所以不敢冒昧地向她打招呼。我们擦肩而过，以至胳膊碰到了胳膊；我站住不动，巡视着周围；她也采取这种姿势。她说：'是你？'我听出她的口音，就说：'终于见到啦！'我高兴得流泪。我们的手紧握住了。我说：'好了，我的希望并没有落空，我万分焦急地四处找你，我心里想，我一定会把你找到。现在我真幸福，谢天谢地。我的预感成了现实啦！'她说：'你这人真坏，为什么不来？我今天偶然得知，你回来已经三天了，今天我哭了一个下午，以为你把我忘掉了。刚才，一个钟头以前，我突然感到不安，迫切需要见到你，说不出来多么焦躁。有几个女友来看我，她们老是不走，真使我厌烦。她们一走，我马上抓起帽子和大衣，一股无形的力量驱使我走到户外，走到黑夜里去，要走到哪里，我也没有个打算。这时，我始终思念着你，我感觉到你一定会碰见我。'她说的是真心话。我们紧握着手，紧紧地拥抱着，让我们了解到别离并不曾使我们的爱情冷下来。我陪她走到门口，走进她家里。她登上黑暗的楼梯，走在我的前面，捉住我的手拉着我跟她走。我的幸福是难以形容的，这不仅因为我终于再见到她，而且也因为我的信心和我对一种看不见的影响的预感都没有落空。"

歌德的情绪非常高昂。我很乐意再听他继续谈几个钟头，可是他逐渐感到疲倦了，我们就到套间，不久就上床睡觉了。

▼ 1827年10月8日 星期一 耶拿

我们很早就起床。在穿衣的时候，歌德给我讲了他在前夜做的一个梦，他梦见自己被调到哥廷根大学，并和那里他所认识的教授们进行了各种有趣的谈话。

我们喝了几杯咖啡，然后驱车前往那幢藏有自然科学的收藏品的大楼。我们参观了解剖学馆，看到了现代和原始动物的各种各样的骨骼，还看到了上几个世纪的人类骨骼，歌德在看这些人类骨骼时指出，他们的牙齿表明他们是一个非常有道德的人种。

接着我们驱车前往天文台，在那里，施伦[1]博士让我们看了许多

① 施伦（Ludwig Schrän，1799—1875），博物学家，耶拿大学教授。

极为重要的仪器,并一一对它们做了讲解。我们也怀着特别的兴趣参观了毗邻的气象学馆,歌德表扬了施伦博士,因为他把这里的一切安排得井井有条。

然后我们从天文台下来,走进花园,歌德让人在凉亭里的一张石桌上摆好了早餐。他说:“你大概不知道我们现在到底在什么地方。这里席勒曾经居住过。在这个凉亭里,我们常坐在这张古老的石桌附近那几张现在几乎倒塌的长凳上,进行某些重要的谈话。那时席勒三十多岁,我自己四十多岁,我们还都年富力强,奋发向上,这的确颇有意义。可是一切都发生了变化,我也不再是从前的那个人了。可是古老的大地依旧存在,空气、水和土地仍旧和以前一样。

“等一会你和施伦博士上楼去,让他给你指一指阁楼上席勒曾经住过的房间。”

此时,我们在幽雅而景色宜人的凉亭里津津有味地吃早餐。这时,席勒至少在我们的想象中出现。歌德亲切地提到他,说了不少,以资纪念。

接着我随施伦博士走进阁楼间,透过席勒的那些窗子可以眺望远方极为壮丽的景色。窗子完全朝南开,所以在这里你可以花上几个小时观看那条美丽的河流,它穿过灌木丛,弯弯曲曲,朝你流来。你也可以看到广阔的地平线。从这里你能清楚地看到各种行星的升落。你会对自己说,这地方完全适合于席勒创作《华伦斯坦》中的天文学和占星术的部分。

我又从阁楼间下来,陪歌德乘马车去看望内廷参事杜伯莱纳尔[①]先生。歌德很推重这位化学家,他让歌德看了一些新的化学实验。

这时已经是中午了。我们又上了马车。歌德说:“我想,我们不打算乘车去大熊旅馆吃晚饭了,我们要在野外享受这美好的一天。

---

① 杜伯莱纳尔(Johann Wolfgang Döbereiner, 1780—1849),耶拿的化学家。

我想，我们这就乘车去布尔高。我们身上带着葡萄酒，在那儿我们无论如何能有好鱼吃，可以吃到煮的鱼，也可以吃到烤的鱼。”

我们就这样做了，这太好了。我们沿着萨勒河的岸边向前行驶，经过许多灌木丛和弯道。这条极其优美的路，也就是我刚才从席勒的阁楼间看到的那条路。我们很快就到了布尔高。我们在那家小客栈里下了车。这家乡村小客栈位于萨勒河的附近，离那座桥不远。桥的那边是洛伯达，这是耶拿附近的一个小镇，越过桥对面的那些草地就可以看到它。

在这家小客栈里，情况和歌德刚才所说的完全一样。老板娘道歉说，她一点也没有准备。不过，她可以向我们提供汤和鲜美的鱼。

趁老板娘为我们做饭的时候，我们在阳光照耀的桥上来回地散步。我们高兴地看到，河里由于有许多用厚厚的云杉木板扎成的木筏而喧闹起来。这些木筏偶尔从桥下滑过，当它们艰难地向前移动的时候，水面上激起浪花，哗哗作响，非常悦耳。

我们在野外吃鱼，然后还坐着喝了一瓶葡萄酒，聊了一会儿天。

一只幼小的鹰从旁飞过，看它那外形和飞行的样子，很像是一只布谷鸟。

歌德说：“从前，对博物学的研究还很落后，那时，人们普遍认为，布谷鸟在夏天是一只布谷鸟，而在冬天却是一只猛禽。”

我回答说：“这种看法在民间现在也还存在。是啊，人们也对这种叫人喜欢的鸟说三道四，说它一旦完全长足，就把它自己的父母吞吃掉。所以，人们把它用作最可耻的忘恩负义的一种比喻。就在现在，我知道还有一些人很不愿意放弃这种荒谬的看法，他们坚信自己的看法，就像坚信他们的基督教信仰的某一信条一样。”

歌德说：“就我所知，人们把布谷鸟分在啄木鸟科。”

我回答说：“人们把它视为啄木鸟，大概是因为它那双软弱无力的脚上有两个脚趾朝下长。但是，我并不想把它视为啄木鸟。这是因为它的生活方式不同于啄木鸟，它缺乏啄木鸟所具有的坚固的喙和尖利而非常坚硬的尾羽。啄木鸟凭借它那坚固的喙可以啄开死树的树皮，而它那些尖利而坚硬的尾羽可以支撑着它从事这样的行动。与此相反，布谷鸟的脚趾上缺少抓住树皮所需的锐利的爪子，所以我认为它那双小脚并不是真正用于爬树的脚，而只是表面上用于爬树的脚。”

歌德回答说：“那些鸟类学家，当他们把某只奇特的鸟养得有点儿听话的时候，他们也许会感到高兴；可是大自然却与此相反，它自由自在，不受任何拘束，很少关心由目光短浅的人们创立的那些学科。”

我接着说：“例如他们把夜莺视为篱雀，可是夜莺在体质、动作和生活方式方面更像鸫。可是我也不想把夜莺视为鸫。夜莺是介于篱雀和鸫之间的一种鸟，它自成一种鸟，就像布谷鸟自成一种鸟一样。换句话说，它有非常独特的个性。”

歌德说：“我曾听到过许许多多有关布谷鸟的说法，它们使我对这种稀奇的鸟产生了很大的兴趣。布谷鸟是一种非常成问题的鸟，这是一种公开的秘密，正因为如此，所以难以解释。正像我们对许多事无法加以解释一样，我们对这件事也无法加以解释！我们所看到的全是怪事和奇事。但是我们看不到事物的精华和本质。我们只举蜜蜂做例子。我们看到它们飞出去寻找蜂蜜，飞到几小时路程远的地方，而且每次飞出去都换方向。现在它们数星期之久地向西飞去，飞到油菜花盛开的田野上，然后它们同样久地向北飞去，飞到鲜花盛开的原野上，接着又换一个方向，向荞麦花开的地方飞去。然后又换一个方向，飞到苜蓿花开的田野上，接着又换一个方向，飞到正开着花的菩提树上。可是有谁曾对它们说：现在你们往那儿飞，那儿有你们所需的东西！是谁把它们领回到它们的村庄和它们的蜂房？它们像是借助一根看不见的牵着幼孩走路的襻带朝这儿和那儿飞；但是，这到底是怎么一回事，我们并不知道。云雀也是这样。它在满是禾秆的田野上空边唱边飞，它在草茎的海洋的上空翱翔，草茎经风一吹，左右摇摆，像此起彼伏的波浪；它又朝它的幼雏飞了下来，准确地降落在那一小块上面有它的巢的地方。所有这些表面的现象，像白天一样清楚地呈现在我们的眼前，可是这些表面现象的内在的精神纽带我们却一无所知。”

我说：“布谷鸟也是这样。我们知道它自己并不孵蛋，而是把自己的蛋下到其他鸟的巢里。我们还知道，它把蛋下到黄色的鹡鸰、黑头的篱雀的巢里，甚至下到岩鹨、欧鸲和鹪鹩的窝里。我们也知道，所有这些都是吃昆虫的鸟，而且必须是吃昆虫的鸟，因为布谷鸟本身就是一种吃昆虫的鸟，幼小的布谷鸟是不可能被吃植物种子的鸟养大的。可是，布谷鸟凭什么认识到这一切也的确是吃昆虫的鸟呢？因为上述所有这些吃昆虫的鸟无论是在它们的体形上还是在它们的颜色上非常不同，不仅如此，它们在声音和诱鸟的叫声上也完全不同！此外，布谷鸟怎么会把它的蛋和柔弱的雏儿托付给在结构、温度、干燥度和潮湿度上完全不同的鸟巢呢？篱雀的巢是用干枯的草茎和马毛筑成的，非常轻，以至寒气很容易侵入，风很容易穿过。不仅如此，篱雀的巢上面是开着的，缺少保护。可是布谷鸟的雏儿在篱雀的巢里却生长得很好。与此相反，鹪鹩的巢外面是用青苔、草茎和树叶建造的，密密实实，里面细心地填塞着各种各样的动物毛和鸟的羽毛，所以密不透风。此外，鹪鹩的巢上面有一个拱顶，巢上只有一个供非常小的鸟出入的小洞。你可以想象到，在烈日炎炎的六月天，布谷鸟的雏儿在这样一个封闭的巢穴里会被活活闷死。可是说来也奇怪，幼小的布谷鸟在这样的窝里却长得很棒。黄色的鹡鸰的巢又是另外一种样子！这种鸟生活在水和小溪边，生活在各种潮湿的地方。它用一束束的灯芯草把自己的巢筑在牧用价值较低的潮湿的牧场上。它在潮湿的地里扒出一个洞，在里面铺上很少的草茎。布谷鸟的雏儿正是在这种又潮湿又寒冷的鹡鸰巢里孵化出来并且长大的。可是，说来也奇怪，在这种又潮湿又寒冷的地洞里，布谷鸟的雏儿又长得很好。这是一种多么奇怪的鸟啊！潮湿和干燥、炎热和寒冷，这些偏差对任何其他的鸟来说几乎意味着死亡，而对布谷鸟极其柔弱的雏儿来说却完全是无关紧要的事情！而年老的布谷鸟怎么会知道幼年时它们是这样的？因为它自己在成年的时候毕竟对潮湿和寒冷非常敏感呢。”

歌德回答说：“在这个问题上我们正面临着一个秘密。不过，要是你曾经观察过的话，请你告诉我布谷鸟是怎样把它的蛋弄到鹪鹩的窝里的。因为鹪鹩的巢上只有一个很小的洞。布谷鸟是钻不进去的，它自己也不会飞落在洞口上。”

我回答说：“布谷鸟把它的蛋下在某个干燥的地方，然后用喙把它弄进鹪鹩的窝里。我也相信，布谷鸟不仅把它的蛋弄进鹪鹩的窝里，而且把它弄进其他鸟的窝里。因为其他吃昆虫的鸟的巢，尽管上面是开着的，但很小，或者太靠近周围的树枝，以至体大尾长的布谷鸟不可能飞落在洞口上。这是很自然的。不过布谷鸟怎么会生下非常小的蛋，是啊，它的蛋非常小，就像一只吃昆虫的小鸟生下的蛋，这的确是一个新的谜，对这个新的谜，我们只能暗自钦佩，但不能加以破译。布谷鸟的蛋只比篱雀的蛋稍许大一点，其实，布谷鸟的蛋是不应该大的，如果布谷鸟想要让那些普通的吃昆虫的鸟孵它的蛋的话。这是完全合乎情理的。不过，大自然为了在特殊情况下表现自己的贤明，背离了那个大的普遍法则，按照这个法则，从蜂鸟到鸵鸟，鸟的大小和蛋的大小之间必须有一种明确的比例。布谷鸟的情况很特殊，它背离了上述的大自然的普遍法则，因此我要说，大自然的这种随心所欲的行事方法不仅使我们感到意外，而且使我们惊异。”

歌德回答说：“这当然使我们惊异，因为我们的立足点太小，所以无法进行综合观察。如果我们的视野再宽阔一些，我们也许在这大的普遍法则内也能发现这些表面上的偏差了。不过请你继续讲下去，给我回答这个问题：布谷鸟到底能生多少个蛋？”

我回答说：“谁要是明确地回答布谷鸟能生下多少个蛋，他大概是个大傻瓜。这种鸟的栖息地很不固定，它一会儿在这儿，一会儿又在那儿。它肯定生下许多蛋;但是谁知道它把蛋下在什么地方?而且谁能跟随着它呢?不过,假定它生下五个蛋,而且所有这五个蛋都成功地孵出小鸟来,并且由慈爱的养父母喂养,那么我们又不得不赞叹,大自然为了让这五只幼小的布谷鸟发育成长,至少得牺牲我们最好的鸣禽的五十只雏儿。"

歌德回答说:"大自然不仅在这样的事情上,而且在其他的事情上缺乏审慎的态度。它不得不浪费大量的生命,而且它这样做的时候有时不加以特别的考虑。它怎么会为了唯一一只幼小的布谷鸟而牺牲这么多的幼小的鸣禽呢?"

我回答说:"首先遭殃的是第一窝鸣禽的雏儿。因为鸣禽的好多个蛋和布谷鸟的一只蛋虽然一起孵化成雏儿,但父母对那只较大的鸟格外喜欢,体贴入微。换句话说,父母只想到这只较大的雏儿,而且只想喂它,以致它们自己的雏儿因得不到食物而饿死,被父母扔出窝外。此外,这只布谷鸟的雏儿总是吃不饱,渴望得到充饥的食物,害得它的养父母不停地给它弄来昆虫。不仅如此,它长得很慢,需要很长的时间,它才能完全长大,羽毛丰满,才能离巢,飞到树梢上。可是,尽管它早已离巢,它还继续要求养父母喂它,所以整个夏天慈爱的养父母还得随时尾随它们的大孩子,以致不去想第二窝。由于这个原因,为了一只布谷鸟的雏儿,不得不牺牲许许多多其他的幼鸟。"

歌德回答说:"这是非常令人信服的。不过请你告诉我,幼小的布谷鸟,一旦它离巢之后,是否也有其他没有把它孵出的鸟来喂它?我好像听人说过这样的事情。"

我回答说:"有这样的事情。幼小的布谷鸟一旦离开了它低矮的巢,飞到一棵高高的橡树的树梢上,它便发出一声大叫,说明它在树梢上。这时,邻近的所有其他的小鸟闻声向它飞来,对它表示欢迎。篱雀飞来了,黑头篱雀飞来了,黄色的鹡鸰也飞来了,甚至生来喜欢钻进低矮的树篱和浓密的灌木丛里的鹪鹩,也克服了自己的天性,迎着这位可爱的新生儿,朝高高的橡树的树梢飞去。不过,曾经饲养它的那一对老夫妻始终飞来给它喂食,而其他的小鸟只是偶尔飞来,给它送点好吃的东西。"

歌德说:"这样看来,幼小的布谷鸟和那些吃昆虫的小鸟之间似乎存在一种伟大的爱。"

我回答说:"那些吃昆虫的小鸟对这幼小的布谷鸟的爱的确非常伟大,如果你走近一个巢,巢中养育着一只幼小的布谷鸟,你会发现,养育它的那两位平凡的养父母会因为恐惧和忧虑而不知所措。特别是黑头篱雀,见到你走近巢的时候,会表现出很大的绝望,以至几乎像抽搐时一样在地上拍打。"

歌德回答说:"真够奇怪的;不过这是很容易想象的。可是我觉得有件事很成问题,例如一对正在孵自己蛋的篱雀怎么会让那只老布谷鸟走近它们的巢,并把它的蛋弄到巢里来呢?"

我回答说:"这当然是非常神秘的。同样,所有那些吃昆虫的小鸟都飞来喂这只已经离巢的布谷鸟,甚至那些未曾孵它的鸟也飞来喂它,这的确是难以理解的。但是,正是由于这个原因,吃昆虫的小鸟和离巢的布谷鸟之间存在并保持着一种亲属关系,所以它们不断地相互了解,把自己看作一个大家庭的成员。是的,甚至可能出现这样的情况:一只在去年被一对篱雀孵出和喂养的布谷鸟,在今年又会给这对篱雀带来它自己的一只蛋。"

歌德回答说:"这当然值得一听,尽管我对此事并不怎么理解。不过我始终感到不可思议,那些既没有把这只幼小的布谷鸟孵出,也没有养育过它的鸟,怎么会给它喂食呢?"

我回答说:"这的确不可思议,不过我想其中也许有某种相似的道理。是啊,在这方面,我甚至预感到一个贯穿于整个大自然的伟大而深刻的法则。

"我曾经捉到一只幼小的红雀,它对于人来说已经太大,所以它不让人喂它,可是它又太幼小,所以不能独自吃食物。我花了半天的时间给它喂食,可是它压根儿不想进食。于是我把它和一只老红雀——这是一只叫得很好听的红雀，好多年来我把它关在一只笼子里，挂在我窗户的外面——关在一起。我心想，如果这只幼小的红雀看到那只老红雀在吃东西，它也许会走近饲料盆，学着老红雀吃东西。可是它并没有像老红雀那样开始吃东西，而是向那只老红雀张开自己的喙，对着它一边发出乞求的声音，一边拍打着自己的翅膀。于是，那只老红雀立即怜悯它，把它当作孩子加以收留，并且给它喂食，仿佛它是自己亲生的孩子。

"还有一次，有人给我带来一只成年的灰篱雀和三只幼小的灰篱雀，我把它们一同关在一只大的笼子里，那只老篱雀便给那三只幼小的篱雀喂食。第二天，有人又给我带来两只已经离巢的幼小的夜莺，我也把这两只夜莺放进笼子里，那只老篱雀立即收留了它们，并给它们喂食。几天之后，我把一窝几乎快要离巢的发出咯咯声的篱雀连同一窝（五只）幼小的扁嘴黑头篱雀放进笼子里。那只老灰篱雀统统收留了它们，并给它们喂食，像忠实的母亲一样关心着它们。它的嘴里总是衔满蚂蚁卵，它时而到宽敞的笼子的一个角落，时而又到笼子的另一个角落，只要幼鸟的饥饿的小嘴一张开，它就立即给它喂食。不仅如此！在这期间成长起来的篱雀的幼雏也开始给某些比它小的幼鸟喂食，虽然这还带有游戏的性质，不免显得幼稚可笑，但这毕竟是本能的一种自然的流露，说明幼小的篱雀在模仿自己杰出的母亲。"

歌德说："这时我们看到的当然是某种神圣的场面，它使我又惊又喜。如果给陌生的小鸟喂食这种神圣的行为能作为某种普遍的法则贯串于自然界，那么某些谜就会被揭破，我们也可以令人信服地说，上帝怜悯那些呼唤它的失去父母的幼小乌鸦。"

我回答说："我觉得这当然是某种普遍的法则；因为我也曾在荒野里观察到这种乐于助人的喂食和对被遗弃者表示同情的现象。

"去年夏天我在梯夫尔特附近捉到两只幼小的鹪鹩，它们大概才离巢不久，因为它们和七个兄弟姐妹并排栖息在灌木丛里的一根树枝上，让父母给自己喂食。我用我的丝手绢把这两只幼鸟包起来，然后朝魏玛方向走去，一直走到射击室，然后向右朝下面伊尔姆河畔的草地走去，在经过浴场之后，又向左走进一片小树林。我想，这里你得休息一下，看一看你的这两只鹪鹩。可是，当我打开手绢的时候，这两只鹪鹩从我的手里溜脱，立即消失在灌木丛和草里，任我怎么寻找，都不见它们的踪影。第三天，我偶然又来到了同一个地点，当我听到一只欧鸲的诱鸟的叫声的时候，我猜想附近有一个巢，我四处窥探了一会儿，果然发现了这个巢。当我发现在这个巢里除了几只几乎快要离巢的幼小的欧鸲之外，也还有我那两只幼小的鹪鹩的时候，我是多么吃惊啊！这两只幼小的鹪鹩非常舒适地躺在巢里，让那两只上了年纪的欧鸲给自己喂食。我对这一非常奇特的发现感到十二万分的高兴。我心里想，你们真聪明，而且很有办法救助自己，此外，那两只善良的欧鸲也无微不至地关怀你们，所以我压根儿用不着扰乱你们之间的这种热情好客的关系，相反，我祝愿你们万事如意，繁荣昌盛。”

歌德说：“这是我所听到的有关鸟类的最精彩的故事之一。为你的健康和你那些出色的观察干杯！谁听了这个故事而不相信上帝，摩西和先知们就无法帮助他。这个故事体现了上帝的无所不在。上帝把自己无限的爱的一部分到处传播和种植，上帝的这一部分爱已经在动物身上显现为花蕾，在高尚的人的身上将开放出最美丽的花朵。继续进行你的研究和你的观察吧！你会在其中找到一种特别的幸福。此外还会获得异常珍贵和不可估量的结果。”

此时，我们坐在野外的那张桌子旁边，谈论着各种有趣的、意义深刻的事情。太阳正向西边那些小山顶上倾斜，歌德认为是该踏上归途的时候了。我们迅速地乘马车穿过耶拿，当我们在大熊旅馆付账之后，还对弗洛曼一家进行了短暂的访问，然后快马加鞭向魏玛驶去。

▼ 1827年10月18日　星期四

黑格尔来到魏玛。歌德本人非常尊重黑格尔，尽管对黑格尔哲学所产生的某些效果不太满意。今晚歌德为向黑格尔表示敬意举行茶会，准备今晚离开魏玛的泽尔特也在座。

关于哈曼大家谈得很多，黑格尔是主要发言人。他对这位才智非凡的哲学家发表了一些深刻的见解，要不是他对哈曼进行过最仔细、最认真的研究，就不会有那样深刻的见解。

后来话题转到辩证法的本质。黑格尔说："其实，辩证法只不过是经过整理而形成方法的、为每个人所固有的矛盾精神。这种才能在辨别真伪时起着巨大的作用。"

歌德插嘴说："但愿这样一些精神上的本领和机敏没有经常被人误用来把真说成伪，把伪说成真！"

黑格尔说："你说的那种情况也许会发生，但只限于精神病患者。"

歌德说："我倒更喜欢研究自然，因为对自然的研究使我没有患精神病！因为在研究自然时，我们所要探求的是无限的、永恒的真理，一个人如果在观察和处理自己的对象时不抱着完全纯洁和老实的态度，他就会被真理抛弃掉。我还深信，某些沉溺于辩证法的病人可以从研究自然中得到有效的治疗。"①

我们谈得正欢的时候，泽尔特站了起来，一声不响就离开了。我们知道，泽尔特对于要和歌德告别感到很难过，所以采用这种委婉的解救办法来避免告别时的悲伤。

---

① 歌德反对黑格尔的从"理念"出发的辩证法，认为沉溺于这种辩证法的人是一种病人。

1828 年

▼ 1828 年 3 月 11 日　星期二

“几个星期以来我觉得身体不很好。我睡得不好，也就是说，我从晚上到第二天早上一直做梦，使我极为惶恐不安。我在梦中看到自己经历了各种各样的事情：我和熟悉、不熟悉的人进行了各种各样的谈话；我和别人争吵不休，而且这一切清晰地留在我的记忆中，以至我第二天早上还能清楚地意识到每个细节。可是这种做梦的生活极大地消耗了我的脑力，使我在白天感到疲惫无力，没有兴致和心思做任何动脑的事。”

我多次向歌德诉说了我的这种情况，他也多次催我去找一下我的大夫。他说：“你的病肯定不要紧，也许这只不过是一种普通的郁积症，喝几杯矿泉水或服少量的盐就能消除这种病了。不过你千万不要麻痹大意，要赶紧服药治疗！”

歌德的意见也许是完全对的，我自言自语地说，他是对的；可是在这件事上我也下不了决心，迟迟不肯去看病。这样，我又过了几个不安宁的夜晚和糟糕的白天，我的痛苦一点儿也没有消除。

今天饭后我在歌德面前再次显得无精打采，使他感到不耐烦。他不禁带着讽刺的神气向我微笑，而且嘲笑了我一番。

他说："你成了第二个项狄[1]，有名的特利斯川的父亲[2]啦。他有半生的光阴都因为房门吱吱嘎嘎地响而动怒，却无法下决心在门轴上抹上几滴油，来消除这种每天都碰到的烦恼。

"不过我们大家都是这样！一个人的心情烦闷和开朗就形成了他的命运！我们似乎每天都需要魔鬼用一根襻带牵着走，他怎样说，我们就怎样做，完全听从他的驱使。可是，一旦这个善良的精灵离开了我们，我们就会垂头丧气，只有在黑暗中摸索了。

"在这方面，拿破仑真了不起！他一向心情开朗！一向英明果断，每时每刻都精神饱满，只要他认为事情是有利和必要的，他说干就干。他一生就像一个迈步走的半神，从战役走向战役，从胜利走向胜利。我们完全有理由说，他是一个心情永远爽朗的人。因此，像他那样超群出众的人是前无古人的，也许还会后无来者。

"是的，是的，我的好朋友，拿破仑是我们无法模仿的人啊！"

歌德在房间里踱来踱去。我坐在那张虽然已被收拾，但上面仍有一些吃剩的葡萄酒、饼干和水果的餐桌旁。

歌德给我斟了一杯葡萄酒，并一再劝我吃点饼干和水果。他说："你虽然拒绝和我们一道吃中饭，不过喝上一杯我亲爱的朋友们送来的葡萄酒，会让你感到非常愉快的！"

为使歌德高兴，我喝了这杯酒，还吃了点饼干和水果。与此同时，歌德继续在房间里来回走动，由于情绪激动而喃喃自语，不时地说出一些令人费解的话。

我记住了他刚才所说的有关拿破仑的那些话，并试图把这个话题谈下去。

我开始说："不过我觉得拿破仑之所以不断地处在那样爽朗的心情中，是因为他还很年轻，处在精力正在上升的时期，我们看到当时

---

① 英国小说家劳伦斯·斯特恩（Laurence Sterne，1713—1768）的长篇小说《特利斯川·项狄的生平与见解》（又名《项狄传》）的主人公。

② 一个典型的脾气坏而心地善良的古怪人。

仿佛有神在保佑他，他一直在走好运。他晚年的情况却正相反，爽朗精神仿佛已抛弃了他，他的好运气和他的护星也就离开他了。”

歌德回答说：“你想那有什么办法！就拿我自己来说吧，我再也写不出我的那些情歌和《维特》了。我们发现，创造出特殊事物的那种神圣的爽朗精神总是同青年时代和创造力联系在一起的。拿破仑的情况就是如此，他是历来最富于创造力的人们当中的一员。

“是啊，是啊，我的好朋友，写诗和戏剧只是一种显示创造力的形式。此外还有一种做出业绩的创造力，这种创造力在某些情况下显得更为重要。就连医生也得有创造力，如果他想真的治病的话；如果医生没有创造力，他只能碰运气，偶尔医好病，但是总的说来他只能敷衍塞责地工作。”

我插嘴说：“看来你在这里是把一般人所说的‘天才’叫作创造力。”

歌德回答说：“天才和创造力很接近。因为天才不过是那种能够将自己创造的业绩在上帝和大自然面前显示的创造力，因此天才这种创造力是产生结果的，长久起作用的。莫扎特的全部音乐作品就属于这一类；他的作品里蕴藏着一种生育力，一代接一代地继续起作用，取之不尽，用之不竭。其他大作曲家和大艺术家也是如此。菲狄亚斯和拉斐尔对后代起了多么大的影响，还有丢勒和荷尔拜因[①]！最初发明古代德国建筑艺术的形式和比例，为后来的斯特拉斯堡总教堂和科隆大教堂做准备工作的那位无名建筑师也是一位天才，因为他的思想仍然保持着创造力，直到今天还起作用。路德就是一位意义很重大的天才！他在过去不少的岁月里产生过影响，至于他在未来的世纪里何时不再发挥创造力，我们还无法估量。莱辛不肯接受天才这个崇高的头衔，但是他的持久的影响证明他是天才。另一方面，我们在文学领域里也有一些要人在世时曾被捧为伟大天才，可是

---

① 荷尔拜因(Hans Holbein，1497—1549)，宗教改革运动时期德国肖像画家、版画家。

他们的影响随着他们生命的结束而结束，由此可见，他们的影响比他们自己和旁人所估计的要渺小。因为我刚才说过，缺乏持久的创造力和影响的人，就称不上是天才。此外，天才与所从事的是哪一行哪一业无关，各行各业的天才都是一样的。不管是像奥肯[①]和洪堡那样显示天才于科学，像腓特烈大帝、彼得大帝和拿破仑那样显示天才于军事和国家行政管理，还是像贝朗瑞那样写诗歌，实质都是一样的，关键在于是否有一种思想，是否有一种通览事物的能力，以及所成就的事业是否具有持久的生命力。

“我还得再说一句：看一个人是否富于创造力，不能只凭他的作品和业绩的数量。在文学领域里，有些诗人被认为非常富于创造力，因为他们的诗集一卷接一卷地出版。但是在我看来，这些人应该被看作最无创造力的，因为他们写出来的东西既无生命，又无持久性。与之相反，英国诗人哥尔德斯密斯写的诗很少，在数量上不值得一提，但我还是要说他是最富于创造力的，正是因为他的少量的诗有内在的生命，而且还会持久。”

谈话停了一会，歌德趁此机会在房间里踱来踱去。我此时极想听他就这个重要题目继续谈下去，因此设法使他再次兴奋起来。

我说：“这种天才的创造力难道只取决于一个重要人物的精神，或者也取决于他的身体？”

歌德回答说：“身体对创造力至少有极大的影响。过去有过一个时期，在德国人们常把天才想象为一个矮小瘦弱的驼子。但是我倒更希望看到一个身体健壮的天才。

“人们常说拿破仑是个花岗石做的人，这一点也主要是针对他的身体而言的。他能够向自己提出各种各样过高的要求！从叙利亚灼热的沙漠到莫斯科积雪的原野，他经历过无数次的行军、会战和夜间露营！哪样的劳累和困倦他没有忍受过！他睡得少，饭也吃得少，可

---

① 奥肯（Lorenz Oken，1779—1851），德国自然科学家和自然哲学家，他和歌德一样是进化论的先驱。

是脑子却始终处在非常紧张的工作状态！在雾月十八日[①]的极度紧张和兴奋之后，到了半夜，虽然他整天没有进什么饮食，却毫不考虑通过饮食恢复体力，他感到自己还有足够的力量在深更半夜写出那份著名的告法兰西人民书。如果想一想拿破仑所成就和所忍受的一切，就可以想象到，他在四十岁的时候，身上已没有哪一块是未受损伤的了；可是甚至到了那样的年龄，他还是作为一个完好的英雄挺立着。

"不过你刚才说得对，他的事迹的真正的高潮是在他的青年时期。一个出身寒微的人，处在群雄角逐的时代，能够在二十七岁时受到一个拥有三千万人口的民族的崇拜，这确实不简单啊！是啊，是啊，我的好朋友，要成就大事业，就要趁青年时代。拿破仑不是唯一的例子。"

我补充说："拿破仑的弟弟吕锡安在青年时期也已经成就了大事业。他当了五百人院的议长，然后在不到二十五岁的时候做了内政部长。"

歌德插嘴说："你想用吕锡安的例子说明什么？历史上有成百上千的非常有本事的人在青年时期就在内阁里或战场上担任最重要的职务，获得了很大的荣誉。"

他兴致勃勃地接着说："假如我是个君主，我决不把那些仅凭出身和资历逐渐平步青云、到了晚年按惯常的方式缓慢而悠然自得地继续行走的人放在首要的位置上，因为这种人成就不了什么大事业。我要的是青年人，但是他们必须是权威，头脑清醒，精力饱满，还要具有最善良的意志和最高尚的性格。这样，统治国家和领导人民前进，就会成为一件乐事！但是哪里去找愿意这样做、乐于采纳别人好主意的君主呢？

"我对现在的普鲁士太子抱有很大的希望。据我所知道和听到

① 即1799年11月9日，是拿破仑发动政变、实行军事独裁的日子。

的,他是个非常有名望的人物。既是杰出的人物,他就必须识别和选用德才兼备的人。因为不管怎么说,毕竟还是物以类聚,只有本身具有伟大才能的君主,才能识别和重视他的臣仆中具有伟大才能的人。'替有才能的人开路!'这是拿破仑的名言。拿破仑自己在选用人才问题上当然特别得体,他善于把他所选用的人放到恰当的位置上,所以在他毕生全部伟大事业中都得到妥当的人替他服务,这是其他君主难以办到的。"

今天晚上我对歌德的言谈举止感到特别满意。他天性中的最高尚的品格充分地表现出来,他的声音洪亮而有力,两眼炯炯有神,仿佛充满着青年时代的火一样的激情。我感到奇怪的是,歌德自己在这样高龄仍任要职,而且这样明确地为青年人讲话, 主张国家最高职位应由年轻人——但不是小青年——来担任。我不得不提到一些身居高位的德国人,他们虽届高龄,可是在掌管各种各样极为重要的事务的时候,却并不缺乏必要的精力和青年人的灵活性。

歌德回答说:"他们这种人是些有创造性的人,而且他们有特殊的情况:他们在经历一种重复的青春期,而旁人则只有一届青春。

"任何圆极[1]都是一种永恒。在圆极和人体结合的那些年里,人不会变老。如果人体内的这种圆极少,那么它就无法阻止人体变衰老,就会失去优势,相反,身体会居支配地位;换句话说,身体会变衰老,而圆极是无法阻止身体变衰老的。可是,如果人体内的这种圆极多,就像所有的天才人物的情况那样,那么它就会使人体充满活力;换言之,它不仅改善人体的组织,增进身体健康,而且使人的精神占优势,使人永葆青春。所以我们看到,那些不平凡的天才,即使在晚年的时候也还在经历生气勃勃的、特别富有创造性的时期;他们似乎进入一个返老还童的时期,也就是我刚才所说的第二青春期。

"不过年轻归年轻,不管圆极有多么强大,它永远不会完全支配

① 生命现极或生命的圆满实现,亚里士多德的哲学用语。

身体；另外，圆极依附的身体是同盟者的还是敌人的，这中间存在着巨大的差别。

“我生平有过一段时期，每天要提供两印刷页的稿件，这是我很容易办到的。我用了三天时间就写出我的《兄妹俩》，写《克拉维哥》只花了一星期，这你是知道的。现在我好像办不到了。我年事已高，已缺乏创造力了，对此我决不会抱怨。年轻时期在任何条件下每天都办得到的事，现在只有在时作时息和某些有利的条件下才办得到了。十年或十二年以前，在解放战争后那些幸福的日子里，我潜心创作《西东合集》的那些诗。当时我有足够的创造力，常常在一天里写出两三首来，不管在露天，在马车上，还是在乡村旅店里都是一样。现在我写《浮士德》第二部，只有上午才能工作，也就是睡了一夜好觉之后，我感到神清气爽和精力充沛，还没有受到日常生活琐事的困扰才行。可是即使在这样好的条件下，我能完成多少呢？在最好的情况下能写出一页手稿，一般只能写出几行，创作兴致不佳时写得更少。”

我说：“一般说来，有没有一种引起创作兴致的办法，或是创作兴致不够佳时有没有办法提高它？”

歌德回答说：“这是一个奇特的想法，关于你所提的这个问题，可以有各种各样的想法和说法。

“每种最高级的创造、每种重要的总揽能力、每种发明、每种能有成果的伟大思想，都不是人力所能达到的，都是超越一切尘世力量之上的。人应该把这一类能力看作来自上界的出乎意料的礼物，看作上帝的纯洁的孩子们，而且应该抱着欢欣感激的心情去接受它，尊重它。它近似于有魔力的东西，能任意操纵人，使人不自觉地听它指使，而人却以为他在按自己的意愿行事。在这种情况下，人通常被看作一种较高的世界主宰的工具，看作配得上接受神的影响的一种容器。我这样说，是因为我考虑到，一种思想往往能改变好几个世纪的面貌，而某些个别人物往往凭他们创造的成果给他们那个时代打下烙印，以便后世人永远铭记它，继续产生有益的影响。

“不过，也还有另外一种创造力，它与其说服从上帝的意志，倒不如说是服从尘世的影响，也就是说，人可以更多地凭自己的力量来控制它，尽管人在这里也还是有理由向上帝屈服的。属于这一类创造力的有与执行一项计划相关的一切工作、其结果已经显而易见的一系列想法的中间环节，以及构成一件艺术作品的能见的形体的那一切东西。

“例如莎士比亚最初想到要写《哈姆莱特》时，全剧的精神是作为一种突如其来的印象出现在他内心里的，他以高昂的情绪通观全剧的情景、人物和结局，把这一切看作纯粹来自上界的一种礼物，他对此没有直接的影响，尽管他通观全局的这种可能性总要以他自己的心灵为前提。至于后来的一些个别场面和人物的对话，他完全可以凭自己的力量去完成，他可以天天写，时时刻刻写，也可以连续写上几个星期，只要他高兴。我们从他的全部作品看，的确可以看出他始终显出同样的创造力，在他所有的剧本里，我们可以这样说，没有一个段落是在情绪坏的情况下写的，也没有一个段落是没有使尽全力写的。所以我们在读莎士比亚的作品的时候，会得到这样的印象，他这个人无论在精神方面还是在身体方面都很健康刚强。

“不过假如一个剧作家体格并不十分健壮，因经常生病而虚弱，那么他每天写作各幕各景所需要的创造力肯定会经常接不上来，一停就是好几天。在这种情况下，如果他求助于酒来提高他所缺乏的创造力，弥补它的缺陷，这种办法也许有时生效，但是，凡是用这种办法勉强写出的戏剧场面，总会让人发现很大的毛病。

“所以我的建议是，不要勉强写什么，与其在不多产的时日去写日后你不喜欢的东西，还不如闲游睡觉更好。”

我回答说：“您刚才所说的这番话我自己也常听别人说，我认为这些话完全正确，值得尊重。不过我也觉得，有的人用天然的药剂能够提高他的创造力，而且一点儿也不勉强。我在自己的生活里常常遇到这样的情况：当我在某些复杂的情况下举棋不定的时候，我喝上几杯葡萄酒，这时我马上明白我该做些什么，而且当机立断。做出一种决定当然也是一种创造力，假如几杯葡萄酒能产生这样一种美德，那么这样的一种手段是不该完全加以摒弃的。”

歌德回答说：“我不想反驳你的意见；不过我刚才所说的话也是正确的。从你我的话中我们可以看出，真理就好比是一块金刚石，它的光芒并不射向**一个**方向，而是射向**许多**方向。此外，你既然很熟悉我的《西东合集》，那么你肯定知道我自己所写的那句诗：

酒后吐真言。

我也完全赞成你的意见。葡萄酒里当然存在着大量有助于创造力的因素；不过一切要视情况和时间而定，对这个人有益的东西，对另一个人则可能有害。此外，在休息和睡眠中也存在有助于创造力的因素；不过在活动中也存在这样的效力。在水里，特别是在大气里，也存在有助于创造力的因素。空旷田野中的新鲜空气对人最适宜。在那里，仿佛上帝把灵气直接吹给人，人由此受到神力的影响。拜伦勋爵每天都要在露天里生活好几个小时，或在海滨骑马，或乘帆船航行，或划小船，或在海里洗澡，或用游泳锻炼身体。他是历来最富于创造力的人物之一。”

歌德和我面对面坐着，我们还谈了各种各样的事情。我们又谈到了拜伦勋爵，提到他在晚年的时候由于遭遇到某些事故而郁郁不乐，直至最后一种虽然意愿崇高，但很不幸的命运把他带到了希腊，并完全把他毁了。

歌德接着说：“你尤其会发现，一个人在中年的时候，生命里常出现一种转折；尽管你在青年时代一帆风顺，一切如愿以偿，但是在出现转折的时候，一切完全是另外一种样子，事故和倒霉的事越来越多，层出不穷。

"你可知道我在想什么？我在想，人必须再次被毁灭！任何杰出的人物都有某种适合于他去完成的使命。如果他完成了这个使命，他在人世间就会变为多余的人，天意又会把他用于其他的目的。不过由于人世间的一切都是自然而然地发生的，所以魔鬼们接连伸腿绊他，直至他最后败在魔鬼们的手下。拿破仑的情况就是这样。许多其他人的情况也是这样：莫扎特在三十六岁时去世，拉斐尔也是在三十六岁时去世，拜伦只比他们大一点点[①]。不过所有这些杰出的人物都极好地完成了他们的使命，他们的死期到了，为的是让其他的人在这个估计要长期存在下去的世界上还有事可做。"

此时已经很晚，歌德向我伸出他可爱的手，于是我和他握手告别了。

▼ 1828年3月12日　星期三

昨晚离开歌德之后，我一直念念不忘他同我进行的那次重要谈话。

我们也曾谈到大海和海边空气的力量。歌德认为，所有生活在气候温和的海岛和海边上的居民，远比生活在大陆内部的居民富于创造性和精力充沛。

我带着这些想法和对大海的使人振奋的力量的某种渴望渐渐入睡了，够了，这一夜我做了一个很好的，但对我来说非常奇怪的梦。

我梦见自己在一个不熟悉的地区和陌生的人非常快活、非常幸福地生活在一起。在风和日丽的夏日里，我来到了一个景色优美的地方，像是来到了地中海岸边，在西班牙或法国的南部，或热那亚附近。中午的时候，我和一群快乐的人开怀畅饮，然后和另外一群较为

① 拜伦生于1788年，死于1824年，实际上也只活了三十六岁。

年轻的人在下午继续远游。我们漫步穿过灌木丛生的令人愉快的洼地,然后突然来到了大海中的一座最小的岛上。我们坐在一块凸出的岩石上,由于这块岩石只能容纳五至六个人,所以我们一动也不敢动,生怕掉到水里去。在我们的身后是漫无边际的大海;在我们的眼前是离我们有十五分钟距离的海岸,它非常诱人地向两边延伸。海岸有些地方是平坦的,有些地方则是多岩的山丘。我们在绿色的凉亭和白色的帐篷之间看到一群群身穿浅色衣服的人,他们一边欣赏从帐篷里传过来的优美的音乐,一边度过这美好的日子。这时,我们当中的一个人对另一个人说:“反正我们无事可做,不如脱掉衣服,朝对岸游过去。”我说:“你们说得对,你们既年轻又漂亮,而且游泳游得好。我不仅不会游泳,而且身材不漂亮,所以我不喜欢在对岸那些陌生人面前露面。”这时,长得很漂亮的那些人当中的一个对我说:“你这傻瓜,你只管脱衣服,我把我的身材借给你,你把你的身材借给我。”听了他的这句话,我迅速脱掉衣服,走到水里,借用别人的身体,我立即感到自己变成了一个身强力壮的游泳者。我很快就游到了对岸。我无比快活和满怀信心地、光着身体湿淋淋地走进这些人当中。我在这些身材漂亮的人当中感到非常幸福。我在这里行动自由,无拘无束。我很快就和这些陌生人交上了朋友。我们在一个凉亭前的一张桌子旁边坐了下来,有说有笑,闹得兴高采烈。我的伙伴们也陆续游到岸边,并且加入了我们这一伙。可是还缺少那个借用我身体的小青年,我借用他的身体感到如鱼得水。终于这小青年也朝岸边游来了。这时有人问我,我是否有兴致看一看先前的自己。听到这话,我突然感到有些不快,部分是由于我并不很喜欢我自己,部分则由于我担心那位朋友会立即把他的身体要回去。尽管这样,我还是转向大海,看着我的第二个自我朝岸边游来。他把头稍稍转向一边,笑着往上看我,一边向我喊道:“用你的四肢游泳很费力,我不得不同波涛和激浪作斗争,所以我很晚才最后一个游到岸边,这是不足为奇的。”我立即认出了那张面孔,它是我的,但是变年轻了,而且比以往长胖和长宽了一点，气色很好。现在他上岸了，他直起腰来，在沙滩上一步一步地向我们走来。我俯视他的背部和大腿，对他完美的身材感到高兴。他走上多岩的海岸朝我们其他人走来，当他走近我的时候，我看到了我全新的身材。我心里想，天啊，你矮小的身体怎么长得这样魁伟啊！是不是大海的原始自然力对你产生了如此神奇的影响？还是那位朋友的青年人的精神实质贯串了你的四肢？我们在一起愉快地待了好一会儿，在这期间我暗自感到惊奇，我的这位朋友似乎不想把他自己的身体换回去。我想，他看上去也的确很魁梧，对他来说换不换回自己的身体其实都无所谓，可是对我来说就不能说是无所谓了，因为我对我所借用的身体是否还会萎缩，或还会变得像从前那样矮小并没有把握。为了弄清楚这件事情，我把我的朋友拉到一旁去，然后问他，他用我的肢体感觉如何。他回答说："感觉很好，我像往常一样感受到我的本性和力量。我不知道你是怎样对待你的肢体的，它们对我完全合适，你看，人得搞出点名堂来。假如你有兴趣，你可以长期使用我的身体，我也愿意永远使用你的身体。"我对这个声明感到非常高兴，此时我也感到，我所有的感受、思想和记忆完全和以往一样，我在梦中觉得我和朋友有了完全独立的灵魂，我在将来能够靠朋友的身体继续生活下去了。

当我今晚饭后向歌德讲述了我梦的轮廓之后，他说："你的梦非常有趣。"他接着说："这说明缪斯们在你睡着的时候也来拜访你，而且她们对你特别宠爱；因为你会承认，你在醒着的时候是很难发现这种非常独特和非常令人愉快的场面的。"

我回答说："我不大明白，我为什么做了这样的一个梦，因为我好多天以来意志非常消沉，一点也没有想到会见到这样一种生气勃勃的生活场面。"

歌德回答说："原因在于人的本性中存在着某些神奇的力量，正因为我们很少抱有希望，所以我们才会得到某种好的希望。在我的生平中我曾有过许多含泪入睡的时候；可是在我的梦中常出现一些极其可爱的人物形象,他们安慰我,并给我带来幸福,第二天早上起来的时候,我又感到精神焕发,心情愉快了。

“顺便提一下,我们老一辈的欧洲人心地多少都有点恶劣,我们的情况太矫揉造作、太复杂了。我们的食物和生活方式是违反自然规律的,我们的社交生活也缺乏真正的友爱和良好的祝愿。每个人都彬彬有礼,但没有人有勇气做个随和而真诚的人,所以一个具有自然的爱好和思想作风、性格耿直的人就处在很不利的地位。据说人们往往宁愿生在南海群岛上做所谓的野蛮人,尽情享受纯粹的人的生活,不掺一点假。

“如果在意志消沉的时候深入地想一想我们这个时代的痛苦,就会感到全人类愈来愈接近世界末日了。祸害一代比一代更多!我们为我们前辈的罪孽受惩罚还不够,还要加上我们自己的罪孽去贻祸后代。”

我回答说:“我往往也有类似的想法;不过要是我今后看到一个团的德意志龙骑兵从我身旁奔驰而过,看到这些年轻人的飒爽英姿,我就会感到某些安慰,我会对自己说,人类的远景毕竟还不太坏啊。”

歌德说:“我们的农民确实保持着健全的力量,还有希望长久保持下去,它不仅能向我们提供英勇善战的骑兵,而且能保证我们不会完全腐朽和衰亡。应该把我们的农民看作一种宝库,没落的人类将从那里面获得源源不绝的补充力量。但是一走进我们的大城市,你就会产生另外一种心情。你且到‘跛鬼[①]第二’和生意兴隆的医生那里打一个转,他就会悄悄地告诉你一些故事,使你对人性所遭受到的种种不幸和罪恶感到震惊和恐怖。

“不过我们需要摆脱各种各样的疑心病。你好吗?你在干什么?你如今生活得怎么样?给我讲一讲你有些什么好的想法。”

我回答说:“我在斯特恩的书中读到,约里克在巴黎的街上游逛,

---

① 法国作家勒萨日在小说《跛足魔鬼》(*Le Diable-Boiteux*)中借一名跛足魔鬼对社会腐败堕落现象大加讽刺。

他还指出，巴黎每十个人当中就有一个侏儒。当你提到大城市的弊病的时候，我刚好在想这件事。我还记得，拿破仑执政时期，我看到全由巴黎人组成的一营法国步兵，他们都非常矮小和瘦弱，我简直无法理解，靠这样的步兵怎么去打仗。”

歌德回答说：“威灵顿公爵的山地苏格兰人想必曾是另外一种英雄！”

我回答说：“滑铁卢战役前一年，我在布鲁塞尔看见过威灵顿的苏格兰士兵，他们的确长得很帅。他们不仅长得健壮，而且精力充沛，动作灵活，像是上帝亲手创造出来的一样。他们个个精神抖擞，充满自信，用强壮的赤露的双腿轻快地阔步而来，仿佛他们压根儿不知道父辈们的罪孽。”

歌德回答说：“这是威灵顿的士兵的特点，它跟出身、土地、自由的宪法以及健康的教育有密切的关系，一句话，英国人看来要比许多其他的民族胜过一筹。我们在魏玛只看到了极少的英国人，他们也许根本不是最优秀的英国人。可是在魏玛的这部分英国人是多么能干和漂亮啊！他们虽然作为十七岁的年轻人来到了这里，可是在德国这个异国他乡，他们绝对不会感到陌生和不知所措，相反，他们在社交场合中的言谈举止充满信心，毫无拘束，仿佛他们到处都是主人，仿佛这世界是属于他们似的。这也正是我们的妇女们喜欢他们的原因，因此他们使不少德国的年轻妇女伤透了心。作为德国人的家长，我希望自己的家里太太平平的，所以当我的儿媳告知我某个年轻的英国人即将来访的时候，我常常感到有些害怕。我在想象中已经看到当他离开的时候她在流泪。这是些危险的年轻人，不过当然咯，他们是危险的，这正是他们的美德。”

我回答说：“不过我不想断言，在魏玛的年轻的英国人要比其他的人聪明、风趣、通达、善良。”

歌德说：“英国人讨人喜欢的原因不在于这些方面，也不在于出身和财富，而在于他们有勇气做个落落大方的人。他们一点儿也没有被教坏，他们做事有始有终，而且不做缺德的事；不管他们是什么样的人，他们始终是绝对完整的人，当然我也得承认，他们当中有时也有完整的傻瓜。不过这毕竟算不了什么，而且在天性的天平上始终只有很少的分量。

“英国人有幸享有个人的自由，他们意识到自己的名声，而且他们的名声受到其他民族的尊敬，这一切已经对孩子们很有好处了，他们不仅在家里而且在学校里受到了尊敬，比德国的孩子们受到的尊敬要多得多，他们的成长比德国的孩子们的成长要幸福和自由。

“在我们心爱的魏玛，我只消朝窗外看一看，就可以看出我们的情况怎样。最近地上有雪，邻家的孩子们想在街上试一试他们的小雪橇，这时警察马上来了，我看到那些可怜的小家伙尽快地逃走了。现在春天的太阳把他们从家里引出来，他们和小伙伴们很想在自己的门前游戏，我看到他们总是感到拘束，仿佛感到不安全，生怕某个警察老爷又来光顾。没有哪个小家伙敢抽一下鞭子，唱个歌儿，或是大喊一声，生怕警察一听到就来禁止。在我们这里总是要把可爱的青年人过早地变得温顺听话，把一切天性、一切独创性、一切野性都驱散掉，结果只剩下市侩和市侩作风。

“你知道，几乎每天都有旅行经过的外国人或外地人来访问我。看到他们的面貌，特别是来自德国东北部的青年学者们的那副面貌，我要是说我感到非常高兴，那我就是撒谎。近视眼，面色苍白，胸脯下陷，年轻而没有青年人的朝气，他们多数人给我看到的面相就是这样。当我参加他们的谈话的时候，我马上注意到，凡是我们感到可喜的东西在他们看来却是无价值的和陈腐的，他们完全沉浸在理念里，只有思辨哲学中的最高深的问题才能引起他们的兴趣，他们对健康意识和感性事物丝毫不感兴趣。他们把青年人的情感和兴趣爱好全都排斥掉，而且是无可挽回地把它们排斥掉；因为一个人在二十岁就已显得不年轻，到了四十岁怎么能显得年轻呢？”

歌德叹了一口气，默然无语。

我想到上一个世纪歌德正处在青年时代的那种幸福时光，塞森海姆的夏日微风就浮上心头，于是我想起了歌德的小诗《狐狸死了，皮还有用》的头两句：

我们这些青年人，
午后坐在凉风里。

歌德叹息说："那真是好辰光啊！不过我们要把它忘掉，免得现在这种灰溜溜的阴雾弥漫的日子变得完全难以忍受。"

我说："第二个救世主来了，才能替我们消除掉现时代这种一本正经、不快和巨大的压力。"

歌德回答说："如果第二个救世主来了，人们也会再次把他钉上十字架处死。我们还不需要那样大的人物，如果我们能按照英国人的榜样来改造一下德国人，少一点哲学，多一点活力，少一点理论，多一点实践，我们就可以得到一些拯救，用不着等到第二个基督出现了。人民通过学校和家庭教育可以从下面做出很多事来，统治者及其最亲近的同僚们从上面也可以做出很多事来。

"举例来说，我不赞成要求未来的国家公仆在学习期间学习那么多的理论知识，许多青年人在这种学习中身心两方面都受到摧残，未老先衰。等到他们投身实际工作时，他们虽然拥有大量的哲学和学术方面的知识，可是在所从事的那种狭窄的行业中完全用不上，因而作为无用的知识忘得一干二净了。另一方面，他们最需要的东西却被他们丧失了。也就是说，他们缺乏实际交往中为了做好工作所必需的脑力和体力。

"在国家公仆的生活中，在对待人的问题上难道不需要爱和善意吗？如果国家公仆本身缺乏爱和善意，他怎么能给予别人爱和感受别人的善意呢？

"可是所有这些人的情况都很糟。那些学者和国家公仆有三分之一都捆在书桌上，身体给搞垮了，成天疑神疑鬼。上面的人应该采取措施，至少使未来的世世代代人免遭这样的不幸。”

歌德微笑着补充说：“让我们希望和期待一百年后我们德国人会是另一个样子，看那时我们是否不再有学者和哲学家而只有人。”

▼ 1828年5月16日　星期五*

和歌德乘车兜风。他愉快地回忆他同科策布及其同党①的争论，并且针对科策布朗诵了几首非常诙谐的箴言诗，不过，这几首箴言诗更多是逗人乐的，而不是伤人的。我问他为何不把这几首诗收入他的作品。歌德回答说：“我有一本这样的诗集，我保守它的秘密，只偶尔拿给我最知己的朋友看。它是我唯一用来反击敌人的无害的武器。我用它暗自发泄心中的不快，涤除令人不愉快的恼怒，而这种不满的情绪，当我反击对手对我的公开的、往往是恶毒的戏弄时，我不得不感受到，而且加深了它。对我本人来说，那些小诗帮了一个大忙。不过，我不想让读者关心我的私人争执，也不想用它们伤害活着的人。但是，在将来，我会毫不犹豫地发表这首或那首小诗。”

▼ 1828年6月6日　星期五*

不久前，巴伐利亚国王派他的宫廷画师施蒂勒到魏玛，为的是给歌德画肖像。作为一种介绍信和自己的技巧的证明，他随身带来了一幅与真人一样大小的出色肖像，画中是一位非常漂亮的年轻妇女，即慕尼黑女演员冯·哈根小姐。因此，歌德满足了施蒂勒先生要他

---

① 指拉脱维亚德语作家默克尔（Garlieb Merkel，1769—1850）和德国地质学家伯蒂格（Karl August Böttiger，1760—1835）。

坐着当模特儿的所有愿望，就这样，肖像在几天前就画好了。

今天中午，我在他家里吃饭，就我一个人。在吃餐后小吃的时候，他站了起来，把我领进与餐厅毗邻的小陈列室，让我看施蒂勒最近完成的肖像。然后，他非常神秘地把我领进所谓的马约里卡房间，在那里存放着那位漂亮的女演员的肖像。我们观赏了这幅画一会儿，然后歌德对我说："不是吗，这事值得花气力！施蒂勒一点儿也不傻！他把这漂亮的点心作为诱饵，用这样的心理手段使我坐着供他画像，而且使我产生希望，相信当他画一位老人的头部时，在他的画笔下会产生一个天使。"

▼ 1828 年 9 月 26 日　星期五*

今天，歌德给我看他的丰富的化石收藏品，它们存放在靠近他的宅旁小花园的空凉亭里。这些收藏品是他自己存放的，他的儿子大大增加了它们的数量。特别值得注意的是，收藏品里有很多各种各样的石化了的骨头，它们全都是在魏玛郊区被发现的。

▼ 1828 年 10 月 6 日　星期一*

在歌德家里吃饭，同桌的有冯・马蒂乌斯先生。他是几天前来到此地的，想和歌德讨论植物学的问题，特别是植物的螺旋状的趋向，在这方面，冯・马蒂乌斯先生做出了许多重要的发现，他想把这些发现告诉歌德，希望后者开辟一个新的领域。歌德似乎以一种青年人特有的激情采纳了他朋友的这一想法。他说："对于植物的生理学来说，刚才提到的事具有很大的意义。螺旋状趋向这种新的观点完全符合我的变形学说，它是通过同样的途径被发现的，但是这种新的观点向前迈出了巨大的一步。”

▼ 1828 年 10 月 17 日　星期五*

最近,歌德非常热心地阅读法国的《环球报》,经常把这家报纸作为他谈论的话题。歌德认为,库珊及其学派的努力特别重要。

他说:“这些人正全力以赴地促成法国和德国之间的接近,他们正在创造一种完全适合促进这两个民族之间的思想交流的语言。”

歌德之所以对《环球报》特别感兴趣,还有另外一个原因,即在这家报纸上不仅讨论法国最新的文学作品和浪漫派的各种自由,而且,更为重要的是,这家报纸经常很热烈地为摆脱那些毫无意义的规则辩护。

今天,歌德说:“一种死板的和过时的时代的某些像破烂一样的规则有什么用呢！所有关于古典的和浪漫的喧嚷有什么用呢！重要的是,一部作品应该从头到尾都是卓越的,这样的作品才能称得上是古典的。”

▼ 1828 年 10 月 23 日　星期四

歌德今天高度评价了首相所写的那篇以大公爵卡尔·奥古斯特为描写对象的短文,它简短扼要地叙述了这位罕见的公爵业绩卓著的一生。

歌德说:“这篇短文的确写得很好,它不仅材料全面,而且字里行间充满着作者对大公爵的最真挚的爱,此外,描述非常简洁扼要,大公爵的业绩一个接一个地呈现在我们的眼前。当我们看到大公爵的这一系列丰功伟绩的时候,我们感到心情愉快,仿佛陷入陶醉之中。首相也把他的这篇文章寄往柏林,并在不久前收到了亚历山大·

冯·洪堡从柏林寄来的一封非常值得注意的信。当我读这封信的时候,内心里深受感动。洪堡在其漫长的一生中和大公爵结下最真挚的友谊。这是不足为奇的,因为大公爵生来就好学,需要获得新的知识,而洪堡恰恰是能够满足他的求知欲的人。洪堡博古通今,能够对大公爵提出的任何问题做出最好的和最彻底的回答。说来也奇怪,碰巧大公爵在柏林逝世前的最后几天,几乎总是和洪堡在一起度过的,他在逝世前不久还就某些他所关心的重要问题请教他的朋友。另一方面,也许是上帝的安排,大公爵这位德国历史上所产生的最伟大的公爵之一,在他生命的最后时刻有洪堡这样的人作为见证人。我已经让人寄来洪堡这封信的抄本,你马上就会知道这封信的一切内容。"

歌德站了起来,朝他的书桌走去,从那儿取来了洪堡的那封信,然后又坐到了我的身边。他把这封信默念了一会儿。我看到他眼里含着泪水。然后他说:"你自己去读吧。"他把信递给我。他站了起来,在房间里踱来踱去,我则读那封信。

洪堡在信中写道:"对已故者的突然逝世,有谁会比我更加感到震惊呢?三十年来他始终关心着我,经常给予我嘉奖,我可以说,我受到了他的真诚的偏爱。在这里(柏林),他也希望我能随时在他的周围。在与他相处的最后的日子里,死神似乎在召唤他,这死亡的预兆像雄伟的被白雪覆盖的阿尔卑斯山顶的亮光一样清楚明确。在我们相处的最后的日子里,这位伟大而仁慈的公爵表现出从未有过的活跃、风趣和宽厚,他始终关心着人民生活的进一步发展。

"我充满预感地和忧心忡忡地多次对我的朋友们说,大公爵身体虽然非常虚弱,但是生气勃勃,头脑非常清醒,我觉得这是一种恐怖的现象。他自己显然摇摆于希望康复和等待大的灾难之间。

"当我在吃早饭时看到他,也就是在大灾难发生前二十四小时,他由于生病不想吃东西,但是他还关心地问起那些从瑞典运来的波罗的海东岸三国的花岗岩卵石,问起那些可能对我们的大气起干扰作用的彗星带，还问起所有的东海岸的冬天寒冷的原因。

“当我最后看到他的时候，他和我握手告别，说了几句轻松愉快的话：‘洪堡，您相信特卜里茨[①]和所有的温泉都像水一样可以用人工加热吗？这不是厨灶之火！要是您和那位国王来特卜里茨，我将和您争论这个问题。您会认识到，您的古老的厨灶之火必将再次把我和您聚集在一起。’真怪！在这样一位伟人的身边，一切都变得有意义。

“在波茨坦的时候，我单独和他在长沙发上坐了好几个小时；他交替地喝酒和睡觉，他重新喝酒，然后站了起来，为的是给他的夫人写信，接着又睡。他很快活，但是非常疲劳。在那些时间里，他逼着我和他讨论有关物理、天文学、气象学、地球构造学、彗星核的透明性、月面上的大气层、彩色的双星等等极为复杂的问题。此外，他还逼着我和他讨论日斑对温度的影响、史前世界中有机体的表现形式，以及地球内部的地热这样一些极为复杂的问题。他在和我交谈时睡着了，常常变得心神不定，然后温柔地和友好地请求我原谅他表面上的不专心，一边对我说：‘您瞧，洪堡，我完蛋了！’

“突然他把话锋一转，谈起了宗教问题。他抱怨正在蔓延的虔信主义，因为它在政治上为专制主义辩护，主张镇压一切更加自由的思想运动。他大声地叫了起来：‘那是一些不诚实的家伙，他们以为通过虔信主义就可以取悦于诸侯们，就可以获得职位和带绶带的勋章！他们对中世纪的诗歌情有独钟。’

“他的怒气很快就平息了，现在他又在基督教里找到了不少的安慰。他说：‘基督教是一种博爱的学说，但是从一开始人们就把它丑化了。最早的基督教徒是激进分子当中的自由主义者。’”

我让歌德觉察到我对这封精彩的信感到由衷的喜悦。歌德说：“您瞧，大公爵是个何等重要的人物啊！而洪堡做得多么好啊，他寥

---

① 波希米亚著名的疗养浴场。

寥几笔就勾画出大公爵的性格特征，他用象征的手法反映出这位杰出的公爵的整个性格。是啊，大公爵就是这样！我最有理由这样说，因为实际上除我之外别无他人如此彻底地了解他。不过，如果世界上不存在区别，如果大公爵这样的人不得不过早地离开人世，这岂不是一件憾事？只要再过短短的一百年，身居如此高位的他就会使他的时代突飞猛进！不过您知道他为何不能实现他的愿望？世界不会像我们所想象和希望的那样迅速地达到自己的目标。世界上始终存在着阻止历史前进的魔鬼，它们到处插手，到处与世界作对，所以世界总的说来虽然在前进，但是很慢。您还要继续生活下去，您会发现我所说的话是对的。”

我说：“人类的发展看来已有几千年的历史。”

歌德说：“谁知道，也许已有几百万年的历史！但是不管人类的历史持续多久，人类总会遇到各种各样的给自己制造麻烦的困难和障碍。人类为了发展自己的各种能力，总会遇到各种各样的困难。人类会变得更加聪明和更加明智，但不会变得更好、更幸福和更加精力充沛，或者毕竟只是在某些时代里。我看到一个时代正在来临，在这个时代里，上帝不再喜欢人类，他为了使世界变得年轻，不得不再次把一切打碎。我相信上帝正竭尽全力使世界年轻化。我同样相信，在遥远的将来肯定会出现一个年轻化的时代。但是到那时肯定还有相当长的时间，我们还能在这个可爱和古老的地球上生活几千年，享受着各种各样的乐趣。”

歌德的情绪特别高昂。他让仆人拿来一瓶葡萄酒，他为自己和我斟了一杯。我们的谈话又回到了大公爵卡尔·奥古斯特上。

歌德说：“你瞧，大公爵是个有特殊才能的人，具有丰富的自然科学的知识。他不仅研究物理学、天文学、地球构造学和气象学，还研究史前世界里的植物和动物形式，以及其他与自然王国有关的学问。他对一切都感兴趣。我来魏玛的时候，他才十八岁，可是就在那时，他已崭露头角，预示着他将是国家的栋梁。他很快就和我结下最真挚的友谊,并全面地参与我所从事的一切工作。我几乎比他大十岁,这对我们的交往是有好处的。他经常整个晚上坐在我的身边,就艺术和自然方面的问题以及其他各种各样有益的事情和我进行深入的交谈。我们常常坐到深夜,经常在我的长沙发上一起睡。我们在一起学习和讨论了五十年,终于做出了一些成绩,这是不足为奇的。”

我说:“像大公爵所具有的这种彻底的学识,其他的诸侯是很少具有的。”

歌德回答说:“很少具有。虽然有不少的诸侯能够非常巧妙地对一切问题发表自己的意见,但是他们看不到问题的核心,只是在表面上爬行。这不足为奇,如果我们考虑到一位年轻的诸侯面临的那些宫廷生活所特有的消遣和琐碎的事。他一切都得注意。他什么都得知道一点点。可是在这种情况下,什么事也定不下来,什么事也无法生根。为了在这样一些要求下不使自己化成一团灰,年轻的诸侯必须具有坚强的性格。大公爵当然是一位天生的伟人,所以别的诸侯做不到的事他能做到。”

我说:“大公爵不仅学识渊博,看来也善于治理国家。”

歌德回答说:“大公爵是个完整的人,他的一切思想和行动来源于一个伟大的源泉。整体好了,个别也就好了,不管他想干什么事情,他总想把它干好。此外,有三件东西对他治理国家特别有用。第一,他有区分各种人的才能,善于把每一个人安排在适当的职位上。这一点很重要。第二,这一点也同样重要,他对人类怀有最崇高的好意和最纯洁的爱,一心只想做最好的事。他总是最先想到国家的幸福,最后才稍微想到他自己。他总是乐于迎合高尚的人,乐于促进良好的意图。在他身上有不少神性的东西。他希望全人类能够幸福。而爱是会产生爱的。谁要是获得人民的爱,他就容易进行统治了。第三,他比他周围的人更伟大。发生某一事件的时候,他除了听到刮到他耳朵里的十个声音之外,还听见第十一个更好的声音。别人的窃窃私语对他都成了耳边风。他不会轻率地做出不符合他公爵身份的事情,例如冷淡对待模棱两可的功绩和庇护被推荐来的流氓无赖。他自己到各地进行观察,自己对事物做出判断,而且在任何情况下都满怀信心。此外,他还是个沉默寡言的人,说话之后紧跟着就是行动。”

我说:“很遗憾,我只知道他的外表,而很少知道他的为人。但是他的风度已深深地铭刻在我的心里。我还经常看到他坐在他那辆旧马车上,身上穿着那件穿破了的灰色大衣,头上戴着一顶军帽,嘴里吸着一支雪茄。每当他乘车出外打猎的时候,身边总带着他那群心爱的狗。我从来也没有看到过他乘坐豪华马车,他只乘坐双套马车。六匹马驾驶的豪华马车和佩戴着星形勋章的男上衣,看来很不合他的口味。”

歌德回答说:“这对今天的公侯们来说压根儿还不是时候。现在重要的是,要看一个人在人类的天平上称什么(意为对人类做出什么贡献);其他的一切是无价值的。佩戴着星形勋章的上衣和六匹马驾驶的马车或许只会使最粗野的群众赞叹不已,但是大公爵乘坐的马车大概不会引起他们的赞叹。此外,大公爵的这辆旧马车里没有装上弹簧垫。谁和他乘坐这辆马车,就得忍受可怕的颠簸。可是这正合大公爵的心意,他喜欢粗糙的东西和不舒适的东西,反对一切使人娇生惯养的东西。”

我说:“我在您的题为《伊尔美瑙》的那首诗里就已经发现了这方面的痕迹,您在诗里似乎描绘了大公爵的生活。[①]”

歌德回答说:“那时大公爵还很年轻,我们当然做了一些非同寻常的事情。他就像一种名贵的酒,不过才刚刚开始发酵。他不知道怎样使用自己的力量,我们常常鲁莽行事,差点送了性命。我们骑马纵狗打猎,跳过矮树篱和沟渠,穿过河流,上山进山,整天劳累不堪地打猎,到了晚上,我们在露天过夜,在树林中燃起篝火:这合乎他的

---

① 伊尔美瑙为伊尔姆河畔的山城,为疗养胜地。歌德为写这首庆贺魏玛大公爵卡尔·奥古斯特二十七岁诞辰的诗,去伊尔美瑙住了数日。

心意。继承了一个公国,对他来说毫无意义,可是要是他能猎获一头野兽,他会感到格外高兴。”

歌德接着说:“《伊尔美瑙》这首诗是我于 1783 年创作的,它反映了大公爵和我在青年时代的一段生活中的插曲。从 1783 年至今,已经过了好多年了,以至于我在这首诗里只能把自己称为一个历史人物,只能和多年前的我聊天。正如你所知,我在这首诗里展示了一个夜间的场面,也就是在有生命危险的打猎之后在山里露营的场面。我们在一块岩石的底部盖起了几间小茅屋,用冷杉的嫩枝做屋顶,以便在干燥的地上过夜。在这几间茅屋的前面我们燃起了几堆篝火,我们或煮或烤猎获物。克涅伯尔紧靠篝火坐着,他不停地抽着烟斗,用各种各样干巴巴的笑话使我们大家轻松愉快,在他说笑话的同时,葡萄酒瓶从一只手里传到另一只手里。四肢长得又长又秀气的瘦高个儿塞肯多夫[①]伸开四肢舒适地躺倒在树干上,哼唱着各种各样富有诗意的歌曲。在旁边的一间类似的小茅屋里,大公爵已沉入梦乡。我自己坐在这间小茅屋的前面,在发出微光的炭火旁边,陷入了各种各样的沉思,也对我的著作所造成的某些祸害突然感到遗憾。我直到现在一直觉得我在这首诗里所描绘的克涅伯尔和塞肯多夫很不错,诗里的那位年轻的公爵也不像他二十岁时那样忧郁和狂热:

好奇心引他去远方,
他不怕险峻的悬岩,
狭隘的山道;
事故潜伏在他的身旁
把他投入困苦的怀抱。
于是,过分紧张的痛苦的激动
强有力地把他驱至各地,

---

① 塞肯多夫(Sigismund von Seckendorf,1744—1785),魏玛公国的侍从官。

由于不愉快地活动
他又得不愉快地休息。
在晴天里也郁郁不乐,
放纵不羁,没有喜悦,
他的身心俱已受伤而且破碎,
他在一张硬板床上酣睡。

“这完全是他本人的真实写照。我在这首诗里一点儿也没有言过其实。不过由于公爵已脱离狂飙突进时期,进入行善的澄清之境,因此我希望他在1783年过生日的时候好好回忆他早年的姿影。

“我不否认,他最初曾给我造成某些困难和忧虑,但是他卓越的天性很快就得到了陶冶,并很快形成最好的天性,所以同他一起生活和工作是一种快乐。”

我补充说:“您在最初结识他的时候和他进行了一次穿越瑞士的孤独的旅行。”

歌德回答说:“他很喜欢旅行,不过他旅行的目的不是为了消遣和解闷,而是为了到各地进行调查研究,注意各种好的和有用的东西,以便把它们引入自己的国家。他通过旅行获得了许许多多有关农业、畜牧业和工业方面的知识。总而言之,他的志向不是个人的和自私自利的,而是建设性的,也就是说他积极地为公众谋福利。正是由于这个缘故,他不仅在魏玛小公国里出了名,而且闻名于世。”

我说:“他那无忧无虑和朴实的外表似乎表明,他并不追求荣誉,也不喜欢抛头露面。看来他好像已经出名了,他用不着其他方面的协助,仅仅因为他那默默无闻的实干精神。”

歌德回答说:“这是他所特有的。一块木材之所以会燃烧,是因为它里面含有材料;一个人之所以会出名,是因为他是一块好料。荣誉用不着去追求,追求荣誉是一种虚荣心的表现。一个人可以通过明智的举止和各种高明的手段使自己出名,但是他内心里缺少宝石,所以他的荣誉是空洞的、昙花一现的。

“同样,他并不追求人民的宠爱,也决不向人民卖弄风情;可是人民喜欢他,因为人民感觉到他对人民有同情心。”

然后歌德提到了大公爵家族的其他成员,他们和大公爵一样都具有高尚的品性。他谈到了现在的君主的仁厚,谈到了大有希望的年轻的王子,深情地谈到了现在的女君主,高贵的大公爵夫人的非凡的品质,她品格高尚,为了减轻人民的痛苦,培养好的苗子,不惜花费大量的钱财。

歌德说:“对魏玛公国来说,她向来是一位善良的天使,随着时间的推移,她越发热爱这个国家。我从 1805 年认识大公爵夫人以来,常常有机会惊羡她的思想和性格。她是我们时代最优秀的和最重要的妇女之一。即使她不是女公爵,她也是一位最杰出的妇女。即使她脱下紫袍,她仍然是一位非常伟大而杰出的人物。”

接着我们谈到了德国的统一以及在什么意义上统一才是可能的和值得想望的。

歌德说:“我不担心德国不能统一;我们有很好的公路和将建筑的铁路,对此都会起作用。但是首先德国应统一而彼此友爱,永远应统一以抵御外敌。它应统一,也就是说,德意志的货币应该在整个帝国里具有同等的价值;所谓统一,也就是说我的旅行箱在所有三十六个邦里都通行无阻,用不着打开检查。它应该统一,也就是说魏玛公民的城市旅行护照就像外国人的护照一样,不被某一伟大邻邦的边防官员认为不适用。德国境内各邦之间不应再说什么本国和外国。此外,德国在度量衡、商业和交通以及其他许多我不愿一一列举的类似的事情方面也都应统一。

“不过,要是我们认为德国的统一只在于这样一个大国有个唯一的都城,既有利于发展个别人的伟大才能,又有利于为人民大众谋幸福,那我们就想错了。

“有人曾把一个国家比作一个活人的具有许多器官的身体,这样，一个国家的都城也就可以比作心脏，维持生命和健康的血液从心脏流入全身远近的各个器官去，但是如果肢体离心脏很远，接受的血液就渐渐微弱起来。有一个聪明的法国人——我想是杜邦[1]——绘制过一幅法国文化情况图，他用较浅的或较深的颜色把法国各地区文化程度的高低表示出来。某些地区，特别是远离都城的南方各省，就用纯黑色来表示当地普遍的蒙昧状态。但是如果美丽的法兰西不只有一个大中心点，而是有十个中心点在输送光和生命，它的情况会怎样呢？

“假如不是通过一种值得钦佩的民族文化均匀地渗透到帝国的所有地区，德国如何能伟大呢？但是这种民族文化不是从各邦政府所在地出发而且由各邦政府支持和培育的吗？假定几百年来我们在德国只有维也纳[2]和柏林这两座都城，或者甚至只有一座，我倒想知道，在这种情况下德国文化会像什么样，以及与文化携手并进的遍及全国的富裕又会像什么样！

“德国现在有二十多所大学分布在全国，还有一百余所公立图书馆也分布在全国。此外还有大量的艺术品收藏和自然界动物、植物、矿物标本的收藏，因为各邦君主都很注意把这类美好的事物搜来摆在自己身边。设拉丁语、希腊语的高级文科中学和技校多得不可胜数，几乎没有哪个德国乡村没有一所学校。可是在最后这点上法国的情况怎么样呢？

“再看看德国的剧院，它的数目已超过七十座。剧院作为支持和促进高级民众教育的力量，是决不应忽视的。

“还要想一想德累斯顿、慕尼黑、斯图加特、卡塞尔、不伦瑞克、汉诺威以及类似的城市，想一想这些城市所拥有的大量的生活必需品，它们对邻近的落后地区起了什么作用，然后再想一想，这些城市假如

① 杜邦（Charles Dupin，1784—1873），法国国务活动家，写过一些有关数学和国民经济的著作。

② 维也纳现在是奥地利首都，有个时期德、奥还没有分为两国。

不是很久以来就是各邦君主的所在地,能有这种情况吗?

“法兰克福、不来梅、汉堡和吕贝克都是伟大光辉的城市,它们对德国繁荣所起的作用是无法估计的。但是它们要是丧失了各自的主权,只作为省城而并入某一个大德意志帝国,它们还能像过去一样吗?我有理由对这一点表示怀疑。”

▼ 1828年12月3日　星期三*

今天,我和歌德开了一个非常特别而轻快的玩笑。事情是这样的:日内瓦州卡尔蒂尼的杜瓦尔夫人①非常善于制作果酱,她托我给大公爵夫人和歌德送来一些蜜饯柠檬皮;她深信,她的果酱远远超过所有其他的果酱,就像歌德的诗远远超过他的大多数德国竞争者的诗一样。

那位女士的大女儿早就希望得到歌德的一份手稿,因此,我突然想出一条妙计,把蜜饯柠檬皮作为甜蜜的诱饵,诱使歌德为我年轻的女友写一首诗。

我带着一位被委以重任的外交家的表情到他那儿去,以全权代表的身份和他面对面地进行谈判:我准备把蜜饯柠檬皮奉献给他,条件是他得亲手写一首原创的诗。歌德非常高兴地接受了这个玩笑,并且笑了起来。他立即主动提出为那些他觉得非常好的蜜饯柠檬皮写一首诗。几个小时以后,我非常吃惊地发现他把以下这首诗作为圣诞礼物送给我的年轻女友:

幸福的国度,到处都有
做得完美无瑕的蜜饯柠檬皮!

---

① 杜瓦尔夫人(Madame Duval),索勒的姑母。

为了让你愉快地享受
聪明的妇女们不停顿地
做出甜蜜的蜜饯柠檬皮！
…………

当我再见到他的时候，他风趣地谈到他现在能够从自己的作诗手艺中谋取利益了，而在他的青年时代，他曾不能为他的《葛兹》找到一个出版商。他说："我接受您的贸易合同；一旦我津津有味地吃完我的蜜饯柠檬皮，您可别忘了派人给我再送一些，我会准时用我的诗进行交换。"

▼ 1828 年 12 月 21 日　星期日

昨天夜里我做了一个奇怪的梦，今天晚上，我给歌德讲述了这个梦，他觉得这个梦很有意思。我梦见自己在一座陌生的城市里，在一条朝东南方向的宽阔的街道上，和一群人站在一起，一同观察天空，它看上去似乎布满了薄薄的烟雾，发出耀眼的黄色光芒。两个火一样的点开始形成，然后像陨石一样轰隆隆地落到离我们不远的地方，这时，每个人都充满了期望，就要发生什么事了。我们赶到出事地点，想看一看从天上落下来的东西。这时我看到浮士德和靡非斯特正朝我走来！我又惊又喜，立即加入了他们的行列，我走在这两位朋友的身边，和他们进行了轻松愉快的交谈。我们边谈边绕过了下一个街角。我们谈了些什么，我已记不得了，但是，由于长相奇特，他们给我的印象特深，以至我还完全清楚地记得他们，很难将其忘掉。这两个人比人们通常所想象的要年轻一些，靡非斯特大约二十一岁，而浮士德可能是二十七岁。前者看上去很有教养，快活而自由；他步履轻盈，有点像人们所想象的水银。他的面孔漂亮，没有露出凶相。要不是他年轻的额头上长出两只弯向一边的秀丽的角，要不是一束美丽的头发弯向两边，我们差点认不出他就是魔鬼。当浮士德边走边说，并把他的脸转向我的时候，我对他独特的面部表情感到惊异。每一个面部表情都显示出作为他天性的主要特征和根源的最高尚的美德与善良。从他的神色上看出，他虽然年轻，但他的内心仿佛产生过人间的一切欢乐、痛苦和思想。他的面孔告诉我们，他已经劳累了。他的脸色有些苍白，非常富有吸引力，让人百看不厌。我努力牢记他的面部表情，以便将其画下来。浮士德走在右边，靡非斯特走在中间，我走在左边。浮士德不时地把他那张漂亮而独特的脸转过来，以便和靡非斯特或我交谈。我们穿过一条条街道，人群散开了，再也没有注意我们。

1830年

▼ 1830年1月18日　星期一*

歌德谈到拉瓦特尔，告诉我后者有许多优良的性格特点。此外，他还详细地谈到了他们从前的亲密友谊，例如，他们在那个时候经常像兄弟一样同睡一张床。他补充说："遗憾的是，一种有毛病的神秘主义一下子就限制了他的天才的腾飞。"

▼ 1830年1月22日　星期五*

我们谈到司各特的《拿破仑传》。

歌德说："的确，人们可以责备作者，说他在书中有大量不准确的描述和鲜明的党性。但是，在我看来，恰恰是这两个缺点赋予他的这部作品以非常特别的价值。"此书在英国获得了闻所未闻的巨大成功，也就是说，人们认为，沃尔特·司各特对拿破仑和法国人的仇恨，真正捍卫和代表了英国人的民意和民族感情。他的这本书绝不是法国史的一份文件，而毋宁说是英国史的一份文件。无论如何，它是一种声音，一种在这个重要的历史过程中不可缺少的声音。

"特别使我感到高兴的是，我听到了对拿破仑的最相反的看法。

我正在读法国历史学家比尼翁[①]的著作,我觉得,这部著作具有非常特殊的价值。”

▼ 1830年1月25日 星期一*

我给歌德带来了我为杜蒙[②]的遗稿——我准备出版这些遗稿——编制的目录。歌德非常细心地阅读这些目录,似乎对作者在各种内容丰富的手稿中所表现出的大量知识、兴趣和思想感到惊异。

他说:“想必杜蒙是一个博学多才的人。在他论述过的题目中,没有一个本身是不引人注意的、不重要的。从题目的选择中可以看出他是什么样的人和他有怎样一种思想。诚然,我们不能要求人的头脑具有这样一种多方面性,以便能够以一种相同的才能和运气处理所有的问题;但是,即使作者不能以相同的方式成功地处理所有的问题,只要有处理一切问题的决心和意志,也一样会得到我的很高评价。特别值得注意和重视的是,我发现在他身上有一种实践的、有用的和友好的倾向。”

我同时还给歌德带来了《巴黎之行》的开头几章,我想给他朗读,可他宁愿独自研究它们。

接着,他风趣地谈到阅读的困难和许多人的自高自大,这些人在缺乏一切准备性学习和预备性知识的情况下,就急于想阅读每一部哲学和科学著作,好像它不过是一部小说。

他继续说:“这些善良的人不知道,为了学会阅读,需要花费大量的时间和气力。我为此用了八十年的时间,现在还不能说,我已经达到目的。”

---

① 比尼翁(Louis Pierre Edouard Bignon,1771—1841),所著关于拿破仑时期法国历史的著作广为人知。

② 杜蒙(Pierre Etienne Louis Dumont,1759—1829),瑞士哲学家和法学家。

▼ 1830年1月27日　星期三

中午我在歌德家里吃饭,心里觉得很快活。他高度评价了马蒂乌斯先生。他说:"马蒂乌斯关于植物生长是按螺旋上升的观点具有非常重要的意义。如果我对他还有什么希望的话,那么我希望他坚决而勇敢地贯彻他所发现的原初现象①,希望他有勇气把这一事实当作一种规律说出,而无须到很远的地方去寻找证明。"

接着歌德让我看海德堡博物学家会议的辩论以及辩论后面印有的复制手稿。我们研究了这些复制手稿,推断它们的性质。

歌德说:"我很清楚,科学家们的这几次会议并没有得出人们所想象的众多的结果;但是这几次会议开得很好,人们相互认识,尽可能学会彼此相爱,其结果是,某位科学家的某种新学说会得到承认,而这位科学家又会承认和促进我们在其他领域里的志向。无论如何我们已经看到,某种事情正在发生,但是谁也不可能知道,这事会有什么样的结果。"

接着歌德让我看一位英国作家给他写的信,其地址是:致歌德侯爵殿下。歌德笑着说:"我也许应该感谢德国的新闻记者们授予我这个头衔,他们出于对我的热爱把我叫作德国的诗王。就这样,这个无辜的德国的错误引起了这位英国人的以讹传讹。"

歌德又回到马蒂乌斯的话题上,称赞他有想象力。他接着说:"其实,一位真正伟大的博物学家根本不可能没有想象力这种高尚资禀。我指的不是模糊不清的、脱离客观存在的那种想象力,而是不离开地球的现实土壤、根据真实的和已知的事物的尺度,迈向预感到的和猜想到的事物的那种想象力。在这种情况下,想象力才可以检验这种预感到的东西是否可能,是否不违反其他已知的规律。这种想象力的先决条件就是要有开阔的和冷静的头脑,它不仅对活的世界及其规律一目了然,而且能够运用它们。"

---

① 指植物生长是按螺旋上升的假说。

当我们谈话的时候，仆人送来了一个包裹，里面是译成波希米亚文的歌德的剧本《兄妹俩》，歌德对此似乎很高兴。

▼ 1830年1月31日　星期日*

陪太子访问歌德，他在书房里接见了我们。我们谈到他的著作的多种版本。我感到奇怪的是，歌德告诉我，他自己并不拥有这些版本的绝大部分，就连附有按照他的亲笔素描画制作的铜版画的《罗马狂欢节》的第一版也没有。他说，他在一次拍卖会上出了六个塔勒去买它，可是没有买到手。

然后，他把他的《葛兹·冯·贝利欣根》的初稿拿给我们看，完全是五十多年前他受妹妹怂恿，在几个星期之内就写成的那个原来的样子。那时他的书法韶秀而挥洒自如，已完全显出他后来一直到现在的德文书法的风格。手稿写得很清楚，在许多整页上看不到最小的修改，以至人们认为这是抄本，而不是最初的迅速写成的草稿。

歌德告诉我们，他最早的著作，包括《维特》在内，都是亲笔写成的，但是手稿已遗失了。与此相反，后来他几乎通过口授完成了所有的作品，只有一些诗和匆匆记下的提纲才是亲笔写的。他往往没有想到给新作品留下一个抄本；更确切地说，他经常听任最宝贵的文学创作由机缘去摆布，经常把唯一的样本送到斯图加特印刷所。

在我们充分地观赏《葛兹》的手稿之后，歌德让我们看他的《意大利游记》的原稿。从这些每天记下的观察和意见中可以看出，《意大利游记》的手稿在书法上显示出与《葛兹》手稿相同的优秀品质。一切都显得果决刚健，不加修改，可以看出，就连他一时记下的笔记的细节也总是在心中想得很清楚。一点也没有改变，除了稿纸。稿纸是他在所逗留的每一座城市里购买的，大小规格和颜色常常因地而易。

临近这份手稿结尾的地方，我们发现了歌德画的一幅趣味盎然的钢笔画，画中是一位意大利律师于其重要的任职期间在法庭上发表演说。这是一位人们可以想象得到的引人注目的人物，他的西服很显眼，因此人们有理由相信，他是为了参加化装舞会特意选择这套西服的。不过，这一切只不过是按照现实生活所做的忠实的描绘。他把食指放在拇指尖上，其余的手指伸展开来。这位胖乎乎的演说家惬意地站在那儿；他很少走动，这和他那高贵的假发很相配，他用它过分打扮自己。

▼ 1830 年 2 月 3 日　星期三*

我们谈到《环球报》和《时代》，这把我们引导到法国文学和粗制滥造的文学匠上。

歌德说："基佐是一个合乎我口味的人，为人可靠。他有深刻的知识，结合着一种开朗的自由主义，超然党派之外。我极想知道他在议院中将会扮演什么样的角色。"

我回答说："那些看来对他只有表面认识的人，向我把他描绘成有点儿迂腐。"

歌德反驳说："这要看他们指责他的是哪一种迂腐。在那些浅薄的观察者的眼里，所有知名的人物，只要他们在其生活方式中具有某种规律性，喜欢对问题深思熟虑，不拿生命的事情开玩笑，就很容易被看成书呆子。基佐是一个有远见的、平心静气的和坚定的人；跟法国人通常那种好动的性格相比，基佐的这种性格是很值得推崇的，法国人正需要基佐这样的人。"

歌德继续说："维也曼也许是一位出色的演说家。他具有深入浅出的本领，从来不会被确当的措辞难住，所以他的演说能够吸引住听众的注意力，博得听众的热烈掌声。但是，跟基佐相比，他显得浅薄得多，而且不注重实践。

“至于库珊，对我们德国人而言他不怎么重要，因为他的哲学给他的同胞带来的某些新东西，我们德国人好多年前就知道了；但是，对于法国人来说，他非常重要，因为他会给他们指出一个全新的方向。

“居维叶是位伟大的博物学家，他的描述和风格值得钦佩，他对事实的阐述比任何人都好。遗憾的是，他几乎没有哲学思想；他会培养出许多知识非常丰富的学生，却只能培养出少数深刻的学生。”

由于歌德对这几位学者的看法和杜蒙对他们的看法很接近，所以我听到歌德的这番评论时，感到格外地有趣。我答应歌德，从杜蒙的手稿中为他摘录那些有关的段落，以便他偶尔把它们和他自己的意见进行比较。

因为提到杜蒙，话题就转到他和边沁[①]的关系。对此，歌德发表了如下的意见：“像杜蒙那样一个讲理性、温和而又重实际的人，居然会成为边沁那个疯子的门徒和忠实的崇拜者，我觉得这倒是一个有趣的问题。”

我回答说：“在一定程度上，边沁应该被看作一个具有双重性格的人物。我把作为天才的边沁和作为热心人的边沁区别开来。作为天才，他想出了杜蒙没有忘却，而是加以完善的那些原则；作为热心人，他过分倾心于功利，竟越出了自己学说的界限，所以在政治上和宗教上都变成了极端主义者。”

歌德说：“不过这对我又是一个新问题：一个能够了结自己长寿的生涯的白发老人怎么在他生命的最后日子里变成过激派呢？”

我试图解决这个矛盾，因此说：“边沁深信他的学说和立法的高明，又明知不彻底改变现行制度就不可能在英国实施它们，所以他愈加被自己的激情所左右；此外，他很少和外界接触，所以无法判断一

---

① 边沁（Jeremy Bentham，1748—1832），英国哲学家和法学家。

种暴力推翻的危险。”

接着我又说：“杜蒙却不然，他少有热情而多有清晰理智，从来不赞成边沁的过激言论，所以他不致犯和边沁类似的错误。此外，他有一个有利条件，即他可以在瑞士，在日内瓦，实施边沁的那些原则——由于那时的政治事件，瑞士在某种程度上被看成一个新兴的国家，在那里，一切都十分顺利，出色的成功显示了边沁原则的价值。”

歌德回答说：“杜蒙正是个温和的自由派，一切讲理性的人都应该是温和的自由派，我自己就是一个温和的自由派。在我漫长的一生中，我都努力按照这个精神行事。”

接着他又说：“真正的自由派要用所掌握的手段，尽其所能努力去做好事。但是，他要谨防立即用火和剑去消灭往往不可避免的缺点。他应该努力通过明智的步骤逐步地排除彰明较著的缺点，但不采取暴力措施，免得同时把同样多的优点也消灭掉。在这个本来不是十全十美的世界里，他只好长时间地满足于好的东西，等到有了有利的时机和条件，再去争取更好的东西。”

▼ 1830 年 2 月 6 日　星期六

在歌德儿媳处吃饭。歌德的儿子讲了一些有关他祖母的有趣故事。他的祖母是拉特·歌德太太，二十年前，他在法兰克福上大学时曾拜访过她。一天中午，他和祖母应邀到卜里马斯侯爵家里做客。

侯爵似乎对歌德太太特别客气，在楼梯上迎候她；可是由于他身着僧侣的服装，她便以为他是一位神父，所以并不特别注意他。吃饭的时候，她坐在他的身边，但最初脸上并没有露出友好的神情。可是在谈话的过程中，她从其他客人的态度上逐渐想起他就是卜里马斯。

接着，侯爵为她和她儿子的健康干杯，拉特太太随即也站了起来，为侯爵殿下的健康举杯祝酒。

▼ 1830 年 2 月 10 日　星期三*

今天饭后，我在歌德那里待了一会儿。他为临近的春天和白昼又渐长感到高兴。然后，我们谈到颜色学。他似乎怀疑他能否为自己的简单理论开辟道路。他说："在过去的一百年里，我的对手们的错误广为流传，以至我在我的偏僻道路上不可能希望找到这个或那个同伴。我会变得单枪匹马！我常常觉得我就像船失事时的一个乘客，只能抓住一块可以承载他的木板，而其余的所有乘客都悲惨地淹死了。"

▼ 1830 年 2 月 14 日　星期日*

今天，对魏玛来说，是个悲伤的日子：下午一点半的时候，大公爵夫人路易丝去世了。执政的大公爵夫人命令我，以她的名义向冯·瓦尔德纳[①]小姐和歌德表示哀悼。

我首先到冯·瓦尔德纳小姐那里。我发现她泪水盈眶，非常悲伤，为她所遭受的损失不胜悲痛。她说："五十多年以来，我一直伺候已故的大公爵夫人。她亲自选我做她的宫廷贵妇，我为她的自由选择感到骄傲和幸福。我离开了我的祖国，为了终身伺候她。我多么希望她现在也把我带走，以便与她重新联合，而用不着长时间地叹息！"

然后，我到歌德那里。可是，他那里的情况完全不同！他对他所遭受的损失感到深深的悲痛，可是他似乎用一切方法控制住情绪。我发现他正在和一位好朋友用餐，同饮一瓶葡萄酒。他兴致勃勃地说话，看上去心情非常轻松愉快。当他看到我的时候，说："好吧，请到我这儿来，请坐！早就威胁着我们的精神的打击终于发生了，我们

---

① 冯·瓦尔德纳(Fraulein von Waldner)，魏玛的宫廷贵妇。

至少可以用不着再和这种折磨人的不确定性做斗争了。我们现在必须认识到,我们应该怎样重新安排自己的生活。”

我指了指他的那些草稿说:“那儿是您的慰藉。工作是一种极好的手段,它能使我们从痛苦中摆脱出来。”

歌德回答说:“只要还活着,我们就要高昂着头;只要我们还能够进行创造,我们就不会懒散松懈。”

接着,他谈到那些活到高龄的人,也提到法国著名的交际花尼隆。他说:“她在九十岁的时候还富于青春活力;她也懂得保持内心的平静,合理地对待人世间的事物。甚至死亡也不会引起她的过分尊敬。她在十八岁时生了一场重病,痊愈后周围站着的人向她描述了她所处的危险,她非常冷静地说:‘要是我死了,还会继续发生什么呢!我留下的全是会死的人!’后来,她还活了七十多年,乐于助人,受人爱戴,享受生活的一切快乐。正是由于她所特有的这种镇定,她常常不受任何耗尽精力的激情摆布。尼隆懂得这一点;只有少数几个人能仿效她。”

然后,他把巴伐利亚国王的一封信递给我,这封信是他今天刚刚收到的,也许正是它大大有助于他那快活的情绪。他说:“您读一读,然后您会承认,国王一直对我怀有好意,他对文学的进步和人类更高级的发展所表现出的强烈兴趣,完全使我感到高兴。而且恰恰是在今天我收到这封信,为此,我要感谢老天爷,感谢它对我的特别的宠爱。”

接着,我们谈到戏剧和戏剧性的诗歌。歌德说:“戈齐[1]硬要说,只有三十六个悲剧的情景。席勒煞费苦心,试图找到更多的悲剧的情景,可是他连三十六个也没有找到。”

歌德的这番话把我们引到《环球报》的一篇文章上,该文章是对阿尔诺[2]的《古斯塔夫·瓦沙》的批判性阐明。评论家所采取的态度和方法使歌德很高兴,得到他的完全赞同。也就是说,评论家只指出

---

① 戈齐(Carlo Gozzi,1720—1806),意大利童话剧作家。

② 阿尔诺(Lucien Emile Arnault,1787—1863),法国悲剧作家。

作者的所有回忆，而没有继续攻击作者本人及其诗歌创作的原则。歌德补充说："《时代》在进行评论的时候，就不这样明智。它自以为能够给诗人规定他不得不走的道路。这是一个很大的错误，因为采取这种不明智的态度并不会使作者改正过来。最愚蠢的事情莫过于对一位诗人说，你必须这样做或那样做！我是作为老资格的行家说这番话的。我们永远不可能把诗人变成违反他天性的人，如果你想强迫他成为另外一个人，你就会把他毁掉。"

正如已讲述的那样，我的朋友们，即《环球报》的那些先生，他们的做法非常明智。也就是说，他们印刷了阿尔诺先生从各处借来的所有常用套语的一个长长的清单，以这种方式非常巧妙地暗示这位作者将来应该提防的险阻。今天，还想找到一种全新的情景，这几乎是不可能的。只有看问题的方法和处理、表现它的本领，才有可能是新的。在这种情况下，更应该谨防任何的模仿。

接着，歌德向我们讲述了戈齐以什么样的态度和方法建立了他的威尼斯歌剧院，他的即兴演唱的流动剧团深受观众的喜爱。他说："我在威尼斯看到了这个剧团的两位女演员，尤其是布里赫拉；此外，我还观看了几场这样的即兴演出。这些演员引起的效果特别巨大。"

然后，歌德谈到意大利那不勒斯的假面喜剧中的丑角。他说："这是一个出身卑贱的滑稽人物，他的主要乐趣在于，有时，他似乎突然完全忘记他在舞台上作为演员扮演的角色，而给人一种印象，仿佛他又回到家，亲密地和他的家人说话，讲述他参与演出的剧本和他即将参与演出的另一部剧本；他还无拘无束地满足自己普通的自然需要[①]，并不会因此而感到害羞。之后，他的妻子大声对他说：'可是，亲爱的丈夫，你似乎把自己忘得一干二净；你应该好好想一想你面前的尊敬的观众！'这时，丑角又恢复了理智，连忙对他的妻子说：'说得对！说得对！'[②]然后他在观众的热烈掌声中回到了他先前的表演

① 指放屁、挠头、哼儿哈儿等等。

② 原文为意大利语：E vero！E vero！

中。顺便提一下，这种有丑角表演的剧院名声不好，上流社会里谁也不敢夸耀曾经到过这样的剧院。可以想象到，太太们是不会去这样的剧院的，只有男人们才去那儿看戏。

"在通常情况下，丑角是一种活报纸。每天在那不勒斯发生的事情，晚上就能从他那里听到。但是，丑角反映的是地方兴趣，而且说的是原始的民间方言，所以外地人几乎不可能理解他。"

歌德把话题引到他对自己早年的其他回忆。他谈到对纸币不怎么信任，并且谈到他在这方面的某些经验。作为证明，他给我讲述了有关德籍法国作家格林的一则逸事。事情发生在法国大革命时期，格林感到在巴黎不再安全，重新回到了德国，生活在哥达。

歌德说："有一天，我们在格林家里吃饭。我已经记不清话题是怎样引到纸币上的了。总之，格林突然叫了起来：'我敢打赌，在欧洲，没有一个君主像我一样拥有一些非常昂贵的硬袖口，而且没有人像我一样为此付出了一大笔钱。'可以想象，我们感到说不出的惊讶，尤其是那几位女士，大家非常急于去看他那些极美的硬袖口。这时，格林站了起来，从他的小柜子里取出了一些非常华丽的花边袖口，我们无不对之啧啧称羡。我们试图对它们进行估价，可是我们只能估计，它们的价钱不会高于一百至两百金路易①。格林笑了起来，大声地说：'你们大错特错了！我为它们支付了二十五万法郎。所幸的是，我支付得很及时。第二天，它们就一文不值了。'"

▼ 1830 年 2 月 15 日　星期一*

今天上午，我在歌德家里待了一会儿，为的是以大公爵夫人的名义询问他的健康状况。我发现他愁眉苦脸，心事重重，一点儿没有昨

---

① 金路易(louis d'or)，1641 年法国国王路易十三发行的金币名。

天那种勉强表现出来的激动。今天,他似乎深深地感到大公爵夫人的去世在他们五十年友好的关系中造成的空缺。他说:“为了保持向上,适应这突然的分离,我得拼命地工作。死亡毕竟是某种非常奇异的现象,以至于我们不顾所有的经验,认为死亡——对于我们来说,它是一种可敬的东西——是不可能的,但它总是作为某种不可置信的和出乎意料的东西出现的。在某种程度上,死亡是一种突然变为现实的不可能性。死亡是从一种我们熟悉的存在向另一种存在的过渡,而对另一种存在我们一无所知。换言之,死亡是某种非常悲惨的现象,以至于对于留在世上的人们来说,死亡会引起极大的震惊。”

▼ 1830 年 3 月 5 日　星期五*

歌德青年时代的情人的一位近亲冯 · 土尔克海姆[①]小姐在魏玛待了一些时候。今天,我向歌德对她的离去表示遗憾。我说:“她很年轻,表现出一种非常崇高的信念和非常成熟的思想,这在她这个年纪是很少发现的。她的出现在魏玛留下深刻的印象。要是她在魏玛待长一些,会对某些男子构成危险。”

歌德回答说:“我感到非常抱歉,不能常常看到她。起初,我总是推迟邀请她——我邀请她,是为了和她自由地交谈,在她身上重新寻找她的亲戚的那些可爱的特征。”

他接着说:“《诗与真》的第四卷最近已经完成,您会发现,我在这一卷里讲述了我在青年时代和莉莉的既幸福又痛苦的爱情故事。要是没有某些敏感的顾忌妨碍我的话,我早就提前把它写好并且出版了。这些顾忌不是针对我本人的,而是针对当时还活着的情人。我本想骄傲地对全世界说,我非常爱她;而且我相信,她不会为此而

---

① 冯 · 土尔克海姆(Fraulein von Türkheim),指莉莉的大儿子的女儿。

脸红，她会承认，我对她的好感会得到回报。但是，没有她的同意，我能公开地说这番话吗？我一直打算请求她的同意。但是我迟迟不决，直到最后不再有这个必要。"

歌德继续说："当您满怀深情地谈到现在离开我们的这位可爱的年轻姑娘时，您在我心中唤起了我对往事的种种回忆。我又看到讨人喜欢的莉莉活灵活现地出现在我的面前，我仿佛又感到她幸福地依偎在我身旁，身上散发出淡淡的香气。事实上，她是我深深地、真心地爱着的头一个姑娘。我也可以说，她是我深深地爱着的最后一个姑娘；因为所有在我今后的生活中使我感动的普通的爱慕，和我对那头一个姑娘的爱慕相比，不过是轻浮的和表面的。"

歌德接着说："当我和莉莉相爱的时候，我感到我已经接近自己真正的幸福。把我俩分开的那些障碍，其实并不是不可超越的——可是，我毕竟失掉了她！

"我对她的爱慕非常微妙和奇特，以至当我现在描述那痛苦和幸福的时期时，它影响到了我的创作风格。当您将来阅读《诗与真》的第四卷时，您会发现，那种爱情完全不同于小说里的爱情。"

我回答说："我们也可以说，您对甘泪卿和弗里德莉卡的爱情也是同样的。对这两个女性的描述同样是非常新颖和独特的，一般的小说家是不可能发明和想出这类描述的。看来，这种新颖而独特的描述来源于讲述者的伟大的真诚，也就是说，讲述者不会为了更大的利益而掩盖经历过的事情，而且避免使用任何感伤的空话，只满足于简单地陈述事件。"

我补充说："爱情本身从来也不会是相同的；爱情总是独特的，它总是根据我们喜爱的那些人物的性格和个性变化。"

歌德回答说："您说得完全对，因为不仅我们是爱情，而且刺激我们的令人心情舒畅的客体也是爱情。还有一点我们不应该忘记，即还有一个有影响的第三者，我们把它叫作有魔力的东西，这东西经常陪伴着激情，而且在爱情中感到如鱼得水。在我和莉莉的关系中，这有魔力的东西特别有效，它给我的整个生命另外一种方向；假如我断言，我来到魏玛并且现在待在魏玛，是我和莉莉的关系的直接结果，这并非言过其实。”

▼ 1830年3月6日　星期六*

最近，歌德在阅读圣西门[1]的《回忆录》。几天前他对我说：“随着路易十四的死亡，我现在停止读它了。在此之前，我怀着极大的兴趣阅读了几十本他的书，目的是把主人的意志方向和作为仆人的贵族的美德加以对比。可是，自从那位君主去世、另一位人物登场起，由于后者太坏，以至于圣西门与之相比处于优势，于是我不再有兴趣阅读；反感出现了，我在那位‘暴君’离开我的时候，离开了那本书。”几个月以来，歌德同样怀着极大的兴趣阅读《环球》和《时代》，可是最近两个星期，他不再谈它们了。他一看见用十字形纸条捆扎的几期《环球》和《时代》，就原封不动地把它们放到一旁。在这期间，他请他的几位朋友给他讲述世界上发生的事情。最近，他非常积极地埋头于《浮士德》第二部的创作，特别是《古典的瓦普几斯之夜》，几个星期以来，他完全被它吸引住了，因此他迅速地完成了这一重要部分。在如此富有成效的时期里，歌德压根儿不喜欢阅读，除非阅读作为某种轻松愉快的事情有助于他舒服地休息，或者阅读和他正在从事的课题一致，有助于他的研究。但是，如果阅读产生了令人非常不安的巨大影响，以至于妨碍他安心工作，分散和转移他的积极兴趣，他就会非常坚决地回避它。现在，《环球》和《时代》似乎属于后一种情况。他说：“我知道，在巴黎正酝酿着某些重大的

---

① 圣西门(Louis de Rouvroy, Duc de Saint-Simon, 1675—1755)，法国作家。

事情;我们处在一种大爆炸的前夜。但是,由于我对它没有影响,所以我想冷静地耐心等候它,不想让这场戏的紧张进程白白地每天使我激动。现在,我很少阅读《环球》和《时代》,所以,我的《瓦普几斯之夜》进展很快。”

接着,他谈到他非常感兴趣的法国文学的最近状况。他说:“法国人把他们现在的文学方向看作某种新东西,其实,他们心目中的新事物,不过是德国文学近五十年来所追求的新东西的反照。现在,他们把历史剧说成新事物,而历史剧的萌芽,早在五十年前人们就可以在我的《葛兹》里找到。”他补充说:“顺便提一下,德国的作家们从来都没有想到要写历史剧,也不打算对法国人施加影响。我本人眼前始终只看到我的德国。但是,自从昨天或前天,我突然想到把我的目光转向西面,我也想知道,莱茵河对岸的邻居们(指法国人)对我是怎么看的。不过,他们现在对我的文学创作没有影响。就连模仿法国人的创作形式和表现方法的维兰德,骨子里也始终是德国的,要是让他改换门庭,他会表现出不满。”

▼ 1830 年 3 月 14 日　星期日

今晚在歌德家。他让我看前几天大卫寄来的现已整理好的那一箱珍品。几天前我发现他忙着开箱取出这些珍品。他把法国最优秀的年轻诗人的侧面石膏像整整齐齐地排列在桌子上。这回他又谈到大卫的非凡才能,称赞他在理解力和制作两方面都很伟大。他也让我看法国浪漫派一些最优秀的作家通过大卫赠给他的最近作品。我看到圣伯夫[①]、巴朗什[②]、雨果、巴尔扎克、德·维尼、朱尔·雅宁[③]等

① 圣伯夫(Charles Augustin Sainte-Beuve,1804—1869),法国文学评论家。
② 巴朗什(Pierre-Simon Ballanche,1776—1847),法国作家。
③ 朱尔·雅宁(Jules Janin,1804—1874),法国文学评论家和小说家。

人的作品。

歌德说:“大卫这批礼物够使我度过一些快乐的日子。这整个星期我都忙于读这些青年诗人的作品。我从他们那里获得的新鲜印象使我获得了一种新的生命。我准备替这些很可爱的肖像和书籍各编一套目录,在我的艺术品收藏室和图书室里各辟一个专区。”可以看出,歌德由于受到法国青年诗人的尊敬,内心深处感到非常高兴。

接着他朗读了德尚的《研究论文》。他称赞《柯林特新娘》[①]的法译很忠实,很成功。他说:“我还有这首诗的意大利文译本,不但译出原诗的意思,还用了原诗的韵律。”

《柯林特新娘》引起歌德谈到他的其他叙事谣曲。他说:“这些诗绝大部分要归功于席勒,是他激励我写的,因为他当时主编《季节女神》,经常要组织新稿。这些诗在我头脑里已酝酿多年了,它们像一些悦人的形象和飘忽来往的美梦一样占住了我的心灵。我任凭想象围绕它们徜徉游戏,从中获得一种乐趣。我不愿下定决心,用不能令人满意的贫乏文字体现这些多年来与我交上了朋友的光辉形象,因为我舍不得和它们告别。当我把它们用文字写下的时候,我带着忧伤看了看它们,仿佛我得和一位挚友永别了。”

歌德接着说:“在其他时候我写诗的情况却完全不同。我事先对此毫无印象和预感,诗意突如其来,要我立即把它们写下来,以至我感到一种冲动,本能地和做梦一般地马上把它们写下来。在这种似梦游病者的状态中,往往发生这样的情况:我面前斜放着一张稿纸,等我发现它时,上面已写满了字,没有空白可以再写什么了。我从前有许多像这样的斜写的诗稿,可惜它们逐渐丢失了,所以我再也无法拿出来证明作诗有沉思冥想的过程。”

接着话题又转回到法国文学和最近一些颇为重要的作家的超浪漫主义倾向。歌德认为这种方兴未艾的文学革命对文学本身是很有

① 歌德的一首民歌体诗。

利的,而对掀起这场革命的个别作家却是不利的。

他说:"任何一种革命都不免要走极端。一场政治革命在开始时通常只希望消除各种各样的弊端,可是转眼人们就已深深地陷入流血和恐怖中了。就拿法国人目前的这场文学革命来说,起先要求的也不过是较自由的形式。可是法国人并不停留于此,他们在反对旧有的形式的同时,也拒绝以往的内容。现在人们开始把表现高尚的思想和业绩的作品宣布为索然无味,于是试图描写形形色色的奸盗邪淫。他们抛弃了希腊神话的美好内容,而写起魔鬼、巫婆和吸血鬼来,要史前时代的崇高的英雄们让位给骗子和在橹舰上划桨的奴隶,说这才有刺激性,这才有效果!但是当读者尝惯了这种加了许多胡椒粉的饭菜之后,就嫌这还不够味,永远要求更加强烈的味道。一个有才能的青年作家想产生影响,博得公众承认,而又不够伟大,不能走自己的道路,就只得迁就当时流行的审美观,而且还要努力在描写恐怖情节方面胜过前人。在这种追求表面效果的竞赛中,一切深入研究、一切循序渐进的才能发展和内心修养,都抛到九霄云外去了。对一个有才能的作家来说,这是最大的灾祸,尽管对一般文学来说,它会从这种暂时倾向中获得益处。"

我问:"这种使个别有才能的作家毁灭的倾向怎么能有利于一般文学呢?"

歌德回答说:"我所指的那些极端情况和弊病会逐渐消失,最后却有一个很大的优点保存下来,那就是,在获得较自由的形式之外,还会获得比从前丰富多彩的内容,人们不会把极其广阔的世界和极其丰富多彩的生活的题材看作不能入诗而加以排斥。我把目前这个文学时代比作一种发高烧的状态,本身虽不好,不值得想望,但它会产生增进健康的好结果。目前构成诗作全部内容的那些臭名昭著的东西,到将来只会作为一种善行而纳入内容里。是啊,目前暂时被排除的真正纯洁高尚的东西,不久又会被读者以更大的兴趣找出来。"

我插嘴说："我发觉，就连您所喜爱的法国诗人梅里美也在他的《弦琴集》里用了令人恐怖的题材，走上超浪漫主义的道路。"

歌德回答说："梅里美对这些题材的处理完全不同于他的同辈诗人。诚然，梅里美的诗集《弦琴集》里用了各种可怕的题材，例如教堂的墓地、深夜里的交叉路口①、鬼魂和吸血鬼之类；不过所有这些讨厌的事并不触及诗人的内心生活，他其实是用一种远距离的客观立场和讽刺态度来处理它们的。他是以艺术家的身份进行工作的，他觉得尝试一下这玩意儿会给他带来愉快。我已说过，他在创作的时候完全抛开了他自己的内心生活，甚至抛开了法国人的身份，使人们在初读《弦琴集》时竟以为那些诗歌真的是伊利里亚的民歌②。他不费大力，故弄玄虚，就获得了成功。"

歌德接着说："梅里美当然是个特别能干的人；一般说来，为了对题材做客观处理，需要比人们所想象到的更大的魄力和才能。拜伦也是一个例子。他尽管个性很强，有时却有把自己完全抛开的魄力，例如在他的一些剧本里，特别是在他的《马林诺·法里埃罗》③里。在读这部剧本的时候，我们毫不觉得它是拜伦甚至是一个英国人写的。我们完全置身于威尼斯和情节发生的时代。剧中人物完全按照各自的性格和所处情境，说出自己的话，丝毫不流露诗人自己的主观思想、情感和看法。这是文学创作的正确方法。但是，对于夸夸其谈的法国浪漫派青年作家们来说，这种作诗的正确方法却不适用。我所读到的他们的作品，无论是诗、小说，还是戏剧，都带着作者个人的色彩，使我忘记不了作者是巴黎人，是法国人。就连在处理外国题材时，他们也总是置身于巴黎和法国，完全囿于当前的一切愿望、希求、冲突和骚动情绪。"

---

① 德国迷信传说中鬼怪聚会处。

② 伊利里亚位于巴尔干半岛的西北部和亚得里亚海沿岸，这里的诗歌在形式上模仿南斯拉夫民歌。

③ 叙述一个老公爵在妻子遭受毁谤时却无法得到元老院的同情，于是转而同下层人民联合，准备推翻以他自己为首的威尼斯共和国，终因事机泄露而遭斩首。

我试探地问了一句："贝朗瑞是不是也只表达出伟大的首都的情况和他自己的内心生活？"

歌德回答说："贝朗瑞也是一个照这样去做的人，他的描绘和他的内心生活都是有价值的。在他身上可以发现一个重要人物所具有的价值。他是一个天资非常聪颖的人，坚定地依靠自己，全靠自己发展自己，自己和自己总是和谐的。他从来不问'什么才合时宜？什么才产生效果？怎样才会讨人喜欢？别人在干什么？'之类问题，然后相机行事。他总是按照自己本来的天性我行我素，不操心去揣摩群众期待什么，或这派那派期待什么。当然，在某些令人忧虑的时期，他也倾听人民的情绪、愿望和需要，但是他这样做，只是为了坚定自己的信心，因为他心里明白，他的内心活动和人民的内心活动总是和谐一致的。他只说出自己的心里话，从来不会受人引诱说出违心的话。"

歌德接着说："你知道，总的说来我不喜欢所谓的政治诗；但是我喜欢贝朗瑞创作的那些政治诗。他的政治诗没有一首是凭空捏造的，没有一首是出自虚构的或想象的旨趣，他从来不无的放矢，他的主题总是十分明确而且有重要意义的。他对拿破仑的爱戴和推重以及对在其领导下发生的那些伟大的战役的追念，对当时有点受压迫的法国人民来说是一种安慰。此外，他痛恨僧侣统治，痛恨天主教耶稣会教徒，因为要是他们重新得势，就会把法国推回到黑暗的时代。对这样一些主题，我们不能不表示完全赞同。而且他的每一次处理是多么高明啊！他在自己的内心里把题材反复琢磨，使之圆满，然后才把它表达出来！一切都已酝酿成熟了，等到写作，哪一步不表现出机智、幽默、讽刺和揶揄，而又一往情深、天真雅致啊！他的诗歌每年都要使几百万人变成快乐的人；对劳工大众来说，他的诗歌也是有口皆碑的。不仅如此，他的诗歌大大地超出寻常的水平，以至人民在和这些爽朗欢畅的精神打交道时耳濡目染，在思想方面也势必比以前更美好、更高尚了。这还不够吗？对一个诗人，还能有比这更好的颂扬吗？"

我回答说："毫无疑问，贝朗瑞是位杰出的诗人。您也知道，我多年来一直爱好他的诗。您也会想到，听到您高度评价他的那些话，我是多么愉快。不过要是您问我比较喜爱他的哪一类诗，那么我会告诉您，我喜爱他的情诗胜过喜爱他的政治诗，因为我对他的政治诗专门涉及和暗示的事情总是不大清楚。”

歌德回答说：“那是你的事情，那些政治诗根本不是为你写的。你该问问法国人，他们会告诉你那些政治诗究竟好在哪里。一般说来，在最好的情况下，政治诗只应看作一个民族的喉舌，而在大多数情况下，它只是某一党派的喉舌。但是，政治诗如果写得好，那么无论是一个民族还是一个政党都会热情地接受它。此外，政治诗始终只是某种社会情况的产物，这种社会情况当然是暂时的，随着它的消逝，政治诗在题材方面的价值也就随之消逝。顺便提一下，贝朗瑞有好的创作条件！巴黎就是法国。他的伟大祖国的一切重要的旨趣都集中在首都，都在首都获得生命和反响。他的大部分政治诗不应只看作某一党派的喉舌，确切地说，他所反对的那些东西大半都有普遍的全国性的意义，所以这位诗人几乎总是被法国人民视为伟大的人民之声而加以倾听。在我们德国这里，这一点却办不到。我们没有一个都城，甚至没有一块国土，可以让我们明确地说：这就是德国！如果我们在维也纳问这是哪一国，回答是：这是奥地利！如果在柏林提这个问题，回答是：这是普鲁士！仅仅十六年前，当我们最终想摆脱法国人的时候，到处都是德国。在这里，一位政治诗人也许会起普遍的影响。可是当时并不需要他的影响。普遍的穷困和普遍的耻辱感像恶魔一样抓住整个民族；诗人所能点燃的精神烈火到处都在自发地燃烧。不过我不想否认阿恩特[①]、克尔纳[②]和吕克特[③]当时发

---

① 阿恩特（Ernst Moritz Arndt，1769—1860），德国爱国主义作家，著有《时代精神》（1806—1818），号召人们反抗拿破仑的异族统治，并严厉批判德国的封建制度。

② 克尔纳于 1813 年志愿从军参加反拿破仑民族解放战争，其诗作富有激情和青春活力，曾极大地激励了全国人民的爱国热情。

③ 吕克特著有《顶盔带甲的十四行诗》（1814），颂扬 1813 年反拿破仑民族解放战争，抒发作者的爱国主义情怀。

生过一点影响。”

我无心中对歌德说：“人们责备您，说您当时没有拿起武器，至少是没有以诗人的身份参加反拿破仑的民族解放战争。”

歌德回答说：“我的好朋友，我们不谈这点吧！这个世界很荒谬，它不知道它需要的是什么，人们得让它说话和自便。我没有仇恨，怎么会拿起武器呢？我当时已不是青年，心里怎么能燃起仇恨？如果我在二十岁时碰上那次事件①，那么我肯定不会是最差的人，可是我当时已年过六十啦。”

歌德接着说：“此外，我们也不能以同样的方式为祖国服务，每个人应该按照自己的天赋尽自己的最大努力。我辛辛苦苦工作了半个世纪，也够累了。我可以说，大自然分配给我的那份日常工作②，我都夜以继日地在干，从来不让自己休息一下，总是努力做研究，尽可能多做而且做好。如果每个人都可以对自己这样说，一切事情也就会很好了。”

我用劝慰的口气回答说：“其实您用不着为那种责备烦恼，相反，您应该引以为荣。因为人们之所以责备您，是由于他们很看重您，是由于您为自己民族的文化所做的事比任何人都多，于是就希望什么事最后都要归您做了。”

歌德回答说：“我不愿把自己的想法说出来。那些流言蜚语的后面隐藏着比你所知道的更多的恶意。我觉得这些流言蜚语是人们多年来迫害我和中伤我的那种旧仇恨的一种新形式。我很清楚，我是许多人的眼中钉，他们很想把我拔掉。由于他们无法剥夺我的才能，于是就想攻击我的品行。他们时而说我骄傲，时而说我自私，时而说我妒忌有才能的青年作家，时而说我沉溺于肉欲，时而说我不信基督教，现在又说我不爱祖国和同胞。你认识我已多年了，对我非常熟悉，总该认识到这些流言蜚语意味着什么。不过如果你想了解我所

---

① 指拿破仑攻克柏林、占领德国后，德国各地自发的解放斗争。

② 指诗歌创作。

遭受的痛苦，请读一读我的《克塞尼恩》[①]，从我的回击中你就会认识到人们试图轮流使我失去生活的乐趣。”

歌德接着说：“一个德国作家就是一个德国殉道者啊！是啊，我的好朋友，你不会发现情况不是这样。我自己对这种情况几乎没有什么抱怨；所有其他作家的遭遇也并不比我好，大多数作家的遭遇甚至比我的还要坏。在英国和法国，情况也和我们德国一样。莫里哀曾备受痛苦，卢梭和伏尔泰什么冤屈没有受过！拜伦由于遭到利嘴毒舌的人们的诽谤而被赶出英国，要不是早逝使他摆脱了市侩们及其仇恨，他最后还会逃到天涯海角去呢。

“如果只有心地狭窄的群众才迫害高尚的人物，那还算好！不，有才能的人往往互相倾轧。例如普拉滕和海涅就互相毁谤，互相设法把对方弄成可恨的坏人。[②] 不过由于这世界非常广阔，有足够的地方让人们无忧无虑地过日子和工作，所以大家大可和平相处，而且每个人在自己才能范围里都有一个够使他感到麻烦的敌人。[③]

“仿佛我的任务就是坐在书房里写战歌！如果我在夜里走出营房，听到敌人前哨阵地的战马嘶鸣，那么我也会乐于写战歌。不过这并不是我的生活和任务，这是特奥多尔·克尔纳的生活和任务。他的战歌跟他的身份完全相称。可是我生性并不好战，也没有战斗的情感，战歌只会是和我这副面孔很不相称的假面具。

“我写诗从来不装腔作势。凡是我没有经历过的东西，凡是我认为并非燃眉之急的东西，我从来就不用写诗来表达它。只有当我爱着一个女人的时候，我才写情诗。我没有仇恨，怎么会写出表达仇恨的诗歌呢？在咱俩之间说说，我并不仇恨法国人，尽管在德国摆脱了法国人统治时，我曾感谢上帝。对我来说，只有文化和野蛮是两件重要的事情，法国人是世界上最有教养的民族之一，我自己的文化教养

---

① 即《讽刺短诗》，1795 年跟席勒合写。这部讽刺短诗集是歌德对他的批评者的回击。

② 普拉滕发表过《浪漫的俄狄浦斯》一文讥诮海涅，海涅也出版《旅行记》一书进行反击。

③ 指每个诗人都有够大的困难要克服。

大半要归功于法国人,对这样一个民族我怎么恨得起来呢?”

歌德接着说:“一般说来,民族仇恨有些奇怪。你会发现在文化水平最低的地方,民族仇恨最强烈。但是也有一种文化水平,在这个时候,民族仇恨完全消失,人们在某种程度上站在超民族的地位,把邻国人民的哀乐看成自己的哀乐。这种文化发展阶段适合于我的性格。我在六十岁之前,就早已坚定地站在这种文化水平上面了。”

▼ 1830年3月15日　星期一

今晚在歌德家里待了一会儿。他详细地谈到耶拿,谈到他在耶拿大学各部门中所促成和改进的那些公共设施。过去,化学、植物学和矿物学属于药剂学,如今他把它们变为特殊的讲座。特别值得一提的是,他为自然科学博物馆和图书馆的建设做出了巨大的贡献。

他趁此机会再次自鸣得意地、兴致勃勃地讲述了一个他亲身经历的故事:他用突然袭击的方法占领了紧靠着图书馆的一个大厅,这大厅被医学系占用,可是它不想把这大厅交出来。

歌德说:“图书馆的情况很坏。这地方不仅狭窄,而且潮湿,根本不宜于存放图书馆的珍藏,特别是大公爵卡尔·奥古斯特买下了毕特纳[①]的图书馆,又给耶拿大学图书馆增添了一千三百册书。我刚才说过,由于缺少空间,这一千三百册书没有合适的地方可放,只好大堆大堆地乱放在地上。在这种情况下,我的确有些着急。人们本该新建一座图书馆,但是缺少资金;其实,也用不着新建一座图书馆,因为紧靠图书馆的那个大厅是空着的,完全能够满足我们的一切需要。可惜这个大厅不是图书馆的,而是医学系的,医科大学生们把它用来开会。于是我非常客气地求助于这些先生,希望他们把这个大厅转

---

① 毕特纳(Christian Wilhelm Büttner,1716—1801),哥廷根大学哲学系教授,后迁居耶拿,死后他的图书馆由魏玛大公爵收购。

让给图书馆。可是这些先生并不同意。最后,他们终于让步了,条件是我得为他们新建一个用于开会的大厅,而且马上就建。我回答他们,我答应为他们安排另一个地方,但是不答应马上为他们新建一个大厅。可是我的这个回答他们似乎并不满意,因为第二天上午我派人去向他们要钥匙的时候,回答是:钥匙找不到了。

"我别无他法,只好断然采取措施。我让人找来一个泥瓦工,把他领进图书馆,让他站到隔壁那个大厅的墙前面。然后我对这位泥瓦工说:'我的朋友,这堵墙想必很厚,因为它把两部分房间分隔开了。你试一试吧,检查一下它到底有多厚。'那位泥瓦工开始动手,他刚刚使劲地敲了五至六下,墙上的石灰和砖头就掉了下来,透过墙上出现的裂缝,我看到了一些做装饰用的使人敬畏的假发在闪闪发光。我说:'我的朋友,继续干吧,光线还不够明亮。你别拘束,就像在你自己家里一样。'我这句友好的话极大地鼓舞了他,墙上的裂缝越来越大,完全可以当门使用了。接着,我的图书管理员们挤入大厅,每个人的手上抱满了书,他们把手上的书作为占领的标记扔到地上。顷刻间,大厅里的长凳、椅子和斜面书桌消失了,我忠实可靠的朋友们迅速行动,大干特干,只在几天的时间里就把全部的书上架入柜,整整齐齐地摆放在墙边。此后不久,当医学系的那些先生成群结队地通过他们惯常走的门进入大厅的时候,个个都惊呆了,万万想不到这里发生了如此大的变化。他们不知道该说些什么,然后又悄悄地退了出去。不过他们暗中对我怀恨在心。但是,当我分别看到他们,特别是当我看到他们当中的某一个和我同桌用餐的时候,他们都很可爱,而且把我看成他们的挚友。当我把这次冒险的经验告诉给大公爵的时候,他开怀大笑。其实,这次冒险行动是得到了他的默许和完全赞同的。后来,当我们提起这件事的时候,我们也都笑了。"

每当歌德回忆起这些往事的时候,他总是心情愉快,神采奕奕。他接着说:"是啊,我的朋友,为了使好事得以实现,需要费尽心机。后来,由于图书馆很潮湿,需要拆除那座完全无用的旧城墙的有害部分时，我的遭遇也好不了多少。我的那些请求、好的理由和合理的意见，没有人愿意听。我别无他法，只好强行把它拆除。当市政当局的那些老爷看到我的工人们出现在旧城墙边，准备动手拆除它的有害部分时，他们派了一个代表团去找当时住在多恩堡的大公爵，卑躬屈膝地请求这位殿下开恩，下令禁止工人们强行拆除他们那座令人崇敬的旧城墙。可是大公爵——顺便提一下，他也暗中支持我采取这一步骤——非常英明地回答说：'我不干预歌德的事情。他知道他该做些什么，他得看到他如何胜任自己的工作。要是你们有胆量，就到他那里去，亲自对他说你们的要求吧！'"

歌德笑着补充说："可是谁也不敢到我这里来，我继续让工人们拆除那座挡住我的去路的旧城墙。我感到高兴的是，我的图书馆终于干燥了。"

▼ 1830 年 3 月 17 日　星期三*

晚上在歌德家里待了几个小时。我受大公爵夫人的委托，把博恩豪塞[①]的悲剧作品《艺术精华》带还给他。我把我所考虑到的这部剧本的所有优点告诉了他。他回答说："我每逢看到这部有独创性的、带有天才特征的作品，总感到高兴。"接着，他用双手捧着这部剧本，稍微斜着眼看了一下，补充说："不过，当我看到剧作家们把剧本写得太长，而且要照样上演，我总感到不能忍受。这个缺陷打消了我在其他情况下可能感受到的乐趣的一半。您瞧瞧，《艺术精华》这部剧本多么厚呀！"

我回答说："席勒在这一点上也不见得就好得多，可他毕竟是一位伟大的剧作家。"

① 博恩豪塞（Thomas Bornhauser，1799—1854），瑞士剧作家。

歌德说:“席勒当然也有这个缺点,特别是他的早期剧本。当时他正年轻力壮,写起来总是没完没了,他心里要说的话太多,以至于失去控制。后来他意识到了这个缺点,尽力通过学习和工作克服它,可是从来没有完全成功。恰如其分地驾驭题材,和它保持一定距离,专心一意考虑绝对必要的东西,这当然需要诗的巨人付出所有的力量,而且比一般人所想象的要难些。”

内廷参事里默尔让人为自己通报,随后走了进来。我准备告辞,因为我知道,和往常一样,今晚歌德要和里默尔一起工作。可是歌德要求我留下,我欣然听命,因此我目睹了歌德的一次纵情畅谈,其中充满着讽刺和摩非斯特式的情绪。

歌德开头说:“索莫林①就这样死啦,还不到区区七十五岁哩。这些人多么无赖,他们没有勇气多活几年!在这点上,我赞扬我的朋友边沁,那个非常过激的傻瓜;他保养得好,比我还大几个星期哩。”

我反驳说:“还可以补充一点,在另外一点上,他可以和您媲美,因为他还一直像青年人一样全力以赴地工作。”

歌德说:“那倒是,可是我和边沁处在一条链子的相反的两端;他要拆毁房屋,而我想保住和建造房屋。他到了这个岁数还要当过激派,这简直疯狂透顶。”

我反驳说:“我认为必须区分两种过激主义。一种过激主义是为了建设未来,事先需要打扫场地,拆除一切;另一种过激主义却满足于指出国家行政机构的缺点和错误,希望不用暴力手段就可以获得好处。假如您生在英国,您肯定不会反对这第二种过激主义。”

这时歌德完全表现出他的摩非斯特式的表情和声调,反驳说:“您把我当作什么人?您以为我会去侦查滥用职权,甚至揭露和说出它们吗?我在英国会靠滥用职权过活吗?假如我生在英国,我会成为一个富有的公爵,或者更确切地说,成为领三万英镑年俸的主教。”

---

① 索莫林(Samuel Thomas von Sommering,1755—1830),魏玛的医生,歌德的朋友,对歌德发现颌间骨起过促进作用。

我反驳说:“那倒顶美。不过,要是您碰巧抽到的不是头彩,而是一个空签,怎么办?有非常非常多的空签。”

歌德说:“我的老好人呀,不是每一个人都能中头彩的。您以为我那样傻,只能抽到空签吗?我首先会抽《三十九条信纲》[①],我会全方位地捍卫它们,尤其是第九条[②];我认为第九条特别值得注意,我会虔诚地遵守它。我会在诗歌和散文里长时间喋喋不休地撒谎欺骗,以免拿不到我的三万英镑年俸。然后,一旦达到了这个高位,我会不遗余力地保住它。我特别要尽一切可能,使蒙昧无知产生的黑暗变得更加黑暗。啊,我会哄骗善良但是头脑简单的群众,让我殴打可爱的青少年学生,以便没有人会察觉到我是靠最无耻的滥用职权飞黄腾达的,纵使察觉到,也不敢说出来。”

我回答说:“就您来说,您是凭出色的才能达到这样的高位的,这至少是一种慰藉;但是在英国,往往正是最昏庸无能的人才享受最高的尘世荣华富贵。他们不是靠自己的功绩,而是凭庇护,碰运气,特别是凭家庭出身。”

歌德说:“一个人是通过自己的掠夺还是通过继承遗产获得尘世荣华富贵,事实上都是一样。最初的财产占有者都还是具有突出才能的人,他们利用别人的愚昧和弱点。这个世界里充满着头脑简单的人和傻瓜,用不着到疯人院里去找。这令我想起一件事:已故的大公爵知道我讨厌疯人院,当时,他用诡计和突然袭击,想把我带到疯人院里去看一看。但是我及时地觉察到不妙,就告诉他:‘我根本没有感到需要去看关起来的疯人,况且,在世间自由闲逛的疯人我已经完全看够了。如果有必要,我非常愿意跟随殿下下地狱,但就是不愿进疯人院。’

“哼!要是我能以自己的方式处理那三十九条,让头脑单纯的群众大吃一惊,我会感到多么开心哟!”

---

① 英格兰圣公会的教义声明,与《公祷书》一起是圣公会崇拜礼仪和教义的依据。
② 涉及亚当和夏娃偷食了禁果,因而犯下的原始罪孽。

我说："即使不当主教，您照样可以开这个玩笑。"

歌德回答说："不，我会采取安静的态度；要我撒弥天大谎，得给我很高的报酬。如果没有希望戴上主教的帽子和拿到我的三万英镑年俸，我是不会说谎的。顺便提一下，我早就做了这类的小小尝试。当我还是一个十六岁的男孩时，我写了首关于基督下地狱的热情奔放的诗，这首诗甚至被印刷出版，可是当时我并不知道。只是在这几天它又到了我的手里。这首诗充满了对正教的偏见，对我来说，它是我进入天堂的极好的护照。里默尔，您知道这首诗吗？"

里默尔回答说："不，我不知道。但是我想起来，您在我来魏玛后的头一年里得了重病，您在高烧中说胡话的时候，突然背诵了关于基督下地狱的那些极美的诗句。毫无疑问，这是您对少年时写的那首诗的回忆。"

歌德说："这事是很可能的。我告诉您我所知道的一件事：从前，有一位出身低微的老人，在奄奄一息的时候，非常出乎意料地背诵了那些最优美的希腊格言。人们完全相信，这位老人根本不懂希腊语，于是连声喊这真了不起。更有甚者，那些聪明的人开始从这些傻瓜的这种轻信中谋取利益，他们自称偏偏发现了那位老人在其少年时期被迫背诵各种各样的希腊格言，而且有一个出身高贵的男孩在场，人们希望用他的榜样激励后者。的确，这位老人在其少年时期曾经完全机械式地学习了那种真正古典的希腊语，但是并没有理解它。而且五十年来他不再想到它，直到他最后一次生病的时候，那些像废物一样的语句突然又开始活动和灵活起来了。"

接着歌德用同样恶毒的讽刺口吻再次谈到英国高级僧侣的巨额薪金，还讲述了他和英国德比郡主教布里斯托勋爵的一次奇遇[①]。

歌德说："布里斯托勋爵路过耶拿，想和我结识，邀我在一天晚上去见他。他这人有时爱要点粗野，但是你如果用同样的粗野回敬他，

① 1797年，歌德和布里斯托勋爵（Lord Bristol，Bischof von Derby，1730—1803）在耶拿奇遇。

他就驯良起来了。在我们交谈的过程中,他就《维特》向我说教起来,规劝我不要用《维特》诱使人们去自杀。他说:'《维特》是一部极不道德和该受谴责的书。'我高声对他说:'住嘴!你对这部可怜的《维特》竟说出这样的话来。这世间有些大人物,他们大笔一挥就把十万人送到战场,其中有八万人被怂恿自杀、相互谋杀、放火和劫掠,试问,你对这些大人物该怎么说呢?在看到这些残暴行为之后,你却感谢上帝,唱起了感恩赞美诗合唱歌曲。此外,你还用地狱惩罚的恐怖来说教,吓唬你的教区里那些孱弱可怜的人,弄得他们失去理智,最后只好在疯人院里过一辈子愁惨生活!不仅如此,你还用你的某些正统的、在理性面前站不住脚的教义,在你的基督教听众的灵魂里播下怀疑的败坏道德的种子,迫使这些半强半弱的灵魂堕入迷途,除了死以外找不到出路!对于这一切,你对自己该怎么说,你将对自己发表什么样的惩罚演说呢?现在你却要追究一个作家的责任,想诅咒一部被某些心地狭窄的人曲解了的作品,而这部作品至多也不过使这个世界摆脱了十来个毫无用处的蠢人,他们压根儿不会做更好的事,只好吹灭自己的一点点生命之光的残焰①。我想,我为人类立了一个大功,值得你感谢。可是,你现在竟想把我这点好的战功说成罪行,而你们这批僧侣和王侯却容许自己犯那样严重的罪行!'

"这场出击对我们的主教产生了顶好的效果。他变得像绵羊一样驯良,从此在我们的继续交谈中对我彬彬有礼,变得规规矩矩的了。当晚我和他处得很好。布里斯托勋爵尽管粗野,但也是一个谙达世情的人,完全能够处理各种各样的问题。我和他告别的时候,他送了我一段路,然后又让他的修道院院长继续送我。当我和这位修道院院长走到大街上的时候,他大声向我说:'呵!歌德先生,您说得多妙,叫勋爵多高兴啊!您懂得找到他的心路的妙诀。要是您说得稍微委婉一点、软弱一点,您访问完回家时肯定不会像现在这样满

---

① 《少年维特之烦恼》出版后,欧洲有一些青年模仿维特,自杀成风,歌德认为这是一些对社会毫无用处的蠢人。

意了。’”

我补充说：“为了您的《维特》，您曾忍受各种各样的痛苦。您和布里斯托的奇遇令我想起您和拿破仑关于《维特》的谈话。当时塔列朗[①]也在场，是不是？”

歌德回答说：“他也在场。不过对于拿破仑，我没有什么可埋怨的。他对我非常友好，他对这个问题的处理，就像人们所期待的一位具有伟大精神的人物所做的那样。”

话题由《维特》转到一般的小说和剧本及其对读者和观众产生的有道德的或不道德的影响。歌德说：“如果一部书比生活本身所产生的道德影响更坏，这想必是不妙的；生活本身每天都出现大量骇人听闻的场面，我们看不到，但是能听到。就连对于儿童，人们也无须过分担心一部书或剧本对儿童的影响。我已说过，日常生活比一部最有影响的书所起的教育作用更大。”

我补充说：“不过，对于孩子们我们应该尽量小心，当他们在场的时候，千万不要讲那些不该让他们听到的事情。”

歌德回答说：“您的意见很值得称赞，我也是这么做的。不过我认为这种小心谨慎完全没有必要。孩子们像狗一样有一种非常敏锐的嗅觉，他们能发现和嗅出一切，特别是坏东西。他们也一向非常清楚地知道，这个或那个家庭常客对他们的父母感觉如何；由于他们通常还不搞伪装，所以他们可以作为极好的晴雨表，通过他们可以测知他们的父母对我们友好或不满的程度。

“从前，有人在社交界说我的坏话，我感到这件事对我非同小可，所以我必须打听清楚，这阵歪风是从哪里刮来的。一般说来，此地的人对我极其友好；我想来想去，就是弄不明白，那些恶意的流言蜚语出自谁之口。突然，我恍然大悟了。有一天，我在街上遇见了我的熟人的几个小男孩，他们没有像平时那样叫我。对我来说，这就够了。

---

① 塔列朗（Charles Maurice de Talleyrand，1754—1838），拿破仑时代的外交家，在其《回忆录》里约略提到1808年拿破仑和歌德在埃尔富特的会晤。

我根据这个线索很快就发现,原来是他们可爱的父母以这种恶劣的方式发动了对我的恶毒攻击。”

▼ 1830 年 3 月 29 日　星期一*

晚上在歌德家待了一会儿。他看上去很平静、很快活,态度非常温和。我发现他为他的孙子沃尔夫、伯爵夫人卡罗琳·埃格洛夫斯坦因——他的亲密女友——所包围。沃尔夫给他亲爱的祖父制造了许多麻烦,在他身上爬来爬去,一会儿坐在左肩上,一会儿坐在右肩上。歌德以极大的抚爱忍受住这一切,尽管在他这个岁数,一个十岁男孩的重量是令人厌烦的。伯爵夫人说:“亲爱的沃尔夫,别这样残酷地折磨你可爱的祖父!你会把他压得疲惫不堪的。”沃尔夫回答说:“这事用不着你担心,我们很快就去睡觉,到那时祖父会有时间从这种劳累中重新完全恢复过来的。”歌德说:“您瞧,爱总是天生有一点儿不知羞耻。”

话题转到坎佩[①]及其儿童读物。歌德说:“在我的一生中,我和坎佩只有两次会见。时隔四十年之后,我在卡尔斯巴德最后一次见到他。我发现当时他已经很老,干瘪、呆板和慎重。他一生只为儿童写作,我却压根儿不为儿童写作,甚至不为二十岁的大儿童写作。为此他对我不能忍受。他把我看成他的眼中刺、绊脚石,尽量避免和我见面。可是有一天,完全出乎他的意料,命运把我带到了他的身边,他只好对我说了几句话。他说:‘我佩服您的才智和各种能力;您在不同的学科里都达到了一种惊人的高度。但是您知道,这一切和我毫无关系,别人重视的事情我根本不重视。’这种有点儿不礼貌的坦率丝毫没有使我恼火,相反,我深切地对他表示感谢。实际上我认为坎

① 坎佩(Joachim Heinrich Campe,1746—1818),德国教育家、青少年读物作家。

佩是一个举足轻重的人物。他为儿童提供了难以相信的帮助。他令儿童着迷,几乎可以说是他们的福音。只是有两篇或三篇非常恐怖的故事,他不仅写得不熟练,而且把它们收入他的儿童故事集,对此我不得不稍许批评他。为什么要让儿童那快活的、生气勃勃的和纯洁的幻想力承受如此恐怖的印象呢！这是完全没有必要的!”

▼ 1830 年 4 月 5 日　星期一

众所周知,歌德不喜欢眼镜。

他一有机会就对我说:“这可能是我的一个怪癖。但是我怎么也克服不了它。每当鼻子上戴着眼镜的陌生人到我这儿来,我就马上情绪不佳,无法控制住自己。我感到很不自在,以至我的大部分欢心顿时消失。我的思想非常混乱,以至我的内心再也无法无拘束地和自然地发展。我总有这样一种印象,仿佛一个陌生人初次向我问候时就辱骂我。由于我多年来发表诗作,声明我多么讨厌眼镜,所以当我看到戴眼镜的人的时候,这种被辱骂的感觉更加强烈。当我看到戴眼镜的陌生人的时候,我马上就想:他没有读过你最近的那些诗,或者他读过,他了解你的特性,并把它置之度外——这就更糟糕了。唯一不让我讨厌的戴眼镜的人是泽尔特;所有其他戴眼镜的人我都讨厌。我总觉得我似乎成了这些陌生人仔细研究的对象,仿佛他们想用他们武装起来的目光渗入我最隐蔽的内心世界,洞察我这张老脸的每一条细小的皱纹。可是当他们试图以这种方式与我认识的时候,我们之间的所有合理的平等关系就受到了妨害,因为我在这种情况下受到了损失,而他们却没有受到任何损失。试问,要是我和某人交谈时不敢正视他,他的心灵的镜子被两片使我眼花的玻璃掩盖着,我怎么会高兴起来呢?”

我回答说:“我听人说,戴眼镜会使人变得自负,因为眼镜把人提高到感官完美的阶段，这种感观完美远远超过人天生具有的能力，以至人在最后不知不觉地产生错觉，仿佛这种人为的（借助眼镜达到的）能力就是人天生具有的能力。”

歌德说：“你的这个意见很重要，它似乎来源于一位博物学家。可是严格地说，这个意见是站不住脚的。因为如果真是这样，那么所有的盲人想必是非常谦虚的人，相反，所有生来具有一双极好的眼睛的人想必是狂妄自大的。可是事情完全不是这样；相反，我们发现，所有身心自然健康的人通常是最谦虚的人，与此相反，所有精神特别颠倒的人往往是最自负的人。这似乎是大自然的合理安排，它把傲慢与自负作为起调解作用的平衡手段和补充手段给了那些在天资方面吃亏的人。

“此外，谦虚与傲慢纯粹是道德和精神方面的事情，所以它们与身体并无多大关系。目光短浅的人和思想模糊的人往往傲慢自负；而思想明确的人和天资高的人则从来不自负。对后者来说，他们对自己的力量充满信心；可是由于这种力量是真正的力量，所以这种感觉压根儿不是自负。”

我们还聊了其他的一些事情，最后又回到了歌德的儿媳主持的魏玛杂志《混乱》上。为这个杂志撰稿的人，不仅有本地德国的先生们和女士们，还有主要是居住在魏玛的年轻的英国人和法国人以及其他的外国人。正是由于这个缘故，几乎每一期的语言都是欧洲各种最为人们所熟悉的语言的混合。

歌德说：“我的儿媳毕竟做了一件好事。我们应该表扬和感激她，因为她办了这份别具一格的杂志，使我们的社交圈子的某些成员始终激动不已。这份杂志不久就出版一年了。当然，它只是外行人的一种业余爱好活动。我清楚地知道，参加这种活动的人根本写不出伟大和隽永的作品。不过这种业余爱好毕竟是好的，它在某种程度上反映了我们当今魏玛社会的思想水平。此外，最重要的是，它让我们的年轻的先生们和女士们——他们往往茫无头绪，不知从何着手——有事可做。他们通过这份杂志也可以获得一种精神的中心，这中心为他们提供讨论和交谈的对象，从而保护他们不遭受毫无价值的和空洞无物的背后议论。我每期都读，只要它刚刚印出来。我可以说，总的说来，我还没有发现任何拙于言辞的东西，相反，其中的某些作品甚至写得相当好。例如，贝希托尔斯海姆夫人为大公爵的母亲之死创作的那首哀歌，你能说写得不好吗？这难道不是一首很好的诗吗？我唯一要对这首诗和我们年轻的女士们和先生们的大多数诗说的，大致是这样：他们的诗就像是一些汁液太多的树，抽出大量寄生的新芽；换句话说，他们的诗具有过多的思想和感受，但是他们控制不住它们，以至不懂得保持在一定限度内，不懂得在写得好的时候停止写作。这个缺点贝希托尔斯海姆夫人也无法避免。为了保持押韵，她加上了另外一行诗，这行诗不仅给整首诗带来巨大的害处，甚至在某种程度上毁了它。我在她的手稿里发现了这个缺点，并及时地把它消除。”

歌德笑着补充说：“为了懂得删除，人们必须是个老手。席勒在这方面特别有名。有一次，我有机会看到他编辑他的《文艺年鉴》，将一首由二十二节组成的浮夸的诗削减到七节，通过这次成功的手术，整首诗非但没有遭到损失，相反，这七节诗还包含了那二十二节诗的所有好的和有效的思想。”

▼ 1830 年 4 月 19 日　星期一*

歌德向我讲述了今天来拜访他的两个俄罗斯人。他说：“总的说来，这两个俄国人相当漂亮，不过我觉得其中的一个并不可爱，因为他在整个拜访过程中一言不发。他进来时默默地向我鞠躬致意，在场期间紧闭着嘴，半小时之后默默地向我鞠躬告别。好像他来的目的只是为了细细观察我。当我坐在他们对面时，他一直盯着我。这使我感到厌烦。我为什么要喋喋不休地向他们讲述我刚刚考虑到的那些最了不起的事情呢？我猜想，恰恰是在当天，我把北美合众国作为谈话的题目，我以最轻率的方式处理这个题目，说了一些我知道的和不知道的事情。而这个题目，我的两个外国朋友似乎很感兴趣，因为他们离开我的时候，看样子很不满意。”

▼ 1830 年 4 月 22 日　星期四*

在歌德家吃饭。歌德的儿媳在场，使谈话的气氛活跃起来。可是谈话的内容我只记住一点或者什么也没有记住。

在吃饭的时候，一位旅行经过的外地人让人为自己通报，他说，他没有时间在此逗留，明天一早就得重新动身。歌德让人告诉这位客人，他很抱歉，今天不能接见任何人，也许明天中午可以。他笑着补充说：“我想，这就够了。”但是与此同时，他答应他的儿媳，饭后他期待着她介绍来的那位年轻的赫宁[①]的光临。歌德之所以这样做，是考虑到他那双和他的母亲一样的褐色眼睛。

▼ 1830 年 5 月 12 日　星期三*

在歌德的窗前立着一尊矮小的摩西青铜像，这是米开朗琪罗的著名原作的一件仿制品。我觉得双臂和身体其余部位相比显得太长和太强健。我向歌德坦率地表达了这个意见。

他热烈地大声说：“可是写有‘十诫’的那两块石板非常厚实，您以为抬起它们是一件小事吗？此外，您相信有权指挥和驯服犹太人

---

① 赫宁（Leopold von Henning，1791—1866），柏林的哲学家，他在自己的讲课中支持歌德的学说。

大军的摩西能够满足于完全平常的双臂吗?”

歌德一边说一边笑,以至于我不知道是我的不对呢,还是歌德为捍卫他的艺术家,只不过是在开玩笑。

▼ 1830年8月2日 星期一*

已掀起的七月革命的消息今天传到魏玛,使所有的人兴奋不已。今天下午我去看歌德,一进门他就大声问我:“您对这次伟大事件是怎么想的?火山终于爆发啦,一切都在燃烧,从此再不会有关着门谈判的情况啦!”

我回答说:“一件可怕的意外的事!不过,在尽人皆知的情况下,我们还能指望什么呢?”

歌德说:“我的好朋友,我们似乎在这个问题上意见不一致,我说的压根儿不是那伙人,而完全是另一回事。我说的是,居维叶和乔弗列之间对科学极为重要的争论在法国科学院已经公开化啦①。”

歌德的这个意见完全出乎我的意料,所以我不知说什么好,以致在几分钟的时间里,我感到我的思想完全停顿了。

歌德接着说:“这件事非常重要。您无法理解,我听到7月19日会议②的消息时是多么激动。我们现在发现乔弗列长久以来就是我们的一位有力的同盟者。我同时也发现,法国科学界对这次会议是多么关心,因为尽管有这次可怕的政治骚动,7月19日的会议还是座无虚席。但最重要的一点是,乔弗列在法国倡导的研究的自然综合法今后再也不会被抛弃掉了。经过科学院里的这些自由讨论,又有广大群众的出席,这件事现在已经公开,它不再被移交给秘密委员

---

① 居维叶和乔弗列都是法国著名的解剖学家。从歌德的谈话看,前者用的是分析法,后者用的是综合法,而歌德一向主张用综合法,故欢呼后者的胜利。

② 指法国科学院会议。

会，关起门来把它取消和扼杀掉了。从现在起，在法国自然科学研究中，精神会驾驭物质了。我们可以洞察那些伟大的创造原则，洞察创世主的神秘车间！如果用分析法，我们只能研究物质的一些个别组成部分，而感觉不到精神的气息，因为正是精神给每一组成部分规定方向，用内在的规律去抑制或制裁每一种背离的行为；如果不是这样，那么还谈得上什么和自然打交道呢！

“五十年来，我一直在努力解决这个大问题。起初我是孤立无援的，后来才得到一些支持，最后，使我很高兴的是，在这个问题上，志同道合的人们已经青出于蓝而胜于蓝了。我记得，当我把我对颌间骨的最初的奇想寄给彼得·坎珀[①]的时候，他完全置之不理，这使人感到非常悲伤。布鲁门巴赫对我的态度也不见得更好，尽管他在私人交往方面站到我一边。但是后来，我争取到一些志同道合者，他们是：索莫林、奥肯、达尔顿、卡鲁斯和其他同样杰出的人物。现在，乔弗列又坚决地站在我们一边，和他一样的还有他所有著名的法国学生和追随者。对我来说，这一事件具有难以置信的价值。我有理由欢庆我毕生献身的、主要由我创始的事业最后取得普遍的胜利。”

▼ 1830年8月21日　星期六*

我向歌德推荐一个前途无量的年轻人。他答应为这个年轻人做点好事，可是似乎对他不怎么信任。

他说：“我一生为了提携年轻人花费了宝贵的时间和金钱。起初，我曾对两个有天赋的人抱有极大的希望，可是到头来这两个人一事无成，这是因为他们的热情和按这种方向工作的兴趣逐渐消失了。现在是你们较为年轻的人扮演资助者和担任我的角色的时候了。”

---

① 坎珀（Peter Camper，1722—1789），荷兰医生。

听到歌德的这个意见，我把青年人的容易迷惑人的诺言比作那样一些树，它们开双重的花，但不结果实。

▼ 1830年10月13日　星期三*

歌德让我看一些表格，他在上面用拉丁文和德语写上许多植物的名称，以便背下来。他对我说，他用这样的表格裱糊了一个房间，当他在房间里沿着墙壁走来走去的时候，就研究并学着背它们。他补充说："很遗憾，后来这些表格被粉刷了。我还有另外一个表格，上面写满我多年来按年代顺序记下的工作笔记，此外，我总是把新的事物补记在上面。可惜的是，这张表格也被粉刷了，我对此深感惋惜，因为恰恰是在现在，我多么需要它的帮助。"

▼ 1830年10月20日　星期三*

在歌德家待了将近一个小时。我受大公爵夫人的委托，与歌德商谈饰有纹章的银盾，因为太子——他是此地弓弩手协会的成员——要把它敬献给弓弩手协会。

很快，我们的话题转到其他事情上。歌德要求我说说对圣西门[①]这派人的看法。

我回答说："他们的学说的要点似乎是主张个人应为社会整体的幸福而工作，并且认为整体的幸福是个人幸福的绝对必要的条件。"

歌德说："我倒是认为，每个人应该先从他自己开始，先获得他自己的幸福；不容置疑，有了个人的幸福，最终会产生整体的幸福。顺

---

① 圣西门（Claude Henri Saint-Simon，1760—1825），法国空想社会主义者。

便提一下，我认为圣西门的学说完全不实际，是不可能实现的，因为它违反了自然和人性，也违反了一切经验和数千年来整个事态的发展过程。如果每个人只作为个人尽他的职责，在他最拿手的职业圈子里诚实而熟练地工作，那么整体的福利也会好起来。在我作为作家的职业中，我从来也不追问群众需要什么，不追问我怎样写作才对整体有利。相反，我一向致力于使自己变得更明智和更好一些，致力于提高自己的人格的内涵，然后把我认为是善的和真的东西表达出来。我当然不否认，这样工作会在广大人群中起到作用，产生有益的影响。不过这不是目的，而是必然的结果，就像自然力量的作用导致必然的结果一样。作为作家，我如果把广大群众的愿望当作我的目的，尽量加以满足，那么，我就得像已故的剧作家科策布那样，向他们讲趣闻逸事，并且戏弄他们。”

我说：“对此无可非议。不过，不仅有作为个人享有的幸福，而且有作为国家公民和全体人民的一员享有的幸福。如果不把达到全民族的最大幸福定为原则，那凭什么基础来制定法律呢？”

歌德回答说：“如果这是您的目的，我当然没有什么可反对的。不过在这种情况下，也只有极少数优选人物才能应用您的那条原则。那只会是为君主们和立法者们开的方剂。不过，我也认为，对于君主们和立法者们来说，法律与其说是像他们所标榜的那样带来幸福的总和，不如说是减少弊病的总和。”

我反驳说：“这两件事大致毕竟是一回事。举例来说，道路坏，我看就是一个大弊病。但是，如果王侯在他的国家里把好的道路一直修到最后的村里，那么他不仅消除了一个大弊病，而且同时也给人民带来一项大幸福。此外，司法程序的拖沓也是一个弊病，如果王侯通过官方的口头命令为他的人民制定快速有效的司法程序，他就不仅消除了一个大弊病，而且也带来一项大幸福。”

歌德打断我的话说：“用这个调门我可以为您吹出另一些歌来。不过我们希望把某些弊病不加暗示地留下，以便给人类留下施展他们的能力的机会。我的基本教义暂时归结为这几句话：做父亲的要照管好他的家，做手艺的要照管好他的顾客，僧侣们要照管好人们互相友爱，警察们不要扰乱我们的安乐！”

1831 年

▼ 1831 年 1 月 4 日　星期二*

我和歌德翻阅我的日内瓦朋友特普费尔①的几册素描画。特普费尔既是伟大的作家,也是伟大的造型艺术家。可是,直到现在,他似乎更喜欢用能见的形象,而不用粗略的话表达他的生动的思想观点。他所画的那册表现《浮士德博士的遇险》的轻松的钢笔画,完全给人一种滑稽小说的印象,特别受到歌德的喜爱。他边翻边说:"画得太好了!每一幅都闪耀着才能和精神!有几幅画简直不可超越!如果他将来选择一个不怎么轻佻的题目,稍许紧凑一些,那么他会画出异乎寻常的东西。"

我补充说:"有人把他和拉伯雷进行比较,而且指责他模仿后者,说他剽窃了后者的思想。"

歌德回答说:"这些人不知道他们想要什么。我完全没有发现这样的情况。相反,我认为特普费尔完全自力更生,是我所知道的非常富有独创性的人才。"

▼ 1831 年 1 月 17 日　星期一*

我发现柯德莱在歌德家观看建筑学的图样。我有一枚 1830 年

---

① 特普费尔(Rudolf Töpffer,1799—1846),瑞士画家和中篇小说家。

发行的铸有查理十世[①]肖像的五法郎硬币，我拿出来让他们看。歌德拿查理十世的尖脑袋开玩笑。他批评说："看来他很重视笃信宗教的机构，毫无疑问，他由于过分虔诚而无须赎罪。相反，我们却深深地陷入他的罪恶中，由于他的绝招，欧洲人很快又会不得安宁了。"

接着，我们谈到《红与黑》，歌德认为这是司汤达最好的作品。我补充说："不过我不能否认他的一些妇女形象浪漫气息太重。尽管如此，她们仍显示出作者的周密观察和对人物心理的深刻分析，所以我们对作者在细节方面的某些不符合事实的情况是可以宽恕的。"

▼ 1831年1月23日　星期日*

和太子在歌德家里。他的孙子们在玩变戏法，在这方面，瓦尔特非常熟练。歌德说："我一点儿也不反对，男孩子们在闲散无事的时间里是可以干这样的蠢事的。尤其是当一些小观众在场的时候，这是一种练习自由发言、获得身体和思想上的灵活敏捷的很好的手段，在这方面，我们德国人反正不会感到是多余的。当然，必要时还可能出现短暂的虚荣心，但是这个缺点由于这样的好处而完全抵消了。"

我补充说："另外，观众们也会抑制这样的感情冲动，因为他们通常会死死盯住这个小艺术家的手指，一旦发现他的过错，就会幸灾乐祸地讥笑他，并且当众揭露他的小秘密，使他感到烦恼。"

歌德说："孩子们就像演员一样，今天被观众喝彩，明天又被观众吹口哨起哄，一切因而又变得非常正常。"

---

① 查理十世（Charles X，1824—1830年在位），法国国王，推行反动内政，在七月革命中被推翻。

▼ 1831年3月10日　星期四*

今天中午，我在歌德家待了将近半个小时。我告诉他一个好消息：大公爵夫人决定给这里的剧院的领导赠一千塔勒，用以培养很有希望的年轻有为的演员。歌德一向关心剧院今后的发展，所以听到这个消息的时候显然很高兴。

另外，我还有一件事要和他商量，即大公爵夫人认为，如果当前德国最优秀的作家没有职务和财产，只得靠其才能的成果生活，她有意将其聘请到魏玛，让其处境无忧无虑，以便他找到应有的闲情逸致，使他的每一部作品达到尽善尽美的程度；在这里，他无须由于贫困而马虎、仓促地工作，而马虎、仓促地工作，是令人悲伤的事，不利于他自己的才能，也不利于文学。

歌德回答说："大公爵夫人的意图的确是高贵的，我佩服她的高尚信念；但是，我很难做出某种恰当的选择。现在，我们最杰出的人才已经受聘担任公职，领取养老金或拥有自己的财产，生活无忧无虑。也不是任何人都适合聘请到魏玛来，不是任何人都能从中得到好处的。不过我在这期间会时刻牢记大公爵夫人的高尚意图，注意观察，紧接着的几年会给我们带来何种好消息。"

▼ 1831年3月31日　星期四*

最近，歌德又大病复发，所以他只希望在家里看到最知己的朋友们。几个星期以前，医生吩咐要为他做静脉切开术。那时，他的右腿上出现病痛，最后通过脚上的一个伤口解除了他体内的疾病，他很快就康复了。最近几天以来，这个伤口已经完全愈合了，他又和从前一样兴高采烈、优美自如。

今天，大公爵夫人来看望他，返回的时候非常满意。她询问了他的健康状况，他非常彬彬有礼地回答说，他直到今天还没有感到痊愈，不过，她的光临让他重新感到康复的幸福。

▼ 1831年4月14日　星期四*

晚上在太子家里。一位在场的年纪较大的先生想起了歌德在魏玛的最初几年里的某些事情，他向我们讲述了以下很能说明歌德性格的故事。

他说："1784年，歌德在伊尔麦瑙矿井的开工典礼上发表了他的著名演说，应邀出席开工典礼的有来自城市和附近地区的所有官员和有兴趣者，我也有幸参加了。他似乎对演说成竹在胸，因为他有一阵子说得非常熟练而流利。可是突然间他似乎完全丧失了那种良好的精神状态，他的思路好像中断了，他似乎完全失去了对接下来要说的话的总揽能力。要是别人的话，这会造成非常尴尬的局面，可是歌德一点儿也没有感到尴尬。与此相反，他至少用了十分钟的时间，坚定而从容不迫地环顾众多听众，他们被他的人格力量吸引住了，以至于在这么长的、几乎是令人发笑的休息时间里每个听众都保持完全安静。终于他又驾驭他的题目，继续讲演下去，而且非常熟练和流利地把演说进行到底，毫无拘束，非常轻松愉快，仿佛什么也没有发生。"

▼ 1831年6月20日　星期一

今天下午在歌德家待了半个钟头，他还在吃饭。我们谈论自然科学的问题，特别谈到语言的不完善和不完备造成的错误和谬论的广泛流传，后来要克服这些错误和谬论就不大容易。

歌德说："问题本来很简单。一切语言都是从可想而知的人类需要、人类工作活动以及一般人的感觉和看法中产生的。如果一个高明的人对自然界的不可思议的作用产生预感和洞察，那么要表达这种与人类事务完全隔绝的情景，只用传统的语言就不够了。他必须使用一种精神的语言，才能充分地表达出他所特有的那种知觉。但是现在还找不到这种语言，所以他不得不用人们常用的表达手段来表达他所观察到的那些异常的自然关系，在这种情况下，他总是吃亏，换句话说，他要么贬低他的对象，要么甚至歪曲或损毁了它。"

我回答说："您这样说是有道理的，因为您观察事物时总是全神贯注，而且您对一切空话深恶痛绝，您对事物的真知灼见，总能找到最恰当的表达方式。不过我在想，我们德国人在这方面一般还是可以满意的。我们的语言非常丰富、完善，而且不断地进步，所以我们尽管偶尔也不得不使用比喻，但还算能接近本来需要表达的东西。法国人和我们相比在这方面很不利，他们往往用技术领域里的比喻来表达一种新观察到的、较高深的自然关系，结果不免偏于形骸和庸俗，不能表达出那较高深的见解。"

歌德插话说："从我新近知道的居维叶和乔弗列·德·圣希莱尔[①]两人之间的争论中，我可以看出你的这番话多么正确。乔弗列的确是个人物，他对自然界的精神统治和活动确实有一种高明见解，但是他不得不用传统的表达手段，他的法文完全不中用了。这不仅对不可思议的精神对象和关系是如此，就连对完全可以眼见的有形的对象和关系也是如此。他要是想表达一种有机物的个别部分，他只能使用表达物质形体的词汇，例如他要想表达各种骨骼作为形成胳臂这种有机整体的同质部分，只得用表达木板、横梁、石块这些房屋建筑材料的词汇。"

歌德接着说："法国人用 Komposition[②] 这个词来表达自然界的产

---

① 乔弗列·德·圣希莱尔(Geoffroy de Saint-Hilaire,1772—1844),法国博物学家、解剖学家。
② 意为构成。

品，也不恰当。我用一些零件来构成一部机器，对这样一种活动及其结果，我当然可以用 Komposition 这个词。但是如果我想到的是一个活的东西，这个有机的整体的各个部分都贯串着一种共同的灵魂，那么就不能用 Komposition 这个词了。”

我回答说：“我甚至觉得，对于真正的艺术和诗艺的产品，用 Komposition 这个词也不恰当，而且贬低了这种产品的价值。”

歌德说：“我们得感谢法国人，是他们给我们送来这个很坏的字眼。我们应该尽快废弃它。怎么能说莫扎特构成他的乐曲《唐璜》呢？构成——仿佛这部乐曲是一块糕点或饼干，用鸡蛋、面粉和白糖掺合起来一搅就成了！它是一种精神的创造物，其中部分和整体都是从同一个精神熔炉中熔铸出来的，而且部分和整体都充满了生命的气息。《唐璜》的作者绝不是在做试验和拼凑三合板，也绝不是随意行事，而是被他的天才的精灵所支配，听它的命令行事。”

▼ 1831 年 6 月 27 日　星期一*

我们谈到雨果。歌德说：“他有很好的才能，但是完全陷入他那时代的不幸的浪漫派倾向，因而他除了描绘美的事物以外，还描绘了一些最令人不堪忍受、最丑恶的事物。我在这几天里读了他的《巴黎圣母院》，用了很大的耐心才忍受得住这部读物给我带来的精神上的巨大痛苦。这是一部我所知道的最可恶的书！即使对人的本性和人物性格的忠实描绘可能使人感到一点乐趣，这也不足以弥补读者所遭受的那些精神上的折磨。何况这部书完全违反自然和生活真实！他所写的那些所谓的出场人物都不是有血有肉的活人，而是一些由他任意摆布的可怜的木偶，他让这些木偶做出种种丑脸怪相，来达到他所希望的那些效果。这个时代不仅使这部书成为可能，让它出版，而且人们还觉得它完全可以忍受，甚至觉得它赏心悦目，这究竟是一个什么样的时代啊！”

▼ 1831年7月14日　星期四*

我和太子陪同符腾堡国王陛下去看歌德。国王在我们回来的时候似乎感到非常满意，他委托我向歌德对这次访问给他带来的愉快表示感谢。

▼ 1831年7月15日　星期五*

在歌德家里待了一会儿，我向他转达了国王昨天委托我办的事。我发现歌德忙于研究植物的螺旋状的倾向，他认为这一新的发现将会广为流传，并对科学产生巨大的影响。他补充说：“研究大自然会给我们带来无穷的乐趣。大自然的秘密深不可测，但是我们始终可以进一步洞察它们。恰恰因为大自然的奥秘归根到底是深不可测的，所以我们始终怀着强烈的兴趣一再地探究它们，一再地试图认识它们和做出新的发现。”

▼ 1831年7月20日　星期三*

饭后我在歌德家待了半小时，我发现歌德非常快活，态度和善。我们天南海北地聊了起来，最后谈到温泉浴场卡尔斯巴德。歌德饶有风趣地谈到他亲身经历的某些风流韵事。他说：“短暂的恋情是唯一能使我们在温泉浴场的逗留变得可以忍受的事，否则我们会无聊得要死。所幸的是，我几乎每次都能在那里找到短暂的情投意合，它使我在逗留的几个星期里获得少许的消遣。我特别想起一件事，它至今还使我感到愉快。

“事情是这样的，有一天我去看望冯·列克夫人①。我们简单地聊了一会儿之后，我向她告别，在走出门的时候遇到一位女士和她的两个非常漂亮的年轻姑娘。这位女士问道：‘刚才离开您的那位先生是谁？’列克夫人回答说：‘他是歌德。’这位女士说：‘啊，我感到非常遗憾，他没有留下，我没有运气与他认识！’列克夫人说：‘啊，我亲爱的，在这方面您完全没有什么可以失去的了，他在女士中间感到很无聊，除非她们很漂亮，能引起他的一点儿兴趣，而我们这个年龄的妇女甭想使他口若悬河、乐于助人。’

“当这两个姑娘和她们的母亲回家的时候，她们回想起列克夫人的那番话。她们说：‘我们年轻又漂亮，倒要看看，我们能否成功地俘获和驯服那个著名的野蛮人！’第二天早上，当我在泉边散步的时候，她们从我身旁走过，一再地向我鞠躬致意，风度翩翩，妩媚动人，于是我禁不住偶尔靠近她们，并向她们打招呼。她们的确妩媚动人！我反复地找她们谈话，最后她们把我带到她们的母亲那里，就这样，我落入了她们的圈套。从那时起我们天天见面，共同度过了几天美好的时光。为了使我们的关系更加紧密，其中的一位姑娘叫来了她的未婚夫，我则更加依依不舍地搂住另一位姑娘。可想而知，我对她们的母亲也是非常亲切的。够了，我们大家彼此非常满意，我和这一家人度过了非常幸福的日子，以至现在当我回忆起这件往事的时候，总感到心满意足，心花怒放。不久，这两位姑娘向我讲述了她们的母亲和列克夫人之间的那次谈话，为了征服我，她们策划了这场‘阴谋’，并且成功地完成了它。”

在这时，我想起歌德从前给我讲述的另外一则逸事，它在这里也

① 冯·列克夫人（Elisa von der Recke，1754—1833），德国女作家。

许是适合的。

他告诉我:“有一次,将近傍晚的时候,我和一位好朋友在宫中花园里散步,意外地发现在林荫大道的尽头有另外两个我们圈子里的人,他们相互挨着离去,一边安闲地交谈着。我不能告诉您哪个是先生,哪个是女士,这无关紧要。他们交谈着,仿佛什么也没有想到,突然,他们的头相互倾斜,热烈地亲吻起来。然后,他们又选择了他们来时的方向,非常认真地继续交谈起来,仿佛什么也没有发生似的。我的朋友万分惊讶地大声对我说:‘您看到这事了吗?我可以相信我的眼睛吗?’我非常冷静地回答说,我看到这事了——但是我不相信它!”

▼ 1831年8月2日　星期二*

我们谈到植物的变形,特别谈到德·坎多尔[①]关于对称的学说,歌德认为德·坎多尔的学说不过是一种不能实现的幻想。

他补充说:“大自然是不会听命于每一个人的,相反,它像一个调皮的年轻姑娘一样,用无尽的魅力引诱我们,但是,当我们以为抓住和占有它的时候,它却从我们的手中溜走了。”

▼ 1831年10月19日　星期三*

今天,在魏玛以南的伯尔维德尔避暑行宫召开了促进农业的群众集会,与此同时,还在此举办了工业成果和工业品的第一次展览会,展出的产品比人们所期待的还要丰富。为欢迎到会的众多客人,

① 德·坎多尔(Augustin Pyrame de Candolle,1778—1841),瑞士植物学家。

还举行了盛大宴会。歌德走了进来,使所有的客人又惊又喜。他待了一会儿,然后怀着明显的兴趣观察了陈列品。他的到场给人一种很好的印象,尤其是给那些从前没有见到过他的人留下了非常深刻的印象。

▼ 1831年12月1日　星期四

在歌德家待了一个多小时,我们进行了各种各样的交谈。最后我们也谈到索勒。

歌德说:"我最近读了索勒写的一首非常优美的诗,而且是由三部分组成的一首长诗,它的头两部分具有一种欢快的、有乡村风味的性质,但是它的最后部分,也就是标题为《午夜》的那一部分,则具有令人恐怖的阴郁的性质。《午夜》这一部分写得很好。读者在其中的确呼吸到夜晚的气息。这一部分差不多和荷兰画家伦勃朗的某些绘画作品一样,在伦勃朗的这些绘画作品里,观众以为感觉到了夜晚的微风。维克多·雨果曾处理过类似的题材,可惜没有取得这样的成功。这位无可争辩的非常有才能的作家所描写的黑夜从来也不是真正的黑夜,相反,他所描写的对象始终还是非常清楚和看得见的,仿佛事实上还是白天,而他所描写的黑夜只不过是一种捏造的黑夜。索勒在他的《午夜》里无疑超过了这位著名的维克多·雨果。"

歌德对索勒的称赞使我高兴,我决心尽快地读索勒的这一三部曲。我顺便指出:"我国的文学里只有很少几部三部曲。"

歌德回答说:"在近代作家的作品里,三部曲这种形式很少见了。重要的是,作家应该找到一种题材,它自然而然地分成三部分,第一部分是情节介绍,第二部分描写某种灾难,第三部分是和解的结局。在我的那两首描写单身汉和女磨坊主的诗里,以上这些要求都实现了,尽管当时我写这两首诗的时候,绝没有想到要把它们写成三部曲。我所创作的《贱民》也是一部典型的三部曲,而且我是有意把这组诗写成三部曲的。相反,我的所谓的《热情三部曲》我原来并不打算把它写成三部曲,只是逐渐地由于某种偶然的原因我才把它写成三部曲的。如你所知,我最初只写了一首独立的《哀歌》,这首诗写好之后,我拜访了今年夏天和我一同游览马里恩浴场的斯琴玛诺夫斯卡,她那音调悦耳的钢琴演奏唤起了我对那些青少年时代幸福的日子的回忆。所以,我献给这位女友的那几节诗完全是用那首《哀歌》的格律和音调写成的,它们不言而喻地作为和解的结局和《哀歌》联结起来。后来莱比锡的出版商魏刚特打算出我的《维特》的新版本,请求我写一个前言,我认为这是一个最好的机会,于是写了《致维特》这首诗。可是由于我心里念念不忘那种热情的剩余部分,所以《致维特》这首诗自然而然成了那首《哀歌》的导言。所以这三首诗[1]不知怎的构成了《热情三部曲》,它们贯串着同样的失恋的痛苦感情。”

歌德接着说:“我曾建议索勒多写三部曲。正如我刚才所说,他也应该写三部曲。为了写三部曲,他不必花气力去寻找一种特殊的题材,相反,他只需从他现有的、未出版的众多诗作里选出富有意义的一篇,顺便加上一个引言和一个和解的结局,而且在这三部之间始终有一个可以感觉到的空白。这样他就更加容易达到目的,节省许多思考,而多多进行思考,正如迈耶所说,是一件非常困难的事。”

我们接着谈到维克多·雨果。歌德说:“他有很好的才能,但他的过度多产对他的才能起了损害作用。他那样大胆,在一年之内居然写出两部悲剧和一部长篇小说,这怎么能不愈写愈坏,糟蹋了他那很好的才能呢!此外,他工作的目的似乎是为了挣得大量的钱。我并不责怪他想发财和贪图眼前的名声,但是,如果他想流芳百世,就得少写些,多做些工作才行。”

---

① 《致维特》、《哀歌》和《和解》。

歌德接着仔细分析雨果于 1829 年写成的剧本《玛利安·德洛姆》，旨在让我明白，这部剧本的题材只够写一幕真正好的悲剧性的台词，但是作者出于某些次要的考虑，竟引诱自己把它拉成冗长的五幕。歌德补充说："在这种情况下，我们只能看出一个优点，即作者对描绘细节很擅长，这当然还是一种不应小看的成就。"

1832 年

▼ 1832 年 1 月 5 日　星期四*

生活在日内瓦的朋友特普费尔给我寄来几册新的钢笔画和水彩画，其中绝大部分是来自瑞士和意大利的风景明信片，是他在徒步旅行期间逐渐收集起来的。歌德对这些钢笔画，尤其是水彩画的美感到十分惊讶，以至于说，他仿佛看到了著名的洛里[①]的作品。我补充说："这还不是特普费尔所拥有的最好的作品，他还会寄来更好的。"歌德回答说："我不知道您到底想干什么！怎么还会有更好的作品呢！如果真的还有更好的作品，哪有这个道理！一旦一位艺术家达到了某种杰出的高度，他的某件作品是否比另一件作品更完美，这是无关宏旨的。行家所注重的是每一个大师的手与他的才能和手段的整个范围。"

▼ 1832 年 2 月 17 日　星期五*

我把一座在英国雕刻的杜蒙的雕像寄给歌德，他似乎对它很感兴趣。

今天傍晚，我去看他的时候，他对我说："我常常反复地观察这位

① 洛里（Gabriel Ludwig Lory，1763—1840），瑞士风景画家、插画家。

名人的雕像。最初,我对这座雕像有些反感,这是因为艺术家在处理的时候把线条雕刻得有点儿过于生硬和深入。可是,我越是长时间地细看那高度引人注目的头部,就越发注意到,所有的生硬之处消失了,从昏暗的背景中显现出安详、善良、风趣、机智、宽厚和俊俏的面容,这是一位聪明、友好、为了大家的利益而积极工作的人特有的面部表情,凡是观看它的人都会感到心旷神怡。”

我们接着就谈论杜蒙,特别谈到他的《米拉波回忆录》①。在这部回忆录里,杜蒙揭露了米拉波采取各种各样的手段,甚至煽动和利用一些有才能的人来达到他自己的目的。歌德说:“我还没有见过一部比这本回忆录更富于教益的书。我们从这部书中可以洞察到当时最幽秘的角落,感到米拉波这个奇迹其实也很自然,而这一点并不会降低这位英雄的伟大,不过最近法国报刊上有一些评论家对这一点有不同的看法。这些好人认为,杜蒙存心要毁坏他们的米拉波的名誉,因为他揭穿了米拉波的超人的活动的秘密,而且让其他的人物也分享到向来由米拉波独占的那份丰功伟绩。”

歌德继续说:“法国人把米拉波看成他们自己的赫拉克勒斯。他们说得很对,但是他们忘记了,就连一座巨型雕像也要由单个的部分构成。古代的赫拉克勒斯也是个集体性人物,是他自己的和其他人的业绩的伟大代表。

“事实上我们全都是集体性人物,不管我们愿意把自己摆在什么位置。从最纯真的意义上说,被我们称为我们的财产的东西是微乎其微的,就像我们个人是微乎其微的一样!我们大家必须向前辈和同辈学习、借鉴。就连最大的天才,如果想把一切归功于他自己的精神世界,他也绝不会取得很大的成就。可是有许多很优秀的人却不懂得这个道理,他们在大半生中带着他们的独创性的梦想在黑暗中摸索。我曾认识一些艺术家,他们自夸没有依傍什么名师,一切都要

① 杜蒙做过米拉波的亲信,所以对米拉波的阴谋诡计知道得很清楚。

归功于他们自己的天才。这些傻瓜！好像世间竟有这种可能似的！好像他们每前进一步不是由世界促成的，而且尽管他们愚蠢，世界还是把他们造就成这样或那样的人物！说实在的，我敢断言，这样的艺术家如果从这间房子的墙壁旁边走过，粗略地看一看我在墙壁上挂的几位大师手绘的画，只要他真有一点天才，他离开这间房子时就必然成为另一个人，一个较高明的人了。”

歌德接着说：“一般说来，什么是我们身上的好东西呢？无非是一种采取外部世界所提供的手段、为我们的高尚目的服务的能力和兴趣！我可以谈谈自己，略微说一说我的感受。在我漫长的一生中我确实做了好些事情，获得了我可以为之自豪的成就。但是说句老实话，我真正拥有的东西不过是一种能力和兴趣，即去看去听，去区分和选择，用一点才智使自己的所见所闻活跃起来，用一点熟练技巧把它再现出来。我决不把我的作品仅仅归功于我自己的智慧，而是还应归功于向我提供素材的成千成万的事情和人物。我所接触的人之中有傻瓜和智者，有头脑清楚的人和头脑狭隘的人，有儿童、青年以及年长者：他们都把他们的情感和思想、生活方式和工作方式以及所积累的经验告诉了我。我要做的事不过是尽力干，收割旁人替我播种的庄稼而已。

“如果有人问，一个人的某种成就是得力于自己呢还是得力于旁人，是全凭自己工作呢还是利用旁人工作，这实在是个愚蠢的问题。最重要的事在于要有坚强的意志、熟练的技巧以及不达目的决不罢休的恒心，其余的一切是无关紧要的。所以米拉波尽量利用外部世界及其各种力量，他做得完全对。他具有识别才能的天赋，有才能的人被他那种雄才大略的魔力吸引住，心甘情愿听从他的指挥和接受他的领导。所以他有一大批杰出的人士围绕在他的身边，为他的热情所鼓舞，被他动员起来为他的高尚目的服务。他懂得怎样和旁人合作，怎样利用旁人去替他工作；这就是他的天才，这就是他的独创性，这就是他的伟大之处。”

▼ 1832年3月11日　星期日

今晚在歌德家待了个把钟头，我们就各种问题畅所欲言。我最近买到一部英文版《圣经》，我感到非常遗憾，里面找不到那些外经。那些外经没有收入《圣经》，据说是伪书，并非来自上帝。我因看不到多俾亚斯这个过着极高尚的虔诚的漫游生活的模范人物、《所罗门的箴言》和《耶稣智慧书》而惆怅。所有这些圣经外传都有其他各经很少能比得上的高度宗教伦理意义。我向歌德表明了我的遗憾，现在流传着一种非常狭隘的观点，认为《旧约》中的某些书直接来自上帝，而其他同样杰出的书则不是上帝的；仿佛某些高尚伟大的东西竟然有可能不来自上帝，或不是上帝影响的果实。

歌德回答说："我完全赞成你的意见，不过在研究《圣经》的时候有两种不同的观点。一种是原始宗教的观点，也就是纯自然的和纯理性的、来自上帝的观点。只要得到上帝恩宠的生灵还存在，这种观点就存在，就有效。但是这种观点只适用于少数优选者，它太高尚尊贵，不易普遍流行。此外还有教会的一种比较平易近人的观点；它是脆弱的、可变化的，而且正处在变化中；只要世间还有脆弱的人们，这种观点就会存在。未经污染的上帝启示的光辉太纯洁太强烈，以至对这些可怜而脆弱的人来说是不适合而且不能忍受的。于是教会作为行善的中间人插足进来，把这种纯洁的光辉冲淡一些，弄暗一些，使一切人都获得帮助，使许多人获得幸福。通过基督教会作为基督继承人能解除人类罪孽这种信仰，基督教会获得了巨大权力。基督教僧侣的主要目的就是要维持这种权力和声望，从而巩固教会的大厦。"

歌德接着说："所以基督教会不常追问《圣经》中的这部经或那部经是否有助于启发人类心灵，是否含有关于高尚伦理和崇高人性方面的教义，而是更多地着眼于摩西五经[①]中有关原罪[②]的故事以及

① 即《圣经》中头五篇：《创世记》《出埃及记》《利未记》《民数记》《申命记》。
② 亚当和夏娃违犯上帝命令偷吃禁果之罪。

要有赎罪者来临的必要性；接着在‘先知书’中反复地暗示所期待的赎罪者即将来临；最后在几部‘福音书’中，耶稣终于降临人世，他被钉死在十字架上形象地说明他为我们人类赎罪。你看，抱着这样的目的和志向，从这样的角度看问题，无论是高尚的多俾亚斯，还是所罗门的箴言和西拉克的智训，都不很重要了。

“此外，关于《圣经》的各书孰真孰伪的问题提得很奇怪。所谓真经，无非是完全杰出的东西，它和最纯粹的自然的理性和谐一致，而且至今还能促进人类的最高度的发展！所谓伪经，无非是荒唐、空洞和愚蠢的东西，它不能产生结果，至少不能产生好的结果！如果《圣经》中某一部经的真伪取决于流传下来的东西是否完全是真的，那么我们就会怀疑某些‘福音书’的真实性，例如《马可福音》和《路加福音》都不是根据亲身经验，而是后来根据口头传说写出来的；最后一部‘福音书’，即耶稣的门徒约翰的‘福音书’也只是到他垂暮之年根据回忆写成的。尽管如此，我认为这四部‘福音书’全都是真经，因为其中反映了基督伟大的人格，这种神一样的尊严，世上从来没有出现过。要是有人问我，按我的本性，我是否对基督表示虔敬，我就回答说，当然，我非常崇拜他！在他面前我鞠躬俯首，把他看作最高道德的神圣体现。要是有人问我，按我的本性，我是否会对太阳表示崇敬，我也回答说，我对太阳无限崇敬！因为太阳也是最高存在的体现，是我们这些凡人所能认识到的最强大的威力。我崇拜太阳的光和神圣的生育力。靠太阳我们才能生活、活动和存在；所有的植物和动物也和我们一样离不开太阳。但是如果有人问我，我对着使徒彼得或保罗的拇指骨是否也要鞠躬，我就回答说，请饶了我吧，让你们的那些荒唐行为见鬼去吧！

“使徒保罗说过：‘切莫抑制精神！’[①]

“在教会的规章中有许许多多荒谬的东西。但是教会要想统治，

① 歌德引用保罗的这句话，意在斥责基督教会抑制精神的愚民政策。

就要有一批目光短浅的群众向它卑躬屈膝，甘心受它统治。得到巨额捐助的高级僧侣最害怕的莫过于下层大众受到启蒙，他们长期禁止下层大众阅读《圣经》，能禁止多久，就禁止多久。[①] 可怜的基督教的教区居民们，如果他们从‘福音书’中看到基督那样穷困，他和他的门徒都是步行，谦虚而有礼貌，而那些王侯般的大主教却乘六匹马拉的豪华马车呼啸而来，飞扬跋扈，那么他们对那些得到巨额捐助的大主教的穷奢极欲会怎样想呢？”

歌德接着说：“我们还没有认识到路德和普遍的宗教改革给我们带来的一切好处。我们从捆得紧紧的精神枷锁中解放出来，由于日益进展的文化教养，我们已能够探求本原，从基督教原来的纯洁形式去理解基督教了。我们又有勇气把脚跟牢牢地站在上帝的大地上，感觉到上帝赋予我们的人性了。无论精神文化教养怎样不断向前迈进，自然科学在广度和深度上怎样不断进展，人类心灵怎样尽量扩张，它也不会超越‘福音书’中所闪耀的那种基督教的崇高和道德修养！

“我们新教徒越是向高尚的目标前进，天主教徒也会更快地跟上我们。他们一旦受到现时代日益扩展的伟大的启蒙运动的影响，势必要跟上来；不管他们采取什么样的态度，总有一天天主教和新教终会合二为一。

“可憎的新教内部的宗派斗争也将会停止，父与子以及兄弟和姊妹之间的仇恨与敌对也将会随之停止。因为一旦人们按照基督本来的面目去理解和体验他的纯洁教义与博爱，他们就会感觉到自己作为人是多么伟大和自由，不再特别重视这一派或那一派的宗教仪式的浮文末节了。我们大家也会逐渐从一种只讲文字信条的基督教转到一种重思想品质和行动的基督教了。”

---

① 天主教会一向只重视僧侣的布道宣讲，反对教徒们亲自阅读《圣经》；《圣经》只有希腊文和拉丁文的译本，也只有僧侣才能阅读。随着马丁·路德反抗天主教而创新教，《圣经》才开始译成近代德语和近代各民族语言。

话题转到基督以前生活在中国、印度、波斯和希腊的一些伟大人物，在这些伟大人物的身上，神力同样起作用，就像神力在旧约时代某些伟大犹太人身上起作用一样。我们也谈到，在我们生活其中的今日世界里，神力在某些伟人身上怎样起作用。

歌德说："听到人们的言论，我们几乎会相信，在他们看来，从远古以来，上帝已经退隐，寂然无声了，人们现在仿佛完全依靠自己，而且不得不考虑自己在没有上帝的情况下，也就是说，在上帝寂然无声的情况下如何生活下去了。在宗教和道德的事情上，也许还承认神的某种作用；但是在科学和艺术的领域里，人们都相信，这里完全是尘世间的事，一切都只是纯人力的产物。

"让每个人都用人的意志和力量，去创造出能与用莫扎特、拉斐尔或莎士比亚来题名的那些杰作媲美的作品吧！我知道得很清楚，这三位高尚的人绝不是世间所仅有的。据我所知，在艺术的一切领域里，还有无数卓越人物已创作出可以和这三人的杰作媲美的作品。但是，假如他们和这三人一样伟大，他们也就和这三人一样超越寻常人的禀性，一样具有上帝的特赐。

"归根到底，事情本来是怎样的，又应该是怎样的呢？——上帝在人所共知的、凭空虚构的六天创世工作之后，并没有去休息，而是和开始一样继续发挥巨大的作用。用一些简单的元素拼凑这个笨重的世界，让它年复一年地在阳光里运转，这对上帝也许没有多大乐趣，如果他不曾计划在这种物质基础上为精神世界建造一个苗圃的话。所以上帝现在仍继续不断地在一些较高明的人物身上起作用，以便引导较落后的人跟上来。"

歌德沉默了，可我把他的这些金玉良言铭刻在心中。

译后记

蒙译林出版社陆志宙女士和韩继坤先生的热情鼓励与大力支持,我根据柏林建设出版社(1955)和慕尼黑德意志袖珍本出版社(1999)两个版本《歌德谈话录》(以下简称《谈话录》)所译的中译本即将付梓,这是一件值得庆贺的事。1978 年,人民文学出版社曾出版过朱光潜前辈的节译本。由于朱先生是位美学家,所以他“个人的知识和见解在选择中起了作用,因而涉及哲学、美学、文艺创作实践和文艺理论乃至当时欧洲一般文化动态的就选得多些,而原书中许多关于应酬、游览和个人恋爱之类家常琐事以及关于颜色、植物变形、地质、气象之类的自然科学方面的争论,都只略选少数样品,其余就只得割爱了”。现在译林出版社推出的这个译本,基本上可以算是我国出版的最新最全的译本了。这个译本完整地再现了艾克曼与歌德的谈话录。如果说普通的选译本或摘译本易于以偏概全、管窥蠡测,那么译林出版社的这个译本可以尽量避免上述的局限,它使读者能够更加全面、真实地了解歌德。

本书由三卷组成,此外还有艾克曼为前两卷写的前言,为第三卷写的前言,以及艾克曼本人的长篇自我介绍。第一卷和第二卷于 1836 年出版,第三卷于 1848 年出版,时隔十二年。

值得注意的是,在前两卷和第三卷之间存在着明显的差别。诚如艾克曼在为前两卷写的前言中所说,他所编写的这两卷起源于他“内心的一种自然冲动”,他要把他“觉得有价值和值得注意的生活经历记录”下来，使它成为自己的东西，“以备将来终身受用”。他是以学生对待老师、儿子对待父亲的态度记录下歌德和他的谈话的。他把歌德比作“一颗多棱的金刚石，每转一个方向就现出一种不同的色彩”。对这位非凡人物及其精神，可谓仁者见仁，智者见智，“所以就我这方面而言，我只能谦逊地说，这里所显现的是我的歌德”。从这篇前言中我们得知，艾克曼虽然对歌德充满虔敬，但对歌德所说的话，并非言听计从，而是发表自己不同的看法，例如他觉得“歌德对诗歌的某些看法往往似乎具有片面性，甚至似乎有明显的矛盾，他一会儿强调世界所提供的题材，一会儿又强调诗人的内心思想……”可见，艾克曼并非庸才，而是在文艺领域里颇有见地的学者，他曾把自己的诗集和《关于诗歌的论文集》寄给歌德，请求他批评指正。因此我们可以说，歌德和艾克曼，这是天作之合。常说，红花还得绿叶辅，他俩相辅相成，相得益彰，歌德因艾克曼而更增光辉，艾克曼因歌德而大放异彩。

本书的第一卷和第二卷是艾克曼在记忆犹新之时，趁热打铁客观地、忠实地记录下的歌德的谈话录，是一份绝对可靠的第一手文献（这是从19世纪末到20世记，绝大多数学者对此书的看法），而第三卷有别于此，它是时隔十二年之后由以下这三部分构成的：艾克曼记下的材料中第一卷和第二卷尚未用完的，艾克曼本人对歌德的回忆录，魏玛亲王卡尔·弗里德里希之子卡尔·亚历山大的家庭教师、来自日内瓦的自然科学家索勒所记录下来的歌德谈话录。在这一卷里，艾克曼为了把自己和歌德的谈话录跟索勒和歌德的谈话录区别开来，在后者的日期的右上方均加上了星号。需要补充说明的是，艾克曼和索勒是性格、气质、风格各异的两个人，后者是日内瓦人，政治上是受过法兰西教育的共和主义者，思想上深受英国启蒙运动的影响。他是应卡尔·弗里德里希的夫人、俄罗斯沙皇之女玛丽娅·保罗夫娜的邀请，到魏玛宫廷担任其子卡尔·亚历山大的家庭教师的，从1822年至1832年歌德逝世，和歌德一直交往密切。他是歌德家里的常客，而且是一位颇受欢迎的常客。他的自然科学知识为他和歌德的持久交往提供了思想和感情上的活力。作为功底扎实的矿物学家，他为歌德整理形形色色的晶体。他的植物学知识使他成为歌德《植物变形学》法文本的最佳译者，多亏索勒的忠实而贴切的翻译，歌德的这部重要学术著作得以进一步传播。此外，索勒是个独立思考的学者，他并不将歌德当作偶像崇拜，对歌德的讲话也不是全盘接受；他不像艾克曼那样，怀着强烈的主观愿望转述歌德的话，而是以客观的态度再现歌德的谈话。尽管这样，索勒和歌德的谈话录毕竟是艾克曼和歌德的谈话录的补充，而且是有机的、极有价值的补充，它可以使读者从不同的角度来看待歌德。现在，译林出版社将艾克曼的歌德谈话录和索勒的歌德谈话录并在一起出版，这就成为歌德自 1822 年至逝世期间的一份相对完整的谈话录，它为我们鲜活地展现了诗人晚年的生活和精神世界，成为我们后人认识和研究歌德的一部不可或缺的著作。

列宁在《论国家》中谈到历史主义的问题时，提出了一个重要的方法论问题，即要用科学眼光考察每个问题，而考察问题时，“最可靠、最必需、最重要的就是不要忘记基本的历史联系”，也就是说，“考察每个问题时都要看某种现象在历史上怎样产生，在发展中经过了哪些主要阶段，并根据它的这种发展考察这一事物现在是怎样的”。因此，我们在论述《谈话录》的丰富多彩的内容之前，有必要按照列宁的方法论对谈话录赖以产生的社会、历史条件作一简要的介绍。

17 世纪后期至 1871 年（俾斯麦统一德国之年），德国是一个四分五裂的国家。1648 年，三十年战争后所缔结的《威斯特伐利亚和约》，合法地确认德国分裂成三百多个小公国，从而进一步加深了德国的政治分裂。在这些小公国内，建立了最古怪的专制制度：某个妄自尊大的诸侯、王子或大公爵，拥有自己的军队（虽然人数微不足道）、部长、官吏和内侍官。小国之间为了争权夺利彼此交战，竞相模仿凡尔赛的奢华，一点也不关心全德国的利益。德国各公国结成的所谓“德意志民族神圣罗马帝国”名存实亡，它们为了巩固自己的政权而损害全德国的利益，宁愿让那种没有能力统一全国、消灭诸侯自治权、建立全国性中央集权的国家的人当皇帝。因此我们可以说德意志民族实际上尚未形成。三十年战争之后，德国经历了第二次农奴化过程，百业（已经发展的商业、手工业、工业、矿业等等）凋敝；14至17世纪北德各城市的商业及政治联盟、著名的汉萨同盟散伙了。在德国，既没有统一的德意志市场、各小国之间的全德意志的联系，也没有全民族的文化。有的是荒谬的偏见，落后的宗教观念，为数不多的、胆小怕事且逆来顺受的资产阶级，贵族对平民的专横跋扈和强者对弱者的肆意妄为。一句话，在德国，“一切都烂透了，动摇了，眼看就要坍塌了，简直没有一线好转的希望，因为这个民族连清除已经死亡了的制度的腐烂尸骸的力量都没有”。

但是，任何事情都有两面性。正如恩格斯在论述18世纪德国的特点时指出的，“这个可耻的政治时代和社会时代，同时也是德国文学史上的一个伟大时代”。而在这个时代的德国作家和思想家当中，歌德是最杰出的一个。

再看看魏玛公国的情况。1774年，卡尔·奥古斯特在旅行经过法兰克福时与歌德相识。次年，经过深思熟虑之后，他邀请歌德到魏玛来共商国是。歌德接受了这位刚即位的18岁的魏玛公爵的邀请，来到了魏玛。对当时的魏玛，俄罗斯卓越的作家和历史学家卡拉姆辛在旅行时是这样描述的：“我在城门口问一个守卫的中士：‘维兰德[①]在这儿吗？赫尔德尔[②]在这儿吗？歌德在这儿吗？’中士回答说：‘在这儿，在这儿，在这儿。’当我问中士维兰德和歌德在不在家时，中士回答说：‘不，他们都在宫里。’随即拿起手杖走到花园里去了。”魏玛给卡拉姆辛留下的印象是：“除公爵的宫廷以外，在这儿是找不

① 维兰德于1772年应聘去魏玛宫廷任卡尔·奥古斯特的教师。
② 赫尔德尔于1776年由歌德举荐去魏玛就任教会总监和首席牧师，直至去世。

到一所大房子的。"应该指出，卡拉姆辛看到的只是魏玛宫廷的外部环境，不啻是走马观花，浮光掠影。在这种简陋破败的环境后面我们可以看到魏玛是一个衰败的公国，欧洲的一个偏僻的省份。它拥有一支军队、林业和矿业，以及用以启蒙萨克森-魏玛宫廷的剧院。

初到魏玛的时候，歌德热衷于参加化装舞会、大型宴会和打猎。随着时间的推移，他逐渐退出消遣娱乐活动，转而日益专心于国家事务。1776年，也即歌德入宫后一年，他被公爵授予贵族头衔，同时被任命为枢密顾问。1782年，他晋升为公国的首席部长，即首相，行政上各个主要部门逐渐转入他手中，包括财政、林业、矿业、教育、剧院和一支三百人（亦说六百人）的军队。作为首相的歌德试图开展进步的改革，他试图免除农民的强制的"什一税"，对地主课以人头税。但是他的改革一个接一个地失败了。他向往过德意志国土的统一，并朝这个方向迈出几步，但是他深信，萨克森-魏玛公国及其首相是不可能影响全德国的政治气候的。由于改革接连失败，歌德对宦途感到失望。他决心逃离魏玛宫廷那种沉闷的气氛，希望献身于艺术与科学，并把这个理想与意大利联系起来。他在《迷娘》这首诗里写道：

你可知道那个地方？那里遍地是柠檬花，
绿荫深处闪烁着飘香的金橘，
天边吹来醉人的清风，
桃金娘默默无语，月桂树高高耸立，
你可知道？
　　　　走！走吧，
亲爱的，我与你同去。

这首诗由三节组成，按顺序描写出三个情景：南方，有大理石雕像装饰的房屋，以及经过悬崖与浓雾而通往南方的道路。每一节的结尾不断重复着相同的思想：到那边去吧，去吧，我要火速前往，亲爱的！我只合在那里终老。

1784年夏天，歌德对卡尔·奥古斯特只字不提自己今后的计划，秘密地离开了魏玛，来到了意大利，并在那儿住了两年。他在那儿研究古代艺术，学习绘画，欣赏古迹。在意大利期间，他相继访问了威尼斯、佛罗伦萨和那不勒斯等文化中心，接触了意大利人民丰富多彩的生活，参加了好几次自然科学旅行考察。这次意大利之行对歌德世界观的转变产生了深远的影响。他因此放弃了"狂飙突进运动"时好高骛远、力求惊天动地的意图，转而倾心于纯朴、宁静、和谐的古典艺术风格。歌德认为，古典艺术是崇高的东西和现实的东西的和谐结合，是艺术与自然的融合的最高原则的体现。歌德的这一艺术理念为日后他与席勒共同开创德国古典文学时期(指1786年至1805年歌德、席勒合作时期)奠定了坚实的基础。歌德与席勒的合作标志着他们二人放弃了"狂飙突进运动"时期的反抗精神，转而对现实采取妥协的态度，希望通过审美教育改变现实。应该说，此时的歌德放弃反抗精神，甚至极力追求安谧和宁静(例如1780年写成的诗《前题》:"群山/耸立在沉寂之中，/枝头/寻不见风的踪迹。/枞林中/栖鸟不再争鸣，/稍待，/你的心潮平息。"这首短诗被称为歌德诗中的绝唱，它言简意赅，充分体现了歌德此时内心的宁静)，这不得不说是启蒙运动者歌德的悲剧。正如恩格斯所说:"他的气质、他的力量、他的整个精神的倾向，都是把他推向实际生活，然而环绕着他的这个实际生活却是可怜的。"

1788年，歌德从意大利返回魏玛，辞去一切职务，只担任剧院监督，兼管矿业。由于从"最卑微的德国宫廷中最卑微的事情"中解脱出来，歌德得以悉心研究好几门自然科学，并且把研究建立在科学实验和调查的基础上，例如为了研究地质学和火山的活动，当他在那不勒斯时，曾两度亲自到维苏威火山的喷发口上进行实地考察。1784年至1786年间，歌德发现了人体上的颌间骨，并着手撰写有关的论文。歌德有关人的头盖骨中有颌间骨的学说，对奠定和论证整个生物世界的统一性的思想，具有极其重大的意义，不愧是早于达尔文的进化论先驱。为此，恩格斯评价说，歌德拥有“天才的推论能力，能预测以后发展的理论”。歌德于1790年和以后几年内先后出版的《植物变形学》《动物变形学》为生物学的形成和发展起到开创性的作用。歌德还把他关于变态和本原形态的学说应用到光学、地质学、声学、颜色学、气象学等无机自然现象的研究上。本原形态类似本原现象，前者反映了起源于进化的生物界以自然历史为根据的普遍联系，后者则反映了同样是起源于进化的人类精神现象以自然历史为根据的普遍联系。歌德认为，美其实是一种本原现象，是艺术和自然科学结合产生的一个硕果，正如他在《自然和艺术》一诗中所说：“自然和艺术，好像在互相回避，/刹那之间，它们又碰在一起；/我也不再感觉到对它的厌恶，/两者好像对我有同样的吸力。”（钱春绮译）

在简要地介绍《谈话录》赖以产生的社会历史背景及歌德在魏玛宫廷的生活工作经历之后，我们有了水到渠成之感，可以转入正题，简明扼要地谈一谈《谈话录》的内容了。此书被挑剔的尼采誉为用德文写出的最重要的散文，它记录了歌德晚年有关文艺、美学、哲学、政治、宗教、自然科学以及一般文化、待人接物等的言论，不愧是一部不可多得的有关歌德创作、思想、活动的百科全书。限于篇幅，我们不可能详述《谈话录》中所包含的智慧与学理，只能根据它的基本思想，结合歌德的毕生巨著《浮士德》和其他著作的主要内容，对《谈话录》的一些基本主题作一概括性的阐述。

歌德的世界观和思想方法

歌德深受荷兰哲学家斯宾诺莎的泛神论、英国经验派哲学和法国百科全书派的思想影响，此外也受到康德、黑格尔等德国古典哲学家的思想影响。他的世界观基本上是辩证唯物主义的，主要表现在以下几个方面：

实践第一的唯物主义思想。歌德曾经说过,对于任何理论来说,实践是试金石。他借浮士德之口,说出了"理论是灰色的,生命之树常青"的警句。在翻译《圣经》时,他把"泰初有名"改译为"泰初有为"。浮士德早已厌倦一切脱离实际的学问,告诫世人"必须每天去争取生活与自由,才配有自由与生活的享受"。在1831年6月6日的谈话中,歌德向艾克曼道出了浮士德得救的秘诀:"灵界的这个尊贵的成员,/已经被我们从恶魔的手里救起;/谁要是永远自强不息,/我们就使他得救。"在1829年4月12日的谈话中,歌德认为,人在实践的过程中,难免有迷误,但只要善于从错误中学习,就能有所前进。他现身说法,说自己经过许多年的实践才认识到他原先要从事造型艺术的志向是错误的,而且以后又经过许多年,他才认识到要放弃造型艺术。

对立统一和发展变化的思想。歌德认为,大自然是由各种各样的对立现象组成的。他在1805年写成的论文《极性》中列举了形形色色的对立统一的现象:我们与对象,光明与黑暗,肉体与灵魂,两个灵魂,精神与物质,上帝与世界,舒张与收缩,理想与现实,感性与理性,幻想与理智,存在与憧憬,身体的两都分,左与右,呼与吸,等等。对立统一有两种形式:低级的形式,即对立的双方相互混合,不产生出第三者;高级的形式,即对立的双方得到提高,产生出第三者,即产生出新的、更高的、出乎意料的东西。

歌德认为,作用与反作用的对立是一个普遍化的原则,它发生在一切两极化的对偶中,而整个大自然就是其表演场所。歌德在《颜色学》草稿中写道:"大自然的忠实的观察者,不论他们的思想有什么不同,都应该承认所有出现在我们面前的东西,所有作为现象提供给我们的东西,无不表明不是原本是分解的可以重归统一,就是原本是统一的可以被分解。分解原本是统一的东西,统一被分解的东西,这就是大自然的生活;永恒的收缩与舒张,永恒的进发与缓解,众人的吸气和呼气,我们正是在这样的世界里生活、运动、存在。这里我们可以辨别出使徒保罗论圣灵的著名言论的回声:'他将生命、气息、万物赐给万人,我们生活、动作、存留都在乎他。'”歌德把使徒保罗的宗教言论转变成泛神论的格言。

歌德还把分解和统一的原则赋予精神活动,特别是科学研究。在他看来,分解与统一,这是分析与综合的操作,分析与综合虽然是对立的,但应该像呼吸节律一样相配合与交替。他在《分析与综合》中写道:“专注于单一的分析而害怕综合的一个世纪没有走上正道;只有这两者像呼吸一样结合起来,科学生活才得到保障。”

这种对立统一和发展提高的思想贯串在歌德文学创作和科学研究之中。例如《浮士德》里的浮士德与靡非斯特,他们如影随形,后者还说:“我是作恶造美的力之一体。”又例如《葛兹·冯·贝利欣根》里的葛兹与魏司林根,后者原本是主教的一个亲信,被葛兹捉到,在被俘期间爱上了前者的妹妹玛丽亚,她的质朴、天真和亲切使魏司林根感动了,使之从坏人变成了好人。再例如《托夸多·塔索》里的塔索与安东尼奥,后者是某公国的首相,他对前者(原为文艺复兴时期的诗人)的荣誉不屑一顾,冷淡拒绝塔索对他的友好表示,两人因口角而拔剑决斗。更不用说《威廉·迈斯特》里的威廉与耶尔诺少校了,前者在与后者的交往中接触到了莎士比亚的戏剧,这对他的文艺理论的形成起到促进作用。在《纪念莎士比亚命名日》一文中,歌德指出:“丑恶只是善良的另一面,这一面对善良的存在是必要的,它是整体的一部分。”歌德在1827年2月1日的谈话中指出,要求变化是一种普遍的规律。在科学研究中,歌德反对牛顿和法国自然主义者的机械论与单纯的分析法,主张活力论并把分析法与综合法结合起来。换言之,他反对机械地并排和并列,主张有机地增长。在1831年6月20日的谈话中,歌德批评了法国人用“构成”这个词来表达诗歌和艺术作品,指出二者的产品是一种精神的创造物,其中部分和整体都是从同一个精神熔炉中熔铸出来的,而且部分和整体都充满了精神的气息。

整体的和相互联系的观点。歌德认为，大自然是永恒的、统一的和有灵性的。在《作为客体和主体之间的介质的实验》一文中，歌德指出："在生气勃勃的大自然中，万物均和整体相联系，大自然中的一切，特别是最普遍的力和元素，处于一种作用和反作用的永恒关系中，所以我们可以说每个现象同无数的其他现象是相关联的。"在《收藏家及其伙伴们》一文中，歌德指出："人是一个既有思想又有感情的动物，人是一个整体，一个多方面的内在联系着的能力的统一体。艺术作品必须向人的这个整体说话，必须适应人的这种丰富的统一体，这种单一的杂多。"歌德主张全面地、在联系中观察事物。在1831年2月17日的谈话中他指出："我们对这个世界，从平原上去看是一个样子，从海岬的高处去看是另一个样子。"在1826年6月5日的谈话中，他再次指出要全面地、在联系中观察事物："一棵树的形成，不仅有赖于它下面的土壤的种类，还有赖于它旁边的和后面的其他树木……对于艺术家来说，学会描写事物的环境具有重要的意义。"在《形态学》一文中，歌德写道："所有时代的科学家都有一种心愿，即认识生气勃勃的形成物，在联系中把握它们外在的、可见的和可以触摸的部分，把它们作为内在的东西的预兆加以接受，这样就能通过观察在一定程度上掌握整体。"

歌德的政治观

歌德的政治观和他的世界观密不可分。诚然，歌德认为对立统一和要求变化是一种普遍的规律，但是他认为发展是渐进的，所以他反对历史发展的飞跃，主张渐进的发展，换言之，进步事业只能通过社会机体的和平演变来实现。他相信生产力的自发发展会导致社会的改变，即生产力的发展会导致革命的发生。1828年10月23日，在谈到德国统一的问题时，歌德对艾克曼说："我不担心德国不能统一；我们有很好的公路和即将修建的铁路，对此都会起作用。"

与此相联系，他反对暴力革命。歌德亲眼看到了1789年开始的法国资产阶级革命的全过程。和席勒一样，他对这次资产阶级反封建的大搏斗先是热情欢迎，但是到了雅各宾专政时期，他出于“庸俗市民的恐惧心理”（恩格斯语）而厌恶暴力革命。例如，1792年，普鲁士、奥地利与法国王朝的流亡者联合，企图推翻法国革命政权，歌德陪伴魏玛公爵卡尔·奥古斯特参加了反法战役。当法国革命军在法国北部村庄瓦尔弥击溃普奥联军，迫使联军退出法国国境时，歌德对一群丧魂落魄的德国军官说：“从此时此地，世界史上将揭开一个新的时代，你们，先生们，可以说已躬临此次盛典。”歌德在和艾克曼的谈话中充分肯定法国革命的历史意义，并说：“时代在不断地向前跃进。”但是到了雅各宾专政时期，他转而否定革命的暴力手段，他在18世纪90年代初写的《威尼斯铭语》以及一些戏剧，其中有一部分是嘲讽暴力革命的。和他一样，席勒在《大钟之歌》中把参加暴力革命的群众贬为鬣狗。

在1824年1月4日的谈话中，歌德声称他不是法国革命的朋友，“因为它的残暴行为伤害了我的精神……此外，当时德国人企图人为地把那些在法国出于大的必要而发生的场面搬到德国来，对此我也不能无动于衷”。在1825年4月7日的谈话中，歌德表示憎恨一切暴力颠覆，憎恨进行暴力颠覆的人，也憎恨招致暴力颠覆的人。

歌德以为，任何一次大革命都是由政府的腐败和独裁引起的。他在1824年1月4日的谈话中向政府献出锦囊妙计：“只要政府办事常是公正的，并保持警惕，采取合乎时势的改良措施来预防革命，不要长时间地抗拒人民的要求，这样，来自下面的革命就可以避免了。”

歌德把人民获得解放和自由的希望寄托在开明君主的身上。在《谈话录》中他多次提到魏玛大公爵卡尔·奥古斯特，把他视为开明君主的典范。在1825年4月27日的谈话中，他盛赞大公爵以身作则、任劳任怨地为他的国家谋福利。在1828年10月23日的谈话中，他称大公爵是个有特殊才能的人，具有丰富的自然科学知识。此外，大公爵还是一个善于识人和用人的伯乐式的统治者。一句话，“大公爵是个完整的人，他的一切思想和行动来源于一个伟大的源泉。整体好了，个别也就好了，不管他想干什么事情，他总想把它干好”。

歌德否定暴力革命，高度肯定大公爵这样的贤明君主，有其深刻的社会根源。恩格斯在评价歌德时指出：“他心里经常发生着天才诗人与法兰克福市参议员的谨慎的儿子或魏玛的枢密顾问官之间的斗争；前者对于环绕在他四周的鄙陋抱着嫌恶的心情，后者使自己必须和它妥协，适应于它。因此，歌德有时候是伟大的，有时候是渺小的；他有时候是反抗的、嘲笑的、蔑视世界的天才，有时候是拘谨的、满足一切的、狭隘的小市民。”

歌德的宗教观

歌德的宗教观同样和他的世界观密不可分。歌德是个唯物主义者，认为宗教并不是由超自然的神创造出来的，而是由一些杰出的人根据广大群众的需要和理解力创造出来的（参见 1831 年 2 月 28 日谈话）。他依据泛神论，认为神与大自然是一体的；他心目中的“上帝”并不是基督教的上帝，而是最高道德准则的体现，理性和自然的化身；他心目中的基督是仁爱的思想的体现。他在《神性》（1783）这首诗里歌颂人的全能，说明具有高尚德行的人，就是神的典范，从而否认了“全能的神”和“神创造人”的说法：“愿世人高贵，仁慈而善良！因为单是这点就使他有别于我们所知的一切众生。”[①]歌德指出，神性不仅表现在人的身上，而且表现在丰富多彩的大自然以及有影响的世界大事里（参见 1831 年 2 月 28 日谈话）。歌德认为，基督

① 详见《歌德诗集》（下），钱春绮译，上海译文出版社，1982 年，第 57 页。

教本身是一种有巨大影响的思想，堕落的和受苦受难的人们往往借此来提高精神（参见1829年2月4日谈话）。他还认为，基督教（这里指教会）是与人类天性相敌视的，因此他反对官方的教会思想。“歌德对于侍奉‘上帝’殊少兴趣；他一听到‘上帝’这个词便不愉快；他感到只有在人性中才能像处于自由天地中一样，而这种人性，这种能摆脱宗教束缚的艺术，也就形成了歌德的伟大。”换言之，歌德把基督教和基督教会严格区分开来，对前者代表的仁爱思想予以充分的肯定，对后者的愚民政策和贪婪给予尖锐的揭露与批判。在1832年3月11日的谈话中，歌德引用保罗“切莫抑制精神”这句话，斥责了基督教会抑制精神的愚民政策。歌德同时谴责得到巨额捐助的高级僧侣长期禁止下层大众阅读《圣经》的不法行为，因为他们最害怕下层大众受到《圣经》的启蒙。

歌德并不像正统派那样相信《圣经》的三位一体，而是把《圣经》看作信仰的根本。他所关心的是“《圣经》中的这部经或那部经是否有助于启发人类心灵，是否含有关于高尚伦理和崇高人性方面的教义”（1832年3月11日谈话）。作为不上教堂也不做礼拜的路德宗的新教徒，歌德认为要得到上帝的拯救，不在于盲目地遵守教会的条规，不在于人的功德善行，而在于对上帝的信心以及上帝对人的恩赐。在同日的谈话中歌德说：“我们还没有认识到路德和一般宗教改革给我们带来的一切好处。我们从捆得紧紧的精神枷锁中解放出来，由于日益进展的文化教养，我们已能够探求本原，从基督教原来的纯洁形式去理解基督教了……无论精神文化教养怎样不断向前迈进，自然科学在广度和深度上怎样不断进展，人类心灵怎样尽量扩张，它也不会超越‘福音书’中所闪耀的那种基督教的崇高和道德修养！”歌德在《诗与真》中把《圣经》称为“书中之书”，对这本书可谓仁者见仁，智者见智，英国人、法国人、德国人曾在不同程度上激烈、尖锐、大胆、放肆地攻击它，而各国的诚笃和善意的人们却热情地保卫它。在谈到自己对此书的态度时，歌德写道：“以我个人而论，我是喜欢它和珍视它的，因为我的道德修养差不多拜它之赐，而《圣经》中的事件、教训、象征和比喻，一切都给我以影响。”

歌德尤其痛恨天主教及其教会。在1829年4月7日的谈话中，他揭露和抨击了天主教徒对新教徒的欺压，指出“天主教徒们就像一群狗，他们互相拼咬，可是一旦出现一只鹿（新教徒）的时候，他们立即行动一致，群起而攻之”。

歌德一直对教会采取批判态度，在《浮士德》中，他借魔鬼之口讥讽了僧侣们的贪婪自私：“教会张开血盆大口，鲸吞诸侯列国，还有城邦和地方。”同样，他也借魔鬼之口揭露了教会鲸吞葛丽卿首饰的卑鄙行为：“教会的胃口很大，它虽然吃遍了十方，却从不曾因过量而患食伤；信女们功德无量，能够消化这不义之财的只有教会。”

歌德在1828年10月23日的谈话中批判了虔信主义，因为它在政治上为专制主义辩护，主张镇压一切更加自由的思想运动。

歌德认为，对于文艺来说，宗教只应被看作一种题材。他自己在《浮士德》中引用了大量的《圣经》语录，例如“天上序曲”中的名言：“人在奋斗时，难免迷误。”又例如，在《浮士德》第一部里，歌德通过玛加蕾特和浮士德之间关于宗教的问答表达他的泛神论思想。在1825年1月18日的谈话中歌德承认：“我的《浮士德》的引子也有些像《旧约》中的《约伯记》的引子，这也是很恰当的，因此我不该受到谴责，而应该受到赞扬。”

歌德对基督教之外的犹太教和伊斯兰教同样采取尊重、宽容的态度。他崇敬犹太教的鼻祖摩西。笔者在参观魏玛的歌德故居时，发现在其工作室的窗台上放着一尊矮小的摩西青铜雕像（这是米开朗琪罗的原作的一件仿制品）。显然，歌德是想以此激励自己像摩西那样去工作和战斗。在1830年5月12日歌德与索勒的谈话中，当后者觉得摩西的双臂和身体的其余部分相比显得太长和太强健时，前者坦率地表达了他个人的意见：“可是写有‘十诫’的那两块石板非常厚实，您以为抬起它们是一件小事吗？此外，您相信有权指挥和驯服犹太人大军的摩西能够满足于完全平常的双臂吗?”

歌德继承和发扬了门德尔松、莱辛在犹太问题上的人道主义传统。莱辛在《智者纳旦》的前言里写道:“在德国,我今天没有看到一个能上演这部剧本的地方。”莱辛本人不相信德国准备上演《智者纳旦》。可是,1801年,歌德在席勒大力支持下,于魏玛剧院首演了这部剧本,并且发表了以下的评语:“毫无疑问,莱辛是采取这一行动的城市即魏玛的道德和宗教的威望……”1805年,歌德前往他所指定的劳赫施泰特剧场观看《智者纳旦》的演出。1815年,歌德再次提到《智者纳旦》:“但愿这个尽人皆知的关于三枚戒指的故事提醒德国观众不仅要经常看它,而且要倾听它和理解它。但愿这个故事所表达的宽容和忍让的绝妙感情对于各民族来说始终是神圣而宝贵的东西。”说得太好了。不难看出,歌德之所以推崇《智者纳旦》,就在于它所蕴涵的深邃的人道主义思想:三枚戒指代表三种宗教,即基督教、犹太教和伊斯兰教,它们应该像三个兄弟那样,互敬互爱、互谅互让、和睦相处。

歌德对伊斯兰教的鼻祖穆罕默德同样赞不绝口,他在《歌德自传》里讲述了他将法国人让·加尼埃撰写的《穆罕默德的一生》改成戏剧的意图。在未尽的《穆罕默德》剧本里,他把穆罕默德描写成为斯宾诺莎型的哲学家。且看剧本中穆罕默德与母亲哈利玛的对话:

> 哈利玛:你一个人待在这个夜里时常发生强盗抢劫的田野里吗?
>
> 穆罕默德:我不是一个人。我的上帝,他亲切地在我近边呢。
>
> 哈利玛:你看见他了吗?
>
> 穆罕默德:你没有看见他吗?在每一个宁静的泉水旁边,在每一株开花的树下,他热情地接见我。

哈利玛：他的住所在哪儿？

穆罕默德：到处都是他的住所。[①]

歌德的文艺观

在《谈话录》中，歌德对文艺的认识是分量最重要的一个部分，它涉及文艺与现实生活（他常常喜欢用“自然”这个概念来代替“生活”这个词语）的关系、文艺与塑造先进人物和事件的关系、文艺与其创作方法的关系、文艺作品的价值与作家和艺术家的人格的关系等问题。

在1823年9月18日的谈话中，歌德开宗明义，指出诗人要做的事，就是根据由现实生活提供的动机，把有待表现的要点组织成一个优美的、生气勃勃的整体。在1827年4月18日的谈话中，歌德指出：“艺术家要通过一个整体向世界说话。但这种整体他在自然中无法找到，是他自己想象的结果，或者说，是一种有促进作用的神的气息吹拂的结果。”

歌德虽然强调艺术应以自然和现实生活为基础，但他认为自然和艺术之间有一条巨大的鸿沟。艺术虽然来源于自然，但又高于自然。艺术就是要创造出高于现实生活的“第二自然”。那么，什么是第二自然呢？歌德认为，艺术家与自然有着双重关系，即他既是自然的主宰，又是自然的奴隶，也就是说，他必须用人世间的材料来进行创作，但同时要使它们服从他的较高的意旨，并且为这意旨服务。换言之，艺术须基于自然的真实，但艺术的真实不等于自然的真实，艺术有其自身的规律，它是一种按照人的方式达到的完美自然，即第二自然。

歌德在《狄德罗的〈画论〉》一文中详细地论述了艺术是第二自

---

① 参见《十八世纪外国文学史》，上海文艺出版社，1961年，第90页。

然这一美学思想。他指出，大自然和艺术家的作用是不同的："前者所组织的是一个活生生的、无关紧要的机体，而后者所组织的是一个死的但是重要的机体；换言之，前者组织实在的机体，而后者组织虚假的机体；观赏大自然的作品时，人们必须赋予它们以意义、感情、思想及对性情的影响……艺术并不企求在深度和广度上跟自然竞赛，它将自己局限于自然现象的表面，但是它有自己的深度和自己的力量。它把这些表面现象的最高因素记录下来，因为它承认在这些最高的因素中有合乎规律的东西，有符合目的的完美比例，以及登峰造极的美、威严的意义、高昂的激情。"

在创作方法上，歌德主张通过特殊来表现一般，因为一般是任何人都可以模仿的，而表现特殊需要亲身的体验。在 1823 年 10 月 29 日的谈话中，他告诫艾克曼："你必须竭尽一切力量，使自己从观念中解脱出来……你也不用担心特殊的东西引不起共鸣。任何性格，不管多么奇特……都有普遍性，因为各种现象都经常复现，世间没有任何东西只出现一次。"在 1827 年 5 月 6 日的谈话中，歌德说："作为诗人，我的愿望并不是致力于体现某种抽象的东西……我所要做的事不过是用艺术方式使这样一些体验和印象圆满与完善，然后用生动的描绘把它们显露出来……"为此，歌德反对席勒从观念出发的创作方法。在 1830 年 3 月 21 日的谈话中，他说："我主张诗歌创作应该遵循从客观世界出发的原则……而席勒却用完全主观的方法去写作……"

总之，歌德所追求的是从客观世界出发、特殊与一般相结合的现实主义艺术。早在 1772 年发表的《论德国的建筑艺术》一文中他就指出，"显出特征的艺术才是唯一真实的艺术"。在 1789 年发表的《对自然的简单模仿、手法、风格》一文中，歌德全面论述了他的现实主义理论。他认为对自然的简单模仿是"有能力但思想闭塞的人所做的事，他以这种方式只能处理虽是舒适却是狭窄的对象"。他把这种方法称作自然主义的方法。手法来源于席勒"艺术是一种游戏"

的理论，艺术家利用手法把自己用灵魂捕捉到的东西再按照他自己的方式表达出来。歌德把这种方法称作从主观出发的形式主义的方法。他要摒弃上述的两种创作方法，建立被他称为风格的现实主义的创作方法，因为“简单的模仿是以静止的存在和亲切的现在为基础，手法是以一种轻快的、有能力的情绪去把握一种现象，而风格是以最深刻和最扎实的认识，以事物的本质为基础，因而我们就能在那些看得见摸得着的形象中认识这种本质”。

歌德在《箴言与反思》里阐释了他的现实主义创作方法的原则：“诗人究竟为一般而找特殊，还是在特殊中显出一般，这中间有一个很大的分别……特殊中显出一般，这才符合诗的本质。”歌德“在特殊中显出一般”的创作原则，经过黑格尔的发挥，在马恩的文艺理论里就发展成“典型”的基本理论。马克思在致拉萨尔的信中告诫后者：“你就得更加莎士比亚化，而我认为，你最大的缺点就是席勒式地把个人变成时代精神的传声筒。”马克思在此强调的也正是歌德所指的“分别”。

歌德认为，艺术作品的价值取决于艺术家的人格。只有人格高尚的人才能写出高尚的作品。常言说，狗嘴里吐不出象牙；正如歌德所说，腐化堕落、沉迷于金钱和感官享受的作家是写不出好作品的，“才能较低的人对艺术本身并不感到乐趣；他们在工作中除掉完工后能赚多少报酬以外，什么也不想。有了这种世俗的目标和倾向，就决不能产生什么伟大的作品”。多么透彻和深中肯綮啊！在《谈话录》中，歌德多次谈到人格对艺术创作的至关重要的作用。他旁征博引，指出古希腊人是凭着自己伟大的人格去对待自然的（参见 1828 年 10 月 20 日谈话）；只有显出作者伟大人格的作品，才配进入民族文化的宝库（参见 1827 年 3 月 28 日谈话）；在艺术和诗里，人格确实就是一切（参见 1831 年 2 月 13 日）。与此相联系，歌德主张寓知识于娱乐，用真正伟大和纯洁的东西去影响和教育读者（参见 1824 年 5 月 18 日和 1831 年 2 月 26 日谈话）；凡是病态的、萎靡的、哭哭啼啼的、多愁善感的以及恐怖的、令人毛骨悚然的、伤风败俗的东西，都一概排除（参见1825年3月22日谈话）。歌德认为，一些个别的研究者和作者人格上的欠缺，是我们当今文学界一切弊病的根源（参见1825年10月15日谈话）。歌德的文学创作完美地体现了艺术与人格的有机结合。他的艺术人生以人格的意义表现出来，同时，他又以人格的内涵来丰富艺术。他所塑造的艺术形象，从抗暴安良的铁手骑士葛兹·冯·贝利欣根、为争取民族解放而英勇杀敌的哀格蒙特、揭露并批判封建社会对文艺和艺术家的敌视的托夸多·塔索，到围海造田、造福于人民的浮士德，尽管他们或多或少地具有历史局限性，但都是作者歌德高尚人格的升华和体现。

歌德虽然强调文艺创作必须从现实世界出发，但他并不否定虚构和预感在文艺创作中的作用。在1827年4月18日的谈话中，他以鲁本斯的风景画为例来说明这个问题，指出在艺术创造的较高境界里，要使一幅画成为真正的画，艺术家可以随意挥洒，可以求助于虚构，鲁本斯在其风景画里运用了双重光，就是一个明显的例子。在1824年2月26日的谈话中，歌德以《葛兹·冯·贝利欣根》的创作经验为例，说明预感在创作中的作用："我写《葛兹·冯·贝利欣根》时是个才二十二岁的青年……我没有见过或经历过这样的情况，所以我想必是通过一种预感才认识到各种各样的人物情境的。"在1830年1月27日的谈话中，歌德指出，博物学家（他自己就是一位杰出的博学家）需要有想象力，但这种想象力不是模糊不清、脱离客观存在的，而是不离开地球的现实土壤、根据真实的和已知的事物的尺度、迈向预感到的和猜想到的事物的那种想象力。

在《谈话录》中，歌德以"精灵"说来解释一些大政治家（如拿破仑）、大作家、大艺术家为何能达到常人难以达到的成就。在1831年3月2日的谈话中，歌德把拿破仑、魏玛大公爵卡尔·奥古斯特、意大利作曲家帕格尼尼称作具有精灵的人物。歌德认为，精灵（或称鬼才）是理智和理性无法解明的东西，只显现于完全积极的活动力中，靡非斯特太消极了,不可能具有精灵的特征。

歌德的“精灵”说和“天才”说(详见1828年3月11日谈话)说明他并不是一个彻底的无神论者,因为他把精灵和天才看作超自然的天生的才能,看作来自上界的出乎意料的礼物,看作上帝的纯洁的孩子们。

在《谈话录》中,歌德还谈到了艺术与政治的关系。在他心目中,政治是政治家的事,艺术千万不要陷入政治与党争。在1832年3月11日以后几天的谈话里,他谆谆告诫“要避免像我们的某些文人所说的那样,认为政治就是诗,或者认为政治是诗人的恰当题材”。“一位诗人一旦想在政治上产生影响,他就必须献身于一个政党;一旦加入政党,他就失其为诗人了,就必须同他的自由精神和无偏见的总揽能力告别,把目光短浅和盲目仇恨这顶帽子拉下来蒙住耳朵了。”德国诗人乌兰德当上议员之后,歌德说:“作为政治家的乌兰德终会把作为诗人的乌兰德吃光。”歌德持这种超政治、超党派的观点,绝不是因为他不关心政治,更不是因为他对历史、社会问题不分是非,而是因为他深知文艺有自己特殊的规律。

歌德和席勒一样,第一次指出了资本主义生产对艺术和诗歌的危害性。他在1826年12月20日的谈话中指出:“埃斯库罗斯、索福克勒斯和欧里庇得斯创作的时代当然完全不同于我们的时代。那个时代的人们有足够的才智,只希望看到最伟大和最优秀的东西。可是在我们这个恶劣的时代里,对最优秀的东西的需要到底在哪里呢?接受最优秀的东西的器官在哪里呢?”席勒在其《美育书简》里同样指出了资本主义的分工破坏了人性的完整与和谐,他希望通过审美教育恢复人性的完整与高尚,使近代人具有古希腊人所具有的理想人格。

歌德的世界眼光

歌德的世界眼光同他的世界观密不可分。正如他把世界看作由多样化的作用与反作用场构成的整体一样,他把人类的文学看作由繁花似锦的民族文学构成的世界文学。他在《谈话录》中多次提到世界文学。在他心目中,世界文学有两层含义:欧洲范围内的世界文学,世界范围内的世界文学。他首先关心的是前者,继而是东西方结合的世界文学。

在《谈话录》中,歌德指出,要实现欧洲范围内的世界文学,必须解决古典派和浪漫派之间的矛盾,使对立双方在普遍的容忍(即人道主义)中达到统一。他在《古典派和浪漫派在意大利的激烈斗争》一文中指出,在德国,两派已经开始取得一致意见,而在意大利,读者分为两派,势不两立。歌德认为,浪漫派是欧洲文学发展的一个新阶段,他批评了那些致力于过去的作家(即崇尚古希腊罗马文化的古典主义者):"谁要是仅仅致力于过去的东西,他就会最终落入这样危险的境地,即他关心的只是一些早已死亡的、对我们来说是木乃伊式的东西。"歌德进一步指出,正是这种对已经失去的东西的坚持或留恋,引发了革命的转折;"这奋力向前的新事物(指浪漫派)再也无法阻挡,再也无法遏制,它挣脱了旧事物,再也不愿承认旧事物的优点,再也不愿使用旧事物的长处"。可见,歌德对浪漫派这种新事物是持欢迎态度的。相反,他诟病那些因循守旧的复古派:"如果一个天才、一个好人想要重新复活古代的东西,想把他的同时代人带回到偏僻的地区,并通过赏心悦目的反映让他们接受远离现实的东西,那就会遇到很大的困难。"

在《谈话录》中,歌德一方面肯定法国文学中出现的超浪漫主义倾向,另一方面又否定掀起这场革命的个别作家们的创作倾向。在1830年3月14日的谈话中,他说:"就拿法国人目前的这场文学革命来说,起先要求的也不过是较自由的形式。可是法国人并不停留于此,他们在反对旧有的形式的同时,也拒绝以往的内容。现在人们开始把表现高尚的思想和业绩的作品宣布为索然无味,于是试图描写形形色色的奸盗邪淫。他们抛弃了希腊神话的美好内容,而写起魔鬼、巫婆和吸血鬼来……”

在1829年4月2日的谈话里，歌德为何把“古典的”叫作“健康的”，而把“浪漫的”叫作“病态的”呢？歌德是用类型学的观点区分古典派和浪漫派的，他认为《尼伯龙人之歌》和荷马史诗一样是古典的，因为这两部史诗都是健康的、有生命力的。而最近出现的大部分作品之所以是浪漫的，并不是因为新，而是因为病态、软弱；古代作品之所以是古典的，也并不是因为古老，而是因为强壮、新鲜、愉快、健康。可见，时间或时代（古代和近现代）不是区分“古典的”和“浪漫的”标准，“如果我们按照这些品质来区分古典的和浪漫的，就会彻底解决问题了”。

歌德认为古典派和浪漫派各有长短、各有千秋，真正伟大的作家要善于把两派的优点结合起来。他说：“我们也许既不该责备也不该抛弃我们的浪漫主义文学，但过分地绝对地颂扬它，或片面地迷恋着它，这种做法会使它的坚强、壮实、精干的那一面被误解或受到损害。我们应该尝试把那个巨大的、似乎不能结合的矛盾在我们的脑中结合起来，尤其因为一个伟大的、独一无二的大师（指莎士比亚），这位我们极其敬重的、往往说不出理由地推崇得高于一切的大师，已经真正做出这个奇迹了。”歌德号召人们向莎翁学习，因为他既是近代的、浪漫的，又是古代的、古典的，“他把人类生活中的一切动机都画出来和说出来了，而且一切显得多么容易，多么自由！”可见，歌德所追求的，正是古典主义与浪漫主义的结合。

歌德不仅从理论上论证了两派结合的必要性，而且身体力行，通过《浮士德》的创作体现他的这一美学主张。整个《浮士德》就是现实主义（古典主义）与积极浪漫主义相结合的典范。第二部的第三幕“海伦”是歌德提笔写第二部时最先完成的，发表在1827年歌德生前最后一版文集的第四卷中。歌德为何首先创作“海伦”这一幕呢？歌德在致学者兼作家伊肯的信中写道：“我从来不怀疑，读者——说实在的，我是为他们而写作的——当即就能理解这部作品的主题思想。古典派和浪漫派之间的激烈争吵该结束了，和解的时候已经到了。”歌德在1826年6月3日致友人泽尔特的信中再次重申，他创作“海伦”是想结束古典派和浪漫派之间无休止的争论。歌德把“海伦”称作古典浪漫主义幻想剧或《浮士德》幕间剧，旨在表明在它之前有若干事件作先导，在它之后主人公的命运还要继续发展。在1829年12月16日的谈话中，歌德对艾克曼说：“这样你也会发现，在第一和第二幕里，不禁使人想起古典的东西和浪漫的东西，而且谈到了这两种文学创作的形式。第一和第二幕就好像是一个上升的地带，读者沿着这个地带往上朝海伦走去，到了第三幕，也就是海伦正式上场的时候，古典的东西和浪漫的东西这两种文学创作形式清楚地表现出来，而且得到了某种平衡。”歌德接着说：“法国人也开始正确地看待古典的东西和浪漫的东西之间的关系。他们说：‘古典的东西和浪漫的东西同样是好的，问题在于人们应该有理智地应用这两种文学创作的形式，而且有能力把它们运用得很好。’”

浮士德与海伦的结合象征着当时的浪漫主义精神和希腊的古典主义精神相互结合。浮士德与海伦结合的产物欧福良继承了母亲的美和父亲的好动性格。他不听父母的劝告，擅自腾空而起，终于坠地身亡。歌德以此暗示拜伦倒在疆场的死亡悲剧。1827年7月5日，歌德对艾克曼说：“除拜伦以外，我找不到任何其他人可以代表现代诗。拜伦无疑是本世纪最有才能的诗人。他既不是古典时代的，也不是浪漫时代的，而是现时代的。”在1829年12月20日的谈话中，歌德指出：“欧福良并不是有生命的人，而只是一种寓意。他是被拟人化的诗歌，和时间、地点、人没有关系。”

歌德在促进欧洲两种对立的文学流派结合的同时，十分关心东西方文学即欧洲和亚洲的文学的结合。他在《印度文学以及中国文学》一文中指出：“如果我们不同时也想到新近才介绍过来的中国戏剧①，那我们就无法从遥远的东方回到故土。”歌德在此文里高度评

① 指武汉远写的《散家财天赐老生儿》，该剧1817年译成英文，1818年又译成德文。

价了《沙恭达罗》和《牧童歌》。在1827年7月21日的谈话里，歌德提到自己根据印度题材创作的叙事谣曲《神与印度神庙的舞伎》。歌德盛赞艾克曼为德国剧作家贝尔创作的剧本《印度的贱民》撰写评论文章，鼓励他趁着写那篇评论的机会掌握印度的一些情况。在1827年4月25日的谈话中，歌德欢迎精通印度诗歌的拉森先生到他家里做客，以便向对方请教，补充自己在这方面非常不完备的知识。1827年1月31日，在谈到中国的一部长篇小说（可能是《风月好逑传》）时，歌德说："中国人在思想、行为和情感方面几乎和我们一样，使我们很快感到他们是我们的同类人，只是在他们那里一切都比我们这里更明朗、更纯洁，也更合乎道德……他们还有一个特点，即外部的自然是始终与人物生活在一起的。"歌德认为这部小说并不是中国最优秀的小说之一，"中国人有成千上万这类的作品，而且在我们的祖先还生活在森林里时，他们就有这类作品了"。歌德总结性地说："我愈来愈深信，诗是人类共有的精神财富……民族文学在现在算不了什么，世界文学的时代已快来临了。现在每个人都应该发挥自己的作用，促使它早日来临。"歌德以自己的行动（《谈话录》中记录了他和欧洲各国，特别是法国文艺界人士的频繁交往；此外，他还创作了毕生巨著《浮士德》和东西合璧的《西东合集》等）促使世界范围内的世界文学早日来临。在歌德说这番话的二十一年后，马克思和恩格斯在《共产党宣言》中也提出了世界文学的概念。

在1825年1月18日的谈话中，歌德重申"世界始终是同一个世界"。他不仅关心全人类的世界文学，而且用世界眼光预视全球地理文明的发展。就在1827年，他希望开凿巴拿马运河，打通从大西洋到太平洋的最近航道；把欧洲的两大河流多瑙河与莱茵河连接起来；开通苏伊士运河，大大缩短从西欧到印度洋的航程。歌德于1832年辞世，未能见到这三大工程的实现。但在1869年，苏伊士运河开通了；1914年，巴拿马运河也通航了；就在这期间，多瑙河与莱茵河也由一条运河连接起来。

由于歌德的上述的世界眼光，他被某些评论家称为“世界公民”。这种提法本身无可厚非，但对它的内涵必须加以界定。歌德之所以是世界公民，在于他的崇高的人道主义理想，这种理想超越种族、政治、语言、宗教等的藩篱，把人类的共同利益视为最高的准则。歌德认为，人类的共同性远远多于他们的特殊性。当时许多西方人由于无知把中国人看成一个神秘、奇特的民族，似乎是“另类”的人，而歌德却破天荒地指出，“中国人在思想、行为和情感方面几乎和我们一样，使我们很快感到他们是我们的同类人”。基于这一崇高的人道主义理想，歌德主张各民族之间友好往来，相互学习，相互促进。在1827年1月31日的谈话中，他告诫德国人不要夜郎自大，要走出国门，“跳出我们周围环境的小圈子，朝外面看一看……所以我喜欢周游世界，了解其他民族的情况，我也劝每个人都这么办”。

歌德认为，通过审美教育提高各民族的文化水平是实现世界大同的良好途径。在他看来，人类最重要的区分不在地区、人种与民族，而在“文明”与“野蛮”。在1830年3月14日的谈话中，他意味深长地说：“一般说来，民族仇恨有些奇怪。你会发现在文化水平最低的地方，民族仇恨最强烈。”文化水平应达到这样一种程度：“民族仇恨完全消失，人们在某种程度上站在超民族的地位，把邻国人民的哀乐看成自己的哀乐。这种文化发展阶段适合于我的性格。我在六十岁之前，就早已坚定地站在这种文化水平上面了。”

《谈话录》是打开歌德创作之门的一把钥匙

对于研究歌德创作的人来说，《谈话录》不啻是良好的辅助工具，这是因为在《谈话录》中歌德提纲挈领、言简意赅地谈到自己的创作。

在《谈话录》中，歌德谈得最多的是《浮士德》。关于它的主题思想，歌德说：“从天上下来，通过世界，下到地狱……这不是观念，而是情节的发展过程。此外，魔鬼靡非斯特最终赌输了，而一个一直在艰苦的迷途中挣扎、向较完善境界前进的人得到了解救。”在谈到《浮士德》第二部在晚年才完成时，歌德指出：“这有其好处，因为我把它留到现在，对世间事物认识得比过去清楚，才提笔把它写下来，结果也许会好些。我在这一点上就像一个人在年轻时积蓄了许多银币和铜币，年岁愈大，这些钱币的价值也愈高，到最后，他青年时代的财产在他面前块块都变成纯金了。”在谈到《浮士德》两部分之间的区别时，歌德指出：“第一部是从个人的某种昏暗状态中产生的。不过正是这种昏暗状态对人们具有诱惑力，人们还是想竭尽全力去了解它，正如对待一切不可解决的问题那样。”他还说：“第一部几乎完全是主观的；它来自一个更为拘执、更为热情的人……至于第二部，却几乎完全没有主观的东西，这里所显现的是一种较高、较广阔、较明朗和较理智的世界。谁要是没有见过世面，没有一些人生经验，他对下卷就无法理解。”在谈到第二部结尾的宗教色彩时，歌德承认：“全剧的结尾，也就是浮士德得救的灵魂升天这个结局，是很难处理的。如果我不用基督教的一些轮廓鲜明的人物和观念，来使我的诗意获得适当的、结实的形式，那么碰上这种超自然的、几乎不能想象的事情时，我就不免陷到一片迷茫里去了。”当有人谈到自己读《浮士德》觉得有点难时，歌德承认：“那是一部非同寻常的书，超越了一切寻常的情感……浮士德是个怪人，只有少数人能对他的内心生活感到同情共鸣。魔鬼靡非斯特的性格也很难理解，这不仅由于他的冷嘲热讽，而且由于他是广阔人生经验的生动的结果。不过你得努力从中获得启示。”

在谈到风靡欧洲的书信体小说《少年维特的烦恼》时，歌德说：“我像鹈鹕一样，是用自己的心血把那部作品哺育出来的。其中有大量的出自我自己心胸中的东西……原来我生活过，恋爱过，而且受过很多的痛苦，关键就在这里。”《维特》之所以在当时的欧洲引起强烈的共鸣，原因在于“每一个时代都有那么多的非言语所能描绘的灾难,那么多的暗地里的不满和对人生的厌倦,就某些个别人物来说,那么多对世界的不满情绪,那么多个性和市民社会制度的冲突”。当英国德比郡主教布里斯托勋爵骂《维特》是一部极不道德的该受天谴的书,说歌德不该让人走向自杀时,歌德高声对他说:“住嘴!你对这部可怜的《维特》竟说出这样的话来……”对《维特》所产生的道德影响,歌德如是说:“如果一部书比生活本身所产生的道德影响更坏,这想必是不妙的;生活本身每天都出现大量骇人听闻的场面……日常生活比一部最有影响的书所起的教育作用更大。”鉴于篇幅有限,对歌德在《谈话录》中所涉及的其他作品,诸如《哀格蒙特》《亲和力》《西东合集》《塔索》《市民将军》等等,就不一一赘述了。

歌德给予我们的重要启示

歌德被恩格斯誉为“最伟大的德国人”,对于这个光荣的称号,他名副其实,当之无愧。他的创作和为人不仅影响了欧洲的千百万读者,而且影响了一代又一代的中国人。宗白华先生盛赞歌德生生不息的人生追求精神,他在对歌德的研究中,高度评价歌德积极的探索精神(歌德曾说,人生下来,不是为了解决世界问题,而是找出问题所在)——由于不断质疑,不断发问,他的生活领域也不断开拓。正是不断探索,不断发展,不断收获,使歌德的一生成为完满的人生。冯至先生同样敬佩和赞赏歌德,他在《论歌德》一书中盛赞浮士德孜孜不懈向上追求的人生理想,并说尽管他最终失败了,但依旧达到了我们常说的悲剧使人精神升华这样的艺术效果。冯至先生还独辟蹊径,解答了歌德一方面是庸俗渺小的生活,另一方面是崇高壮丽的诗篇的“判若云泥”的矛盾:“歌德通过科学研究探讨自然界的规律,通过文学创作表达他难以实现的理想,《浮士德》悲剧的主人公就是代表这个理想的最鲜明的人物。”对这一看法,笔者未敢苟同。

在笔者看来,歌德给予我们的重要启示大致如下:

我们要像上述两位前辈那样，继承和发扬歌德生命不息、奋斗不止的不断进步的精神。歌德在回顾自己的人生历程时说：“我这一生基本上只是辛劳和工作。我可以说，我在七十五年里，没有过上四个星期真正舒服的生活。就好像推一块石头上山，石头滚了下来，你又得重新把它推上去。”这种西西弗斯式的英雄体验，这种对人生的困境不是畏难后退，而是甘之如饴，甘愿承受艰难、痛苦，吃苦在前、享乐在后的大无畏的精神，值得我们学习和发扬。

与此相联系，我们要学习歌德否定之否定、与时俱进的不断革命的精神。他的一生——从启蒙时代和狂飙突进时代的抗暴安良的造反精神，经过在魏玛宫廷以失败告终的改良主义尝试、沉溺于古希腊罗马的古典主义，到围海造田、造福于广大群众的壮举——不愧是挫折、奋斗、升华的一生。

我们要像歌德那样，热爱自己的祖国、人民以及自己的文化。1813年12月13日，歌德在和耶拿大学历史教授亨利希·鲁登关于德国及其前途的谈话中意味无穷地说：“别认为我是一个冷淡的人……我心里无限地热爱德国，我们目前每个人只能按照自己的才能、自己的志趣、自己的情况致力于对自己人民的教育，致力于把这种教育加强和传布到各方面去，使上下各方都受到这种教育，使他们不落后于其他国家的人民。”歌德在《威廉·迈斯特的漫游时代》里指出，只有把自己的力量和才能献给祖国的人才是一个爱国者。他对那种不努力促进祖国的繁荣，只想从祖国取得好处的所谓的“爱国主义”是嗤之以鼻、坚决反对的。应该指出，在当今的中国，不乏言行不一致的假爱国主义者，他们有奶便是娘，谁给好处就投靠谁，真是无耻之尤！

我们要像歌德那样，克服狭隘的民族主义，弘扬崇高的国际主义，把人类看作一个命运共同体，立足本国、放眼世界，先天下之忧而忧，后天下之乐而乐。

我们要像歌德那样，从人民的利益出发，爱护和亲近大自然，把生产实践和科学实验有机地结合起来，通过创造性的劳动缔造美好幸福的生活。《浮士德》末尾天使们的合唱体现了歌德对美好幸福的生活的向往，他们唱着幸福之歌，颂扬春天，赞美丰富多彩的自然。